U0676267

特拉芙斯作品典藏

随风而来的玛丽阿姨

[英] 帕·林·特拉芙斯 著
任溶溶 译

明天出版社

图书在版编目（CIP）数据

随风而来的玛丽阿姨 /（英）帕·林·特拉芙斯著；任溶溶译．—济南：明天出版社，2018.3（2023.2重印）
（特拉芙斯作品典藏）
ISBN 978-7-5332-9643-8

Ⅰ.①随… Ⅱ.①帕… ②任… Ⅲ.①儿童小说－长篇小说－英国－现代 Ⅳ.①I561.84

中国版本图书馆CIP数据核字(2018)第030642号

特拉芙斯作品典藏
随风而来的玛丽阿姨
[英]帕·林·特拉芙斯/著
任溶溶/译

出 版 人 李文波
策划组稿 傅大伟
责任编辑 刘义杰
美术编辑 赵孟利
出版发行 山东出版传媒股份有限公司
明天出版社
山东省济南市市中区万寿路19号 邮编：250003
http：//www.sdpress.com.cn http：//www.tomorrowpub.com
经 销 新华书店
印 刷 肥城新华印刷有限公司
版 次 2018年3月第1版
印 次 2023年2月第28次印刷
规 格 148毫米×205毫米 32开
印 张 5.375 100千字
I S B N 978-7-5332-9643-8
定 价 20.00元

山东省著作权合同登记号：图字 15-2015-43 号

目
录

第一章 东风

你要找樱桃树胡同吗？那只要问一问十字路口那位警察。他把帽子稍稍往旁边一推，搔着头想想，就会伸出戴着白手套的手，用一个大指头指点着说："先向右，再向左，然后向右拐一个大弯，就到了。再见。"

照他指点的路走，一准错不了，你就来到樱桃树胡同的正当中。胡同的一边是房子，另一边是公园，当中有长长的一排樱桃树。

要是你想找17号——你准得找它，因为这本书就讲的这一家——你一下子就能找到。第一，这座房子在整条胡同里最小。第二，这家人家墙粉剥落，需要粉刷了。可这房子的主人班克

斯先生对他太太说，她或者是要一座漂亮、干净、舒适的房子，或者是要四个孩子。两样都要，他可没这个条件。

班克斯太太经过再三考虑，决定情愿要大女儿简、第二个孩子迈克尔，要最小的一对双胞胎——约翰和巴巴拉。就这么定了，于是班克斯一家在17号住了下来。布里尔太太帮他们烧饭，埃伦帮他们开饭，罗伯逊·艾帮他们除草、洗刀子兼擦皮鞋。班克斯先生老说："干这种活，罗伯逊浪费了时间，我浪费了钱。"

当然，除了这几位，帮他们的还有一位保姆，叫卡蒂。可完全犯不着把她写到这本书里来，因为这个故事一开始，她正好离开了17号。

"她走没跟你说，事先也不打个招呼。我可怎么办呢？"班克斯太太说。

"登报吧，亲爱的，"班克斯先生一边穿鞋一边说，"我真希望罗伯逊·艾不讲一声就走，因为他鞋子擦了一只忘了一只。穿出去成了一双阴阳鞋。"

"这没什么大不了，"班克斯太太说，"可你还没告诉我，保姆卡蒂的事到底怎么办。"

"她人都走了，我看不出你能把她怎么办。"班克斯先生回答说，"换了我，我就托人到《晨报》去登个广告，说班克斯家的简、迈克尔、约翰和巴巴拉（不提他们的妈妈）急需一位保姆，人要尽可能地好，工钱要尽可能地少。然后我就等着保姆到前面院子门口来排长队。她们一准会叫我气炸肚子：因为妨碍交通、给警察添了麻烦，我得付一个先令。好了，现在我得走了。跟在北极一样冷。今天吹的什么风？”

班克斯先生说着把脑袋伸出窗口，低头看看胡同口布姆海军上将的房子。这座房子是胡同里最雄伟的，全胡同都为它骄傲，因为它造得跟一艘船一样。花园里竖着一根旗杆，屋顶上还有个镀金的风标，样子像个望远镜。

“哈！”班克斯先生很快把头缩进来，“海军上将的‘望远镜’说是东风。我也这么想。天都冷到骨头里去了。我得穿两件大衣。”他心不在焉地在他太太的鼻子旁边亲了亲，跟孩子们招招手，就出门进城去了。

班克斯先生每天进城，当然，除了星期天和银行假日。他在那里坐在一张大桌子后面的一把大椅子上工作。他整天工作，忙着数钞票和硬币。他有个黑色小皮包放零钱。有时候回家，他会拿出几个零钱给简和迈克尔，让他们放到存钱罐里去。碰到他省不出一点儿钱来时，他会说：“银行破产了。”大家一听，就知道他那一天没剩什么钱了。

好，班克斯先生带着他

的黑色小皮包走了。班克斯太太走进客厅，坐在那里给报纸写信，求他们马上给她找位保姆，她在等着。简和迈克尔在楼上儿童室窗口朝外张望，心想不知谁会上他们家来。保姆卡蒂走了他们很高兴，因为他们不喜欢她。她又老又胖，身上有一股大麦茶的气味。他们想，不管谁来也比她好，就算只好那么一丁点儿也行。

等到太阳开始在公园后面落下去，布里尔太太和埃伦就上来给他们吃晚饭，给双胞胎洗澡。简和迈克尔吃过晚饭，坐在窗口等爸爸回家，听着东风在胡同里樱桃树的光秃秃的树枝间呼呼地吹过。这些树在暗淡的光线中前后左右摇晃，好像发了疯，想连根从地上蹦起来似的。

"爸爸回来了！"迈克尔突然指着一个砰地撞到院子大门上的人影说。简盯着越来越浓的暮色看。

"那不是爸

爸，”她说，“是别人。”

接着那人影让风吹得晃来晃去，弯着腰，拔掉院子大门的门闩。他们看出那是个女人，一只手捂住帽子，一只手拿着个手提袋。简和迈克尔看着看着，看到了一件怪事，那女人一进院子大门，好像就给一阵风吹起来，直往房子门前送。看起来是这样的：风把她先吹到院子门口，让她打开院子门，再把她连同手提袋等等吹到前门口来。两个看着的孩子只听见很响的砰的一声，她在前门口着地的时候，整座房子都摇动了。

“多滑稽！这种事情我从没见过。”迈克尔说。

“咱们去看看她是谁！”简说着抓住迈克尔的胳膊，把他从窗口拉开，穿过儿童室，来到外面楼梯口。他们从楼梯口这里，一向能够清楚地看到门厅发生的事。

这会儿他们看见他们的妈妈从客厅出来，后面跟着一位客人。简和迈克尔看到新来的人有一头发亮的黑发。“像个荷兰木偶。”简低声说。那就是说她很瘦，大手大脚，有一双直盯着人看的蓝色小眼睛。

“你会看到他们都是些乖孩子。”他们的妈妈说。

迈克尔用胳膊肘狠狠地顶了顶简的腰。

“他们一点儿也不淘气。”妈妈嘴里这么说，可心里没谱，好像连她也不怎么相信自己的话。他们听见新来的人哼了一声，看来她也不相信。

“好，至于证明信……”班克斯太太往下说。

“哦，我有个规矩，从不拿出证明信。”那人斩钉截铁地说。

班克斯太太瞪大眼睛看着她。

“可我以为照规矩是要拿出来的。”她说，“我是说，我知道大家都这么办。”

“我认为这是古老十八代的旧规矩，”简和迈克尔听见那斩钉截铁的声音说，“老掉牙了，可以说早都过时了。”

班克斯太太最讨厌的就是过时，对过时的东西简直受不了。因此她紧接着说：“那好吧。我们可不在乎这个。当然，我不过是问问罢了，因为也许……呃，也许你要拿出来呢。儿童室在楼上……”

她在前面带路上楼，一路讲个没完，只顾着讲，就没听到后面的动静。可简和迈克尔在楼上楼梯口看着，对新来的人这时候的古怪举动看得一清二楚。

当然，她是跟着班克斯太太上楼的，可她上楼的办法与众不同。她两只手拿着手提袋，一下子很利索地坐上楼梯扶手滑上来。班克斯太太来到楼上楼梯口，她也同时到了。简和迈克尔知道，这种事从来没有过。滑下去的事常有，他们自己就常干，可滑上来的这种事从来没有过！他们好奇地盯着这位新来的怪人看。

“好，那就全讲定了。”孩子们的妈妈松了口气。

“全讲定了。只要我高兴。”来的人说着，拿起一块有红花和白花的大手帕擦擦鼻子。

“孩子们，”班克斯太太突然看见他们，说，“你们在这儿干吗?这是照顾你们的新保姆，玛丽·波平斯阿姨。简，迈克尔，说‘你好’呀!这是……”她朝小床上的两个娃娃挥挥手，“一对双胞胎。”

玛丽阿姨牢牢盯住他们看，看了这个看那个，好像在想她是不是喜欢他们。

“我们得说吗？”迈克尔说。

“迈克尔，别淘气。”他的妈妈说。

玛丽阿姨继续把四个孩子看来看去。接着她大声吸了口长气，好像表示她已经下定决心。她说：“我干。”

事后班克斯太太告诉她丈夫说：“她就像是给了咱们大面子似的。”

“也许是的。”班克斯先生用鼻子擦了一会儿报纸角，很快又把头抬起来。

妈妈一走，简和迈克尔就靠到玛丽阿姨身边。她站得像根电线杆，双手叠在胸前。

“你怎么来的？”简问她，“看来像是一阵风把你给吹到了这儿。”“是这样。”玛丽阿姨回答了一声。接着她解开围脖，脱下帽子，挂到一根床柱上。

看来玛丽阿姨不想再说什么话，虽然她哼了好多次。简也就不开口了。可玛丽阿姨一弯身去开她的手提袋，迈克尔就忍不住了。

“多好玩的手提袋！”他用指头捏捏它说。

“这是毯子。”玛丽阿姨说着把钥匙插进锁孔。

“你是说装着毯子？”

“不，是毯子做的。”

“哦，”迈克尔说，“我明白了。”其实他没怎么明白。

这时候手提袋打开了，简和迈克尔一看，里面空空的，什么也没有，他们更奇怪了。

“怎么，”简说，“里面什么也没有！”

“什么也没有，这是什么话？”玛丽阿姨反问了一句，站起身来，看来好像生了气，“你说里面什么也没有？”

她说着，从空袋里拿出一条浆过的白围裙，把它围在身上。接着她拿出一大块“日光”牌肥皂、一把牙刷、一包头发夹、一瓶香水、一张小折椅和一瓶润喉止咳糖浆。

简和迈克尔瞪圆了眼睛。

“可我刚才明明看见手提袋里是空的。”迈克尔悄悄说。

“嘘！”简说。只见玛丽阿姨这时候拿出一个大瓶子，瓶子上有张标签写着：“睡前一茶匙”。

瓶颈挂着一把匙子，玛丽阿姨倒了满满一匙子深红色的水。

“是你喝的药水吗？”迈克尔充满好奇心地问道。

“不，是你喝的。”玛丽阿姨把匙子向他伸过去。迈克尔看着它，皱皱鼻子，表示拒绝。

“我不要喝，我不用喝。我不喝！”

可是玛丽阿姨的眼睛盯住他，迈克尔一下子发觉，你朝玛丽阿姨那儿一看就不能不听她的话。她有一种古怪的东西——一种使人又怕又说不出的东西。匙子越来越近。他屏住气，闭上眼睛，咕嘟一口。满嘴都是甜味。他转转舌头，一下吞了下去，

满脸堆起了笑容。

“冰草莓汁，”他高兴得发狂，“还要喝，还要喝，还要喝！”

可玛丽阿姨的脸还是那么板板的，给简倒了一匙子。可倒出来的水闪着银色、绿色、黄色的光。简尝了尝。

“是橙汁。”她说着舔嘴唇。可她一看见玛丽阿姨拿着瓶子向双胞胎走去，就奔到她面前。

“噢，别，请别给他们。他们太小。他们喝了不好。谢谢你！”

玛丽阿姨不睬她，只狠狠地看她一眼让她别出声，就把匙子尖往约翰嘴里送。约翰起劲地呱嗒呱嗒地喝，简和迈克尔一看洒在围嘴儿上的那几滴，就断定这一回喝的是牛奶。接着巴巴拉也喝到了她的一份，咕嘟咕嘟地喝下去了，还把匙子舔了两次。

玛丽阿姨这才倒了一匙，一本正经地自己喝下去。

“嗯，糖酒。”她说着吧嗒一下嘴唇，用塞子把瓶子重新塞了起来。

简和迈克尔的眼睛惊讶得鼓起来，可是没工夫多想，因为玛丽阿姨已经把怪瓶子放在壁炉架上，向他们转过脸来。

“好了，”她说，“马上上床。”她动手给他们脱衣服。他们看到，扣子和搭钩让卡蒂大婶解开很费工夫，可在玛丽阿姨手里，转眼都解开了。不到一分钟，他们已经上了床，看着玛丽阿姨在暗淡的灯光中拿出其余的东西。

她从毯子做的手提袋里拿出七套呢睡衣、四套布睡衣、一双高统鞋、一副骨牌、两顶浴帽、一本贴明信片的簿子。最后拿出来的是一张折叠行军床，还有羊毛毯和鸭绒被，她把床架在约翰和巴巴拉的小床之间。

简和迈克尔乐滋滋地看着，惊奇得说不出话来。可他们两个都明白，在樱桃树胡同 17 号出了了不得的大怪事。

玛丽阿姨把一件呢睡衣从头上披下来当帐子，在它下面脱衣服。迈克尔被这新来的怪人迷住了，再也忍不住，向她叫着说："玛丽阿姨，你永远不再离开我们了吧？"

睡衣底下没有回答。迈克尔又忍不住了。

"你不会离开我们了吧？"他焦急地嚷嚷着。

玛丽阿姨的头伸出睡衣，样子很凶。

"那边再有人说话，"她吓唬说，"我就叫警察了。"

"我不过说，"迈克尔胆怯地开口，"我们希望你不会很快就走……"他住了口，觉得满脸通红，脑子很乱。

玛丽阿姨把眼睛从他身上移到简那里，一声不响。接着她大声吸了吸鼻子。

"我待到风向转了为止。"她简单说了一声，吹灭她的蜡烛，上床睡觉了。

"那就好。"迈克尔说，一半说给自己听，一半说给简听。可简没在听。她在回想这事发生的经过，思索着……

玛丽阿姨到樱桃树胡同 17 号的经过就是这样。虽然大家有时候向往卡蒂大婶管家时那种更安静、更正常的日子，可总的说来，玛丽阿姨来了大家还是很高兴。班克斯先生高兴，因为

她一个人来，不妨碍交通，他用不着给警察小费。班克斯太太高兴，因为她可以告诉别人，说她孩子们的保姆非常时髦，不让人看证明信。布里尔太太和埃伦高兴，因为她们可以整天在厨房喝浓茶，不用上儿童室开饭。罗伯逊·艾也高兴，因为玛丽阿姨只有一双鞋，而且是她自己擦的。

至于玛丽阿姨自己觉得怎样，那就没人知道了，因为她从来不跟大家多说话……

第二章

休假

“每两个星期一次，星期四两点到五点。”班克斯太太说。

玛丽阿姨牢牢地盯住她说：“太太，上流人家是隔一个星期，一点到六点。我希望也这样，要不——”玛丽阿姨没往下说，可班克斯太太明白下面是什么话。下面的话就是要不她就走。

“很好很好。”班克斯太太赶紧说，恨不得玛丽阿姨知道的上流人家的事不比她多。

于是玛丽阿姨戴上白手套，胳肢窝里夹着她的伞——倒不是因为怕下雨，而是因为伞柄漂亮，她不能把它留在家里。伞柄有个鹦鹉头，这种伞怎么能留下呢？再说玛丽阿姨爱时髦，要给人看到她最漂亮的样子。说实在的，她百分之一百地认为，

她给人看到的样子不会不漂亮。

简在楼上儿童室的窗口向她招手。

“你上哪儿去呀？”她叫道。

“请你把窗子关上。”玛丽阿姨回答说。简把头赶紧缩进去。

玛丽阿姨顺着花园小路走去，打开院子门。到了外面胡同，她一下子走得飞快，好像怕赶不上时间。到了胡同口她往右拐，再往左拐。警察对她说了声“你好”，玛丽阿姨向他高傲地点点头。这时候她觉得，她的休假开始了。

她在一辆空汽车旁边停下来，照着车窗玻璃戴正她的帽子，扫平她的上衣，把伞夹紧，让大家看见伞柄，或者说让大家看见鹦鹉头。打扮好以后，她就去会见卖火柴的那个人了。

虽说是卖火柴的，可他却有两个职业。他不仅像普通卖火柴的人那样卖火柴，而且还在人行道上画画。这两个职业他根据天气的变化轮换着干。下雨天他卖火柴，因为画了画也会被

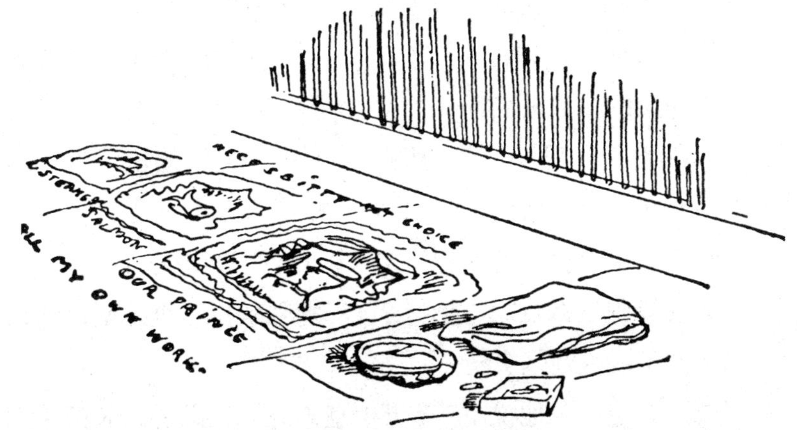

雨水冲掉。晴天他就整天跪在人行道上用彩色粉笔画画，画得很快，你还没走到拐弯的地方，他已经把一边人行道画满，又画另一边了。

这一天虽然冷，却是个晴天，他在画画。玛丽阿姨踮起脚向他走去，想叫他吃一惊，这时他正在一长串画上增加两只香蕉、一个苹果和伊丽莎白女王的头像。

“喂！”玛丽阿姨很温柔地叫他。

他只管在一只香蕉上加上一道一道的棕色，在伊丽莎白女王头上加上棕色的鬈发。

“啊哼哼！”玛丽阿姨发出两声女人的咳嗽。

他吓了一跳，转过脸来看见了她。

“玛丽！”他叫道，听这口气你就知道玛丽阿姨是他生命中何等重要的人物了。

玛丽阿姨低头看看自己的脚，把一个鞋尖在人行道上擦了两三下。接着她对着鞋微笑，鞋很清楚，这微笑不是冲着它的。

“今天我休息，伯特，”她说，“你不记得了吗？”伯特就是那个卖火柴的，他全名叫赫伯特·阿尔弗雷德。

“当然记得，玛丽，”他说，“不过……”他住了口，难过地看着他的帽子。帽子放在最后一幅画旁边的地上，里面一共只有两便士铜币。他把它们捡起来，叮叮当当地摇了摇。

“你就挣到这么点吗，伯特？”玛丽阿姨说。可她说得那么欢，你根本不能说她是失望。

“就这么点，”他说，“今天生意不好。你以为人人都高兴

出钱看这些画吗？”他朝伊丽莎白女王头像点点头。“唉，就这么回事，玛丽，”他叹了口气，“我今天怕不能请你去吃茶点了。”

玛丽阿姨想起了她休息时他们两个总要吃的木莓果酱蛋糕，刚想叹气，却看到了卖火柴那人的脸。她很机灵地把叹气变为微笑——笑得很甜，两边嘴角都翘上去，说：“没什么，伯特。别放在心上。不吃茶点我觉得更好。这种点心不容易消化，真的。”

你真不知道玛丽阿姨多么爱吃木莓果酱蛋糕，她这么说是她心地好。

卖火柴的显然也想到了这一点，他把她一只戴着白手套的手放在自己手上，用力地握住。接着他俩沿着那排画走去。

“有一幅画你从来没见过！”卖火柴的指着一幅画自豪地说。画上是一座盖着雪的山，山坡上到处是蚱蜢蹲在大朵的玫瑰花上。

这一回玛丽阿姨可以大大地叹口气而不会伤他的心了。

“噢，伯特，”她说，“画得真好！”听她的口气，伯特觉得这幅画应该送进皇家画院。那是一个大画厅，陈列着许多名家的画。人们来看画，看上半天，相互就说：“真不错，亲爱的！”

玛丽阿姨跟卖火柴的接下来看的一幅画就更好了。画的是乡村，画上都是树和草，远处看见一点儿蓝色的海，背景有点像马尔盖特海滨浴场。

“真不错！”玛丽阿姨赞美着，弯下腰来好看得清楚些，“伯特，怎么回事？”

原来卖火柴的现在抓住她另一只手，样子非常激动。

“玛丽，”他说，“我有了个主意!一个好主意。咱们干吗不上那儿去？今天去，这就去！两个人一起，到画里去。你说呢，玛丽?”他依然抓住她的双手，带她离开大街，离开铁栅栏和电线杆，一直到画里去。嘿，他们到了，到画里了!

那里多么翠绿，多么安静，脚底下的嫩草又是多么柔软啊！他们简直不相信这是真的，可他们在绿枝下弯腰走过时，树枝在他们的帽子上沙沙地响，五颜六色的小花在他们的鞋边弯倒。他们对看着，看到对方变了。玛丽阿姨看去，卖火柴的好像给自己买了一套崭新的衣服，因为他现在上身穿着红绿相间的鲜艳上装，下身穿着白法兰绒长裤，最漂亮的是头上那顶新草帽。他看起来难得这么干净，好像才洗刷一新。

“怎么啦，伯特，你看上去真美！”她用赞赏的声音叫道。

伯特一时说不出话来，张大了嘴，瞪圆了眼睛看着她。接着他咽了一口口水说：“天哪！”

就这么一声。可他说话的腔调和看着她的快活样子，使她不由得从手提包里拿出镜子来照。

她发现自己也变了，她肩膀上围着可爱的人造丝披肩，上面满是水纹花样。她觉得脖子上痒痒的，一看镜子，原来是帽边垂下一只弯曲的长羽毛，搔着她的脖子。她自以为最好的一双鞋子不见了，已经换上一双更好的，上面有大宝石扣子闪闪发亮。她仍旧戴着白手套，拿着伞。

“天哪，”玛丽阿姨说，“我是在度假呢！”

他们就这样自我欣赏又相互欣赏着，一起穿过小树林子，

来到一块洒满阳光的小空地。那里有张绿色的桌子，下午茶已经摆好了！

中间是高高的一堆木莓果酱蛋糕，齐到玛丽阿姨的腰部。蛋糕旁边放着一铜壶茶。还有两盘油螺，旁边的两根针，是用来挑油螺肉的。

“像做梦似的！”玛丽阿姨说。她向来一高兴就这么说。

“呜哇！”卖火柴的说。这也是他的口头禅。

“请坐，太太！”传来一个声音。他们转过脸，只见一个高个子从树林子里走出来。那人身穿黑衣服，胳膊弯上搭着一块餐巾。

玛丽阿姨完全被惊住了，她在桌子旁边一把绿色小椅子上扑通坐下。卖火柴的张大眼睛看着他，也一屁股坐在另一把椅子上。

“我是服务员，两位。”穿黑衣服的人向他们解释。

“噢！我在画里可没见过你。”玛丽阿姨说。

“啊，我正好在树背后。”服务员说。

“你不坐吗？”玛丽阿姨很有礼貌地问。

“服务员可不坐，太太。”那人说，不过有人请他坐，他看起来很高兴。

“请吃油螺，先生！”他给卖火柴的指指那盘油螺，“请用这枚针！”那人用他的餐巾擦擦一枚针，然后递给卖火柴的。

他们两个开始用茶点，服务员站在旁边，看他们还要什么。

“我们到底吃到了。”玛丽阿姨伸过手去拿那一大盘木莓

果酱蛋糕，悄悄地说，可是声音并不轻。

“嗯！”卖火柴的同意她的话，拿了两块最大的。

“喝杯茶怎么样？”服务员说着，从铜壶里给他们一人斟了一大杯。

他们喝了一杯，又喝了两杯，为了表示吉利，把一大盘木莓果酱蛋糕都吃没了。接着他们站起来，拍掉身上的蛋糕屑。

“不用付钱，”服务员不等他们讨账单，便对他们说，“你们来这里，我们已经感到很荣幸。就在那边有旋转木马！”他朝树木之间的一道窄缝挥了挥手，玛丽阿姨和卖火柴的看到有好几匹木马在旋转。

“奇怪，”她说，“我也记不起在画里看见过它们。”

“啊，”卖火柴的自己也记不清楚了，“我想它们该在画的里头吧？”

他们来到旋转木马那儿，木马正好慢下来，他们跳上木马，玛丽阿姨骑一匹黑的，卖火柴的骑一匹灰的。音乐重新响起来，他们就开始转动了。他们骑到亚茅斯港又骑回来，亚茅斯港是他们两个最想去看看的地方。

等到他们回来，天差不多要黑了，服务员在等着他们。

“非常抱歉，太太和先生，”他很有礼貌地说，“我们七点钟关门。这是规定，两位是知道的。让我带路领你们出去好吗？”

他们点点头，服务员抖抖他的餐巾，在他们前面带路穿过树林子。

“你这回画的真是幅好画，伯特。”玛丽阿姨说着，挽住

卖火柴人的胳膊，把披肩拉紧。

“我尽可能画好它。玛丽。”卖火柴的谦虚地说。不过你可以看到，他的确很自豪。

就在这时候，服务员在他们面前停下。前面是一座好像用粉笔粗线画出来的白色大门廊。

“到了！”服务员说，“这是出口。”

“再见，谢谢。”玛丽阿姨跟他拉着手说。

“再见，太太！”服务员说着，深弯得头都碰到了膝盖。

接着他向卖火柴的点点头，卖火柴的歪着头向服务员闭上一只眼睛，这是他说再见的一种方式。随后玛丽阿姨走出白门廊，卖火柴的跟着她。

他们走着的时候，她帽子上的羽毛、肩膀上的丝披肩、鞋子上的宝石扣子都掉了下来。卖火柴人鲜艳的衣服褪了色，草帽重新变成他原先那顶破遮檐帽。玛丽阿姨转身一看，马上就明白出了什么事。她站在人行道上看了他长长的一分钟，又抬起头去看他背后的树林子，想找服务员。可服务员没影了，画里没有人，什么动的东西都没有。旋转木马也不见了，只剩下一动不动的树木和草地、一动不动的海。

可玛丽阿姨和卖火柴的相互笑笑。他们明白树木后面有什么……

她休完假一回来，简和迈克尔就向她扑过去。

“你上哪儿去了？”他们问她。

“上童话世界了。”玛丽阿姨说。

“看见灰姑娘[1]了吗？”简说。

“哈，灰姑娘？我可没看见，”玛丽阿姨不在乎地说，“灰姑娘算什么！”

“那么鲁滨孙[2]呢？”迈克尔问。

“鲁滨孙……哼！”玛丽阿姨粗声粗气地说。

“那你怎么会到过童话世界呢？那不会是我们的童话世界吧！”

玛丽阿姨大声吸了吸鼻子。

“你们不知道吗，”她用可怜他们的口气说，“各人有各人的童话世界？”

她又吸了吸鼻子，上楼脱她的白手套、放她的伞去了。

[1] 灰姑娘是欧洲民间故事里的一个女孩，受后母虐待，但很勤劳，最后获得了幸福。

[2] 鲁滨孙是英国作家笛福写的《鲁滨孙漂流记》的主人公，他在海上遇险，一个人流落在荒岛上，努力生活了下来。

第三章 笑气

“你有把握他在家吗？”简、迈克尔和玛丽阿姨三个人下公共汽车的时候，简问玛丽阿姨。

“我倒问你，我叔叔要是出去了，会叫我带你们去吃茶点吗？”玛丽阿姨回答，她听了简的问话显然很不高兴。她穿着她那件带银扣的蓝色衣服，配一顶蓝色帽子。碰到她这般穿戴的日子，她最容易生气。

他们三个在上玛丽阿姨的叔叔贾透法先生家。简和迈克尔早就盼着去拜望他，就担心贾透法先生到头来不在家。

“他为什么叫贾透法先生呢？他戴着假头发吗？”迈克尔在玛丽阿姨身边急急忙忙地走着，问她。

“他叫贾透法先生，就因为他的名字叫贾透法先生。他根本不戴假头发，光着个秃脑袋，”玛丽阿姨说，“再问问题我们就向后转，回家去。”她像平时表示不高兴那样地吸了吸鼻子。

简和迈克尔你看看我，我看看你，皱皱眉头，这是说：“别问了，要不我们就去不成那儿。”

玛丽阿姨在路口一家烟铺前面整整帽子。这烟铺有一个古怪的橱窗，一个人会照出三个人来，你对着它看久了，会以为你不是一个人而是一群人。玛丽阿姨看到自己变成三个，每一个穿一件带银扣的蓝色衣服，配一顶蓝色帽子，她高兴地叹了口气。她觉得自己看起来这么可爱，恨不得变上一打，甚至三十个。玛丽·波平斯越来越妙。

“走吧！”她严厉地说，倒好像是他们害她等着。接着他们拐了个弯儿，拉拉罗伯逊街三号的门铃。简和迈克尔听见老远有很轻的回声，他们知道过一分钟，顶多两分钟，就可以同玛丽阿姨的叔叔贾透法先生初次在一起吃茶点了。

“当然，只要他在家。”简悄悄地对迈克尔说。

这时候门打开了，出现了一位死板板的瘦太太。

“他在家吗？”迈克尔赶紧问。

“谢谢你，”玛丽阿姨狠狠地看他一眼，“让我来说。”

“你好啊，贾透法太太。”简有礼貌地说。

“贾透法太太！”那瘦太太用比任何人都细的声音说话，“你好大胆，把我叫作贾透法太太？不，对不起，我是柿子小姐，我有这个称呼觉得很自豪。什么贾透法太太！”她的样子很不高兴，于是他们想，柿子小姐竟然庆幸自己不是贾透法太太，贾透法先生准是个怪人。

“上楼第一扇门。”柿子小姐说着赶紧往过道走去，用又尖又细又生气的声音自言自语，“什么贾透法太太！”

简和迈克尔跟着玛丽阿姨上楼。玛丽阿姨敲敲门。

“进来进来！欢迎欢迎！”里面一个很响的快活的声音叫道。简的心激动得嗵嗵直跳。

“他在家！”她对迈克尔使了个眼色。

玛丽阿姨打开门，把他们推进屋。他们面前是个令人愉快的大房间。房间一头的壁炉里烧着熊熊的火，当中是一张大桌子，摆好了吃茶点用的四个带碟子的茶杯，一盘盘面包、黄油、烤饼、椰子蛋糕，还有一个撒着粉红色糖霜的梅子大蛋糕。

“真高兴你们来。”一个洪亮的声音欢迎他们说。简和迈克尔四面张望找说话的人。哪儿也看不见。房间里像是一个人也没有。这时候他们听见玛丽阿姨不高兴地说：“噢，叔叔，别又是……今天别又是你的生日吧？”

她说着话时往天花板上看。简和迈克尔跟着往上看，不由得大吃一惊，因为他们看见了一位秃顶大胖子悬在半空中。看样子他是坐在那里，因为他叠着腿，刚放下他们进来时正在看的一份报。

“亲爱的，”贾透法先生低头向孩子们微笑，对玛丽阿姨露出抱歉的神色，“很对不起，今天正好是我的生日。”

“瞎瞎瞎！”玛丽阿姨说。

“我昨天夜里才想起，来不及给你寄张明信片，请你改天再来。真糟糕，不是吗？”他说着低头看简和迈克尔。

“我看得出你们很惊讶。”贾透法先生说。的确，他们惊讶得张大了嘴，要是贾透法先生个子小一点儿，说不定就会落到他们当中的一张嘴里去。

“我想我最好还是解释一下，”贾透法先生平静地往下说，“要知道是这么回事。我是个快活人，非常爱笑。你们简直难以相信，有多少事情会让我觉得滑稽。差不多每样事情都会使我发笑。”

贾透法先生说着开始一跳一跳的，想到他自己的快活，不由自主地笑得发抖。

“阿伯特叔叔！”玛丽阿姨叫了一声，贾透法先生一下子停住了笑。

“噢，亲爱的，对不起。我说到哪儿啦？哦，对了。我说滑稽的是——好吧，玛丽，只要忍得住我就不笑！每次我过生日碰上星期五，我就会飞起来。真的飞起来。”贾透法先生说。

“可为什么？”简开口问。

“可怎么会？”迈克尔开口问。

“瞧，是这么回事。这一天我一笑，我就充满了笑气，简直没法留在地上。连微笑也不行。一想到滑稽的事，我就像气球一样飞起来了。一直要到想出件严肃的事情才能回到地上。”贾透法先生说到这里又开始咯咯笑，可一看见玛丽阿姨的脸，马上停住笑往下说：“这当然很麻烦，不过并不觉得不愉快。

我想你们谁也没碰到过吧？”

简和迈克尔摇摇头。

“对，我想没有过。看来这是我的特别习惯。有一回，我头一天夜里去看了杂技，你们相信不，笑得我第二天醒来还在笑，整整十二个钟头在这上面，直到半夜十二点敲到最后一响才能下去，当然，我啪嗒一下落在地上，因为已经是星期六，不再是我的生日了。挺怪，对不？别说多滑稽了。

“今天又是星期五加上我的生日，你们两个和玛丽正好来看我。噢，天哪，天哪，别让我笑，我求求你们……”

可是简和迈克尔什么逗人的事也没干，光惊讶地看着他。他又开始大声笑了，一笑，又在空中蹦蹦跳跳，手里的报纸窸窸窣窣响，眼镜半在鼻子上，半不在鼻子上。

他的样子这么滑稽，在空中一跳一跳的，像个人形大气球，有时抓住天花板，有时碰到煤气灯管就抓住煤气灯管，简和迈克尔虽然拼命想表现得有礼貌，总是忍不住。他们终于笑了。他们抿紧了嘴想不笑出来，可没有用。这会儿他们在地上打滚，滚来滚去，笑得又叫又喊。

“真是的！”玛丽阿姨说，“真是的，像什么样子！”

“我忍不住！我忍不住！”迈克尔一面滚到壁炉围架那儿，一面尖叫，“滑稽得要命。噢，姐姐，你说不滑稽吗？”

简没回答，因为在她身上正发生一件怪事。她一面笑一面觉得人越来越轻，好像给打足了气。这是一种古怪而又舒服的感觉，使她越来越想笑。接着她忽然之间猛地一蹦，只觉得自

己飞起来了。迈克尔大吃一惊，只见她飞到房间顶上。她的头在天花板上轻轻碰了一下，接着她沿天花板一跳一跳，一直来到贾透法先生身边。

“瞧！”贾透法先生那副样子惊奇极了，“今天不会也是你的生日吧？”

简摇摇头。

“不是？那一定是得了笑气！嘿，当心壁炉！”这是对迈克尔说的，因为迈克尔一下子从地上飞起来，哈哈大笑着往上直冲，经过壁炉时擦到了瓷器装饰。他一跳正好落在贾透法先生的膝盖上。

“你好，”贾透法先生跟迈克尔亲热地拉着手，“我觉得你这样真友好，天哪，我真觉得你友好！我不能下去你就上来了，对吗？”他和迈克尔你看我，我看你，接着两个人仰头哈哈大笑。

“我说，”贾透法先生一边擦眼睛一边跟简说话，“你会以为我的态度是天下第一坏。你还站着，可像你这样一位漂亮的小姐该坐着。我怕我在这上面没法子给你一把椅子，不过我想你会觉得坐在空气里很舒服的。我真这么想。”

简试了试，觉得坐在空气里是挺舒服。她脱下帽子在旁边一搁，根本不用什么衣架，它挂在空中了。

“那就对了。”贾透法先生说。他又转脸看下面的玛丽阿姨。

“好了，玛丽，我们都已经安顿好了。现在我可以跟你谈谈了，亲爱的。我必须说，我非常高兴地欢迎你和我的两位小朋友今天上这儿来……怎么，玛丽，你不高兴。我怕你是不赞

成……呃……这些事情。”

他向简和迈克尔挥挥手，紧接着往下说：“我很抱歉，亲爱的玛丽。可你知道我是怎么个心情。我还是得说，我根本没想到我这两个小朋友会得笑气，我真的没想到，玛丽！我想我该请他们改天再来，或者设法想些伤心的事，或者……”

“好了，我必须说，”玛丽阿姨一本正经地说，“我有生以来从没见过这种情景。你都这把年纪了，叔叔——”

“玛丽阿姨，玛丽阿姨，上来吧！”迈克尔打断她的话，“想点什么滑稽的事吧，你会觉得很容易上来的。”

“啊，现在就想吧，玛丽！”贾透法先生劝她。

“你不上来我们在上面很寂寞！”简说着向玛丽阿姨伸出双手，“一定想点什么滑稽的事吧！”

“唉，她用不着，”贾透法先生叹着气说，“她想上来就能上来，不笑也行，她有数。”他神秘地看着站在下面炉前地毯上的玛丽阿姨。

“嗯，”玛丽阿姨说，“真荒唐，多不庄重啊，不过你们都在上面，也不像要下来的样子，我想我也只好上去了。”

简和迈克尔十分惊讶，只见她一个立正，一点儿不笑，连一点儿微笑的影子也没有，就直飞上来，坐在简的身边。

“我跟你说过多少次了，”她严厉地说，“进热的房间先要脱掉大衣。”她解开简身上大衣的扣子，脱下来好好地放在半空中的帽子旁边。

“那就对了，玛丽，那就对了，”贾透法先生满意地说着，

转身把眼镜放在壁炉架上，“现在我们都舒舒服服的……”

“舒舒服服的。”玛丽阿姨哼了一声。

“我们可以吃茶点了。”贾透法先生显然没听见她的话，往下说。这时他脸上掠过吃惊的神情。

“我的天！”他说，“多可怕！我这才想到，桌子在下面，我们却在这上面。怎么办呢？我们在上面它在下面。真糟，糟糕极了，不过，噢，真滑稽！”他用手帕捂住脸哈哈大笑。简和迈克尔虽然不想错过烤饼和蛋糕，可也忍不住笑，因为贾透法先生的快活很有传染性。

贾透法先生擦干泪水。

“只有一个办法，”他说，“我们必须想件什么严肃的事，伤心的事，非常非常难过的事，我们就能下去了。好，一、二、三！大家一起来想件非常非常伤心的事！”

他们捧着下巴想啊想啊。

迈克尔想学校，想迟早有一天要上学。可连这件事今天想来也是滑稽的，他也要笑。

简想：“再过十四年我就是大人了！”可如今这一点儿也不能使她伤心，反倒很好，很滑稽。她想到她大起来后穿长裙，拿个手提包，禁不住还微笑起来。

“我那位可怜的艾米莉姑妈，”贾透法先生想着说出声来，“她给公共汽车轧伤了。伤心啊。非常伤心。伤心得叫人受不了。可怜的艾米莉姑妈。可她的伞却被抢救出来了。那很滑稽，不是吗？”他哈哈大笑，笑得浑身发抖，呼呼喘气，简直什么都

忘了。

“没用，”他擤着鼻子说，“算了。看来我这些小朋友对于伤心事不比我有办法。玛丽，你想不出什么好办法吗？我们想吃茶点了。”

简和迈克尔简直弄不清这时候出了什么事，只记得贾透法先生一求玛丽阿姨，下面的桌子就动起来。它现在晃动得可怕，上面的杯子盘子叮当响，糕饼落到桌布上。桌子飞过房间，轻盈地转一个圈，升到他们身边，贾透法先生正好在桌子头上。

“好姑娘！”贾透法先生为玛丽阿姨自豪地说，“我知道你有办法。好，你坐到我对面斟茶好吗，玛丽？让客人们坐在我两边。就这样。”他看见迈克尔在半空中蹦蹦跳跳地过来到他右边坐下，简在他左边坐下。现在他们全在半空的桌子周围坐好了。面包、黄油、糖块一点儿不少。

贾透法先生满意地微笑。

“依我想，按规矩是先吃黄油面包，”他对简和迈克尔说，“可今天是我的生日，我们倒过来——我一直认为这才是正的——先吃蛋糕！”

他给每人切了一大块。

“还要茶吗？”他问简。简还没来得及回答，就听到有人很急地大声敲门。

“进来！”贾透法先生叫道。

门开了，门口站着柿子小姐，端着个托盘，上面是一壶开水。

“贾透法先生，我想你还要点开……”她说着，在房间里东张西望，“哎呀，我从来没见过！我简直从来没见过！”她一看见他们都围坐在空中的桌子旁边，就说，“我从来没见过这种事情。我生下来从没见过。没错，贾透法先生，我一向知道你有点怪。可只要你按时付房租，我什么也不管。可你这样在空中请客人吃茶点，贾透法先生，我可是给你吓坏了，对你这样一位上了岁数的先生，这太不成体统了……我从来不会……”

“你也许会的，柿子小姐！”迈克尔说。

“会什么？”柿子小姐傲慢地问。

“会得笑气，像我们这样。”迈克尔说。

柿子小姐不以为然地转过了头。

“年轻人，”她反驳说，“我希望我会更自爱，不会像个皮球那样在半空里蹦蹦跳跳。谢谢，我要双脚站在地上，要不，我的名字就不叫阿咪·柿子，再说……天哪，噢，天啊，老天爷啊，噢，老老天爷啊……出什么事啦？我不能走路了，我在……我……噢，救命啊，救救救命啊！”

柿子小姐不由自主地离开了地面，在半空中摇摇晃晃，像个细圆桶那样转过来转过去，拼命捧住手里的托盘。等她来到桌子旁边放下那壶开水，都苦恼得要哭出来了。

“谢谢。”玛丽阿姨很有礼貌地、安静地说。

接着柿子小姐转过身，重新飘落下去，一路咕噜着：“这么不成体统……可我是个有教养、走路端庄的女人。我得去看医生……”

她一到地上就绞着双手，头也不回地赶紧溜出房间。

“这么不成体统！”他们听见她出去关上房门时说道。

“她不叫阿咪 · 柿子了，因为她没有用双脚站在地上！”简悄悄对迈克尔说。

可贾透法先生看着玛丽阿姨——这是一种古怪的眼神，半是觉得好玩，半是责怪。

“玛丽，玛丽，你不该……天哪，你不该这么干啊，玛丽。那可怜的老太太会永远不肯原谅你的。不过，噢，我的天，她在半空转来转去，不滑稽吗……我的老天，她那副样子不滑稽吗？”

他、简和迈克尔想到柿子小姐的样子有多滑稽，又大笑起来，在空中打滚，两手乱抓，笑得上气不接下气。

“噢，天哪！”迈克尔说，“别再叫我笑了。我受不了啦！我要炸了！”“噢，噢，噢！”简上气不接下气地叫，手捂着胸口。“噢，我的老天，我的老天爷，我的老天爷！”贾透法先生哇哇嚷着，用衣角抹着眼睛，因为他找不到他的手帕了。

“该回家了。”在一片哇啦哇啦的大笑声当中响起了玛丽阿姨的声音，像吹大喇叭。

简、迈克尔和贾透法先生一下子降落下来，嘭的一声落到地板上。想到要回家，这是整个下午里第一个伤心的想法，有了这种伤心想法，笑气都消失了。

简和迈克尔叹着气，看着玛丽阿姨拿着简的大衣和帽子从半空中慢慢地下降。

贾透法先生也在叹气，大大地叹了一口长气。

“唉，不是太可惜了吗？”他严肃地说，“你们要回家，真是太令人伤心了。我从来没过过这样快活的下午，你们呢？”

“从来没过过。”迈克尔伤心地说，觉得没有了笑气重新落到地上，实在太没劲了。

“从来从来没过过，”简竖起脚尖站着，亲亲贾透法先生那皱皮苹果似的脸说，“从来从来从来从来没过过！

他们坐在玛丽阿姨两旁，乘公共汽车回家。他们两个都十分安静，一个劲地回想这个可爱的下午。这会儿迈克尔瞌睡蒙眬地对玛丽阿姨说：

“你叔叔哪一次像这样?”

“像什么样？”玛丽阿姨狠狠地说，好像迈克尔存心说话得罪她。

“就像这样……一个劲地又蹦又笑，飞到半空里去。”

“飞到半空里去？”玛丽阿姨的声音又响又生气，“飞到半空里去，请问，你这话

是什么意思？”

简想要解释。

“弟弟是说……你叔叔是不是常常这样充满笑气，在天花板那儿打滚，蹦蹦跳跳……”

“打滚，蹦蹦跳跳！什么话！在天花板那儿打滚，蹦蹦跳跳！说出这种话来，我真为你们害臊！”玛丽阿姨显然非常生气。

“可他是飞上去了！”迈克尔说，“我们看到的。”

“什么，打滚，蹦蹦跳跳？你们怎么敢这样说！你们要知道我叔叔是个严肃、老实、苦干的人，你们讲到他请尊敬一点儿。别咬你的车票！打滚，蹦蹦跳跳，这是什么话！”

迈克尔和简从玛丽阿姨两边相互看看，没有说话。因为他们知道，不管碰到的事多么古怪，还是不要跟她争论好。

可他们相互的眼光是说：“贾透法先生这件事到底是不是真的？是玛丽阿姨说得对呢，还是我们说得对？”

可是没有人能给他们一个正确的答案。

公共汽车东歪西倒、上蹦下跳地隆隆开走了。

玛丽阿姨坐在他们中间，气呼呼的，一声不响，这时候他们两个太累了，向她越挨越近，倒在她两边睡着了，可他们还在想……

第四章
拉克小姐的安德鲁

拉克小姐住在隔壁。

在把故事讲下去之前，先得告诉诸位隔壁是座什么样的房子。房子很大，可以说是樱桃树胡同最大的。据说连布姆海军上将都眼红拉克小姐那座了不起的房子，虽然他自己的那座有轮船烟囱代替房子烟囱，前面花园里有旗杆。住在胡同的人一再听见他经过拉克小姐家就说："真该死！她要这么幢房子干什么？"

布姆海军上将眼红拉克小姐的房子，因为它有两扇院子大门，一个让她的亲友进出，一个让卖肉的、送面包的、送牛奶的进出。

有一回送面包的走错了，进了拉克小姐让亲友进出的大门，拉克小姐就大发脾气，说她永远不再要面包了。

可她最后还是原谅了送面包的，因为附近就只有他一家做面包皮焦黄的小面包卷。不过这以后拉克小姐不要再看见他，他进来就把帽子拉到眼睛上面，让她当作别人。可她一看就认出他来了。

拉克小姐在她的花园里，或者在胡同里走过，简和迈克尔总是一听就知道，因为她身上戴那么多别针、项链和耳环，走起路来叮叮当当，像个铜管乐队。她什么时候碰到他们都是这么两句话："早上好！"（如果是在吃了午饭以后，就说："下午好！"）"我们今天怎么样啊？"

简和迈克尔一直弄不清拉克小姐这个"我们"说的是他们几个人呢，还是说的是她和安德鲁。

因此他们只是回答一声："下午好！"（当然，如果是在吃午饭以前，就说："早上好！"）

孩子们不管在哪里，整天都听到拉克小姐在大声叫：

"安德鲁，你在哪儿？"

"安德鲁，不穿上你的大衣可不能出去！"

"安德鲁，上妈妈这儿来！"

你要是不知道，真会以为安德鲁是个孩子。真的，简认为拉克小姐是把安德鲁当作一个孩子。可安德鲁不是个孩子。它是一只狗，一只毛蓬蓬的小狗，只要它不叫，看上去真像条小毛皮领子。可当然，一叫就知道是狗了。小毛皮领子是不会发出那种叫声的。

安德鲁如今过着奢侈的生活，你会以为它是一位乔装打扮的波斯国王。它在拉克小姐房间里的绸垫子上睡觉；它一星期坐车上美容室梳洗两次；它每顿饭都吃奶油，有时候吃牡蛎；它有四件大衣，上面有各种颜色的格子和条子。安德鲁平时有大多数人过生日才有的东西。到了它过生日，它每年的生日蛋糕上插两支蜡烛而不是只有一支。

所有这些做法使邻居都讨厌安德鲁。大家看见安德鲁用毛皮毯子盖着膝盖，穿上最好的大衣，坐在拉克小姐汽车的后座上到美容室去，都哈哈大笑。有一天拉克小姐给它买了两双小皮鞋，让它晴天、下雨天都可以穿着上公园去，一胡同的人都到院子门口来看它走过，捂着嘴偷笑。

“呸！”有一天迈克尔和简从 17 号和隔壁之间的篱笆边上看着安德鲁，迈克尔说，“呸，它是个傻瓜！”

“你怎么知道？”简很有兴趣地问。

“我知道，因为爸爸今天早晨就这么叫它！”迈克尔说着，很不客气地笑安德鲁。

“它可不是个傻瓜，”玛丽阿姨说，“就这么回事。”

玛丽阿姨没说错。安德鲁不是傻瓜，诸位很快就会知道。

你们可别以为它不尊敬拉克小姐。它可尊敬了。它甚至用一种温驯的方式来尊敬她。安德鲁做吃奶小狗的时候，拉克小姐就对它好得很，它对拉克小姐不能不有一种感激之情，尽管拉克小姐亲它亲得太多，并且毫无疑问，安德鲁过的生活使它受不了。它会愿意拿出一半的幸福，如果它有幸福的话，用来换取一块红色的生牛肉，而不去吃老要它吃的鸡胸肉或者鸡蛋拼芦笋。

安德鲁内心渴望做一只普通的狗。它经过它的家谱表（就挂在拉克小姐客厅的墙上）时，总不能不感到羞耻得发抖。碰到拉克小姐吹嘘它的家谱，它多么希望它没有父亲、祖父和曾祖父啊。

安德鲁想要做一只普通的狗，所以它要找普通的狗做朋友。一有机会它就跑到院子门口去，坐在那里等它们，好跟它们交换几眼。

可拉克小姐一看见就要叫：“安德鲁，安德鲁，进来，我的小宝贝！快离开街上那些可怕的坏家伙！”

安德鲁当然只好进去（要不拉克小姐就要出来牵它进去，出它的丑，弄得它脸红），赶紧上楼，免得它那些朋友听见拉克小姐叫它宝贝、心肝、小甜心。

安德鲁最好的朋友是只再普通不过的狗，因而它遭到大家

的笑话。那是一只半是黑斑点棕色粗毛大狗种，半是会叼回猎物的猎犬种，而且它还继承了这两个种最坏的一半。路上发生狗打架肯定有它的份。它老给邮递员和警察惹麻烦。它的爱好就是在臭水沟和垃圾箱里嗅来嗅去，它确实成了全街的笑柄。不止一个人说，谢天谢地，幸亏这不是他的狗。

可安德鲁喜欢它，老候着它。有时候它们只来得及在公园里相互嗅一嗅，最幸运而且极其难得的是，在院子门口长谈一番。安德鲁从它这个朋友那里听到城里的种种奇闻，只要看这只狗讲话时笑得何等粗野，就知道它讲的东西好不到哪里去。

忽然之间会听到拉克小姐从窗口喊叫，那只狗就站起来，向拉克小姐吐舌头，向安德鲁眨眼睛，走开了，一边走一边摆动它的两条后腿，表示毫不在乎。

当然安德鲁从不走出院子门，除非是拉克小姐带它上公园，或者哪一位女佣带它去修趾甲。

因此，当简和迈克尔看见安德鲁独自一个跑过他们身边，穿过公园，耳朵贴到后面，尾巴翘得老高，好像在追老虎的时候，请你想象一下吧，他们该有多么惊奇啊。

玛丽阿姨把童车猛地拉过去，生怕安德鲁会撞翻车子伤到双胞胎。它跑过时简和迈克尔向它大叫。

“喂，安德鲁！你的大衣呢？”迈克尔想学拉克小姐那又高又尖的生气声音。

“安德鲁，你这顽皮的孩子！”简也叫。因为她是个女孩，所以更像拉克小姐的声音。

可安德鲁只是非常骄傲地看看他们，却向着玛丽阿姨尖声大叫。

“汪汪汪！”安德鲁很快地叫了几声。

“让我想想看。我想是先朝你的右边走，然后到左边那座房子。”玛丽阿姨说。

“汪汪？”安德鲁问。

“不对，没花园。只有个后院。大门总是开着的。”

安德鲁又汪汪叫。

“我说不准，”玛丽阿姨说，“可我想是的。通常是吃点心的时候回家。”

安德鲁扬起头，又跑起来了。

简和迈克尔惊奇得眼睛像碟子那么圆。

“它说什么了？”他们气也透不过来地异口同声地问。

“只不过出来玩玩！”玛丽阿姨说了一句，就紧闭上嘴不肯再漏出什么话来。童车里的约翰和巴巴拉咯咯地笑。

“它不是的！”迈克尔说。

“它不会这样简单！”简说。

“老样子，当然又是你们最懂。”玛丽阿姨神气地说。

“它准是问你有一个人住在哪儿，我断定它是……”迈克尔正要说下去。

“你知道干吗还问我？”玛丽阿姨吸吸鼻子说，“我可不是字典。”

“噢，迈克尔，”简说，“你这样说话她不会告诉我们的。

玛丽阿姨，谢谢你告诉我们，安德鲁跟你说什么了？”

“问他去吧。他知道，这位百事通先生！”玛丽阿姨不屑一顾地朝迈克尔那边点点头。

“噢，不不不，我不知道。我承认我不知道，玛丽阿姨。请你说吧。”

“三点半。该吃点心了。”玛丽阿姨说着，把童车转过来，又把嘴闭得像关紧的门，一路回家，再没开过口。

简和迈克尔落在她后面。

“都怪你！”她说，“现在我们再也不会知道了。”

“我无所谓！”迈克尔说着，很快地推他的踏板车，“我不要知道。”

可他实际上很想知道。结果他、简和大家在吃茶点前都知道了。

他们正要过马路回家，忽然听见隔壁那家人大叫大嚷，接着看到一件怪事。拉克小姐的两个女佣在花园里拼命地奔走，往矮树丛底下和树上看，像丢了最贵重的东西，还有17号的罗伯逊·艾也拿把扫帚瞎起劲，在拉克小姐的小路上扫石子，好像想在石子底下找到失去的财宝。拉克小姐本人在她那个花园里跑来跑去，挥着手大叫：“安德鲁，安德鲁！哎哟，它不见了。我的心肝宝贝不见了！我们得报告警察。我得去见首相。安德鲁不见了！天哪，噢，天哪！”

“唉，可怜的拉克小姐！”简说着急忙过马路。她看到拉克小姐那么伤心，不能不感到难过。

可迈克尔使拉克小姐放了心。他正走进 17 号院子大门，转脸朝胡同一看，看见了……

“瞧，那不是安德鲁吗，拉克小姐！瞧那边，它正在布姆海军上将家的拐角那儿拐弯！”

“哪儿，哪儿？指给我看！”拉克小姐气也透不过来地说，朝迈克尔指着的方向看去。

一点儿不错，那是安德鲁，它慢腾腾地走着，好像什么事

都不关心似的。它旁边一只大狗在跳圆舞，它半是黑斑点棕色粗毛大狗种，半是会叼回猎物的猎犬种，而且继承了这两个种最坏的一半。

“噢，我放心了！”拉克小姐大声叹着气说，“一块大石头打我心里落下来了！”

玛丽阿姨和孩子们站在胡同里，等在拉克小姐的院子门口。拉克小姐本人和她的两个女佣趴在矮围墙上探出身子。罗伯逊·艾停了活儿，把上半身撑在扫帚把上。大家一声不响地看着安德鲁回家。

安德鲁和它的朋友安静地向这群人走来，逍遥自在地挥动着它们的尾巴，竖起了耳朵，一看安德鲁的眼睛就知道，它是很郑重其事的。

“那只可怕的狗！”拉克小姐看着安德鲁的伙伴说。

“嘘！嘘！回家去！”她叫道。

可那狗在人行道上蹲下来，用左脚抓着右耳朵，还叫。

“走开！回家去！嘘嘘嘘，我说！”拉克小姐生气地向那狗挥着手说。

“安德鲁，你马上进来！”她说下去，“大衣也不穿就这么出去。我很生你的气！”

安德鲁懒洋洋地叫，可是不动。

“安德鲁，你这是什么意思？马上进来！”拉克小姐说。

安德鲁又汪汪地叫。

“它是说，”玛丽阿姨插话进来，“它不进去。”

拉克小姐转脸骄傲地看着她："我倒请问，我这狗说什么你怎么知道？它当然会进来。"

安德鲁只是摇摇头，低声叫了两声。

"它不进去，"玛丽阿姨说，"要进去它朋友也进去。"

"胡说八道，"拉克小姐生气地说，"它不会这么说的。好像我会让这样一只大杂种狗进我家大门似的。"

安德鲁汪汪叫了三四声。

"它说它说到做到，"玛丽阿姨说，"它还说，要不让它的朋友跟它住在一起，它就要住到朋友那儿去了。"

"噢，安德鲁，你不能这样做……你千万不能这样做……我一向对你那么好！"拉克小姐简直要哭了。

安德鲁叫着转过身子。另一条狗跟着站起来。

"噢，它说话当真的！"拉克小姐大叫，"我看它是当真的。它要走了。"

她捂着手帕哭了一下，擤擤鼻子又说："那好吧，安德鲁。我就依你的。这……这只普通狗可以留下。当然有个条件，它睡在放煤的地下室里。"

安德鲁又汪汪一声。

"它坚持说这不行呢，小姐。它的朋友必须有一个它那种绸垫子，也睡在你的房间里。要不它就上放煤的地下室去跟它的朋友一起睡。"玛丽阿姨说。

"安德鲁，你怎么能这样？"拉克小姐呻吟着，"这种事我永远不答应。"

安德鲁看来要走了。另一只狗也想走。

“噢，它要离开我了!”拉克小姐尖声大叫，“那好吧，安德鲁。照你的办。它将睡在我房间里。可我永远不会再跟以前一样了，永远永远不会了。这么一只下流的狗!”

她擦着滚滚掉下来的泪水，又说：“安德鲁，我真想不到你会这样。不过算了，不管我怎么想，我不多说了。这……唉……这东西我要管它叫……流浪鬼或者迷路狗……”

那只狗很生气地瞧着拉克小姐，安德鲁大声地汪汪叫。

“它们说你得叫它威洛比，不能叫别的，”玛丽阿姨说，“它的名字叫威洛比。”

“威洛比！这算个什么名字！坏透了，坏透了！”拉克小姐绝望地说，“它现在又说什么了？”因为安德鲁又在汪汪叫。

“它说它回来以后，你不能再叫它穿大衣或者上美容室……这是它最后一句话了。”玛丽阿姨说。

现场静默了一会儿。

“好吧，”拉克小姐最后说，“可我提醒你，安德鲁，要是你得了重伤风可别怪我！”

她说着转身高傲地噔噔噔地走上楼，抹去了最后那点儿眼泪。

安德鲁把头向威洛比一歪，像是说：“来吧！”接着它们俩并排在花园小路上跳着圆舞慢慢走，尾巴摇得像旗子，跟着拉克小姐进屋去了。

“瞧，它到底不是个傻瓜。”上楼到儿童室吃茶点时简说。

“不是的，”迈克尔认可了，“可玛丽阿姨怎么懂它的话呢，你倒说说。”

“我说不出，”简回答，“可她永远永远不会告诉我们的，这一点我有数……”

第五章 跳舞的牛

简耳朵疼，用玛丽阿姨的印花手帕裹着头躺在床上。

“你觉得怎么样？”迈克尔想知道。

“脑袋里砰砰响。”简说。

“像开大炮吗？”

“不，像开玩具枪。”

“噢。”迈克尔说。他听了也想耳朵疼。这话太迷人了。

“要我给你讲个书里

的故事吗？”迈克尔说着上书架那儿去拿书。

“不要，我可受不了。”简用手捂住一只耳朵。

“那我坐在窗口，把外面发生的事情告诉你怎么样？”

“好的，那倒可以。”简说。

于是迈克尔整个下午坐在窗口，把胡同里看到的事情告诉她。他说的事情有时很乏味，有时很带劲。

“布姆海军上将！”他有一次说，“他走出了他的院子门，急急忙忙地顺着胡同走。他走过来了。他的鼻子比平时更红，戴一顶大礼帽。现在他经过隔壁……”

“他说‘该死’了吗？”简问。

“我听不见。我想他说了。拉克小姐的一个女佣在拉克小姐的花园里。罗伯逊·艾在我家花园里扫着树叶，可眼睛净看着篱笆那边的她。他现在坐下休息了。”

“他心脏不好。”简说。

“你怎么知道？”

“他自己说的。他说医生叫他做得越少越好。我听爸爸说，他要是照医生的话办，就只好让他走。噢，耳朵砰砰响得厉害！”简说着又捂住她那只耳朵。

“喂喂！”迈克尔从窗口带劲地说。

“什么事？”简坐起来叫着问，“快告诉我。”

“一件稀有的事。胡同里来了一头牛。”迈克尔说着在窗口座位上跳上跳下。

“一头牛？一头真的牛……就在城里？多滑稽呀！玛丽阿

姨，”简说，“迈克尔说胡同里有一头牛。”

“对，它走得很慢，把头伸到每道院子门里，东张西望的，像丢了什么东西。”

“我真想亲眼看看它。”简难过地说。

“瞧！”玛丽阿姨走到窗口，迈克尔指着下面说，“一头牛。不滑稽吗？”

玛丽阿姨朝下面胡同很快地看了一眼。她很惊讶。

“当然不滑稽，”她向简和迈克尔转过身来说，“一点儿也不滑稽。那头牛我认识。它是我妈妈的好朋友，请你们讲到它时客气点。”她抹平围裙，很严肃地看着他们两个。

“你早就认识它了吗？”迈克尔文雅地问，心里想，这样特别有礼貌地求她，就可以听到更多关于这头牛的故事。

“在它见到国王以前就认识了。”玛丽阿姨说。

“那是什么时候的事？”简用温柔的口气鼓励她说下去。

玛丽阿姨定睛望着空中一个他们看不见的东西。简和迈克尔屏住呼吸等待着。

“那是很久很久以前了。”玛丽阿姨用一种讲故事的低沉声调说。她顿了一下，像在回想几百年以前的事。接着她做梦似的说下去，眼睛依然盯住房间当中一个东西，可他们什么也看不见。

红母牛，走过的那头牛就叫这名字，它非常了不起，非常幸运（我妈这么说的）。它住在全区最好的一片田野上——这片

田野很大，长满碟子大小的金凤花和比扫帚还大的蒲公英。金凤花和蒲公英像士兵一样布满了整个田野，看去一片淡黄色和金色。每次它咬掉一个兵的头，不久又长出一个兵来，身穿绿军衣，头戴黄色高军帽。

它一直住在那里，常跟我妈说，它都不记得什么时候还在什么地方待过。它的天地被绿色的树篱围住，被天空笼罩着，这以外还有什么，它就一点儿也不知道了。

红母牛非常庄严，一举一动像个贵族夫人，知道什么事该怎么办。对它来说，东西不是黑就是白——没什么灰的或者粉红的。人不是好就是坏，没什么不好不坏的。蒲公英不是甜就是苦，没什么不怎么甜不怎么苦的。

它日子过得很紧张。每天早晨它给女儿红小牛上课，下午教它一切有教养的小牛应该懂得的行为和称呼。然后它们吃晚饭，红母牛教红小牛怎么挑选好草吃；晚上它的孩子睡了，它就到田野一头去反刍，静静地想它的心事。

它的日子天天一样地过。一头红小牛长大走了，又一头红小牛来代替它。这样红母牛很自然就以为它的生活将老是这样过下去。说实在的，它觉得这种天天一样的生活很好，直到有一天发生了一件事结束了这种生活。

它正在想它那些心事，就像它后来告诉我妈的，奇事就临头了。事情出在夜里，星星在天上像是一片蒲公英，星星中间的月亮像一朵大雏菊。

这时候红小牛早已入睡，红母牛忽然站起身来跳舞了，跳

得又狂热又好看，还很有节奏，虽然一点儿音乐也没有。它一会儿跳波尔卡舞，一会儿跳苏格兰高地舞，一会儿跳它自己想出来的怪舞。在换一种舞的时候它总要屈膝行个礼，低下头来顶顶周围的蒲公英。

“天哪！”红母牛跳起水手风笛舞时对自己说，“多怪呀！我一向说跳舞不正派，可我自己也跳了，跳舞就不能说不正派，因为我是一头高尚的母牛。”

它一个劲地跳，跳得兴高采烈。最后它终于累了，觉得已经跳够，该去睡了。可奇怪的是它停不下来。它到红小牛身边要躺下，可它的腿不听使唤，继续蹦啊跳，自然又把它带走了。它在田野上团团转，又是蹦，又是跳圆舞和脚尖舞。

“天哪！多怪呀！”在间隙时间，它不断用太太的口气嘟哝着，可就是停不下来。

直到早晨它还在跳，红小牛只好自己吃早饭，吃蒲公英，因为红母牛没法停下来吃。

它整天在草地上跳上跳下，跳来跳去，红小牛在它后面可怜地哞哞叫。晚上它还在跳，停不下来。它越来越着急，一个礼拜跳下来，它简直要发疯了。

“这件事我得去见国王。”它摇着头下定了决心。

于是它亲亲红小牛，叫它乖乖的，接着转身跳着舞离开田野，上国王那儿去了。

它一路跳舞，路过树篱时从那儿咬点树叶充饥，人们看见它时都十分惊讶，眼睛都盯住它看。可没有比红母牛自己的眼

睛更惊讶的了。

最后它来到王宫，用嘴拉拉门铃。大门一打开，它就跳着舞进去，经过宽敞的花园，来到国王宝座前面的台阶那儿。

国王正坐在宝座上忙着立新法律。他的秘书端着个红本子，把国王想到的法律一条一条记录下来。周围都是朝臣和宫女，全都穿得非常华丽，七嘴八舌地在说话。

“今天我立了多少条法律啦？”国王向秘书转过脸问。秘书听了，就数红本子上记下的东西。

“72 条了，陛下。”他深深鞠着躬说，小心不让自己被他那支羽毛笔绊倒，这支羽毛笔可大了。

“一个钟头能定出那么多，还不算坏。”国王看来非常得意，“今天定够了。”他站起来很仔细地整整他那件貂皮披风。

“叫车。我要去理个发。”他庄严地说。

就在这时候他看到红母牛过来了。他重新坐下，拿起他的权杖。

“我们这里来了什么啦，瞧！”红母牛跳着舞来到台阶下面时，他问道。

“一头母牛，陛下！”它回答了一声。

“这我看得见，”国王说，“我还没瞎掉。可你要什么？快点说，因为我跟理发师约好了 10 点钟。过时不候，我得去理发。天哪，请别那样蹦蹦跳跳好不好？”他急躁地补了一句，“这样叫我头晕。”

“叫人挺头晕！”所有的朝臣看着它，跟着说了一句。

“我的苦恼就在这里，陛下。我停不下来！”红母牛可怜巴巴地说。

“停不下来？胡说！”国王生气了，“马上停下！国王我命令你！”

“马上停下！国王陛下命令你！”所有的朝臣叫道。

红母牛拼命要停下，为了使劲，浑身每一块肌肉和每一根肋骨都像山峦似的突出来了。可是没用。它仍然在国王的台阶下面跳着舞。

“我试过了，陛下，可停不下来。我已经这样跳了七天七夜。我没法睡，吃得很少，啃点叶子就算了。因此我来求你给出个主意。”

“嗯……非常奇怪。”国王说着，把王冠推到一边，抓抓头。

“非常奇怪。”朝臣们也抓着头说。

“你觉得怎么样？”国王问道。

“滑稽。”红母牛说，“还有，”它停了一下找适当的词，“还觉得很舒服。身体里好像一直在笑似的。”

“真少有。”国王说着，用手支住下巴，看着红母牛，考虑该怎么办。

忽然他跳起来说：“天哪！”

“什么事？”所有的朝臣叫着问。

“怎么，你们没看见吗？”国王很兴奋地说，他的权杖也掉下来了，“我多傻啊，原先竟没看见它。你们也多傻啊！”

他向朝臣们生气地转过脸去：“你们没看见它犄角上有颗

落下来的星星吗？”

“对呀！”朝臣们叫起来，好像忽然看见了那颗星星似的。眼看着星星好像更亮了。

“毛病就出在这儿！”国王说，“现在你们去把它摘下来，好让这位……哦……这位牛太太停止跳舞，吃点早饭。是星星使你跳舞呢，牛夫人。”他对红母牛说，“好，你去摘！”

他指指侍从长。侍从长很利索地跑到红母牛面前，动手摘星星。可是摘不下来。朝臣加了一个又一个，最后变成一长排，一个抱住一个的腰，朝臣和星星开始拔河了。

“当心我的脑袋！”红母牛求他们。

“用力拔！”国王哇哇大叫。

他们更使劲，拔得脸像木莓那么红，直到力气用完，拔不动了，一个接一个地向后倒在别人身上。星星一动不动，牢牢地嵌在犄角上。

“嘘嘘嘘！”国王说，“秘书，你查查百科全书，看关于犄角上嵌着星星的牛是怎么说的。”

秘书跪下来爬进王座下面。现在他拿着一本绿色大书爬出来。这本书一直放在那儿准备国王查什么东西时用的。

他很快地翻书。

“关于这件事什么都没说，陛下，只有一个讲牛跳过月亮的故事，这故事你都知道了。”

国王擦擦下巴，这样可以帮助他思考。

他苦恼地叹了口气，望着红母牛。

“我能说的就是，”他说，“你最好也试试这么办。”

“试试怎么办啊？”红母牛说。

“跳过月亮呗。也许有效。不管怎样，值得一试。”

“叫我跳？”红母牛说，看着国王有点生气。

“对，不叫你跳，还叫谁跳呀？”国王不耐烦地说。他正急着去理发。

“陛下，”红母牛说，“我求求你别忘了，我是一头正派体面的牛，从小受到的教育是，太太小姐不该跳。”

国王站起来对它摇摇他的权杖。

“牛太太，”他说，“你是来叫我出主意的，主意我已经出了。你想一辈子这样跳舞吗？你想一辈子挨饿吗？你想一辈子不睡觉吗？”

红母牛想起蒲公英可口芬芳的甜味，想起草原上躺下去多么柔软，想起它跳累了的腿能停下来休息该多好。它不由得对自己说：“也许就跳一回吧，这没什么关系，除了国王也没人知道。”

“你看这有多高呢？”它一面跳舞一面大声问。

国王看看天上的月亮。

“我想少说也有一里路。”他说。

红母牛点点头。它也这么想。它考虑了一会儿，主意拿定了。

“陛下，我从没想过这样做，从没想到要跳，并且是跳过月亮。不过我可以试试。”它说着向国王优美地屈膝行了个礼。

“很好，”国王高兴地说，心想他终于有可能及时赶到理

发师那儿了，“跟我来！”

他带路走进花园，红母牛和朝臣们在后面跟着。

“好，”国王来到一块草地上说，“我一吹哨子你就跳！”

他从背心口袋里掏出一个金哨子，先轻轻地吹了吹，看里面有没有被灰尘塞住。

红母牛一面跳舞，一面仔细听着。

“好，一！”国王说。

“二！”

“三！”

他把哨子一吹。

红母牛吸了一大口气，猛地一跳，离开了地面。只见国王和朝臣们在下面越来越小，直到最后看不见。它穿过天空，星星在它周围像金盆子似的旋转，现在到了耀眼的光里，它感到了上面月亮的寒光。它闭上眼睛跳过了月亮，等那阵耀眼的亮光落到身后，它的头重新朝下，只觉得那颗星星打它的犄角上滑了下去，飞也似的滚下天空。它感到星星落到黑暗里不见了，却有一阵洪亮的音乐声在空中回响。

接着红母牛重新落到地面上。奇怪的是它并不在国王的花园里，却在自己那片蒲公英地上。

它已经停止了跳舞！四条腿稳得像石头，走起来跟其他体面的牛一样端庄。它安详地穿过田野，上红小牛那儿去，一路咬掉它那些金色士兵的脑袋。

“你回来了我真高兴！”红小牛说，“我太寂寞了。”

红母牛亲亲它，埋头吃草。一个星期以来这是头一顿饭。等到它吃饱，好几个团的士兵给吃掉了。它现在觉得好多了，很快就恢复了跟过去一模一样的生活。

起先它很高兴能过平静的正常生活，能不跳舞好好地吃早饭，晚上能在草上躺下睡觉而不用整夜向月亮行屈膝礼。

可过了不久，它开始觉得不舒服不满足了。它的蒲公英地和红小牛都很好，可它还想再要点什么，却又想不出来是什么。最后它才明白，它少了它那颗星星。它已经习惯于跳舞和星星给它的快乐感觉，它想跳水手风笛舞，想再有颗星星在它的犄角上。

它很苦恼，胃口不好了，脾气暴躁了。它常常会无缘无故地大哭。它老找我母亲想办法。

“天哪！”我妈对它说，“你总不会以为只有一颗星星落下天空吧？我听说每夜有千千万万颗星星落下来。当然，它们是落在四面八方。你一生当中总不能希望有两颗星星落在同一块田野上吧。”

“要是我挪一挪地方，你看怎么样？”红母牛说，眼里露出快乐、渴望的目光。

“我要是你，”我妈说，“我就去找一颗。”

“我去，”红母牛高兴地说，“我一定去。”

玛丽阿姨住了口。

“它在樱桃树胡同走，我想就是这缘故。”简温柔地说。

“对，”迈克尔低声说，“它在找星星。”

玛丽阿姨有点像是惊醒似的坐好身子。她目不转睛的眼神消失了，她的身体也不僵直不动了。

“马上从那窗台上下来，小少爷！”她生气地说，“我来开灯。”她很快地走过楼梯口去开电灯。

“迈克尔！”简小心地悄悄说，“再看一眼，看牛还在那里不。”

迈克尔赶紧探头朝暮色中看。

“快点！”简说，“玛丽阿姨马上就回来了。看见牛了吗？”

“没——有，”迈克尔看着窗外说，“连影子也没有。它走了。”

“我真希望它能找到星星！”简说，她想着这头红母牛漫游整个世界，就为了找一颗星星嵌到它的犄角上去。

“我也是的。”迈克尔说。一听到玛丽阿姨回来的脚步声，他赶紧放下百叶窗……

第六章
倒霉的星期二

过了不久，有一天迈克尔醒来，觉得心里有一种古怪的感觉。他一张开眼睛就知道有点不对头，可他说不准是什么不对头。

“今天星期几呀，玛丽阿姨？”他掀开身上的毯子问。

“星期二。”玛丽阿姨说。

“去洗个澡吧。快！”她看见他一点儿不想起来，就说。他翻身又用毯子蒙过了头，古怪的感觉越来越厉害了。

“我跟你说什么了？”玛丽阿姨用她冷冰冰而清楚的声音说话，这样说话向来是表示警告。

迈克尔知道他要出什么事了。他知道他在变淘气。

“我不去。”他慢腾腾地说，声音在毯子底下变得瓮声瓮气。

玛丽阿姨一下子掀开他手里的毯子，低头看着他。

“我不去。”

他等着看她会怎么办，可是很奇怪，她一言不发，走进浴室开了龙头。她出来的时候，他拿起他的毛巾慢慢地走进去。迈克尔有生以来第一次浑身洗了个干净。他知道他这么做很丢脸，因此故意不洗耳朵后面。

“要我把水放掉吗？”他用最粗鲁的声音问。

没有回答声。

“哼，我不管！”迈克尔心里的淘气劲越来越厉害，“我不管！”

接着他穿衣服，穿上了只有星期日才穿的最好的衣服。他下楼去，用脚踢他知道不该踢的栏杆，因为这会吵醒屋里的人。他在楼梯上遇到埃伦，经过时把她手里的一杯热水碰翻了。

“嘿，你这个鲁莽的孩子，”埃伦说着弯身把水擦干，“这水是给你爸爸刮胡子用的。”

“我就要这样。”迈克尔不动声色地说。

埃伦红扑扑的脸都气白了。

“你就要这样？你存心的……那你是个野蛮的坏孩子，我要告诉你妈妈，我一定……”

“告诉吧。”迈克尔说着继续下楼。

这只是个开头。接下来一整天他都没好过。他身上那股淘气劲使他做出更可怕的事来，一做了他就觉得痛快非常，马上又想出新的花样。

烧饭的布里尔太太正在厨房里烤饼。

“迈克尔，这可不行，”她说，“你不能乱搞这面盆。里面有面呢。”

他听了这话，便在布里尔太太的小腿上狠狠踢了一脚，她丢下了擀面杖，大叫一声。

“你踢布里尔太太？踢好心的布里尔太太？我真为你感到害臊。”过了几分钟，妈妈听了布里尔太太告的状以后说，“你必须马上向她道歉。说对不起吧，迈克尔！”

“我不觉得对不起，我很高兴。她的腿太肥了。”他说。还没等她们把他捉住，他已经跑上台阶，到花园里去了。到了那里他存心去撞罗伯逊·艾，他正在最好的一堆岩生植物上睡觉，醒来非常生气。

“我告诉你爸爸！”他吓唬迈克尔说。

“我告诉他你今儿早晨没擦皮鞋。”迈克尔说着，连自己也有点吃惊，因为他和简一向帮罗伯逊·艾说话，非常爱他，不愿

他走掉。

可他只吃惊了一转眼的工夫，马上想接下来做别的淘气事了。他一下子就想出了个鬼主意。

他从铁栏杆围墙这边，看见拉克小姐的安德鲁在隔壁草地上挑剔地嗅着。他温柔地叫安德鲁，从口袋里掏出一块饼干给它。趁安德鲁吃饼干，他用一根绳子把它的尾巴拴在栏杆上，接着跑了，只听见拉克小姐在他背后生气地大叫，他兴奋得浑身都要炸了。

爸爸的书房门开着，埃伦刚才在里面给书掸过灰尘。于是迈克尔做起不许他做的事情来。他走进书房，坐在爸爸的写字桌旁边，拿起他爸爸的钢笔在吸水纸上写写画画。突然他的胳膊肘碰翻了墨水瓶，结果把椅子、桌子、羽毛笔和他最好的衣服都洒上了蓝墨水。可怕极了，迈克尔真担心不知会怎么样。可他不管，他一点儿也不觉得抱歉。

“那孩子准病了。”埃伦突然回来，发现迈克尔闯了祸，就去告诉他妈妈。妈妈听了以后说：“迈克尔，你得喝点无花果糖浆。”

“我没病，我身体比你还棒。”迈克尔粗鲁地说。

“那你就是淘气，”他妈妈说，“你该受罚。”

真的，五分钟以后，迈克尔穿着那件弄脏的衣服，面对着墙，在儿童室里站壁角。

趁玛丽阿姨没看见，简想跟他说话。可他不回答，向她吐舌头。约翰和巴巴拉在地板上爬过来，每人抓住他一只鞋子咯

咯笑，他凶巴巴地把他们推开。他一直对自己的淘气劲得意洋洋，一点儿也不在乎。

“我不要好。”他下午跟着玛丽阿姨、简和童车上的双胞胎到公园去散步时，自言自语。

“别磨磨蹭蹭的。”玛丽阿姨回头提醒他。

可他继续磨磨蹭蹭，在人行道上擦他的鞋子边，想要把皮擦破。

玛丽阿姨一下子转脸对着他，一只手抓住童车的车把。

“你呀，”她说，“今天早晨在错的一边下床了。”

“没有，”迈克尔说，“我的床没有错的一边。”

“每张床都有一边对一边错。”玛丽阿姨板着脸说。

“我的没有，一边靠墙。”

“那也一样。那也算一边。”玛丽阿姨嘲笑他说。

“那错的一边是靠墙的还是不靠墙的呢？我从不在靠墙的一边起来，怎么能说是错的呢？”

“今天两边都错了，我的自作聪明先生！”

“可我只从一边下床，我要是……”他还要争。

“你再开口……”玛丽阿姨说话的口气凶得少有，连迈克尔也有点紧张了，“你再开口我就……”

她没说要怎样，可她加快了脚步。

“迈克尔，一块儿走。”简悄悄说。

“你闭嘴！”他说，声音低得不让玛丽阿姨听见。

“来，我的先生，”玛丽阿姨说，“请你走在前面。我不

要你再在后面磨磨蹭蹭的。麻烦你在前面走。”她把他推到她前面去。“还有，”她说下去，“那边有样东西在路上一闪一闪的。麻烦你去捡起来给我。也许谁丢了首饰。”

迈克尔不想去，可又不敢不去，朝她指的方向看看。对，是有样东西在路上闪光。远远看去真好玩，闪着的光像在召唤他。他犹犹豫豫地走过去，尽量走得慢些，装出他实在不想看它是什么东西的样子。

他走到那儿，弯腰捡起那闪光的东西。是个小圆盒似的东西，面上嵌着一块玻璃，玻璃上画着一支箭。里面是个圆盘，上面好像布满字母，他一动盒子，圆盘就轻轻地转动。

简跑过来，打他背后看过去。

“那是什么，迈克尔？”她问。

“不告诉你。”迈克尔说，虽然他自己也不知道那是什么。

“玛丽阿姨，那是什么？”童车推到他们身边时，简问道。玛丽阿姨打迈克尔手里拿过小盒子。

“它是我的。”迈克尔眼红地说。

“不，是我的，”玛丽阿姨说，“我先看到的。”

“可是我把它捡起来的。”他想抢回去，可玛丽阿姨朝他那么一看，他的手就放下来了。

她把那圆东西颠来倒去，盒子里的圆盘和它的字母在阳光底下急速地晃动。

“它是干什么用的？”简问。

“环游世界用的。”玛丽阿姨说。

“呸！”迈克尔说，“环游世界乘船或者坐飞机。这我有数。这盒子可没法带你环游世界。”

“哦，真没法带吗？”玛丽阿姨说着，露出一种我比你懂的古怪表情，“你就看着吧！”

她捧着指南针，转向公园门口，说了声：“北！”

字母绕箭头飞转。天气一下子变了，变得非常冷，寒风吹得简和迈克尔赶紧把眼睛闭上。等到他们张开眼睛，公园完全不见了——看不见一棵树、一张绿色椅子、一条柏油小道。他们只看见周围是蓝色的大冰块，脚下是冻硬的厚雪。

“噢，噢！”简叫起来，又冷又吃惊，浑身发抖，冲过去用童车上的毯子盖住双胞胎，“我们出什么事啦？”

玛丽阿姨有意地看着迈克尔。她没工夫回答，因为这时候从一块大冰的洞里走出来一位因纽特人，他的棕色圆脸给一顶白皮帽裹住，身上披着一件大皮袍。

“欢迎你们上北极来，玛丽·波平斯和朋友们！”那因纽特人露出欢迎的热情笑容说。接着他走上前来，用鼻子跟大家一个一个擦鼻子，表示问好。这时候洞里又走出来一位因纽特太太，抱着一个用海豹皮围巾裹着的因纽特娃娃。

“啊，玛丽，真是荣幸至极！”那位因纽特太太说着也跟大家一个个擦鼻子。

“你们一定冷了，”她看见大家穿得那么单薄，吃惊地说，“让我给你们去拿皮大衣。我们刚剥了两只北极熊的皮。你们准想喝点鲸脂汤吧，亲爱的？”

“我怕我们不能久待，”玛丽阿姨赶紧回答，“我们正在环游世界，只来看一看。可还是谢谢你的好意。也许什么时候我们要再来。”

她的手动一动，转了转指南针说：“南！”

简和迈克尔觉得整个世界像指南针一样旋转起来，他们正在轴心那儿，就像售票员特地邀请到旋转木马轮盘的中心那样。

地球绕着他们转，他们觉得越来越暖和了，等到它慢慢停下，他们正站在棕榈树丛旁边。太阳很强烈，周围都是金色和银色的沙，在脚下烫得像火。

棕榈树下坐着一男一女，皮肤很黑，衣服穿得很少。可是他们戴着很多珠子——有的挂在羽毛冠上，有的挂在耳朵上。珠串围着脖子，珠带围着腰。黑人太太的脖上坐着一个光身子的黑娃娃。妈妈说话的时候就对孩子笑。

“盼你很久了，玛丽·波平斯，”她笑着说，“你快带这几个孩子到我的屋里去吃块西瓜吧。啊，那两个娃娃那么白。要点黑鞋油涂涂他们吗？来吧。非常欢迎你们！”

她快活地大声哈哈笑，站起来要他们进棕榈叶盖的小棚屋。

简和迈克尔正要跟去，可玛丽阿姨拉住他们。

“可惜我们没时间待下来。你知道，我们是路过这里来看看你们的。我们在环游世界……”她给两位黑人解释。他们惊讶得举起双手。

“你们是在旅行啊，玛丽·波平斯？”那男人一面说一面擦

他脸颊旁边的大盾牌，用闪闪发亮的黑眼睛看着她。

“环游世界！天哪，你们无事忙，对吗？”他的妻子说着又笑起来，好像整个生活就是一堆大笑料。她在那里笑，玛丽阿姨又转转指南针，镇静地大声说：“东！”

地球又转了，现在——吃惊的孩子们觉得只有几秒钟时间——棕榈树没有了，地球一停下来，他们却是在一条街上，两旁是样子奇怪的小房子。它们像是纸糊的，拱形屋顶挂着小铃铛，在微风中轻轻地叮叮当当响。房子旁边长着杏树和梅树，张开了坠着鲜花的树枝。沿着小街，穿奇怪花衣服的人们在安详地走着。这是极可爱的和平景象。

“我想我们到中国了。”[1]简对迈克尔悄悄说，“对，准是的！”她说话时看见一座纸房子的门打开，一位老人出来，他穿得很古怪，是一件金丝缎的衣服、一条绸裤，裤腿塞在金脚镯里。鞋尖翘起来，很时髦，长胡子一直垂到腰部。

老人看见玛丽阿姨和一大群孩子，深深鞠躬，头都要碰到了地。简和迈克尔觉得很奇怪，玛丽阿姨也是这样鞠躬，帽子上的雏菊也擦着地了。

“你们的规矩哪儿去了？”玛丽阿姨以她少有的姿势抬起眼睛看他们，低声对他们说。她说得那么凶，他们想还是鞠躬好，双胞胎也弯身把脑门靠在童车边上。

老人有礼貌地站直身子，开口说话。

“可敬的波平斯家之玛丽，”他说，“大驾光临寒舍，不

[1] 从描写看，作者把中国和日本混在一起，并不真实。

胜荣幸至极。我恳请您带这几位尊贵的旅行家进入敝舍。”他又鞠躬，向他的房子挥挥手。

简和迈克尔从未听到过这样古怪而又美丽的话，十分惊奇。当听到玛丽阿姨用同样的客套话回答他的邀请，就更加惊奇了。

“阁下，”她开口说，“深感遗憾的是我们这几个您认识的最卑下的人只好谢绝您隆重的邀请。羊羔不离母，小鸟不离窝，我们更不愿离开光辉的阁下。然而，无比荣耀的阁下，我们正在环游世界，我们只是路过贵地，请原谅，我们告辞了。”

老人低头正要再来一次鞠躬，玛丽阿姨很快地又转动指南针。

“西！”她斩钉截铁地说了一声。

地球转得让简和迈克尔的头都晕了。等它停下，他们正跟着玛丽阿姨穿过大松林，走向一块空地，那儿有几个帐篷围着一个大火堆。一些头戴羽毛、穿紧身短上衣和毛边鹿皮裤的黑影在火光中闪现。最大的一个人影离开众人，赶到玛丽阿姨和孩子们这儿来。

“晨星玛丽，”他说，“你好！”他弯身和她碰脑门。接着他跟四个孩子也一个个碰了脑门。

“我的棚屋在等着你，”他用友好而庄严的声音说，“我们正在烤野鹿当晚饭吃。”

“昼阳酋长，”玛丽阿姨说，“我们只是路过……我们是来跟你说再见的。我们在环游世界，这是最后一站。”

“啊？是这样！”那酋长有兴趣地说，“我也常想环游世界。

不过你一定能跟我们再待一会儿，只要能让这小家伙，”他向迈克尔点点头，“跟我六世孙子快如风比比力气！”酋长拍拍手。

“哎嗬！”他大声一叫，一个小印第安孩子就从帐篷里跑出来。他很快地向迈克尔走来，一到就轻轻拍了拍他的肩膀。

“看你追得上！”他说着像野兔那样跑了。

迈克尔正求之不得。他一跳就追了上去，简跟在他们后面。三个人在树木间躲来躲去，快如风带头，绕着一棵大松树跑了一圈又一圈。简落在后面，已经没力气了，可迈克尔生了气，龇着牙，哇哇叫着追赶快如风，决心不让这印第安孩子跑在头里。

“我要追上你！”他叫着跑得更快了。

“你们这是在干吗？”玛丽阿姨很干脆地问。

迈克尔回头去看她，一下子站住了。等他转身要去追，奇怪，快如风没影了。酋长、帐篷、火堆都没影了，连那棵松树也不见了，只有一张花园椅子，简、双胞胎和玛丽阿姨站在花园中央。

“你绕着花园椅子转啊转，好像都疯了！想来你一天淘气得也够了。来吧！”玛丽阿姨说。

迈克尔生气地嘟起嘴。

“一分钟就环游世界回来，多了不起的盒子啊！”简欢天喜地地说。

“把我的指南针还我！”迈克尔粗鲁地要求说。

“是我的，对不起。”玛丽阿姨说着把它放进口袋。

N
N.W
N.E
W
E
S.W
S

迈克尔看着她，那样子像要宰人，的确，他的心情就跟他的样子一样。可他只是耸耸肩，当着他们的面大踏步走开，一句话也不跟大家说。

“有一天我会超过那孩子的。”他进 17 号上楼的时候有把握地说……

他心里还有很大的淘气劲。指南针带他环游世界以后，这淘气劲越来越厉害，到了傍晚，他越来越淘气了。他趁玛丽阿姨没注意，掐了双胞胎，他们一哭，他又假装好心地说：“怎么啦，小宝贝，你们怎么啦？”

可玛丽阿姨不上他的当。

“你有毛病了！”她有所指地说。可他心中的淘气劲不让他把这话放在心上。他只是耸了耸肩，又拉简的头发，接着他坐到晚餐桌旁，对他的牛奶面包发脾气。

“好了，”玛丽阿姨说，“我从没见过有这样存心淘气的人。我有生以来真是从没见过，你去吧！走吧！上床去，没说的！”他从没见过她的脸色这么可怕。

可他还是不在乎。

他进儿童室脱衣服。他不在乎。他是不好，假使他们不留神，他还要更不好呢。他根本不在乎。他恨每一个人，要是他们不留神，他会跑去参加马戏班。好！一颗扣子拉掉了。不错，这样早晨可以少扣一颗。又拉了一颗！更好了。世界上没有一样东西可以使他感到不好意思。他要不梳头发不刷牙就上床……

当然不做祷告。

他正要上床，一只脚都上去了，忽然看见指南针在五斗橱顶上。

他慢慢地把脚缩回来，踮起脚走过房间。他知道他要做什么。他要把指南针拿下来，转动它环游世界。大家将永远找不到他，他们正该受这份罪。他无声无息地拿起椅子放在五斗橱前面。接着他爬上椅子，拿过指南针。

他转动它。

“北，南，东，西！”他很快地一口气说完，趁没人来好走掉。

椅子后面一声响，吓了他一跳，他马上像做错事似的转过脸来，以为会看见玛丽阿姨，可看见的却是四个巨人向他逼近过来——拿着长矛的因纽特人、拿着丈夫的大棍棒的女黑人、拿着大弯刀的亚洲人、拿着战斧的印第安人。他们高举武器从房间的四个角落扑过来，一点儿不是今天下午看到的那种友好样子，现在变得凶极了。他们几乎在他头顶上面，又可怕又生气的大脸向他低下来，越离越近。他感到他们呼吸的热气喷到他脸上，看到他们的武器在他们手里抖动。

迈克尔大叫一声，丢下了手里的指南针。

“玛丽阿姨，玛丽阿姨……救命啊，救命啊！”他哇哇尖叫，紧闭眼睛。

他感到有个又柔软又温暖的东西裹住他。噢，这是什么？是因纽特人的皮大衣，是印第安人的鹿皮外衣，是黑人太太的羽毛？捉住他的是他们当中的哪一个呢？噢，他不坏就好了，

不坏就好了！

“玛丽阿姨！”他急叫起来，只觉得自己被抱起来，放在什么更柔软的东西上面。

“噢，亲爱的玛丽阿姨！”

“好了好了。我不是聋子，请你好好说话不要叫。”他听见她平静地说话。

他睁开一只眼睛。他看不见指南针转出来的那四个巨人的影子。他再睁开一只眼睛来看个清楚。没有，连他们的一点儿影子也没有。他坐起来，把房间环顾了一下。里面什么人也没有。

于是他发现裹住他的柔软东西是他自己的毯子，他躺在上面的软绵绵的东西是他自己的床。噢，这会儿他心中的淘气劲已经烟消云散了。他觉得太平无事，心头十分快活，真想送给他认识的每一个人一样生日礼物。

“出……出什么事了？”他焦急地问玛丽阿姨。

“我不是说过了那是我的指南针？请你不要碰我的东西。”她说完就弯腰捡起指南针，放到口袋里。接着她动手折叠他昨晚扔在地板上的衣服。

“让我折叠，好吗？”他说。

“不，谢谢。”

他看着她进隔壁房间，接着她回来，在他手里放了个热乎乎的东西。这是一杯牛奶。

迈克尔啜着牛奶，每一滴都用舌头尝几遍，尽量拖延时间，好让玛丽阿姨待在他身边。

她站在那里一声不响，看着牛奶慢慢少下去。他闻到她浆过的白围裙和她身上一直有的烤面包的淡淡香味。尽管他喝得慢，可一杯牛奶也不能喝一辈子，最后他叹了口气，把空杯子还给她，钻到被子里去。他想，他从不知道有这么舒服的感觉。他还想，活着是多么温暖、多么快活、多么幸福啊！

“玛丽阿姨，你说这不是很滑稽嘛，”他睡眼蒙眬地说，“我曾经那么淘气，可如今我觉得那么好。”

“嗯！”玛丽阿姨说着给他塞好被子，洗餐具去了。

第七章 鸟太太

“也许她不在那里。”迈克尔说。

“不，她会在那里的。”简说，“她永远在那里。”

他们正在上路德盖特山，要进城去看他们的爸爸。因为这天早晨他对他们的妈妈说：“亲爱的，要是不下雨，我想简和迈克尔今天可以上办公室看我，当然，要是你同意的话。我想带他们到外面吃茶点，这是难得的。”

妈妈说她可以考虑考虑。

可是整整一天，尽管简和迈克尔心急地瞧着她，她却像根本没在考虑这件事。从她说的话看，她只想着洗衣账单、迈克尔的新大衣、弗洛西姑妈的地址，还有那坏心肠的杰克逊太太

知道这个月的星期四她要去看牙，为什么偏在这天请她去吃茶点呢！

他们已经断定她不会想到爸爸请他们吃茶点的事，这时候她忽然说："好，别这样站着看我了，孩子们。快去穿好衣服。你们这就进城跟爸爸吃茶点去。你们忘了吗？"

好像他们会忘记似的！因为不仅要吃茶点，还有那鸽子老太太，最要看的就是她。

就是为了这个，他们走上路德盖特山觉得非常兴奋。

玛丽阿姨走在他们中间，戴着新帽子，它的样子非常特别。她不时地看店铺的橱窗玻璃，看看她的帽子是不是还在头上，帽子上的粉红玫瑰花有没有变成金盏花一类的普通花。

她每次停下来看橱窗玻璃，简和迈克尔就叹气，可是不敢说什么，生怕她反而看得更久。玛丽阿姨一个劲把身子转来转去，看身上哪一样东西跟她最相称。

最后他们终于来到圣保罗大教堂。这座大教堂是很久很久以前建造的，建造的人有个鸟的名字，叫鹪鹩。尽管他跟这种鸟无亲无故，但因为这个缘故，就有许多鸟待在圣保罗大教堂管辖的克里斯托弗·鹪鹩教堂附近，也正因为这个缘故，就有那位鸟太太待在那里。

"她在那里！"迈克尔忽然叫起来，兴奋地竖起了脚跳舞。

"别指指点点的。"玛丽阿姨说着，在木匠铺橱窗玻璃上把她的粉红色玫瑰花看了最后一眼。

"她在说了！她在说了！"简嚷嚷说，紧紧抱着自己，生怕

自己高兴得炸开。

她在说了。鸟太太在那里，她是在说了。

“喂鸟吧，两便士一袋！喂鸟吧，两便士一袋！喂鸟吧，喂鸟吧，两便士一袋，两便士一袋！”她用唱歌似的高亢的声音把那两句话翻来覆去地说。

她一面说一面向过路人伸出小小的一袋袋面包屑。

鸟在她周围飞翔，打转，跳上跳下。玛丽阿姨老叫这些鸟“麻雀”，她自以为是地说，什么鸟在她看来都一个样。可简和迈克尔知道它们不是麻雀，是鸽子。那些叽叽咕咕瞎忙的灰鸽子像奶奶，那些声音嘶哑的棕色鸽子像伯伯，那些咯咯叫着“今天我没钱”的绿色鸽子像爸爸，那些朴素的、心事重重的温柔的蓝色鸽子像妈妈。反正简和迈克尔就这么想。

孩子们走过去的时候，这些鸽子正在鸟太太头上转来转去，接着像要逗她，一下子呼地飞走，蹲到圣保罗大教堂顶上，笑着，扭转了头，装成不认识她的样子。

这回该轮到迈克尔买面包屑了。简上回买过了。他走到鸟太太面前，递上四个硬币，半便士一个的。

“喂鸟吧，两便士一袋！”鸟太太说着，把一袋面包屑放在他手上，把钱收进她大黑裙的褶皱袋里。

“为什么你没有一便士一袋的呢？”迈克尔说，“那我就可以买两袋了。”

“喂鸟吧，两便士一袋！”鸟太太说。迈克尔知道多问没用，他和简不止一次问过，可她说的，她所能说的就是：“喂鸟吧，

两便士一袋！”就像不管你问布谷鸟什么，它都只会说“咕咕”一样。

简、迈克尔和玛丽阿姨把面包屑往地上撒了一圈，现在鸽子先是一只一只，接着两三只两三只地从圣保罗大教堂屋顶飞下来。

“太挑剔了。”玛丽阿姨看着一只鸽子啄起一粒面包屑又吐出来，说。

可其他的鸽子向食物扑上去，推推搡搡，大声尖叫。最后面包屑一点儿不剩了，因为对鸽子来说，东西吃剩下来是不礼貌

的。等到鸽子断定这顿饭吃完了，它们一大群在鸟太太头上噼噼啪啪绕圈圈，用它们的鸽子语言学她那两句话。有一只蹲到她帽子上装作皇冠的装饰品。还有一只错把玛丽阿姨的新帽子当玫瑰园，啄掉一朵玫瑰花。

“你这只麻雀！”玛丽阿姨叫着向它挥伞。这只鸽子很生气，飞回鸟太太头上，为了向玛丽阿姨示威，把那朵玫瑰花插在鸟太太帽子的缎带上。

“你该到馅饼里去，那是你该去的地方。”玛丽阿姨很生气地对它说。紧接着她就吆喝简和迈克尔。

“该走了。”她说着狠狠地瞪了那鸽子一眼，可它只是哈哈大笑，竖起尾巴，把身子背过去了。

“再见。”迈克尔对鸟太太说。

“喂鸟吧。”她微笑着回答。

“再见。”简说。

“两便士一袋！”鸟太太说着挥挥手。

他们离开了她，在玛丽阿姨身旁一边一个地走着。

“所有的人像我们那样走了以后会怎样呢？”迈克尔问简。

他知道会怎么样，可还是要问问简，问她正合适，因为这故事是她编的。

简就给他讲故事，个别忘了的地方他就给补上。

“晚上当大家上床的时候……”简开始说。

“星星出来了。”迈克尔补充说。

“对，不过星星不出来也一样……所有的鸽子从圣保罗大

教堂的顶上飞下来，在广场上小心地找，看有没有面包屑剩下，把它们吃干净好迎接第二天早晨。等它们做好了……”

“你忘了洗澡的事。”

“对对……它们洗了澡，用爪子梳好了羽毛。等它们做好了。它们在鸟太太的头上盘旋三圈，然后蹲下来。”

“蹲在她肩膀上吗？”

“对，还蹲在她帽子上。”

“还蹲在她放袋袋的篮子上吗？”

“对，有些还蹲在她膝盖上。接着她一只一只抚平它们头上的羽毛，告诉它们乖乖的……”

“用鸟的语言吗？”

“对。等到它们都瞌睡了，不想再醒着了，她就张开她的大裙子，像母鸡张开翅膀一样，鸽子一只一只爬到裙子下面去。等到最后一只鸽子进去了，她在它们上面坐着，发出很轻的孵小鸡似的声音，它们就在那里睡到第二天早晨。”

迈克尔高兴地叹口气。他爱这个故事，百听不厌。

“全是真的，对吗？”他照规矩总要说这一句。

“不对。”玛丽阿姨说，她照规矩总要说这一句。

“对的。”简说，她一向是什么都懂……

第八章 科里太太

“两磅香肠——要最好的猪肉做的，”玛丽阿姨说，“请马上给我。我们忙着呢。”

卖肉的围一条蓝白条子围裙，客客气气，是个胖子，身子圆滚滚，皮肤红通通，很像一根他卖的那种香肠。他靠在砧板上，爱慕地瞧着玛丽阿姨。接着他眉飞色舞地朝简和迈克尔眨眨眼睛。

“忙着？”他对玛丽阿姨说，“唉，真遗憾。我倒希望你进来聊聊。你知道，我们卖肉的喜欢有个伴。我们不常有机会跟你这么一位漂亮小姐聊聊……”他一下子住了口，因为他看到了玛丽阿姨的脸。脸上的表情很可怕。卖肉的恨不得地上有个

洞可以钻进去。

“哦，好好……”他的脸比平时更红，“当然，你忙着。你说两磅吗？最好的猪肉？马上给你！”

他赶紧把从铺子这头挂到铺子那头的一根长绳子拉下来，绳子上吊满了香肠，他切下大概四分之三码，弯成一个花环似的，先用白纸，再用棕色纸包好，递过砧板交给玛丽阿姨。

“还要什么？”他问了一句，依然红着脸等着。

“不要什么了。”玛丽阿姨高傲地吸吸鼻子。她接过香肠，很快地把童车转了个身，推车就出肉店，卖肉的知道得罪了她。可她一面走一面看橱窗玻璃，看到玻璃上映出来的她那双新皮鞋。这双鞋是光亮的棕色小山羊皮做的，上面有两颗扣子，非常漂亮。

简和迈克尔跟着她，不知道她什么时候才买完东西，可看到她的脸色，又不敢问。

玛丽阿姨在街上看来看去，好像埋头在想着什么，接着她一下子拿定主意，很急地说：“鲜鱼铺！”说着她把童车转向肉店旁边那铺子。

“一条鲽鱼，一磅半比目鱼，一品脱对虾，一只龙虾。”玛丽阿姨说得那么快，只有听惯她说话的人才明白她说什么。

卖鱼的和卖肉的不同，是个瘦长个子，瘦得好像没有正面，只有两个侧面。他满面愁容，叫人觉得他不是刚哭过就是马上要哭。简说这是因为他内心有一个从小萦绕着他的苦恼，迈克尔认为准是他的妈妈在他吃奶时完全给他吃面包喝水，他到现

在还忘不了。

“还要什么吗？”卖鱼的用无望的口气问。一听那声音就知道，他断定玛丽阿姨不会再要什么了。

“今天不要了。”玛丽阿姨说。

卖鱼的难过地摇摇头，一点儿不觉得奇怪。他早知道不会再有什么生意了。

他轻轻地吸吸鼻子，把东西包好，放进童车。

“天气不好。”他看看天说，用手擦擦眼睛，“看来根本不会有什么夏天了……当然，我们一向就没想过会有。你看来不太花哨，”他对玛丽阿姨说，“再说，又有谁花哨呢……”

玛丽阿姨昂起她的头。

“管你自己的事吧。”她生气地说着，一下子向门口走去，把童车推得那么猛，它撞到一袋牡蛎上去了。

“瞧他说的！”简和迈克尔看见她说着低头看看鞋子。她穿着那双有两颗扣子的棕色新羊皮鞋还不花哨——瞧他说的！这就是他们听见的她的想法。

她到了外面人行道，停下来看买东西的单子，把已经买的东西勾掉。迈克尔两条腿交替着站在那里。

“玛丽阿姨，我们永远不回家了吗？”他不高兴地问。

玛丽阿姨转过脸来，用讨厌他的样子看看他。

“说不定。”她简单地说了一句。迈克尔看着她折叠单子，恨自己多问了那句话。

“你高兴可以先回家，”她高傲地说，“我们要去买姜饼。”

迈克尔沉下了脸。他能管住自己不说话就好了！他不知道单子上最后一项是姜饼。

“那边就是，”玛丽阿姨指着樱桃树胡同的方向说了一句，“只要你不迷路。”她好像想到似的，又补了一句话。

“不不，玛丽阿姨，对不起！我实在不是那个意思。我……哦……玛丽阿姨，对不起……”迈克尔叫着说。

“让他来吧，玛丽阿姨！”简说，“只要你让他跟我们走，我推童车。”

玛丽阿姨吸了吸鼻子。“今天要不是星期五，”她阴着脸对迈克尔说，“你一转眼就回家了，真是一转眼！”

她推着约翰和巴巴拉继续走。简和迈克尔知道她大发慈悲了，一边跟着走，一边想，她说星期五是什么意思。忽然，简发现他们走错了路。

“玛丽阿姨，我记得你说买姜饼……可现在这条路不是上我们常去买姜饼的那家店……”她刚开口，一看玛丽阿姨的脸就停嘴了。

“是我去买还是你去买？”玛丽阿姨顶她。

“是你。”简声音很轻地说。

“哦，是吗？我还以为是你呢。”玛丽阿姨冷笑着说。

她用一只手把童车稍微一转，拐了个弯，一下子停下来。简和迈克尔在后面猛地站住，已经到了一家他们从未见过的极古怪的铺子门口。这铺子很小很暗。橱窗里挂着一圈褪色的彩纸，架上是很旧的一小箱一小箱的果子露，很陈旧的甘草条和一串

串非常干非常硬的苹果。橱窗之间有一个很暗的小门廊，玛丽阿姨把童车推进去，简和迈克尔紧跟着她。

他们在店里模模糊糊看见三边是玻璃柜台。有一个柜台里放着一排排黑黝黝的干姜饼，每一个姜饼上装饰着金星，整个店铺好像给照出了一层淡薄的亮光。简和迈克尔四面张望，看接待他们的是什么人，奇怪的是玛丽阿姨大叫："芳妮！安妮！你们在哪儿啊？"她的声音好像在铺子的四堵暗暗的墙上发出回响。

她一叫，柜台后面就站出两个人来跟玛丽阿姨拉手。简和迈克尔从没见过人有那么大的。这两个高大女人接着趴在柜台上说："你们好吗？"声音跟她们人一样大。她们跟简和迈克尔拉手。

"你好，你是……"迈克尔顿住了，心想这两位大个子小姐是谁。

"我是芳妮。"一个说，"我的风湿病还是老样子，谢谢你问起。"她说得很悲伤，好像不习惯人家这样客气地向她问好。

"你好……"简很有礼貌地对另一个姐妹说。那位小姐用她的大手握住简的手几乎有一分钟。

"我是安妮。"她也很悲伤地告诉他们说，"行为美才是美。"

简和迈克尔觉得这两姐妹讲话都很古怪，可他们还没来得及奇怪，芳妮小姐和安妮小姐已经把她们的长手向童车伸过去，一人跟一个婴儿拉手，双胞胎吓得直哭。

"好了好了，什么事什么事？"一个尖细清脆的声音从店堂

后面传过来。一听见这声音，芳妮和安妮本来就忧愁的脸更忧愁了。她们好像吓了一跳，很不好受，简和迈克尔似乎感觉到这两个大个子姐妹希望她们的个子能小一些，不那么显眼。

“吵什么？”古怪的尖细声音叫道，近些了。现在女掌柜在柜台一头出现。她跟她的声音一样细小，孩子们觉得她比世界上什么人都老，头发一小束，腿像火柴棒，脸很小，满是皱纹。尽管这样，她走过来时轻盈快活，好像还是个年轻姑娘。

“哈哈哈……好奇怪！我敢打赌是玛丽·波平斯与班克斯家的约翰和巴巴拉来了。怎么……还有简和迈克尔？真是想不到的喜事！我保证自从哥伦布发现美洲以来我还没这样吃惊过……真的没有！”

她走过来欢迎他们，快活地微笑，穿着宽紧带皮鞋的脚像跳舞似的。她跑到童车旁边，轻轻地摇它，对约翰和巴巴拉弯起了又干又瘦的指头，直到他两个止住了哭，开始笑。

“那就好了！”她快活地咯咯笑着说。这时候她做了件怪极了的事情，她掰下两个指头，给约翰和巴巴拉一人一个，最奇怪的是指头掰掉的地方马上又长出了指头。简和迈克尔看得清清楚楚。

“不过是麦芽糖，吃了没坏处。”老太太对玛丽阿姨说。

“科里太太，不管你给他们什么，对他们都是有好处的。”玛丽阿姨用最惊人的客气口气回答。

“多可惜呀，”迈克尔忍不住说，“不是薄荷糖。”

“嗯，有时候是的，”科里太太高兴地说，“也很好

吃。晚上失眠我常常自己舔舔指头。对消化大有好处。”

“接下来会是什么糖呢？”简大有兴趣地看着科里太太的手指头问。

“啊哈！”科里太太说，“这正是个问题。我从来就不知道它们下一回是什么糖。亲爱的，我只是凭运气，就像征服者威廉[1]的妈妈劝他别去征服英国时，我听到他回答妈妈所说的那样。”

[1] 征服者威廉（1027—1087）本来是一位法国公爵，1066年英国国王死了，没有子女继位，由大贵族哈罗德当国王，威廉借口有前王遗嘱，渡海进入英国，打败哈罗德，自立为王。

“那你一定很老了！”简羡慕地叹气说，心里琢磨她是不是能像科里太太那样记住许多东西。

科里太太仰起她的小脑袋尖声大笑。

“老吗？”她说，“比起我奶奶来我只是个娃娃。要说老她才算老，不过我也不算小。我记得开天辟地的时候，我也十几岁了。天哪，我可以告诉你们，那才真叫热闹呢！”

她一下子住了口，眼睛盯着孩子们。

“我的天，我只顾说呀说呀，还没问你们要什么呢！我想，亲爱的，”她像很熟似的向玛丽阿姨转过脸来，“我想你们都是为了姜饼来的吧？”

“一点儿不错，科里太太。”玛丽阿姨彬彬有礼地说。

“很好。芳妮和安妮给你们了吗？”她看着简和迈克尔说。

简摇摇头。柜台后面传来两个压抑的声音。

“还没有呢，妈妈。”芳妮不好意思地说。

“我们正要给，妈妈……”安妮小姐低声说。

科里太太听了全身站直，凶巴巴地看着她两个高大的女儿，接着用又轻又凶的可怕声音说：“正要给？噢，真的！有意思极了。我倒问你，安妮，谁让你把我的姜饼给人的？”

“谁也没让，妈妈。我也没给。我只是想……”

“你只是想！太谢谢了。可请你想都别想。该想的我都会想！”科里太太用她又轻又可怕的声音说。接着她发出刺耳的咯咯笑声。

“瞧她！瞧她吧！胆小的小妞！哭娃娃！”她用一个多节的

手指头指着她这女儿尖声说。

简和迈克尔转脸看见大滴的泪珠从安妮小姐伤心的大脸上流下来，可他们不想说什么，因为科里太太尽管小，却使她们觉得自己更小，都吓坏了。等到科里太太一望到别处去，简马上乘机把自己的手帕递给安妮小姐。大滴的眼泪马上湿透了手帕，安妮小姐带着感激的眼光绞干手帕还给她。

“还有你，芳妮……我看你也这样想的吧？”那尖细的声音现在转向另一个女儿。

“妈妈，我没有。”芳妮小姐发着抖说。

“哼！你也一样！打开那个柜台！”

芳妮小姐吓得慌手慌脚地打开玻璃柜。

“好，我的宝贝。”科里太太换了一种口气说。她对简和迈克尔微笑和召唤得那么甜，使他们为了怕她这件事感到惭愧，觉得她到底是个好人。“你们不来拿吗，我的小羊羔？这是特制的，我向阿尔弗烈德大帝[1]学来的做法。我记得他是个呱呱叫的厨师，虽然有一回他的确烤焦了蛋糕。拿多少呢？”

简和迈克尔瞧瞧玛丽阿姨。

“一人四个，”她说，“一共十二个，一打。”

“我来凑成厨师的一打——十三个。”科里太太高兴地说。

于是简和迈克尔挑了十三个姜饼，每一个上面都有颗纸的金星。他们一人一大捧香喷喷黑黝黝的姜饼。迈克尔忍不住把一个饼吃掉了一角。

[1] 阿尔弗烈德大帝（849—899）是中世纪英国西撒克斯国王。

“好吃吗？”科里太太问。他点点头，她就提起裙子，高兴地跳了几步高地舞。

“好啊，好啊，好极了，好啊！”她用她尖细的声音叫道。接着她走到账台，脸马上变严肃了。

“不过别忘了，我不是白给的，要付钱。一个人付三便士。”

玛丽阿姨打开钱包拿出三个三便士硬币，给简和迈克尔一人一个。

“好，”科里太太说，“把它们粘在我的衣服上吧！钱都粘到那上面去。”

他们凑近看她的黑色长衣。一点儿不错，上面满是三便士硬币，就像水果小贩衣服上满是珍珠扣似的。

“过来。粘上去！”科里太太又说一遍，高兴地等着，拼命搓手，“你们放心，掉不了。”

玛丽阿姨上前一步，把她那个三便士硬币按到科里太太的衣领上。

简和迈克尔觉得奇怪，真粘上了。

于是他们也照办，简把硬币按到右肩上，迈克尔把硬币按到前面折边上。它们也粘上了。

“真奇怪。”简说。

“一点儿也不奇怪，亲爱的，”科里太太咯咯笑着说，“或者说没我可以想到的东西那么奇怪。”她向玛丽阿姨狠狠地眨了眨眼。

“我想我们这会儿得走了，科里太太，”玛丽阿姨说，“中

午饭要吃烤蛋糊，我得赶回家去烤。那布里尔太太……”

“烧菜不高明？”科里太太打断她的话问。

“不高明！”玛丽阿姨用看不起的口气说，“这个字还不够。”

“啊！”科里太太把一个指头放在鼻子边上，表示一听就明白的样子。

接着她说：“好吧，我亲爱的玛丽小姐，很高兴你们来，我断定我的两个女儿也一样高兴。”她向她两个苦着脸的高大女儿那边点点头。“你很快又会把简、迈克尔和双胞胎带来吧？你们俩拿到姜饼了吗？”她向迈克尔和简回过头来说。

他们点点头。科里太太走近他们，一脸古怪、郑重其事的样子，充满询问的神色。

“我不知道你们怎样处置这些纸星星？”她做梦似的说。

“噢，我们会保存它们的，”简说，“我们一直都这么办。”

“啊，你们保存它们！我不知道你们把它们保存在哪里？”科里太太半闭着眼睛，露出询问的神色。

“这个，”简说，“我的都放在上面左边抽屉里，用手帕盖住……”

“我的放在衣橱底下一层，放在鞋盒里。”迈克尔说。

“上面左边抽屉和衣橱的鞋盒。”科里太太像要记住这两句话似的，一面想一面说。接着她看了玛丽阿姨好一会儿，微微点点头。玛丽阿姨也微微点头回答她。她们好像交换了一个什么秘密似的。

“好，”科里太太兴致勃勃地说，“很有意思。听说你们

保存着我的星星，你们可知道我是多么高兴。我要记住这一点。你们知道，我什么都能记住，甚至盖伊·福克斯[1]每隔一个星期天晚饭吃什么我都记住了。现在再见吧。再见。再——见！”

科里太太的声音好像越来越轻，简和迈克尔不知怎么已经在人行道上，走在玛丽阿姨的身边。玛丽阿姨又在看她那张买东西的单子了。

他们转脸往后面看。

“怎么回事，简？”迈克尔惊讶地说，“它不在那儿。”

“我也看到了，店不在那儿。”简一直望着后面说。

他们没说错。铺子不在那儿，连影子都没有。

“多奇怪！”简说。

“可不？”迈克尔说，“姜饼倒不坏。”

他们只顾吃姜饼。人啊，花啊，茶壶啊等什么形状的姜饼都有。这事情有多古怪，他们简直给忘了。

等到他们重新想起这件事，已经是晚上，关了灯，大家以为他们早睡熟了。

“简，简！”迈克尔悄悄说，“我听见有人踮起脚在楼梯上走……你听！”

“嘘嘘嘘！”简从床上说，脚步声她也听到了。

现在房门轻轻地咔嗒一声开了，有人走进房间里来，是玛丽阿姨。她戴好帽子，穿上大衣，准备出去的样子。

[1] 盖伊·福克斯（1570—1606），英国阴谋家，1605年因阴谋炸毁国会和暗杀英王被处死。

她利索轻巧地在房间里走动。简和迈克尔一动不动地眯缝着眼睛看着她。

她先走到五斗橱跟前，打开上面的抽屉，过了一会儿又关上。接着她踮起脚走到大衣柜跟前，打开柜门，弯身不知是放进点东西还是拿出点东西（他们说不准）。咔嗒一声，柜门很快关上。玛丽阿姨急急忙忙出房间去了。

迈克尔在床上坐起来。

“她在干什么？”他大声跟简咬耳朵说。

“不知道。也许她忘了手套、鞋子什么的……”简忽然话题一转，“迈克尔，你听！”

迈克尔听着。下面——好像在花园里，他们听见几个嘁嘁喳喳的声音，非常认真，非常激动。

简一下子跳下床，招呼了一下迈克尔。他们光着脚溜到窗口往下看。

外面胡同里有一个小人和两个巨人的影子。

“是科里太太跟芳妮小姐和安妮小姐。”简悄悄说。

一点儿不错，是她们。真是一群怪人。科里太太在往 17 号栅栏大门里张望，芳妮小姐用两个大肩膀掮着两把长梯，安妮小姐一只手拿着一大桶东西，看上去像是胶水，另一只手拿着一把大刷子。

简和迈克尔躲在窗帘后面，清楚地听到她们说话。

“她来晚了！”科里太太又气又急地说。

“也许，”芳妮小姐把肩上的梯子放稳，胆怯地说，“有

个孩子病了，她没法……”

“没法及时出来。”安妮小姐紧张地把她姐姐的话说完。

“闭嘴！”科里太太很凶地说。简和迈克尔清楚地听到她悄悄说什么“昂首阔步的长颈鹿”，他们知道，这是指的她两位倒霉的女儿。

“嘘！”科里太太忽然像小鸟似的歪着头听。

是前门轻轻打开又关上的声音，小路上有脚步声响。玛丽阿姨挽着个菜篮子过来，科里太太微笑着向她招手。篮子里的东西好像发出神秘的光。

“快来快来，咱们得快！要来不及了。”科里太太拉住玛丽阿姨的胳膊说，“机灵点，你们俩！”她往前走，芳妮小姐和安妮小姐在后面跟着，她们拼命想机灵点，可办不到。她们弯腰拿着重东西，踏着重重的步子跟着她们的妈妈和玛丽阿姨。

简和迈克尔看着她们四个人沿樱桃树胡同一直走，向左拐了一下登上山。到了山顶，她们停下来。那儿没有房子，只有草地和矮树丛。

安妮小姐放下她那桶胶水，芳妮小姐把梯子从肩上放下来竖直。她扶住一把，安妮小姐扶住一把。

“她们到底要干什么？”迈克尔目瞪口呆地看着说。

可是不用简回答，因为他也看到她们在干什么了。

等芳妮小姐和安妮小姐将两把梯子一放好，一头在地上，一头靠在天上，科里太太就提起裙子，一手拿刷子，一手提着那桶胶水，踏上梯子，爬上一把梯子，玛丽阿姨提着篮

子，爬上另一把梯子。

这时候简和迈克尔看见一个最惊人的景象。科里太太一到梯顶，就用刷子蘸蘸胶水，开始在天上刷。等她刷完，玛丽阿姨从篮子里取出一个闪亮的东西贴在刷过胶水的地方。她手一拿开，他们看见她是把姜饼的星星贴在天上。每颗星星一贴好，就开始发出闪闪的金光。

"是我们的星星！"迈克尔气也透不过来地说，"是我们的。她以为我们睡着，进来把它们拿走了！"

可简没开口。她看着科里太太在天上刷胶水，玛丽阿姨贴上星星，一个地方贴满了，芳妮小姐和安妮小姐就把梯子挪到另一个地方。

最后都贴好了。玛丽阿姨把篮子倒过来摇摇，让科里太太看到里面没星星了。然后她们从梯子上下来，又是芳妮小姐掮着梯子，安妮小姐晃动着空桶，几个人一起下山。到了胡同口，她们站着谈了一会儿，玛丽阿姨跟她们一个个拉过手，急急忙忙回胡同里来。科里太太穿着她那双宽紧带皮鞋轻轻地跳着舞，优雅地提着裙子，同跟在她后面啪嗒啪嗒走着的两个高大女儿在胡同的另外一边不见了。

花园门咔嗒一声。脚步在小路上沙沙地响。前门轻巧地打开又关上。现在他们听见玛丽阿姨轻轻地上楼，踮起脚经过儿童室门口，上她和约翰、巴巴拉睡的房间去。

她的脚步声一消失，简和迈克尔相互看看，一句话不说，就去看五斗橱上面左边那个抽屉。

里面只剩下简的一叠手帕。

“我不是已经跟你说了？”迈克尔说。

接着他们到大衣柜看鞋盒，里面是空的。

“可这事怎么能办到？又为什么要这样办？”迈克尔说着，在他的床边坐下来看着简。

简不开口。她抱着膝盖坐在他旁边，一个劲地想啊想。最后她把头发甩向后面，挺直身子站起来。

“可我要知道，”她说，“星星是金纸的呢，还是这些金纸是星星。”

她的问题得不到回答，她也不等待回答。她知道能正确回答她的人得比迈克尔知道得多……

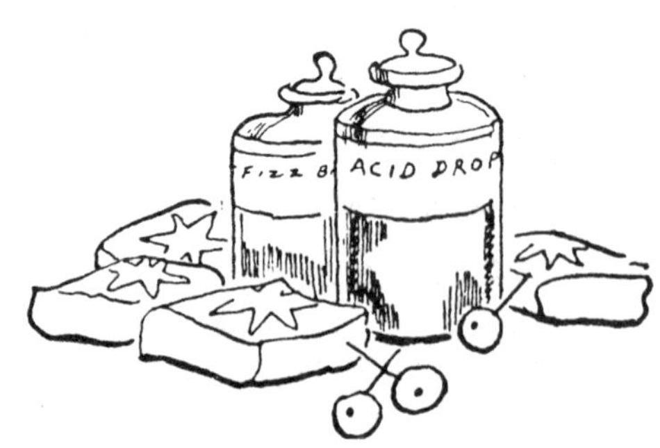

第九章
约翰和巴巴拉的故事

简和迈克尔穿上他们最好的衣服赴宴去了，正像埃伦看见他们时说的，他们漂亮得“就像商店橱窗里的模特儿”。

整个下午屋子安静得像在想它的心事，也许是在做它的梦。

在下面厨房里，布里尔太太鼻子上架着眼镜在读报。罗伯逊·艾坐在花园里闲着不干活儿。班克斯太太盘着腿坐在客厅沙发上。在他们周围，房子安静得像在做它的梦，也许在想它的心事。

在楼上儿童室，玛丽阿姨在壁炉旁边熨衣服，阳光射进窗子，在白墙上闪动，在双胞胎躺着的小床上跳跃。

“我说你们移开！你们照着我的眼睛了。”约翰大声说。

“对不起！”阳光说，“我没法子。我得射过房间。规矩是规矩。我一天里得从东射到西，就得穿过儿童室。对不起！闭上你的眼睛吧，就看不见我了。”

金色的阳光穿过房间。它显然在尽可能地快点过去，好叫约翰高兴。

“你多么温柔多么甜啊！我爱你。”巴巴拉向温暖的阳光伸出手说。

“好姑娘，”阳光高兴地说，亲热地轻轻滑过她的脸蛋，滑进她的头发，“你接触到我觉得喜欢吗？”看来它挺爱人家夸它。

“舒服极了！”巴巴拉快活地叹气说。

“叽叽喳喳，叽叽喳喳，叽叽喳喳！我从来没听说过有这么个地方，老叽叽喳喳的。这房间老有人在叽叽喳喳。”窗口有个尖细的声音在说话。

约翰和巴巴拉抬起头来看。

是那只住在烟囱顶的椋鸟。

“我喜欢这样，”玛丽阿姨很快地转着头说，“你自己怎么样？一整天，对了，一整天还加半个夜晚都在屋顶和电线杆上，哇哇叫，尖声喊，椅子腿都给吵断了。比什么麻雀都糟，那是真的。”

椋鸟歪着头从窗口的树枝上看下来。

“哼，”它说，“我有我的事。得协商、讨论、争辩、交涉。那当然就需要一定的……呃……安静谈话……”

“安静！”约翰打心底里哈哈大笑说。

“我不再跟你说话，年轻人，”椋鸟说着跳到下面窗台上来，“而且你不该说话。上星期六我听你接连说了几个钟头。天哪，我想你永远不会住口了，你害我通宵没睡着。”

“那天我不是说话，”约翰说，“我是……”他顿了一下，“我有病。”

“嗯！”椋鸟说着跳到巴巴拉的小床栏杆上，侧着身子顺着栏杆走，一直来到床头。然后它用讨好的口气温柔地说：“啊，巴巴拉小姐，今天有什么给老朋友吗，啊？”

巴巴拉抓住床栏杆坐起来。

“还有半块饼干。”她说着用一只胖圆的手捏住递给它。

椋鸟低头把饼干从她手里啄起来，飞回窗台上。它开始狼吞虎咽地啃饼干。

“谢谢！”玛丽阿姨提醒它说一声谢谢，可椋鸟只顾吃，没注意她的声音。

“我说‘谢谢’！”玛丽阿姨说得更响一点儿。

椋鸟抬起头来。

“啊，什——么？噢，得了，姑娘，得了。我没工夫装腔作势、装模作样。”它把最后一点儿饼干吞下去了。

房间里非常静。

约翰在阳光里昏昏欲睡，把右脚的脚指头放到嘴里，磨刚开始长牙的地方。

“你干吗花力气这么干？”巴巴拉大感兴趣，温柔地问，这声音听来总好像她在大笑，“又没人看你。”

“我知道。”约翰把脚指头当口琴吹，“可我喜欢练习练习。这样做能逗大人高兴。你看到我昨天这么做，弗洛西姑妈简直乐疯了吗？她一个劲说‘小宝贝，真聪明，了不起，好家伙！’你没听见吗？”约翰把脚拿出来，想到弗洛西姑妈，他放声哈哈大笑。

“她也爱我的玩意儿，”巴巴拉得意地说，“我脱掉两只袜子，她说我那么甜，真想把我吞下去。你说滑稽吗？我说我想吃什么，我是当真想吃什么，像饼干啦，面包干啦，床上的绳结啦等等。可我觉得大人说话不算数。她不会真要吃我，会吗？”

“不会。这不过是他们傻里傻气的说话方式，”约翰说，“我不相信我会了解大人。他们看来全那么笨。连简和迈克尔有时候也很笨。”

“嗯。”巴巴拉同意这话，一面想一面把袜子拉下来又穿上去。

“举例来说，”约翰往下说，“我们说的话他们一句也不

懂。而且更糟糕的是，连别的东西讲话他们也不懂。就上星期一，我听简说她真想知道风说什么。”

“我知道，”巴巴拉说，“真叫人吃惊。你听到过吗，迈克尔老坚持说椋鸟说的是‘威——特威——伊——伊’！他好像不知道椋鸟根本不是这么说，它跟我们说的话完全一样。当然，不能指望爸爸妈妈懂得这个，他们什么也不懂，虽然他们那么可爱……你想简和迈克尔能懂吗？”

“他们曾经懂得。”玛丽阿姨一面折叠着简的睡衣一面说。

“什么？”约翰和巴巴拉惊奇地异口同声说，“真的吗？你说他们曾经懂得椋鸟和风说的话……”

“还有树说的话，阳光和星星说的话……他们当然都懂！曾经都懂。”玛丽阿姨说。

“可是……可是他们怎么都忘了呢？”约翰说着皱起眉头想弄明白。

“啊哈！”椋鸟吃完饼干，抬起头来，很有数似的说，“你们想知道吗？”

“是因为他们大起来了！”玛丽阿姨解释说，“巴巴拉，请你马上把袜子穿上去。”

“这个理由真荒唐。”约翰牢牢盯住她说。

“可这个理由是真的。”玛丽阿姨说着，把巴巴拉的袜子在脚踝上扎紧。

“那就是简和迈克尔荒唐，”约翰往下说，“我知道我大起来不会忘记。”

“我也不会。”巴巴拉心满意足地吮着一个手指头说。

“不，你们会的。”玛丽阿姨斩钉截铁地说。

双胞胎坐起来看着她。

“哈！”椋鸟瞧不起他们似的说，“瞧他们！他们自以为他们是世界的奇迹。小奇迹，我可不这么想！你们当然要忘掉，就跟简和迈克尔一样。”

“我们不会忘掉。”双胞胎说。他们看着椋鸟，那样子就像想杀掉它。

椋鸟嘲笑他们。

“我说你们会忘掉，”它坚持说，“当然这不怪你们。”它客气一点儿补上一句，“你们忘记是没法子的。没有一个人过了一岁还会记得，当然，除了她。”他转过身，把头向玛丽阿姨点点。

“为什么她记得我们就不记得呢？”约翰说。

“啊——啊——啊！她两样。她是大大的例外。不能跟她比。”椋鸟向他俩做着鬼脸说。

约翰和巴巴拉不开口了。

椋鸟继续解释。

“你们要知道，她有点特别。当然，不在于样子。我的小椋鸟都比玛丽小姐漂亮……”

“喂，你这个没礼貌的东西！”玛丽阿姨生气地说着，瞪了它一眼，用围裙赶它。椋鸟跳到一旁，飞上窗框，到她够不到的地方。

“那回你以为打到我了，对吗？”它嘲笑说，向她挥挥翅膀。

玛丽阿姨哼了一声。

金色的阳光移过房间。外面吹起了微风，它跟胡同里的樱桃树悄悄地耳语。

“听，听，风在讲话了，”约翰侧着耳朵说，“你真认为我们大起来就听不见了吗，玛丽阿姨？”

“你们当然能听见，”玛丽阿姨说，“就是听不懂。”巴巴拉听了这话，轻轻地哭起来。约翰眼睛里也有眼泪。“嗯，这是没法的事。事情就是这样。”玛丽阿姨理智地说。

“瞧他们，就瞧瞧他们吧！”椋鸟笑话他们，“会哭死他们的！唉，刚出壳的小椋鸟也比他们聪明点。瞧他们吧！”

约翰和巴巴拉这时候在他们的小床上可怜地哭——太伤心了，哭得气都透不过来。

门忽然被打开，班克斯太太进来了。

“我好像听见娃娃们的声音。”她说，接着她向双胞胎跑去，“你们怎么啦，小宝贝?噢，我的宝贝，我的心肝，我的可爱小鸟，你们怎么啦?他们为什么这样哭啊，玛丽·波平斯，他们一个下午那么安静——一点儿声音也没有。出什么事了吗?”

“是的，太太。不，太太。我希望他们是在出牙齿，太太。”玛丽阿姨说着，存心不向椋鸟那边望。

“哦，当然，准是这么回事！”班克斯太太高兴地说。

“要是牙齿让我忘记所有我最喜欢的事，那我不要牙齿。”约翰在他的小床上打滚，高声大叫。

“我也不要。”巴巴拉把她的脸埋在枕头里哭。

“我可怜的小宝贝，等淘气的大牙齿出来就好了。”班克斯太太从这张小床走到那张小床，安慰他们说。

“你不懂！”约翰狠狠地大叫，“我不要牙齿。”

“不会好，只会糟！”巴巴拉在枕头上叫。

“好了好了。妈妈懂，妈妈明白。牙齿出来就好了。”班克斯太太低声温柔地哄他们。

窗口传来很轻的声音。原来是椋鸟赶紧把笑忍住。玛丽阿姨瞪了它一眼。这使它严肃起来，它一点儿笑容也没有地一直看下去。

班克斯太太轻轻拍她的孩子，拍拍这个，拍拍那个，念叨着安慰的话。约翰忽然止住了哭。他很乖，他爱他的妈妈，记得她的好处。她老说错话，可怜的妈妈，可这不能怪她。他觉得这不过是她不懂。为了表示原谅她，他朝天躺着，很难过地止住了眼泪，双手抓住右脚，用脚指头磨他张开的嘴。

“聪明的孩子。噢，聪明的孩子。”妈妈称赞着。他再磨了一遍，妈妈高兴极了。

接着巴巴拉也不落后。打枕头上抬起头来，脸上还泪水汪汪的，坐起身子，拉掉两只袜子。

“了不起的小妞。”班克斯太太自豪地说着，亲亲她。

“你瞧，玛丽·波平斯！他们又乖乖的了。我能够哄好他们。很乖，很乖，”班克斯太太说得像唱催眠曲，“牙齿很快就要出来了。”

“是的，太太。”玛丽阿姨安静地说。班克斯太太朝双胞胎笑着，走出房间，关上了房门。

她一不见，椋鸟马上哈哈大笑。

“请原谅我笑！”它叫道，“可我实在忍不住了。多好看的一幕戏呀！多好看的一幕戏呀！”

约翰不理它。他把脸从小床的栏杆中间伸出来，又轻又凶地对巴巴拉叫：“我不会像其他人。我对你说，我不会的。他们，”他向椋鸟和玛丽阿姨那边狠狠地点点头，“随他们怎么说，可我永远不会忘记，永远不会！”

玛丽阿姨发出神秘的、表示“我比你清楚”的微笑，这微笑完全是对她自己发的。

“我也不会，”巴巴拉回答，“永远不会。”

“保佑我的尾巴毛，听他们说的！”椋鸟尖叫着，用两只翅膀夹住屁股哈哈大笑，“好像他们要不忘记就能不忘记似的！哼，过一两个月，顶多三个月，他们就连我叫什么都忘记了……这两个傻布谷鸟！半大不大、还没长毛的傻布谷鸟！哈！哈！哈！”它又笑了一通，张开它那有斑点的翅膀，飞出了窗口……

他们的牙齿像所有别的牙齿一样，不费什么事都出齐了，这以后不久，双胞胎就过了他们的第一个生日。

过生日的第二天，上伯恩默斯度假的椋鸟回到樱桃树胡同17号来。

“喂喂喂！咱们又见面了！”它高兴地大叫着，摇摇晃晃地

停在窗台上。

“嗯，小姐，你好吗？”它厚脸皮地问玛丽阿姨，歪着小脑袋，用深感兴趣的闪亮眼睛看着她。

“谢谢你的问候。”玛丽阿姨昂起她的头回答。

椋鸟大笑。

“玛丽小姐还是老样子。”它说，“你一点儿没变！那两个怎么样，那两只小布谷鸟？”他看着那边巴巴拉的小床问。

“好啊，小巴巴拉，”它用温柔的声音讨好地说，“今天有什么东西给你的老朋友吗？”

“贝——拉——贝拉——贝拉——贝拉！”巴巴拉说着，只管吃她的饼干，一面吃一面轻轻地唱她的歌。

椋鸟大吃一惊，扑扑扑地跳近一些。

“我说，”他又更清楚地说一遍，“今天有什么东西给你的老朋友吃吗，小乖乖？”

“巴——路——巴路。”巴巴拉看着天花板，吞下她最后一点儿甜饼干，叽叽咕咕地唱。

椋鸟瞧着她。

“哈！”它突然说，转脸充满疑问地看着玛丽阿姨，遇到了她安静的目光，对看了半天。

接着椋鸟一下子飞到约翰的小床边，停在栏杆上。约翰正紧紧抱着一只大绒布羊。

“我叫什么？我叫什么？我叫什么？”椋鸟用很尖的着急声音叫道。

“嗯夫！”约翰说着张开嘴，把绒布羊一条腿塞进去。

椋鸟摇摇头，转过身来。

“好，预料的事情发生了。”它平静地对玛丽阿姨说。

她点点头。

椋鸟大为泄气，对着双胞胎看了一会儿。接着它耸了耸它那有斑点的肩膀。

“好，我就知道会这样，早告诉他们了。可他们不相信。”它看着两张小床，看了好一会儿，不说话。接着它浑身拼命地摇晃。

“好了好了。我得走了。回到我的烟囱里去。烟囱得来一次春天大扫除，一定得办。”它飞到窗台上，停下来回头看看。

“不过少了他们好像很别扭。我一向喜欢跟他们说话，就这么回事，我会想念他们的。”

它用翅膀很快地擦擦眼睛。

“在哭吗？”玛丽阿姨笑话它。椋鸟飞起来。

“哭？当然不是。我……这个……有点感冒，回来的时候

受了点凉……就这么回事。不错，有点感冒。没什么大不了。”

它飞到窗上，用嘴刷刷胸前的羽毛，接着得意洋洋地喊了一声“快乐起来吧”，张开翅膀就飞走了……

第十章 月亮圆了

玛丽阿姨整天忙个不停，一忙她就生气。

简不管做什么事都不对，迈克尔就更糟了。她甚至很凶地对双胞胎说话。

简和迈克尔尽可能避开她，他们知道，有时候最好不让玛丽阿姨看见或者听见。

“我希望我们是看不见的人。”迈克尔说，因为玛丽阿姨说有自尊心的人看见他就受不了。

“我们可以做到，只要躲到沙发后面就行，”简说，“我们可以数我们存钱罐里的钱，她吃了晚饭也许会好点。”

他们就这么办。

“六便士加四便士是十便士，还有半便士，还有三便士的一个硬币。”简很快地数着钱说。

“四便士，加上四分之一便士硬币三个和……没有了，就这些。”迈克尔叹了口气，把这点钱归拢在一起。

“正好放进慈善箱。”玛丽阿姨从沙发扶手望下来，吸吸鼻子。

“噢，不，”迈克尔用责怪的口气说，“我要的。我在存钱。”

“哈，我想是为了买一架飞机吧！”玛丽阿姨看不起地说。

“不，买一头象，我自己的象，跟动物园的莉西一样的。有了象，我会带你一起坐着出去走走。”迈克尔说着对她半瞧半不瞧的，看她怎么说。

“嗯，”玛丽阿姨说，“打的什么主意！”不过他们看到她不那么生气了。

“晚上大伙儿回了家，”迈克尔想着说，“我不知道动物园里会有什么事情。”

“多发愁，伤身体。”玛丽阿姨狠狠地说。

“我不是发愁，我只是不知道那儿会怎么样。”迈克尔辩解着。“你知道吗？”他问正加紧从桌子上扫掉面包屑的玛丽阿姨。

“你再问一句话就上床去！”她说着开始飞快地打扫房间，不像个人，倒像一阵戴帽子系围裙的旋风。

“问她没用。她什么都知道，就是从来不告诉别人。”简说。

“不告诉别人，知道了有什么用？”迈克尔咕噜着，可他悄悄地说得不让玛丽阿姨听见……

简和迈克尔记不起有哪一个晚上这么早就上床的。玛丽阿姨很早就关了灯，走得飞快，好像全世界的风都集中起来把她吹走。

他们刚躺下，就听到门口有一个很轻的声音叫他们。

“快点，简、迈克尔！”那声音说，“快穿衣服，快点！”

他们连忙跳下床，又惊又怕。

“来吧。”简说，“出什么事了。”她动手在黑暗里摸衣服。

“快点。”那声音又叫。

“天哪，我才找到我的水手帽和一副手套！”迈克尔一面说一面满房间乱跑，拉开抽屉，摸着架子。

“有帽子手套就行了。戴上吧。天不凉。快来。”

简只找到约翰的一件小大衣，不管三七二十一把胳膊塞进去，打开了房门。门外没人，可他们好像听见有人匆匆下楼。简和迈克尔跟着就走。也不知是什么东西或者什么人，一直走在他们前面。他们怎么也看不见他，可总觉得有样东西在给他们带路，不断召唤他们跟着去。现在他们已经到了外面的胡同，一路走着，他们的拖鞋在人行道上嚓嚓嚓嚓地响。

“快点！”那声音在不远处的拐角那边又叫，可他们拐了个弯，还是什么也没看见。他们两个手拉着手跑起来，跟着那声音沿大街跑，穿过十字路口，穿过拱门，穿过公园，上气不接下气地给带到一扇旋转栅门那儿。

“到了。”那声音说。

“到哪儿了？”迈克尔对那声音叫。可是没回音。简拉住迈

克尔的手朝那栅门走。

“瞧！”她说，“你没看到咱们到哪儿了吗？动物园！”

天上挂着圆圆的月亮，迈克尔就着月光看到了铁栅大门，打铁栅望进去。一点儿不错！他竟不知道这是动物园，你说他有多傻。

“可咱们怎么进去呢？”他说，“咱们没钱。”

“没问题！”里面传来低沉粗哑的声音，“今晚特殊客人免费。请推旋转栅门吧！”

简和迈克尔一推，一下子就进去了。

“票子给你们。”那粗哑的声音说。他们抬头一看，说话的原来是只大棕熊，它身穿铜扣子大衣，头戴尖帽子，拿着两张粉红色票子递给他们。

“可我们向来是给票子的。”简说。

“向来是向来。今晚是你们收进票子。”棕熊笑着说。

迈克尔仔细地看着它。

“我记得你，”他对棕熊说，“有一回我给了你一罐蜜糖。”

“不错，”棕熊说，“你忘了打开盖子。你知道吗，我开盖子花了十几天！以后可得小心点。”

“可你干吗不在你的笼子里？你晚上总是到外面来吗？”迈克尔问它。

“不，只在生日碰到月圆的时候。不过请原谅，我得看门。”棕熊说着转身走开，又去转旋转栅门的把手。

简和迈克尔拿着票子，走到动物园的一块空地上。在月光下，

花、矮树丛、房子和笼子都看得清清楚楚。

“看来有许多东西在走。”迈克尔说。

的确是这样。在所有的小道上动物跑来跑去，有时候有小鸟伴随，有时候就它们自己。两只狼在孩子们身边跑过，跟一只很高的鹳鸟起劲地说着话。这鹳鸟姿势优美地踮着脚走在它们当中。它们走过时，简和迈克尔清楚地听见它们提到“生日”和“月圆”两个字眼。

远远地有三匹骆驼并排在走，再过去不远，一只海狸和一只美洲秃鹫在埋头谈天。两个孩子觉得它们全都在商量同一件事情。

“我在想，这是谁的生日呢？”迈克尔说，可简只管往前走，看着这一古怪的景象。

就在本来关象的地方，一个胖大的老先生爬来爬去，背上有两排凳子，坐着八只猴子。

“怎么，全颠倒过来了！”简说。

那位老先生爬过的时候，狠狠地看了简一眼。

“颠倒过来！”他哼了一声，“我！颠倒过来？当然不是。岂有此理！”

八只猴子粗鲁地大笑。

“噢，对不起……我不是说你……我是说整件事情，”简连忙跟他道歉解释，“平时是动物驮人，可现在是人驮动物。我就这个意思。”

老先生喘着气费劲地爬着，一个劲说他被侮辱了。猴子在

他背上叽叽叫，让他赶紧爬。

简看跟着他没意思，拉了迈克尔的手就走。可一个声音就在他们脚下叫住他们，把他们吓了一大跳。

“来吧，你们两个！快下来。让我们看看你们潜水，拿上来一点儿你们不要的橘子皮。”这声音又苦恼又生气，他们低头一看，是只黑色小海豹在说话，它正从照着月光的水池里斜眼看着他们。

“来吧……来看看有多好玩！”它说。

“可是……可是我们不会游泳！”迈克尔说。

“不会！”那海豹说，“你们早该想到这一点。根本就没人管我会不会游泳。哦，什么？你说什么？”

最后那句话是问另一只海豹，它刚从水里出来跟它咬耳朵。

“谁，”第一只海豹说，“说吧！”

第二只海豹又悄悄地说话。简听到了它们的片言只语。“特别客人……是……的朋友……”第一只海豹看起来大失所望，可是彬彬有礼地对简和迈克尔说：“噢，对不起。很高兴见到你们。对不起。”它伸出它的阔鳍，有气无力地跟他们两个拉手。

“小心点好不好？”它看见一样东西撞到简身上，大叫着说。简赶紧回头，吓了一大跳，原来是头大狮子。狮子一见她，眼睛就亮了。

“噢，”它开口说，“我不知道是你！这儿今晚上太挤了，我正赶着去看喂人吃东西，连路都没顾上看。跟我去吗？你不该错过这个机会，你知道……”

“也许吧，”简有礼貌地说，“你可以带我们去。”她对狮子有点不放心，可它看起来倒是挺客气的。“归根到底，”她想，“今儿晚上样样都颠三倒四的。”

“很高兴！”狮子用很文雅的口气说，让她挽住它的胳膊。她答应了，不过为了保险点，让迈克尔走在另一边。他是个圆滚滚的小胖子，她总觉得狮子到底是狮子……

“你说我的鬃毛漂亮吗？”狮子在路上问，“为了这个节日，我把鬃毛卷过了。”

简瞧了瞧，鬃毛被仔细抹上油，卷成许多小圈圈。

“很漂亮，”她说，“不过……狮子会关心这类事情，这不是很奇怪吗？我以为……”

“什么！我亲爱的小姐，你知道，狮子是百兽之王。它得记住自己的地位。我自己是不会忘记的。我认为，狮子不管在什么地方都该让人看着漂漂亮亮的。请这边走。”

它姿态优美地挥挥一只前爪，指着虎豹馆，让他们进门。

简和迈克尔一看就屏住了呼吸。这座大厅里挤满了动物。有些靠在隔开笼子的长铁栏杆上，有些站在对面一排排凳子上。其中有黑豹、金钱豹、狼、老虎和羚羊，有猴子和美洲豪猪，有澳洲袋熊、山羊和长颈鹿，还有一大群三趾鸥和秃鹫。

“了不起，对吗？”狮子自豪地说，“就像在古森林时代。跟我来吧……咱们得找个好位置。”

它推开兽群穿过去，叫着“让开让开”，把简和迈克尔带在后面。现在他们透过大厅当中一点儿空隙，能够看到那些笼

子了。

“怎么，”迈克尔张大了他的嘴，“里面都是人？”

笼子里的确都是人。

在一个笼子里有两个中年胖先生，头戴大礼帽，身穿条纹裤子，踱来踱去，着急地往栏杆外看，像等着什么。

在另一个笼子里是孩子，他们各式各样，有大有小，小到穿长袍的娃娃，正在那里爬。笼子外面的动物带劲地看着这些娃娃，有些动物还把爪子或者尾巴伸进笼子去逗他们笑。一只长颈鹿把长脖子伸过所有动物的头顶，让一个穿水手装的娃娃搔它的鼻子。

第三个笼子关着三位穿雨衣和套鞋的老太太。一位在结毛线，另外两位站在栅栏旁边对动物们大叫大喊，用她们的雨伞指点它们。

“坏野兽。快去。我要喝茶！”一位尖叫。

“她好不滑稽！”有几只动物说着，对她哈哈大笑。

“简，你瞧！”迈克尔指着排在最后的笼子说，“那不是……”

“布姆海军上将！”简说，惊讶极了。

是布姆海军上将。他在笼子里暴跳如雷，又是咳嗽又是擤鼻子，气急败坏地大叫大嚷。

“畜生！全员抽水！陆地，瞧！用力拉呀！畜生！”海军上将大叫。每次他走近栅栏，一只老虎就用一根棍子轻轻地戳戳他，弄得布姆海军上将破口大骂。

“这些人怎么到里面去了？”简问狮子。

“流落了，”狮子说，“或者说回不去了。有些人闲逛，大门关上，关在里面回不去了。只好给他们找个地方，就让他们待在笼子里。他很危险……那边一个！刚才不久，几乎把他的看守干掉了。别靠近他！”他指着布姆海军上将。

“请往后站，请往后站！别向前挤！请让开！”简和迈克尔听见几个声音大声嚷嚷。

“啊，现在要喂他们了！”狮子说着带劲地向动物群里挤，“看守们来了。”

四只棕熊，各戴一顶尖顶帽，推着几车食物，通过隔开动物和笼子的小过道走来。

“请往后站！”它们碰到谁挡着道就说。接着它们打开每个笼子的小门，用长叉子把食物送进去。

简和迈克尔透过一只黑豹和一只野狗之间的缝缝，对喂食的情景看得很清楚。一瓶瓶牛奶塞给娃娃们，他们伸出柔软的小手，贪婪地抓住瓶子。大点的孩子从叉子上抓住奶油蛋糕和炸面饼圈，狼吞虎咽地吃起来。给穿套鞋的太太们一人一盆黄油薄面包和烤麸皮饼。给戴大礼帽的先生们每人一份羊排和一杯蛋糊。这些人一拿到食物，就到角落去，用手帕铺在条纹裤子上，开始吃起来。

现在看守们沿着一排笼子走到头，只听见一阵吵闹声。

“畜生……这也算一顿饭？一点点牛肉和两片卷心菜！怎么，没约克郡布丁？岂有此理！起锚！我的葡萄酒在哪里？我说葡萄酒！使劲拉呀！下甲板，海军上将的葡萄酒呢？”

“你们听！他变得多凶。我告诉过你们他很危险……就是那一个。”狮子说。

它指的是谁，简和迈克尔用不着它讲，布姆海军上将的声音他们太熟悉了。

“好。”等大厅里的吵闹声小一点儿，狮子说，“看来喂好了。请两位原谅，我得先走一步。我希望待会儿在跳大圆圈舞时再见。我会找你们的。”它把他们带到门口，告辞以后，悄悄走了，一路上甩动它鬈曲的鬃毛，金色的身体在月光和树影之间闪现。

“噢，对不起……”简在它后面叫，可它听不见了。

“我想问问它这些人以后能不能出来。他们多可怜啊！说不定会把约翰和巴巴拉……或者我们关进去。”她向迈克尔转过脸来，发现他不在身边。他已经顺着一条小道走掉了，她追上去，只见他正在跟一只企鹅讲话。企鹅站在小道当中，一只翅膀夹着一个大本本，另一只翅膀夹着一支大铅笔。她到的时候，它正咬着铅笔头在想什么。

“我想不出。”她听见迈克尔说，显然在回答一个问题。

企鹅向简转过脸来。“也许你能告诉我吧，”它说，“请问‘玛丽’跟什么押韵好？我不能用‘天下无比’，因为它用滥了，必须有独创性。用‘仙姬’也不行。我早已想到，可这一点儿不像她，不行。”

“头发密。”迈克尔灵机一动说。

“嗯。不够诗意。”企鹅表示。

“用‘小心翼翼’怎么样？”简说。

“这个……”企鹅一副沉思的样子，“也不太好吧？”它难过地说，“我想只好算了。瞧，我正在写一首祝贺生日的诗。我想这样开头很好：‘噢，玛丽呀玛丽……’可我接不下去。真难接。大家指望从企鹅那里学到点学问，我不想使它们失望。好了，好了，你们不能耽误我。我一定要写出来。”它说着咬了咬它的铅笔，弯下身看着本本，急急忙忙走了。

“搞得糊里糊涂，”简说，“我不知道是谁过生日。”

“好，你们两个来吧，来吧。我想你们就是想去祝贺生日的！”他们后面传来一个声音，转脸一看，正是给他们票子的那只棕熊。

“噢，当然！”简说，心想这样说最稳妥，可她一点儿不知道去向谁祝贺生日。

棕熊搂住他们两个，顺着小道走。他们感觉到它温暖柔软的毛擦着他们的身体，听见它说话时肚子里嗡嗡的声音。

“咱们到了，咱们到了！”棕熊说着，在一座小房子前面停下。小房子的窗子照得那么亮，要不是在月夜，你就会以为是太阳照下来的。棕熊打开门，把两个孩子推进去。

他们的眼睛起先给光耀花了，等到很快习惯下来，就看到是在一座蛇馆里。所有的笼子都打开了，蛇在外面，有的懒洋洋地盘着，有的在地上慢慢地滑走。在这些蛇当中，有一个人坐在一块木头上，木头显然是从笼子里搬出来的。这人就是玛丽阿姨。简和迈克尔简直不相信自己的眼睛。

“两位祝贺你生日的客人，小姐。”棕熊恭恭敬敬地说。蛇好奇地向两个孩子转过脸来。玛丽阿姨一动不动。可她说话了。

“请问你的大衣呢？”她生气却毫不惊讶地问迈克尔。

“还有你的帽子和手套呢？”她转脸很严厉地问简。

他们还没来得及回答，蛇馆便吵闹起来了。

“嘶嘶嘶！嘶嘶嘶！”

蛇嘶嘶叫着，尾巴着地全身站起来，在简和迈克尔后面向谁鞠躬。棕熊摘下它的尖顶帽子。玛丽阿姨也慢慢地站起来。

“我亲爱的孩子。我非常亲爱的孩子！”一个很细很悦耳的嘶嘶声说。从最大的笼子里慢慢地、轻盈地扭动着出来了一条眼镜蛇。它姿态优美地弯来弯去，经过那些鞠躬的蛇和棕熊，

向玛丽阿姨滑来。它到了她面前，把半个金色的长身体竖起来，伸出金色的扁头，轻巧地亲亲她这边脸颊，又亲亲她另一边脸颊。

“好！”它温柔地嘶嘶说，“很高兴……实在高兴。你的生日碰到月圆，已经是好久以前的事了，亲爱的。”它把脸转过来。

“朋友们，请坐！”它说着，很优美地向其他的蛇鞠了个躬。这些蛇一听它的话，重新恭恭敬敬地趴到地板上，盘起来，盯住眼镜蛇和玛丽阿姨看。

接着眼镜蛇转向简和迈克尔，他们有点哆嗦，看到它的脸比他们见到的任何东西都小而且干枯。他们上前一步，因为它古怪的深凹的眼睛像在招呼他们过去。那双眼睛又长又窄，含有一种睡意蒙眬的眼光，可是在这种睡意蒙眬的眼光深处，又有一点儿清醒的光，像宝石那么闪亮。

“请问这两位是谁？”它用询问的眼神看着孩子们，声音温柔而又可怕。

“是简·班克斯小姐和迈克尔·班克斯少爷，”棕熊声音粗哑地说，好像有点害怕，“是她的朋友。”

“啊，是她的朋友，欢迎欢迎。亲爱的，你们请坐。”

简和迈克尔觉得有点像朝见皇上似的，连看到狮子时也不这样，好不容易才把眼睛离开它逼人的眼光，在周围找个什么东西坐下。棕熊蹲下来，让他们一人坐一个毛茸茸的膝盖。

简低声说：“它说话像一位大人物。”

“它是大人物。它是我们世界的大人物，是我们当中最聪明、

最可怕的王。”棕熊温柔地恭恭敬敬地说。

眼镜蛇长长地、慢慢地、神秘地微笑着向玛丽阿姨转过脸来。

“表妹。”它轻轻地嘶嘶说话。

“她真是它的表妹吗？”迈克尔悄悄问。

“是妈妈那一方的表妹，”棕熊用爪子捂着嘴悄悄回答，“可你听着，它要送生日礼物了。”

“表妹，”眼镜蛇又说了一遍，“离上次你的生日碰上月圆，已经很久了，也就是很久没有像今晚这样庆祝了。因此我有时间考虑给你送样什么过生日。我决定，”它停了一下，蛇馆里大家都屏住呼吸，一点儿声音也没有，“我最好是把我的一张皮送给你。”

“表哥，真是太感谢你了……”玛丽阿姨正要说下去，眼镜蛇抬起它的扁头请她停下。

“不用谢不用谢，你知道我不时换皮，多一张少一张对我来说没什么关系。我不是……”它住了口往四处望望。

“是森林之王。”所有的蛇异口同声地嘶嘶说，好像这一问一答是大家所知道的一种仪式。

眼镜蛇点点头。“因此，”它说，“我觉得好的东西，你大概也会觉得好。这是小极了的礼物，亲爱的玛丽，不过它可以用来做皮带或者鞋子，甚至帽箍什么的……你知道，这些东西经常用得着。”

它说着开始轻轻地左右扭动。简和迈克尔看到，好像微波在它身上涌起，从它的尾巴一直到头部。忽然它螺旋形地扭了

一阵，它的金色外皮躺在地上，它已经出来，换了一身新皮，闪闪发着银光了。

“等一等！”玛丽阿姨正要弯身去捡那张皮，眼镜蛇说，“让我先在上面写句祝贺的话。”它的尾巴顺着脱下的那张皮很快地抖动过去，然后灵巧地把金色的蛇皮弯成一个圈，把头钻进去，好像它是一顶皇冠似的，然后动作优美地用头把它递给玛丽阿姨。她鞠着躬接过来。

“我简直不知怎么谢你才好……”她刚开口又停住。她显然非常高兴，用手指头把蛇皮摸来摸去，露出非常疼爱的神色。

“不用谢。”眼镜蛇说，“嘘嘘嘘！”它说着伸长脖子像倾听着什么，“我好像听到大圆圈舞的信号了，不是吗？”

大家都侧着头听。钟声在响，听到一个粗哑的声音越来越近，叫着说：“大圆圈舞，大圆圈舞！大家到中心广场去跳大圆圈舞。去吧，去吧。准备跳大圆圈舞！”

“我想得不错，”眼镜蛇微笑着说，“你得走了，亲爱的。它们全等着你到中心广场去。再见，下次生日见。”它像刚才那样直立起来，轻轻地亲亲玛丽阿姨的两颊。

“快去！”眼镜蛇说，“我会看好你这两位小朋友的。”

简和迈克尔觉得棕熊在他们屁股下面移动，于是站起来。他们看见所有的蛇扭着滑着经过他们脚边，急急忙忙离开蛇馆。玛丽阿姨隆重地向眼镜蛇鞠过躬，也不回头看两个孩子一眼，就向动物园当中那块绿色广场跑去。

“你可以离开我们了。”眼镜蛇对棕熊说。棕熊恭敬地鞠

了个躬，戴着它那顶帽子，跑到所有动物围住玛丽阿姨祝贺的地方去。

“你们跟我去吗？”眼镜蛇客气地问简和迈克尔。也不等他

们回答，就在他们之间滑走，动了动头，让他们一边一个。

“已经开始了。”它快活地嘶嘶说。

孩子们听到绿色广场传来的喧闹声，猜出它指的是大圆圈舞。等到他们走近，只听见动物又唱又叫，接着看见豹、狮子、海狸、骆驼、狗熊、鹤、羚羊和许多其他动物在玛丽阿姨身边围成一个大圆圈。接着这些动物活动起来，唱起《森林之歌》，在圆圈里跳进跳出。像跳方块舞[1]中大家绕场转圈那样，一面走一面互相倒换爪子和翅膀。

一个很尖很细的声音高出其他声音：

噢，玛丽呀玛丽，
她是我亲爱的，
她是我亲爱的！

他们看见企鹅摇着短翅膀跳着舞过来，起劲地唱歌。它一见他们，就向眼镜蛇鞠躬大叫：“我接下去了……听见我唱了吗？当然，不够完美。‘亲爱的’跟玛丽不完全押韵。可是马马虎虎！”它跳着走了，把一只翅膀伸给一只豹。

简和迈克尔看着动物们跳舞，眼镜蛇一动不动地躲在他们中间。他们的朋友狮子跳着舞经过，弯身接过一只巴西孔雀的翅膀。简难为情地想用话把自己的感受说出来。

“我想，您哪……”她刚开口又停下了，觉得很慌，不知

[1] 方块舞：一种由四对人组成的方舞。

说好还是不说好。

“说呀，我的孩子！”眼镜蛇说，“你想什么？”

“我想……狮子和鸟，老虎和小动物……”

眼镜蛇帮她说下去：“你想它们是天然的敌人，狮子碰到鸟不会不吃，老虎碰到野兔也这样……对吗？”

简红着脸点点头。

“啊，你也许是对的。可能是这样。不过今天过生日，”眼镜蛇说，“今天晚上小的不怕大的，大的保护小的。连我……”它停下来，好像要想得深一些，“在这个日子里，连我碰到北极鹅也一点儿不想把它当晚饭吃。再说……”它一面说话一面把它可怕的叉状小舌头吞进吐出，“可能吃人家和被人家吃结果都是一样。我的智慧告诉我也许是这样。你要记住，我们森林中的动物，你们城里的人，都是由同样的东西构成的。头顶上的树，脚底下的石头，飞禽走兽，星星——我们都是由同样的东西构成，走向同样的结果。当你再也记不起我的时候也要记住这一点，我的孩子。”

“树怎么会同石头一样呢？鸟不是我。简也不是老虎。”迈克尔坚决地说。

“你以为不是吗？”眼镜蛇嘶嘶地说，“瞧！”它向在他们面前动来动去的一大群动物点点头。鸟和兽这时候在玛丽阿姨身边围成一个大圆圈，摇来摇去像钟摆。玛丽阿姨也在摇摆。树木也在轻轻地摇摆。月亮也在天上摇摆，就像船在海上摇摆似的。

“鸟、兽、石头和星星……我们全都是一体，全都是一体……”眼镜蛇喃喃地说着，把它的脖子轻轻地缩起来，它自己也在孩子们之间摇来晃去。

“孩子和蛇，星星和石头全都是一体。”

它的嘶嘶声越来越轻。摇晃着的动物的叫声也越来越轻，越来越模糊了。简和迈克尔一边听，一边觉得自己也在轻轻摇晃，或者是被摇晃……

柔和的淡光落在他们脸上。

“两个都睡着了，在做梦。”一个悄悄的声音说。是眼镜蛇的声音，还是照例每晚到儿童室来看看，给他们塞好被子的妈妈的声音？

“很好。”不知是棕熊的粗哑声音，还是爸爸的声音。

简和迈克尔摇着晃着，说不出来……实在说不出来……

“昨夜我做了一个怪梦，”简吃早饭把砂糖撒到粥里去的时候说，“我梦见我们在动物园里，正好碰到玛丽阿姨过生日，笼子里不关动物却关人，动物都到笼子外面来了……”

“怎么，那是我的梦啊。我也梦见这些东西了。”迈克尔露出十分惊奇的神色说。

“我们不能两个人梦见同样的东西。”简说，“你真的梦见了这些东西吗？你记得那狮子的鬃毛多鬈曲，海豹要我们……”

“潜到水里去拿橘子皮吗？”迈克尔说，“我当然记得！还有笼子里那些娃娃，找不到字押韵的企鹅，眼镜蛇……”

“那根本不可能是梦。”简强调说，“准是真的。如果是真的……”她用古怪的眼光看着玛丽阿姨，她正在煮牛奶。

“玛丽阿姨，”她说，“迈克尔和我能做同样的梦吗？”

“什么你们的梦你们的梦的！”玛丽阿姨吸吸鼻子说，“请吃你们的粥吧，不吃粥不给你们黄油面包。”

可简不罢休。她怎么也要知道。

“玛丽阿姨，”她死死盯住她说，“你昨夜在动物园吗？”

玛丽阿姨张大了嘴。

“在动物园？我在动物园……夜里？我？一个规规矩矩安安静静的人……”

“可你在动物园吗？”简坚持着问。

“当然不在……亏你想得出！”玛丽阿姨说，“谢谢你们，把粥吃下去，别胡说八道了。”

简斟了杯牛奶。

“那一准是个梦，”她说，“到底是个梦。”

可迈克尔张大了嘴看着玛丽阿姨，她这会儿在烤面包。

“姐姐，”他尖声悄悄地说，“姐姐，你看！”他指了指，于是简也看到了他在看的东西。

玛丽阿姨腰间束着一根皮带，金蛇皮做的，上面用弯弯曲曲的字写着：“动物园敬赠。”

第十一章 买东西过圣诞节

“我闻到雪的味道了。”下公共汽车的时候简说。

“我闻到圣诞树的味道了。”迈克尔说。

“我闻到煎鱼的味道了。”玛丽阿姨说。

可再没时间闻别的东西的味道了，因为公共汽车就停在天下最大的百货公司门口，他们要进去买东西过圣诞节。

“我们先看看橱窗好吗？”迈克尔起劲地单脚跳着问。

“随你便。”玛丽阿姨用惊人的温柔口气说。简和迈克尔其实也不怎么惊奇，因为他们知道，玛丽阿姨最爱看商店橱窗。他们还知道，他们在玻璃橱窗里看玩具、书本、冬青树枝和梅子蛋糕，可玛丽阿姨只管看玻璃上自己的影子。

“瞧飞机。”迈克尔看见一个橱窗里玩具飞机在一根铁丝上来回飞，马上说。

“瞧这儿，”简说，“一个摇篮里有两个黑洋娃娃……你看是巧克力的还是瓷的？”

“瞧你多美！”玛丽对她自己说，特别是看到她的新毛皮口手套有多漂亮。这种手套她还是第一次戴，她在橱窗玻璃上对它们真是百看不厌。看过手套她又看她整个人——大衣、帽子、围巾和鞋子，包括她本人在内，她觉得从未见过有人这么漂亮。

可是她知道冬天日短，吃茶点的时候他们必须赶回家。因此她只好叹口气，转身离开她漂亮的影子。

“咱们得进去了。”她说。

结果她在缝纫用品柜台待了半天，花了很大的劲挑选一个黑线团，使简和迈克尔大为扫兴。

“玩具部在那边。”迈克尔提醒她。

“谢谢你，我知道。别指指点点的。”她说着付钱，慢得叫人生气。

最后他们到了圣诞老人身边，她费劲地帮他们挑选礼物。

“这给爸爸正好，”迈克尔挑了一辆有特别信号灯的发条火车，“他上班我代他保管。”

“我想给妈妈买这个，”简说着推推一辆玩具童车，她断定妈妈一直就想要这个，“她有时候会借给我推推。”

接着迈克尔给双胞胎一人挑了一盒发夹，给妈妈挑了一套梳妆用具，给罗伯逊·艾挑了一只上发条的甲虫，给埃伦挑了一副眼镜（埃伦的眼睛可是没有一丁点儿毛病），给布里尔太太挑了副鞋带（尽管布里尔太太一直穿拖鞋）。

简考虑了一下，最后决定白色的衬衫假前胸正是爸爸要的，还给双胞胎买了一本《鲁滨孙漂流记》，让他们将来大了再看。

“在他们长大以前我可以自己看，”她说，“他们一定肯借给我的。”

接着玛丽阿姨跟圣诞老人为一块肥皂争了半天。

“为什么不买救生圈牌呢？”圣诞老人想给她帮点忙，着急地看着玛丽阿姨，因为她相当急。

“我要维诺利亚牌。”她高傲地说了一句，就买了一块。

“天哪，”她摸着右手手套上的毛说，“我半点也不想喝茶！”

“那你可以有四分之一点想吧？”迈克尔问。

“我可没叫你开玩笑。”玛丽阿姨说，迈克尔一听她的口气，觉得她说的话不是开玩笑。

“可是，该回家了。”

哎呀！她终于说出了他们希望她不要说的这句话。玛丽阿姨老这样。

“再过五分钟吧。”简求她。

“就过五分钟吧，玛丽阿姨！你戴上新手套多好看哪。”迈克尔狡猾地说。

玛丽阿姨虽然喜欢这句话，可不上当。

“不行。”她说完立刻把嘴闭上，大踏步向门口走。

“噢，天哪！”迈克尔自言自语地说，提着他几包沉沉的东西，一摇一晃地跟着她，“她哪怕说一回‘好’也行！”

可是，玛丽阿姨只管急急忙忙向前走，他们只好跟着。圣诞老人在他们后面挥手，圣诞树上的仙后和所有玩偶都很难过却又在微笑着说：“哪位把我们带去吧！”飞机也一个劲晃动它们的翅膀，用小鸟般的声音说：“让我飞吧！啊，请一定让我飞呀！”

简和迈克尔不去听这些热闹的声音，只觉得在玩具部里时间不知怎么过得特别快。

他们刚到门口，怪事情发生了。

他们正要转那扇旋转玻璃门出去时，看见门外一个女孩的身影闪烁着跑过来。

“瞧！”简和迈克尔异口同声地说。

“我的天，多奇怪呀！”玛丽阿姨叫着停下了脚步。

实在奇怪，因为那女孩简直没穿衣服，身上只轻飘飘地围着一缕蓝纱，好像是从天上扯下来围在她的光身子上。

她显然不大懂旋转门，在门里转了又转，门被推得越转越快，她也就团团转个不休，哈哈大笑。接着她一下子溜了出来，跳到了店里。

她用脚尖站着，把头转来转去像找什么人。她猛地看到半隐在大圣诞树后面的简、迈克尔和玛丽阿姨，顿时十分高兴，欢天喜地地跑过来。

“啊，你们在这儿！谢谢你们等我。我怕我来晚了一点儿。”那孩子向简和迈克尔张开她发亮的胳膊说。

“嗯，”她歪着头，“看见我高兴吧？说高兴啊，说高兴啊！”

“高兴。”简微笑着说，因为见到这样爽朗快活的人，她觉得没有人是不高兴的。“可你是谁？”她好奇地问。

“你叫什么？”迈克尔望着她说。

“我是谁？我叫什么？你们不认识我？噢，当然当然……”那女孩看上去非常惊讶，还有点失望。她忽然向玛丽阿姨转过脸去，指着她。

“她认识我。你不认识我吗？我断定你认识我！”

玛丽阿姨露出一脸古怪的神色。简和迈克尔看到她的眼睛闪着蓝色的火焰，好像女孩的蓝色披纱和她的光辉映在上面。

“你的名字……你的名字……”玛丽阿姨很轻地说，“第一个字是‘玛’吗？”

那孩子高兴地用一只脚跳了起来。

“当然是的，你都知道。玛——雅。我叫玛雅。”她向简和迈克尔转过身来。

“现在你们认识我了，对吗？我是七姊妹星团[1]里的老二。老大是埃莱克特罗，她不能来，因为她要照顾梅罗佩。梅罗佩是个吃奶娃娃，她最小。中间五个也都是小姑娘。因为没男孩子，我们的妈妈起先很失望，可现在她不在乎了。”

那女孩跳了几步，又用她兴奋的小嗓子说起来：“噢，简！噢，迈克尔！我常常从天上看着你们，现在我真的跟你们说话了。你们的事我没有不知道的。迈克尔怕梳头，简有一只鸫鸟蛋放在壁炉上的果酱瓶里。你们的爸爸头顶开始秃了。我喜欢他。是他第一个介绍我们的，记得吗？去年夏天有一个傍晚他说：‘瞧，那是七姊妹星团。七颗星星在一起，是天上最小的星星。有一颗你们看不见。’这颗星星他当然是指梅罗佩。她太小了，不能通宵在那里。她是个吃奶娃娃，很早就得上床睡觉。我们在天上，有人叫我们七姐妹，有时又叫我们七鸽子，猎户座却叫我们‘你们这些小姑娘’，还带我们去打猎。”

“可你上这儿来干什么？”迈克尔还是觉得奇怪，问她。

玛雅哈哈笑：“问玛丽阿姨吧。我断定她知道。”

“告诉我们吧，玛丽阿姨。”简说。

“好，”玛丽阿姨很快地说，“依我想，这世界上不光是你们两个要买东西过圣诞节……”

[1] 七姊妹星团就是昴星团，包括很多颗恒星，肉眼可以见到七颗，其中六颗特别清楚。

“一点儿不错，”玛雅高兴地尖声说，“她说得对。我下来给大伙买玩具。你知道，我们不能常下来，因为我们忙着在那里制造和贮存春雨。这是七姊妹星团的特别任务。我们总算贮存了不少，因此我能下来了。运气不错，对吗？”

她兴高采烈地抱着自己的肩头。

“好了，来吧。我不能多耽搁。你们得回去帮我挑。”

她在他们周围跳着，一会儿跳到这个身边，一会儿跳到那个身边，把他们带回玩具部。他们一路走，一大群顾客站在那里看着，惊讶得连包包都掉了。

“她太冷了。她爹妈怎么搞的！”妈妈们说，她们的声音一下子变得很温柔。

“我说，”这回说话的是爸爸们，“这是不允许的。得给《泰晤士报》写封信。”他们的声音特别气愤。

公司里的纠察们也很古怪，他们走过时，就像见到王后似的向玛雅鞠躬。

可是简、迈克尔、玛丽阿姨和玛雅都视而不见，听而不闻，忙着在想他们这个奇遇。

“到了！”玛雅跳进玩具部说，“我们挑些什么呢？”

售货员看见他们吃了一惊，马上很有礼貌地鞠躬。

“我要给每一个姊妹一样东西，一共六个。请你帮我挑选吧。”玛雅对他微笑着说。

“当然，小姐。”售货员马上答应。

“首先是我的大姐，”玛雅说，“她爱做家务。那个小炉子，

还有那些银煎锅怎么样？对了，还有那把条纹扫帚。宇宙尘讨厌极了。用这把扫帚扫掉它们，她会高兴的。”

售货员用花纸把这些东西包起来。

“现在给苔盖特挑。她爱跳。简，你看给她一副跳绳用的绳子是不是正合适？请你小心捆牢，好吗？”她对售货员说，“我得走远路。”

她片刻不停，像水银似的在玩具之间飘来飘去，好像依然是在天空中闪动。

她不断到玛丽阿姨、简和迈克尔身边来征求意见，他们的眼睛离不开她。

“轮到阿尔基奥妮了。她很难办。她老安安静静地想心事，从来不想要什么东西。玛丽阿姨，给她挑本书怎么样？这是什么家庭？《瑞士家庭鲁滨孙》？我想她会喜欢读的。她不读可以看插图。请包起来！”

她把书交给售货员。

“我知道凯莱诺要什么，”她说下去，“一个铁环。她白天可以在天上滚铁环，夜里可以让它环着她转。她会爱那有红有蓝的一个。”售货员又鞠了个躬，把铁环包起来。

“现在只剩两个小的了。迈克尔，你说给斯苔罗佩什么？”

“一个陀螺怎么样？”迈克尔经过认真考虑，回答说。

“一个嗡嗡响的陀螺？这主意多好啊！她会爱看它在天空下面团团转嗡嗡唱的。那么婴儿梅罗佩，你说给她什么呢，简？”

“给约翰和巴巴拉的是橡皮鸭子！”简害羞地说。

玛雅一声欢呼，抱住自己的肩头。

“噢，简，你多聪明啊！我怎么也不会想到这个。请给梅罗佩一只橡皮鸭子，那只蓝色的，有一双黄眼睛的。”

售货员把一包包东西捆好，玛雅在他身边转，把包皮纸摸摸，把绳子拉拉，看是不是捆牢了。

“很好，”她说，“我可一样也不能丢掉。”

迈克尔从第一眼见到她起就牢牢盯住她，转身跟玛丽阿姨大声咬耳朵：“可她没带钱包。这些玩具谁给她付钱呢？”

“不关你的事。”玛丽阿姨厉声说，“再说咬耳朵也没礼貌。”她说着急忙摸自己的口袋。

“你说什么？”玛雅惊奇地瞪圆眼睛问，“付钱？不要付钱的。不要付钱吧，对吗？”

她转脸用闪亮的眼睛看着售货员。

“根本不用付，小姐。”他说着把那一大包东西放到她怀里，又鞠了个躬。

“我也这么想。瞧，”她转脸对迈克尔说，“圣诞节礼物就得送，对吗？再说我能付什么呢？天上不用钱。”她笑着说。

“现在咱们得走了，”她挽住迈克尔的胳膊往下说，“咱们全得回家。已经很晚了，我听见你妈妈告诉你们吃茶点的时候得回家。再说我也得回去了。来吧。”她把迈克尔、简、玛丽阿姨带过铺子，到了旋转门那儿。

出了门，简忽然说：“可她自己没礼物呀。她给她的姊妹都挑了东西，可没给自己挑。玛雅没圣诞节礼物呀。”她赶紧

在自己带的那些包包里找，看哪一包可以给玛雅。

玛丽阿姨很快地向她身边的橱窗看了一眼。她看见了自己闪耀的影子，非常漂亮，非常有趣，她的帽子笔挺，大衣贴身，新手套使她美上加美。

“你别忙。”她用她最干脆的声音对简说。说时迟那时快，她脱下新手套，在玛雅一只手上塞进一只。

“给你！”她声音粗哑地说，“今天很冷。戴上它你会高兴的！”

玛雅看看手套，太大了，戴在手上几乎空荡荡的。她不说话，靠近玛丽阿姨，把空着的一条胳膊抱住玛丽阿姨的脖子，亲了亲她。她们对看了好一阵，像心领神会地微笑。接着玛雅转身轻轻摸摸简和迈克尔的脸颊。他们在拐弯地方的风口里围成一圈，互相看了好大一会儿，兴高采烈的。

“我太高兴了，”玛雅打破寂静，轻轻地说，“别忘了我，不会忘记吧？”

他们摇摇头。

“再见。”玛雅说。

“再见。”其他几个人说，虽然他们最不想说这话。

接着玛雅踮起脚，举起双手，向上一跳。她在空气中往上一步一步走去，越走越高，好像有看不见的楼梯通向灰色的天空。她一路走一路回头向他们招手，他们三个也向她招手。

“出什么事啦？”附近有人说。

“这是不可能的。”另外一个声音说。

“荒唐！”第三个人叫道。可是一大群人已经围起来，他们可以为玛雅上天回家这件奇怪的事情作证。

一位警察推开人群，用警棍叫大家让开。

“喂喂，什么事？怎么了？”

他抬起头，跟着大家往天上看。

“喂！”他向玛雅挥着拳头生气地叫，“下来！你在上面干什么？妨碍交通。下来！公共场所不许这样。这不合规矩！”

人们听见远远传来玛雅的笑声，看见一样发亮的东西在她的胳膊下面一晃一晃。那是跳绳的绳子。那个包到底散开了。

又过了一会儿，他们看见她跳着上空中阶梯，接着一团云彩遮住了她。不过他们知道她在云彩后面，因为浓黑的云边闪着光。

“哎呀，我真受不了！”警察抬头看着说，拼命抓帽子底下的头。

“活该！”玛丽阿姨说，她的声音是那么凶，谁都会以为她真的在生警察的气。可简和迈克尔听了并不这么想。因为他们看见玛丽阿姨眼睛里有一样东西，如果这不是玛丽阿姨而是别人，就可以把它叫作眼泪……

“这件事会是我们想象出来的吗？”他们回家把这

件事告诉妈妈以后，迈克尔说。

“也许会是，”妈妈说，“什么离奇而可爱的事情我们都可以想象出来，我的宝贝。”

“可玛丽阿姨的手套呢？”简说，“我们看见她把手套给玛雅了。她现在没有了手套。因此这件事一定是真的！”

“什么，玛丽·波平斯！”妈妈叫起来，“你最好的毛皮口手套！你把它送人了！”

玛丽阿姨吸吸鼻子。

“手套是我的，我爱把它怎样就怎样！”她高傲地说。

她理好她的帽子，上厨房准备她的茶去了……

第十二章 西风

这是春季里的第一天。

简和迈克尔马上就知道了这件事，因为他们听见爸爸一面洗澡一面唱歌，一年里只有这一天他是这样做的。

他们一直记得这一天早晨。第一，这是第一次让他们下楼吃早饭；第二，爸爸丢了他的黑皮包。因此，这天一开头就有两件少有的事。

“我的皮包哪儿去了？”爸爸大叫着，在门厅里团团转。

其他人也都跟着团团转——埃伦、布里尔太太和孩子们，连罗伯逊·艾也特别卖力，转了两圈。最后爸爸在自己的书房里找到了皮包，举起它跑进门厅。

“我说，”他像牧师布道似的说话，“我的皮包一直是放在一个地方的。放在这儿的雨伞架上。是谁把它放到书房里去了？”他咆哮如雷。

“是你自己，亲爱的，你昨天晚上从皮包里拿出所得税单子。”妈妈说。

爸爸难过地看了她一眼，恨不得她圆滑点，说是她自己放在书房里的。

“哦哦！”他用力擤着鼻子说，从衣钩上拿下大衣，到前门去了。

“哈哈，”他比较高兴地说，“郁金香含苞待放了！”他走进花园，闻闻空气。“嗯，我想是刮西风。”他朝那边布姆海军上将的房子看，那儿的望远镜风标在旋转。“我想得不错，”他说，“刮西风了。风和日丽。我不用带大衣了。”

他说着拿起他的皮包和铜盆帽，赶紧上班去了。

“你听见爸爸的话了吗？”迈克尔抓住简的胳膊。

简点点头。“刮西风了。”她慢慢地说。

他们两人都没再说什么，可都有一份恨不得没有才好的心事。

不过他们很快就把心事忘掉了，因为样样都是老样子，春天的阳光把房子照得那么漂亮，没人再想到它需要刷油漆和糊上新壁纸。相反，他们全认为这是樱桃树胡同里最好的一座房子。

可是一吃过中饭就开始来麻烦了。

简下楼到花园去跟罗伯逊·艾一起掘地。她刚撒下一行红

萝卜种，就听见楼上儿童室一阵混乱，接下来是急急忙忙下楼的脚步声。转眼间迈克尔就出现了，满脸通红，大声喘气。

“瞧，姐姐，瞧！”他伸出他的手叫道。手上是玛丽阿姨那枚指南针，针盘上的指针随着他发抖的手在乱转。

“指南针？”简说了一声，摸不着头脑地看着他。

迈克尔忽然大哭。

“她给了我这个，”他哭着说，“她说它现在归我了。噢噢，一定要出事了！要出什么事呢？她过去从来没给过我东西。”

“也许只是好心。”简安慰他，可她的内心跟迈克尔一样乱。她很清楚，玛丽阿姨从不浪费精力发善心。

再说也真奇怪，那天下午玛丽阿姨没说过一句生气的话。说实在的，她很难得说上一句话。她好像在埋头想心事，问她什么，她都用离得老远似的声音回答。最后迈克尔再也忍不住了。

“噢，发脾气吧，玛丽阿姨！重新发脾气吧！这样不像你。噢，急死我了。”的确，一想到樱桃树胡同 17 号要发生事情——他说不准是什么事情，他的心就沉重了。

“烦恼，烦恼，自找烦恼！”玛丽阿姨生气地反驳他，用的是她一向的声音。

迈克尔马上觉得舒服一点儿了。

“说不定只是一种感觉，”他对简说，“说不定一切正常，我不过是多想了……你不这样想吗，简？”

“也许是吧。”简慢腾腾地说。可她正拼命地想，她的心都收紧了。

靠近傍晚，风大起来了，一阵一阵地吹着房子。它呼呼地往烟囱里吹，吹进窗子下面的缝缝，把儿童室角落的地毯边也掀了起来。

玛丽阿姨让他们吃了晚饭，把东西收拾干净，整整齐齐地叠好。接着她打扫好儿童室，把茶壶放在炉子铁架上。

“好了！”她说着把房间看了一遍，看是不是样样都安排好了。她沉默了一会儿。接着她把一只手轻轻放在迈克尔头上，另一只手放在简的肩膀上。

“现在，”她说，“我把鞋子拿下去请罗伯逊·艾擦擦。请你们乖乖地等我回来。”她出去了，轻轻关上房门。

她一走，他们两个忽然觉得必须跑出去跟着她，可是好像有什么东西阻止他们这样做。他们安静地留下，胳膊肘撑着桌子等她回来，都不说什么，想让对方放心。

“我们多傻呀。”简终于说，“样样好好的。”可是她知道，她说这话与其说相信它是真的，不如说是安慰迈克尔。

壁炉上的钟滴答滴答地很响。炉火闪来闪去，噼噼啪啪，慢慢地要灭了。他们仍旧坐在桌子旁边等待。

最后迈克尔不放心地说：“她去很久了，不是吗？”

风在房子周围呼啸，像是回答他的话。钟继续单调地滴答滴答响。

前门忽然砰的一声关上，打破了寂静。

“迈克尔！”简心一惊，说道。

“姐姐！”迈克尔回答一声，脸急得发青。

他们倾听着。接着他们赶快跑到窗口往外看。

下面，就在门口，玛丽阿姨站着，穿着她的外衣，戴着她的帽子，一只手拿着她那个毯子制的手提袋，一只手拿着伞。风在她身边猛吹，吹动她的裙子，把她的帽子狠狠地吹到一边。可简和迈克尔觉得她一点儿也不放在心上，因为她微笑着，好像跟风有默契。

她在台阶上停了一会儿，回头看看前门。接着她一下子打开伞（虽然没下雨），撑在头顶上。

风狂啸着把伞从下面托起向上推，像是要从玛丽阿姨的手里把它吹走。可她紧握住伞不放，风显然正是要她这样做。风把伞吹起来一点儿，让玛丽阿姨的脚离开了地面。它轻轻地带着她走，她的脚尖擦着花园的小道。接着风把她吹出院子门，把她吹起来，向胡同里的樱桃树梢吹去。

“她走了，简，她走了！”迈克尔哭着叫。

“快！”简叫道，“咱们快把双胞胎抱来。他们必须看她最后一眼。”她这时一点儿不怀疑，迈克尔也一点儿不怀疑，玛丽阿姨走了，因为风向变了。

他们一人抱起双胞胎的一个，冲到窗前。

玛丽阿姨这时候到半空了，飞过樱桃树，飞过屋顶，一只手握紧伞，一只手提着她那个毯子制的手提袋。

双胞胎开始轻轻地哭。

简和迈克尔用闲着的一只手打开窗子，最后一次尝试要留住玛丽阿姨。

“玛丽阿姨！”他们叫道，“玛丽阿姨，回来吧！”

可她不是没听见就是存心不理睬。她一个劲地飞呀飞，飞到云间，最后飘过山头。孩子们除了看见树木在猛烈的西风中弯曲哀鸣以外，什么也看不见了……

“她说到做到。她待到了风向改变。”简说着叹了口气，难过地从窗口回转身来。她把约翰放回那张小床。迈克尔一言不发，可是他把巴巴拉放回小床时，难受地吸着鼻子。

“我不知道还能不能再看见她。”简说。

忽然他们听见楼梯上的叫声。

“孩子们，孩子们！”妈妈一面开门一面叫，“孩子们……我真气坏了。玛丽阿姨走了……”

“是的。”简和迈克尔说。

“你们知道了？”妈妈十分奇怪，“她告诉你们她要走了吗？”

他们摇摇头，于是妈妈又说：“真叫人受不了。这分钟还在，下一分钟就走了。也不打个招呼，光说一声‘我走了’，她就走了。还有什么事情比这更荒唐，更随便，更不客气的……到底什么事，迈克尔?”她不高兴地住了口，因为迈克尔抓住她的裙子摇她，“什么事啊，孩子?”

“她说过她会回来吗？”他大叫着说，几乎把他妈妈推倒了，“告诉我……她说过吗？”

“你可别像个小印第安人似的，迈克尔。”她松开他的手说，“我记不得她说什么了，只记得她说要走。她就是要回来我也肯定不要她回来了。让我束手无策，没个人帮忙，也不先打个招呼。”

“噢，妈妈！”简责怪地说。

“你真残酷。”迈克尔握紧拳头说，好像随时准备打架。

“孩子们！我真为你们害臊！真的！人家对你们妈妈那么坏，

你们还要她回来。我真吃惊。”

简号啕大哭。

“天底下我就要玛丽阿姨！”迈克尔哇哇大叫，扑倒在地。

“说真的，孩子们，说真的！我不理解你们。我求求你们乖乖的。今儿晚上没人照料你们了。我得出去吃饭，埃伦又放了假。我请布里尔太太上来吧。”她说着心神不定地亲亲他们，出去时脑门上有急出来的细细的一道皱纹……

“唉，我真做不出这种事！她就这么走了，丢下你们这些可怜小宝贝不管。”过了一会儿布里尔太太赶来照料他们时说。

“那姑娘准有铁石心肠，错不了，要不我就不叫克拉拉·布里尔。而且她的东西一向不给人，哪怕一块花边手帕或者一枚扣帽子的别针也好，让人挂念挂念她嘛。请你起来，迈克尔！”布里尔太太喘着大气说下去。

“她那副神气，她那种态度，我真不知道我们是怎么忍受过来的。你衣服上的扣子怎么这样多啊，简！站好，让我给你脱衣服，迈克尔。而且她普普通通，不怎么好看。说实在话，考虑下来，她走了说不定更好。简，你的睡衣呢……咦，你的枕头下面是什么？”

布里尔太太拿出一个考究的小包。

“那是什么？给我……把它给我。”简说着兴奋得发抖，很快地从布里尔太太手里接过小包。迈克尔过来站在她身边，看着她解开绳子，打开棕色纸。布里尔太太不等看包里有什么，就到双胞胎那儿去了。

等到最后一张包皮纸落到地上，包里的东西就在简的手上了。

“是她的画像。”她轻轻地说着，把画挪到眼前看。

是她的画像！

在一个波浪形的小画框里嵌着玛丽阿姨的画像，下面一行字写着：“玛丽·波平斯像。伯特绘。”

“就是那个卖火柴的人……画的。”迈克尔说着，把它拿过去仔细看。

简忽然发现画底下有封信。她仔细把信打开。信上写着：

亲爱的简：

迈克尔有了指南针，这幅画就送给你。Aurevoir[1]！

玛丽·波平斯

她把信大声念出来，念到最后一个字不懂了。

“布里尔太太！”她叫道，“‘Aurevoir’是什么意思？”

“Aurevoir吗，亲爱的？”布里尔太太在隔壁房间叫道，“它是不是……让我想想看，我对这种外国话不大内行……它是不是‘上帝保佑’啊？不对不对，我弄错了。亲爱的简，我想这是‘再见’。”

简和迈克尔对看了一下。他们的眼睛闪着快乐和理解的光芒。他们知道玛丽阿姨的意思。

[1] 这是法文，意思是“再见”。

迈克尔长长松了一口气。“很好，”他没把握地说，“她一向说到做到。”他转过身去。

“迈克尔，你哭了？”简问他。

他摇摇头，想向她装出笑容。

“不，我没哭，”他说，“不过是我的眼睛……”

她轻轻地把他推到他的床那儿，等他上了床，她把玛丽阿姨的画像放到他手里——赶紧放，免得自己后悔。

“今天晚上你拿着，好弟弟。”简悄悄说着，像玛丽阿姨一向那样给他塞好被子……

随风而来的玛丽阿姨
——走进孩童日常生活的精灵

彭 懿

是谁写了这本书

帕·林·特拉芙斯（1899—1996），出生于澳大利亚。父亲是爱尔兰血统，母亲是苏格兰血统，她在一个甘蔗种植园中长大。受父亲影响，她童年时代就对爱尔兰神话及传说感兴趣，喜欢读童话。她八岁时，父亲突然去世。十三岁，她进了悉尼一家寄宿学校，在学校时曾经出演过莎士比亚的《仲夏夜之梦》。她后来当过演员，还写诗投稿，人生的志向渐渐地从演员转向了作家。二十五岁时，她怀抱着成为一名作家的梦想，独自一人到了英国。她给文艺杂志写稿，与爱尔兰诗人兼编辑的乔治·威廉·拉塞尔成为好友，并在诗人、“爱尔兰文艺复兴运动”领袖叶芝的指导下，对爱尔兰文学及古代凯尔特神话产生了新的

认识。

1964年，她的《随风而来的玛丽阿姨》被美国迪士尼公司改编成歌舞片《欢乐满人间》。真人与动画的巧妙搭配，再加上穿插其间的十几首悦耳动听的歌曲，使这部电影获得了五项奥斯卡大奖。

她一生未婚，以九十七岁的高龄去世。

先来认识一下书中的主要出场人物

班克斯先生

樱桃树胡同17号的男主人，在银行上班，整天就是坐在一张大桌子后面忙着数钞票和硬币。

班克斯太太

樱桃树胡同17号的女主人。

简

班克斯夫妇的大女儿。

迈克尔

班克斯夫妇的儿子，简的弟弟。

约翰和巴巴拉

班克斯夫妇的一对双胞胎，还是睡在婴儿床上的婴儿。

玛丽·波平斯阿姨

被风吹进班克斯家的保姆。她头发黑亮，人很瘦，大手大脚，有一双直盯着人看的蓝色小眼睛，孩子们说她“像个荷兰木偶”。她出门时，胳肢窝下总是夹着一把伞柄上有个鹦鹉头的伞。她从来不跟大家多说话。

在故事的尾声，当玛丽阿姨乘西风归去时，小主人公之一的迈克尔推开自己的妈妈，扑倒在地，伤心地大喊大叫："天底下我就要玛丽阿姨！"是的，玛丽·波平斯阿姨可能是天底下每一个孩子都梦寐以求的一位保姆了。即使是在今天，英国人登报纸寻找保姆时，第一句话很多时候也是："诚征玛丽·波平斯！"

玛丽·波平斯，一个长得像"荷兰木偶"、出门总是戴着手套、胳肢窝里夹着鹦鹉头伞柄的伞、不停吸鼻子的年轻的女子，到底是凭什么俘获了孩子们的心呢?

难道她不是一个凡人?

她是一个凡人，甚至可以说，她"凡"得都不能再"凡"了——古怪，爱发脾气，自大而又高傲，一点都不和蔼可亲。你看，她相貌平平，"很瘦，大手大脚，有一双直盯着人看的蓝色小眼睛"，却极度自恋，总以为自己是一个美人，"爱时髦，要给人看到她最漂亮的样子"。只要有镜子，不管是车窗还是橱窗，她一定要搔首弄姿地照上一番，因为"她觉得自己看来这么可爱"，"她觉得从未见过有人这么漂亮"，照完了，还会忘情地赞美自己一句："瞧你多美！"可是对孩子们，她却连一点点耐心都没有，严厉不说，还整天一副气呼呼的样子，不苟言笑，回答问题不是爱搭不理，就是一顿冷嘲热讽："我怎么知道?我又不是百科全书！"

可她又不是一个凡人。你看，她不请自来那天，简和迈克

尔这两个孩子就发现事情有些蹊跷了（大人是看不见的）——先是东风狂吹，胡同里的樱桃树前后左右地摇晃，像发了疯，想连根从地上蹦起来似的。然后，一个女人的身影被风吹到了门口，她着地时，整座房子都摇动了。“多滑稽！这种事情我从没见过。”一个孩子说。接下来发生的事情更加让人匪夷所思，她竟两只手拿着手提袋，一下子很利索地坐上楼梯扶手滑上楼来。两个孩子傻掉了：“这种事从来没有过。滑下去的事常有，他们自己就常干，可滑上来的这种事从来没有过！”更让孩子吃惊的是，她从那个空空的、被她称为毯子（让人联想起神话中的魔毯）的手提袋里，像变魔术似的，拿出来一块肥皂、一把牙刷、一张折叠行军床……难怪两个孩子会觉得：这个玛丽·波平斯阿姨是一个怪人，樱桃树胡同17号出了了不得的大怪事。

家里突然出现了这样一个魔法人物一般的保姆，孩子们又怎么能不激动，不被她迷住呢？所以他们忍不住要问她：“玛丽阿姨，你永远不再离开我们了吧？”

而我们要问的是，作者帕·林·特拉芙斯是怎样创造出玛丽·波平斯这个儿童文学中独一无二的形象来的呢？说独一无二，是因为在过去的童书中，虽然魔法人物不胜枚举，但还没有出现过这样一个走进现代孩子的日常生活之中、既是凡人又不是凡人的人物形象。贝蒂纳·贺里曼在《欧洲童书三百年》里没有说错：玛丽·波平斯虽然拥有魔法，但她身上却没有民间故事里的人物所具备的那种属性。关于玛丽·波平斯，特拉

芙斯曾经在《自传素描》的结尾说过这样一句话："如果你要寻找自传的事实，玛丽·波平斯就是我自己生活的故事。"这话有点玄，但借用《随风而来的玛丽阿姨》里的一句话来说，就是"不管碰到的事怎么古怪，还是不要跟她争论好"。不过有一点是可以肯定的，当她还是一个孩子的时候，玛丽·波平斯这个人物就在她的脑海中闪现了，"像窗帘忽开忽合一样，萦绕我一生"。玛丽·波平斯不是她凭空幻想出来的，有原型，她童年时就有这样一位保姆，外出时总是带着一把鹦鹉头伞柄的伞，一回到家里，就会把一天的所见所闻讲给孩子们听，可一旦说到重要的地方，便会以接下来的话不适合孩子听为由，突然把话题中断。

对于小读者来说，玛丽·波平斯阿姨最大的吸引力还不是她的魔法，而是她的神秘。

她是会魔法——她可以从一个空无一物的手提袋里往外掏东西，可以让孩子飘浮在空中喝下午茶，可以跟狗说话，可以用一个指南针把孩子送到北极，可以往天上贴星星……可是这样的人物并不稀奇，童书里多的是。稀奇的是，她身上有太多的谜团，就像她自己总是拒绝回答孩子们的问题一样，作者从不交代，只是留下一个开放的文本任由我们来猜测。

比如，第一个疑问是玛丽阿姨从哪里来，又回到哪里去了。在《随风而来的玛丽阿姨》里只是说她乘东风而来，乘西风归去："她一个劲地飞呀飞，飞到云间，最后飘过山头。孩子们除了看见树木在猛烈的西风中弯曲哀鸣以外，什么也看不见了。"

而在系列的第二部《玛丽阿姨回来了》里，她是拉着一根风筝线从天而降，最后坐着旋转木马回到了天上，变成了一颗新的星星……这么说，她应该“曾离开天空下来，如今又回到天上去了”。可是，她似乎又没离开过地面，你看，她那一大群怪里怪气的亲戚和朋友不就住在我们的身边嘛：走进画里的画家、充满笑气悬在半空中的叔叔贾透法、卖姜饼的科里太太、表哥眼镜蛇……这就牵扯到了第二个疑问，她是谁？智者、动物之王眼镜蛇给出了一个非常抽象的答案，它说她就是孩子们，就是它自己，它的原话是这样说的：“鸟、兽、石头和星星……我们全都是一体，全都是一体……”“孩子和蛇，星星和石头全都是一体。”到了系列的第三部《玛丽阿姨打开虚幻的门》里，她又被说成“是变成真实的童话”。是不是越说越解释不清了？对，她从头到尾都是一个未解之谜。

作者根本就不想解释。换句话说，作者是故意把玛丽·波平斯写成一个迷雾重重的人物的。当然，她有她的追求，小峰和子在《大人英国儿童文学读本》中说特拉芙斯这样写，是因为“特拉芙斯从自己的童年经验中知道，越是不解释，反而越是能在神话带来的惊奇中培养想象力”。

如果我们一定要追问玛丽·波平斯到底是谁，马杰丽·费希尔或许说得再好不过了：“她就是一个精灵。”当然，她不是出没于另一个世界的精灵，而是一个走进现代孩童日常生活的精灵。内斯比特是这类被称为“日常魔法”式幻想小说的鼻祖，她的《五个孩子和一个怪物》里也有这样一个精灵，就是

那个来自远古，被现代的孩子们从沙坑里挖出来的沙妖。不过，它与玛丽·波平斯相比，就显得太小儿科了，变出来的魔法一到日落就消失不说，规模也小得多，还缺乏神秘感。玛丽·波平斯的魔法世界则要大多了，大到花鸟鱼虫，大到海底，大到壮阔的星空和浩瀚的宇宙。特拉芙斯曾以《只要连接》为题发表过一篇讲演，她说只要连接"已经与未知""过去和现在"，就能把玛丽·波平斯呼唤出来。

孩子们喜欢玛丽·波平斯阿姨，是因为她改变了他们的生活，把他们引入了一个幻想的世界，带领他们去冒险。希拉·A.伊格在《故事之力：从中世纪到现代的幻想小说》一书中说：玛丽·波平斯虽然声称"各人有各人的童话世界"，但她的任务，就是推开那扇"虚幻的门"，把只拥有平凡想象力的普通的孩子送进门去。而且这种冒险是有限制的，就是绝对不允许自己擅自去冒险，冒险一结束，就要立刻回到井然有序的日常生活。书里的两个小主人公不可能擅自去冒险，因为他们找不到路，故事里没有类似魔法衣橱那样的通往另外一个世界的通道。实际上，这恰恰就是"玛丽·波平斯"系列一个最大的叙事特征。你看，玛丽·波平斯阿姨明明带着他们走进了一座普通的公寓，人浮在空中的奇迹就发生了；明明走在大街上，就来到了一家从未见过的古怪铺子门前……幻想世界与现实世界的边界被彻底地模糊掉了，所以《纽约时报》的一篇书评才会说："当玛丽·波平斯出现在附近的时候，她身上的那股魔力，总是让读者分辨不出真实的世界在哪里渐渐地变成了幻想的世界。"

其实，如果你读完了故事，你就会发现其实玛丽·波平斯阿姨也不是整天气呼呼的，她爱孩子，还挺幽默。举个例子，每次发生了什么事情之后，她绝不承认，总是要掩盖一切，不是装糊涂问你："你这话是什么意思？"就是瞪你一眼，"亏你想得出！"可那回从动物园回来，尽管她矢口否认，眼尖的孩子们还是发现了她腰间束着一根金蛇皮做的皮带，上面还写着："动物园敬赠。"这个小小破绽，显然是她故意和孩子们开的一个小小玩笑。

对于"玛丽·波平斯"系列，批评家们也有不少争议。反对的一派认为故事不连贯，玛丽阿姨运用起魔法来也有点随心所欲。支持的一派则认为，玛丽·波平斯成功的秘密，或许就在于这种魔法的随意性。而且从表面上看，一个个故事是独立的，但其实每一章都有各自的特征，如《随风而来的玛丽阿姨》的第二章"休假"像童话，第三章"笑气"像荒诞闹剧，第五章"跳舞的牛"像鹅妈妈童谣，第十一章"买东西过圣诞节"像神话……德博拉·科根·撒克与琼·韦布更是在《儿童文学导论：从浪漫主义到后现代主义》中指出：特拉芙斯的作品是一次现代主义的写作，尽管排斥直线叙述，这似乎缺乏连结，但文本并不是一连串的特别事件。文本有一个模式，使读者能在玛丽·波平斯的神秘世界里得到领悟。

这个系列，特拉芙斯一共写了八本。有一个十六岁的年轻人评论这些书"只能是一个疯子写的"，她把这句话当作赞美。她说，一个作家就是需要发狂，因为这就是她创作玛丽·波平

斯时的状态："不是我创造了玛丽·波平斯，而是玛丽·波平斯创造了我。"

在这个系列的最后一本《玛丽阿姨和隔壁房子》，当孩子们听到玛丽阿姨说"还是家最好"时，孩子们大胆地问她："那么你呢，玛丽阿姨？你的家在哪里——东还是西？你不在这里的时候，你上什么地方去呢？"她那双蓝色眼睛闪了一下，那个老样子的熟悉的神秘微笑对着他们急切的脸："不管在什么地方，那儿就是我的家！"

这个"什么地方"，至少有一个我们是可以找到的，它就是"特拉芙斯作品典藏"系列这套书。只要你一翻开它，一个气呼呼地吸鼻子的声音就会大声地责问我们道："请问，你这话是什么意思？"

（作者为儿童文学博士、儿童文学作家及研究者）

特拉芙斯作品典藏

玛丽阿姨的神怪故事

[英] 帕·林·特拉芙斯 著

任溶溶 译

明天出版社

图书在版编目（C I P）数据

玛丽阿姨的神怪故事 ／（英）帕·林·特拉芙斯著；任溶溶译．—济南：明天出版社，2018.3（2023.2重印）
（特拉芙斯作品典藏）
ISBN 978-7-5332-9647-6

Ⅰ.①玛… Ⅱ.①帕… ②任… Ⅲ.①儿童小说－长篇小说－英国－现代 Ⅳ.①I561.84

中国版本图书馆CIP数据核字(2018)第030640号

特拉芙斯作品典藏
玛丽阿姨的神怪故事
［英］帕·林·特拉芙斯／著
任溶溶／译

出 版 人　李文波
策划组稿　傅大伟
责任编辑　于　跃　张　扬
美术编辑　赵孟利
出版发行　山东出版传媒股份有限公司
明天出版社
山东省济南市市中区万寿路19号　邮编：250003
http：//www.sdpress.com.cn　http：//www.tomorrowpub.com
经　　销　新华书店
印　　刷　肥城新华印刷有限公司
版　　次　2018年3月第1版
印　　次　2023年2月第7次印刷
规　　格　148毫米×205毫米　32开
印　　张　7.75　145千字
I S B N　978-7-5332-9647-6
定　　价　23.00元

山东省著作权合同登记号：图字 15－2016－228 号

目录

这本书里的冒险故事，都发生在玛丽·波平斯阿姨前三次到班克斯家来的期间。这句话是提醒可能以为它们发生在她第四次拜访期间的读者。她不能一直那么来来去去。再说，大家要记得，“三”是一个吉利数字。

已经认识玛丽·波平斯阿姨的读者，对在这本书中出现的许多其他人物，应该也是熟悉的。如果你不熟悉，又想了解他们，不妨到前几卷中去找他们。

帕·林·特拉芙斯

第一章
每一只鹅都是天鹅

夏天的日子又热又静。樱桃树胡同街边的那些樱桃树能感觉到樱桃正在成熟——绿的在慢慢变黄，黄的在逐渐变红……

一座座房子在布满灰尘的花园里打盹，用百叶窗蒙上它们的眼睛。它们似乎在说："别打扰我们，我们在睡午觉。"

椋鸟躲在烟囱里，把它们的脑袋藏在翅膀下面。

公园上空停留着一朵映在阳光中的云，跟糖浆一样稠，一样金黄。没有风吹动沉重的树叶。花儿挺立，一动不动，亮光闪闪，像是金属做的。

湖边长椅上空空的没人坐。因为太热，常在长椅上坐的人都回家去了。内莱乌斯的大理石雕像凝视着平静的湖水。没有

一条金鱼摆动尾巴，金鱼全都躲在百合花叶子底下——把它们当作伞。

草地像块展开的绿色地毯，在阳光下毫无动静。要不是还有一个有节奏的动作，你就会以为整个公园只是一幅图画了。公园管理员在木兰树旁边把垃圾叉起来，放到一个小废物篓里。

他听到两只狗跑过，于是停下手里的活儿，抬起头来。

他知道它们是从樱桃树胡同跑出来的，因为这时候拉克小姐在百叶窗后面叫了起来。

“安德鲁！威洛比！请你们回来！不要到那肮脏的湖里去游泳！我来给你们做冰茶喝！”

安德鲁和威洛比你看看我我看看你，眨眨眼睛，继续朝前跑。可它们经过这棵大木兰树的时候，吓了一跳，猛地停住脚步。它们扑通一声趴在草地上，吐出粉红色的舌头，喘着粗气。

原来是玛丽阿姨正从手里织的东西上面看着它们。她穿着蓝色衬衫，戴一顶插着一朵深红色郁金香的新帽子，整洁端庄。她靠着木兰树，挺直腰板，坐在草地上铺着的一条格子地毯上。她的手提包端正地放在身边，鹦鹉头雨伞挂在她头顶上一根开花的树枝上。

玛丽阿姨看看那两条在地上拍响的狗尾巴，轻轻地哼了哼。

“把舌头缩进去，坐好！你们可不是两只狼。”

两只狗马上跳起来坐正了。躺在草地上的简看到它们乖乖地把舌头缩到嘴里去了。

“记好了，如果你们去游水，”玛丽阿姨说下去，“上岸

的时候要把身上的水甩甩干净。别把水溅到我们身上！”

安德鲁和威洛比看上去好像很不以为然。

“玛丽阿姨，”它们像是说，“好像我们会做出这种事似的！”

“那就好。你们去吧！”

两只狗像射出去的子弹那样飞也似的跑了。

“回来！”拉克小姐着急地大叫。

可是谁也没理她。

“为什么我就不能在这个湖里游泳呢？”迈克尔用闷得透不过气来的口气说。他正趴在草地上看着一群蚂蚁。

“因为你不是一只狗！”玛丽阿姨提醒他说。

“这我知道，玛丽阿姨。不过我要是……” 玛丽阿姨是不是笑眯眯的？迈克尔说不准，因为他的鼻子正顶在泥里。

“那么……你要怎么样？”她哼了哼问道。

迈克尔本想说他要是一只狗，他就爱干什么就干什么——或者游泳，或者不游泳，跟着兴致走，不用求得什么人同意。可玛丽阿姨那张脸要是凶巴巴的呢？还是不说最好，他决定了。

“没什么！”他用胆小的口气说，“这种天气，再吵吵嚷嚷就太热了，玛丽阿姨。”

“没什么就不会有什么！”她抬起头，“我不是在吵吵嚷嚷，我是在说话！”像往常那样，最后一句话由她说。

阳光透过木兰树的宽大叶子照到树下面这几个人，也照亮了玛丽阿姨的织针。约翰和巴巴拉把各自的小脑袋靠在对方的肩头上，睡睡醒醒，醒醒又睡睡。安娜贝儿在玛丽阿姨的影子

里睡着了。光和影让大家看上去斑斑驳驳的，当公园管理员过来捡一张报纸的时候，也把他那张脸弄上了斑点。

“所有的废物都要扔到废物篓里去！得遵守规则！”他狠狠地说。

玛丽阿姨把他从上看到下。她的眼光会让一棵橡树吓得枯萎。

“那不是我扔的。”她顶撞他说。

“哦？”他不相信地说。

“不是的！”她说，同时正气凛然地哼了一声。

“那么一定是什么人扔在那儿的。它不会自己长出来——像玫瑰花那样！”

公园管理员把帽子推到脑后，擦他耳朵后的汗水。又热，又意识到玛丽阿姨的语气，他觉得真是丧气极了。

“真热！”他紧张地看着她说，那副样子像一只发急的孤独的狗。

“在仲夏时节，这样热是可以理解的！”她的织针咯吱咯吱地响。

公园管理员叹了口气，又说下去。

“我看到你把你的鹦鹉带来了！”他抬头看看挂在树叶之间的那黑色绸布的东西。

“你是说我那把鹦鹉头雨伞。”她威严地纠正他的话。

他不安地轻轻笑了一声：“你不会认为要下雨吧，对吗？太阳那么大！”

“我不认为要下雨，这我知道。”玛丽阿姨平静地回答他，

“如果我是一个公园管理员，”她说下去，“我不会像我可以指出的什么人那样浪费大半天时间！那边有一块橘子皮，你为什么不去把它捡起来呢？”

玛丽阿姨用她的织针指着，就那么用责备的态度指着他，直指到他把那讨厌的果皮叉起来，抛到一个废物篓里去。

“如果她是我，”公园管理员心里说，“那就连整个公园也没有了，只有一片干干净净的沙漠！”他用帽子扇风。

“反正，”他说出声来，“我当上公园管理员不是我的错。我按理说应该是一个探险家，正在外国探险。如果能照我的意思，我就不在这里了，我会和一头北极熊坐在一块冰上！”

他叹了口气，拄着他那根尖棍子，做起了白日梦。

“哼！”玛丽阿姨大声说。她头顶树上的一只鸽子吓了一跳，吃惊地竖起翅膀上的羽毛。

一根羽毛慢慢地飘下来，简伸出手抓住它。

“用它搔搔痒多么舒服啊！”她用羽毛搔着自己的鼻子说。接着她把这根羽毛按在眉毛上面，用她的缎带扎住它。

“我是一个印第安酋长的女儿，敏内哈哈，就是‘哈哈笑的水’，正在随河流而去。”

“噢，不，你不是。”迈克尔反对，“你是简·卡罗琳·班克斯。”

“这只是我的外表。”她坚持说，“内心里我完全是另外一个人。这是一种非常滑稽的感觉。”

“你应该吃上一顿丰盛的午餐，那么你就不会有滑稽的感

觉了。爸爸不是一个印第安人酋长，因此你不可能是敏内哈哈！”

他说话的时候猛地一惊，更专注地往青草里看。

“它到那儿去了！”迈克尔狂叫一声，肚子贴地，用脚趾蹬着地面，扭动着身子前进。

“你别踢我的小腿我就谢谢你了，迈克尔。”玛丽阿姨说，“你是什么东西，一匹演马戏的马吗？”

“不是马，是猎人，玛丽阿姨！我在森林里追赶野兽呢！”

“森林！”公园管理员讥笑道，“我要去的是冰雪荒原！”

“如果你不小心，迈克尔·班克斯，你就要被赶回家到床上去了。我从来没见过这么蠢的一对。你是第三个。”玛丽阿姨看着公园管理员厉声说了一句，“老是要成为自己以外的什么东西。不是敏内什么小姐就是这个那个，你们和放鹅姑娘、猪倌一样糟糕！”

“可我追的不是鹅或者猪，我追的是狮子，玛丽阿姨。它外表可能只是只蚂蚁，可内心里……啊，我终于捉到它了！内心里它是一只吃人的野兽！”

迈克尔翻了个身，满脸通红，用手指夹住一只黑色的小东西。

“简！”他开始用起劲的口气说。可这句话永远没有说完，因为简向他做了个手势，他朝玛丽阿姨转过脸去，马上明白了这个手势是什么意思。

织的东西已经落到地毯上，她双手叠放在膝盖上面，在看着远处的什么东西，视线越过胡同，越过公园，也许越过了地平线……

为了不惊动她，孩子们小心翼翼地爬到她身边。公园管理员扑通一声倒在地毯上，瞪圆了眼睛看着她。

“怎么样，玛丽阿姨，”简试探着说，“给我们讲讲放鹅姑娘吧！”

迈克尔靠在她的裙子旁边，充满希望地等着。透过阴凉的蓝布，他感觉到她的腿很瘦但很健壮。

玛丽阿姨从她帽子的阴影下看了他们一会儿，然后重新看别处。

“好吧，她坐在那里……”玛丽阿姨开始讲起来。她讲得那么轻柔，完全不像平时的语气。

“她坐在那里，一天又一天地坐在她那群鹅当中，把头发编了又拆散，因为她实在没有事做。有时候她摘下一棵蕨草，在面前像扇子那么扇。大臣夫人大概是这样做的，说不定女王也这样做。

“要不然她就用花编一条项圈，然后到小溪旁边去欣赏自己戴着它的样子。每次这样做，她都注意到她的眼睛是蓝色的，比长春花都蓝，她的脸蛋像旅鸫的胸部。至于她的嘴、她的鼻子，她给予它们那么高的评价，简直无法形容它们。”

“听起来她就像你，玛丽阿姨，”迈克尔说，“对自己喜欢得不得了！”

玛丽阿姨的目光从地平线那儿一下子收回来，狠狠地看了他一眼。

“我是说，玛丽阿姨……”他开始结结巴巴，担心自己把故事的线索打断了。

“我是说，”迈克尔讨好地说下去，“你也有粉红色的脸蛋和蓝色的眼睛，就像棒棒糖和蓝绵枣儿。”

满意的微笑慢慢地融化了她的怒气。当玛丽阿姨重新把故事讲下去的时候，迈克尔松了口气，叹息了一声。

好，玛丽阿姨继续说下去。

有一条小溪，溪水上有那放鹅姑娘的倒影。每次她看到这影子，总感到太可惜了，世界上的人都看不到这样的美貌。她

特别为那英俊的猪倌感到可惜，他就在河对岸放他那群猪呢。

“如果我不是我现在这样就好了！”她悲伤地想，“如果我是我想要是的人，就可以邀请他过来。可我只是一个放鹅姑娘，这样做就不对，或者不合适。”

她犹豫地转身朝河的另一边看去。

如果她知道猪倌在想什么，也许会吃惊的。

他也是因为没有镜子，只好在那条小溪上照。当溪水映出他黑色的鬈发、弯弯的下巴、好看的耳朵时，想到没有人看到这些，他为全人类感到惋惜。他特别为那个放鹅姑娘感到惋惜。

“毫无疑问，”他心里说，“她一定孤独极了——穿着她那身破旧衣服，坐在那里编她那头金发。这头发太好看了，要不是我只是我现在这样，我真想这就对她讲句话。”

他犹豫地转身去看河的另一边。

你们会说，这太巧了！可故事里还有比这更巧的。不但放鹅姑娘和猪倌这样想，那里每一样动物都在想同样的事。

当那些鹅啃着青草，最终把草压成星状的时候，它们认定——它们也不讳言——它们是比鹅更加了不起的动物。

碰到任何人说猪不过是猪，猪听了都要笑。

把猪倌的大车拉到市场上去的灰驴也是如此，住在小溪旁边踏脚石底下的蛤蟆也是如此，每天拿着玩具猴子在桥上玩的那个光脚男孩也是如此……

每一个人（每一种动物）都相信他（它）的真正自我比别人肉眼看到的他（它）要无比伟大和尊贵。

驴子深信，在皱菊间踢着蹄子的不是它这寒碜的小身体，而是一种更气派、更漂亮、更光鲜的动物。

对蛤蟆来说，它的真正自我比它的外形小，非常好看、非常绿。蛤蟆会一连几个小时看着自己的影子，这影子实在太难看了，但这从来不会让它感到泄气。

“那只是我的外形。”蛤蟆会对它皱起来的皮和鼓出来的黄眼睛点着头说。不过当那男孩在桥上的时候，它还是不让他看见自己的外形，因为它怕就算露出一个脚趾也会遭到他的咒骂。

“停下！”那凶猛的声音会响起来，“右舷出现敌人！谁剥了他的皮，赏他一瓶朗姆酒和一把新匕首！”

因为这个男孩也不只是一个普通的男孩——你们可能已经猜出来了——在他内心里，他对麦哲伦海峡就像你们对自己的鼻子那样熟悉。听到他的大名，老实的海员脸色会发青，因为他的事迹在世界七大洋都是无人不知无人不晓的。他能在一个早晨洗劫一打船员，还能把财宝埋藏得那么巧妙，连他自己也找不到。

对于过路人，这男孩看上去两只眼睛好好的，可在他的个人想法中，他只有一只眼睛。在直布罗陀什么地方的一场肉搏战中，他失去了另一只眼睛。当人们用他的名字称呼他时，这个名字总会让他笑起来。“如果他们知道我实际上是谁，”他会想，“他们就不会那么高兴了。”

至于猴子，它相信自己根本不是一只猴子。

“这身毛皮，”它对自己保证说，“只是让我保暖。我把我的尾巴荡来荡去只是为了好玩，并不是因为我非荡来荡去不可。”

整整一个下午，他（它）们内心里全都充满美美的想法。阳光照耀着他（它）们，又暖和又舒服。草原上的花儿挂在花梗上，光亮得像刚洗过的瓷器。云雀在上空歌唱——唱啊唱啊，没完没了，好像它们全上了发条。

放鹅姑娘坐在她那些鹅当中，猪倌和他那些猪在一起。驴子在它的田野上，蛤蟆在它的洞里，都在睡意蒙眬地点着头。

那男孩和他的猴子在桥上讨论着他们以后的流血计划。

驴子忽然打了个响鼻，耳朵抖了一下发出疑问。云雀在上，小溪在下，可它从那些声音之中听到了脚步的回声。

在通往小溪的路上，有一个衣衫破烂的人在走着。他的衣衫破烂得真找不到一点儿没用线缝过的地方。他的帽子衬出一张在阳光中又红又温和的脸，从帽边露出一撮撮的银灰色头发。他走路一脚轻一脚重，因为一只脚穿着旧皮靴，另一只脚穿着卧室里穿的拖鞋。你要是想找一个比他更邋遢的人，可能得找很久很久才能找到。

可是他这副邋遢样子似乎并没有让他难过——说实在的，他看来还很欣赏自己，自得其乐。他一路走来心满意足，吃着一片面包皮、一个腌洋葱，嘴里塞满了东西还在吹口哨。接着他看到了草原上的这群人和动物，看着看着，用口哨吹出来的歌忽然停了。

“一个美丽的日子！”他很有礼貌地说，同时抓住帽檐，把帽子从头上掀起，向放鹅姑娘鞠了个躬。

她傲慢地看了他一眼，可那流浪汉似乎没注意到。

“你们两个是在拌嘴吗？”他把头朝猪倌那边点点，问道。

放鹅姑娘气愤地大笑：“拌嘴？多么荒唐的话！说真的，我甚至不认识他！”

“那么，”流浪汉露出快活的微笑说，“你愿意让我给你介绍吗？”

“当然不！”她扬起了头，“我怎么能和一个猪倌在一起呢？

我是一个乔装改扮了的公主。”

“真的吗？”流浪汉十分惊讶地说，“如果是这样，我绝不能耽误你。我想你要回王宫去继续干你的活儿了。”

“活儿，什么活儿？”放鹅姑娘看着他。

这会儿轮到她惊讶了。还用说，公主们只是坐在椅子上，有奴隶听从她们的吩咐做事的。

“嗯，纺纱和织布啊，还有学习礼仪，练习忍耐和露出笑脸，以防不合适的人来求婚。当你第十万次听到国王的三个愚蠢谜语时，还要尽力露出你喜欢的样子！不是很多公主——我想你一定知道——能够休息，整天坐在一群鹅中间晒太阳的！”

“可是戴珍珠王冠呢？和苏丹的儿子跳舞直到天亮呢？”

“跳舞？珍珠？噢，天哪！噢，天哪！”流浪汉哈哈大笑，同时从袖子里拿出一根香肠。

“那些王冠重得和铅或者铁一样，还得时时刻刻箍在你的头上。一位公主的任务——你一定知道——首先是和她父亲那些老年朋友跳舞，然后是跟宫廷大臣跳舞，然后是跟顾问官跳舞。当然，还要跟掌玺大臣跳舞。都跳过了，你才轮到跟苏丹的儿子跳舞，可到这时候已经很晚，他得回去了。”

放鹅姑娘把流浪汉的话想了一阵。他说的话是真的吗？在所有的故事里放鹅姑娘全是公主变的，可是，噢，听起来多么难啊！对宫廷大臣说什么呢？“到这里来！”“上那里去！”对鹅就是这样说的。还要纺纱和织布，还学习礼仪！

比较起来，放鹅姑娘想，也许还是当个放鹅姑娘更好。

“好了，回王宫去吧！”流浪汉劝她，“你知道，坐在这里只是浪费你的时间！”

“你不同意吗？”他对猪倌叫着说，猪倌正在小溪那一边听着他们说话。

“同意什么？”猪倌马上说，好像他一个字也没听到似的，“我对放鹅姑娘从来不感兴趣。”他又加上一句，可没说老实话，“这不合适。我是个乔装改扮了的王子。”

“你是王子？”流浪汉恭敬地叫起来，“那么我想，你是在花时间锻炼肌肉，准备和凶龙作战吧？”

猪倌淡红色的脸发白了。“什么样的凶龙？”他用窒息般的声音问道。

“噢，碰到什么就是什么，你自己也一定知道。王子至少得跟一条凶龙作过战，王子就是干这个的。”

“两个头的凶龙？”猪倌咽了一口口水问道。

“两个头？”流浪汉叫道，“你是说七个头的吧？两个头的凶龙如今已经完全过时了。”

猪倌感到他的心一沉。尽管所有故事都那么说，但也许如今不是王子杀死凶龙，而是凶龙杀死王子呢？你们知道，他并不是害怕，他只是在怀疑自己是否就只是一个普普通通的猪倌。

“你那儿有好大一群养来吃的食用猪！”流浪汉很欣赏地从那些猪看到自己手里的香肠。

那群猪发出一阵愤怒的呼噜声——一个破衣烂衫的流浪汉竟把它们叫作食用猪！

“也许你没注意到，”它们呼噜呼噜地说，“我们是羊乔装改扮的！”

“噢，天哪！”流浪汉用忧伤的口气说，“我真为你们难过，我的朋友们！”

“你为什么要为我们难过？”那些猪向空中耸起它们的长鼻子。

“为什么？你们一定知道，这里的人偏爱吃羊肉，如果他们知道这草原上有一群羊——不管是怎么乔装改扮了……”他停下来，摇头叹息，接着在破衣服里找到一块梅子饼，难过地嚼了起来。

那些猪惊呆了，你看我我看你。羊肉！一个多么可怕的字眼！它们本来自以为是优雅的羊，永远在鲜花盛开的田野上跑来跑去，从来没有想到要成为羊肉。它们反复考虑，最终认为还是当猪更明智。

“吃吧，你们这些鹅！”流浪汉咂着嘴说，同时把他的饼屑扔给放鹅姑娘的那群鹅。

那些鹅同时抬起头来，发出蛇那种嘶嘶叫声。

“我们是天鹅！”它们异口同声地嘎嘎大合唱。它们看到他似乎不相信它们的话，接着又加上一句：“乔装改扮了的！”

“好吧，如果是这样，”流浪汉说，“你们在这儿不会待多久了。你们都知道，所有的天鹅都属于国王。天哪，你们是多么幸运的鸟儿啊！你们将在美丽的湖里游泳，侍臣会用金剪子剪去你们的飞羽，每天早晨用银盘子端来草莓酱给你们吃。你们不用操心任何事，甚至不用为孵你们的蛋操心，因为陛下会把这些蛋当早餐吃。”

“什么！”那些鹅大叫，“没有小天鹅宝宝？”

“当然没有！可是只要想想这些荣华富贵！”流浪汉咯咯笑着转身，撞到了雏菊丛中一棵长着乱枝的树上。

那些鹅站在草地上你看我我看你，不知怎么是好。

“草莓酱！剪掉翅膀！没有孵蛋！”它们想，“是我们错了吗？我们到底是不是鹅呢？”

流浪汉从曾经是一个衣袋的地方拿出一个苹果。

“对不起，朋友！”他狠狠地咬了一口，对驴子说，“我本可以给你半个，可你不需要它。你有这么大一片草地可以吃个饱。”

驴子倒胃口地看看这片草地。“这对于驴子来说可能非常好，可你没想到吗？”它说，“我只是外表是驴子。你也许想知道，我其实是一匹阿拉伯战马乔装改扮的！”

“真的吗？”流浪汉看上去十分钦佩，“如果是这样，你

一定多么多么想念你的出生地啊！沙暴！海市蜃楼！没有一滴水的沙漠！”

“没有一滴水的沙漠！”驴子看上去很不安。

“那还用说。可这与你没一点儿关系，你们阿拉伯动物可以什么也没有地活许许多多个礼拜——没有东西吃，没有水喝，没有地方睡觉……真是了不起！”

“那么那些绿洲呢，那里一定长着青草吧？”

“绿洲是稀有的，而且相隔很远。”流浪汉说，“可那又有什么关系呢，我的朋友？你吃得越少，跑得越快！你喝得越少，身子越轻！当你的主人遭遇敌人袭击时，你只要一瞬间的工夫就能扑倒下来掩护他。”

“不过，”驴子叫起来，“这样一来，我会先被射死！”

“这个自然。”流浪汉说，“正是因为这个缘故你才受到如此的尊敬。你们高贵的阿拉伯战马是时刻准备着牺牲的！”

驴子把它的脑门在大腿上猛擦。它是时刻准备着去死的吗？它不能堂而皇之回答说“是的”。几个礼拜几个礼拜没东西吃？这里的草和雏菊够一打驴子吃。它可能真是匹阿拉伯战马，但也可能不是。它毛蓬蓬的头在大腿上擦上擦下，同时思考着这个难题。

“这是给你的，老癞蛤蟆！”流浪汉把他的苹果核扔到踏脚石底下。

“别叫我癞蛤蟆！”蛤蟆厉声回答。

“如果你高兴，就叫你蟾蜍好了！”

“这些名字都是用来叫蛤蟆的，我是一只青蛙乔装改扮的。”

“噢，快活的动物！”流浪汉叫道，“整夜坐在百合叶子上向月亮唱歌。”

“整夜？我会冻死的！”

“捉蜘蛛和蜻蜓给你选中的青蛙小姐吃！”

“自己一点儿不吃？”蛤蟆问道。

“正在求偶的青蛙——你一定是这么一只青蛙——从不为自己捉虫子！”

可是蛤蟆吃不准，它爱吃多汁的蜘蛛。它终于做出决定，还是做一只蛤蟆好。这时候，啪！一块石子落在它身边，它连忙把头缩进踏脚石下面去了。

“石子是谁扔的？”流浪汉马上问。

“是我。”桥上传来回答声，“不是要砸它，只是想让它跳起来！”

“好孩子！”流浪汉微笑着抬起头来，“像你这样一个友好的孩子是不会伤害一只蛤蟆的！”

“当然不会，也不会做别的什么坏事。不过别叫我孩子，实际上我是一个——”

“等一等！别对我说出来，让我来猜一猜！一个印第安人？不是……一个海盗！”

“没错！”那男孩随便点点头，露出海盗的可怕微笑，以及他牙齿间的缺口。“如果你想知道我的名字，”他咆哮着说，“就叫我独眼龙科兰博吧！”

“你有短弯刀吗？”流浪汉问道，“有你的骷髅旗吗？有你的黑绸面具吗？好了，你不能在这里再逗留下去了，流浪汉不值得抢！你向北方航行吧，上火地岛去！”

“那里我去过了。”男孩高傲地说。

“那么上你喜欢的其他什么地方去，海盗不该在陆地上长久逗留。你去过……”流浪汉压低他的声音，“你去过死人岛吗？”

男孩微笑着摇摇头。

“那正是我该去的地方。”他叫着伸手去拿他的猴子，“我这就去跟我的妈妈说再见，然后——”

“你的妈妈，我没听错吧？独眼龙科兰博跑着去跟他妈妈说再见！一位海盗船长会浪费时间跑回家里去……真是的！”流浪汉觉得太好玩了。

男孩怀疑地看着流浪汉，心想，这个死人岛在哪里？一去一回需要多久？他的妈妈会担心的，再说——他的确有理由知道——她正在做煎饼当晚饭吃。今天最好还是做他外表的自己吧，可以明天再做科兰博。科兰博又走不了，要做就可以做。

“带着你的猴子做吉祥物吗？”流浪汉用猜想的眼光看着这玩具。

回答他的是生气的吱吱叫声。“别叫我猴子！”它吱吱地说，“我是一个小男孩乔装改扮的。”

“一个男孩！”流浪汉叫道，“不去上学？”

“上学？”猴子激动地说，“你是说学‘二二得五’这类玩意儿？”

“一点儿不错。”流浪汉严肃地说，“你最好这就赶着去，趁他们还没有发现你逃课。给你这个！”他在破衣服里摸了摸，从衣领底下拿出两块巧克力糖，把一块给了猴子。

可是那小家伙扭转了它的身体。学校这玩意儿没什么好商量的，还是做一只给蛀虫咬坏的猴子好。它一下子感到爱上了它的旧皮毛、它的玻璃般的眼睛和乱蓬蓬皱巴巴的尾巴。

“你拿去吧，科兰博！”流浪汉咧开嘴笑，“海盗总是会饿的。”他把一块巧克力糖给男孩，自己吃了另一块。

“好了，”他舔着嘴唇说，“光阴似箭，我得走了！”他环视这群人和动物，快活地点点头。

“再见！”他愉快地向他们微笑，把手插进破衣服，拿出一块牛油面包，从容地走过了桥。

男孩看着他的背影，想着心事，眉头皱起来，接着忽然举起一只手。

“喂！”他叫道。

流浪汉停下来。

“你叫什么名字？你没告诉我们！你是谁？”男孩说。

“对了，是这样！”许多声音叫起来，“你是谁？”放鹅姑娘问道。猪倌、那些鹅、那些猪和那头驴子响应着。连蛤蟆也伸出头来问道：“你是谁？”

“我……”流浪汉带着天真的微笑叫道，“如果你们真想知道，”他说，“我是乔装改扮了的天使。”

他穿着破破烂烂的衣服向他们鞠躬，挥着手转过身去。

“哈！哈！哈！一个叫人开心的好玩笑！”

男孩哈哈大笑起来，喉咙嘎嘎嘎地响。那破衣烂衫的老家伙是个天使！

可这哈哈笑声一下子停下来了。那男孩眯起了眼睛看了又看。

那流浪汉一路上像是高兴得蹦蹦跳跳。他越跳越高，而地面——男孩心想，这能是真的吗——从他下面沉下去。现在流浪汉掠过雏菊丛的顶部，很快又越过树篱，越跳越高，越跳越高……最后完全离开了树林，飞到空中，接着他在阳光中张开双臂……

当他这样做的时候，破破烂烂的衣服在他的身上飘动。

接着，他的肩膀下面长出一根又一根羽毛，大片灰色的飞羽出现了。大根大根的羽毛在流浪汉身上长出来，越长越多。最后，他展开双翅在空中拍动了一会儿，顶着风平衡下来，然后像海鸥那样飞走了。

“噢，天哪！噢，天哪！”放鹅姑娘紧紧地皱起眉头，叹着气说。那流浪汉刚才让她落到尴尬的境地，她已经几乎——如果不是完全的话——断定自己不是某个国王的女儿，而现在……好好看看他吧，他破衣服底下那些羽毛！如果他是一个天使，那么她又是什么呢，一个放鹅姑娘或者比这更高贵点的什么吗？

她的心在打转，哪一样是真的？她拼命摇头，目光越过小溪看那猪倌，他的样子让她哈哈大笑起来。真的，她忍不住哈哈大笑。

他坐在那里，抬头看着天空，惊奇得鬈发都竖了起来，眼睛圆得像汤盆。

“啊哼！”她轻轻地咳嗽，“也许现在用不着跟凶龙作战了！”

猪倌转过脸用吓了一跳的眼光看她。看到她在温和地微笑，他的脸一下子亮堂了。他哈哈大笑地跳过小溪来。

“你将戴上你的金冠。”他叫道，“我将亲自给你做！”

“金的太重了。”放鹅姑娘用蕨草扇子挡住脸，装作害羞地说。

“我的金子不重。”猪倌微笑着说。他采了一把毛茛草，编成一个花环，戴在她的头上。

从这时候起，曾经是十分严重的问题——他们是放鹅姑娘和猪倌，抑或是公主和王子——如今对他们来说已经不成问题了。他们坐在那里你看着我我看着你，把什么都忘记了。

那些同样十分惊讶的鹅把目光从天上那渐渐隐没的小点转到草原上它们那些邻居身上。

“可怜的猪！”它们取笑地咕噜着说，“洋葱酱烤羊肉！”

“你们在一个华丽的池子里看起来也挺傻的。”猪回驳它们说。

不过它们虽然恶语相对，可心里不由得感到，流浪汉已经使它们都陷于困境了。

这时候一只老鹅高声笑了起来。

“有什么关系呢？”它高兴地嘎嘎叫，“不管我们内里是什么，至少我们看上去是鹅！”

“不错！”一只老猪同意说，“我们的确有猪的外形！”

大家听到这话，就像甩掉一个包袱，全都开始笑了。田野上响起它们混合的叫声，天上的云雀奇怪地朝下看。

“有什么关系呢，嘎，嘎！有什么关系呢，哼，哼！”

“咿呵呵！”驴子抬起了头叫起来，也加入了这快活的大合叫。

“想到你那美丽的绿洲啦？”蛤蟆用讽刺的口气问它。

“咿呵呵！咿呵呵！我真是的，真是一只笨驴啊，先前没有看到这一点。癞蛤蟆，我这才明白，我的绿洲不在沙漠里。咿呵呵！咿呵呵！它在我的蹄子底下，就在这田野上。”

“那么你到底是不是一匹阿拉伯战马？”蛤蟆嘲笑地问它。

“这个……”驴子说，“我可不好说。不过现在，”它望着那飞走的影子，“我满足于我伪装的样子！”

驴子一口咬下一株毛茛，那副饥饿的样子就像它刚穿过连叶子也没有一片的沙漠，走了长路似的。

蛤蟆犹豫地抬起头。

“我满足于我伪装的样子吗？”它认真地想这个问题。正在想的时候，一颗榛子从它头顶上的树枝上落下来打中了它的头，很轻快地弹开了，落在小溪里。

“这会打昏一只青蛙。”蛤蟆想，“可是我有厚皮，一点儿也不觉得怎么样。”它那张脸漾出一个感谢的微笑，同时它伸出头朝上看。

“把你那些小石子扔过来吧，小男孩！”它呱呱地说，“我

已经穿上盔甲了！”

可是男孩没听见蛤蟆的挑战，他正靠在桥上看流浪汉张着大翅膀飞到夕阳中去。他并不感到惊讶——也许他还没大到会感到惊讶——只是看上去极感兴趣。

他看啊看啊，直到天空暗下来了，星星开始闪亮。当那飞行的小点子一点儿也看不见时，他才满足地叹了口气，把目光重新转回大地上。

他毫不怀疑他是科兰博，他从来没有怀疑过。不过他知道现在他既是独眼海盗又是别的什么人。首先——他对此觉得很

高兴——他只是一个光脚男孩，而且是一个觉得饿了准备去吃晚饭的男孩。

“来吧！”他叫他的玩具猴子。他把它舒舒服服地塞在胳肢窝底下，用它的长尾巴绕住自己的手腕。他们两个相互取暖，一块儿朝家里走。

漫长的一个白天在他身后离开，去跟其他的白天待到一起。他现在能够想到的只是夜晚。他仿佛已经看到厨房的热气、炉子上嗞嗞响的煎饼和弯着腰做饭的妈妈。她被一头鬈发围住的脸会是红红的，十分疲倦——像那太阳。真的，他好多次跟她说过，太阳有一张妈妈那样的脸。

他很快就看到，门口台阶上的妈妈就是他想的那个样子。他靠到她格子布围裙旁边，掰开一个煎饼。

“你一直在做什么？”妈妈微笑着问。

“没什么。”他心满意足地喃喃说。

因为他知道——也许妈妈也知道——“没什么”是一个有用的字眼，它可以准确地表达你想要表达的任何东西——一切东西……

故事结束了。

玛丽阿姨还是坐在那里一动不动，一声不响。

她周围躺着的几个也一动不动，一声不响。她的目光从远处的地平线收回来，掠过他们安静的脸，越过公园管理员的头顶——这时他正在入迷似的点着头。

“哼！”玛丽阿姨傲慢地哼了一声，“我讲了整整一个故事，可你们却睡着了！”

“我没有睡着，”简向她保证，“我在想这个故事。”

“我一字不漏地听了。”迈克尔打着哈欠说。

公园管理员迷迷糊糊地晃来晃去。“一个乔装改扮了的探险家，”他喃喃地说，“在午夜的太阳底下，正在攀登北极！”

“噢！”迈克尔大叫一声，突然跳起来，“我觉得我的鼻子上有一滴水！”

“我觉得我的下巴上也有一滴。”简说。

他们揉着眼睛看四周。那糖浆似的太阳已经消失，一朵云正在爬过公园。答！答！滴答，滴答！大滴水珠滴在树叶上。

公园管理员睁开眼睛看。

“下雨了！”他吃惊地叫道，“我没有伞！”

他看见挂在树枝上的伞，向那“鹦鹉”冲过去。

“噢，不，你别动它！”玛丽阿姨说。她眼疾手快地抓住了伞柄。

“我有长路要走，我的胸口不好，我的脚不能湿！”公园管理员用请求的眼光看她。

“那么你最好不要去北极！”她把鹦鹉头雨伞啪的一下打开，遮住小安娜贝儿。“赤道！你该去那里！”她轻蔑地哼了一声，转过脸去。

“醒醒，约翰、巴巴拉，请你们醒醒！简、迈克尔，你们把地毯拿起来，裹着自己和双胞胎。”

他们四周落下比小糖豆还大的雨点，当孩子们把自己裹在地毯里的时候，它们滴滴答答落在他们的头上。

“我们是一个包裹！”迈克尔兴奋地叫道，“用根绳子把我们扎起来吧，玛丽阿姨，把我们邮寄出去！”

“跑吧！”她不理他的话，命令说。

他们急急忙忙在雨中的草地上跌跌撞撞地跑。

两只狗汪汪叫着在他们旁边跑，忘了答应过玛丽阿姨的话，还是把水抖到她的衬衫上了。

“刚才是太阳，现在是雨，说变就变！谁想得到？”

公园管理员拼命摇头，还是没法相信。

“一位探险家会想到！”玛丽阿姨厉声说了一句，得意地扬扬头，“我也会……没说的！”

“自以为是，你就是这个德行！”公园管理员这话比它们听上去更糟，因为他只是对着他的衣领悄悄地说，怕她听见。可尽管这样，也许玛丽阿姨还是猜出来了，因为她匆匆忙忙地跟上孩子们时，向他投来一个自负和得意的微笑。

玛丽阿姨在水坑间挑路穿过这淌水的公园。她像画出来的那样整洁，穿过樱桃树胡同，轻快地走上门牌为 17 号的花园小径……

简从那包裹里出来，拍着她湿了的头发。

“噢，糟糕！”她说，“我把我那羽毛丢了。”

“那样就完了。”迈克尔平静地说，“你当不成敏内哈哈了！”

他解开那块地毯，摸摸口袋：“啊，我的蚂蚁在这里！我安安全全地得到了它！”

“噢，我的意思其实不是敏内哈哈……是别的人。”简坚持说，“我内心里面是别的什么人。我知道，我一直有这种感觉。”

黑蚂蚁急急忙忙爬过桌子。

“我内心里面，”迈克尔看着它说，“我内心里面感觉不到别的东西，只感觉到我的晚饭和迈克尔·班克斯。”

可简还在想她自己的念头。

“还有玛丽阿姨，”她说下去，“她也是什么人乔装改扮的。每个人都是。”

“噢，不，她不是！”迈克尔固执地说，“我绝对肯定！”

楼梯口有很轻的脚步声。

“谁不是什么？”一个声音问。

“是你，玛丽阿姨！”迈克尔叫道，“简说你是什么人乔装改扮的，我说你不是，你不是什么人！”

玛丽阿姨的头猛一抬，眼睛预示着一种危险。

“我希望，”她极其平静地说，“我没有听到我听到了的话。你说我不是什么人吗，迈克尔？”

“是的！我是说……不是的！”他从头再来，“我真正的意思是说，玛丽阿姨，你不是别的什么人！”

“哦，真的？”她的眼睛现在黑得像黑扣子，“如果我不是人，迈克尔，那么我是什么呢？我倒想知道！”

“噢，天啊！”迈克尔哀叫道，“我全搅混了。你不是别的人，

玛丽阿姨——这是我想要说的。”

不是别的人戴着她那顶郁金香帽子！不是别的人穿着她那条好看的蓝色裙子！她镜子里的影子看着她，向她保证，她和它是优雅的一体。

“好！”玛丽阿姨深深吸了一口气，说话声似乎变高了，“你经常得罪我，迈克尔·班克斯。可我从来没想到有一天你会对我说我不是什么人。那么我是什么东西呢，一幅画像吗？”

她向他走近一步。

“我是说……”迈克尔吞吞吐吐地说话，一把抓住了简。她的手很温暖，使他放心，于是他在找的话从嘴唇间蹦了出来。

“我的意思不是什么人，玛丽阿姨！我的意思是……不是别的什么人！你是彻头彻尾的玛丽阿姨！你里里外外，从头到脚都是玛丽阿姨！你整个人都是玛丽阿姨！我就是这么爱你的！”

“哼！”她不相信地说，可她脸上的凶相消失了。

迈克尔松了口气，笑了起来，向她扑过去抱住她湿淋淋的蓝色裙子。

“不要这样抓住我，迈克尔·班克斯。我不是一个大玩具娃娃，谢谢你！”

“你是！”他叫道，“不，你不是！你只是看着像是。噢，玛丽阿姨，老老实实告诉我，你真不是什么人乔装改扮的吧？我要的就是你这样子！”

一个淡淡的、满意的微笑让她的嘴角皱起来。玛丽阿姨得意地扬起了头。

“我？乔装改扮？当然不是！”

想到这里，她很响地哼了一声，让迈克尔松开他的双手。

“不过，玛丽阿姨……”简坚持说下去，“万一你不是玛丽阿姨，你打算做什么人呢？”

郁金香帽子底下那对蓝色眼睛惊讶地向她转过去。

对这样的问题只有一个回答。

“玛丽·波平斯！”她说。

第二章

忠实的朋友

“再快一点儿，谢谢你！”玛丽阿姨用她那把鹦鹉头雨伞的鹦鹉嘴敲着车窗玻璃说。

简和迈克尔花了一个上午理发、看牙齿，既然已经晚了，就来一次大请客，让他们坐出租汽车回家。

出租汽车司机笔直地坐着，摇了摇头。

“我再快一点儿的话，”他大声说，“回家吃中饭就要晚了。”

“为什么？”简隔着窗子问。说出这样的话来似乎太傻了，出租汽车司机把汽车开得越快，回家越早才对。

“为什么？”出租汽车司机跟着说了一声，眼睛盯着方向盘，“出事故啊，就为这个！我再开快点，就会撞到什么东西

上面去——这就是一个事故。出了事故——那还用说——就会害得我晚吃中饭了。噢，天哪！”他叫了一声，一个刹车，“又是红灯！”

他把头伸出窗子，那双鼓眼睛和垂下来的两撇唇髭让他活像一只海豹。

“这儿交通信号老出毛病！”他向等着换绿灯的车流挥了挥手。

这一回轮到迈克尔问为什么了。

“你什么都不知道吗？”出租汽车司机叫道，“全都因为值勤的那家伙啊！”

他指着信号亭，那儿有一个头戴警察帽盔的人，正用一只手捧着头，朝远方看。

“心不在焉，就这么回事，他老是看走眼，揉眼睛。他有一半时间都忘了红绿灯。有时整个一个早晨都是红灯。如果今天也是这样，我永远吃不成中饭了。你们没带着三明治吗？”他满怀希望地看着迈克尔，“没带？或者有一块巧克力糖？”

简微笑着摇摇头。

出租汽车司机沮丧地叹了一口气。

“这些日子谁也不想着谁。”

“我可想着呢！”玛丽阿姨说。她看上去那么严厉和不以为然，他惊恐地回过头去。

“绿灯了！”他朝红绿灯一看，叫了一声，接着在方向盘上紧张地缩成一团，顺着公园大道拼命开车，像给一群狼追赶

着似的。

砰！砰！嘎！嘎！玛丽阿姨、迈克尔和简三个人在座位上一震，跳了起来。

“坐正！”玛丽阿姨滑到边上，“你们可不是一对玩偶匣里蹦蹦跳跳的玩偶！”

“我知道我不是，”迈克尔喘着气说，“可我觉得我像是个蹦蹦跳跳的玩偶，我的骨头都震松了——”他赶紧闭口，咬住舌头，让那句话说了一半没说完，因为出租汽车已经可怕地一抖，停了下来，把他们全都掀到了地上。

“玛丽阿姨，”简闷声说道，“我想你是坐到我的身上了！”

“我的脚！我的脚！它碰到什么了？”

“迈克尔，”玛丽阿姨说，“麻烦你把它从我的帽子上拿下来！”

她庄重地从地上站起来，抓住她那把鹦鹉头雨伞，跳到外面人行道上去。

“这个嘛，是你们叫开得快些的。”当玛丽阿姨把车钱塞到出租汽车司机手里时，出租汽车司机咕噜了一声。她生气地一声不响地看着他。为了逃避她这种目光，他赶紧把头缩进衣领，因此只露出他的唇髭。

“别劳神给小费了。”他请求说，“这已经是非常荣幸了。”

“我没打算劳这个神！”玛丽阿姨生气地用手推开 17 号的院子门。

出租汽车司机发动汽车，顺着胡同开走了。“她害得我心烦

意乱，这就是她干的好事！”他咕噜说，“就算我及时回到家吃中饭，也是吃不下的！”

玛丽阿姨顺着花园小路走，后面跟着简和迈克尔。

班克斯太太站在前厅，抬头朝楼梯上面看。

“噢，千万小心点，罗伯逊·艾！”她担心地说。罗伯逊正捧着一个纸箱，慢慢地摇摇晃晃地一级一级上楼梯，那样子像是几乎睡着了一样。

“真是没有一刻安闲！”他咕噜说，“一件事情没完又是一件事情。好了！”他睡眼惺忪地一举手，把那箱东西扔进了儿童室，就在楼梯口倒下来打呼噜。

简奔上楼去看标签。

“是什么东西，一件礼物吗？”迈克尔叫道。

那对双胞胎一下子好奇心起，跳上跳下。安娜贝儿从她的床栏杆之间往外看，把她的拨浪鼓摇得震天响。

“这是儿童室还是狗熊洞？”玛丽阿姨跨过罗伯逊·艾，急忙走进房间。

“是狗熊洞！”迈克尔想回答，可一看到她的

眼睛，马上住了口。

“真是的！”班克斯太太在罗伯逊·艾的身上绊了一下，责备说，“他睡觉挑了这么个不合适的地方！噢，轻点，孩子们，小心点！这箱子是安德鲁小姐的！”

安德鲁小姐！他们的脸沉下来了。

“那么这不是礼物！”迈克尔扫兴地说，把箱子推了一下。

“它也许装满了药瓶！”简哭丧着脸说。

“不对。”班克斯太太坚持说，“安德鲁小姐把她所有珍藏的东西都寄到我们这儿来了。我想，玛丽·波平斯，”她看着身边那张死板的白脸，“我想，也许你能把它们摆在这里。”她向壁炉台点点头。

玛丽阿姨默默地看着班克斯太太。这时，连一根针落在地上也听得见。

“我是一条章鱼吗？”她终于能说出话来，问道。

“一条章鱼？”班克斯太太叫道。她表示过这样的意思吗？“你当然不是，玛丽·波平斯。”班克斯太太说。

“那就对了！”玛丽阿姨回答，“我只有一双手。”

班克斯太太不自然地点点头，她从来没有想过玛丽·波平斯会有更多的手。

“这一双手就是不给什么人的宝贝掸灰尘也够忙的了。”玛丽阿姨说。

“不过，玛丽·波平斯，我从来没有想过……”班克斯太太越来越不安了，“埃伦会来掸灰尘的。这只要等到安德鲁小姐

回来……当然，如果她回来的话。她在这里的时候举止那么古怪。你为什么咯咯笑啊，简？”

可简只是偷笑，摇摇头。她想起了安德鲁小姐那些古怪的举止。

“安德鲁小姐上哪儿去了？”迈克尔问道。

“她看来是受了什么刺激……你们笑什么，孩子们？医生吩咐她出远门旅行，到南海去。她说……”班克斯太太摸口袋，掏出一封弄皱了的信。

她读起来：

> 我走的时候，将把我有价值的东西留给你。一定要把它们放在安全的地方，不要让它们出什么事情。等我回来的时候，我希望每样东西都好好的，还是原来的样子——没有一样打破，没有一样补过。叫乔治穿上他的大衣，这时候的天气变化无常。

“因此你看，玛丽·波平斯，”班克斯太太带着讨好的微笑抬起头来说，“儿童室似乎是最好的地方。任何东西交给你管总是绝对安全的。”

“安全上加安全！”玛丽阿姨哼了一声，“我希望我看得比我的鼻子更远！”当她说这话时，鼻子翘得甚至比平时更高。

“噢，我断定你能做到！”班克斯太太咕噜了一声，第一百次感到奇怪，为什么玛丽·波平斯——不管情况如何——

总是那么自觉满意。

“好了，我想我现在得走了。”班克斯太太也没说她要去干什么，就跑出了儿童室，跳过罗伯逊·艾的腿，匆匆下楼下去了。

“迈克尔，请你让我来吧！”当迈克尔把箱子盖掀起来时，玛丽阿姨抓住了他的手腕，“记住好奇心强的后果，你知道，它害死了那只猫！”

她那双快手在废纸里翻弄，很快就打开一个小包裹，里面是一只破鼻子的鸟和一只切尔西陶瓷小羊。

“一些滑稽的宝贝。”迈克尔说，“我本可以用一点儿油灰修好这只鸟，可我绝不能这样做。安德鲁小姐是这样说的，它们要和原来一模一样。”

“没那回事。”玛丽阿姨说，脸上有一种自负的表情。

“你得照办！”迈克尔勇敢地坚持说。

她哼了一声，看着儿童室的镜子。她的影子也同样哼了一声，看着玛丽阿姨。很容易看出来，她们两个都高度赞赏对方。

“我不知道她为什么收藏这东西。”简从箱子里拿起一块裂开的旧瓷砖，瓷砖上画着一只载满人的小船，它正向一个小岛驶去。

“为了让她想起年轻的时候。”迈克尔说。

“为了带来更多的苦恼。”玛丽阿姨厉声说了一句，抖掉另一个包着的东西上的灰尘。

孩子们跑过来跑过去，把那些宝贝在壁炉台上一一摆开——一座暴风雨中的农舍，外面的玻璃球上写着“快乐的家庭”；

一只待在一个黄色的窝里的陶瓷母鸡；一个红白两色的瓷小丑；一匹赛璐珞的带翅膀的飞马，正用后腿直立着；一个天鹅花瓶；一只木雕的红色小狐狸；一个磨光了的大理石蛋；一个彩色苹果，里面有一个男孩和一个女孩在一起玩；一只做得很粗糙、全副装备的船……

“我希望就这些了。”迈克尔咕噜道，“壁炉台已经摆满了。”

“还有一个。”玛丽阿姨说着又拿出一个鼓鼓囊囊的纸包。她把纸包打开，里面是一对装饰品。一看到它们，玛丽阿姨抬起眉毛，耸了耸肩，接着给简和迈克尔一人一个。

走来走去走烦了，他们急忙把装饰品放在壁炉台的两边，一头一个。简看着她的那一个，不停地眨巴眼睛。

一头瓷狮子靠在一棵香蕉树底下（香蕉树当然也是瓷的），爪子搭在一个猎人的胸前，猎人和狮子靠在一起，露出幸福的微笑。简想，她迄今为止从未见过比这两个更快活的形象了。

“这个人让我想起了什么人！”她看着那个微笑的猎人说。这猎人穿着整洁的蓝色上衣、黑色高筒靴，十分有男子汉气概。

“对。”迈克尔表示赞同，“他是谁呢？”

他皱起眉头要想出那个名字，接着看自己的那一个，不由得惊叫起来。

“噢，简，多么可怜啊！我这头狮子失去了它的猎人！”

真的。那儿是另一棵香蕉树，坐着另一头彩色狮子，可是在应该有猎人的地方却是空的，留下来的只是一只发亮的黑靴子。

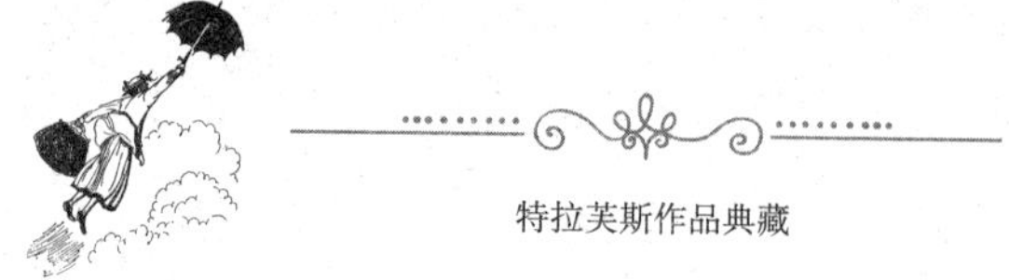

“可怜的狮子！”迈克尔说，“它看上去那么伤心！”

真的，这话不假。简那头狮子满脸微笑，可它的兄弟却那么沮丧，好像要哭了。

“你们的样子马上也要愁眉苦脸的，除非你们快准备好去吃饭！”

玛丽阿姨的脸和她的声音太匹配了，因此他们立刻闭上嘴巴，赶紧服从。

不过他们跑开前又看了一眼穿着浆过了的白围裙的玛丽阿姨。她站在那里，抱着皱巴巴的纸，带着自然流露出来的微笑看着安德鲁小姐的破烂宝贝。他们觉得她的嘴唇动了动。

迈克尔向简咧嘴笑了笑。

“我想她只是说了一声‘哼’。”

可是简吃不准。

“让我们去荡秋千吧。”吃完中饭，大家急急忙忙地穿过胡同的时候，迈克尔建议说。

“噢，不！到湖那里去，荡秋千我都荡厌了。”

“不荡秋千也不到湖那里去。”玛丽阿姨说，“我们顺着林荫长道走下去！”

“噢，玛丽阿姨，”简咕噜道，“林荫长道太长了！”

“我走不了那么多路。”迈克尔说，“我吃得实在太饱了。”

林荫长道从胡同穿过公园，一直通到远处的公园门，把幽静的胡同和他们这天早晨去过的热闹大街连接起来。它又宽又直，不像通到湖那里去的那些弯弯曲曲的狭窄小路。路边有树木和喷泉。简和迈克尔总觉得它至少有十英里长。

“不是走林荫长道就是走几步就回家，你们选择吧！”玛丽阿姨警告他们说。

迈克尔正要说他情愿回家，简却已经跑到前面去了。

“到第一棵树那里我跑得比你快！”

迈克尔从来不肯让人跑得比他快。“这样不公平，你已经先跑了！”他马上就去追她。

“别以为我能跟上你们，我可不是一只百足虫！”

玛丽阿姨慢悠悠地向前走，欣赏着芬芳的空气，她断定芬

芳的空气也在欣赏她。还能不是这样吗？她想。她胳肢窝里夹着那把鹦鹉头雨伞，手臂上挂着一个新的黑手提包。

儿童车吱吱嘎嘎响。车里坐着双胞胎和安娜贝儿，都包得严严实实，像小鸟儿在它们的窝里。他们在玩那只蓝色的玩具鸭子。

“这是作弊，迈克尔！”简生气地说，因为迈克尔故意把她推到一边，跑过去了。

他们一棵树又一棵树地赛跑，跑完一棵再跑另一棵，都想赢。林荫长道在他们后面很快地退去，玛丽阿姨和儿童车成了远处的小点子。

“下一回你再推我，我就给你一拳！”迈克尔红着脸说。

“你再撞我，我就拉你的头发，迈克尔！”

“好了，好了！”公园管理员严厉地警告他们，“要遵守规则，不可以大吵大闹！”

他本要扫掉落的小树枝，却跟一个警察聊了起来。那警察正靠在一棵枫树旁打发时间。

简和迈克尔跑着跑着停了下来。他们两个都很惊讶，因为他们已快穿过公园，跑到公园门口了。

公园管理员狠狠地看着他们。“老是争吵。”他说，“我小时候从来不这样。那时候我是个孤独的孩子，只有我和我可怜的妈妈。我从来没有人可以一起玩。你们两个身在福中不知福！”

“这一点我不知道。”警察说，“这得看你怎么看待它。你看，我小时候有人一起玩，可这对我从来没有一点儿好处！”

“兄弟还是姐妹？”简问道，她的怒气已经烟消云散了。她非常喜欢这个警察，今天他让她想起个什么人来，可想不出这个人是谁。

“兄弟。”警察回答她，一点儿不热情。

“比你大还是比你小？”迈克尔问道。他肚子里在猜想，他在什么地方看见过很像这警察的另一张脸。

“一样大。”警察含混地回答。

“那你们一定是双胞胎了，就像约翰和巴巴拉！”

“我们是三胞胎。”警察说。

“多可爱啊！”简有点羡慕地说。

“这个嘛，不那么可爱，我心里不觉得有那么可爱。可以说，正好相反。我妈妈老是问我：‘埃格伯特，你为什么不跟赫伯特和艾伯特一起玩？’可不是我不跟他们一起玩，是他们不跟我一起玩。他们只想到动物园去，等到回来，他们就会变成动物——变成老虎在屋里乱跑一通，把屋子当成了廷巴克图或者戈壁沙漠。我从来不要变成老虎。我喜欢假扮公共汽车售票员，喜欢把东西收拾得整整齐齐。”

“像她！”公园管理员朝远处一个喷泉挥挥手，玛丽阿姨正靠在那里欣赏她帽子上的花。

“像她。”警察点头同意，“或者，”他龇着牙齿笑着说，“那美丽的埃伦小姐。”

“埃伦不整洁。”迈克尔反对说，“她的头发乱蓬蓬，她的脚太大了。”

“等到大起来，”简问道，“赫伯特和艾伯特做什么呢？”她喜欢听故事的结尾。

“做什么？”警察觉得很惊奇地说，“三胞胎中的一个做什么，其他两个也做什么。他们当然当警察！”

“可我想你们三个本来那么不相同！”

“我们本来不相同，现在也不相同！”警察辩解说，“瞧，我在伦敦，他们去了遥远的地方。他们说他们要靠近森林，和长颈鹿、金钱豹待在一起。其中一个——赫伯特——他从不回来，只来过封信叫我们不必挂念他。‘我很快活。’他说，‘我觉得很习惯。’然后他再没来过一个字，哪怕一张圣诞卡。”

“那么艾伯特呢？”

“啊……艾伯特……对了，他是回来了，在出了一桩事故以后。”

“出了事故？”他们全想知道，他们充满了好奇心，急着想知道。

“他失去了一只脚。”警察回答说，“别问怎么回事，或者为什么，或者在哪里。就是弄了条木头腿，再也不微笑了。现在他管红绿灯，不再去航海。有时候……”警察压低了他的声音，“有时候他忘了那红绿灯，就让红灯亮一整天，弄得整个伦敦停摆了。”

迈克尔兴奋地蹦蹦跳跳：“他一定就是管我们今天早晨经过的那红绿灯的，他在公园门外面那亭子里。”

“一点儿不错，那就是他！”警察点点头。

“不过他在怀念什么呢？”简问道。她喜欢打破砂锅问到底。

“怀念森林，他一直这么对我说，他说他在那里有个朋友！”

“在那种地方有个朋友，太滑稽了！”公园管理员环视公园，要看看一切是否平安无事。

“岂有此理。”他厌恶地叫道，“威洛比又在玩它的恶作剧！瞧它坐在那墙头上。下来！记住公园规则，没有狗可以待在公园墙头上！我得跟拉克小姐去说说。”他咕噜道，“老是给它吃好东西，它个子比昨天大了一倍！”

“那不是威洛比。”迈克尔说，“这只狗要大得多！”

“那根本不是一只狗！”简叫道，“那是……”

“天哪！你说得对！”警察看着它，“那不是一只狗……是头狮子！”

“噢，我该怎么办呢？”公园管理员哀叫起来，“这样的事以前从来没有过，哪怕是在我小时候！”

“去叫动物园的人，它一定是从那里逃出来的！来，你们两个……”警察叫道，他抓住两个孩子，把他们扔到旁边一个喷泉的顶上，“你们待在这里，我去把它带走！”

“注意规则！”公园管理员尖叫道，“狮子不得进公园！”他对那黄褐色的家伙看了看，朝相反方向跑去。

那狮子把头转来转去，看看那边的樱桃树胡同，又看看草地，接着它轻快地跳下墙头，向林荫长道走来。它的鬈鬈毛在微风中被吹起来，像一个大花边衣领。

“小心！”简对张开手臂冲上前去的警察叫道。她觉得，

万一那男子汉被吃掉，就实在太惨了。

“咕噜噜噜噜！”警察很凶地叫道。

他的声音那么响，又是充满警告的语气，把公园里所有的人都吓了一跳。

正在湖边织毛线的拉克小姐急急忙忙跑到林荫长道来，她的两只狗紧紧跟着她。

“这么闹吵吵的！”她尖声叫道，“到底什么事？噢！”她叫起来，绕着圈跑，“我该怎么办呢？它是头野兽啊！去请首相来！”

“爬上树！”警察对她叫，同时向狮子挥动拳头。

“哪棵树？噢，多么不体面啊！”

“那一棵！”迈克尔挥着手大叫。

拉克小姐咽下喘着的气，爬上树去。她的头发让一根树枝挂了一下，毛线也缠住了她的双腿。

“安德鲁，威洛比，你们上来，谢谢你们！”她急得朝树下叫。可没想到两只狗被吓昏了头，它们站在树下，等着看会出什么事。

这时候公园里所有的人都注意到了狮子，惊慌的叫声响彻云霄，人们躲到树枝之间或者塑像台座后面。

“快叫消防队员！”他们都在叫，“快告诉市长大人！快弄绳子来！”

可是狮子对他们理也不理，它大步奔过草地，直接跑向那位穿蓝色哔叽制服的警察。

“我说咕噜噜噜噜！”警察拿出他的警棍咆哮着。

狮子只是仰起头蹲下来，身上的肌肉一阵抖动，它准备向前跳起来。

“噢，救救他，哪一位去救救他！”简焦急地看着警察，尖声大叫。

“救命啊！”每棵树上都发出尖叫声。

“首相啊！”拉克小姐又叫。

可这时候狮子已经跳起来了。它像支箭一样在半空飞过，落到那双黑色大皮靴旁边。

“走开，我说你！”警察大叫着发出最后一声抗议。

可他一叫，一桩怪事发生了。那狮子翻过身用它的背在地上打滚，四条腿在空中乱蹬。

“就像只小猫咪。”迈克尔悄悄地说，可是他把简的手抓得更紧。

“你走开！”警察又挥舞着他的警棍大叫。

可这话听上去似乎像音乐一样甜美，那狮子吐出它红色的长舌头来舔警察的靴子。

“马上停止这样做，我告诉你，走开！”

可狮子只是摇着尾巴，跳起来用后腿站着，抱住了那件蓝色哔叽上衣。

“救命啊！噢，救命啊！”警察喘着气大叫。

“来了！”一个沙哑的声音叫道，公园管理员头上罩着个空废物篓向大路边爬来。

在他旁边还爬着一个瘦小的人，手里拿着个捉蝴蝶的网兜。

“我把动物园的管理员带来了！”公园管理员对警察说。

“去吧！”他叫那小个子男人，“它是你的财产，把它带走吧！”

动物园管理员一下子蹿到一个喷泉后面，小心地看着抱着警察腰部的狮子。

“那不是我们的狮子！”他摇摇头，“它太红，毛也太鬈了。它似乎认识你！”他对警察叫道，“你是什么人，一个驯狮子的吗？”

“我这辈子从来没见过它！”戴警察帽盔的脑袋转过去。

“噢，呜哇！呜哇！”那狮子咆哮着，声音里似乎有一种责备的口气。

“没有人去请首相吗？”从拉克小姐躲着的那棵枫树上传来她的尖叫声。

“我被请来了，亲爱的女士！”从另一棵树上传来一个声音，一位穿条纹裤子的上岁数的绅士正在往树枝丛里爬。

“那么做点事情吧！”拉克小姐疯狂地吩咐他。

“嘘！”首相向狮子挥动着帽子说。

可是狮子把警察抱得更紧，龇着牙齿笑。

“好了，出了什么麻烦，为什么找我来？”一个很响很不耐烦的声音叫道。

市长大人顺着林荫大道急急忙忙地走来，后面跟着他的两位高级市政官。

“天哪！你在干什么啊，史密斯？”他不以为然地看着公

园管理员，“从那篓子里出来站好！那篓子是扔废物用的，史密斯，可不是个拿来玩的傻玩意儿！”

“我是拿它来当盔甲用的，市长大人！公园里出现了一头狮子！”

“一头狮子？史密斯，你瞎说什么啊，狮子都在动物园里！”

“一头狮子？”那两个市政官附和说，“哈，哈！真是胡说八道！”

“这是真的！”简和迈克尔同时大叫，“小心！它就在你们后面！”

三个大块头转过身去看，他们的脸一下子和大理石一样白。

市长大人向他那两个发着抖的市政官无力地挥挥手。

“给我水！给我酒！给我热牛奶！”他哼哼道。

可这一回那两位市政官没有服从。还拿什么热牛奶！他们这么想着，就把市长大人拉扯到首相待的那棵树那儿，把他推上了树枝丛里。

“警察！警察！”市长大人抓住一根树枝，哇哇大叫。

“我在这里，大人！”警察推开一只黄褐色的爪子，喘着气说。

可狮子把这当作亲热的表示。

“咕噜噜噜噜噜！”它用粗哑的声音说着，把警察抱得更紧。

“噢，天哪！噢，天哪！”拉克小姐惨叫，“没有人有枪吗？”

“匕首！剑！铁棍！”每棵树里都发出叫声。

公园里充满大呼小叫声。公园管理员在废物篓里噼里啪啦

摆动他的棍子。“啊！”动物园管理员叫着，要引开狮子的注意力。狮子在咆哮。警察在呐喊。市长大人和那两位市政官仍旧在叫：“警察！”

忽然之间一切静了下来，一个衣着整洁、身材修长的人走了过来。她走得笔直，像一艘轮船在进港，那辆儿童车在她前面转动着轮子，她帽子上的郁金香竖立不动。

轮子嘎吱嘎吱响。

她的鞋子啪嗒啪嗒响。

当她径直朝那狮子走过去的时候，那些观望者的脸都发青了。

“回去，玛丽·波平斯！”拉克小姐打破可怕的寂静，哇哇尖叫，“保住你自己和几个小宝宝的命吧！前面路上有一头野兽！”

玛丽阿姨抬起头来，像看树叶间的一个果子那样看拉克小姐的脸。

“退回去？我才刚出来呢！”她露出高傲的微笑。

“离开！离开！”首相警告她，“小心照顾好那些孩子，小姐！”

玛丽阿姨冷冷地看了他一眼。他觉得自己在树上冻僵了。

“我是在小心照顾好这些孩子，谢谢你。至于野兽嘛……”她哼了一下，“他们似乎全在树上！”

“是那狮子，玛丽阿姨，你瞧！”迈克尔用一个发抖的指头指着。于是她转过身去，看到了那两个抱在一起的身体。

警察现在把头转到一边，不让狮子舔他的脸颊。他的警察

帽盔掉了，脸色苍白，但还是露出勇敢的目光。

“我可能认识它。”玛丽阿姨说着，盯住这古怪的一对，“浪荡鬼！”她生气地叫道，“你以为你在干什么？”

狮子从它甩来甩去的花边似的鬃毛底下竖起一只耳朵。

“浪荡鬼！”玛丽阿姨又叫道，“我说你下来！”

那狮子看看她，啪嗒一声从警察身上下来了，接着它发出很轻的咕噜声，朝玛丽阿姨跑来了。

“噢，双胞胎！它要吃他们的，救命啊！”简叫道。

可是狮子对双胞胎看也不看。它转动眼睛，摇着尾巴，在玛丽阿姨裙子旁边弓起身子。接着它又跑开，冲到警察那里，用牙齿咬住他的蓝裤子，把它朝儿童车拉去。

“别犯傻了！”玛丽阿姨说，“照我告诉你的话做，放开他！你找错人了！”

狮子松开裤子腿，惊讶地转动眼珠子。

“你是说，”首相从树上叫起来，“他要吃另一个警察吗？”

玛丽阿姨没有回答。她把手伸进手提包拿出一个银哨子，把它放到嘴唇上，鼓起腮帮吹起来。

“哎呀……我本可以吹我的哨子，”警察看着那个银哨子说，“只要我当时想到它。”

她转过脸不屑地看看他。“你的麻烦就是你不动脑筋去想。你也是！”她对狮子厉声说了一句。

狮子把它的头垂到两个爪子之间，样子很伤心，傻乎乎的。

“你也不听话。”玛丽阿姨很凶地说，“一只耳朵进一只

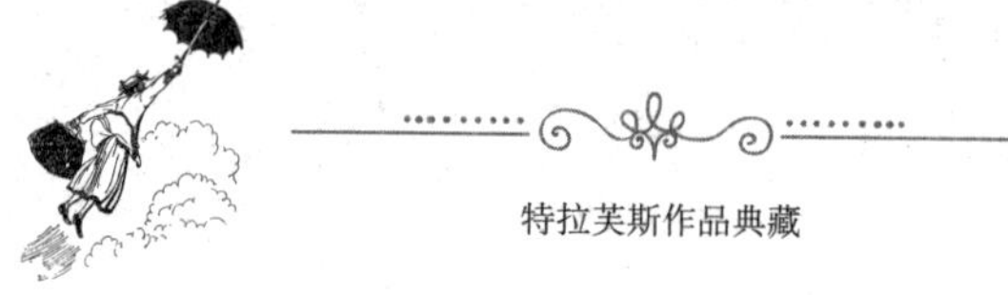

耳朵出，不该犯这样愚蠢的错误。”

狮子的尾巴贴到它的腿间。

“心不在焉又没脑子，你该为自己感到极其害臊。”

狮子发出自卑的呼噜呼噜抽鼻子的声音，像是同意她的训话。

“谁吹哨子了？”从远处公园大门那儿传来叫声，“是谁叫警察？”

顺着林荫长道来了另一位警察，一瘸一拐的。他那张脸有一种忧郁的表情，好像心中暗藏苦恼似的。

“不管是什么事，我不能在这里久待。”他来到这些人当中时说，“我一听到哨子声就离开了红绿灯，我必须赶回去。怎么，是你，埃格伯特！”他对之前在这儿的那位警察说，“出什么事了？”

“噢，没什么可抱怨的，艾伯特，我刚才被一头狮子袭击了！”

“狮子？”第二个警察朝他身边一看，那张苦脸马上变得快活了，“噢，多么漂亮的狮子啊！”他说着向玛丽阿姨旁边的黄褐色狮子一瘸一拐地走过来。

简转脸跟迈克尔咬耳朵。

“他一准是这警察的兄弟——有木头腿的那一个！”

“好狮子！美丽的狮子！”第二个警察温柔地说。

狮子一听到他的声音，咆哮着跳起来。

“轻轻地，轻轻地，做一头乖狮子。你是一个优雅的家伙，一点儿不假！”第二个警察轻柔地说。

拨开狮子眉头上的鬃毛，看到那双金色的眼睛，他觉得全身一阵快活。

“浪荡鬼！我亲爱的老朋友，是你啊！”他疼爱地甩开双臂。狮子扑进他的怀抱。

“噢，浪荡鬼，都过了那么多年了！”第二个警察抽搭着哭起来。

“呜哇，呜哇！”狮子一面咆哮，一面舔掉他的眼泪。

整整一分钟只听到“浪荡鬼……呜哇……”。

他们两个相互拥抱亲吻。

“可你是怎么到这儿来的，怎么找到了我？”第二个警察问道。

“呜呜……咕噜噜……”狮子向儿童车点着头回答。

“不！你是说她？真是太好心了！我们必须永远感谢她，浪荡鬼！如果我能回报，波平斯小姐——”

“噢，走吧，请走吧——你们两个！”玛丽阿姨厉声地说，因为狮子已经扑过来舔了她的手，然后又冲回它的朋友那里。

“呜呜……呜哇……呜呜……”狮子咆哮着。

“我是不是跟你走？你想还会怎样呢？好像我还能离开你似的！”第二个警察甩开双臂抱住狮子的肩头，转过身去。

“喂！”第一个警察严厉地叫道，“我可以问一声你要上哪里去吗？你要把那狮子带到什么地方去？”

“是它带我去！”第二个警察叫道，“我们要到我们所属的地方去！”他那张阴郁的脸全变了，现在红润而快活。

“那么红绿灯怎么办，谁照管它？”“全都是绿灯！”第二个警察说，“对于我来说，再没有红绿灯了，交通就随它去吧！”

他看着狮子，哈哈大笑，转身走了。他们说说笑笑着慢悠悠走过草地——狮子用后腿站起来走路，警察一瘸一拐的。当走到公园大门那里的时候，他们停了一下，向大家挥手，然后穿过公园门，随手把门关上，接着不见了。

动物园管理员收起他的网兜。

“我希望他们不要上动物园去，我们已经没有空的笼子了！”

“只要它离开了公园就好。”首相从树上下来。

“我们以前没见过面吗？”首相摘下头上的帽子向玛丽阿姨致意，问道，“我怕我已经忘掉在什么地方了！”

“在空中，在一个红气球上！”她用适合贵妇人身份的姿势鞠了个躬。

“啊，对！”他看上去十分尴尬，“好……我得走了，去立更多的法！”

首相环顾了一下，断定那狮子没有再回来，就朝远处的公园门走去。

“警察！”市长大人从他那根树枝上爬下来，叫道，“你得马上到红绿灯那里去换成红灯。真能让来往车辆爱怎样就怎样吗？谁听说过这样的事！”

警察摸摸他给抓伤的地方，马上跳起来，立正站好。

“是，大人！”他果断地说，大踏步顺着大路走了。

“至于你，史密斯，这全是你的错。你的任务是管理公园，可我来的时候看到什么了？野兽跑来跑去。你一次又一次让我失望。我必须向国王讲讲这件事。”市长大人说。

公园管理员呻吟一声，双膝跪地。

“请不要去讲，大人，想想我可怜的老母亲吧！”

“在你放那狮子进来以前，就该想到她了！”

“可我从来没有放它进来过，大人！它跳墙进来，这可不是我的错。如果要怪什么人，那就是——”公园管理员一下子紧张地住了口，朝玛丽阿姨那边看了看。

市长大人也朝那边看。

“啊哈！”他带着亲切的微笑说，“很高兴又看到了你，嗯，是……”

“玛丽·波平斯。”玛丽阿姨很有礼貌地说。

“波平斯，哦，对，一个可爱的姓！我说，如果史密斯是你，波平斯小姐，这种事就不会发生了！”

市长大人鞠了个躬，转身顺着大路离开。两个市政官也鞠了躬，跟在他后面走了。

“你知道的，”公园管理员直看到他们没了影以后说，“如果我是她……哈哈，那就滑稽了——什么事都会发生！”

“如果我是你，我就把我的领带拉拉直。”玛丽阿姨一本正经地说，“从那喷泉上下来吧，简、迈克尔！”她看看他们脏脏的膝盖和脸，“你们的样子像一对黑人！”

“我们不能都像你，你知道。”公园管理员用讽刺的口气说。

“不能！”玛丽阿姨同意说，“真是太可惜了！”她推着儿童车向前走。

“不过，玛丽阿姨……”迈克尔脱口而出，他急着想问她狮子的事。

“顶来顶去，是羊做的事，不是人做的事，请你还是开步走吧！”

“没有用的，迈克尔，”简悄悄地说，“你知道她从来不肯解释的。”

可迈克尔太激动了，不听她的话。

“那么，如果我们不能谈狮子的事，你肯让我吹吹你的哨子吗？”

“当然不能！”玛丽阿姨继续慢慢地向前走。

“我在怀疑，玛丽阿姨，”迈克尔叫道，“你是不是曾经让我做过什么事情！”

“我也怀疑！”她带着嘲弄的微笑说道。

暮色从公园上空笼罩下来了，所有的人都从树上爬了下来，急急忙忙往家赶。

突然，从远处公园大门那头传来可怕的喧闹声。孩子们从大门看到外面交通瘫痪了。红灯亮着，汽车喇叭嘟嘟嘟嘟响个不停，司机在挥动他们的拳头……

警察在镇静地观察着这场面。他接到了命令，正在执行。

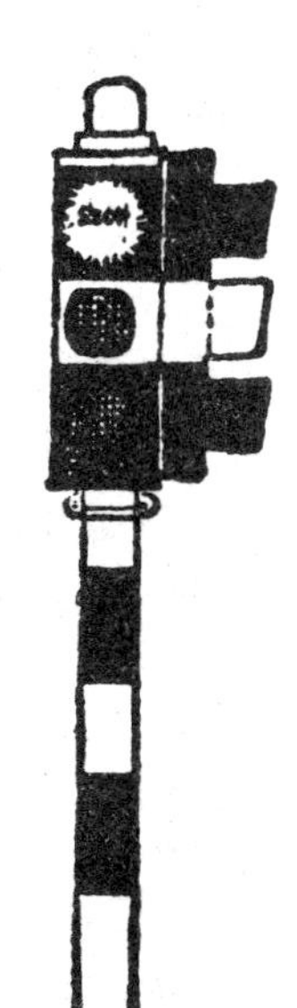

“你的兄弟艾伯特永远不回来了吗？”当他对简她们招手时，简大声问他。

“不知道。”他平静地回答，“这也不关我的事！”

接着儿童车掉了个头，他们又都沿着林荫长道往回走。双胞胎和安娜贝儿玩那只蓝色鸭子玩厌了，把它扔到了车外面。没有人注意到这事。简和迈克尔已经够忙的，一直在想这一天的奇事。玛丽阿姨也在忙于想自己的事。

“我不知道艾伯特上哪儿去了。”迈克尔

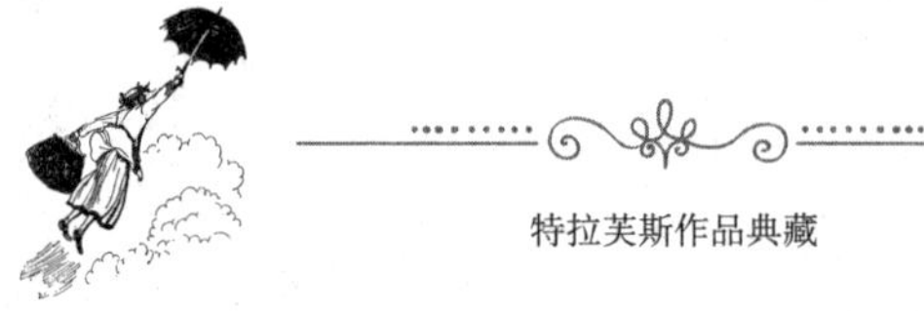

在她身边迈着大步的时候咕噜道。

“我又怎么会知道呢？”她耸耸肩膀回答。

“我以为你什么都知道！”迈克尔说，“我不是无理取闹，玛丽阿姨！”

她的脸正要凶起来，马上又变成了一种自负的表情。

“也许我都知道。”她得意地说，同时催他们穿过胡同，走进前面的院子门。

“噢，埃伦！”当他们进门厅的时候，班克斯太太在说，“趁你在那里的时候，给壁炉台抹抹灰尘好吗？”

埃伦正在楼梯上面，很响地打了一个喷嚏，她患有花粉热病。她正端着一个托盘，上面是几杯牛奶，她每打一个喷嚏，它们就砰砰响。

“噢，走起来吧，埃伦，你太慢了！”迈克尔等不及似的说。

“你这硬心肠的……阿——嚏！”她大声说着，把托盘重重地放在儿童室的桌子上。

当埃伦从口袋里拿出一块抹布来给安德鲁小姐那些宝贝抹灰尘的时候，孩子们全都闹哄哄地跑进来。

“晚饭吃岩皮饼，我要最大的那一个！”迈克尔贪心地大叫。

玛丽阿姨在扣她围裙上的扣子。“迈克尔 · 班克斯……”她用警告的口气开始说话，可这句话最终没有说完。

“噢，救命啊！”一声狂叫响起，埃伦向后退去，撞在桌子上。

叮当！几杯牛奶落到地板上。

“是他！”埃伦尖叫，“噢，我怎么办？”她站在流淌的牛奶上，指着壁炉台。

“什么他，他是谁？”简和迈克尔大叫，“出什么事了，埃伦？”

“瞧那里，在那棵香蕉树底下，就是他！阿——嚏！”

她指着安德鲁小姐的那个猎人，他正在他那头狮子的怀抱里微笑。

“没说的！”简一看那猎人，也叫起来，“他和我们那个警察埃格伯特一模一样！”

“我一直以来只爱过他一个人，可现在一头野兽把他弄走了！”埃伦伸出一条胳臂，激动得把茶壶也打翻了，“阿——嚏！”她又打了个喷嚏，然后心烦意乱、抽抽搭搭地急急忙忙走出房间，乒乒乓乓地下楼去了。

“她多么傻！”迈克尔哈哈大笑说，“好像埃格伯特变成了瓷的似的，我们一分钟前才看见了他，在远处公园门旁边。”

“对，她是傻。”简同意说，“不过他是很像这猎人，迈克尔，”她对瓷人微笑着的脸微笑，“两个都是男子汉模样。”

那天傍晚，一个人沿着花园小路走来。“怎么，警察？”班克斯先生看到是一位警察上门，不知道自己是不是犯了什么法了。

“是为了鸭子！”警察微笑着说。

“我们不养鸭子。”班克斯先生说，“天哪！你的脸怎么啦？”

警察轻轻拍拍他那给抓伤了的脸颊。“只是抓破了点皮。”他温和地咕噜了一声，“现在谈谈蓝色的鸭子吧……”

“谁听说过蓝色的鸭子，去问问布姆海军上将吧！”

警察耐心地叹了口气，递上一只褪色的东西。

“噢，这个啊，”班克斯先生叫起来，“我想是孩子们把它丢了！”他把这蓝色鸭子塞进衣袋，打开前门。

正是在这时候，埃伦用她的鸡毛掸子遮住脸，冲下楼梯，一直冲到班克斯先生的怀里。

“阿——嚏！”她这个喷嚏打得这么厉害，班克斯先生的圆顶高帽都落下来了。

“怎么啦，埃伦，出什么了不得的事啦？”班克斯先生给她顶得踉踉跄跄向后退。

“他直接到那中国瓷器[1]里去了！”她抽抽搭搭地把这消息说出来时，肩膀一耸一耸的。

“你要到中国去？”班克斯先生说，“好啦，对这件事不要那么难过啊，我亲爱的。”他又对正在急急忙忙下楼的班克斯太太说，“埃伦说她觉得难过，因为她就要到中国去了！”

“中国？”班克斯太太抬起了眉毛。

“不！是他去了！”埃伦咬定说，“在非洲森林的一棵香蕉树底下！”

“非洲？”班克斯先生只听到那么一个字眼就说，“是我弄错了，”他对班克斯太太说，“她要去非洲！”

[1] 英文里“瓷器”和“中国”是同一个词，此处译成“中国瓷器”，呼应下文。

班克斯太太看起来完全傻了。

“我不去那里，我不去那里！”埃伦拼命大叫。

“那么，不管你去哪里，你得先拿定主意！”班克斯先生把她推到一把椅子上。

“先生，请让我进来！”警察咕噜着走进门厅。

埃伦一听见他的声音，抬起头，窒息般地抽泣起来。

“埃格伯特！可我以为你在壁炉台上——一头野兽要把你吃了！”她向儿童室伸出一只手臂。

“壁炉台？”班克斯先生说。

“一头野兽？”班克斯太太咕噜一声。

他们能——他们怀疑——相信自己的耳朵吗？

"让我来处理吧。"警察说，"我带她到小路上兜个圈，也许这能让她脑子清醒。"

他把埃伦从椅子上拉起来，把还在目瞪口呆的她带出了门。

班克斯先生擦擦他出汗的额头。"不是到中国，不是到非洲，"他喃喃地说，"只是和一位警察到前门。我从来不知道他的名字叫埃格伯特！好吧，我这就去跟孩子们说晚安。一切都好吗，玛丽·波平斯？"他走进儿童室的时候，快活地问道。

玛丽阿姨自负地扬扬头。只要她在这家里，除了好还能有别的吗？

班克斯先生很满意地看看一房间脸蛋红润的孩子，接着目光落到壁炉台上，他吃了一惊。

"哎呀！"他叫道，"那些玩意儿都是打哪儿来的？"

"安德鲁小姐！"所有的孩子都回答说。

"快，让我逃走！"班克斯先生脸都发青了，"告诉她我已经跑掉，上月亮上去了！"

"她不在这里，爸爸。"他们让他放心，"她在老远的南海。这是她所有的宝贝。"

"那么，我希望她在那里一直待到底！你们说这是她的宝贝？这一样可不是！"班克斯先生大步走到壁炉台前，拿起那匹赛璐珞的马，"这是我小时候在复活节集市上自己赢到的。啊，这是我的老朋友，一只皂石做的鸟！据说它有一千年了。瞧，那小轮船是我做的……你们不为你们的爸爸自豪吗？"

班克斯先生朝壁炉台上的东西一路看过去的时候，为自己

的聪明露出微笑。

“我觉得自己又像个孩子了。”他说，“这些东西全来自我过去的教室。那只母鸡用来热我早餐吃的鸡蛋。还有这狐狸、这小丑、这‘我的家庭真可爱’——我把它们记得多清楚啊！瞧，那是——保佑它们的心——狮子和猎人。我一直把它们称为‘忠实的朋友’。这样的瓷器本来是一对的，可是我记得，有一个不全了。那一个里面的猎人给打破了，没有了，只剩下了一只靴子。啊！这就是那一个——打破的一个！天哪！”他又大吃一惊，“两个的猎人都在！”

大家也去看那打破了的瓷器，于是惊奇得眨眼睛。

因为，它上面本来是空了的那个地方，如今出现了第二个微笑的猎人。它坐在香蕉树下，像它没打破过的兄弟那样，靠在毛茸茸的狮子身上。那狮子一只爪子亲热地放在它的胸前，狮子今天早晨还那么伤心，泪水涟涟，如今露出牙齿在笑。

两个瓷器完全一样——两棵树结同样的果子，两头狮子同样高兴，两个猎人都在微笑。只是有一点不同，第二个猎人腿上，就在它的靴子上面有一道裂痕——就是打破的两片瓷器被仔细地黏合在一起时你经常能看到的那种裂痕。

当简明白是怎么回事时，脸上掠过一丝微笑。她用手指轻轻地摸了摸这裂痕。

“它是艾伯特，迈克尔，艾伯特和浪荡鬼！而另一个，”她摸摸没打破过的一个，“这另一个猎人一定是赫伯特！”

迈克尔一前一后地点着头，像个摆头娃娃。

疑问在迈克尔和简心中像泡泡那样不断地涌上来，他们把脸转向玛丽阿姨。

可话正要从他们舌头上跳出来的时候，她用眼色让他们不要开口。

“真是不可思议。”班克斯先生在说，“我本可以发誓说其中一个上面没有人。这只说明我老了，记忆力怕是不行了。喂，你们两个有什么事觉得这么好玩啊？”

“没什么！”迈克尔和简咕噜一声，仰起头来哈哈大笑。他们怎么能让他放心，说他的记忆力和从前一样好呢？怎么向他解释今天下午的历险故事，或者告诉他，他们现在知道第二个警察上什么地方去了呢？有些事情是没有办法讲清楚的。没有必要尝试——他们太清楚这一点了——去讲没有办法讲清楚的事。

“我已经很久没有什么事可以笑了！”班克斯先生抱怨说。

可是当他亲吻他们，然后下楼去吃晚饭的时候，他看上去十分快活。

“让我们把它们并排放在一起吧。”简说着把那有裂痕的猎人放到它没有裂痕的兄弟旁边，“现在它们双双在一起，相亲相爱了！”

迈克尔抬头看壁炉台，心满意足地咯咯笑。

“可我在猜想，安德鲁小姐会怎么说呢？她要让每一样东西都保持原样，平安无事——没有一样被打破，没有一样被补过。你不认为她会把它们分开吗，简？”

“她敢！”他们后面一个声音说，“她说要它们平安无事，它们就将这样平安无事地待下去！”

玛丽阿姨手里拿着茶壶站在壁炉前的地毯上，一副好斗的样子。简和迈克尔有半秒钟为安德鲁小姐感到难过。

玛丽阿姨从他们看到壁炉台上，从他们活生生的脸看到微笑着的瓷人。

“一加一等于二。”她说，“两个一半成为一整个。忠实的朋友应该在一起，永远不分开。不过当然，如果你不赞成，迈克尔……”因为他的脸有一种沉思的表情，“如果你认为它们在别的地方更安全……如果你希望到南海去征求安德鲁小姐的同意……”玛丽阿姨接着说。

“你知道我是赞成的，玛丽阿姨！”迈克尔叫道，“我不想到南海去，我只是在想……”他犹豫了一下，“如果你当时不在场，玛丽阿姨，你觉得它们会找到彼此吗？”

她穿着那条浆过的围裙站在那里，像一根淀粉柱。迈克尔几乎为说出这话感到后悔，因为她看上去那么严厉和一本正经。

“又是如果，又是为什么，又是但是，又是怎样……你要问的太多了。”她说。可她的蓝色眼睛忽然露出亮光，微笑——很像两个猎人脸上的微笑——在她的唇边颤动。

迈克尔一看见这些，就把他的问题给忘了，只想着那眼睛的亮光。

“噢，做我的狮子吧，玛丽阿姨，用你的爪子抱着我！”

“还有我！”简大叫着转过身。

玛丽阿姨的双臂伸过来，轻轻地抱住了他们的肩头，把他们抱到她浆过的围裙上。他们在那里，他们三个，在儿童室的灯下拥抱着，就像在一棵香蕉树下。

迈克尔轻轻地一推，让大家转了一圈，再一推，再转一圈。很快，他们在房间当中轻轻地旋转起来。

“迈克尔，”玛丽阿姨很凶地说，“我不是一匹旋转木马！”

可迈克尔只是哈哈笑，把她抱得更紧。

“忠实的朋友在一起，”他叫道，“所有忠实的朋友！”

第三章 幸运的星期四

“真是太不公平了！”迈克尔抱怨说。

他把鼻子压在窗玻璃上，忍住眼泪。好像嘲弄他似的，一阵雨水噼噼啪啪地打在玻璃上。

整天大风大雨。迈克尔感冒了，大人不让他出去。简和双胞胎已经穿上橡胶靴子到公园去玩了。连安娜贝儿也让油布给裹住，在鹦鹉头雨伞的护送下出去了，她神气得像个女王。

噢，迈克尔觉得多么孤单啊！这一天埃伦休假，他的妈妈上铺子去买东西，布里尔太太在下面厨房里，罗伯逊·艾在上面顶楼躺在箱子上睡觉。

“起来穿着你的睡袍玩吧，脚趾可别出儿童室的门！”玛

丽阿姨关照过迈克尔。

就这样，他孤零零一个人，除了抱怨，无事可做。他用积木搭了一座城堡，可它在他擤鼻子时倒了。他想用削笔刀剪头发，刀片又太钝。最后实在没有事做，只有在流着雨水的窗玻璃上哈气和画画。

儿童室的钟嘀嗒嘀嗒地把日子打发走。雨水越来越多，迈克尔的火气越来越大。

到了傍晚，云升高，西边出现了一道深红色霞光。一切都在雨水和阳光中闪亮。滴滴答答，樱桃树把它们的雨水滴到那些黑雨伞上。简、约翰和巴巴拉的叫声飘到窗口来，他们从公园一路回来，在街沟上玩跳蛙。

海军上将布姆噼里啪啦走过，戴着他那顶海员戴的黄色油布大防水帽，它活像一朵发亮的向日葵。

卖冰淇淋的推车沿着胡同走，一件防水斗篷罩住他那辆三轮车。车头上有个牌子写着：

我要回家吃茶点
暂时休息

他朝 17 号看看，向窗子招招手。要是在别的日子，迈克尔会很高兴地招手回应他，可今天他故意装作没看到。他缩在窗边的座位上，闷闷不乐地看日落，目光越过拉克小姐的屋顶看天上出现的第一颗淡淡的星星。

“让晦气都到别人身上。”迈克尔吸吸鼻子，瓮声瓮气地说，“我希望能有一点儿好运气！”

这时候楼梯上踢踢踏踏响，房门砰地打开，简跑了进来。

“噢，迈克尔，真好玩！”她叫道，“水都没到我们的膝盖了。”

“我希望你们伤风感冒！”迈克尔粗声粗气地说。紧接着他用做错了事的眼光朝四周看，看这话是不是让玛丽阿姨给听见了。玛丽阿姨正忙着打开裹住安娜贝儿的油布，并把她鹦鹉头雨伞上的雨水给甩掉。

“不要生气，我们全都想你。”简用拍马屁的语气说。

可是迈克尔不要人拍马屁，他要痛痛快快地生他的气。只要他能坚持，没有人能改变他的心情。说实在的，他几乎欣赏这种心情。

“别碰我，简，你全身湿淋淋的！”他用气呼呼的声音说。

“我们也是湿淋淋的！”约翰和巴巴拉叽叽喳喳地叫着，跑过来要抱他。

“噢，走开！”迈克尔生气地叫道，朝窗口转过身去，“我不要跟你们任何一个人说话，我希望

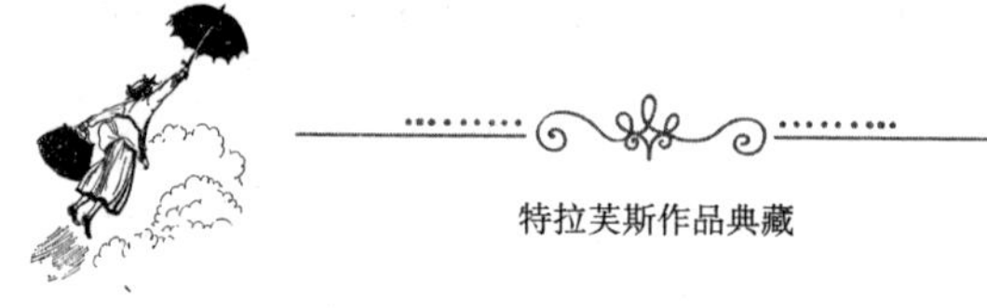

你们都不要惹我！”

“拉克小姐的屋顶是金子做的！”简朝外面看日落，“第一颗星星出来了，向它提出愿望吧！那歌是怎么唱的，迈克尔？”

迈克尔摇头不肯告诉她，于是简只好自己唱了起来：

亮星星，
星星亮，
今晚我把第一颗星星望。
我只想，
我只想，

今晚我把愿望说出来，
能够实现梦想，成真这理想。

她唱完了歌，看着这颗星星。

“我已经提出愿望了。”简笑嘻嘻地悄悄说。

“你要笑太容易了，简，因为你没有感冒！”迈克尔第一百次擤鼻子，又愁眉苦脸地把鼻子吸了吸，“我希望离开十万八千里，我希望到个能有点乐趣的地方！喂，那是什么？”他看到外面有一个黑色的小东西跳到了窗台上。

“那是什么？”简做梦似的喃喃着。

“约翰、巴巴拉，还有你，简，马上脱掉你们的大衣！我不要和三只落水的老鼠一起吃晚饭！”玛丽阿姨严厉地说。

他们从窗边的座位上滑下来，连忙去照她的话做。当玛丽

阿姨摆出那副样子时，最好还是听她的话。

那黑东西顺着窗台爬，一张有斑点的脸窥视进来。那会是——对，它是——一只猫，一只花斑猫，黄眼睛，戴一个金项圈。

迈克尔把鼻子抵住窗玻璃。那猫把它的鼻子抵住窗玻璃的另一边，面对面，沉思地看着他。接着它露出最神秘的微笑，轻快地离开窗台，跳过拉克小姐的花园，从那边屋顶上消失了。

“我不知道它是哪一家的。”迈克尔看着那猫消失的地方，喃喃地说。他知道它不会是拉克小姐的，她只爱狗。

“你在看什么？”简在炉火边烤她的头发，问他。

“没什么！”他用骇人的声音回答。他不愿意和简分享这只猫，她在公园里玩得够开心了。

“我只是问问。”简温柔地顶嘴说。

迈克尔知道她对他好，他心中也有什么东西想要融化，可是他的怒气不肯让它融化。

“我也只是回答！”他也反驳她说。

玛丽阿姨看着他。迈克尔知道她在看，也猜得出接下来会怎样，可他觉得懒得去理它。

“你，”她用冰冷的声音说，“可以到床上去回答问题。一二三，上床去！麻烦你把门关上！”

她的眼睛像钻子那样钻他，盯着他挺胸凸肚地走进儿童室里面那个卧室，砰的一脚把门踢上。

迈克尔床边的蒸汽水壶里散发出一阵阵的香气，可他存心把鼻子转开，把头钻到被单底下。

“不会有什么好事的。”他对着枕头咕噜。

枕头默默地给他白色的冷面孔，像是没听见。

他狠狠地捶了它两下，然后像只生气的兔子那样钻进去，转眼就睡着了。

过了一会儿——或者好像是只过了一会儿——迈克尔醒过来了，发现早晨的阳光照射在他脸上。

“今天星期几啊，玛丽阿姨？”他叫道。

“星期四。”她从隔壁房间叫着回答。他觉得她的声音客气得出奇。

当玛丽阿姨跳下床的时候，那张帆布床嗡嗡地响。迈克尔只要听声音，就能够说出玛丽阿姨在干什么——扣衣服的嗒嗒声、梳头发的沙沙声、她鞋子的噔噔声、在腰上围上浆过的围裙时的嚓嚓声……然后是一阵安静，这时她在得意地照镜子，紧接着就是刮起一阵台风，她把其他孩子赶下床。

“我也可以起床吗，玛丽阿姨？”

让他吃惊的是，她回答说：“可以！”迈克尔马上像闪电一样爬下床，以防她会改变主意。

他的新羊毛衫——藏青色，上面有三棵红色的枞树——已经摊在椅子上了。为了怕她不让他穿，迈克尔赶紧把它从头上套进去，然后摇摇摆摆地去吃早饭。

简正在给她的吐司涂牛油。

“你的感冒怎么样了？”她问道。

他习惯性地吸吸鼻子。“好了！”迈克尔拿起牛奶罐。

“我早知道它会好的。”她微笑着说，“这就是我昨天晚上向星星提出的愿望。”

“这样做对你也有好处，”他说，“现在你有我和你一起玩了。”

“我一直有双胞胎和我一起玩。”简提醒他。

“那完全不一样。”迈克尔说，“我可以再加些糖吗，玛丽阿姨？”

他预料她会说：“不可以！”可她没这么说，却真心地微笑着。

“你要加就加吧，迈克尔。”玛丽阿姨回答说。她像贵妇人那样端庄地点点头，这种动作她是只给陌生客人做的。

他能相信他的耳朵吗？他在怀疑。迈克尔赶紧把糖罐里的糖全倒出来，以防是耳朵出了毛病。

“邮递员来过了！”班克斯太太拿着一个包裹急急忙忙跑进来，“没有别人的东西，只有迈克尔的！”

迈克尔扯开包裹纸和绳子，是弗洛西姑妈给他寄来的大块巧克力。

“花生奶油巧克力——我最爱吃的！”他大叫一声，正要咬一口，这时有人敲门。

罗伯逊·艾拖着脚慢腾腾地进来。

“布里尔太太带信来，”他打着哈欠说，“她说她做了个松蛋糕，想要他去刮锅底！”他用一个疲倦的指头指着迈克尔。

松蛋糕！多好的邀请啊，简直想也想不到！

“我这就跑着去！”迈克尔大叫一声，把巧克力塞进口袋。这时他觉得自己又勇敢又大胆，于是决定从楼梯栏杆滑下去。

“我正好要找你这小朋友！”当迈克尔滑到下面时，班克斯先生叫着。他掏背心口袋，递给迈克尔一个先令。

“这是干什么？”迈克尔问道。他以前从未有过一个先令。

“去花啊！”班克斯先生严肃地说着，拿起他的圆高帽和皮包，急急忙忙地沿小路走了。

迈克尔觉得非常自豪和了不起。他神气地挺起了胸，噼里啪啦地走到厨房去。

“很好吃，对吗，小宝贝？”当迈克尔尝那蛋糕的时候，布里尔太太说。

“好吃极了。”他吧嗒着嘴说。

可他还没来得及吃第二勺，一个熟悉的声音从胡同里飘来。

“所有水手上甲板，起锚！我要上里奥格兰德！”

这是海军上将布姆，他正动身去散步。

他头上戴一顶黑帽子，帽子上画着骷髅头和交叉的骨头。这顶帽子是他在法尔茅斯外面的海上和一名海盗头子殊死战斗时得到的。

迈克尔跑出去，穿过花园，追上去要看看这顶帽子。他有一个最热衷的愿望，就是有一天也能弄到这么一顶。

“把锚拉起来！”海军上将靠在前面院子门上，懒洋洋地皱着眉头大叫。

这个秋天的日子温暖有雾，太阳正在把昨晚下下来的雨水吸上天空。

“真该死！”布姆海军上将用帽子扇着自己叫道，“热带气候，就是这么回事，这是不可以的。海军上将的帽子对海军上将来说太热了，你拿着它，伙计，等到我回来。因为我得……渡过宽阔的密苏里河！”

他把手帕铺在头上，把那顶海盗帽子塞到迈克尔手里，就唱着歌啪嗒啪嗒走了。

迈克尔接住这顶骷髅头加交叉骨头的帽子。当他把帽子戴到头上的时候，他的心激动得怦怦直跳。

“我就到胡同走一走。”迈克尔说。他希望全胡同的人都看到他戴着这顶宝贝帽子，走起来帽子在他的眉头上一碰一碰，他抬起头来看东西时帽子就摇摇晃晃的。不过在每一块窗帘的后面——他确信无疑——都隐藏着一双羡慕的眼睛。

直到快到家，他这才注意到拉克小姐的两只狗。它们已经把头伸出了花园围栏，正惊奇地看着他。安德鲁的尾巴很有教养地摆了一下，可威洛比只是看着。

“吃中饭喽！”拉克小姐尖叫。

威洛比起来回应这声召唤时，向安德鲁眨了眨眼睛。

“它会是在笑我吗？”迈克尔想。不过他觉得这种想法太荒唐了，就不再去想它，于是从从容容地走进儿童室。

“我得洗手吗，玛丽阿姨？它们很干净。”他向她保证说。

“好吧，其他孩子当然必须洗手，你就照你认为的该怎么做就怎么做好了。”

他想，玛丽阿姨终于明白迈克尔·班克斯不是一个平常孩子了，他可以照他认为的该怎么做就怎么做，可洗可不洗，而且她甚至没有叫他摘掉帽子！迈克尔决定直接去吃中饭。

“上公园去吧，”一吃完饭，玛丽阿姨说，“如果你觉得方便的话，迈克尔！”她等着听他的回答。

“噢，十分方便！”他庄重地挥手，“我想去荡秋千。”

“不上湖边去吗？”简反对说。她想去看内莱乌斯像。

“当然不去！”玛丽阿姨说，“我们照迈克尔希望的做。”

玛丽阿姨恭恭敬敬地站到一旁，让迈克尔在她面前趾高气扬地走出院子门。

草地上依然在升起轻盈的迷雾，使椅子和喷泉模模糊糊的，灌木和树像是飘在空中，在你走近之前，样样都不真切。

玛丽阿姨在一张长椅上坐下，把儿童车放在身边，开始读一本书。孩子们冲到游乐场去了。

迈克尔在秋千上荡上荡下，海盗帽子在他的眼睛上碰来碰去。接着他坐了一会儿旋转机，然后玩吊环。他不能像简那样翻跟头，因为怕帽子掉下来。

“接下来玩什么呢？”他想，觉得十分厌烦。他又觉得，这个上午任何可能的事情都发生了，现在没剩下什么事情可做了。

迈克尔顺着轻盈的迷雾走回去，坐到玛丽阿姨身边。她给了他一个浅浅的微笑，好像以前从来没有见过他似的，然后继续读她的书。这本书叫《淑女须知》。

迈克尔叹了一口气，想吸引她的注意。

可她好像没听见。

他在雨水淋湿的草地上踢出一个洞。

玛丽阿姨只管读她的书。

这时候迈克尔的目光落到椅子上打开的那个手提包上。它里面有一块手帕，手帕底下有面镜子，镜子旁边是玛丽阿姨的银哨子。

他用羡慕的目光看着它，接着又看看玛丽阿姨。瞧她，完全沉浸在书本里。他可以向她借一下那个哨子吗？她似乎心情不错，一整天一个生气的字也没有说过。

可是好心情靠得住吗？万一他借时她说不行呢？

迈克尔决定不要冒险去借，只是拿来玩一玩，马上就放回去吧。

他的手像游鱼一样快速地伸过去，哨子马上就在他的裤子口袋里了。

他急忙绕到长椅后面，因为觉得银哨子顶住了他。他正要把哨子拿出来，一只很亮的小东西从他旁边经过。

“我相信那是我昨天晚上看到的猫。”迈克尔心里说。

的确，它和那只一模一样——同样的黑夹黄的毛皮在阳光照着的雾中闪亮，更像是光和影的斑驳而不是普通毛皮。在它的脖子上也有一个金项圈。

猫招呼他似的抬头看，露出同样神秘的微笑，然后轻轻地啪嗒啪嗒走开了。

迈克尔跑着追上去，在一片片迷雾中进进出出。他一路跑时，雾好像更浓了。

什么东西噔的一声落到他的脚旁。

“我那个先令！”迈克尔叫着弯腰去捡它。他在冒着水汽的青草里找，在红花下面摸索。不在这儿！不在那儿！它会到哪儿去了呢？

“来吧！”一个召唤他的温柔的声音响起。迈克尔马上朝四下里看，让他奇怪的是，附近没有人——只有那只微笑的猫。

“赶快！”那声音又响了。

是那猫在说话！

迈克尔跳起来，找也没有用，那个先令不见了。他急急忙忙跟着那声音走。

当迈克尔追上那猫时，那猫对他微笑，在他的腿上乱蹭。水汽从地上升起来，围住了他们。在他们前面拦着一重雾，像

云一样厚。

“抓住我的项圈。”猫关照他。它的声音不再是轻柔的喵喵叫，而是带一种命令的口气。

迈克尔感到一阵兴奋，有什么全新的事情要发生了！他听话地弯下腰，抓住那金项圈。

“现在，跳起来！”那猫命令说，“抬起你的脚！”

迈克尔紧紧抓住那金项圈，跳到雾里去。

“呜——呜——呜！”风在他耳朵里呼呼响，映着阳光的云在他身边掠过。周围空空的，唯一实在的东西是猫脖子上闪亮的项圈和迈克尔头上那顶帽子。

“我们到底上哪儿去啊？”迈克尔喘着气说。

就在这时候雾散了，他的脚碰到了坚实和闪亮的东西。迈克尔看到他是站在一座宫殿的台阶上——这是一座金的宫殿。

“不是地球上的什么地方。”猫回答着，用它的爪子按铃。

宫门慢慢地打开。曼妙的音乐传到迈克尔的耳朵里，他看到的景象让他眼花缭乱。

在他面前是座金的大厅，闪着光。就算是在最丰富多彩的梦里，迈克尔也想象不出这样的辉煌。可是宫殿的辉煌又怎么也比不上里面的气象万千，因为整个大厅里全是猫。

这里有拉小提琴的猫，有吹笛子的猫，有走钢丝的猫，有躺在吊床上吃东西的猫，有耍金环的猫，有跳脚尖舞的猫，有翻跟头的猫，有追尾巴的猫，有只是懒洋洋地在那里舔爪子的猫……

它们全是花斑猫，黄色夹黑色。大厅里的光似乎来自它们

的皮毛，因为每只猫都闪着光。

在大厅中央，一块金色帘子前面，有一对金色的垫子，上面靠着两只耀眼的猫，各戴一顶金冠。它们靠在一起，爪子握着爪子，庄严地注视着这场景。

“它们一定是国王和王后。”迈克尔想。

这高贵的一对的旁边站着三只很年轻的猫。它们的毛皮像阳光一样又光又滑，各有一顶黄色的花冠戴在两耳之间。在它们周围还有好些猫，看上去像臣子，因为它们全都戴着金项圈，规规矩矩地用后腿直立着。

其中一只转过头来看看迈克尔。

“他来了，陛下！”它卑躬屈膝地鞠躬。

“啊！”国王庄严地点头说，“很高兴你终于来了！王后和我以及我们的三个女儿，”它向那三只年轻的猫挥挥爪子，“一直在等着你来！”

“等我来，多么讨好的话啊！不过当然，这也不过分。”迈克尔心想。

“我们可以请你吃点东西吗？”王后优雅地微笑着问道。

“好的，请吧！”迈克尔急忙说。在这样优美的环境里，请吃的东西一定不会比果子冻差，还可能是冰淇淋呢！

三位猫侍者马上送来三个金盘子。第一个盘子上是只死老鼠，第二个盘子上是只蝙蝠，第三个盘子上是条生的小鱼。

迈克尔觉得自己的脸沉下来了。“噢，不！谢谢你！”他发着抖说。

“先是说‘好的，请吧’，现在又说‘不，谢谢你’，到底哪一个是你的意思呢？”国王问道。

“这个……我不喜欢老鼠！”迈克尔解释说，“我也从来没有吃过蝙蝠和生鱼。”

“不喜欢老鼠？”成百个声音叫起来，那些猫你看我我看你。

“真想不到！”三位公主说。

“那么你也许喜欢来一点儿奶吧？”王后面带着王后特有的那种微笑说。

马上有一位侍者站在迈克尔面前，递给他一个金碟子。

迈克尔伸出手去接。

“噢，不要用你的爪子！”王后请求他，“让它端着，你舔！”

“可我不能舔，”迈克尔反对，“我没有那种舌头。”

“不能舔？”那些猫又相互对看。它们似乎十分震惊。

“真想不到！”三位公主又喵喵叫道。

“那么，”王后宽宏大量地说，“走了远路，休息一下吧！”

“噢，路并不远。”迈克尔说，“只是用力一跳，我们就到这里了，真滑稽。”他一面想一面说下去，“我以前从来没有见过这宫殿。我可是一直来公园的，它一定是隐藏在树木后面了。”

“公园？”国王和王后扬起它们的眉毛，那些朝臣也一样。三位公主受不了了，各自从衣袋里拿出一把金扇子，把它们的微笑遮起来。

“我告诉你，你现在不是在公园里，离它远着呢！”国王告诉他。

“不过，不会太远，”迈克尔说，“我到这里只花了一分钟。”

“啊！”国王说，“不过，一分钟有多久呢？”

“六十秒！”迈克尔回答。他想，身为一个国王，这一点理应知道。

“你的一分钟可能是六十秒，可我们的一分钟大约是两百年。”

迈克尔和气地向国王微笑。他想，国王一定是开玩笑。

“现在告诉我，”国王和蔼可亲地说下去，“你听说过犬星吗？”

“是的。”迈克尔惊奇地说，“它的另一个名字是天狼星，犬星跟这有什么关系呢？”

“那么，这一个星球，”国王说，“是猫星。它的另一个名字是一个秘密，我还可以补充一句，这是一个只有猫知道的秘密。”

“可我是怎么到这里的？”迈克尔问道，他觉得越来越得意了。想一想吧，拜访一个星球，这不是每个人都会碰到的！

“你希望过。”国王平静地回答。

“我希望过吗？”迈克尔记不起来了。

“你当然希望过！”国王回答说。

“昨天晚上！”王后提醒他。

“看第一颗星星的时候！”那些朝臣坚决地补充说。

“那正好是我们这颗星。”国王说，“把记录读给他听吧。”

一只老猫，戴着眼镜和金色长假发，捧着一本大书走上前来。

“昨天晚上，”它庄严地读出来，“樱桃树胡同17号——

地球上一座小屋——迈克尔·班克斯提出了三个愿望。”

“三个愿望？”迈克尔叫起来，“我没有提出过。”

“嘘！”国王吩咐他，“不要打断。”

“第一个愿望，”宫廷大臣读道，“是他能有点好运气！”

迈克尔心中回忆起来，他看见自己坐在窗台边的座位上，看着天空。

“噢，现在我想起来了，”他同意说，“不过这不是很重要。”

“一切愿望都是重要的！”宫廷大臣严肃地看着他。

“好，后来怎么样？”国王问道，“我让这愿望实现了吗？”

迈克尔想起来，这是一个最不平常的日子，它充满各种各样的幸运。

“是的，实现了！”迈克尔高兴地承认。

“怎么个幸运？”国王问道，“告诉我们吧！”

“好！”迈克尔开始说，“我刮光那盛蛋糕的锅……”

“刮光盛蛋糕的锅？”那些猫重复他的话。它们看着他，好像他发疯了。

“真想不到！”三位公主咕噜咕噜地说。

国王厌恶地皱起它的鼻子：“有些人对幸运有奇怪的理解，不过，请继续说下去吧！”

迈克尔自豪地挺起肩膀：“接着……因为天太热，你们知道，海军上将把这顶帽子借给我！”他想，它们对这件事会怎么说呢，一定羡慕得脸发青。

可是那些猫只是摇摇它们的尾巴，默默地望着帽子上的骷

髅头和两根交叉的骨头。

“好吧，每人有自己的嗜好。”过了一会儿国王说，“问题是……它舒服吗？”

“这个……不太舒服。”迈克尔承认，因为这顶帽子一点儿也不合适，“它太重了。”他加上一句。

“噢！”国王喃喃地说了一声，“好，请说下去！”

“后来，今天早上爸爸给了我一个先令，可是我把它遗失在草丛里了。”

“遗失了的那个先令能有多大用处呢？”国王这样提出问题，听上去像个谜。

迈克尔希望说得更小心些。

“没太大用处。”他说，接着兴奋起来，“噢……弗洛西姑妈送给我一块巧克力糖。”

他在裤子口袋里摸它，拿出来一看，知道自己一定曾经坐在上面了，因为它现在扁了，上面满是绒毛，还嵌进了一颗钉子。

那些猫挑剔地看这东西。

“如果你问我，”国王看上去很反胃，说，“我更情愿吃蝙蝠而不吃它！”

迈克尔也望着那巧克力糖。他所有的幸运消失得多么快啊，没有一样东西留下来证明它。

“读下去，宫廷大臣阁下！”国王吩咐说。

老猫拍拍它的假发。

“第二个愿望是，”它翻了一页，“其他人能让他一个人

留下来。”

“不是的！”迈克尔不舒服地叫道。

可是他说这话时，也看到自己把双胞胎推走了。

“这个……”迈克尔软弱地说，“也许是的。不过我其实不真是这个意思！”

国王在它的金色坐垫上坐直。

“你提出一个并不是你本意的愿望吗？那不是非常危险吗？”

“那么他们真让你一个人留下了？”王后问道，眼中充满疑问。

迈克尔现在想到了，尽管他幸运，但那一天他确实很孤单——简玩她自己的游戏，双胞胎难得靠近他，玛丽阿姨虽然对他再客气不过，却实实在在让他一个人待着……

“是的。”他很不情愿地承认。

“他们当真让你一个人留下！”国王说，“如果你对第一颗星星提出愿望，它总是会实现的，尤其是，”它捻捻它的小胡子，“如果碰到的是我们这颗星星。好，第三个愿望是什么？”

宫廷大臣扶正它的眼镜。

“他希望离开大家十万八千里，到一个有各种各样乐趣的地方。”

“可这只是说着玩的，我甚至没想到我在看着一颗星星，从来没有想到这会实现！”

“当真这样？你从来没有想到过？他们全都是这样说的。”国王嘲笑地看着他。

“全都？”迈克尔跟着说了一声，“还有谁说？”

“哎呀！”国王优雅地打了个哈欠，“你不会以为你是唯一一个曾经希望到十万八千里以外的孩子吧？我告诉你，这是一个极其普通的请求，这个请求——只要向我们这颗星星提出——我们觉得很有用，非常有用！”它接着说，“马尔金，麻烦你把帘子拉开！”

一只年轻的猫——迈克尔认出来，就是公园里陪他来的那只——跳到大厅后面去了。

金色帘子被拉开，露出了宫殿的厨房。

“现在，过来吧！”马尔金严厉地叫道，“快点，大家快来，不要磨蹭！”

“是，马尔金！”

“不磨蹭，马尔金！”

“来了，马尔金！”

许多很尖的声音同时回答。迈克尔惊奇地看到，厨房里都是孩子。

有不同年龄的男孩女孩，全在拼命地做家务。有人在洗金盘子；有人在擦亮猫的金项圈；有一个男孩在给老鼠剥皮；另一个男孩在给蝙蝠拆骨头；还有两个男孩跪着，在忙着擦地板；两个穿舞会礼服的女孩在扫鱼骨头和沙丁鱼罐头，把它们扔进金垃圾箱；有一个女孩坐在桌子底下绕一把金色毛线……他们看上去全都非常可怜、非常苦恼，在桌子底下的那个在哭。

猫侍者看着，不耐烦地呵斥道：“现在把毛线绕得快一点儿，

阿拉贝拉，公主们要玩翻绳游戏！”

王后向一个穿水手装的男孩伸出一条后腿。

“来吧，罗伯特，”它用急躁的声音说，“到给我的爪子涂指甲油的时间了。”

“我饿！”最大的公主喵喵说。

“玛蒂尔达！玛蒂尔达！”马尔金打雷似的叫道，“给卷丹花公主一条鳕鱼，再给金盏花公主一杯甜奶，还要给藏红花公主一只老鼠！”

一个扎辫子穿围裙的女孩端来三个金碗。三位公主各吃了一点点，把其余的东西扔到地板上。几个孩子奔跑着进来，动手把扔掉的东西扫掉。

国王走过来，看看迈克尔，露出的微笑让迈克尔很吃惊。

“你不觉得，我们这些仆人都是训练得很好的吗？马尔金坚持要他们乖乖服从。他们让宫殿整洁得像一枚崭新的别针。可我们实际上一分钱也用不着花。”

“不过……”迈克尔声音很小地开始说，“所有的活儿都由孩子们做吗？”

“还有谁做？”国王扬起眉毛说，“你不可能让一只猫来做，猫还有其他更重要的事情做。一只猫待在厨房里——这是什么主意！我们的任务是要聪明漂亮——这还不够吗？”

迈克尔看着那些不幸的孩子，神情中充满怜惜。

“可他们是怎么到这里来的？”他想知道。

“像你那样。”国王回答说，“他们希望到十万八千里以外，你看，就来到这里了。”

“可这不是他们真想要的！”

“恐怕这和我们没关系。我们唯一能做的就是实现他们的愿望。我这就来介绍你，他们总是喜欢看到新面孔。说起来，我们也是的。”国王的脸带着一种富有寓意的微笑，“人手多，活儿轻，这你知道！”

“可我不要干活儿！”迈克尔叫道，“这不是我希望的！”

“啊！那么你早该小心。愿望是要慎重对待的东西，你必须准确地提出你希望得到什么，要不然，你永远不知道它们会把你带到什么地方。好吧，没关系，你很快会适应这环境的。”

“适应这环境？”迈克尔很不舒服地重复一遍。

“当然，就像其他人那样。等你把其余的愿望都实现了，马尔金会很快告诉你你的任务是什么。我们一定不要忘记这一点，还有那些谜语，你知道。”

“谜语？我从来没有提到过谜语！”迈克尔开始怀疑，他是不是当真喜欢这次历险了。

“你不是希望得到所有好玩的东西吗？那么，还有什么比谜语更好玩的呢？特别是，”国王呼噜着说，“对一只猫来说！把规则告诉他吧，宫廷大臣阁下！”

老猫从它那副眼镜上面看过来。“这一直是我们这里的惯例，当任何一个孩子希望得到所有好玩的东西时，就让他猜三个谜语。如果他全部回答出来——当然得是正确的答案——他将赢

得猫王国三分之一的财产，并娶到一位公主。”

“如果他回答不出，”国王补充说，“我们就给他找份别的工作。”它别有寓意地看看在干活儿的孩子们。

“我几乎用不着再多说一句，”国王自负地说下去，同时和它的三个女儿交换了一个微笑，“到现在为止，还没有一个人能把这些谜语猜出来。暂时——啊哼——让那帘子放下来，请大家肃静！宫廷大臣阁下，开始吧！”

音乐马上停止，跳舞的猫用它们的爪子尖站着。

迈克尔又来劲了。现在那些孩子都看不见了，他觉得好过得多，再说他爱猜谜。

宫廷大臣翻开它的书，念道：

我像弹子般圆，像大海般蓝，也可能是棕色或者灰色！

笑时，我闪亮我的窗玻璃，

一皱眉头，我的雨就往下滴。

我能看见一切，可我听不见什么，只要给我唱催眠曲，你就看不到我了。

迈克尔皱起眉头。所有的猫都在看着他，仿佛他是一只老鼠。

“恐怕是有点难！”国王在它的垫子上向后靠。

“不，不难！”迈克忽然叫起来，“我猜到了，是眼睛！”

所有的猫用眼角相互看。国王睁大的眼睛眯小了。

“嗯哼！”国王喃喃道，“不错，不错！好，现在猜第二个谜语。”

“嗯……”宫廷大臣清清它的嗓子。

在我里面是一只鸟，
在鸟里面是另一个我，
在我里面又是只鸟。
好，我是什么东西，你说！

“这太容易了！”迈克尔大叫起来，“谜底当然是蛋！”

那些猫又骨碌碌地转动它们的眼睛。

“你猜得对。”国王很不情愿地说，它看上去只是有一点儿高兴，“不过，我不知道……”它弓起它的花斑背，“我不知道第三个谜语你能不能猜出来。”

“肃静！”宫廷大臣命令大家，虽然大厅里一点儿声音也没有。

这种林中植物很漂亮，
住在田野和山地上。
它年轻时爱太阳，
它年老时爱月亮。
它不看钟，它听不见钟响，
可是它总知道时光。

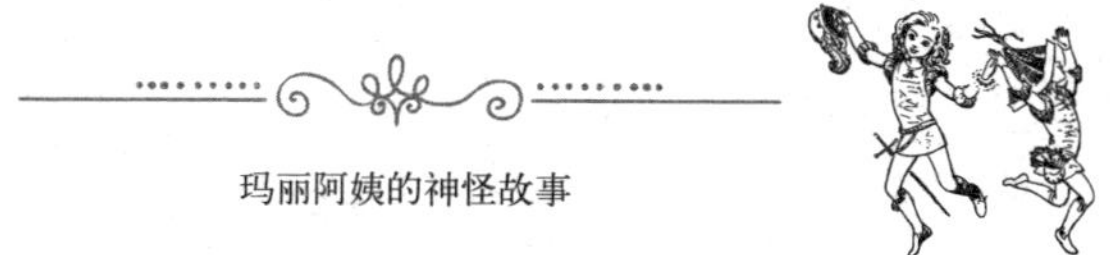

“这个谜语就难多了。”迈克尔咕噜道，“第三个总是最难的。嗯，让我想想看。一种林中植物，它漂亮，知道时光……噢，天哪，它已经在我的舌尖了，我猜到了，蒲公英！”

“他猜对了！”国王站起来叫道。

所有的猫顿时活跃起来，它们用它们的皮毛、胡子围住迈克尔，弓起了身子贴紧他。

“你比我原先想的聪明，”国王说，“几乎和猫一样聪明。好，现在我得把王国分给你一份了，至于新娘——我觉得藏红花公主最合适。”

“噢，谢谢你！”迈克尔高兴地说，他现在又恢复常态了，“不过我这就得回家了。”

“回家？”国王吃惊地叫道。

“回家？”王后跟着重复一声，皱起了眉头。

“这个……我得回去吃茶点。”迈克尔解释说。

“茶点？”朝臣们目瞪口呆地跟着重复一句。

“真想不到！”三位公主偷笑。

“你那么有把握，你如今还有个家？”国王用古怪的声音说。

“我当然有把握。”迈克尔看着它说，“会发生什么事呢？从公园到……这个……这里，只要一跳就到，只花了我一分钟。”

“我想你忘了，”国王平静地说，“我们的一分钟有两百年。既然你在这里至少一个钟头……”

“两百年？”迈克尔的脸发白了。这么说，这到底不是说着玩的！

“当然。”国王继续说，“在这段时间里，地球上苹果树街 17 号会发生许多变化……”

“不是苹果树街，是樱桃树胡同。”宫廷大臣喃喃地说了一句。

“得了，不管它叫什么名字，它一定已经不是原来的样子了。我敢说，它一定长满了悬钩子……”

“欧石南！”王后呼噜呼噜加上一句。

“荆棘！”朝臣们说。

“黑刺莓！”三位公主咕噜着说。

“噢，我肯定它没有！”迈克尔哽咽了。他太想家了，想家的念头让他哽咽。

“无论如何，”国王和蔼地说下去，“如果你有把握能找到回去的路——我怕我们不能让马尔金再陪你回去了——你就尽一切努力回去吧！”它朝门口挥挥手。

迈克尔朝门口跑去。“我当然有把握！”他固执地叫道。可朝外面一看，他的勇气就消失了。

门外是闪亮的宫殿台阶，可是在它们下面，在他极目能看到的地方，什么也没有，只有萦绕的迷雾。迈克尔心里说：“我跳会怎么样？跳出去，会落到什么上面呢？”

他咬住嘴唇回到宫殿里。那些猫轻轻地向他爬过来，用黑夹黄的眼睛嘲笑地看着他。

“你瞧，”猫国王说，它微笑着，但不是善意的微笑，“尽管你猜谜语那么聪明，可你不知道回去的路！你提出愿望要到

十万八千里之外，可愚蠢地忘了加上一句：‘我也希望回家去。’好了，好了！任何人都会出错的，当然，除非他们是猫！想想你多么幸运吧，不用干厨房的活儿——因为你已经猜出了那三个谜语。这里有数不清的老鼠、蝙蝠和蜘蛛可吃，你可以安顿下来，从此以后和藏红花公主一起，快快活活地住在这里。”

“可我不要娶藏红花公主，我只要回家！”

每一个喉咙里都发出了低沉的咆哮，每一根胡子都竖了起来。

“你……不……要……娶……藏红花……公主？”国王一个字一个字地说出来。

“对，我不要！”迈克尔声明，“它只是一只猫！”

“只是一只猫！”那些猫哇哇尖叫，气得发火。

黑夹黄的猫聚集在他周围。“只是一只猫！”它们把这几个字吐出来。

“噢，我怎么办？”迈克尔向后退，捂住眼睛避开它们的目光。

“是你希……希望的！”它们向他嘶嘶地说，啪嗒啪嗒越走越近，“是你找到我们这星……星星的，你必……必须为后果负责！”

“噢，我该上哪儿去呢？”迈克尔狂叫。

“你要待……待在我们这里。”国王用猫那种可怕的轻柔的口气轻轻说，“你猜……猜出了我们的三个谜语，盗……盗窃了我们的秘密。你以为我们会放你……你走吗？”

迈克尔周围是厚墙一样的密密层层的猫，把他围得无路可逃。他伸出一只胳膊去推它们，可是它们弓起来的背对他来说太多了。他的手无力地垂到身边，落到玛丽阿姨那硬邦邦的哨子上。

迈克尔大叫一声，把它从口袋里掏出来，用尽力气吹它。

大厅里响起一声尖叫。

“阻止……他吹！捉……捉住他！别让他逃……逃走！”

那些怒气冲天的猫向他逼近。

迈克尔拼命地吹。

随着这一声哨子声，哇哇大叫的猫巨浪般滚滚而来。

迈克尔觉得自己被密封在皮毛之中——鼻子上是皮毛，眼睛上是皮毛。噢，它们当中哪一只已经跳到了他身上，或者是所有的猫全都压在他身上了。耳朵里响着它们的尖叫声，他觉得自己被举了起来。一条毛茸茸的手臂，或者是一条腿，抓住了他的腰。他的脸被一样毛茸茸的东西——他说不出来是胸部还是背部压扁了。

风从四面八方刮来，把他一路吹走。他右边是猫，左边是猫，上面是猫，下面还是猫。迈克尔被猫给裹住了，抓住他的那条毛茸茸的长臂像铁箍一样有力。

他拼命把头向旁边扭，狠狠地吹那个哨子，连头上的帽子也掉了。

那有力的手臂把他拉得更近了。

“呜——呜！”风用空洞的声音怒吼。

现在他好像和那些猫一起从空中掉下来，毛茸茸的一大团，掉啊，掉啊，掉啊……噢，它们要把他带到什么地方去呢？

迈克尔一次又一次地吹哨子，发疯地在皮毛中挣扎，朝四面八方乱踢。

“你在吵什么？小心你所做的事！你要把我的帽子给踢下来了！”

迈克尔耳朵里响起一个异常熟悉的声音。

他小心地睁开一只眼睛，看到自己正飘落下来，经过了一棵栗子树的顶。

接下来他双脚碰到了公园有露水的草地，草地上站着那位公园管理员，他那样子像见了鬼。

“喂，喂！这都是怎么回事，你们两个在那上面干什么？”

“你们两个！这话听了叫人快活。看来我只被一只猫抓住，而不是被一整群猫抓住。是宫廷大臣吗，或者是藏红花公主？”迈克尔激动地想。

他转头看围住他的毛茸茸的手臂，使他大吃一惊的是，它不是一只爪子，而是一只手。这手上是一只整洁的手套——黑色的，不是花斑的。

迈克尔疑惑地转动他的头，脸颊碰到一颗钉在毛皮上的纽扣。他当然知道那颗纽扣！噢，这可能是……这会是……

他从纽扣朝上看去，最后看到一条整洁的毛皮衣领。衣领上面是一圈草帽，草帽顶上是一朵鲜红的花。

迈克尔放下心来，长长地叹了一口气。他很清楚地知道，

猫是不戴郁金香帽子的，爪子上也不戴小羊皮手套。

“是你啊！”他狂喜地大叫，把脸紧紧贴到她的兔皮大衣上，“噢，玛丽阿姨……我到了那颗星星上……所有的猫都来对我狂叫……我以为再也找不到路回家了……我吹哨子，于是……”

他忽然开始结结巴巴，因为她在帽檐下面的脸又冰冷又傲慢。

“于是我回这里来了……”他无力地把话说完。

玛丽阿姨一声不吭，用陌生的态度向他鞠躬，好像以前从来没有见过他似的，接着她默默地伸出一只手。

迈克尔内疚地垂下头，把哨子放到她手上。

“那么这就是大吵大闹的原因！”公园管理员生气地说，“我警告你，这是最后一次机会了。再吹那哨子，我就辞职，我说话算话！”

“你这种说了算的话不值什么！”玛丽阿姨讥笑地说，把哨子放到口袋里。

公园管理员无可奈何地摇头。

“你现在该知道规则了。所有废物要扔到废物篓里去，在公园里不许爬树！”

“你自己才是废物！”玛丽阿姨说，“我这一辈子从来没有爬过树！”

“好吧，那么我可以问一声你是从哪里来的吗？你那样从天上落下来，踢飞了我的帽子！”公园管理员说。

“据我所知，没有一条规则不许问问清楚！”玛丽阿姨说。

“那么，我想你曾经在天上银河那里吧！”公园管理员用

讽刺的口气哼哼。

“一点儿不错。”玛丽阿姨得意地说。

“哈！你别想要我——一位让人尊敬的人——相信这种胡说八道！”不过他不舒服地想，她自然是从什么地方来的。

“我不想干什么，”玛丽阿姨回答说，“我只想麻烦你让我过去！”

她仍旧把迈克尔抱在身边，把头高傲地一抬，将公园管理员从路上推开，大步朝公园大门走去。

他们后面响起生气的大叫声，公园管理员拼命挥动他的棍子。

“你破坏了规则，破坏了安静，你甚至不说一声对不起！”

“我没有！”玛丽阿姨神气地回应了一声，只管轻快地穿过胡同。

公园管理员说不出话来，弯腰去捡他的帽子。他的帽子落在湿淋淋的草地上，在它旁边躺着一样奇怪的黑色东西，那上面画着一个骷髅头和两根交叉的骨头，白晃晃的。

“他们要什么时候才学会，”他叹了口气，“该怎么处置废物呢？”

他太难过和慌乱了，错把自己的帽子扔进了废物篓，却戴上了这顶海盗帽子回家了……

当他们急急忙忙穿过胡同的时候，迈克尔急着要朝17号望。很容易看出来——因为雾已经散了——那房子附近连一棵悬钩子也没有。那些猫到底没说对。

门厅里洋溢着欢迎他的亮光，当他跳着上儿童室的时候，楼梯似乎在他下面飞快地后退。

“噢，你回来了！”简快活地叫道，“你都上哪儿了？”

迈克尔说不出话来回答她，只能睁着眼睛看这熟悉的房间，好像他已经离开它好多年了。他怎么解释得出来——哪怕是对简——这一切对他有多宝贵呢？

双胞胎张开双臂跑进来。迈克尔弯下腰亲热地抱住他们，同时向简伸出手，把她拉过来，大家拥抱在一起。

轻轻的脚步声让他抬起头来看。玛丽阿姨轻快地走进来，一边走一边在扣围裙扣子。今晚她的一切——快捷的行动、严厉的目光，甚至她翘起鼻子的模样——全都可爱而熟悉。

“你要我做什么呢，玛丽阿姨？”迈克尔希望她会要他做什么大事情。

“你高兴做什么就做什么吧。”她平静地说，和这一整天一样极其客气。

“不要，玛丽阿姨，不要！”他求她。

“不要什么？”她还是用那种叫人受不了的平静口气问他。

“不要那样客气地对我说话。我再也受不了幸运了！”

“不过，”玛丽阿姨清清楚楚地说，“幸运正是你要的！”

“我要过，可我不要了，我幸运得够了。噢，不要那么客客气气、礼礼貌貌的。”

于是那种冷冰冰的微笑从她脸上消失了。

“我平常不是客客气气的吗？你曾经把我看成不是礼礼貌貌的吗？你把我当成什么，一个冷漠的人吗？”

“不，不是冷漠的人，玛丽阿姨。你是客客气气的，你是礼礼貌貌的！不过今天我最喜欢的是生气时候的你，这让我觉得安全得多。”

“真的吗？我倒想知道，我什么时候生气了？”

她说话时看上去真是非常生气。她的眼睛闪光，脸颊绯红。就这一回，这种样子让迈克尔高兴。他不在乎发生了什么事，现在玛丽阿姨那种冰冷的微笑没有了，她又是他熟悉的人，他也不再是个陌生人了。

“在你哼鼻子的时候，正是这种时候我喜欢你！”他极其大胆地加上一句。

“哼鼻子？”她哼了一声说，“什么话！”

“是你说‘哼’的时候——像匹骆驼似的！”

“像匹什么？”她看上去吓呆了，接着大生其气。当她像来临的风暴那样走过儿童室的时候，她的样子让迈克尔想起了那些猫的巨浪。

“你敢站在那里，”她很凶地指责他，一个字一个字地，就像猫国王当时那样子，“说我是一匹骆驼——四条腿、一条尾巴、一个或者两个驼峰！”

“不过，玛丽阿姨，我的意思只是——”

“够了，迈克尔，再说一句无礼的话，你就要上床了，马上！”

“我已经在床上了，玛丽阿姨。”迈克尔用发抖的声音说。

因为这时候她已经推着他穿过儿童室，走进了里面的房间，到了他的床上。

“先是一个冷漠的人，又是一匹骆驼，我想我接下来会是一头大猩猩！”

“不过——”

“不要再说话了！”她气急败坏地说着，自豪地抬起头，阔步走出了卧室。

迈克尔知道自己得罪了她，可并不感到真正难过。她跟她原来一模一样了，迈克尔只感到高兴。

他脱掉衣服，钻到被单里，抱紧他的枕头。枕头现在温暖友好，紧紧地贴住他的脸颊。

月亮的影子慢慢地爬过他的床，这时他听着那些熟悉的声音——洗澡水的流水声、双胞胎的喊喊喳喳说话声、儿童室里吃晚饭的乒乒乓乓声……

声音越来越模糊……枕头越来越柔软……

可是忽然之间，一种很可口的香气充满房间，使他一下子坐起来。

一杯巧克力悬在他头顶上。它的香气甜甜地传到他的鼻子里，跟玛丽阿姨的围裙刚浆过的气味混合在一起。是她站在那里，她像一尊淀粉做的塑像，安静地低头看着他。

迈克尔看到她的目光，感到很满足，觉得她看到了他心里，看到他的内心。他明白，玛丽阿姨知道，在他心里，她不是一匹骆驼。

这一天过去了，他的冒险奇遇过去了，猫星在遥远的天上。当他搅拌那杯巧克力的时候，他觉得他想要的一切都有了。

“我真正相信，玛丽阿姨，”迈克尔说，“我再没有什么想要的了。”

她露出一个高傲的、表示怀疑的微笑。

“哼！”她说，“那真是幸运！”

第四章 故事里的孩子

咔嚓！咔嚓！咔嚓……

咯噔！咯噔！咯噔……

割草机推过来推过去，在后面留下一排排刚割掉的草。

割草机后面，用足力气推的公园管理员气喘吁吁。每推一行，他就停下来朝公园四周看一遍，确保所有人都遵守规则。

忽然，他从眼角看到一张大网兜在月桂树后面晃来晃去。

“本杰明！”他大声警告说，“本杰明·温克尔，请你记住规则！”

动物园管理员从一丛树叶后面伸出头来，把一个指头放在嘴唇上。他是个样子紧张的小个子，一撮像套住火腿的纸那样

的胡子长在他的脸上。

“嘘！”他悄悄说，“我在跟踪海军上将！”

“海军上将？在月桂树林子里你不会找到他，他住在那边，在胡同头上，大房子，旗杆上有一副望远镜的。”

“我说的是红色海军上将！”动物园管理员咝咝地说。

“哈，他就够红的，那张脸像暴风雨中的落日！”

“我跟踪的不是一个人，弗雷德。”动物园管理员用严肃的责难的眼光看着公园管理员，“我在给昆虫馆捕捉蝴蝶，可捉到的，”他泄气地看看网兜，“只有一棵白卷心菜。”

“卷心菜？”公园管理员又在草地上咔嚓咔嚓一路走过来，“如果你要卷心菜，我的花园里有一些，还有洋蓟，还有芜菁！你好，埃格伯特！”他对那个抄近路穿过公园上班的警察说。

“也许不太好！”警察看着 17 号的窗口说。他希望能看到埃伦一眼。

警察叹了口气。“也许不太坏！”他闷闷不乐地加上一句，因为一点儿看不到埃伦。

阳光让割成一道一道的草地闪闪发亮，它在公园和胡同上像把扇子一样展开。阳光甚至照到马戏场那么远，照到荡船、旋转木马、上面写着“马奇游艺场”金色大字的蓝色旗子……

公园管理员又割了一行，在头上停下来，向四周投去老鹰似的一瞥。

一个脸像小狗脸的大胖子正漫步穿过通往游艺场的小门。他把一顶圆高帽歪戴在脑后，嘴里含着一支大雪茄烟。

“不要踩草地！”公园管理员叫他。

“我没踩草地！”那胖子回答说，一副无辜的样子。

“我只是把规则说给你听。所有废物扔进废物篓……特别是，马奇先生，在马戏场！”

“史密斯先生，”那胖子用十分自信的口气说，“等到马戏结束，你哪怕找到一张邮票，那我……真的，我要奇怪死了。否则马戏团可以请你大吃一顿，要不我的名字就不叫威利·马奇。”

他把两个大拇指插进上衣的袖口，一摇一摆地走了，样子非常了不起。

“去年，”公园管理员在他后面叫道，“我扫出了好几袋邮票呢！可我没在那儿吃晚饭，我回家去吃的！”

他叹了口气，又回过头来干他的活儿。割草机持续发出稳定而让人打瞌睡的声音。割到最后一行，那是在玫瑰园旁边草地的边上，公园管理员仔细地环顾。他觉得现在是休息一下的时候了，只要没有人向市长大人打小报告。

玫瑰园由一圈玫瑰花坛围着一小片绿地，绿地当中有一个池子，池子当中有一个白色大理石喷泉，样子像朵盛开的玫瑰。

公园管理员从开花的矮树丛间望过去。在喷泉旁边躺着简和迈克尔。就在玫瑰园后面，在一张大理石椅子上坐着一位老绅士。他似乎忘了戴帽子，因为他的秃脑袋戴着一顶报纸折的尖帽子挡太阳。他的鼻子埋在一部大书里，那书借助放大镜才能看。他一面翻书一面叽里咕噜。

简和迈克尔也有一本书。简读给迈克尔听，她的声音和喷

泉的声音融合在一起。

这是一个平和的景象。

“破例安静一次。”公园管理员咕噜道，“我只要打个眨四十下眼工夫的盹！”他小心地在矮树丛中躺下来，希望有人走过时会把他当成一棵玫瑰树。

如果他朝另一个方向看看，也许会更好地想想，而不这样匆忙地行事。因为在不远处的紫藤底下，一辆儿童车在有节奏地给推过来推过去，推车的人就是玛丽阿姨。

咯噔，咯噔，车轮转来转去。

安娜贝儿在抽抽搭搭地哭，她在长第一颗牙齿。

“现在睡吧，现在睡吧！”玛丽阿姨用心不在焉的声音喃喃地说。

她在想着她那件粉红色新上衣，口袋里插着那条花边手帕的。她觉得它和她头上那顶有郁金香的帽子多么相配啊！她忍不住希望公园里有更多的人欣赏这好看的衣服，在每一张椅子上和每一棵树下都应该有一个仰慕的观众才对。“瞧那迷人的波平斯小姐，”她希望他们说，“她总是那么整洁和可敬！”

可是只有零零落落的几个陌生人在小路上急急忙忙地走，对谁也不注意。

玛丽阿姨看得很清楚，那警察可怜巴巴地抬头朝第 17 号的窗口看，那含着雪茄烟的胖子尽管有公园管理员的警告，还是在草地上走。当卖火柴的伯特啃着一个红苹果，穿过公园门从容走来的时候，她打扮了一下。她想，也许他是在找她，于是她抹平了她整洁的黑手套。

玛丽阿姨还能看到拉克小姐，她带着她的两只狗出来跑跑。它们汪汪地大叫，顺着林荫长道跑来，拉克小姐两只手抓住皮带，跌跌撞撞地跑在后面。她的帽子歪在一只耳朵上，头巾一飘一飘，像旗子在风中飞扬。她的手套和眼镜都掉了，项链、珠串和手镯朝四面八方晃动。

玛丽阿姨哼了一声。她想，拉克小姐不像她不能提起的某人那么整洁！她露出自得其乐的微微一笑，继续摇着安娜贝儿。

现在割草机不响了，公园里难得有什么声音，只有喷泉的音乐和简的声音，她快把故事读完了。

“这就是女巫的结局。”她最后说，“国王和少女第二天结婚了，从此快快活活过日子。”

迈克尔心满意足地叹了一口气，咬下一片三叶草的叶子。

在玫瑰园后面，老绅士摘下他的眼镜，把手帕盖在脸上，在大理石长椅上打盹。

“讲下去，简，不要停，”迈克尔说，“再读一个。”

简翻着那本《银色童话》。它又破又旧，因为它的一生又长又忙。它曾经是班克斯太太的，在此以前是她母亲的，又是她母亲的母亲给她母亲的。许多插图不见了，剩下的插图全用蜡笔涂上了颜色。有简和迈克尔涂的，有他们的妈妈涂的，也许还有他们的外婆涂的。

“挑出一个故事来太难了。”简咕噜道，因为每一个故事她都喜欢。

“那么，让书落到地上，打开的地方是哪一个故事就读哪一个故事吧——像你一向做的那样！”

简合上书，用两只手捧了一会儿，然后放手。书啪嗒一声落到草地上，正好在中间打开。

“好啊！”迈克尔说，“是《三个王子》。”他于是定下心来听她读。

“从前有一个国王，”简读起来，“他有三个儿子。大儿子叫弗洛里蒙德，第二个叫维里泰恩，第三个叫阿莫尔。好，有一回——”

“让我看看画！”迈克尔打断她。

这幅画他特别喜欢，因为他和简在一个下雨的下午给它涂上了颜色。三个王子站在一座森林边上，他们头上的树枝又结

着果子又开着花。一头鞴了鞍的独角兽站在他们旁边，缰绳套在大王子的手臂上。

弗洛里蒙德王子衣服给蜡笔涂成绿色，帽子被涂成紫色。维里泰恩王子穿着橘黄色的紧身无袖外套，帽子是深红色的。阿莫尔小王子全身蓝色，腰带上插着一把金色的短剑。两个哥哥金黄色的鬈发一直披到肩上，小弟弟光着的头上有一圈金黄色的短鬈发，像戴着一顶王冠。

至于独角兽，它从鬃毛到尾巴都是银白色的——除了眼睛。眼睛是勿忘我的颜色，那只角红黑相间。

简和迈克尔低头看书，对画上的孩子们微笑。三个王子也从书上抬起头微笑，好像从森林里探出身来。

迈克尔叹气："我能有一把阿莫尔那样的短剑就好了，它的大小给我正合适。"

微风把公园的树吹得沙沙响，涂上颜色的画好像也哆嗦起来。

"弗洛里蒙德和维里泰恩这两位王子，我怎么也没法挑选一个。"简喃喃说，"他们两个都那么英俊。"

喷泉发出欢笑的沙沙声，从书里面好像传来了这欢笑的回声。

"我把它借给你。"最小的王子一下子把短剑从腰带上拔出来说。

"为什么不同时挑选我们两个呢？"两个大王子叫着走到草地上。

简和迈克尔气也透不过来。出了什么事啦？难道画出来的

森林搬到公园里了吗？或者是玫瑰园到了画里面？是我们在那里，还是他们在这里？到底是在那里还是在这里？他们问自己，可是回答不上来。

“你不认识我们吗，简？”弗洛里蒙德微笑着问道。

“是的，当然认识！”她喘着气说，“不过……你们怎么来到这里的？”

“你看不出来吗？”维里泰恩问道，“你们对我们微笑，我们也对你们微笑。你们那幅画看上去那么明亮——你和迈克尔以及那些画出来的玫瑰……”

“因此我们干脆跳到了故事书里面！”阿莫尔最后快活地说了一句。

“你是说你们跳出了图画吧？”迈克尔叫道，“我们这里不是故事书，我们是真的人，你们才是图画！”

王子们摇摇他们的鬈发，哈哈大笑。

“你摸摸我！”弗洛里蒙德说。

“握我的手！”维里泰恩劝简。

“这儿是我的短剑！”阿莫尔叫道。

迈克尔接过那把金短剑。它锋利，实实在在，还带有阿莫尔身上的热气。

“现在谁是真的呢？”阿莫尔问道，“把它插到你的腰带上吧。”他对着迈克尔目瞪口呆的脸微笑着说。

“你瞧，我是对的！”当简把一只手放在弗洛里蒙德的袖子上，把另一只手放在维里泰恩伸出来的手掌上时，弗洛里蒙德说。

“不过……”简还是不同意，“这怎么可能呢？你生活在从前，那是很久很久以前了。”

“噢，不！”维里泰恩说，“是‘一切时候’。你记得你的曾曾曾曾外祖母吗？”

“当然不记得。我太小了。”

“我们记得。”弗洛里蒙德微笑着说，“那么你的曾曾曾曾孙女呢，你想你会看见她吗？”

简有点渴望地摇摇头。那遥远未来的可爱女孩，简多么想看见她啊！

“我们能看见。”维里泰恩有把握地说。

“可怎么可能呢，你们是故事里的孩子。”

弗洛里蒙德大笑着摇头。

“你们才是故事里的孩子！我们经常读到你们，简。看着照片，我们一直希望认识你们。可今天——当书落下来打开的时候——我们轻而易举就走进来了。我们进过所有人的故事里，对我们来说，曾祖父母和曾孙儿女都是一样的。可是大多数人都不注意。”他叹了口气，“就算注意到，可他们很快就忘掉了。只有几个还记得。”

简抓紧弗洛里蒙德的袖子，觉得她会永远忘不了他，哪怕活到 40 岁。

“噢，不要把时间浪费在解释上面了。”阿莫尔求他，“我们要在这图画里冒险！”

“我们来带路！”迈克尔一把抓住阿莫尔的手，急着叫道。他也不去管他是个真的孩子还是故事里的孩子，只要那把金短剑神气地插在他的腰带上就行。

“我们来跟上！”维里泰恩叫着跟着他们跑。

弗洛里蒙德尖声吹了一声口哨，拉拉他手臂上的缰绳。

他身边马上出现了那头不知打哪儿来的独角兽。

弗洛里蒙德拍拍它丝一般光滑的脖子，然后在简旁边走着，急切地四下里看。

“瞧，弟兄们，湖就在那边！你们看到内莱乌斯和他的海豚

了吗？那一定是 17 号房子，我们以前从来没能把它看清楚。”弗洛里蒙德向简和迈克尔解释说，“在图画里它隐藏在树木后面。”

“噢，一座很小的房子。”阿莫尔看着说。

“可它很结实也很友好。”维里泰恩好意地说。

“而且草地十分广阔。”弗洛里蒙德做了一个大幅度围圈圈的手势，然后弯腰去闻一朵玫瑰花。

“喂，喂！你在干什么？”公园管理员从他的眨 40 下眼的打盹中醒来，坐起身子揉眼睛。

“要遵守规则！”他伸着懒腰咕哝道，“不许采花！”

“我没采花，只是闻闻。不过，”弗洛里蒙德有礼貌地说，“我当然会很高兴从简的花园里得到一朵玫瑰花的——作为纪念品——你知道！”

“简的花园？”公园管理员看着他，“这不是私人花园，是公园。它不属于简！什么纪念品！”他气急败坏地说，“你以为你是什么人？”

“噢，我不以为……不，我知道！”王子回答说，“我是弗洛里蒙德，国王的长子。这两个是我的弟弟。你不记得了吗？我们的任务是战胜恶龙。”

公园管理员的眼睛简直要从脑袋上掉下来了。

“国王的长子？恶龙？龙不许进入公园，马也不许进入公园！”他一眼看到轻轻踏在草地上的银色蹄子，加上一句。

阿莫尔哈哈大笑。

简和迈克尔咯咯笑。

“那不是马。”维里泰恩反对说，“你没看出来吗，它是独角兽！”

“好了好了！”公园管理员站起身子，“我看见马应该能认出来，那是一匹马……或者我自己是……天啊！”

银白色的独角兽抬起它的头。

“这是……这是一头独角兽！角和身体……就像一幅画。我以前从来没有见过这样的东西……至少……”公园管理员皱起了眉头，就像拼命要想起什么来，“不，不！”他咕噜道，“我不可能见过，我小时候也不可能见过一头独角兽！我必须打个报告！温克尔，你在哪里？你们待在这儿，孩子们……”他向三位惊讶的王子转过身来，“你们让它安安静静地乖乖地等到我回来，不要让它乱走！”

他跳过花坛走了。“角和身体！”他们听见他在月桂树间飞跑着大叫。

三位王子惊讶得瞪圆眼睛，直到公园管理员的身影消失不见了。

“你们这位园丁似乎非常激动。”弗洛里蒙德对简说。

简正要解释，说公园管理员不是她家的园丁，一声尖叫打断了她。

“等一等，等一等，别跑得那么快！我的胳膊几乎要脱臼了！噢，我该怎么办？我的围巾飞走了！”

拉克小姐冲进玫瑰园，前面奔着那两只狗。它们狠狠地拉着她，皮带绷紧了。她的帽子摇摇欲坠，头发在她脸上一绺一

绺垂下来。

“噢，天哪，它们又跑了！安德鲁！威洛比！回来！”

可是两只狗只是汪汪大叫，它们狠狠拉紧她手里的皮带，快活地朝三位王子奔来，跳到阿莫尔那儿。

“噢，简！噢，迈克尔！”拉克小姐气喘如牛，“请帮帮我，捉住这两只狗，我不喜欢它们和陌生人说话。瞧那古怪的孩子在亲安德鲁，他可能感冒了，狗就要给传染上了！这些孩子是谁？多么奇怪的衣服，头发也太长了！”

“这一位是弗洛里蒙德。”简很有礼貌地说。

“这一位是维里泰恩。”迈克尔加上一句。

“还有这一位，是阿莫尔！”阿莫尔大笑着说，亲亲威洛比的鼻子。

“古怪的名字！”拉克小姐说，“不过……”她那张脸露出迷惑不解的神情，“我好像以前听说过。会在什么地方听说过呢，在哑剧里？”

她看着三位王子，摇摇头：“他们毫无疑问是外国人。他们有一只什么啊，一头驴子？天啊！”她惊奇得尖叫起来，“它不可能是驴子，对了！不对！对了……它是……是一头独角兽，多么了不起啊！”

拉克小姐心醉神迷地握住自己的双手，像只云雀那样啼啭：“角和身体！一头独角兽！可为什么没有人照料它呢？”

“我们在照料它。”弗洛里蒙德平静地说。

“胡说！荒唐！可笑！它要由可敬的人照料！我要到不列

颠博物馆去找馆长教授。安德鲁和威洛比，离开那孩子，跟妈妈来！快点，快点！”她抓住皮带，“我们必须马上去求他帮助！”

两只狗相互眨眨眼，全速飞跑起来。

“噢，不要那么快！”拉克小姐叫道，“你们要把我拉得翻跟头了！噢，天哪，噢，天哪……我的手镯丢了，不要紧！”维里泰恩弯身把它捡起来，拉克小姐回头叫道：“给我保存着，我不能浪费时间！”

她在狗后面跌跌撞撞地跑掉了，头发和项链飘来飘去。

“警察！”他们听见她叫，“玫瑰园里有一头独角兽，你一定不能让它逃走！”

“逃走？”阿莫尔说，“为什么要逃走，它离开了我们永远不会快活。”

当独角兽把头伸到阿莫尔和迈克尔之间，用鬃毛搔他们脸颊痒痒时，阿莫尔对迈克尔露出可爱的微笑。

“一头独角兽？”警察看着她顺着小路飞跑，说，“拉克小姐变得越来越古怪了！”

“喂！看你走到哪儿了，马奇先生，你不可以这样对警察的！”因为一个大胖子撞到了他身上，又上气不接下气地要走，警察一把抓住他的胳膊。

“一头独角兽，那老小姐说的！”马奇先生沉重地喘气。

“一头独角兽？”走过的那些陌生人叫道，“我们不相信！我们一定要写信给《泰晤士报》！”

“当然，我知道没有这种东西，是有人开个小小的玩笑。”

马奇先生擦他的小狗脸颊，“不过我想去看看。”

“那么你安安静静地去。”警察教训他说，“要尊敬警察！”

他放开马奇先生的手臂，大踏步走掉了。

“来吧，让我们在这图画里走得更远一些。”弗洛里蒙德说。他轻轻地拉住简的手，维里泰恩走到她的另一边。

“快点，迈克尔，让我们试试那秋千，然后可以到湖上划船。”阿莫尔拉拉迈克尔的手，“可这些都是什么人啊？”

五个孩子朝他们四周看。原先那么静的公园，如今满是飞也似的人。他们全都朝玫瑰园奔来，一边跑一边大叫。警察在他们前面神气地大踏步走着。

孩子们转身要离开玫瑰园，警察那蓝色的大身体挡住了他们的去路。

他朝独角兽看了一眼，眉毛抬到了他的警察帽盔边上。

“拉克小姐总算没说错。”他咕噜着，接着严厉地看着三位王子。

“我可以问一声，你们打算来干什么吗——在公共场所扰乱安宁？我倒很想知道，你们三个小淘气是怎么抓到这动物的！”

“他们不是小淘气！”迈克尔反对说。他对警察的话感到震惊，难道警察看不出他们是谁吗？

“那么是吉普赛人，看他们的衣服就看出来了。对于可敬的人来说，它们太华丽、太俗气了。”

“可你记不起他们了吗？”简叫道。她喜欢这警察，不想让他犯错误。

“我从没见过他们。”他拿出他的本子和铅笔，“现在，我要记下来。最好老老实实，孩子们，因此清楚地说出事实来吧。首先，你们是从什么地方来的？”

“从虚无的地方来！”阿莫尔咯咯笑。

“从任何地方来！”维里泰恩说。

“从太阳的东方、月亮的西方来。”弗洛里蒙德严肃地加上一句。

“好了，好了，这样不行！我的问题明明白白，我要的回答也明明白白。你们住在什么地方，在地图上的什么地方？”

“噢，它不在地图上。”弗洛里蒙德说，“但如果你真想找，那很容易找到，你只要有这个愿望就行。”

“没有固定地址。”警察一面在他的本子里写，一面咕噜着，“你们瞧，他们是吉普赛人——就像我刚才说的。现在，年轻人，你爸爸的名字？”

“菲德利奥。”弗洛里蒙德回答。

“妈妈的名字？”警察仔细地舔舔铅笔。

“埃斯佩兰扎。”维里泰恩告诉他，“‘扎针’的‘扎’。”他加上一句帮警察的忙，因为看来他写不出这个字。

“姑妈呢？”警察又问，费劲地在本子上写。

“噢，我们有几百个。”阿莫尔露出牙齿笑，“灰姑娘、白雪公主、白猫、小双眼、巴巴雅加……当然，还有睡美人。”

“睡美人……”警察咕噜道。

接着他把写下来的东西看了看，生气地抬起头来。

“你们是在戏弄警察！”他叫道，“睡美人不是什么人的姑妈，她是故事书里的人物。好，听我说，既然你们这几个孩子拒绝告诉我你们的亲戚是谁，照管这只动物就是我的责任。”

警察果断地向前走。

独角兽怒吼一声，扬起它的后腿。

“别碰它！别碰它！”公园管理员大叫道，跳过玫瑰丛来把警察推向一边。

“就是它，本杰明！”公园管理员得意地大叫。这时动物园管理员激动地挥动他的捕蝶网，踮起脚走进玫瑰园。

“瞧它的角和身体——就像我告诉你的！”公园管理员伸手去抓银辔头，马上向后翻了个跟头。

因为独角兽把头低下来，用角向他一顶。

“哎呀！哎呀！”动物园管理员吓得大叫，躲到警察后面，“天哪，它很危险吗？它咬人吗？那只角看上去够尖的！”

“尖而且硬，本杰明！”公园管理员后怕地摸他的肚子。

“它温柔善良。”弗洛里蒙德反对说，“它只是对陌生人不习惯。”

“嗯，那么你最好把它带到动物园，关到笼子里。”

“笼子？噢，不！”简和迈克尔生气地跺着脚叫道。

独角兽好像也不愿被关进笼子里，在草地上跺蹄子。

“可它在笼子里做什么呢？”阿莫尔问道，眼睛睁得大大的，充满了兴趣。

“做什么？”动物园管理员跟着说了一声，“做其他动物所

做的事啊——就站在那里给人看！”

“噢，它不会喜欢那样的。”维里泰恩马上插嘴说，“它习惯于自由自在。再说，”他很有礼貌地微笑着加上一句，“你知道，它是我们的！”

“自由自在？”警察扬扬他的拳头，“没有什么动物可以自由自在地踢警察！”

“停下吧！”动物园管理员叫道。

“我不会停下！”警察叫道，“我只做该做的事！”

“我在对它说话。”动物园管理员咕噜着，指着疯狂蹦跳的独角兽。

“好了，”他哄它说，“做匹乖乖的小马。我们给你点干草，在河马隔壁给你一间干净的好屋子！”

独角兽把它的尾巴一甩，在动物园管理员身上拍了一下。很明显，它没有跟河马做邻居的打算。

“别哄它了，本杰明，把它带走就是了！”公园管理员把他的朋友推了一下。

“噢，不！还没到时候，再等一分钟！”

拉克小姐的声音比平时更尖厉，她急急忙忙回到现场来。她一只手拉起她破了的裙子，另一只手拉着一位戴报纸折的帽子的老绅士。他拿着一本大书和一个放大镜，看上去非常困惑。

“太幸运了！”拉克小姐上气不接下气，“我找到了在长椅上睡觉的教授。瞧吧，教授，”她甩出手来，“你还能说你不相信我的话吗？”

“不相信什么？”教授喃喃说。

“去你的！给你讲过十几次了，我找到了一头独角兽！”

“真的？”教授把手伸进他那些口袋里摸，终于找到了眼镜，戴在鼻子上。

“哦……我要看的是什么，亲爱的小姐？”他似乎已经完全忘掉要戴上眼镜做什么。

拉克小姐叹了口气。

“独角兽啊！”她耐心地回答。

教授眨眨眼，转过头去。

“这个，这个……哦……了不起！”

他伸过头去要靠近点看，独角兽把头一伸，用角尖顶顶教授。

“你说得对！”教授朝后倒退，“它是……啊……一头独角兽！”

“它当然是一头独角兽！”公园管理员讥笑他，“我们不需要一个戴纸帽子的人告诉我们这个消息。”

教授一点儿不在意这话，他在翻书，同时移动着放大镜。

“A，B，C，D……啊，有了！对，一种传奇野兽，极少有人——如果说有的话——见过……普遍认为它价值连城……”

“价值连城！”警察眼巴巴看着，叫起来，“一匹头上有点骨头的马！”

“突出的特点……”教授急急忙忙、含含混混地说，“白色的身体，颜色相似的尾巴，宽额头，上面有一只角……”

“好了，好了，教授！”拉克小姐插进来，“我们知道它的样子像什么，不用告诉我们这些。问题是，我们拿它怎么办？”

“拿它怎么办？”教授从眼镜上面向外看，“只有一件事要办，小姐，我们必须安排一下……哦……用它做标本！”

“做标本？”拉克小姐倒吸了一口气。她不安地看着独角兽，它责备地看了她好一会儿。

“做标本！”简用恐怖的声音叫道。

“做标本！”迈克尔尖声跟着重复一遍，这种事他连想也不敢想。

三位王子摇了摇他们长着金发的头。他们看着教授，目光严肃，同时充满对他的不满。

“标本？胡说八道！”一个沙哑的声音说。这时的马奇先生脸色看上去比任何时候都红，他笨拙地走进玫瑰园。“没有人能把一只对我马奇大有用处的动物做成标本，它在哪里？”他大声问。

他那双鼓起来的金鱼眼睛的目光落到那银色的动物身上时，鼓得更加厉害了。

“啊，这个……我真是见所未见！”他轻轻地吹了声口哨，“这是我见到过的最聪明的伎俩。什么人在一匹马的头上粘上了一只角呢？我说话算数，这将是多么好的一个穿插表演节目啊！这只动物是谁的？”

“是我们的。”弗洛里蒙德、维里泰恩和阿莫尔说。

马奇先生转过身来打量三位王子。

“是马戏班出来的，我看出来了！”他龇着牙齿笑，“你们是干什么的，杂技演员？”

三位王子微笑着摇摇头。

“好吧，你们可以和这匹马一起来，那些天鹅绒外套正合适。一天三顿，这匹马吃干草。我将在海报上称你们为马奇的独角兽和它的三个仆人。喂，退后，你这匹马，瞧你在干什么！”

马奇先生朝旁边一跳，正好及时避开，没让独角兽咬住。

“快，抓紧那缰绳！”他尖声大叫，“小心！它脾气够坏的！”

“噢，不，它脾气不坏。”弗洛里蒙德连忙说，“不过它不要演穿插节目。”

“我们也不是它的仆人！”维里泰恩说。

“根本是凑不到一块儿的事！”阿莫尔加上一句。

“好了，不要这样没规矩，我的孩子们，还是把它牵来，你们规规矩矩的好。在马戏表演开幕之前，我们得把它安顿好。”马奇先生说。

独角兽扬扬它的银鬃毛。

“对不起，马奇先生，这头独角兽可是动物园的！”

砰！独角兽的角在草地上一顶。

“胡说八道！”教授说，“它必须跟我到不列颠博物馆去，站在……啊……一个台座上供全世界的人参观。”

“它该在笼子里，全世界的人可以参观。”动物园管理员固执地说。

“你是说在马戏场吧？”马奇先生坚持说，“世界上独一无二的独角兽！不满意，包退款。请进，请进来观看！看一看，六便士！”

“它属于三位王子！”迈克尔叫道。

可是没人听他的话。

公园里嘈杂起来，人们从四面八方跑来，提出不同的观点。

“给它个马笼头！”“捆住它的腿！”“把它绑起来！”“抓住它！”“用链条把它锁上！”

独角兽甩它的蹄子，像挥舞宝剑一样把它的尖角向四周摆动，让所有的人离得远远的。

“它属于警察局！”警察拿出警棍咆哮。

“属于马奇马戏场！”马奇先生大叫，“儿童半价，婴儿

免费！”

“属于动物园！”动物园管理员把他的网兜在空中挥舞，声嘶力竭地叫道。

“什么事，出了事故吗？”卖火柴的伯特从人群中挤过来，从容地走进玫瑰园。

看到他平静和快活的脸，简松了口气。

“噢，请你帮帮我们吧！”她朝伯特跑过去，“他们要带走独角兽！”

“带走什么？”伯特惊奇地问，看看喷泉旁边那一小群人，他大吃一惊。

“安静，孩子，安静，没什么的！”他抓住独角兽的鬃毛，把他正在啃的苹果伸过去。独角兽低下动来动去的头，用疑问的样子闻他伸出来的手，然后满意地叹了一口气，把苹果吃下去了。

伯特友好地拍拍它，接着热切地转向三位王子，单腿跪下，亲吻弗洛里蒙德的手。

玫瑰园霎时间鸦雀无声。

“伯特怎么啦？”公园管理员喃喃地说，“他准是发疯了！”

伯特又转向维里泰恩和阿莫尔，也吻他们的手。

“欢迎，我的王子们！”他温柔地说，“我很高兴又看到你们！”

“什么王子！”警察生气地说，“一群无赖，他们就是这样的人。是我发现了他们在公园里游荡，非法拥有一只古怪动物。

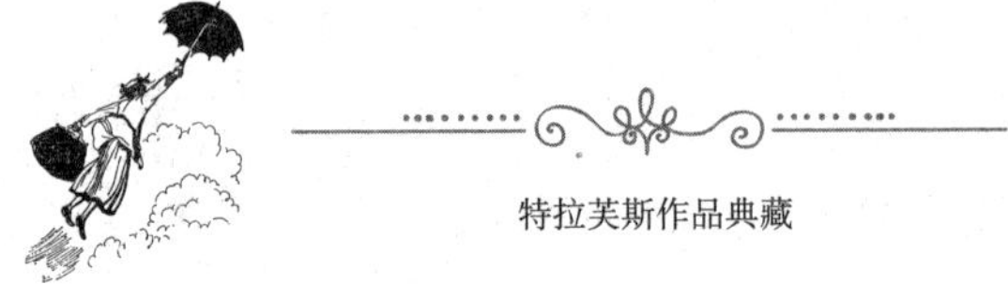

我要把它带走！”

“什么，你说它？”伯特看着独角兽，一面摇头一面哈哈大笑，“你捉不住它，埃格伯特，它不是你说的那种动物。比起他们三位来，一头独角兽又算得了什么呢？”

他伸出双臂转向三位王子。

“他们已经把我们给忘了，伯特。”弗洛里蒙德难过地说。

“哼，你们不会那么快就忘记我！”警察阴着脸说，“走开，伯特，你在妨碍警务！现在，你们三个，把那独角兽牵着，跟我走！”

“你们不要走，孩子们，”马奇先生劝他们，“就上马戏场去，你们和它将会受到优待的。”

“噢，跟我来吧，孩子们！”动物园管理员求他们，“如果我让那独角兽从我的手指间溜走，动物园园长永远不会饶我的！”

“不！”维里泰恩说。

“不！”阿莫尔说。

“对不起，”弗洛里蒙德摇头说，“我们可不能跟你们任何一个走。”

“你们要去，如果我不得不带你们走的话！”警察眼露怒火，走向三位王子。

“噢，请不要碰他们！”简拼命地大叫，冲上去挡住他的去路。

“放走他们！”迈克尔叫着拉住警察的腿。

“无赖！”马奇先生叫道，“我是不会这样做的！”

“放开我，迈克尔！”警察大叫。

“多么吓人的品行，教养太差了！”群众中有几个声音喊道。

“教授，教授，请你做点什么吧！”拉克小姐的声音盖过这些吵声。

“这么吵闹！”动物园管理员喃喃地说，“比狮子馆还要糟糕！”

他生气地从这场面中转过身去，碰到一个正进入玫瑰园的人。一个嘎吱嘎吱响的车轮轧过他的脚，他的网兜跟一朵深红色的大花缠在一起了。

“让开！”玛丽阿姨一面把网兜从她的帽子上弄开一面说，“我会很感谢你，如果你能记住，”她加上一句，“我不是一只蝴蝶！”

“我看得出来。”动物园管理员说着把他的脚从车轮底下拔出来。

玛丽阿姨冷冰冰地瞪了他一眼，推车向喷泉走去。

她整洁而富有尊严的身影一出现，一时间鸦雀无声。人们尊敬地看着她，卖火柴的伯特摘下帽子。

“下午好，伯特！”她鞠躬说。可当目光落到孩子们身上时，她嘴唇上贵妇人般的微笑变得冰冷了。

“我可以问一声你在干什么吗，简？还有你，迈克尔，放开那警察！这是一个花园还是一个吃人岛？”

“一个吃人岛！”最小的王子哈哈大笑着向她跑来，“最后……最后……玛丽·波平斯来了！”他喃喃地说着，抱住她的腰。

“玛丽·波平斯！玛丽·波平斯！”两个哥哥也叫着，一起跳过喷泉，过来拉住她戴小羊皮手套的双手。

“呜——呜——呜！”独角兽发出一声快活的嘶叫，轻快地啪嗒啪嗒向她跑来，用角碰她有黑扣子的鞋。

玛丽阿姨的眼睛暗下来。

“弗洛里蒙德、维里泰恩、阿莫尔，你们在这里干什么？”

“是这样的，书掉下来打开了……”

“正好在讲述简和迈克尔的故事……”

“于是我们就跳到了这画里……”

三位王子一起回答的时候，耷拉着脑袋。

“那么，你们最好从它里面跳出去，马上！你们是几个非常淘气的男孩！”

阿莫尔给她一个很嗲的微笑。

“你是一个淘气的女孩！”他反驳她说，“离开我们走掉，再不给我们一句教训！”

迈克尔看着，放开警察朝阿莫尔跑过来。

“你认识玛丽阿姨？”他问道，“她也教训你们吗？”他觉得十分妒忌这位朋友，他想，他也会那么勇敢，把玛丽阿姨叫作淘气的女孩吗？

“我们当然认识她。她老这样——来了又去，去了又来，一句话也不说。噢，不要生我们的气，玛丽·波平斯！”阿莫尔龇着牙顽皮地笑着，抬起头来，“我看到你戴上了一顶新帽子！”

她嘴上隐约露出微笑，可马上变为一声哼哼。

“你那张脸还是那么脏，阿莫尔！”

玛丽阿姨掏出她那条花边手帕，很快地在舌头上沾沾湿，把它在阿莫尔脸颊上狠狠地擦，然后把手帕塞到他的口袋里。

“嗯，这才像样些。”她用讽刺的口气说，“弗洛里蒙德，把你的帽子戴戴正，我记得它老是歪在一边。还有你，维里泰恩，你总学不会，我跟你说过不止一次，鞋带要打双结。你看看你的鞋子！”

维里泰恩向他的天鹅绒鞋子弯下腰来，把松掉的鞋带系好。

“对了，你记得我们，玛丽·波平斯！”弗洛里蒙德把他的帽子戴正，“不过除了简、迈克尔和伯特以外，你是唯一的一个。可他们要的是独角兽……”他指着围观的人，“他们甚至对它无法达成一致意见。”

独角兽点点它银色的头，蓝色眼睛闪着生气的目光。

“呸！”玛丽阿姨翘高她的鼻子，“对于他们你还能指望什么呢？这是他们的不幸，弗洛里蒙德，不怪你们！”

在她鄙视的目光下，警察的脸一下子红得像红萝卜。

“我记着我的责任！”他顽固地说。

“我记着公众的娱乐！”马奇先生气势汹汹地说。

“我记着动物园园长！”动物园管理员轻轻地说。

“等一等，我还记得点别的！”公园管理员用手拍拍额头。

“等半分钟……想起来了。我能看到我的老母亲把书读出声来，一本银色的书。那只猫待在火旁边，可他们……”他伸出手指着三位王子，“他们和我手拉手走着。同一根树枝上开着花结着果，一头独角兽在森林中啪嗒啪嗒跑……噢，出什么事情了？”他叫出声来，“我的心这会儿像过去那样怦怦跳，我感觉到了小时候那种感觉。没有废屑，没有规则，没有市长大人，没有晚饭要吃的香肠……噢，现在我记起你了，什么先生……哦……王子……”

公园管理员向弗洛里蒙德转过身去，他那张阴沉的脸已经完全变了，闪着快乐的光芒。

“一件纪念品！”他高兴地大叫，“给你点东西好让你记得我！”

公园管理员不管三七二十一地奔向花坛，折下三朵最大的玫瑰花。

“我会有大麻烦，可是管它呢，我是为你们这样做的！”他以一种腼腆和谦卑的姿态，把三朵花塞给弗洛里蒙德。

当弗洛里蒙德抚摸公园管理员的脸颊时，神情庄严而快活。

“谢谢你。”弗洛里蒙德微笑着，“我将永远保存它们。”

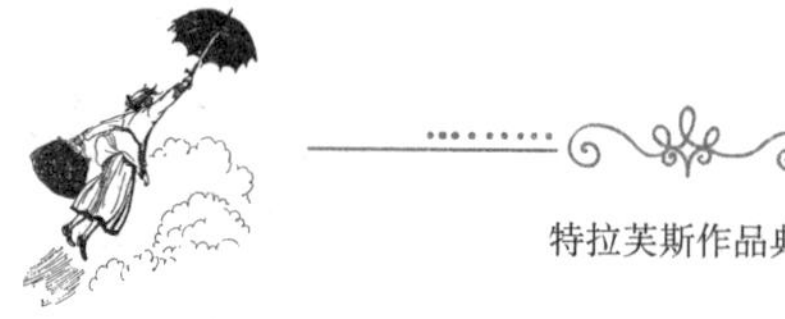

“噢！”公园管理员感动得大笑，“你办不到，它们要谢的，你知道！”

“噢，不，它们不会谢！”拉克小姐忽然叫起来，“在他们的国家里，亲爱的公园管理员，玫瑰花永远不会凋谢。”

她急切地向三位王子转过身来，双手捂住胸口。

“噢，我怎么会忘掉了呢？”她喃喃地说，“这还是昨天的事……或者是前天！我穿着一条背上绑带的围裙……”

“穿着扣扣子的鞋子。”维里泰恩插进一句。

“还有黄鬈发，扎着蓝缎带。”阿莫尔充满希望地说，“她真记起来了！”他对拉克小姐微笑。

“你们无所不在！”她轻轻地说，“在阳光中，你们在我身边玩；在花园大门那儿，你们和我一起荡秋千。树上的鸟是你们假扮的。我碰到每一只蚂蚁和昆虫都避开走，怕它会是这几位王子当中的一位。我要嫁一个国王——我记得——或者至少嫁一个国王的小儿子。你们三个总是在我附近。然后……噢，出什么事了，我怎么会失去了你们？真的只是昨天吗？我的鬈发，我黄色的鬈发到哪里去了？为什么我在这个世界上孤零零一个，除了有两只小狗？”

安德鲁和威洛比不高兴地抬头看。“真的，除了我们！”它们好像要说。

“对，对，等我老了，”拉克小姐看着她散乱的头发说，“我又会忘记你们的，亲爱的王子们！不过，噢，你们不要忘记我！我该送什么给你们，让你们记住我呢？我已经失去了……”她翻口袋，“那么多东西！”

“我们永远不会忘记你。”维里泰恩温柔地说，“你已经给了我们一些东西。”

他撸起天鹅绒的袖子，让她看他手腕上的闪亮东西。

“我的手镯！可它只是玻璃的！”

“不！”维里泰恩叫道，“是红宝石的！是蓝宝石的！”

他把手举到头顶上，手镯在落日中发出那么强烈的亮光，耀花了每一双眼睛。

“天哪！”警察喃喃地说道，“他把王冠上的珠宝偷来了！”

“噢！”拉克小姐握住自己的双手，看着那些闪闪发光的宝石，喘着粗气。

“我明白了！”她温柔地咕哝道，“教授，教授，你看见

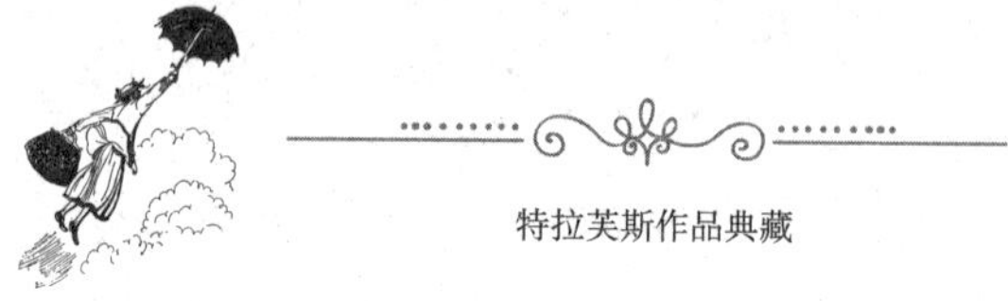

了吗？”

可教授用手挡住眼睛，把头转开了。

“我看到的太多了！”他难过地说，“我看到了我多么愚蠢！书！”他叫着把书扔掉，“还有放大镜！”他把放大镜扔到玫瑰丛中，“天哪，天哪！我浪费了我的时间！弗洛里蒙德、维里泰恩、阿莫尔，我现在认出你们了！”他向三位王子转过他流着泪的脸。

“噢，美、真和爱！”他轻轻说，“想一想，我小时候就认识你们！想一想，我竟会忘掉！那时你们整天在我身边跑，你们的声音在暮色中呼唤我——跟上来！跟上来！跟上来！我现在明白了，我一直在寻找智慧，可智慧在那里，而我背转了身子。此后我和它背道而驰，要在书本中才能找到它。而它离得那么远……”教授用一只手臂遮住脸，“因此当我遇到一头独角兽的时候，我竟认为我能把它做成标本！噢，我怎么能弥补这个过失呢？我没有玫瑰花，没有珠宝，什么也没有！”

教授迷惑地朝周围看，把一只手按到前额上。这样做时，他的脸亮堂了。他想到一个快活的主意。

“把这个拿去吧，我的孩子！”他把头上报纸折的帽子拿下来，对阿莫尔说，“你的路长，夜里会很冷，你头上又没戴东西！”

“谢谢你，教授！”阿莫尔微笑着，把这顶帽子用好看的角度戴在他的鬈发王冠上，“希望你没有了它不会冷。”

“冷？”教授含糊地喃喃一声，视线从王子们身上转向草地上那头银白色的独角兽。他伸出一只发抖的手，独角兽从打着霜的草地上起来，安静地来到他身边。

“原谅我！”教授轻轻说，“不是我要把你做成标本，是一个疯子穿上了我的人皮，真不是我！不，不！我永远不会冷了，我已经摸过一头独角兽！”

他摸那银白色的脖子。独角兽温顺地站在那里不动，蓝色眼睛眨也不眨。

“那就对了，教授！”警察高兴地说，“不该试图把一只合法的动物制成标本！”

“它当然合法。”教授喃喃道，“不过不是你所知道的法……”

“它属于马戏团才公平！”马奇先生阔步走到警察身边，坚持说道。

“公平？对，它来的地方一切是公平的！”教授抚摸着独角兽的鼻子。

“它将在动物园的许多明星当中。”动物园管理员喘不过气来地保证。

“它将在许多明星当中，”教授摸着独角兽的角尖说，“不过它们必须离开动物园很远很远。”

“一点儿不错，教授，你是一个理智的人！好，我们没有工夫再争论了。这三个孩子和这野兽已经被逮捕，我要把他们带到警察局去！”警察伸出一只拿定了主意的手，抓住了独角兽的鬐头。

“快，弗洛里蒙德！”玛丽阿姨一声吩咐。

弗洛里蒙德一跳就上了独角兽的背。

维里泰恩跟着也跳上去了。

“再见，迈克尔。”阿莫尔抱住维里泰恩的腰轻轻说，接着轻盈地跑着一跳，坐到了他的两个哥哥后面。

“噢，不要离开我！”拉克小姐叫道，“我又会忘记的！”

“我不会忘记！”迈克尔坚定地说，向阿莫尔挥手。

“我也不会！噢，永远不会！”简跟着重复说。把弗洛里蒙德和维里泰恩看了很久，她觉得他们的脸她将永远记在心里。

“如果你们记得，我们将再来！”弗洛里蒙德微笑着说，“你

们准备好了吗，我的弟兄们？我们得走了！”

“准备好了！”两个弟弟叫道。

接着他们逐个弯下腰来亲吻玛丽阿姨。

“我们将等着你！”弗洛里蒙德说。

“不要太久！”维里泰恩求她。

“回到我们那里去吧，”阿莫尔大笑着说，“帽子上插一朵郁金香！”

玛丽阿姨想装出坚强的样子，可根本装不出。她看着他们亮堂的脸，严肃的表情哆嗦着变成微笑。

“你们走吧——要规规矩矩！”她说这话时异常温柔。

接着她举起那把鹦鹉头雨伞，碰碰独角兽的肚子。

独角兽马上扬起它银色的头，把角指向天空。

“记住吧！”弗洛里蒙德挥动着他的玫瑰花叫道。

维里泰恩举起他那只手，让手镯闪闪发光。

阿莫尔挥动那条手帕。

“记住！记住！”他们一起大叫，同时独角兽跳到空中。

当它的蹄子在喷泉上空闪过时，公园好像在暗下来的光线中颤动。天空中闪耀着一道色彩——天鹅绒和黄金的闪光。移动着的闪光一转眼就过去了，什么也没有了。三位王子和独角兽走了，只有很远很远、很微弱很微弱的一个回声传回默默地仰视着的人们这儿——“记住……”草地上的书页在微风中颤动。

“追他们！”警察大叫，“强盗！暴徒！”

他拼命吹哨子，奔过玫瑰园。

“一场把戏！一场把戏！”马奇先生大叫，“隐身马和它的三名骑手！哈哈，这比锯腰小姐这个节目还棒！回来，我的小朋友们，我要出钱买下你们的秘密！是去了这一边还是去了那一边？他们上哪儿去了？”

他走了，但在树木之间闪现，他在找那三位不见了的王子。

“噢，天哪！”动物园管理员哼哼说，“今天在这里，明天没有了，就像蝴蝶！”

他紧张地看看玛丽阿姨，急急忙忙回动物园去了。

好一阵，花园里唯一的声音是喷泉的音乐声。接着拉克小

姐叹了口气，打破了寂静。

“哎呀，天哪，都那么晚了！我不知道把手套掉在哪儿了，我的头巾又怎么啦，我似乎丢了眼镜。天哪，对，还有手镯！”

她把眼睛睁大，微微打了个哈欠，好像刚从梦中走出来。

“你把它给维里泰恩了！”简提醒她。

“维里泰恩？维里泰恩？这会是什么人呢，听上去像是故事里的。我想你是在做梦吧，简！安德鲁，威洛比，过来！噢，教授馆长，看到你多高兴啊，可你在这里干什么？”

教授莫名其妙地看看拉克小姐，也微微打了个哈欠。

“我……我也说不出来。”他含糊地回答。

“不戴帽子，你一定会感冒的！和我一起上我家去吧，教授，请！我们可以喝茶吃松饼。”

“松饼？哦……我小时候一向爱吃松饼，可以后就一个也没吃过了。今天下午我本来有帽子的。现在，我把它怎么啦？”

“阿莫尔戴了它！”迈克尔叫道。

“阿莫尔？是你们的一个朋友吗？给了他很好！那帽子只是报纸折的。不过我一点儿也没感冒，拉克小姐……哦……我一辈子没感到这样温暖过。”

教授露出心满意足的微笑。

“我呢，”拉克小姐用颤音笑着说，“从来没有觉得这样快活过！我想不出为什么，可就是快活。来吧，你们两只宝贝狗！请这边走，教授！”

她拉住教授的手，带他走出玫瑰园。

简和迈克尔在后面看着他们。

“你的……哦……名字叫什么？”他们听见教授含糊地问道。

“露辛达·埃米莉。”她一面带他朝公园门走，一面回答说。

“啊……我刚才快睡着了！”公园管理员打着哈欠，伸伸双臂，朝公园周围看。

“嘿！这都是怎么回事？”他大声问道，“有人摘过花！”

“是你自己摘的。”简大笑着说。

“你不记得啦？”迈克尔提醒他，“你把花送给弗洛里蒙德了。”

“什么，我摘玫瑰花？我可不会这样大胆，可是……”公园管理员糊涂了，沉下了脸，“真滑稽，今天晚上我觉得自己非常勇敢。如果市长大人本人到这里来，我也不会那么战战兢兢了。这几朵花与其在树丛中谢掉，为什么不能让弗洛里什么的得到它们呢？好了，我必须回家到妈妈那里去了。喂！喂！喂！要记住规则！”公园管理员向两个黑东西跑去。

“所有废物都得扔进废物篓！”他叫着把教授的书和放大镜捡起来，扔进了废物篓。

简叹了一口气：“他们已经全给忘了，忘了个干干净净，先是拉克小姐、教授，现在是公园管理员。”

“是的。”迈克尔点头同意说。

“你们忘记什么了，请问？”玛丽阿姨的眼睛在落日中闪亮，她似乎是刚从很远很远的地方回到了玫瑰园。

“噢，没忘记什么，玛丽阿姨，没忘记什么！”他们向她跑去，

很高兴能确信自己没忘记，好像他们对三位王子和他们奇怪的来访根本不可能忘记似的。

“那么，那本书在那里干什么？”玛丽阿姨用戴着黑手套的手指着那本《银色童话》。

“噢，是它！”迈克尔奔过去拿它。

“等等我，玛丽阿姨！”他叫着，一路推开那些围在那里还望着天空的人们。

卖火柴的伯特抓住儿童车，嘎吱嘎吱地推着它离开玫瑰园。玛丽阿姨在出口处站着不动，鹦鹉头雨伞夹在胳肢窝里，手提包挂在手腕上。

“我什么都记得。”迈克尔跑回她身边，说道，“简也是……对吗，简？还有你也是，玛丽阿姨！”他心里想：我们三个都记得。

玛丽阿姨加快了步伐，他们追上了儿童车。

“我记得我要喝茶，如果你是这意思的话。”她说。

“我不知道阿莫尔是不是喝茶。”迈克尔在她旁边跑着，心里在想。

“茶！”卖火柴的伯特叫道，很口渴的样子，“又热又浓，我就爱这样。再来三块方糖！”

“你想他们快到家了吗，玛丽阿姨？从这里到那里的路有多长呢？”迈克尔在想着那三位王子，他脑子里没法不想他们。

“我差不多到家了，我只知道这个。”她得意地回答。

“他们会再来的，他们说过会再来！”迈克尔想到这一点，

乐得蹦蹦跳跳。接着他想起了别的什么事，一下子害怕地站着一动不动。

“不过你不会回到他们那里去吧，玛丽阿姨？”他抓住她的手臂摇它，“我们比王子他们更需要你。他们已经有独角兽了，那就够了。噢，玛……丽阿姨，请你……”他这时候急得话也说不出来了，“答……应我你不会回去，在帽子上插一朵郁……金香花！”

玛丽阿姨用生气的惊异眼光看着他。

“王子们的帽子上插郁金香花？我骑着独角兽？如果你记性那么好，我要谢谢你记住我这副样子！我是那种人吗？会团团转骑一只——”

“不，不，你全搅混了！你不明白，玛丽阿姨！”

“我明白你的举动为什么像个霍屯督人。我骑一头独角兽，什么话！麻烦你放开我的手，没有人搀扶着我能够走路。你也是！”

“噢！噢！她已经忘记了！”迈克尔哀叫着转身向简求得安慰。

“不过卖火柴的记得，对吗，伯特？”简冲动地跑到他那里去，要寻求他肯定的微笑。

卖火柴的伯特没注意，他正推着儿童车绕过来绕过去地走，眼睛望着玛丽阿姨。他看她的那副样子，会让你觉得好像世界上只有她一个人。

“你看，他也忘掉了。”迈克尔说，“可那件事一定发生过，对吗，简？我毕竟有那把短剑！”

他把手伸到腰带上去摸那把短剑，可什么也没摸到。

“它不见了！”他伤心地看着简，“一定是阿莫尔在拥抱我告别的时候把它拿回去了。你认为我们只是梦见了这件事吗？”

“也许。”简没把握地回答说，目光从他空了的腰带看到卖火柴的伯特和玛丽阿姨安静平和的脸上，“不过，噢……”她想起了弗洛里蒙德那双含笑的眼睛，“我断定他们是真的！”

为了得到安慰，他们两个手拉手，把头靠在对方肩上，一块儿走，心里想着那三个欢快的人和那头温和的神兽。

他们一路走着，天黑下来了，树木像影子那样在他们头顶上弯下来。他们来到了公园大门，踏进了胡同里刚点亮的路灯的大片灯光里。

“让我们再看他们一次吧。”简说。

看他们画出来的脸，虽然难过，却也让人觉得心里甜丝丝的。简从迈克尔手里拿过那本书，打开它，翻到熟悉的那一页。

“对了，那短剑在阿莫尔的腰带上。”她喃喃地说，“就跟往常一样。”接着她去看这幅画的其余部分，马上高兴地大叫，“噢，迈克尔，瞧，这不是梦！我知道，我知道这是真的！”

“哪里？哪里？快指给我看！”迈克尔跟着她指点着的手指。

“噢！”他大叫一声，倒吸一口气，“噢！”他又叫了一声，接着又是一声，“噢！”没有别的话能说了，因为这幅画不是原来的样子了。果子和花依旧在树上闪亮，三位王子站在草地上，独角兽在他们身边。可如今在弗洛里蒙德的臂弯里有一束玫瑰

花；一个小巧的彩色宝石手链在维里泰恩的手腕上放光；阿莫尔戴着一顶报纸折的帽子，推到后脑上，他那件紧身外套的口袋里露出一条带花边的手帕。

简和迈克尔低头对着这幅画微笑。三位王子也从书上抬头向他们微笑，他们的眼睛在灯光下似乎闪闪发亮。

“他们记得我们！”简得意地说。

“我们也记得他们！”迈克尔欢叫道，“哪怕玛丽阿姨不记得了！”

“哦，真的？”他们后面传来问话的声音。

他们连忙抬起头看，玛丽阿姨站在那里，像一个粉红色脸

颊的大玩具娃娃，跟一枚新别针一样洁净。

“我忘记了什么啦，请问？”

她说话时微微在笑，不过不是对着他们两个，她的眼睛盯着那三位王子。她向那幅画谦恭地点头，接着向卖火柴的伯特点头，卖火柴的伯特也点头回应她。

迈克尔一下子明白了，他知道她记得。他和简怎么敢认为玛丽阿姨会忘记呢！

迈克尔转身把头埋在她的裙子里。

“你什么也没有忘记，玛丽阿姨。这只是我小小的错误。”

“小小的！”她生气地哼了哼。

“可是告诉我，玛丽阿姨，”简求她，把目光从涂了色的图画书转到她那张自信的脸，“谁是故事里的孩子，是王子他们，还是简和迈克尔？”

玛丽阿姨沉默了一会儿。她看看彩页上的三个孩子，又回过来看她面前活生生的两个孩子。她握住简的一只手，这时她的眼睛蓝得和独角兽的一样。

他们屏着呼吸等待她回答。

玛丽阿姨的嘴唇似乎抖动了一下，话已经在她的舌尖上，接着，她改变了主意。也许她记起来，玛丽阿姨从不告诉任何人任何东西。

她露出迷人的微笑。

“我也想知道！”她说。

第五章

公园里的公园

“请再给我一块三明治！”迈克尔爬过玛丽阿姨的腿去够野餐篮子。

这一天埃伦休假走了，布里尔太太去看她表姐的侄女的新生儿，因此孩子们在公园的荒芜角旁边吃茶点。

这是公园里唯一的不锄草的地方，三叶草、雏菊、毛茛、风铃草长到有孩子的腰那么高。荨麻和蒲公英的花很清楚公园管理员永远不会有工夫拔掉它们，于是全都不管什么规则。它们把种子撒落到草地上去，互相挤来挤去要抢最好的地方，结果挤得那么密，梗子总是藏在黑暗的阴影里。

玛丽阿姨穿着一条有枝状花纹的布裙，笔直地坐在一堆风

铃草里。

她一边织补袜子一边想，这荒芜角虽然好看，可她知道有样东西更好看。比方说，如果要她在一束三叶草和她自己之间挑选一样，她挑选的绝对不会是三叶草。

四个孩子分散在她周围。

安娜贝儿在儿童车里蹦蹦跳跳。

离这不远，公园管理员在荨麻丛中编着雏菊花环。

鸟儿在每一根树枝上叽叽喳喳。卖冰淇淋的推着他的车子一路走一路快活地唱歌。

车前面的牌子上写着：

> 日子热烘烘，
> 冰淇淋冰冰冻！

“我不知道他是不是到这里来。”简对自己咕噜道。

她趴在草地上，正在用橡皮泥捏一个个小人。

“那些三明治都上哪儿去了？”迈克尔翻着篮子大叫。

“行行好，迈克尔，别压着我的腿，我可不是一条土耳其地毯！三明治全给吃没了，最后一块是你自己吃掉的。”

玛丽阿姨把他拉起来放到草地上，再拿起她的编织针。在她旁边，一杯撒着草籽和荨麻花的热茶冒出香喷喷的好气味。

“不过，玛丽阿姨，我只吃了六块！”

“已经是多吃三块了。”她回答说，“你吃了你自己的一份，又吃了巴巴拉的。”

“从妹妹的嘴里把食物抢走，接下来还怎么样？”公园管理员说。

他吸吸鼻子，舔舔嘴唇，活像一只口渴的狗。

“没有东西比得上一杯热茶！”公园管理员对玛丽阿姨说。

她严肃冷静地拿起那杯茶。“是没有。”她抿着茶回答说。

“这正是一个人在下午这个时刻所需要的！”他渴望地朝茶壶看了一眼。

“一点儿不错。”玛丽阿姨表示同意，又给自己斟了一杯。

公园管理员叹着气，摘了一朵雏菊。他知道，茶壶现在空了。

“那么……再来一块松蛋糕，玛丽阿姨！”迈克尔说。

“蛋糕也吃完了。迈克尔，请问你是什么，是一个孩子还是一条鳄鱼？”

迈克尔本想说他是一条鳄鱼，可是看她一眼，就知道这句话不可以说了。

“约翰！”他哄着弟弟说，带着鳄鱼式的微笑，“你想让我吃你的面包皮吗？”

“不！”约翰说了一声，把面包皮大口吞下去了。

“要我帮你吃掉你的饼干吗，巴巴拉？”

“不！”她一面吃一面拒绝说。

迈克尔气愤地摇摇头，又转向安娜贝儿。

她坐在车上像个女王，正抓着她的小杯子。当她跳上跳下的时候，儿童车很响地呻吟着。它今天看上去比过去更加破了，

因为罗伯逊·艾整个上午无所事事，靠着它休息，弄断了它那个木头把手。

“噢，天哪！噢，天哪！”当时班克斯太太大叫，“他为什么不能靠在更结实的东西上面呢？玛丽·波平斯，我们怎么办？我们买不起新的！”

“我把它送到我的表哥那里去，太太。他会把它修得跟新的一样。”

“好吧，如果你认为他真能……”班克斯太太向断了的木头把手投去怀疑的眼光。

玛丽阿姨一听挺直了身体。

“他是我家族的一员，太太！”她的声音像是来自北极。

“噢，对！真的，的确这样，完全正确！”班克斯太太紧张地说。

“不过，”班克斯太太默默地问自己，“为什么她的家族那么高人一等呢？她太爱虚荣和自以为是了，哪一天我非要这样告诉她不可。”

不过，看着那张严厉的脸，听着那些责备的吸鼻子的声音，班克斯太太知道她永远不会有这个胆量说。

迈克尔在雏菊间打滚，饥饿地嚼着一片草叶。

“你什么时候把儿童车推到你表兄那里去啊，玛丽阿姨？”迈克尔问道。

“只要等就会等到，要到我觉得合适的时候。”

“噢！安娜贝儿不喝她的牛奶，你要我替她把牛奶喝下去吗？”

可就在这时候，安娜贝儿举起她的杯子，把牛奶喝个精光，一滴也不剩。

“玛丽阿姨！”迈克尔哀叫道，“我要饿死了，就像《鲁滨孙漂流记》里的鲁滨孙。”

“他没有饿死。”简说。她正忙着在野草中清理出一块空地。

“那么是《瑞士家庭鲁滨孙》中的鲁滨孙。”迈克尔说。

“那瑞士家庭一直有许多东西吃。不过我不饿，迈克尔，如果你想吃，可以吃我的蛋糕。”

“亲爱的、好心的、懂事的简！”他把蛋糕拿起来的时候想。

“你在做什么啊？”迈克尔扑到简身边的草地上，问道。

“给穷人造一个公园。”她回答说，“在那里人人快乐，从

来没有人吵架。”

简把一把树叶拨开，迈克尔看到在乱草当中有一块整齐的绿地。它上面有小石子路，跟指甲一样宽。路旁边有微型花坛，是用堆在一起的花瓣做的。草地上有一间荨麻小树枝做的避暑别墅。花插在泥里当树木，树荫里有树枝做的长凳，很整齐很可爱。在其中一张上面坐着一个橡皮泥小人，顶多一英寸高。他脸圆，身体圆，手臂和腿也是圆的，身上唯一尖的东西是他那个小小的翘鼻子。他正在读一张橡皮泥报纸，一个橡皮泥工具袋放在他脚边。

“他是谁？”迈克尔问道，“他让我想起了什么人，不过想不起来是谁了！”

简想了一下。

“他的名字是莫先生。”她拿定主意说，“他工作了一个上午，正在休息。他本有一个妻子坐在他身边，可她的帽子不对，因此我把她团掉了。我要用最后那些橡皮泥再捏——”她看看避暑别墅后面那堆不成形的彩色东西。

“那个呢？”迈克尔指着花坛旁边站着的女人。

“那是希科里太太。”简说，“她也将有一所房子，然后我要造一个游戏场。”

迈克尔看着这个胖乎乎的小女人，很欣赏她头发卷起来的样子和脸颊上的两个大酒窝。

“她和莫先生两个人认识吗？”

“噢，是的，他们在上湖那里去的路上遇到了。”

简给迈克尔指指一个小石子砌的小坑。趁玛丽阿姨转过头去的时候，她悄悄把她那杯牛奶倒了进去。在湖的头上有一个橡皮泥塑像，它让迈克尔想起了内莱乌斯。

“或者是在秋千下面……”简又指指两根竖着的棍子，上面吊着一根毛线，毛线上有一根更小的棍子。

迈克尔用手指尖碰碰秋千，它一前一后晃起来。

“那毛莨下面是什么？”迈克尔问道。

一块蛋糕盒的纸板折成了一张桌子，周围有几把纸板凳子，桌子上摆着茶点，太诱人了，连国王也会羡慕。

桌子当中有一个双层蛋糕，蛋糕周围是堆得高高的一大碗一大碗的水果——桃子、樱桃、香蕉、橘子……桌子一头有张苹果馅饼，另一头有块火腿，放在粉红纸卷里，还有香肠、葡萄干小面包和绿色小盆子上放的一块牛油……每个位子前放着一个盆子、一只杯子和一瓶姜汁汽水。

毛莨树在宴席上方张开来。简在它的树枝上放了两只橡皮泥鸽子，一只大黄蜂在花朵间嗡嗡响。

“走开，馋嘴的苍蝇！”当一只黑色的小东西落到火腿上时，迈克尔叫道，“噢，天哪！它让我觉得肚子多么饿啊！”

简自豪地看着自己的杰作：“别把你的蛋糕掉在草地上，迈克尔，它们让草地看上去不干净。”

“我看不到废物篓，只看到一只蚂蚁在草上。”他用眼睛把这小公园扫了一遍，它在乱草之间显得那么整洁。

“这里从来没有废物。”简说，“莫先生用他的废纸生火，

省下他的橘子皮做圣诞布丁。噢，迈克尔，别弯腰靠得那么近，你把太阳挡住了！”

迈克尔的影子罩在公园上面，像朵乌云。

“对不起！”他说着侧过身去，阳光又照下来。这时简把莫先生和他的工具袋拾起来，放到桌子旁边。

“这是他吃饭的时间吗？”

“这个……不是！”一个很小的刺耳声音说，“事实上这是早饭！”

“简有多么聪明啊！”迈克尔佩服地想，“她不但能捏一个小老头儿，还能学他说话。”

他看了一下简的眼睛，她的眼睛里充满疑问。

“你刚才说话了吗，迈克尔？说得那么尖细！”

“他当然没说。”那声音又来了。

他们转过脸去，看到莫先生在挥动帽子打招呼。他红润的脸满脸堆笑，翘鼻子让他显得很高兴。

“这不是你们说的大菜，不过要紧的是味道。请自己动手吧！”他对迈克尔叫道，“一个正在发育的孩子总是觉得饿的，请吃块馅饼！”

“我是在做美丽的梦。”迈克尔一面想，一面急忙动手拿东西吃。

“不要吃，迈克尔，是橡皮泥做的！”

“不是，这是苹果！”他满满地塞了一嘴巴，叫着说。

“可我知道，是我自己做的！”简转向莫先生。

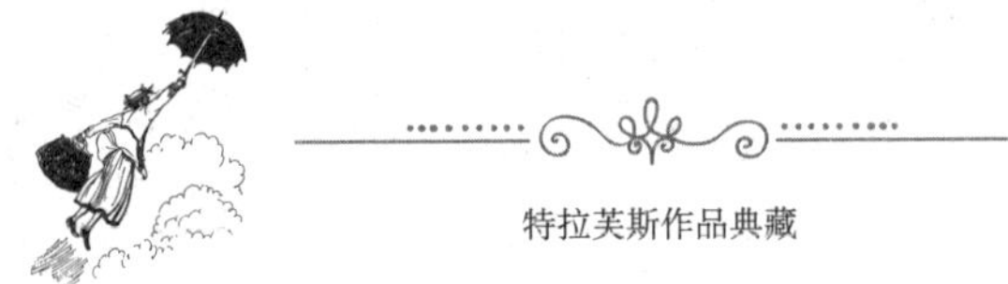

“你做的？”莫先生似乎十分奇怪，“我想你是说你帮着做的。很好，我很高兴你帮着做了，我的孩子，做美味的汤需要的厨子太多了！”

“你是说大家煮坏了它。”简纠正他的话。

“噢，不，不，不，这不是我的意思。一个人放这一样东西，另一个人放那一样东西——燕麦片、黄瓜、胡椒、肚子……越多越快活，你知道！”

“什么越多？”迈克尔看着他问。

“各种东西！”莫先生回答，“当一个人越快活的时候，放的东西越多。吃个桃子吧！”他转向简，“它和你的面色相配。”

纯粹出于礼貌——因为她不能让那张微笑的脸失望——简

拿起那桃子尝了尝。清凉的汁水流下她的下巴，桃子核在她的牙齿间嘎吱响。

“味道好极了！”她惊叫起来。

“还用说！”莫先生欢叫道，“正像我亲爱的妻子常说的，你不能看一样东西的表面，要紧的是它里面到底是什么。”

“她怎么样啦？”迈克尔一边拿一个橘子吃，一边有礼貌地问莫先生。由于找到太多的东西吃，他高兴得忘了简把莫太太团掉了。

“我失去她了。”莫先生咕噜道。他难过地摇摇头，同时把橘子皮放到衣袋里去了。

简觉得脸红。

“这个……她的帽子老戴不正。”简结结巴巴地说。不过简这时觉得，这不能算摆脱帽子主人的充分理由。

“我知道，我知道，她一直是个难弄的人，好像什么都不适合她——不是她的帽子，就是她的鞋子……就算这样，我还是喜欢她。”莫先生叹了一大口气，“不过，”他沉着脸说下去，“我已经找到了另一个！”

“另一个妻子？”简惊讶地叫起来，她知道自己并没有捏两个莫太太，“可你还没时间得到她啊！”

“没时间？哼，我有足够的时间。你看那些蒲公英！”他朝整个公园挥动他圆圆的手，“我得有个人照顾孩子，我不能一个人做所有的事，因此……在麻烦来麻烦我之前，我先麻烦它。我这就要结婚了，这里这个宴席是我们的结婚早宴。不过，哎

呀……”他紧张地环顾四周，“光明中总有一点儿黑暗，我怕我选错了。”

鸽子从枝头上叫道：

> 咕——咕！咕——咕！
> 我们跟你说过！

“孩子？”简皱起眉头，弄不明白。她心中有数，她从未捏过孩子。

“三个可爱的男孩。”莫先生自豪地说，“你们两个一定听说过他们！喂！”他拍着手叫道，“伊尼、米尼、迈尼，你们在哪里？”

简和迈克尔相互看看，又去看莫先生。

迈克尔同意说：“噢，当然，我们听说过他们，‘伊尼、米尼、迈尼，抓住一个印第安人的……’可我以为这只是游戏里说的话。”

莫先生露出得意的微笑。

“听我的话，我亲爱的小朋友。你们不要想得太多，这对胃口不好，对脑子也不好。想得越多，知道得越少，正像我亲爱的……哦……第一个妻子常说的。不过我不能整天聊天，尽管我很喜欢！”他摘下一个向日葵，把种子撒上天空。

“哎呀，已经四点了，我有事情要做。”他从工具袋里拿出一块木头，开始用围裙擦它。

“你做的是什么活儿啊？”迈克尔问他。

“你不识字吗？”那胖乎乎的人向那别墅挥着手叫道。

他们向简用小树枝搭的小房子转过头去，惊奇地发现它已经变大了。小树枝成为一根根结实的木条，它们之间原来的空隙如今已经是白墙，还有挂上窗帘的窗子。木条上面有个新的干草屋顶，一个坚固的烟囱冒着一缕一缕的烟。进口处换成了一扇红色的前门，上面有一个白色的牌子。牌子上写着：

萨缪尔·莫
建筑师兼木匠

“可我没造过这样一座房子啊！是谁把它改造了的？”简问道。

“当然是我。”莫先生露出牙齿笑着说，“它原来那个样子不能住人——太潮湿也太透风了。你刚才说什么，你造的房子？”他咯咯地笑了笑，“像你这样一个一点儿大的女孩，还不到我的胳膊肘高！”

这话对简来说实在太过分了！

“小的是你。”她反对说，“是我用干草和橡皮泥把你做出来的，你还没我的大拇指大！”

“哈，哈！真是难以置信的笑话！你是要对我说，你在光天化日之下用干草把我做了出来吗？什么干草！”莫先生哈哈大笑，“你就像我那些孩子，老是做梦，都是些令人惊奇的梦！”

他轻轻拍拍简的头。他这样做的时候，简明白她真的还不到他的胳膊肘高。在开着黄花的树枝底下，莫先生在她的面前显得高高的。她亲手开出来的草地这时候延伸到遥远的森林，再远就什么也看不见了。大公园完全消失了，就像我们一踏进家门槛，外面的世界就消失了一样。

简抬起头来。大黄蜂像一朵飘动的云，窜过的闪光苍蝇有一只椋鸟那么大，用闪亮的黑眼睛看她的蚂蚁几乎到她脚踝那么高。

出什么事了？是莫先生变高了，还是她自己缩小了？迈克尔回答了这个问题。

“简！简！”他叫道，“我们在你的公园里。我本以为它只是一小块地，可它现在跟世界一样大！”

“这个嘛，我可没那么说。”莫先生说，“它只延伸到树林那么远，不过对我们来说也够大了。”

迈克尔听了他的话，向森林转过身去。它茂密而神秘，有些树开着巨大的花。

“雏菊大得像雨伞！”迈克尔喘着气说，“风铃草大得足够能到里面去洗澡！”

“对，这是一个奇妙的森林。”莫先生用木匠的眼睛勘测那森林，同意说，“我……哦……我的第二个妻子要我把树砍倒，卖掉，变成我的财产。可这是一个给穷人的公园，我用我的财产能做什么呢？我自己的意思是——当然，这是在结婚以前——建造一个小小的游戏场。”

“我也想过这件事。”简微笑着插进一句。

“你知道，快乐的心想的东西都是相似的！你看旋转木马怎么样？摆上给投靶游戏做靶子的椰子，还有几只秋千船呢？一切免费，不管是朋友还是陌生人，怎么样？好哇，我知道你会同意我的意见的！”他激动地拍手，可忽然之间，渴望的表情从脸上消失了。

“噢，计划也没用。”他难过地说下去，“她不赞成游戏场——太没意思，又没进账。我犯了一个多么可怕的错误——草率结婚后悔多！可水已经泼出去了，对着它哭也没用！”

莫先生热泪盈眶。简正要把自己的手帕递给他，草地上噼噼啪啪响起了脚步声，他的脸一下子亮堂起来了。

“爸爸！”三个尖叫声响起来。三个小家伙跳过小路，扑到他的怀抱里。他们长得一样，就像一个豆荚里的三颗豆子，是和他们爸爸从一个模子里出来的。

“爸爸，我们捉到了一个印第安人！我们捉住他的脚趾，爸爸，可是他叫苦，我们就把他放了！”

“做得对，我的孩子们！”莫先生微笑，“他在森林里会更快活。”

“印第安人？”迈克尔的眼睛睁大了，“在那些雏菊树里面？”

“他在找一个老婆，爸爸，要让她管家。”

“好，我希望他能找到。”莫先生说，“噢，对了，那里当然有印第安人。天知道还有什么呢，可以说那里十分像个森林。我们从不深入里面，你知道，太危险了……不过……让我来介绍

我这些儿子吧。这一个是伊尼，这一个是米尼，这一个是迈尼！”

三对蓝色眼睛一闪一闪，三个尖鼻子翘到天上，三个圆脸龇着牙笑。

“这两位是……”莫先生转过身来，一下子咯咯笑着张开双手，“哎呀！我们已经是老朋友了，可我连你们的名字也不知道！”

他们告诉了他，同时和他的孩子们握手。

“班克斯，是樱桃树胡同的班克斯吗？瞧，我正为你们做一件事！”莫先生翻他的工具袋。

“什么事？”迈克尔问道。

“是新的……啊，你来了，希科里太太！”

一个矮胖女人匆匆向他们走来，莫先生转过身去向她招手问好。两个酒窝在她的脸颊上闪耀，两个红润的小娃娃在她的怀抱里跳跃，在她兜起来的围裙里还有一个鼓起来的大东西。

“可她没有孩子啊！”简看着那两个胖娃娃，心里说。

“我们给你带来了一件礼物，莫先生！”希科里太太红了脸，打开她的围裙，“我在草地上捡到了这个可爱的面包，我想是什么人把它扔掉了。我的双胞胎——这个是迪科里，这个是多克——”她解释，“他们吃新鲜面包还太小，因此我把它拿到这里来当早饭！”

“这不是一个面包，是一块蛋糕头，是我扔掉的。”迈克尔说。不过他不由得感到，现在这块蛋糕头比他记得的要大得多。

“嘘——嘘！”希科里太太难为情地咯咯笑，两个酒窝进

进出出。可以看出来，她以为迈克尔在开玩笑，她喜欢人家跟她开玩笑。

“有一个好办法，”莫先生说，“让我们把它切成两块，一人一半。半个面包总比没有面包好！作为回报，希科里太太，我可以给你一点儿牛油吗？”

“最好不要！”一个很凶的声音说。

莫先生家的门砰地打开。

简和迈克尔倒退一步，因为那儿站着他们一生中见过的个子最大、样子最丑的女人。她像是由好多个疙瘩拼凑而成的，很像一个土豆。她鼻子是一个疙瘩，头发是一个疙瘩，两只手

是两个疙瘩，两只脚是两个疙瘩……嘴里只有两颗牙齿。

她更像是一团泥而不像一个人，这让简想起放在别墅后面的一小团橡皮泥。一条褪色的围裙裹住了她的身体，一只疙瘩大手抓着一根擀面杖。

“我可以问问你吗，萨缪尔？你认为你在干什么，送掉我的牛油？”

她生气地走上前，挥动着那根擀面杖。

“我……我想我们能够省出来，我……哦……亲爱的！”莫先生在她的瞪视下吓得发抖。

“除非她付钱！省给别人，到头来你身无分文！”

“噢，不，亲爱的，你说错了！省给别人，你的心就不会

冰冰冷。穷人应该有难同当，这样大家就都快活了！”莫先生说。

“属于我玛蒂尔达·莫的东西谁也不能分享！话说到这里，上星期你把一张脚凳给了你的表姐，你得到了什么？”

“她给了我一个幸运的三便士硬币！”

“去它的！你给特维先生家修桌子……”

“特维先生给了我一个迷人的微笑！”莫先生回想到这甜蜜的事情脸上就发亮。

“微笑不能让布袋装满金子！上星期又有艾伯特·贾透法要你升高天花板！”

“他需要更多地方蹦蹦跳跳。他给了我那么多快乐，玛蒂尔达！”

“快乐！快乐有什么利润？将来你可以通过给我东西得到快乐！还有你们！”莫太太向三个男孩挥舞拳头，加上一句。

“哎呀！哎呀！”莫先生喃喃地说，“没有不带刺的玫瑰，没有脱离烦恼的快乐！”

“伊尼！”莫太太大叫，“这就去给我弄个结婚花环来！看看我—— 一个脸都发红的新娘——我的头上什么也没有！”

“噢，不！”简喘着粗气说，“你要把我的花园毁了！”

可是伊尼一副害怕的样子，已经冲到花坛上去采了一束花，做了个花环。

“不够好，可比没有好！”莫太太把花环戴到她的疙瘩头上，粗野地嘟囔说。

“咕，咕！”毛茛树枝上的鸽子大笑，“你戴上它一点儿不配！”

“米尼！”莫太太怒气冲冲地叫道，“快上去捉住那些鸟，我要用它们做鸽肉馅饼！”

可是鸽子扑动它们的翅膀，咯咯笑着飞走了。

“树上两只鸽子比手中一只更有意义。”莫先生看着它们飞走说，“我是说，”他紧张地补充，“它们自由自在的时候唱得更甜！你不同意吗，玛蒂尔达？”

“我绝不同意！”莫太太厉声说，“在这里我不要任何歌唱。迈尼！叫那家伙不要响！”

因为这时候一个欢乐的声音响彻云霄，唱的歌是大家熟悉的：

我给你唱一支歌，
灯芯草长得绿油油！

这是卖冰淇淋的人，他正在绕着小路走。

简和迈克尔都来不及奇怪他怎么会到这小公园里来，因为伊尼、米尼和迈尼已经在叫：“爸爸！爸爸！请给一个便士！”

“不许吃冰淇淋！”莫太太大叫，“我们省不出这钱来！”

“玛蒂尔达！”莫先生求她，“我有这个幸运的三便士硬币！”

“这是天有不测风云的时候用的，不是为了享受的。”

“噢，我断定天不会有不测风云，玛蒂尔达！”

“当然会有！反正这是我的三便士硬币，从今天起，萨缪尔，

你的就是我的。走开！”她对卖冰淇淋的大喊大叫，“别到这里来乱嚷嚷！”

“这不是嚷嚷，这是唱歌。”卖冰淇淋的回嘴说，“我爱唱就唱！”

他推车走了，一面走一面唱，有多响唱多响：

我给你唱两支歌……

“走得不见了。”当手推车在树木间没了影时，莫先生叹气说，“哎，可没离开心里！好了，我们不要抱怨，孩子们！”他的脸亮堂起来，“我们还有婚宴！来，希科里太太，你坐在什么地方？”

希科里太太的酒窝快活地闪现。

“她哪儿也不坐，萨缪尔，她没有受到邀请。”

酒窝又消失了。

“噢，可是，玛蒂尔达——”莫先生红润的脸上露出一种沮丧羞愧的表情。

“可我没有什么可是不可是的！”莫太太反驳了他一声，向桌子走过去，“这是怎么回事？”她问道，“有些东西不见了，一个桃子和一个橘子不见了！谁吃了我的苹果馅饼？”

“我吃……过，”迈克尔紧张地说，“不……过只吃了很小的一块。”

“我吃了桃子。”简轻轻地说。她觉得坦白很难，莫太太看

上去块头那么大，那么凶。

“噢，是吗？”那个疙瘩拼凑成的女人向孩子们转过身来，“是谁请你们吃的？”

“这个嘛，你瞧，”简说了起来，“当时我正在造一个公园，忽然我发现自己……我是说，事情发生了……我是说……我……这个……”她怎么能讲清楚呢？

“简，请你别这个这个的。人家跟你说话你就说，叫你来你就来。还有你，迈克尔，不要那样目瞪口呆的。风会转向，你将在哪里呢？”

他们的耳边响起一个像五月的干果那样受欢迎的声音。

“玛丽阿姨！”迈克尔惊喜地叫着，从玛丽阿姨身上看到莫太太身上。

在毛莨下面是那坐满人的儿童车。在它旁边站着一个整洁的人，穿着扣扣子的鞋，戴着插郁金香的帽子，拿着鹦鹉头雨伞。

“噢，玛丽，你终于来了！迟来总比不来好！你好吗？”莫先生叫道。他绕过桌子跑过来亲她戴着黑手套的手。

“我早知道他让我想起个什么人！”迈克尔小心地悄悄说，“你瞧，简，他们的鼻子一模一样！”

“很好，谢谢你，萨缪尔表哥！我的天哪，三个孩子长这么大了！”玛丽阿姨像贵妇人那样把她的脸颊向伊尼、米尼、迈尼凑上去。

莫先生带着快活的微笑看着，可一向他太太转过脸去，笑容就消失了。

“这一位，”他难过地说，“是玛蒂尔达！”

玛丽阿姨用打量的眼光看了莫太太半天，接着让孩子们大出意外，她优雅地弯腰鞠了个躬。

“我希望，”她用很有教养的口气说，“我们不打扰你们吧？我要萨缪尔——当然是要得到你的同意，玛蒂尔达，”她又向莫太太弯了弯腰，“给我做一个新的——”

“我已经做好了，玛丽！”莫先生抓住他那根擦过的木头叫道，“现在只要……”他跑到儿童车那儿，“这里敲一钉，那里敲一钉，再来一钉，就完事了！”

崭新的把手就在它的位置上闪亮，约翰和巴巴拉噼噼啪啪地拍他们的小手。

“你别以为是免费的！”莫太太挥动她那擀面杖，“从现在起，样样东西都要付钱。不付钱，不给东西。这是我的格言！”

“噢，我当然会付钱给他。”玛丽阿姨露出她最好的上流社会的傻笑说，“每个人得到他该得到的。这是我的格言，玛蒂尔达！”

“那么，请越快越好，玛丽小姐。我不想等！”

“我答应你，你不用等！”玛丽阿姨把她的手提包旋转了一下。简和迈克尔很有兴趣地看着她把小公园看了一圈。他们从来没有看见她这样做过——这样优雅的手腕，这样圆滑的态度。

“你有一个多么可爱的小地方啊！”玛丽阿姨把她那鹦鹉头雨伞朝那避暑别墅指指。

莫太太厌恶地哼了一声："你说它可爱？我说它是间简陋小屋。如果萨缪尔以为我能住在它里面，他就得把主意改一改。他可不能用一根羽毛把我打倒！"

"噢，这我做梦也没有想到过，玛蒂尔达，我可没有这样的东西。"莫先生说。

"我要的是座城堡，萨缪尔。你应该给你的漂亮新娘一座城堡！"

"行为漂亮才是漂亮。"莫先生悄悄说。

可是玛丽阿姨的微笑更加明朗了。

"真是漂亮，"她赞美地同意说，"你戴着那么可爱的一个花环！"

"呸！"莫太太不屑地说了一声，"就把两三朵花盘在一起而已。一顶金冠更合我的心意……我死也要得到它！"

"善心胜过金冠。"莫先生逆来顺受地说。

"对我来说不是这样！"莫太太厉声说，"我将会有一个镶珠子的金冠！记住我的话吧，玛丽·波平斯小姐，我将成为森林女王！"

"我不怀疑。"玛丽阿姨说。她的态度那么好，那么可敬，因此莫太太也露出温和的微笑，让人看到了她的两颗门牙。

"好吧，"她勉强地说，"现在你在这里，最好留下来帮点忙。你可以在婚宴上分食物，然后洗盘子。"

孩子们猛地捂住他们的嘴唇，看着玛丽阿姨。她听了这话会怎么说呢？他们吃不准。

莫先生吓得喘了口粗气:“不过，玛蒂尔达……你不明白吗，你不知道她是谁吗？”

“没关系，萨缪尔。”玛丽阿姨说。她挥挥鹦鹉头雨伞让他退到旁边。她蓝色的眼睛更蓝了，可让简和迈克尔吃惊的是，她露出从未有过的爽朗微笑。

“很乐意效劳，玛蒂尔达。你计划把城堡造在什么地方呢？”

“这个嘛，我想……”莫太太退后一步，旋转着她的擀面杖，“可以把大门造在这里，而这里……”她又退后一大步，“是正门和大理石台阶。”

“我们可不能住在大理石大厅里啊，玛蒂尔达，这对我们来说太奢侈了。”

“对你来说也许是这样，萨缪尔，可对我来说没有东西会是太奢侈的。然后……”莫太太又退后，“一个高雅的大接待室，我将在那里接待客人。”

“了不起！”玛丽阿姨欢快地说，把儿童车推在前面，一步一步跟上去。

玛丽阿姨后面跟着莫先生、简和迈克尔，再后面跟着伊尼、米尼和迈尼，还有希科里太太和她的两个小宝宝——他们全都昏昏沉沉地看着最前面的两个人。

“舞会厅在这里！”莫太太挥舞着擀面杖大叫。

“舞会厅！”莫先生呻吟说，“可谁来用它呢？”

“我用！”莫太太得意地笑着说，“请你让我说话好不好，

萨缪尔！”

“沉默是金，玛蒂尔达，请记住这句话！”莫先生提醒她。

“噢，请说下去吧！”玛丽阿姨又走了一步，劝她说下去。

“起居室！餐厅！食品室！厨房！”

城堡里的一个又一个房间，虽然看不见，可是想想就壮观。莫太太说每个字都往后仰一下身子，玛丽阿姨跟着每个字向前走，其他人也在后面跟着。现在，他们几乎已经走过了公园——因为莫太太的那些房间又大又通风——都快到森林了。

“我的卧室将要在这里！”她大幅度地挥动双臂，“它旁边……”擀面杖在空中转动，“将有一个宽敞的儿童室。”

“儿童室让三个孩子住太好了，玛蒂尔达！”莫先生神采飞扬。

莫太太不屑地瞪他一眼。

“伊尼、米尼、迈尼嘛，”她说，“可以在顶楼上自己照料自己。儿童室是留给我自己的孩子的。还有……如果你能带给我一张证明书，证明你是老实可靠的，那么，玛丽·波平斯，你可以来照顾他们！”

“可她正在照顾我们啊！”迈克尔叫道。他抓住玛丽阿姨那条枝状花纹裙子的皱褶，把她往自己身边拉。

“实在谢谢你，玛蒂尔达，不过我从不出示证明书。”

当玛丽阿姨把儿童车往前推的时候，眼中有一种古怪的东西。

“那么我不能用你！”莫太太趾高气扬地往回走过她看不见的大宅，声明说。

“噢，是吗？”玛丽阿姨温和的口气现在有了一种冰冷尖锐的味道。

“当然是的！”莫太太回答她，“我不要我城堡里的人偷银器！不要这样看我！”她加上一句。这时候她的声音中有一种害怕的口气，好像追逐着她的那张微笑的脸有什么吓人的东西。

“怎样？”玛丽阿姨温和地说，又把儿童车推了一下。

莫太太又向后退，举起了她的擀面杖。

“你走开！走！”她叫道，“你是不受欢迎的人！”她的脸变成了她围裙的颜色，胖身体在发抖。

“噢，不，我不是！”玛丽阿姨说着向前走，像来临的风暴，“是你叫我留下洗盘子的！”

“好……我收回这句话！”莫太太发抖，“你付了欠我们的钱就走吧，我不要你在我的公园里！”擀面杖在她的手里抖动着，她跌跌撞撞地退回到森林的阴影里。

“你的公园，你是这样说的吗？”玛丽阿姨喃喃说着，向前的步子更快了。

“是的，是我说的！噢，萨缪尔，快做点什么……你不能做点什么吗？我不要她这样对我微笑！噢，噢，放开我！噢，什么东西抓住我了，我不能动了，脱不了身了！那是什么？”

莫太太说话的时候，一条手臂抱住了她的腰，两只强壮有力的手抓住她的手腕。她后面站着一个体格健壮的人，正得意地微笑着。他的额头上有羽毛装饰，一边肩上挂着弓箭，另一边肩上披着一条条纹毯子。

“终于……终于找到我的老婆了！”他把他这挣扎的俘虏抓得更紧。

“放开我，你这野人！”莫太太尖叫着转过脸去看他。

“放开你？我不放！我找到了什么就要留着，你要和我一起上我的棚屋去！”

“我不去！放开我！萨缪尔，叫他放了我！”

“噢，我不敢……他太强壮有力了。我最好的朋友，玛蒂尔达，我们只好分手了！”

“放了你？不，不，你将是我的奴隶，来！”那印第安人快活地说着，把一串黄色的珠子戴在莫太太的头上，并在她的发结中插上羽毛，“我给你这个极大的荣誉，现在你也是一个印第安人了！”

“我不是，我不要做印第安人！噢，救命啊！噢，萨缪尔！”

“好，你刚才要一顶镶珠子的金冠，你似乎已经得到它了，我亲爱的！”莫先生说。

“在小溪里洗东西，在树枝上煮东西！”那印第安人对她皱起鼻子，“整个森林做你的房子，头顶上的天空做你的屋顶！”

“那要比最大的城堡还要大了！”莫先生高兴地看看她。

“不要这样，别挣扎。”莫太太扭着身体想逃走，印第安人对她说，“一个好老婆应服从她的老公。一个王后也必须这样！”

“王后？”莫太太拼命地踢着大叫。

印第安人神气地扬起头：“你不知道吗，我是森林之王！”

“玛蒂尔达，多么了不起，这正是你想要的！”

“我不要这个，我不要这个！我要的不是这样的！”

“当王后不止一种样子。”玛丽阿姨一本正经地说。

莫太太怒气冲天地转向玛丽阿姨，她用拳头捶打印第安人的小腿，挥舞着那根擀面杖。

“这都怪你，你这披着羊皮的狼！事情本来好好的，结果你来了！噢，萨缪尔，你为什么让她插进来？”莫太太生气地大哭。

“对你一个人来说是好好的，”玛丽阿姨说，“可不是对其他任何人！”

“一只狼？你的意思是一头羊吧，玛蒂尔达！我没有让她插进来，是她自己来的。好像我能让那狼不进门似的！”莫先生开了个小小的玩笑，自己哈哈大笑起来。

“噢，救救我，萨缪尔，放我自由吧，我借给你那三便士硬币！三个孩子每隔一个礼拜的星期五能吃到一块馅饼！”莫太太伸出她的疙瘩双臂请求。

“怎么，”她挨个看每一个人，大叫道，“没有一个人要我回去？”

大家静悄悄的。莫先生看看他的三个儿子，又看看玛丽阿姨。大家一个一个摇头。

咕——咕！咕——咕！

他们不要你！

鸽子飞过时咕咕地唱。

“噢，我怎么办呢？”莫太太哀叫。

“我要你，玛蒂尔达！”印第安人叫道，“我需要你，玛蒂尔达。我需要你煮东西，打扫棚屋，缝麂皮软鞋，造箭，装烟斗，还有……隔一个礼拜的星期一，玛蒂尔达，‘你在月光下坐在毯子上，吃吃野草莓、蛇、花生酱’！”

“吃蛇？月光下？放我走，我只吃羊排！噢，救命啊，救命啊！救护车，着火了！”

当印第安人把她搭到肩上，要大步走进森林的时候，莫太太的喊叫变成了痛苦的尖叫。印第安人紧紧抓住这挣扎着的负担，转眼看看三个小男孩。

“当我叫苦的时候，这几个孩子放了我。”他说，“因此，善有善报！”

他又对莫先生展颜微笑一下，就把抗议着的莫太太扛到森林深处去了。

“警察！警察！”当莫太太、印第安人和擀面杖消失不见时，大家还能听到她的尖叫声。

莫先生轻松地叹了一口气：“哎，那肯定是一股歪风，不给人吹来任何好处！我希望玛蒂尔达安顿下来，享受当一位王后的乐趣。玛丽，那把手你已经付了我好价钱，我永远欠你的。”

“玛丽阿姨说过要在她高兴的时候做这件事，她已经做到了。”迈克尔自豪地说。

“啊！”莫先生摇着头说，“她什么事都在高兴的时候做，

是一个十分特别的人。”

“你什么也不欠我的，萨缪尔表哥！”玛丽阿姨眼中露出胜利的光芒，“当然，”她严厉地加上一句，“除了以后别再那么傻。”

“才出狼窝，又入虎口？噢，我再也不结婚了，玛丽！一朝被蛇咬，十年怕井绳。三个孩子怎么也得有人照料。”

“也许，莫先生，”希科里太太露出酒窝，“你可以让我给他们洗洗衣服，缝缝补补吧。一点儿也不费事。”

“多么美好的想法啊！”莫先生叫道，“玛丽，你瞧，最后一切美满！作为回报，希科里太太，我要给你造一间很好的小屋。噢，我丢了芝麻，却捡了西瓜！瞧！”他指着落日说，“夜里天空发红，这是牧人的福音！亲爱的人们，我们全都变得那么快活！我马上就动手造我的游戏场！”

他跑过草地，其他人紧跟在他后面。

“可婚礼早宴怎么办？”迈克尔在他后面直喘气。

“我的天哪，我全给忘了！来，水果、蛋糕、香肠、小面包！”他从每个碟子拿出一份，塞到迈克尔的两只手里。

玛丽阿姨看着，很不以为然。

“好了，迈克尔，不要再吃了，晚饭你要吃不下了。”

“吃到饱，跟吃酒席一样，我的孩子！”莫先生看着食物在消失，露出微笑。

“吃到饱，那吃得太多了！”玛丽阿姨说，“来吧，你们两个！”

“噢，我舍不得离开它！”简叫道。她的小公园在落日中闪耀，比先前更亮。

“你不会离开它！”莫先生说，“只要你记得它，你永远可以来来去去。我希望你不会对我说，你不能同时在两个地方。一个能做出公园和人的聪明姑娘，一定知道怎么做到这一点！”他的脸上闪烁着得意的微笑。

玛丽阿姨从那毛莨底下走出来，目光里流露出要回家的样子。

“有礼貌地说再见吧，简！”玛丽阿姨推着儿童车顺着石子小路走。

“再见，莫先生！”简温柔地说，踮起脚，伸出双臂。

“噢，祝你幸运！噢，祝你快乐！”莫先生拍拍她的脸蛋，“这不是给穷人的公园，我富有了——希科里太太给了我一个吻！有来有往，大家分享！”他叫着亲了亲希科里太太，正好亲在一个酒窝上。

“记住，萨缪尔，”玛丽阿姨警告他，“三思而后行！”

“噢，玛丽！不会再有这样的事了，我向你保证！”

玛丽阿姨不相信地哼了一声，可莫先生没有听见。他正在希科里太太身边跳，想抓住她的围裙带子。

“我可以有这个荣幸吗？”他们听见他说。

“我也要！”伊尼、米尼、迈尼大叫，一起扑到爸爸那里去。

他们在一起，围着桌子蹦蹦跳跳，吃馅饼，喝汽水，把樱桃挂在他们的耳朵后面……希科里太太的两个酒窝快活地闪现，她的两个小宝宝在她的怀抱里滚动。

“这是一颗从未快活过的可怜的心！”莫先生一面抱着希科里太太旋转一面叫道。他快活得好像完全忘掉了他的客人。

“是爱让地球旋转！”伊尼、米尼、迈尼大叫。

真的，地球像在轴心上快乐地旋转，而小公园也绕着它那棵毛茛树在旋转。他们不停地一个劲转啊，转啊，转啊……

大家在跳舞唱歌，卖冰淇淋的推着车子沿着小路回来了，也在唱歌。他手里拿着一把水果棒冰，他把它们扔在桌子上。

“为了幸运，吃吧！为了幸运，免费吃吧！”他叫着走开去了。

“请走快点。”玛丽阿姨说着，像母鸡催小鸡那样催孩子们在她前面走，“你们在干什么，简、迈克尔，怎么这样倒退着走路？”

“我要盯着大家看！”迈克尔嘴里塞满了樱桃，含糊地说。当儿童车的每一声咯噔响让他离开这顿丰盛大餐更远一点儿时，他就长长地、难过地叹一声气。

“让我再看上一眼啊，玛丽阿姨！”简看着这个快乐的场面说。

“得了，你们不是一对螃蟹。转过身来，朝正确的方向走！”

当他们两个转过身来的时候，落日耀花了他们的眼睛。

下午好像也在跟他们一起转，从两点钟转到了五点钟！

接着旋转的世界慢下来，最后不动了。他们眨眨眼睛，好像从梦中走了出来。他们在这小石子路上走了多少秒、多少分、多少小时？

他们惊异地朝四周看。现在三叶草的花是在他们的脚旁，而不是在他们的头顶。荒芜角的草擦着他们的膝盖。大黄蜂嗡嗡地飞过，看来不比平常的大。附近风铃草上的苍蝇就是一只苍蝇大小。至于蚂蚁，它躲在一颗草籽底下，因此看不见了。

公园在他们周围宁静地延伸出去，也和平时一样。卖冰淇淋的正推着车子离开这荒芜角，唱到他那首歌的最后两句：

> 我给你唱十二首歌，
> 灯芯草长得绿油油。

公园管理员脖子上戴着已经编好的那串雏菊，慢慢地向他们走来。

他们低头看。在他们脚下是那小公园，被一圈野草围着。他们在花丛中蹲下来，又眨眨眼，相视而笑。

雏菊和风铃草的长长黑影横在小路上。那些小草地如今都在阴影当中。简那个公园里的小花儿在它们的茎上垂下来。湖边和秋千旁边的椅子上的人都没有了。

“他们把宴席吃了个精光。瞧，”迈克尔悄悄地说，“都是空盆子！”

“一个人影也没有，我想他们都回家睡觉了。”简叹气。她很想再看见莫先生，在他的胳膊肘那儿量量自己的高矮。

“不管他们是谁，他们到底是幸运的！”迈克尔说。

公园管理员在他们身边弯下腰来，仔细看简的手工。

“不许在公园里造公园！”他说，接着看看两张着迷的脸，“怎么，你们好像很入神，在找什么？”

简心不在焉地看了看他。

“玛丽阿姨的表哥。”简在小公园里找着。

公园管理员那张脸真有得看的。

“表哥！在这下面……在野草里？你接下来要对我说，他是一只甲虫吧？”

“我这就来告诉你！”公园管理员旁边一个生气的声音说。

玛丽阿姨冷若冰霜地看他：“我是不是听到你把我当成一只甲虫了？”

“噢……不是说你，”公园管理人结结巴巴地说，“不过你表哥如果是在那草里，他除了是一只甲虫还能是什么呢？”

“哦，真的？如果他是一只甲虫，那么我是什么？”玛丽阿姨问。

公园管理员不自在地看着玛丽阿姨，恨不得自己是个哑巴。

“嗯……”他一面说一面找话，“我也许疯——”

“也许！”玛丽阿姨轻蔑地哼了一声。

“可我不明白，你怎么能有一个表哥坐在一棵毛茛底下呢？”

“我可以在随便什么地方有一个表哥，这一点儿也不关你的事！”

“你不可能有！”公园管理员叫道，“我想这不合情理。”他讥讽地补充说，“你不可能和月亮上的人有亲戚关系！”

“我的舅舅就是！”玛丽阿姨平静地说，把儿童车转入离

开荒芜角的小路。

公园管理员吃惊得张大了嘴，又吧嗒一声闭上。

“哈，哈！你又开你的小小玩笑了。我可怎么也不相信！”

“没人请你相信。”玛丽阿姨回答说，“来吧，简！来吧，迈克尔！请你们大步走！”

夜已经降临到小公园上了。它周围浓密的野草看上去像森林，没有光从那些很密的草茎间透出来，和任何一个森林一样黑。迈克尔和简向那些冷清的草地看上最后一眼，就依依不舍地转过身，跑着去追儿童车了。

“玛丽阿姨，他们全回家了。”迈克尔叫道，“盆子上什么也不剩了。”

“东也好，西也好，还是家最好。我倒想知道，你说的‘他们’是谁？”

“我是说你那位滑稽的小表哥和他的全家啊！”

玛丽阿姨猛地停下，用比生气更糟的平静目光看着他。

“你说‘滑稽’？”她问道，“请问他怎么滑稽？”

“这个嘛……起先他还没有一只甲虫大，后来变大了，成为普通的大……小！”迈克尔看着她哆嗦起来。

“又是甲虫！为什么不是蚱蜢，或者你想说是一条鼻涕虫吧？变大了，真的！你是想告诉我，迈克尔·班克斯先生，我的表哥是橡皮筋做的吗？”

“这个……不……不是橡皮筋，是橡皮泥！”他终于把话说出来了。

玛丽阿姨站直了。这会儿倒像是她在变大，因为她的怒气让她高了一倍。

“好！”她开口了，那声音清楚地告诉他，她从来没有受过这样的打击，“如果有人曾经预先关照我……”

可是迈克尔拼命地打断她的话。

“噢，请不要生气，玛丽阿姨，不要在戴着你那顶郁金香帽子的时候生气！我的意思不是说他滑稽得让人笑，而是从最好的意义上说的滑稽。我再也不说了，我保证！”

“哼！”玛丽阿姨平静下来了，“沉默是金。”

当她在他旁边昂首阔步地走，鞋跟在小路上咔嗒咔嗒响的时候，迈克尔在想，这句话他在什么地方曾经听到过。

他小心地用眼角看看简。

“不过这件事确实发生过，对吗？”迈克尔悄悄地说，“我们的确进过那小公园，和他们一起吃了一顿。我断定这是真的，因为我不饿了。晚饭我只要吃一个煮鸡蛋和一片牛油吐司就够了，再加一块米饭布丁和两个土豆，或许再来一杯牛奶！”

“噢，没错，是真的。”简环顾了一下熟悉的大公园，高兴得叹了一口气。在它里面，她知道还有另外一个，也许……

“你认为，玛丽阿姨……”简吞吞吐吐地说，“你认为世界上每一样东西都在什么东西里面吗？我的小公园在一个大公园里，这大公园又在一个更大的公园里，这样反复下去，是这样吗？”她挥动手臂，囊括天空，“对于那里很远很远的人，你认为我们看上去会像蚂蚁吗？”

“蚂蚁和甲虫！蚱蜢！鼻涕虫！接下来还有什么呢，我倒想知道！我无法回答你，简。不过对任何人来说，我都不是一只蚂蚁，谢谢你！”玛丽阿姨厌烦地哼了一声。

“你当然不是！”一个快活的声音说。下班从城里回来的班克斯先生追上了这一群人。

“你更像一只萤火虫，玛丽 · 波平斯，放着光给我们指引正确的路回家！”他等着让沾沾自喜的微笑布满她整张脸，“来吧，”他说，“你拿着这份晚报，我来推儿童车。锻炼对我有好处，我想我感冒了。”

当班克斯先生推着儿童车走的时候，车上的双胞胎和安娜贝儿高兴得哇哇叫。

“哎呀，”他说，“多么好的一个新把手啊，你的表哥是位好师傅。你必须告诉我，这么个好把手，你付给了他什么价钱。”

“我知道！”迈克尔迫不及待地叫道，“她把莫太太给了那个印第安人！”

“阿嚏！我听不懂你说什么，迈克尔。她给了罗先生两个先令吗？”班克斯先生擤了一下鼻子。

“不，不！她把莫太太……我是说……”这话迈克尔最终没有说完，因为玛丽阿姨的眼睛盯着他，他想还是不说为妙。

“免费的，先生！”她有礼貌地说，“我表哥很乐意做这件事。”

“那他真是少有的好心好意的人，玛丽·波平斯。嘿！”他一下子打断自己的话，“看着你在往哪里走，要遵守公园规则，史密斯，你几乎把儿童车给撞翻了。”

公园管理员在追他们，他冲进这小队人马中间，把大家冲散了。

“对不起大家，没说的！”公园管理员喘着粗气，“对不起，班克斯先生——如果你能原谅我的话——我是来追她的。”

他向玛丽阿姨伸出一只手，雏菊花串在他的手腕上晃荡着。

“怎么，玛丽·波平斯，你做了什么啦，破坏了公园规则还是怎么的？”

公园管理员发出一声凄凉的呻吟。

“公园规则？她破坏了所有的规则！噢，这不合乎情理……可这是真的！”他转向玛丽阿姨。

“你说过你可以在任何地方有一个表哥！不错，他是在那儿—— 一棵蒲公英底下。我亲耳听见他又笑又唱，就像开晚会。来吧，接过它！”他断断续续地叫着，把那串雏菊从她头上套下去，“我本来是为我可怜的老母亲做的……不过我觉得我欠你什么。”

“你是欠我什么。”玛丽阿姨平静地说着，把那串雏菊拉拉正。

公园管理员看了她一会儿，接着叹着气转身走了。

“我永远弄不明白！”他咕哝了一声。他顺着小路摇摇晃晃地走的时候，踢翻了一个废物篓。

班克斯先生吃惊地看着他的背影。

“有一个什么人在蒲公英底下，开晚会，这是什么意思呢？说真的，有时候我怀疑史密斯头脑是不是正常。在一棵蒲公英底下，又笑又唱，这样的事你听说过吗？”班克斯先生问道。

“从来没听说过！”玛丽阿姨严肃地说，优雅地摇摇头。

当她摇头的时候，一片毛茛花瓣从她的帽边落下来。

迈克尔和简看着它飘落下来，转过身子相视而笑。

“你的头上也有一片，迈克尔！”简说。

“是吗？”他快活地叹了口气，“你把头低下来，让我看看你的。”

一点儿不假，简的头上也有一片。

“我跟你说过的！”简精明地点点头。她把头抬得非常高，一动不动，好不弄掉毛茛花瓣。

简戴着那毛茛花瓣，在枫树下走回家。一切静悄悄的，太阳已经落下去了。林荫长道的树影落到她四周，与此同时，小公园的亮光笼罩着她。一个公园的黑暗，一个公园的亮光——她觉得它们融合在一起。

“我同时在两个地方，”她轻轻地说，“就像莫先生说过我会的那样！”

简又想到很密的野草间的那块小空地。她知道，雏菊又会生长出来，三叶草会把那些小草地遮住，报纸做的桌子和秋千会烂掉，森林会把一切盖住……

不过她也知道，不管怎样，她总会在什么地方重新找到它——和今天同样整洁、可爱、热闹……她只要记住它，只要想再次去那里，就会一次又一次回去——莫先生不是这样说过吗？

站在那块闪亮的绿地边上，永远看不见它消失……

第六章 万圣节前夕[1]

“玛丽阿姨！”迈克尔叫道，“等等我们！”

“等……等……等！”风在他周围呼啸，发出回音。

这是一个昏暗有风的秋天的晚上，天上的云飘来飘去。樱桃树胡同所有房子的窗帘在窗口飘进飘出，呼……啪啦……啪啦……

公园像一艘在暴风雨中摇动的船。树叶和废纸在空中翻滚。树木吱吱响着挥动它们的手臂。喷泉喷出来的水花被吹散。长椅颤动。秋千咯噔咯噔响。湖水翻起浪头。没有一样东西是静止的，整个公园在风中颤动。

[1] 万圣节前夕（10月31日）是基督教节日万圣节（11月1日）的前夕，如今已成为世俗节日，主要由儿童庆祝。晚上，孩子们化了装一家家去讨大人准备好的糖果。人们还挖空南瓜，刻成鬼脸，内点蜡烛做鬼脸灯。

玛丽阿姨在这一切当中穿过，没有一根头发是乱的。她整洁的银扣子蓝色上衣既不起皱也不波动，帽子上的郁金香那么稳，像是大理石做的。

远远地在她后面，孩子们噼里啪啦穿过飞舞的叶子跑着。他们本来在福利先生的货摊买榛子和涂上太妃糖的苹果，这会儿想要追上她。

"等等我们，玛丽阿姨！"

在林荫长道上，她推着儿童车走。风在车轮间呼啸。双胞胎和安娜贝儿紧贴在一起，怕给吹走。他们帽子上的流苏被狠狠地吹动，织毯像一面旗子那样噼噼啪啪响。

"啊！"当一阵突然刮过的狂风把织毯吹走的时候，他们像慌张的老鼠那样尖声大叫。

有一个人沿着小路走来，像张破报纸那样一路乱冲。

"救命啊！"一个熟悉的高音尖叫，"什么东西吹到我的帽子上了，我看不出我在朝什么地方走。"

这是傍晚出来散步的拉克小姐。她的两只狗跑在前面，教授落在她后面，头发根根直立。

"是你吗，玛丽·波平斯？"她把那条毯子从脸上掀开，扔在儿童车上，叫道，"多么可怕的夜晚啊，这样的狂风！我奇怪你没给吹走！"

玛丽阿姨抬起头，高傲地哼了一声。风要是能把什么人吹走，这个人当然不会是她，她想。

"你这是什么意思，一个可怕的夜晚？"布姆海军上将在

他们后面大步走来。他的小猎狗庞贝在他脚边，穿着小水手外套以防感冒。

“这是美好的夜晚，我亲爱的女士，对于一个一生在海浪上的人来说！‘十六个人就靠着一个死人宝箱，噢，嗬，嗬！还有一瓶朗姆酒。’你必须到七大洋航行，拉克小姐！”

“噢，我不能坐在一个死人的胸口上[1]！”

似乎一想到这个念头拉克小姐就受不了：“也不喝朗姆酒，海军上将。请跟上吧，教授。哎呀，我的头巾给吹走了！噢，天哪，现在狗也跑掉了！”

“也许它们也给吹走了！”教授抬起头来看一棵树，想找安德鲁和威洛比，接着朝林荫道看过去。

“啊，它们来了！”他含糊地喃喃说，“它们只有两条腿，看上去多么怪啊！”

“两条腿？”拉克小姐责怪地说，“教授，你这个人多么糊涂啊。这不是我的两只宝贝小狗，是简和迈克尔。”

海军上将一下子拿出他的望远镜，放到眼睛上。

“喂，船员们！”他对孩子们咆哮说。

“瞧！”迈克尔一边跑一边叫，“我伸出手拿着帽子，风把一片叶子正好吹到它里面！”

“还有一片同时吹进了我的！”简在他后面喘着气说。

他们停下来哈哈笑，激动得满脸通红。他们把帽子按在胸前，手里拿着星形的枫叶。

[1] 在英文中，“宝箱”和“胸口”是同一个单词。此处，拉克小姐没有正确领会海军上将的话。

“谢谢你们。”玛丽阿姨沉着地说着，从他们的手指间拿起叶子，仔细地看看以后，放进了口袋。

“捉到叶子一片，收到一张短笺！”拉克小姐的声音比风声还响，“不过当然，这只是无稽之谈。啊，你们到底来了，宝贝小狗！请抓住我的手，教授。我们必须赶紧回家，好太太平平。”

教授和狗走在拉克小姐的前面，风把拉克小姐的裙子往各个方向吹。

迈克尔兴奋地蹦蹦跳跳：“这是一张短笺吗，玛丽阿姨？”

“也可能。”玛丽阿姨把鼻子翘向天上说。

“它们是我们捉到的！”简说。

“这个人捉到，那个人收到。”玛丽阿姨恼人地镇静，回答了一声。

“回到家你可以让我们看吗？”迈克尔尖叫道，声音飘散开来。

“水手回家了，水手从大海回家了！”海军上将庄重地摘下帽子，“再见，伙计们和波平斯小姐！起锚，庞贝！”

“是，是，船长！”庞贝跟着它的主人，好像在说。

迈克尔翻他的包包。

“玛丽阿姨，为什么你不等一等，我要给你一个太妃糖苹果。”

“时间和潮水不等人。”玛丽阿姨一本正经地回答。

迈克尔正要问她时间和潮水跟太妃糖苹果有什么关系，看到了她不以为然的眼光。

“你们真是一对怪模怪样的人，就看看你们的头发吧！”她自负地加上一句，接过迈克尔递给她的一个黏糊糊的苹果，文雅地微微咬了一点儿。

“这不怪我们，这是风！”迈克尔甩开他眉头上的头发。

“好吧，来得快，去得快。”在吱吱响的树木底下，玛丽阿姨把儿童车向前推。

“小心！留神！你在干什么？”一声大叫划破夜空，一个捂住领带和帽子的人在暮色中歪到一旁，“记住规则！看你走到哪里去了，不可以撞倒公园管理员！”

玛丽阿姨傲慢地瞪了他一眼。

“如果他挡我的道，我就可以！”她反驳他说，“你无权

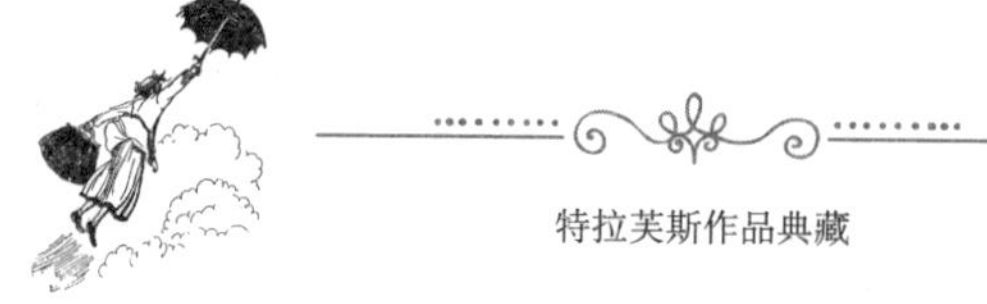

在这里！”

“我有权在公园里的任何地方，规则这样写着的。”公园管理员透过越来越黑的暮色窥视她，大叫一声，跌跌撞撞地倒退。

“太妃糖苹果，还有一袋袋榛子，那么，这一定是万圣节前夕了！我早该知道的……”他的声音发抖，“风不会无缘无故这么大。噢……噢……”他哆嗦着，“它让我觉得恐怖。我得离开公园了，这种夜晚不该出门。”

“为什么不？”简递给他一颗榛子，“万圣节前夕有什么事？”

公园管理员的眼睛瞪得跟圆盘一样圆。他紧张地回头看看，向孩子们靠过来。

“那些东西，”他用沙哑的耳语声说，“在夜里出来走动。我不知道它们到底是什么样子，从来没见过……鬼，幽灵……反正怪异得叫人恐怖。喂，是谁？”他抓住棍子，“瞧！那里有一个……树林里有个白色的东西！”

树枝间闪着光，把黑色的树枝变成银白色。风已经把云朵吹走，一个明亮的大球驰过天际。

“那不过是月亮罢了！”简和迈克尔哈哈笑，“你不认得它吗？”

“啊！”公园管理员摇他的头，“它看上去像月亮，感觉上像月亮。它可能是月亮，但也可能不是月亮。在万圣节前夕你永远说不准！”

他翻起上衣领子，匆匆忙忙地走了，也不敢回过头去看一看。

“这当然是月亮，”迈克尔固执地说，“草上有月光！”

简看着风在吹、月亮在照的场面。

“灌木在风中跳舞。瞧！有一棵正朝我们飘过来——一棵小灌木——还有两棵大点的。噢，玛丽阿姨，也许它们是鬼吧？”她抓那蓝色上衣的褶皱，“它们走得更近了，玛丽阿姨，我断定它们是鬼！”

“我不要看它们！”迈克尔尖叫。他抓住鹦鹉头雨伞的头，好像它是一个锚似的。

“鬼，真的！”最小的那棵灌木尖叫道，“对，我听见过自己被叫成许多东西——查理大帝说我像仙女，包迪西亚王后叫我小妖精——可没有人当着我的面说我是鬼，不过我敢说……”灌木发出一声女巫似的咯咯笑声，“我常常像一个鬼！”

一双皮包骨的细腿蹦跳着向他们走来。一张干瘪的脸，像个起皱的苹果，从乱发中露出来。

迈克尔吸了口长气。

“只不过是科里太太！”迈克尔放开鹦鹉头雨伞说。

“还有芳妮小姐和安妮小姐！”简松了一口气，对两棵“大灌木”抬起手。

“你们好！”当科里太太的两个大块头女儿追上小个子母亲时，她们凄楚地说。

“好，我们又来了，亲爱的朋友们——就像我听圣乔治对龙说的。这样的夜正适合……”科里太太看着玛丽阿姨，对她露出牙齿，心照不宣地说，“正适合各种事情。”她最后说，“我

希望你收到了短笺！”

“非常感谢，科里太太，我收到了。”

“什么短笺？”迈克尔问道，“写在叶子上的吗？”

科里太太歪歪她的头，她的上衣——上面满是三便士硬币——在月光中闪烁。

“啊，”她神秘地喃喃道，“联系方式各种各样！你看我，我看你，我们之间就有什么信息交流了。格罗特的约翰只要垂下一个眼睑就能给我一个信息。从前，大约五百年以前，鹅妈妈给我一根羽毛，我就清楚地知道它是什么意思——‘来吃晚饭吧，有烤鸭！’”

“那准是一道好吃的菜！不过请原谅，科里太太，我们必须回家了。这种夜晚不宜闲逛，你会明白的。”玛丽阿姨颇有含义地看看她。

“一点儿不错，波平斯小姐！早睡早起，让人健康、富有和——这话是谁最先告诉我的……是苏格兰国王罗伯特一世吗？不，我忘了！”

“过会儿见。”芳妮和安妮向简和迈克尔挥手说。

“过会儿？”简说，“可我们这就要睡觉了。”

“又来了，你们这两只笨拙的长颈鹿，不能讲话得体一点儿吗？她们是说，我亲爱的小朋友，”科里太太对迈克尔和简说，

“你们在一年中的过会儿见，或许是11月，或许是过了圣诞节。当然，除非……”她笑得更欢了，“除非你们非常聪明！好，晚安，睡个好觉！”

科里太太伸出她打皱的小手，简和迈克尔一起走过去。

“小心！小心！”她对他们尖叫，“你们踩在我的影子上面了！”

“噢，对不起！”他们双双吓得又往后走回来。

“天哪，你们吓了我一大跳！”科里太太把一只手啪的一声按在心口上，“你们两个人正好站在它的头上面，那可怜的影子将会痛苦的！”

迈克尔和简惊奇地看看她，又看看风吹动的那个黑影。

“可我没想到影子会有感觉。”简说。

“没有感觉？多么荒唐的话！”科里太太叫道，“它们有比你敏锐一倍的感觉。我关照你们，孩子们，要爱护你们的影子，要不然你们的影子不会爱护你们。万一有一天早晨醒来，发现它们逃走了可不好，你想这样吗？一个没有影子的人是什么，可以说的的确确什么也不是！”

“我根本不想这样。”迈克尔看着自己的影子在风中荡漾。

“一点儿不假！”科里太太哼了一声，“啊，我亲爱的，”她对自己的影子轻柔地说，“我们在一起过了很久，不是吗？在这两个小朋友走过来踩了你之前，你头上一根头发也没有受过伤害。好了，好了，别那么闷闷不乐了！”她对简和迈克尔眨

眨眼睛，“请记住我的话，要爱护它们！芳妮和安妮，你们走得快点吧，可以的话，你们生猛点好不好？”

于是她在两个女儿之间快步走起来，不时向旁边弯身，给她的影子抛吻。

“好，来吧，不要磨蹭了。”玛丽阿姨尖刻地说。

“我们要小心我们的影子，”简说，“不想有什么东西伤害它们。”

“你们和你们的影子，”玛丽阿姨说，“可以去上床了，马上！”

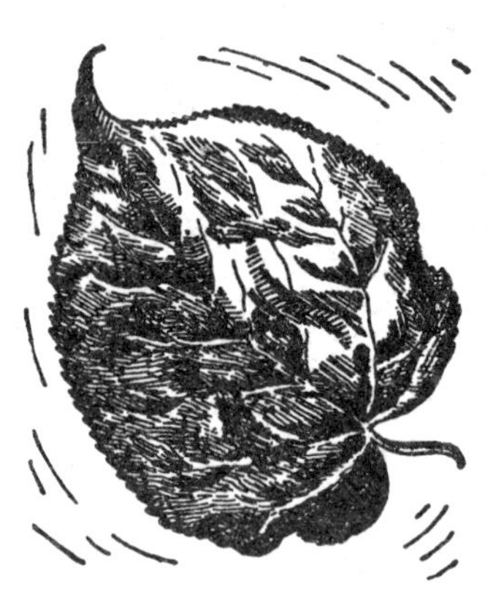

一点儿不错，这正是他们要做的。他们很快就吃完晚饭，在噼噼啪啪响着的炉火前脱掉衣服，跳到被单底下去了。

儿童室的窗帘被吹进吹出，夜明灯的亮光在天花板上闪烁。

“我看着我的影子，我的影子也看着我！”简看着倒映在墙上的那个梳得整整齐齐的头。她友好地向她的影子点头，她的影子也向她点头。

“我的影子和我是两只天鹅！”迈克尔把手臂伸到上面，把手指合在一起。墙上一只长脖子鸟儿的嘴一开一合。

“天鹅！”玛丽阿姨哼了一声说，同时把她的外衣和郁金香帽子放到帆布床的床头上，“我得说，更像一只鹅！”

她跳上床的时候，帆布床咯咯响。

迈克尔伸长脖子叫道："你为什么不把你的外衣挂起来啊，玛丽阿姨，跟你一向做的那样？"

"我的脚冷，就这么回事！好，别再说话了！"

迈克尔看简，简看他。他们知道这只是半个回答。他们在猜想，她今天夜里要去做什么呢？可玛丽阿姨永远不会说的，你还不如去问斯芬克斯。

"嘀嗒！"壁炉台上的钟响。

他们在床上像吐司一样暖和。他们的床在儿童室里很暖和。他们的儿童室在这房子里很暖和，外面咆哮的风声好像使它更加暖和了。

他们把脸颊贴在手掌上，让眼皮落下来。

"嘀嗒！"壁炉台上的钟又响。

可他们谁也没听见……

"怎么回事？"简睡意蒙眬地喃喃说，"谁在搔我的鼻子？"

"是我！"迈克尔悄悄说。他站在她的床边，手里拿着一片皱巴巴的树叶。

"我已经搔了你不知多久了，简！前门砰的一声响，把我吵醒了，我在枕头上找到了这个。瞧！你的枕头上也有一片。玛丽阿姨的床是空的，她的外衣和帽子也没有了！"

简拿着两片树叶，跑到窗口去。

"迈克尔，"她叫道，"是两张短笺，上面写着字。一片树

叶上写着‘来’，另一片树叶写着‘今夜’。”

“可是她上哪儿去了呢？我看不见她！”迈克尔伸长了脖子朝外看。

一切静悄悄的。风已经停了，每一座房子里的人都已经入睡，满月让大地充满了亮光。

“简，花园里有影子，可没有一个人！”

迈克尔指着两个黑色的小人形——一个穿睡衣，一个穿睡袍——它们沿着前面的小路飘走，飘过花园栏杆。

简看儿童室的墙和天花板。夜明灯像一只闪亮的眼睛。可是尽管有那定定照着的光，却没有一个影子！

“它们是我们的影子，迈克尔！穿上点东西，快，我们必须去捉住它们！”

迈克尔抓起一件羊皮衫跟着简，踮起脚尖走下嘎吱嘎吱响的楼梯，走到了外面的月光中。

樱桃树胡同静悄悄的，但从公园传来了乐曲声和高而颤抖的大笑声。

简和迈克尔抓紧他们棕色的树叶，冲过胡同的栅门。有什么东西，轻飘飘像雪片或者羽毛的东西，落在迈克尔的肩上。有什么东西，轻柔得像空气的东西，吹拂简的脸蛋。

“终于碰到你们了！”两个声音叫起来。他们转过身去，看到了他们的影子。

“可你们为什么跑掉呢？”简看着太像自己的那张透明的脸问道。

“我们是晚会的客人。”她的影子微笑。

“什么晚会？”迈克尔问。

“今天是万圣节前夕。”他的影子告诉他，“这一夜所有影子都是自由的，这是一个非常特殊的机会。首先是有满月，它照耀在节日的前夕。可是走吧，我们一定迟到了！”

两个小人影轻快地飞起来，两个真实的孩子跟在它们后面跑。

音乐声一分钟比一分钟响，等他们奔到那些月桂树那儿时，看到了一个奇观。

整个游戏场挤满了影子，每个影子在月光里又是笑，又是跳，又是相互问好。奇怪的是，它们全不是平躺在地，却是笔直地站着。高影子、矮影子、瘦影子、胖影子，全在点头，交谈，鞠躬，叩头或表示欢迎地欢叫着，你穿过我的身体，我穿过你的身体……

在一个秋千上坐着一个戴帽盔的影子，它在拉手风琴。它微笑地挥着影子手，简和迈克尔马上认出来，它是警察的影子。

“受到邀请了吗？”它叫道，“活人没有特殊通行证是不许进来的！”

简和迈克尔举起他们的树叶。

“好！”警察的影子点点头，“愿老天爷保佑你们！”这时它旁边一个影子在打喷嚏。

这会是埃伦的影子吗？是的，它还擤了擤影子鼻子。

“晚上好！”一个走过的影子喃喃说了一声，“如果每个晚上都好！”

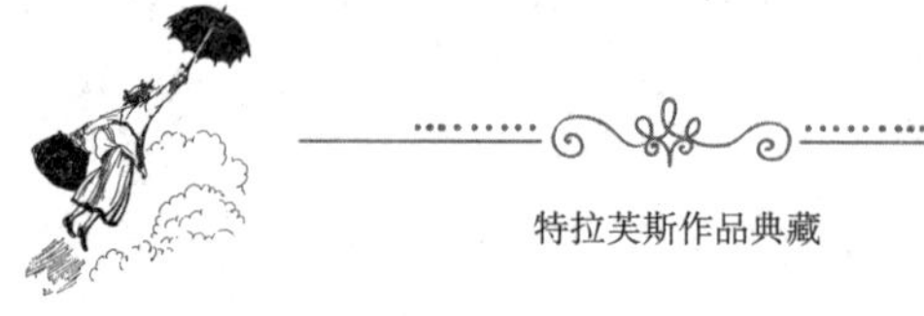

它那阴郁的声音和长脸让简想起了那鱼贩子。毫无疑问，它旁边那个愉快的影子属于卖肉的。它手里握着一把影子刀，腰上围着一条影子围裙，牵着一只头上有两只角的空灵动物。

“迈克尔，”简耳语说，“我想那就是跳舞的母牛！”

可迈克尔太投入了，来不及回答。他正跟一个毛茸茸的影子聊天，那影子懒洋洋地在理它的小胡子。

“我的另一部分，”它喵喵地说，“正在壁炉台上睡觉。因此，我当然——这是万圣节前夕嘛——出来了！”它把脖子上的影子花环摆摆正。

“那只像国王的猫！”简叫道。她伸手去抚摸它的头，可只感觉到空空的。

“哎呀，别靠近我！”一个声音叫道，“没有猫我已经够烦了。”

一个像鸟似的胖乎乎的影子轻快地走过，抽象地向孩子们点点头。

“可怜的老公鸡罗宾，和它的那些麻烦！”影子猫打了个影子哈欠，“它总是忘不掉那场葬礼和所有的忙乱！”

“公鸡罗宾？可这只是一首儿歌啊，它并不存在！”简说。

“不存在？那么我为什么在这里？”那影子公鸡似乎大不高兴，“可以有没有影子的实体，却不能有没有实体的影子——这是人人皆知的！那么它们怎么样，它们不存在吗？”

它向一群影子伸出一个黑色的影子翅膀，指指一个把笛子举到嘴上的高个子男孩的影子和一个头戴王冠、手拿一个碗和一个烟斗的胖影子。在它们旁边站着三个影子小提琴手，悬空拿着它们的弓。

迈克尔哈哈大笑：“那是老国王科尔的影子，跟那幅画一模一样！”

“还有汤姆，那吹笛人的儿子！”公鸡罗宾朝简看，“如果它们是影子，它们必须是什么东西的影子。你有本领就驳倒这句话吧！”

“气球啊气球，我亲爱的小宝贝们，今天晚上不要争吵！”一个友好的小个子女人的影子，帽子上面上上下下地跳动着气球，在他们头顶上嗖地飘过。

“请你小心一点儿，你几乎穿过我的帽子了！”

一个吹号似的声音在空中响起来，听上去有点耳熟。

迈克尔和简在互相穿来穿去的那些影子当中看。这可能吗？是的，是她——安德鲁小姐！或者应该说，是安德鲁小姐的影子。同样的尖鼻子，同样的小眼睛，还有披着的纱巾和身上的兔皮大衣。

“我不是特地从南海来让你把我的脑袋撞掉的！”安德鲁小姐的影子对卖气球的太太挥舞拳头，大声抗议。

“是谁在拉我的面纱？”那影子又叫，向两个小黑影转过头来。它们吓得尖叫着跑开。

简和迈克尔用胳膊肘你顶顶我我顶顶你。“是我们的影子！”他们悄悄地说，咯咯地笑。

“让开！走开！首相来了！”一个戴尖帽子的影子挥手让两个孩子退到旁边。

“噢，是你们？好，记住规则，不要挡道。”那张影子的脸——有八字胡子等等——正像公园管理员的脸。

“我本以为你不会来，你说过这叫人感到恐怖！”简提醒它说。

“噢，我不怕，小姐！怕的是他，就是说，我的肉体。他是个神经非常紧张的人，连自己的影子都怕。哈，哈！请原谅，我开个小小玩笑！让开！走开！遵守规则！”

首相的影子飘过，向左右两边鞠躬致意。

“你们好，朋友们，一个多么美好的夜晚啊！天哪！”它看着简和迈克尔，“你们非常厚实非常硬！”

“嘘！”公园管理员的影子在首相影子的耳朵边喃喃地说，“有请帖……特殊情况……他们是……的朋友……轻点，轻点……”

“啊！如果是这样，十分欢迎你们。不过下脚要小心点，我们不想被踩到。”首相的影子说。

“我想，他们当中的一个已经踩着我了！”一个紧张的声音似乎从草地上传来。

迈克尔小心地抬起他的脚，动物园管理员的影子马上手脚并用爬着过去了。

“运气好吗？”许多影子兴奋地问道。

“有几百只！”快活的回答声说，“有红海军上将、蓝海军上将、斑点百慕大、粉红亚马孙、中国黄……”

动物园管理员的影子挥舞着它的影子网，里面满是影子蝴蝶。

“我说，我知道有一种你没有捉到，那就是布姆海军上将！”一个头戴三角帽、后面跟着一只影子小猎狗、用胳膊肘顶着从影子群中挤出来的影子说，“那实在是极其稀有的品种，是世界上最大的蝴蝶！你们好啊，我勇敢的水手们！”

“啊，啊，啊……来一瓶朗姆酒！”影子们大叫着响应它的话。

海军上将的影子向迈克尔和简转过身来。

“欢迎到船上来！”它眨眨眼睛说，“‘捉到树叶一片，收到一张短笺’——这只是无稽之谈吗？啊，她来了！我是你的仆人，太太！”

三角帽子向飘过跷跷板的一个大块头影子鞠躬。这影子穿着一条影子大裙子，一群很轻盈的影子小鸟在它的周围飞翔。

“是鸟太太！”简悄悄地对迈克尔说。

“是谁在叫一位老太太，啊？喂鸟吧，两便士一袋！”

当所有人欢迎这位新来

者的时候，影子群中响起一阵快活的叫声。迈克尔和简看到自己的影子奔上去亲它的脸颊，急忙去跟上它们。

这一群影子越来越热闹，整个公园响彻笑声。在这些笑声之上，传来笛子声，又高又甜润。

“越过群山，飞往远方！”吹笛手的儿子汤姆唱起来。

在樱桃树胡同，人们躺在床上倾听，在被单下面缩成一团。

“这是万圣节前夕！”每个人都对自己说，“我当然不信鬼，可是真听到它们在尖叫！”

不过他们要是敢朝窗外看看，也许会感到惊奇的。

影子越聚越多。迈克尔和简看着看着，觉得每个他们认识的人的影子都在这晚会上。那是弗洛西姑妈的影子？他们不敢说。它来了又走了。那两个肯定是约翰和巴巴拉的，它们在树叶之间飞翔。

“怎么样，亲爱的？”鸟太太的影子对四张孩子脸微笑着喃喃说。这是一个女孩，旁边是她的影子，一个男孩以及他的影子，大家手挽着手。

“呱呱！”就在这时候响起了一个声音。

“噢，鹅先生，等等我们！”孩子们的影子走掉了。

鸟太太的影子把大裙子收拢，在长椅上空出地方给简和迈克尔坐。

“哎呀！”它双臂抱紧他们时，叫起来，“你们是结结实实的，一点儿没错！”

“因为我们是真的人。”简说。

“有骨头，有脚趾甲，有头发，有血液。”迈克尔好心好意地告诉它。

“啊！”鸟太太的影子点点头，“我想你们有特别请帖，不是每个人都有这种机会的。不过你们不会告诉我说，影子不是真实的，是吗，亲爱的？”

“这个……它们穿过东西，不是什么具体东西做成的，是没有东西做成的……”简试图解释。

鸟太太摇她的影子头。

“没有东西是没有东西做成的，亲爱的。它们就是为了要穿过东西——穿过去，从另一边出来——这是它们的聪明之处。记住我这话吧，亲爱的，当你们知道你们的影子所知道的时，就知道许多道理了。你们的影子是你们的另一部分，是你们的内部的外部——如果你们听得懂我的意思。”

“不要解释了，没有用的。他们什么也不明白！”公鸡罗宾的胖影子轻快地走过长椅子。

“他们刚才对我说，公鸡罗宾从来不存在。那么，谁被埋葬了？我倒想知道！为什么小鸟们叹气哭泣？小心，躲躲猫[1]！看好你在往哪儿走，你那些小羊差点撞倒我了！”一个影子拿着一根弯柄杖飞快地穿过影子群，它后面有一群毛茸茸的影子在草地上嬉戏。

“我还以为躲躲猫已经丢失那些羊了！”迈克尔惊奇地叫道。

[1] 躲躲猫是一种把身体隐藏在物后，然后突然出现逗孩子的游戏。此处指扮躲躲猫的影子。

“没错，是这样！”鸟太太的影子咯咯笑，“不过它的影子总能找到它们。”

“我们一直在到处找你！”三个声音同时嘟囔说。三个毛茸茸的影子驱散羊群，把躲躲猫带走了。

“噢！”简叫道，“它们是三只熊，但愿它们不会伤害躲躲猫。”

“伤害它？天哪，它们为什么要伤害它啊？影子从不做伤害人的事——至少，我知道它们不。瞧！它们四个一起跳舞，要多友好有多友好！”

鸟太太的影子观赏着这个场面，跟着吹笛人的笛声打拍子。接着音乐忽然改变，它惊叫起来：“它们终于来了，亲爱的，你们站到椅子上看吧！”

“谁来了？”迈克尔问道，但就在问的同时，他也知道了。

手风琴的音乐变成了宏伟的进行曲，影子们在它们当中让出一条路来。在两排挥着手的影子之间，来了两个人。

其中一个个子小，年岁大，脚上穿一双边上有松紧带的靴子，上衣上有三便士硬币。

而另一个——噢！它们多么熟悉啊——拿着一把鹦鹉头雨伞，戴着一顶插着郁金香的帽子。

嗡！嗡！嗡！嗡！手风琴轰轰地响着。

她们走来，优雅地向所有观众鞠躬，后面跟着科里家的芳妮和安妮两个大块头。她们在那些透明的影子中间是结实的，有血有肉的。

迈克尔和简看到，她们的四个影子牢牢依附在她们的脚后跟后面。

影子群发出热烈的欢呼声。

樱桃树胡同那些睡觉的人吓得把脑袋钻到枕头底下。

“致万圣节前夕的欢迎，玛丽·波平斯！为生日的前夜三呼万岁！”

“万岁！万岁！万岁！”鸟太太的影子欢呼道。

“这是谁的生日啊？”简问道。她正踮起脚尖站在长椅子上面，兴奋得浑身发抖。

“明天是玛丽·波平斯的生日啊，我们当然开晚会庆祝啦！喂鸟吧，两便士一袋！”鸟太太的影子向玛丽阿姨大叫。

郁金香底下红润的脸认出了它，对它微笑。接着玛丽阿姨抬起头来看到迈克尔和简，微笑消失了。

“你为什么不穿睡袍，迈克尔？还有你，简，你的拖鞋哪里去了？”

“啊哈！你们比我原先想的聪明！”科里太太露出牙齿笑。

迈克尔和简还没来得及回答，音乐从庄严的进行曲又变成了喧闹的旋转舞曲。

“挑选舞伴吧，时间不多了，我们必须在十二点之前回去！”警察影子的声音盖过所有的笑声。

“请给我这个荣幸，最亲爱的朋友！”熊爸爸的影子向科里太太鞠躬。

“流……吧，你这沸腾的河！”海军上将的影子搂着安德

鲁小姐的影子旋转着穿过废物篓。

卖鱼的影子向另一个像布里尔太太的影子摘下它的帽子。熊妈妈的影子飘向老国王科尔的影子。首相的影子和弗洛西姑妈的影子在喷泉里跳上跳下。公鸡罗宾的影子推着一个软弱无力的影子，它的头垂在胸前。

“醒醒，醒醒，我的好影子，你是谁，住在哪里？”

那影子很响地打了个哈欠，倒在公鸡罗宾影子的身上：“嗯……扫帚柜子，在胡同那边。”

简和迈克尔对视了一眼。

“是罗伯逊·艾！”他们说。

那些旋转的影子伸出手去够别人，转了又转。迈克尔和简的影子无处不在——追那熊娃娃，或者拥抱那跳舞的母牛……

“说真格的，”科里太太颤声说道，“自从好女王贝丝时代以后，我还从未有过这样的一晚！”

“她多么轻浮啊！”科里太太的两个女儿边笨拙地跟着跳舞边说。

至于玛丽阿姨，她转得像个陀螺，从一对手臂转到另一对手臂。现在是海军上将的影子，接下来轮到大公鹅的影子。她和公鸡罗宾的影子跳波尔卡舞，和公园管理员的影子跳圆舞。当卖肉的那透明影子请她时，他们跳起疯狂的快速舞。她的影子始终黏着玛丽阿姨的鞋子，在后面蹦跳。

那些缥缈的影子抱在一起，互相交织着飘来飘去。

简和迈克尔看着这喜庆的狂欢场面，觉得头都晕了。

“我不明白玛丽阿姨的影子为什么不和别人的一样是自由的。它一直在她旁边跟着跳舞。科里太太的影子也一样！”简皱起眉头转向鸟太太的影子。

“啊，科里太太特狡猾！她岁数大，懂得很多。让她的影子逃走吗——她可不干！芳妮的影子和安妮的影子也一样。至于玛丽·波平斯的影子嘛……”咯咯的笑声让鸟太太的胖影子摇动起来，“你就算给它钱它也不会离开她——哪怕给一千英镑！”

“轮到我了！”老国王科尔的影子叫道，把玛丽阿姨从卖肉的影子的怀里拉出来，得意地带走。

“也轮到我了，也轮到我了！”十几个声音叫，“赶紧点，赶紧点，不能耽搁时间了！”

当要命的回去的时间越来越近时，音乐奏得越来越快，欢乐到达了顶点。忽然之间，在喧闹中响起了一声痛苦的尖叫。

就在大群的跳舞影子的边上站着一个穿白衣服的小人，这是布姆太太。她穿着梳妆袍，手里拿着一支点亮的蜡烛，像一只不安的母鸡，看着这热闹的场面。

“噢，对不起……”她央求说，“谁能帮帮我呀？海军上将威胁说，他失去了他的影子，要沉掉那艘船！”当她发现正在找的影子，整个脸亮堂起来，“他那么可怕地大叫大嚷！请你回家去好不好？”

海军上将的影子叹了一口气。

“我一年才离开他一夜，他竟威胁要把船沉掉！好了，那是我永远不会让他做的事情。他什么也不是，只是个被宠坏了

的孩子，没有责任感。可我不能不服从你，太太！”

它对它那些影子朋友挥挥手，向玛丽阿姨和科里太太轻轻地抛了一个吻。

“再见，可爱的西班牙女士们！”它唱着转身走开。

“你太好了！”布姆太太拿着蜡烛轻快地走在它身边说。“是谁？”当她走到公园门口的时候问道，“这绝不可能是你，拉克小姐！”

一个穿睡袍的人，裹着一条格子呢披巾，正冲过公园门。在她旁边，两只兴奋的狗咬住披巾垂下来的流苏。

“是我，当然是我！”拉克小姐回答着奔过草地，“噢，天

哪！”她走到秋千那儿时哼哼说，“我梦见我的影子跑掉了……等到醒来，这是真的！天哪，天哪，我怎么办呢？没有影子我活不下去啊！”

她向跳舞的影子们转过泪眼，眉毛猛地一动。

“我的老天，拉克小姐，你在这里干什么？跳舞……和陌生人……在公园里？我想不到你会这样做。”布姆太太说。

“是朋友，不是陌生人！”一个声音回答，同时一个披披巾挂珠链的影子从影子群里飘出来，“我比你想的还要快活，拉克小姐。如果你能理解，你也会这样快活的。为什么你一直只管苦恼发愁，却不去给自己寻点乐趣呢？要是你偶尔用头倒立一下，我就永远不会跑开了！”拉克小姐的影子说。

“这个……”拉克小姐怀疑地说，这想法太怪了！

“回家吧，让我们一起试试看！”她的影子拉住她的手。

“我一定试试，我一定试试！”拉克小姐说。她的两只狗想到这件事吓得相互看看。“我们可以在客厅壁炉前的地毯上练练。教授，夜里你出来干什么？想想你的风湿病！”

胡同栅门嘎吱一声打开，教授用手捂着额头慢慢走过草地。

“哎呀！”他叫道，“我丢了东西，可想不起来是什么。”

“遗失了的东……西在废……物篓里找……找看！”一个发抖的声音对他说。公园管理员从灌木丛闪到树林，朝跳舞的影子群挨过去。“我只好来。”他的牙齿打架，咯咯地响，“不管发生什么事，我必须尽我对公园的职责！”

从那棵大木兰树后面，他看着这欢闹的场面。

“天哪！”公园管理员咕噜一声，向后倒退，“真够叫人发抖的！噢！小心！有一个过来了！”

一个影子离开其他影子，向教授飘过来。

“我听见你说丢失了东西，但想不起来那是什么。这真是个奇怪的巧合——我也陷入这个困境！”

它定定地看教授，脸上忽然泛起认出对方来的微笑：“我亲爱的老伙伴……这可能吗？是这样，我们两个你丢失了我，我丢失了你！”

一双透明的长手臂抱住教授的花呢上装，教授高兴得叫起来。

“失去的又找到了！”他拥抱他的影子，“‘失去’和‘找到’这两个字眼，当它们合在一起的时候，听起来是多么美啊！噢，

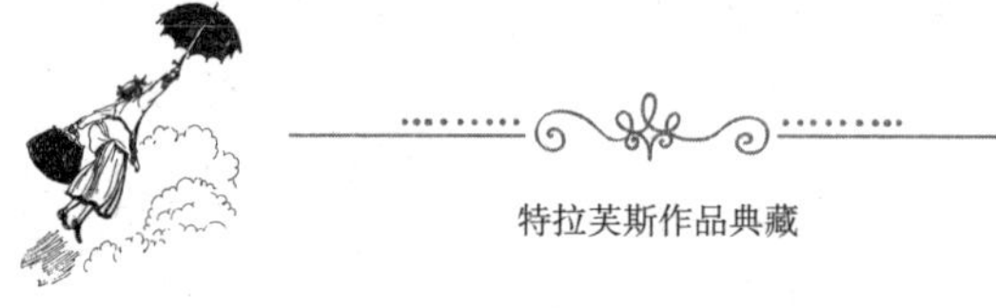

再也别让我们分开了！我要是忘记了，你要记住——”

“彼此一样！”他的影子叫道。

两个老先生互相搂住腰，一起走了。

“不过我告诉你们，这是不符合规则的！”公园管理员振作起来说，“万圣节前夕应该禁止！走吧，你们这些鬼和影子，在公园里不许跳舞！”

“瞧你说的！”玛丽阿姨和猫影子一起跳舞的时候，嘲笑他说。她向秋千点点头，公园管理员的脸难为情地红了起来。

因为他看到了自己的影子在那里跳苏格兰高地舞！

叮叮咚，叮叮咚……

叮叮叮……

“停止！在那边的，够了！”公园管理员叫道，“你马上跟我走。我真为你感到害臊，这样破坏规则！哎呀，我的两条腿出什么事啦？”

他的两只脚好像自作主张似的开始蹦蹦跳跳。它们跳着过去，等跳到他的影子那里时，公园管理员也跳起高地舞来。

“现在，你不要动！”当他们双双慢下来的时候，他严厉地吩咐他的影子，“要像个人样子！”

“可是影子跳起来快活得多！”他的影子咯咯笑着说。

“弗雷德！弗雷德！”一个着急不安的声音嘶嘶地说。同时，一个戴老式睡帽的脑袋从一棵月桂树旁边露出来。

“本杰明！”公园管理员叫道，“你以为你在干什么？”

“找我的影子啊，弗雷德。”动物园管理员说，“我不注意的时候它跑掉了。我不带着它可不敢去见动物园园长！啊！”他用网兜一罩。

“我捉到你了！”他罩到了一个飞的东西，得意地大叫起来。

他的影子发出一阵可怕的怪笑，笑声清脆、高亢，像铃铛响似的。

“你捉到我了，本杰明！”它颤声说，“可你没有得到我的宝贝。你不能把它们放到笼子里，它们要回到它们所属的地方去了。”

一只影子手伸出网兜。一群小飞影很快地飞上天。只有一只在跳舞的影子们上面盘旋，像在找什么东西，接着向草地上

冲下来，停在玛丽阿姨影子的左肩上。

“一个生日礼物！”当动物园管理员把他的影子带回家时，一个尖细的声音从网兜里发出来。

“一只蝴蝶祝贺你生日！”友好的影子们快活地齐声欢呼。

“那很好！”玛丽阿姨欢乐地说，“蝴蝶都好好的……不过我的小鸟怎么样啦？”

沿着小径走来一个胖女人，一群咕咕叫着的鸽子在她周围翻滚，一只停在她的帽子上，一只停在她的围巾上。一只鸽子的明亮眼睛从她的衣袋里望出来，另一只鸽子的眼睛从她的裙子底下望出来……

“妈妈！”公园管理员着急地说，“你这会儿出来太晚了！”

他紧紧攥住他的影子，急忙走到鸟太太身边。

“我知道，孩子，不过我得来。我不大在乎自己的影子，可我那些鸽子失去了它们的影子！”

“对不起，亲爱的！”鸟太太的影子说，同时对简和迈克尔微笑，“不过我得到我所属的地方去了——这是规矩，你们知道。嘿，老伙伴！”它温柔地叫道，“我想你是在找我吧？”

“那还用说！”鸟太太平静、幽默地看看她的影子，“我有那些鸟，你有那些影子，不过它们应该在一起。”

她的影子轻轻地挥挥它的手，鸟太太满意地咯咯笑。现在，在每只灰色鸽子下面，都有一个黑影在飞。

“喂鸟吧！”鸟太太快活地叫道。

“两便士一袋！”她的影子说。

“两便士，四便士，六便士，八便士，那是二十四便士。不，不对。怎么回事，我已经忘记了怎么加了！”

班克斯先生肩上搭着他的浴袍，慢慢地走过公园。他双臂向前直伸，闭着眼睛。

“我们在这里，爸爸！”简和迈克尔叫道，可是班克斯先生全不理会。

“我有皮包和早晨的报纸，然而少了什么东西……”

“谁把他带回家吧！”影子们叫道，“他在梦游！”

其中一个——穿着影子大衣、戴着圆高帽的——跳到班克斯先生身旁。

“来吧，老伙计，回到床上去吧！”它说。

班克斯先生听话地转过身来，睡着的脸亮堂起来了。

“我还以为少了什么，”他喃喃地说，“看来是我错了！”他抓住他影子的手臂，和它一起从容地走了。

“想找的找到了，是吗，亲爱的？”鸟太太用胳膊肘顶顶她的影子。

“噢，对不起，大人！”她行了个屈膝礼，“我不是和你说话！”

市长大人和两位高级市政官正沿着林荫道走来。他们的大斗篷在后面张开，标志公职的项链铿锵作响。

“大人，你很好吧？”鸟太太彬彬有礼地喃喃说。

“不好，史密斯太太。”市长大人咕哝道，“我觉得非常难过。”

“难过，我的孩子？”科里太太和那头母牛的影子跳着舞经过，尖叫起来，“这个嘛，苹果一天吃一个，医生从来用不着。我一向就是这样提醒我那当了三任伦敦市长的曾曾孙子的，他的名字叫惠廷顿，也许你听说过他吧？”

“你是说你的曾曾孙子……”市长大人傲慢地看着她。

“真见鬼，其实我不是这个意思。好吧，你为什么难过？”

“一个可怕的不幸，太太，我失去了……”他环顾公园，眼睛鼓了起来。

“是那个！”市长大人张开双手大叫。在那里，一点儿不假，是他那个胖影子，正拼命要在芳妮和安妮身后藏起来。

“噢，讨厌！”它哀叫道，“你多么烦人啊！你不能放我一

夜假吗？要是你知道我因为没完没了的公事有多么累就好了，至于去见国王……”

“这样当然不行！”市长大人说，“我绝不同意自己在公共场合出现而没有一个合适的影子。这样的建议是不得当的，而且不体面。”

“你用不着那么高贵和体面，你只不过是一位市长大人——你知道——而不是国王！”

“嘻！嘻！”公园管理员偷笑。

市长大人向他狠狠地转过脸来。

“史密斯，”市长大人说，“这都怪你。你知道规则，可你把它们全给破坏了。在公园里开晚会，我倒想问问接下来还会怎样呢？我怕我别无办法，史密斯，只好向高级大臣大人报告了！”

“这不是我的晚会，大人，求求你，再给我个机会吧！想想我那可怜的老——”

“你别为我担心，弗雷德！”鸟太太狠狠地弹弹她的指头。

所有的鸽子马上拍打着翅膀向市长大人扑去。它们停在他的头上，停在他的鼻子上，把尾巴的羽毛伸进他的脖子，飞进他的斗篷……

“噢，不要，我怕痒！嘻，嘻嘻！”市长大人不由自主地哈哈大笑，痒得没有办法不笑。

“马上让这些鸽子飞走，史密斯！我不能被搔痒痒……噢，哈，哈……”

市长大人哈哈大笑，哇哇大笑，狂笑，傻笑……他在跳舞

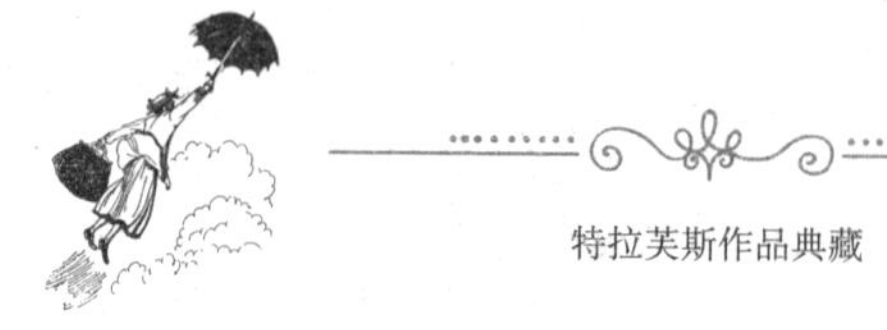

的影子中间旋转，只想逃开那些鸽子。

“不要到我的下巴底下……噢，噢……可怜可怜我吧！噢！我的袖子里有一只……噢，哈，哈……天啊！那是你吗，玛丽·波平斯小姐？你来了就……嘻……不同了，你是那么可……那么可敬。”柔软的羽毛在他耳朵后面搔着，市长大人把身体缩起来了。

“你们开的晚会多么了不起啊！”他尖声大叫，“哈，哈！我早就该来了。听！我听到了我喜欢的曲子——‘越过群山，到遥远的地方！’嘻，嘻……哈，哈……到遥远的地方……”

“有什么事吗，大人？”警察挽着埃伦大踏步朝狂欢地点走来。

“有！”市长大人发狂地咯咯笑，“我痒，我没法子停不下笑……一切看来都滑稽得要命……特别是你。你知道你丢掉了影子吗？它在那边秋千上……嘻，嘻……在拉着手风琴！”

“没有影子……大人，手风琴？”警察对着市长大人目瞪口呆，好像神志失常似的，“没有人有影子，大人。影子不拉手风琴，至少，据我所知它们不拉。”

“不要那么……嘻嘻……傻，伙计，人人都有个影子。”

“这时候他们没有，大人！一朵云飘到月亮上来了！”警察说。

“天哪，一朵云，它来得太快了！我们什么时候再相见呢？”空中充满了影子的哀叫。正如警察说的，明亮的月亮用面纱遮住了脸，黑暗像一件斗篷那样落到这里来。

在迈克尔和简面前，影子消失了，快活的音乐停下来了。当公园恢复一片寂静的时候，沉睡的城市上空那些教堂尖塔响起了它们午夜的钟声。

“我们的时间到了！”伤心的声音叫道，“万圣节前夕过去了，去了，去了……”

看不见的影子轻得像微风，掠过简和迈克尔身边。

“再见！”一个说。

“再见！”另一个说。

第三个在简的耳朵边用它的笛子吹了一个音符。

“喂鸽子吧，两便士一袋！”鸟太太轻轻地吹口哨。所有的鸽子从市长大人的袖子和他的帽檐下面爬了出来。

九！十！十一！十二！夜半钟声停止了。

“再见！再见！”越来越轻的声音叫道。

“越过群山，到遥远的地方去！”笛声的回音传来传去。

“噢，汤姆，吹笛人的儿子，”简叫道，“我们什么时候能再见到你呢？”

这时候，一种比空气更轻柔的什么东西碰到简和迈克尔，把他们卷了起来带走了。

“你们是谁？”他们在黑夜中叫喊。简和迈克尔好像在黑暗的翅膀上飘过公园，飞回家去。

回答来自他们身外和内心：“你们的另一个自己……你们的影子……”

“啊！”市长大人浑身抖动，好像从一个梦中醒来。

“再见！”他挥着手喃喃说，“虽然我实在不知道我在和谁——或者什么——说话，但我好像真成了一个美好晚会的一分子。一切是那么快乐！可大家都到哪儿去了呢？”

“我想你过度劳累了，大人！”警察，后面跟着埃伦，把市长大人牵到林荫长道头上通向市内的公园门那里去了。

在他们后面，大步走着那两位市政官，他们十分严肃，觉得不以为然。

“我想我是过度劳累了，”市长大人说，“可又觉得不是那

样……”

公园管理员环顾了一下公园以后，挽起妈妈的手臂。黑暗像涨潮那样布满天空，整个天地之间，尽他警觉的眼睛所能看到的，只有两点光。

“那颗星，”他指着说，“以及 17 号那人家的夜明灯，你只要把它们看久了，妈妈，还真分不出来哪个是哪个呢！”

鸟太太把那些鸽子招到她周围，舒舒服服地对他微笑。

“这个嘛，一个是另一个的影子！走吧，孩子！”

迈克尔慢慢地走进来吃早饭，一边走一边回头看。地板上一个黑影慢慢地跟着他走。

“我的影子在这里，你的也在吗，简？”

“是的。”她抿了一口牛奶说。简已经醒了很久，正对着自己的影子微笑。她觉得——这时太阳照进来——她的影子也还她一个微笑。

“请问它们还会在别的什么地方吗？请吃你的粥吧。”玛丽阿姨急促的尖厉声音传到房间里来。她穿着刚洗好的白围裙，捧着她最好的一件蓝色外衣和那顶有深红色郁金香的帽子。

“这个嘛……它们有时候在公园里。”简说。她很注意地看了一眼那条白围裙。

外衣一下子上了衣钩，帽子也好像跳进了它的纸口袋。

“在公园里或者花园里，或者树上，你去哪里影子去哪里。

别傻了，简。”

“可有时候它们逃走了，玛丽阿姨，”迈克尔用手去够糖，“就像我们的……昨天夜里……在万圣节前夕的晚会上！”

“万圣节前夕的晚会？”玛丽阿姨看着他说。看看她吧，你会以为她以前从来没有听说过这种晚会。

“是的。”迈克尔轻率地说了出来，一点儿没留意，“可你的影子从来不跑掉，对吗，玛丽阿姨？”

她朝那边儿童室镜子看，看到了自己的影子。那双蓝色的眼睛闪闪发光，粉红色的脸颊亮堂起来，脸上露出一个小小的得意的微笑。

“它为什么要逃走呢？”玛丽阿姨哼了一声说。

“给一千英镑也不逃走！”迈克尔叫道，夜里的奇遇从他心里涌了上来，“噢，我是怎样地笑那市长大人啊！”他想到这件事气忽败坏地说，“还有科里太太，还有大雄鹅！”

“还有你，玛丽阿姨。”简咯咯笑，“你满公园跳来跳去……蝴蝶站在你影子的肩头上！”

迈克尔和简你看我我看你，高兴得哇哇叫。他们把头往后仰，捧腹大笑，在椅子上打滚……

“噢，天哪！我气也背了，多么滑稽啊。”他们说。

“真的？”一个像冰凌那样尖的声音让他们一下子停了下来。

他们在大笑中停住，拼命想要恢复平静。

玛丽阿姨那双明亮的蓝色眼睛吃惊地瞪大了。

“跳来跳去，跟一只蝴蝶，在夜里，在公共场所？你们坐在那里，简和迈克尔，把我当作一只袋鼠吗？”她说。

他们看得出来，这让她实在忍受不了了。

“坐在大雄鹅的肩头上，满公园又跳又飞——这就是你们要告诉我的话吗？”

“这个……不是像一只袋鼠，玛丽阿姨。不过你当时是在跳，我想……”迈克尔看到她隔着茶壶盯住他看，拼命想找到合适的话来说。可她脸上的样子让他受不了，他用眼角去看简。

“帮帮忙！”他悄悄地对她说，“我们绝对不是做梦看见的吧？”

可是简用眼角回看他。“当然不是，这是真的！”她好像在说，因为她轻轻摇摇头，指着地板。

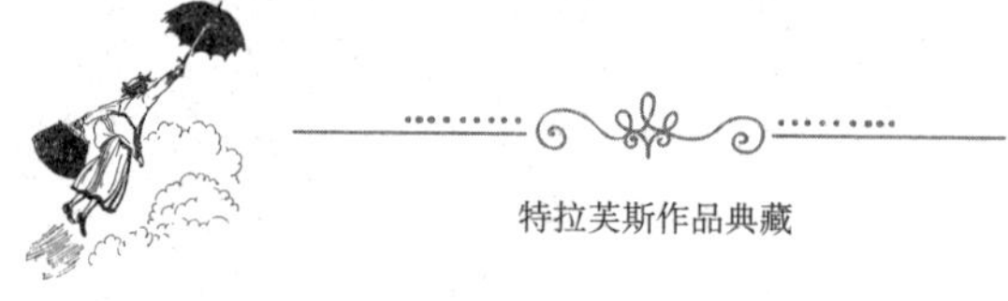

迈克尔低下头去看。

那里躺着玛丽阿姨的影子，它安静地平躺在地毯上。简的影子和他自己的影子靠着它。在它的肩头上，在阳光中黑黑的，是一只影子蝴蝶。

“噢！”迈克尔快活地大叫，啪嗒一声掉了勺子。

“噢什么？”玛丽阿姨尖刻地说了一声，低下头去看地板。

她从蝴蝶看到迈克尔，再从迈克尔看到简。他们这么你看我我看你的时候，一句话也没有说——没有什么可说的。他们知道，有些事情是不能说的。不过这又有什么关系呢？所有的事情，地板上三个连在一起的影子全都明白。

“今天是你的生日，对吗，玛丽阿姨？”迈克尔最后说，龇开了牙齿笑。

“祝你生日快乐，玛丽阿姨！”简拍拍她的手。

一个愉快的微笑爬上玛丽阿姨的嘴角，可是她噘起嘴唇不让它笑出来。

“是谁告诉你们的？”她哼哼着问，好像她不知道似的。

迈克尔内心充满了快乐和勇气。不过，如果玛丽阿姨从来不解释，那么，他为什么要解释呢？他只是摇头微笑。

“我也想知道！”迈克尔说，那自负的口气和玛丽阿姨的一模一样。

“没礼貌！”她向他跳过来。可迈克尔哈哈笑着离开桌子，跑出儿童室，跑下楼梯，后面紧跟着简。

他们顺着花园小路跑，跑出院子门，跑过胡同，跑进等着

的公园……

早晨的空气清新湿润，小鸟在唱它们的秋天之歌。公园管理员正在向他们走来，帽子上插着一朵迟开的玫瑰花……

作于伦敦切尔西

1952年3月

CITY
HIGH STREET
ST PAUL'S
POLICE
HILL
THE LAKE
WILD CORNER
ICE-CREAM MAN
WILLOWS
CHERRY TREE LANE
ROUND ABOUT
SWINGS
LIME WALK
NELEUS
SEAT
BERT
BOOK STALL
FOUNTAIN
THE LONG WALK
NUMBER 17
THE BANKS
LITTER BASKET
FLOWERS
WINDING PATH
MISS LARK
LILY POND
ADMIRAL BOOM
ROSE GARDEN
FOUNTAIN
FAIR GROUND
SEAT
MARBLE
ARK

随风而来的玛丽阿姨
——走进孩童日常生活的精灵

彭　懿

是谁写了这本书

帕·林·特拉芙斯（1899—1996），出生于澳大利亚。父亲是爱尔兰血统，母亲是苏格兰血统，她在一个甘蔗种植园中长大。受父亲影响，她童年时代就对爱尔兰神话及传说感兴趣，热爱读童话。她八岁时，父亲突然去世。十三岁，她进了悉尼一家寄宿学校，在学校时曾经出演过莎士比亚的《仲夏夜之梦》。她后来当过演员，还写诗投稿，人生的志向渐渐地从演员转向了作家。二十五岁时，她怀抱着成为一名作家的梦想，独自一人到了英国。她给文艺杂志写稿，与爱尔兰诗人兼编辑的乔治·威廉·拉塞尔成为好友，并在诗人、"爱尔兰文艺复兴运动"领袖叶芝的指导下，对爱尔兰文学及古代凯尔特神话产生了新的认识。

1964年，她的《随风而来的玛丽阿姨》被美国迪士尼公司改编成歌舞片《欢乐满人间》。真人与动画的巧妙搭配，再加上穿插其间的十几首悦耳动听的歌曲，使这部电影获得了五项奥斯卡大奖。

她一生未婚，以九十七岁的高龄去世。

先来认识一下书中的主要出场人物

班克斯先生

樱桃树胡同17号的男主人，在银行上班，整天就是坐在一张大桌子后面忙着数钞票和硬币。

班克斯太太

樱桃树胡同17号的女主人。

简

班克斯夫妇的大女儿。

迈克尔

班克斯夫妇的儿子，简的弟弟。

约翰和巴巴拉

班克斯夫妇的一对双胞胎，还是睡在婴儿床上的婴儿。

玛丽·波平斯阿姨

被风吹进班克斯家的保姆。她头发黑亮，人很瘦，大手大脚，有一双直盯着人看的蓝色小眼睛，孩子们说她“像个荷兰木偶”。她出门时，胳肢窝下总是夹着一把伞柄上有个鹦鹉头的伞。她从来不跟大家多说话。

在故事的尾声，当玛丽阿姨乘西风归去时，小主人公之一的迈克尔推开自己的妈妈，扑倒在地，伤心地大喊大叫："天底下我就要玛丽阿姨！"是的，玛丽·波平斯阿姨可能是天底下每一个孩子都梦寐以求的一位保姆了。即使是在今天，英国人登报纸寻找保姆时，第一句话很多时候也是："诚征玛丽·波平斯！"

玛丽·波平斯，一个长得像"荷兰木偶"、出门总是戴着手套、胳肢窝里夹着鹦鹉头伞柄的伞、不停吸鼻子的年轻女子，到底是凭什么俘获了孩子们的心呢？

难道她不是一个凡人？

她是一个凡人，甚至可以说，她"凡"得都不能再"凡"了——古怪，爱发脾气，自大而又高傲，一点都不和蔼可亲。你看，她相貌平平，"很瘦，大手大脚，有一双直盯着人看的蓝色小眼睛"，却极度自恋，总以为自己是一个美人，"爱时髦，要给人看到她最漂亮的样子"。只要有镜子，不管是车窗还是橱窗，她一定要搔首弄姿地照上一番，因为"她觉得自己看来这么可爱"，"她觉得从未见过有人这么漂亮"，照完了，还会忘情地赞美自己一句："瞧你多美！"可是对孩子们，她却连一点点耐心都没有，严厉不说，还整天一副气呼呼的样子，不苟言笑，回答问题不是爱搭不理，就是一顿冷嘲热讽："我怎么知道？我又不是百科全书！"

可她又不是一个凡人。你看，她不请自来那天，简和迈克

尔这两个孩子就发现事情有些蹊跷了（大人是看不见的）——先是东风狂吹，胡同里的樱桃树前后左右地摇晃，像发了疯，想连根从地上蹦起来似的。然后，一个女人的身影被风吹到了门口，她着地时，整座房子都摇动了。“多滑稽！这种事情我从没见过。”一个孩子说。接下来发生的事情更加让人匪夷所思，她竟两只手拿着手提袋，一下子很利索地坐上楼梯扶手滑上楼来。两个孩子傻掉了：“这种事从来没有过。滑下去的事常有，他们自己就常干，可滑上来的这种事从来没有过！”更让孩子吃惊的是，她从那个空空的、被她称为毯子（让人联想起神话中的魔毯）的手提袋里，像变魔术似的，拿出来一块肥皂、一把牙刷、一张折叠行军床……难怪两个孩子会觉得：这个玛丽·波平斯阿姨是一个怪人，樱桃树胡同 17 号出了了不得的大怪事。

家里突然出现了这样一个魔法人物一般的保姆，孩子们又怎么能不激动，不被她迷住呢？所以他们忍不住要问她：“玛丽阿姨，你永远不再离开我们了吧？”

而我们要问的是，作者帕·林·特拉芙斯是怎样创造出玛丽·波平斯这个儿童文学中独一无二的形象来的呢？说独一无二，是因为在过去的童书中，虽然魔法人物不胜枚举，但还没有出现过这样一个走进现代孩子的日常生活之中、既是凡人又不是凡人的人物形象。贝蒂纳·贺里曼在《欧洲童书三百年》里没有说错：玛丽·波平斯虽然拥有魔法，但她身上却没有民间故事里的人物所具备的那种属性。关于玛丽·波平斯，特拉

芙斯曾经在《自传素描》的结尾说过这样一句话："如果你要寻找自传的事实，玛丽·波平斯就是我自己生活的故事。"这话有点玄，但借用《随风而来的玛丽阿姨》里的一句话来说，就是"不管碰到的事怎么古怪，还是不要跟她争论好"。不过有一点是可以肯定的，当她还是一个孩子的时候，玛丽·波平斯这个人物就在她的脑海中闪现了，"像窗帘忽开忽合一样，萦绕我一生"。玛丽·波平斯不是她凭空幻想出来的，有原型，她童年时就有这样一位保姆，外出时总是带着一把鹦鹉头伞柄的伞，一回到家里，就会把一天的所见所闻讲给孩子们听，可一旦说到重要的地方，便会以接下来的话不适合孩子听为由，突然把话题中断。

对于小读者来说，玛丽·波平斯阿姨最大的吸引力还不是她的魔法，而是她的神秘。

她是会魔法——她可以从一个空无一物的手提袋里往外掏东西，可以让孩子飘浮在空中喝下午茶，可以跟狗说话，可以用一个指南针把孩子送到北极，可以往天上贴星星……可是这样的人物并不稀奇，童书里多的是。稀奇的是，她身上有太多的谜团，就像她自己总是拒绝回答孩子们的问题一样，作者从不交代，只是留下一个开放的文本任由我们来猜测。

比如，第一个疑问是玛丽阿姨从哪里来，又回到哪里去了。在《随风而来的玛丽阿姨》里只是说她乘东风而来，乘西风归去："她一个劲地飞呀飞，飞到云间，最后飘过山头，孩子们除了看见树木在猛烈的西风中弯曲哀鸣以外，什么也看不见了。"

而在系列的第二部《玛丽阿姨回来了》里，她是拉着一根风筝线从天而降，最后坐着旋转木马回到了天上，变成了一颗新的星星……这么说，她应该“曾离开天空下来，如今又回到天上去了”。可是，她似乎又没离开过地面，你看，她那一大群怪里怪气的亲戚和朋友不就住在我们的身边嘛：走进画里的画家、充满笑气悬在半空中的叔叔贾透法、卖姜饼的科里太太、表哥眼镜蛇……这就牵扯到了第二个疑问，她是谁？智者、动物之王眼镜蛇给出了一个非常抽象的答案，它说她就是孩子们，就是它自己，它的原话是这样说的：“鸟、兽、石头和星星……我们全都是一体，全都是一体……”“孩子和蛇，星星和石头全都是一体。”到了系列的第三部《玛丽阿姨打开虚幻的门》里，她又被说成“是变成真实的童话”。是不是越说越解释不清了？对，她从头到尾都是一个未解之谜。

作者根本就不想解释。换句话说，作者是故意把玛丽·波平斯写成一个迷雾重重的人物的。当然，她有她的追求，小峰和子在《大人英国儿童文学读本》中说特拉芙斯这样写，是因为“特拉芙斯从自己的童年经验中知道，越是不解释，反而越是能在神话带来的惊奇中培养想象力”。

如果我们一定要追问玛丽·波平斯到底是谁，马杰丽·费希尔或许说得再好不过了：“她就是一个精灵。”当然，她不是出没于另一个世界的精灵，而是一个走进现代孩童日常生活的精灵。内斯比特是这类被称为“日常魔法”式幻想小说的鼻祖，她的《五个孩子和一个怪物》里也有这样一个精灵，就是

那个来自远古，被现代的孩子们从沙坑里挖出来的沙妖。不过，它与玛丽·波平斯相比，就显得太小儿科了，变出来的魔法一到日落就消失不说，规模也小得多，还缺乏神秘感。玛丽·波平斯的魔法世界则要大多了，大到花鸟鱼虫，大到海底，大到壮阔的星空和浩瀚的宇宙。特拉芙斯曾以《只要连接》为题发表过一篇讲演，她说只要连接“已经与未知”“过去和现在”，就能把玛丽·波平斯呼唤出来。

孩子们喜欢玛丽·波平斯阿姨，是因为她改变了他们的生活，把他们引入了一个幻想的世界，带领他们去冒险。希拉·A.伊格在《故事之力：从中世纪到现代的幻想小说》一书中说：玛丽·波平斯虽然声称“各人有各人的童话世界”，但她的任务，就是推开那扇“虚幻的门”，把只拥有平凡想象力的普通的孩子送进门去。而且这种冒险是有限制的，就是绝对不允许自己擅自去冒险，冒险一结束，就要立刻回到井然有序的日常生活。书里的两个小主人公不可能擅自去冒险，因为他们找不到路，故事里没有类似魔法衣橱那样的通往另外一个世界的通道。实际上，这恰恰就是“玛丽·波平斯”系列一个最大的叙事特征。你看，玛丽·波平斯阿姨明明带着他们走进了一座普通的公寓，人浮在空中的奇迹就发生了；明明走在大街上，就来到了一家从未见过的古怪铺子门前……幻想世界与现实世界的边界被彻底地模糊掉了，所以《纽约时报》的一篇书评才会说：“当玛丽·波平斯出现在附近的时候，她身上的那股魔力，总是让读者分辨不出真实的世界在哪里渐渐地变成了幻想的世界。”

其实，如果你读完了故事，你就会发现其实玛丽·波平斯阿姨也不是整天气呼呼的，她爱孩子，还挺幽默。举个例子，每次发生了什么事情之后，她绝不承认，总是要掩盖一切，不是装糊涂问你："你这话是什么意思？"就是瞪你一眼，"亏你想得出！"可那回从动物园回来，尽管她矢口否认，眼尖的孩子们还是发现了她腰间束着一根金蛇皮做的皮带，上面还写着"动物园敬赠"。这个小小破绽，显然是她故意和孩子们开的一个小小玩笑。

对于"玛丽·波平斯"系列，批评家们也有不少争议。反对的一派认为故事不连贯，玛丽阿姨运用起魔法来也有点随心所欲。支持的一派则认为，玛丽·波平斯成功的秘密，或许就在于这种魔法的随意性。而且从表面上看，一个个故事是独立的，但其实每一章都有各自的特征，如《随风而来的玛丽阿姨》的第二章"休假"像童话，第三章"笑气"像荒诞闹剧，第五章"跳舞的牛"像鹅妈妈童谣，第十一章"买东西过圣诞节"像神话……德博拉·科根·撒克与琼·韦布更是在《儿童文学导论：从浪漫主义到后现代主义》中指出：特拉芙斯的作品是一次现代主义的写作，尽管排斥直线叙述，这似乎缺乏连结，但文本并不是一连串的特别事件。文本有一个模式，使读者能在玛丽·波平斯的神秘世界里得到领悟。

这个系列，特拉芙斯一共写了八本。有一个十六岁的年轻人评论这些书"只能是一个疯子写的"，她把这句话当作赞美。她说，一个作家就是需要发狂，因为这就是她创作玛丽·波平

斯时的状态：“不是我创造了玛丽·波平斯，而是玛丽·波平斯创造了我。”

在这个系列的最后一本《玛丽阿姨和隔壁房子》，当孩子们听到玛丽阿姨说“还是家最好”时，孩子们大胆地问她：“那么你呢，玛丽阿姨？你的家在哪里——东还是西？你不在这里的时候，你上什么地方去呢？”她那双蓝色眼睛闪了一下，那个老样子的熟悉的神秘微笑对着他们急切的脸：“不管在什么地方，那儿就是我的家！”

这个“什么地方”，至少有一个我们是可以找到的，它就是“特拉芙斯作品典藏”系列这套书。只要你一翻开它，一个气呼呼地吸鼻子的声音就会大声地责问我们道：“请问，你这话是什么意思？”

（作者为儿童文学博士、儿童文学作家及研究者）

特拉芙斯作品典藏

玛丽阿姨打开虚幻的门

[英] 帕·林·特拉芙斯 著

任溶溶 译

明天出版社

图书在版编目（C I P）数据

玛丽阿姨打开虚幻的门 / (英) 帕 · 林 · 特拉芙斯著；
任溶溶译．—济南：明天出版社，2018.3（2023.2重印）
(特拉芙斯作品典藏)
ISBN 978-7-5332-9648-3

Ⅰ.①玛… Ⅱ.①帕… ②任… Ⅲ.①儿童小说-长篇小说-英国-现代 Ⅳ.①I561.84

中国版本图书馆CIP数据核字(2018)第030643号

TELAFUSI ZUOPIN DIANCANG
特拉芙斯作品典藏
MALI AYI DAKAI XUHUAN DE MEN
玛丽阿姨打开虚幻的门
[英] 帕 · 林 · 特拉芙斯 / 著
任溶溶 / 译

出 版 人 李文波
策划组稿 傅大伟
责任编辑 刘义杰 张 扬
美术编辑 赵孟利
出版发行 山东出版传媒股份有限公司
明天出版社
山东省济南市市中区万寿路19号 邮编：250003
http：//www.sdpress.com.cn http：//www.tomorrowpub.com
经 销 新华书店
印 刷 肥城新华印刷有限公司
版 次 2018年3月第1版
印 次 2023年2月第8次印刷
规 格 148毫米×205毫米 32开
印 张 7.5 140千字
I S B N 978-7-5332-9648-3
定 价 23.00元

山东省著作权合同登记号：图字 15-2016-228 号

Mary Poppins Opens the Door

目录

谈谈 11 月 5 日盖伊·福克斯日

在英国，11 月 5 日是盖伊·福克斯日。第二次世界大战以前，每逢这一天，为了庆祝这个日子，草原上生起篝火，公园里燃放烟火，街上举着“盖伊”大游行。这些“盖伊”都是稻草人，游行完毕，它们在欢呼声中被扔到火堆里烧掉。孩子们把稻草人的脸涂黑，给它们穿上滑稽可笑的衣服，拿着它们到处去讨钱。只有最小气的人才不肯给个子儿，这些人据说总是要倒大霉的。

原先的那个盖伊·福克斯，是“火药阴谋事件”的主谋之一。这个阴谋是，要在 1605 年 11 月 5 日炸毁议会大厦，炸死当时的英王詹姆斯一世。但阴谋败露，没有成功。结果英王詹姆斯和议会大厦无恙，而可怜的盖伊·福克斯却和其他阴谋者一起

被处死了。不过到了今天，盖伊·福克斯倒还被人记住，英王詹姆斯却被人遗忘了。因为从那时候起，11 月 5 日在英国，就如同 7 月 4 日国庆节在美国，人们大放烟火。从 1605 年到 1939 年，每逢盖伊·福克斯日，各郡每块村镇公用绿地都要生起篝火。在我居住的苏塞克斯乡下，我们把篝火生在教区牧师的围场里。每年火一生起来，牧师家那头母牛就要跳舞。它从烈火熊熊燃烧起来一直跳到灰烬变黑变冷为止。第二天早晨——年年如此——牧师得挤它的奶在早餐时吃。想想也叫人奇怪，这么一头母牛，为了议会大厦许多年前得救，竟会这样打心底里欣喜若狂。

不过，在 1939 年第二次世界大战开始以后，这一天在村镇公用绿地再也不生篝火了，公园里也不再燃放烟火，街上又黑又冷清，但不会永远这么黑黑的。有一天会来个 11 月 5 日——或者别的日子，这没关系——到了这一天，从英国的这头到那头，熊熊的火堆将会连成一串，孩子们也会和过去的日子一样，在火堆周围蹦蹦跳跳。他们会手拉手地围着看烟火在天上啪啪爆炸，然后唱着歌回到他们灯火通明的家里去……

帕·林·特拉芙斯

1943 年

第一章 11月5日[1]

这是一个严寒刺骨的早晨，它提醒大家，冬天就要到了。樱桃树胡同静悄悄的。迷雾像影子一样笼罩着公园。所有的房子让灰雾裹着，看上去一模一样。布姆海军上将家那根旗杆，顶上有副望远镜的，完全看不见了。

卖牛奶的拐弯走进胡同，简直连路都看不出来。

“卖——牛奶！”他在海军上将家门口叫了一声。他的声音听上去那么沉闷古怪，连他自己也吓一跳。

“我要等雾散了再来。”他心里说。“喂！小心点走路好不好？”他朝前走，忽然一个人影从雾中赫然出现，在他的肩

[1] 见前面《作者的话》。

上一撞。

“对不起……对……对不起。”一个轻轻的含混声音说。

“噢，是你啊！”卖牛奶的松了口气说。

“对不起。”扫烟囱的又说了一声。他用刷子挡住脸，让他的小胡子别被雾弄湿了。

“你出来得太早了吧？”卖牛奶的说。

扫烟囱的用他的黑色大拇指指指拉克小姐的家。

“得在那两只狗吃早饭以前扫好烟囱。怕煤灰会弄得它们咳嗽。”他解释说。

卖牛奶的粗声大笑。只要提到拉克小姐那两只狗，人人都是这样做的。

雾在空中缭绕。胡同里一点儿声音也没有。

“嘿！”卖牛奶的打着冷战说，“这样静，让我害怕！”

他正这么说着，胡同醒过来了。其中一家突然传出一声吼叫，还有跺脚的声音。

“那是 17 号！”扫烟囱的说，“对不起，老伙计，我想是要我去了。”他小心翼翼地摸着路走到那家院门，走上花园小径……

在屋子里，班克斯先生正在大踏步地走过来走过去，踢着前厅里的家具。

“我都受不了啦！”他拼命地挥动着双臂大叫。

“你一个劲儿这么叫，”班克斯太太也叫道，“可就是不告诉我到底是怎么回事，有什么不对头。”她担心地盯着班克

斯先生。

“样样不对头！”他咆哮道。“看这个！”他朝她摆动右脚。“再瞧这个！”他摆动左脚。

班克斯太太仔细看他的两只脚。她近视得厉害，厅里又暗。

“我……呃……没看到什么不对头啊。”她怯怯地开口说。

“你当然看不到！”他讽刺道，“这当然是我想象出来的，以为是罗伯逊·艾给了我一只黑皮鞋一只黄皮鞋！”他说着又摆动他的两只脚。

“噢！”班克斯太太马上大叫一声，因为她这会儿看到是什么不对头了。

“你就说声‘噢’吧！等我晚上叫罗伯逊·艾卷铺盖，他也要这么说一声。”

“那不是他的错，爸爸！”简从楼梯上叫着，“他看不见——因为有雾。再说他身子也不强壮。”

“他强壮得足够把我吃穷！”班克斯先生生气地说。

“他需要休息了，爸爸！”迈克尔提醒他，紧跟着简下楼。

“他有得休息了！”班克斯先生保证说，同时拿起他的公文包，“想到这些事情，我早该想到不结婚！或者一个人在洞穴里过。或者去周游世界。”

“那我们怎么办呢？”迈克尔问道。

“你们就得自己照料自己。你们活该！我的大衣在哪里？”

“在你的身上，乔治。”班克斯太太胆怯地说。

“哦，对！”他回答了一声，“可只有一粒扣子！我有什

么好处吗？我只是一个付账单的人。今天晚上我不回家吃饭了。”

孩子们哭也似的哇哇反对。

“可今天是盖伊·福克斯日啊，”班克斯太太用甜言蜜语哄他说，“你总会好心放放烟火吧？”

“我不放烟火！”班克斯先生叫道，“从早到晚尽是烦恼！”他甩开班克斯太太放在他胳臂上的手，冲出了屋子。

“拉拉手吧，先生，”当班克斯先生撞到扫烟囱的身上时，扫烟囱的用友好的口气说，“你知道，跟扫烟囱的拉拉手，一天运气好。”

“走开，走开！”班克斯先生凶巴巴地说，“今天不是我运气好的日子！”

扫烟囱的在后面看了他一会儿。接着他微微笑笑，伸手按门铃……

“他不是当真的，对吗，妈妈？他会回家放烟火的！”简和迈克尔朝班克斯太太扑过去，拉她的裙子。

“噢，我什么也不能保证，孩子们！”她对着门厅镜子看自己的脸，叹了口气。

她心里说：“真的，我瘦了。我的一个酒窝已经没有了，另一个酒窝很快也要没有了。没有人再会朝我看了。这全怪她！”

这个她，班克斯太太指的是玛丽·波平斯，就是玛丽阿姨，孩子们原先的保姆。玛丽阿姨在她家那会儿，一切顺顺当当。可自从那天她离开了他们——忽然说走就走，事先也不打个招呼——家里就一团糟，而且越来越糟。

班克斯太太伤心地想：“如今光我一个人，带着五个野孩子，没有一个人能帮帮我。我在报上登过找保姆启事，我求过我的朋友，可一点儿用也没有。乔治的脾气越来越坏，安娜贝儿在长牙齿，简、迈克尔和双胞胎是那么淘气，厉害的所得税就不用说了……”

她看着一颗泪珠流过原先是酒窝的那个地方。

“没有办法，”她忽然做出决定说，“我只好去请安德鲁小姐上这儿来了。”

四个孩子一听到安德鲁小姐，同时大叫起来。在儿童室里，安娜贝儿也正在尖叫，因为安德鲁小姐曾经是他们爸爸的家庭教师，他们知道她有多么可怕。

“我不跟她说话！”简生气地大叫。

“如果她来，我要在她的鞋子上吐口水！”迈克尔威胁说。

“不，不，不要她来！”约翰和巴巴拉悲伤地叫道。

班克斯太太用双手捂住耳朵。“孩子们，行行好！”她绝

望地叫道。

“对不起，太太，”女仆埃伦轻轻拍拍班克斯太太的肩膀说，“扫烟囱的来了，要扫起居室的烟囱。不过我得先跟你说，太太，今天我休息！他扫完烟囱我不能打扫。就这么回事！”她擤着鼻涕，吹喇叭那样响。

“对不起！”扫烟囱的拿进来他的袋子和刷子，愉快地说。

“是谁啊？”布里尔太太从厨房里赶出来说，“是扫烟囱的？今天是烤面包的日子！不行，你不能干！我很抱歉地告诉你，太太，这黑人一进烟囱，我就离开这房子。”

班克斯太太毫无办法地朝四下里看。

“我并没有叫他来！”她说，“我甚至不知道烟囱要扫！”

“烟囱总是喜欢刷子刷的。”扫烟囱的冷静地走进起居室，开始摊开他的罩布。

班克斯太太紧张地看着布里尔太太。“也许罗伯逊·艾能帮个忙吧……”她开口说。

“罗伯逊裹着你最好的花边披巾，正在食物室里睡大觉呢，什么都不能把他叫醒，”布里尔太太说，“我也不用再听到吹那喇叭了。好，如果你同意，我这就收拾我的东西。怎么，放开我，你这印度人！”

因为扫烟囱的已经抓住布里尔太太的手，使劲地摇它。她脸上一下子泛起勉强的笑容。

“好吧……就这一回！”她开心起来，说。于是她走下厨房的楼梯。

扫烟囱的对埃伦咧嘴笑。

“你别碰我，你这野人！”埃伦用害怕的声音尖叫。可是他握紧了她的手，她也一下子开始微笑起来。“好吧，只是别弄脏地毯！”她警告了他一声，急急忙忙去干她的活儿了。

“拉手吧！”扫烟囱的转向孩子们说，“跟扫烟囱的拉手，一定能给你们带来好运！”他在他们每人的手掌上留下一个黑印。真的，他们也全都一下子觉得好多了。

接着他向班克斯太太伸出他的手。她一握住他温暖的黑手指，勇气又恢复了。

“有困难我们必须对付着过，小宝贝们，”她说，“我再登个启事另找一位保姆。事情也许会好转的。”

简和迈克尔松了口气。她总算不把安德鲁小姐请来了。

“那么你要有好运气怎么办呢？”简跟着扫烟囱的走进起居室，在他后面问道。

“噢，我就跟我自己拉手。”他快活地说着，把刷子往烟囱里面推去。

孩子们看他干活儿看了一整天，争着递给他刷子。班克斯太太不时进去，埋怨太吵了，催扫烟囱的快点把活儿干完。

窗子外面，雾也整天在胡同里面飘。所有的声音都模模糊糊的。鸟大都飞走了。只除了一只脱了毛的老椋鸟，它一直透过百叶窗缝朝里看，像在找什么人。

最后，扫烟囱的从烟囱里爬出来，对他干的活儿微微地笑。

“谢谢你！”班克斯太太连忙说，“好，我断定你一定要

收拾回家了……”

“我不急，”扫烟囱的说，“我的茶点要6点钟才准备好，我有一个钟头的时间闲着……”

“你可不能在这里闲着！”班克斯太太急叫道，“我得在我先生回家前把这房间收拾干净！”

“我告诉你怎么办……”扫烟囱的平静地说，“如果你们有一两个烟火，我可以带你们的孩子到公园去放给他们看。这可以让你休息休息，又可以让我享受享受。我从小就爱烟火——甚至没生下来就爱了！”

孩子们欢声雷动。迈克尔跑到一个窗口，拉起百叶窗。

“噢，看看发生什么事了！”他得意地叫道。

因为樱桃树胡同已经变了样。寒冷的灰雾散开了。胡同里的房屋被照亮了，发出温暖柔和的光。西边闪耀着落日的余晖，淡红色的，十分亮。

“记住你们的大衣！”班克斯太太在孩子们冲出去时叫道。接着她跑到楼梯下面的壁橱，拿出一包东西。

“这个给你！”她喘着气对扫烟囱的说，“可别忘了，小心火星！”

“火星？”扫烟囱的说，“对了，我就爱看火星。火星接下来是煤烟！”

当他顺着花园小径往外走的时候，孩子们像小狗那样在他身边蹦蹦跳跳。班克斯太太在铺着罩布的椅子上坐下休息了两分钟。椋鸟看了她一会儿，然后失望地摇摇头，又飞走了。

当他们穿过马路时，阳光暗淡下来。在公园栏杆旁边，卖火柴的伯特摆出他的碟子，用火柴点亮了蜡烛，开始在人行道上画画。当孩子们急急忙忙进公园大门的时候，他快活地向他们点头。

“好了，”扫烟囱的着急地说，“我们需要的是一块空草地……”

“不用找了！”他们后面的一个声音说，“五点半公园就关大门。”

从阴影里走出了公园管理员，样子非常不客气。

“可今天是11月5日盖伊·福克斯日啊！”孩子们马上回答。

“规矩就是规矩！”公园管理员回答说，“对我来说天天一样。”

“那么我们能在什么地方放烟火呢？”迈克尔急忙问道。

公园管理员顿时掠过渴望的眼神。

“你们有烟火？”他急忙说，“那干吗不早说！”他从扫烟囱的手里把那小包抢过来，动手解开绳子。“火柴——这就是我们现在需要的！”他兴奋地喘着气说。

“给你。”卖火柴的用平静的口气说。他已经跟着孩子们走进公园，这时候正拿着点亮的蜡烛站在他们后面。

公园管理员打开那包烟火。

“你要知道，它们是我们的！”迈克尔提醒他。

“啊，让我帮你们……放！”公园管理员说，“我在盖伊·福

克斯日从来没玩过……我是说长大以后！”

他也不等人家同意，就在卖火柴的那蜡烛上点烟火。火花嘶嘶响着喷出来，噼噼啪啪。公园管理员拿起一个凯瑟琳车轮式烟火，把它挂在一根树枝上。光轮开始旋转，在空气中散发出火星。接下来，他兴奋得什么也不能让他停下来了。他放了一个又一个，整个人像是疯了。

花钵烟火从结霜的草地上像喷泉一样直冲上去，金雨烟火在黑暗中洒下来，大礼帽烟火燃烧了好一阵，彩球烟火飘上树枝，

火蛇烟火在阴影中扭了一通……孩子们又跳又叫。公园管理员在他们中间跑来跑去，像只发了狂的大狗。可卖火柴的在闹声和闪闪的火光中静静地等着。自从他们用蜡烛点亮烟火以后，蜡烛的光一点儿也没有晃动过。

“好了！”公园管理员叫得声音都哑了，说道，“现在我们来放火箭烟火吧！”

其他的烟火都放完了，那包里这会儿只剩下三根黑色长棍。

“不，不能你一个人放！”当公园管理员去拿烟火时，扫烟囱的说，“大家分着放，才公平！”他拿给公园管理员一根，其余两根留给自己和孩子们。

“让开，让开！”公园管理员煞有介事地说，用蜡烛点着了导火线，把棍子插在地上。

火花嘶嘶响着，像金线一样烧下去。接着——呜！棍子飞起来了。孩子们听到天上远远的很轻的一声“啪”。一圈红的蓝的火星爆发开来，洒落到公园上。

“噢！”孩子们大叫。“噢！”扫烟囱的大叫。因为当火箭烟火的星星爆开来时，任何人都只能叫出这么一声。

接着轮到扫烟囱的放。当他点他那根火箭烟火的导火线时，蜡烛光在他的黑脸上闪耀。接下来又是一声“呜”和一声“啪”，白的绿的星星像把伞一样张开在天空中。看的人又都叫了一声“噢”，高兴得直喘气。

“现在轮到我们了！”简和迈克尔叫道。当他们点导火线时，他们的手指在发抖。他们把棍子按到土里，退到后面看。

金色的火线一路烧下去。呜——呜——那棍子带着乐声往上飞，飞到天上。当简和迈克尔等着它爆炸时，气也屏住了。

最后，他们听到很远的地方很轻的“啪”的一声。

他们想，现在星星要出现了。

可是，天哪，什么也没有发生。

“噢！”每一个人又叫了一声——不过这一回不是由于高兴，而是由于失望，因为第三根火箭烟火没有爆出星星。那里除了黑暗和空荡荡的天空，什么也没有。

“哑炮——就是这么回事！”扫烟囱的说，“有一些烟火就是这样的！好了，大家回家吧。看也没有用。现在没有东西会落下来了！”

“公园关门的时间到了！大家请离开公园！”公园管理员煞有介事地叫着。

可是简和迈克尔不听这个。他们手拉着手，还是站在那里抬头看，因为他们充满希望的眼睛注意到了别人没看见的什么东西。在高空中，有一颗很小很小的火星在黑暗中跳动着，摇摇晃晃。那会是什么呢？那不是火箭烟火的那根棍子，因为它一定早已掉下来了。他们想，那也一定不是颗星星，因为这小火星在动。

“也许这是一种特别的火箭烟火，只有一颗火星。”迈克尔说。

“也许吧。”简盯住那小火星看，静静地回答。

他们站在一起抬起头看着。哪怕只有一颗火星，他们也要

看到它熄灭为止。可是太奇怪了，它没有熄灭。说实在的，它反而越来越大了。

“我们走吧！”扫烟囱的劝他们。

公园管理员又叫：“公园关门的时间到了！”

可孩子们还是等着。那火星变得更大也更亮。接着简一下子屏住了呼吸。迈克尔喘了口气。噢，这可能吗……这会是……他们无言地相互询问。

那火星在落下来，变得越来越长，越来越宽。它一路下来的时候渐渐成形，这形状又奇怪又熟悉。从光的发亮核心当中出现了一个古怪的人，这个人头戴黑草帽，身穿银扣子大衣，一只手拿着个像毯制手提包似的东西，一只手拿着——噢，这能是真的吗—— 一把鹦鹉头雨伞。

在他们后面，卖火柴的大叫一声，跑出公园大门。

那个古怪的人这会儿飘到光秃秃的树顶上。那个人的脚碰到了橡树最高的枝头，沿着树枝姿态优雅地往下走，然后在最下面的一根树枝上站了一会儿，好好地平衡住身体。

简和迈克尔开始跑，他们屏住的气吐出来了，他们快活地大叫。

“玛丽阿姨！玛丽阿姨！玛丽阿姨！”他们又笑又哭，向她扑过去。

“你到……到底回……回……回来了！”迈克尔激动得结结巴巴地说，抓住她穿着皮鞋的一只脚。它有暖气，有骨头，有千真万确的脚，还有一股黑鞋油气味。

“我们知道你会回来的。我们相信你！”

简抓住玛丽阿姨的另一只脚，抓住她的长筒袜子。

玛丽阿姨的嘴皱起来，暗暗地微笑。接着她狠狠地看着孩子们。

“谢谢你们，请把我的鞋子放开！”她声音严厉地说，“我可不是廉价出售的东西！”

她甩开他们，从树上迈步下来，双胞胎约翰和巴巴拉像小猫咪那样喵喵叫着在草地上向她奔来。

“真是些小鬣狗！”她生气地看看他们，掰开他们抓住她的手指，“我可以问一声，你们这是干什么吗——夜里在公园里跑来跑去，像群黑人似的！”

他们马上掏出手帕，拼命擦他们的脸。

“都是我不好，波平斯小姐，”扫烟囱的道歉说，“我刚才在扫起居室的烟囱。”

“如果你不小心，有人会把你扫掉的。”她说。

“哎呀哎呀！哎哟哎哟！”公园管理员吃惊得话也说不出来，挡住了他们的去路。

“请让一让！”玛丽阿姨说着，高傲地把他挥开，同时把孩子们推在前面让他们走。

“这是第二次了！”公园管理员好不容易说出话来，气急败坏地说，“第一次是一只风筝，现在是一个……我跟你说，你不能这样！这违反公园的规定，而且这也完全违反自然法则。”

他拼命地伸出他的一只手，玛丽阿姨冷不防在那手上放上

一小张厚纸片。

“这是什么？”他翻动着它问道。

“我的回程票。”她平静地回答了一声。

简和迈克尔相互看着，同时聪明地相互点点头。

“票……什么票？公共汽车有公共汽车票，火车有火车票。可你下来我也不知道坐的是什么！你是从什么地方来的？你怎么来到这里？这是我想要知道的！”

“好奇伤身体！”玛丽阿姨严肃地说。她把公园管理员推到一边，让他去傻乎乎地看着那张绿色票子，好像那是鬼似的。

孩子们在她身边活蹦乱跳，来到公园大门。

“请安安静静地走路，”她生气地对他们说，“你们不是一群海豚！我想知道，你们哪一个曾经在玩点着的蜡烛？”

跪着的卖火柴的爬起来。

“是我点着的，玛丽，”他赶紧说，“我要给你写……”他挥动双手。人行道上的一句话还没写完：

热烈欢[1]

玛丽阿姨对这几个不同颜色的字微笑。“这是很可爱的见面话，伯特。”她温柔地说。

卖火柴的抓住她戴黑手套的手，很急地看着她。“我星期四去看你好吗，玛丽？”他问道。

[1] 这句完整的话是：热烈欢迎。

她点点头。“好的，星期四，伯特。”她说。接着她朝孩子们令他们畏缩地看了看。“请不要磨蹭！”她吩咐一声，赶着他们在胡同里朝 17 号房子走。

在儿童室里，安娜贝儿尖声大叫着。班克斯太太正穿过门厅往上跑，大声说着安慰她的话。当孩子们打开前门的时候，她一眼看到玛丽阿姨，一下子跌坐在楼梯上。

“这可能是你吗，玛丽·波平斯？”她气急败坏地说了一声。

“可能是的，太太。”玛丽阿姨平静地说。

“不过……你是从什么地方蹦出来的？”班克斯太太叫道。

“她蹦出来是从……从……从……”迈克尔正打算说明，马上感觉到玛丽阿姨两眼盯住他看。他很明白这么看他是什么意思。他一下子吞吞吐吐，闭口了。

“我从公园里来，太太。”玛丽阿姨用一个殉道者那种忍耐的神气说。

“谢谢老天！”班克斯太太从心底里松了口气，接着她回

想起自从玛丽阿姨走后所发生的一切。不过她想："我怎么也不能显得太高兴，要不然她更要不可一世了！"

"你话也不说一声就离开了我，玛丽·波平斯，"她用庄严的态度说，"我想你来也好去也好，可以跟我说一声。我被搞得一团糟，我永远不知道我这个身子是在哪里。"

"谁也不知道，太太。"玛丽阿姨平静地解开手套扣子，说。

"你也不知道吗？"班克斯太太用充满渴望的口气问道。

"噢，她知道。"迈克尔大胆地回答。玛丽阿姨生气地瞪了他一眼。

"好，你现在到底来了！"班克斯太太叫道。她感到大大地松了口气，因为她现在不用去登启事，也不用把安德鲁太太请来了。

"是的，太太，对不起。"玛丽阿姨说。

她利索地走过班克斯太太身边，把她的毯制手提包放在楼梯栏杆上。它呜呜响着轻快地滑上栏杆，跳到儿童室里。接着她把雨伞轻轻地一抛。它张开它的黑绸翅膀，像只鸟那样跟着手提包飞上去，发出鹦鹉那种呱呱声。

孩子们吃惊地喘着大气，回过头去，看他们的妈妈是不是也看到了。

可是班克斯太太已经什么也顾不上，只想着去打电话。

"起居室的烟囱扫干净了。我们晚上吃小羊排和豌豆。玛丽·波平斯已经回来了！"她上气不接下气地叫着。

"我不相信！"班克斯先生的破嗓子回答，"我要亲自回

来看看！”

班克斯太太高兴地微笑着，把电话听筒挂上。

玛丽阿姨一本正经地上楼，孩子们抢在她前面冲进儿童室。在里面壁炉前的地板上躺着那个手提包。那把鹦鹉头雨伞站在它通常站的角落里。它们有一种称心满意、安于其所的神气，好像它们待在那里已经好多年了。在摇篮里，安娜贝儿满脸发青，小床搞得一塌糊涂。她看到玛丽阿姨时很吃惊，没牙的嘴露出了微笑。接着她恢复了她那种活泼天真的天使样子，开始玩她的脚趾。

“哼！”玛丽阿姨严厉地哼了一声，把她的草帽放进纸袋。她脱下大衣，挂在门背后的钩子上。然后她照照儿童室的镜子，弯腰打开手提包。

手提包里除了一把卷尺，什么东西也没有了。

“那是做什么用的，玛丽阿姨？”简问道。

“是量你们的身高的，”玛丽阿姨马上回答，“看看你们长得怎么样。”

“你用不着操心了，”迈克尔告诉她，“我们都长高了两英寸。爸爸给我们量过了。”

“请站直吧！”玛丽阿姨不听他的，平静地说。她把他从头到脚量了一下，很响地哼了一声。

“我该早知道！”她哼哼着说，“你越长越糟了。”

迈克尔看着她。“卷尺只讲尺寸不讲话。”他顶嘴说。

“那是什么时候以后的事？”她高傲地问道，把卷尺塞到他面前。卷尺上蓝色大字写得清清楚楚：

越——长——越——糟

“噢！”他恐怖地轻轻叫了一声。

“请把头抬起来！”玛丽阿姨用卷尺去量简。

“简长成一个任性、懒惰、自私的孩子。”她得意地读出来。

泪水涌到简的眼睛里。“噢，我不是这样的，玛丽阿姨！”她叫道。真滑稽，她只记得她好的时候。

玛丽阿姨用卷尺绕过双胞胎，量下来是：“爱吵架。”给安娜贝儿量下来的结果是：“烦躁不安，被宠坏了。”

“我就是这么想的！”玛丽阿姨哼着鼻子说，“我只好掉头不管你们，让你们变成一群野生动物！”

她把卷尺绕过自己的腰，一下子满脸泛起满意的笑容。

“比从前更好。真是完美无缺。”她读出自己量下来的结果。

“跟我预料的一模一样。”她非常得意。然后她又狠狠地看看大家，加上一句：“现在立刻进浴室！”

大家急忙服从她的命令。现在玛丽阿姨回来了，一切事情顺顺当当。他们脱掉衣服，一下子就洗得干干净净。吃晚饭没有人磨磨蹭蹭，没有人留下一点儿面包屑、洒掉一滴汤。他们吃完晚饭把椅子推到桌子下面，折好餐巾，爬到床上去。

玛丽阿姨在儿童室里走过来走过去，给大家一个个塞好毯

子。他们闻到她身上熟悉的气味，是吐司加上浆过的围裙的气味。他们感觉到熟悉的她原来的身体，在她的衣服里面结结实实，一点儿错不了。他们崇拜地默默看着她，完全被她迷住了。

迈克尔在她走过了他的床边时，从床边往床底下偷看了一下。那里除了灰尘和拖鞋，什么也没有。接着他看看简的床底下，同样什么也没有。

“可你睡到哪儿去呢，玛丽阿姨？”他好奇地问道。

他正在说话的时候，她碰碰衣橱门。衣橱门很响地打开，从里面飘出来原来那张帆布床。它已经摆好，马上可以躺上去了。在它上面整齐地堆着的都是玛丽阿姨的东西。这里面有阳光牌香皂、头发夹子、香水、折叠扶手椅、牙刷、润喉糖。枕头上整齐地放着睡袍，一件棉布的，一件法兰绒的。在它们旁边是靴子、多米诺骨牌、浴帽和明信片簿。

孩子们坐起来，坐成一排在看。

“它是怎么到那里面的？”迈克尔问道，“今天还一点儿没有它的影子，这我知道，因为我在里面躲避过埃伦！”

不过他不敢再问下去，因为玛丽阿姨看上去那么高傲，他话到了嘴边说不出来了。玛丽阿姨哼了一声，转过身去，打开一件法兰绒睡袍。

简和迈克尔对看了一下。他们的眼睛说出所有他们的舌头说不出的话，他们默默地相互说：想要她解释是没有希望的。

他们看着她滑稽的稻草人动作：脱下睡袍里的衣服。啪，啪——扣子解开了。欻欻欻欻——她的裙子脱掉了！一种太平

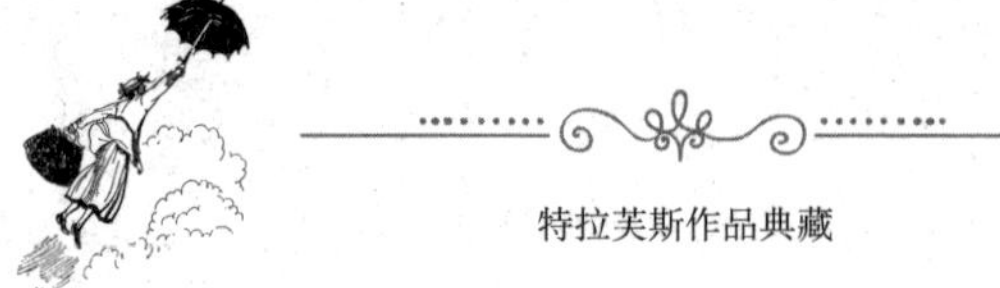

的感觉潜进了孩子们的心里。他们知道这种感觉源自玛丽阿姨。他们做梦似的看着那扭动着的睡袍，想到以前的所有事。她怎样被东风第一次吹到这个家里来，后来当东风转变为西风时，她的雨伞又怎样把她给带走了。他们又想起，有一天他们放风筝，她又怎样回到他们这里来，后来她又怎样飞走了，把他们孤零零地丢下来。

好了，现在——他们快活地叹口气——她又回来了，来得就像以前一样突然。她如今在这里，在儿童室里安顿下来，安静得就像从来没有离开过似的。迈克尔想到的事在他心中像汽水泡泡一样冒出来。这些还没来得及停，另一些又冒出来了。

“噢，玛丽阿姨，”他很急地叫道，“你不在这里真是可怕极了！”

玛丽阿姨的嘴唇哆嗦了一下。她好像要笑，可又改变了主意，没有笑出来。

“更像是你们太可怕了！这房子就像个斗熊场。我疑心里面是不是住着人！”

“可你……会住下来的，对吗？”他甜言蜜语地说。

“只要你住下来，我们会像金子一样好！”简庄严地保证。

她把他们一个一个看过去，一直看到他们的心底里，全明白了。

“我会住下来……”她停了一下说，“我会住下来，直到房门打开。”她说的时候沉思着看那儿童室的房门。

简轻轻发出一声担心的惊叫。“噢，不要这么说，玛丽阿姨！”

她哀叫道，“那房门一直开来开去。”

玛丽阿姨瞪瞪眼。

“我说的是另一扇房门。”她扣上了她的睡袍扣子说。

“她这话是什么意思？”简悄悄地问迈克尔。

“我知道她的意思，”他聪明地回答说，“没有什么另一扇房门。没有门是不开的。因此她将长住下去。”想到这里，他快活地抱住自己的身体。

简却不那么有把握。她心里说：“我怀疑。”

可是迈克尔继续快活地叽里咕噜。

“我很高兴跟扫烟囱的拉了手，”他说，“这带给我了不起的好运气。也许他下次来儿童室扫烟囱会和你拉手呢，玛丽阿姨！”

“呸！”她头一扬，回答了一声，“我不需要任何运气，谢谢你！”

“对，”他思索着说，“我想你是不需要。任何一个能从火箭烟火里出来的人——像你今天晚上这样——一定天生运气好。我是说……呃……噢，别那么看着我！”

他轻轻哀求了一声，因为玛丽阿姨看他的那种样子让他发抖。她穿着那件法兰绒睡袍站在那里，好像要看得他在他那张舒服的床上冻僵。

“我不知道你的话我是不是没听错！”她用冷冰冰的声音问道，“你提到我……和一根火箭烟火联系在一起，是这样吗？”她说出“火箭烟火”这几个字，那腔调，让它们听来十分吓人。

迈克尔害怕地朝四周看。看来其他孩子帮不了他的忙。他只好自己对付。

“可你是这样来的啊，玛丽阿姨！”他勇敢地反驳说，“那火箭烟火呜地放上去，啪，你在那里面出来，从天而降！”

她朝他走过来，她似乎变得更大了。

“啪？”她恼火地重复一声，“我啪一声——从一根火箭烟火里面出来？”

他无力地沉到枕头上，说：“这个……看上去是这样的……对吗，简？”

“嘘！”简摇摇头轻轻说。她知道争也没用。

“我只好这么说，玛丽阿姨！是我们看见了你！”迈克尔急叫，“如果不是你从那火箭烟火出来，那又是什么出来了呢？一颗星星也没有！”

“啪！”玛丽阿姨再说一遍，“啪一声从一根火箭烟火里出来！你常常污辱我，迈克尔·班克斯少爷，可这是最厉害的一次！我要是再听见什么啪啪啪……或者火箭烟火……”她没有告诉他她会怎么样，可他知道那一准很可怕。

“呼——呼！呼——呼！”

从窗台那儿传来一个很小的声音。一只老椋鸟往儿童室里窥看，拼命地拍动它的翅膀。

玛丽阿姨跑到窗口。

“走开，你这小雀儿！”她很凶地说。椋鸟立刻飞走。她关了灯，扑到床上。他们听见她把毯子盖上时生气地念叨着：

“啪！”

接下来寂静像轻柔舒服的云一样笼罩在大家面前。大家都快要睡着了，简的床上发出再轻不过的喃喃声。

“迈克尔！”她小心地悄悄说。

迈克尔小心地坐起来，朝她指着的方向看。

壁炉边的角落发出一点儿光。他们看到，那鹦鹉伞上满是五彩的星星——就是一根火箭烟火在天空中爆炸时所看到的那种星星。当鹦鹉头低下来时，他们惊奇得眼睛都瞪大了。接着，它的嘴把绸伞上的星星一颗一颗叼起来，吐到地板上。它们闪亮了一会儿，金色的银色的，随后暗下来，熄灭了。然后鹦鹉头在伞柄上抬起，于是玛丽阿姨的黑伞在墙角里站着一动不动了。

两个孩子对看了一下，发出微笑。可是他们什么也不说。他们只能奇怪，一声不响。他们知道字典上的字不够陈述玛丽阿姨的那些事情。

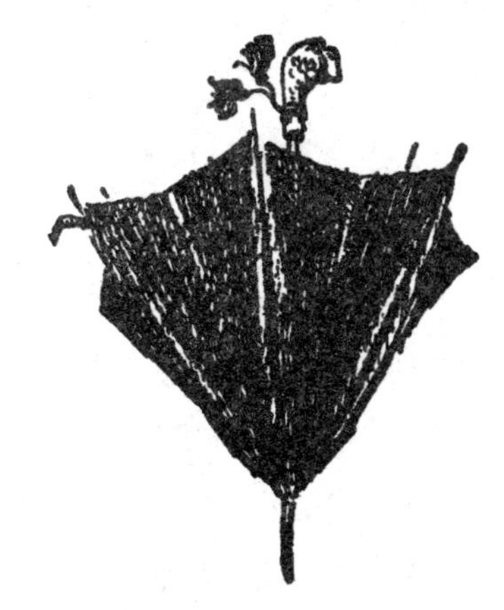

“嘀嗒！”壁炉台上的时钟说，“睡吧，孩子！嘀嗒，嘀嗒！”

接着他们在这快活的日子里闭上眼睛，时钟和他们平静的呼吸合着拍子。

班克斯先生在他的书房里坐着打呼噜，一张报纸盖在他的脸上。

班克斯太太在他的旧大衣上缝上新的黑纽扣。

“你还在想着，如果不结婚，你会做什么吗？”她问道。

“啊，你说什么？”班克斯先生醒过来说，“哦，不，那太烦了。现在玛丽·波平斯已经回来。我什么都用不着再去想。”

“很好，”班克斯太太缝得很利索地说，“我要试试看教会罗伯逊·艾。”

“教会他什么？”班克斯先生睡意蒙眬地问道。

“当然是不要给你一只黑皮鞋一只黄皮鞋。”

“这事你不用做，”班克斯先生坚持说，“双色皮鞋在办公室里大家更赞赏。以后我就一直这样穿。”

“真的？”班克斯太太高兴地微笑着说。总的说来，她觉得很高兴与班克斯先生结了婚。现在玛丽·波平斯回来了，她可以更经常地告诉他这句话……

楼下厨房里坐着布里尔太太。警察刚把埃伦送回家，正留下来喝杯茶。

“那玛丽·波平斯，”他抿着茶说，“她今天来明天走，就像那些鬼火！”

“噢，不要这么说！”埃伦吸着鼻子说，“我想她是来住下的。”

警察把他的手帕给她。

“也许是吧！”他高兴地对她说，“永远也说不准，这你知道。”

“可我实在希望她住下不走，”布里尔太太叹了口气，“只要她在，这一家就是模范家庭。”

“我也希望她住下不走。我需要休息。”罗伯逊·艾对扫帚说。他钻到班克斯太太的大披巾里，又睡他的觉了。

可是玛丽阿姨希望什么，他们一点儿也不知道，因为玛丽阿姨，正像大家知道的，从来不告诉任何人任何事情。

第二章 特威格利先生的七个希望

“噢，走吧，玛丽阿姨！”迈克尔心急地说，在人行道上蹦蹦跳跳。

玛丽阿姨不听他的。她正站在胡同里辛普森医生家门口的铜牌前面顾影自怜。

“你看上去够整洁了！”简向她保证说。

“整洁！”玛丽阿姨哼了一声。“哪有蓝色蝴蝶结的黑色新帽子整洁？什么整洁！说漂亮还差不多。”她想。她抬起了头快步走，他们得跑着才能跟上她。

她们三个在这阳光明媚的5月的一个下午去找特威格利先生。因为起居室的钢琴走调，班克斯太太请玛丽阿姨去找一位

钢琴调音师。

“找我表哥特威格利先生好了，太太。他家离这里只有三个街区。”玛丽阿姨说。当班克斯太太说她从来没听说过这个人时，玛丽阿姨照旧哼了一声，告诉班克斯太太，她的亲戚全是最好的人。

简和迈克尔已经见过玛丽阿姨的两个亲戚，这会儿在猜想：这位特威格利先生会是什么样子呢？

“我想他又高又瘦，像特维先生。”迈克尔说。

“我想他又圆又胖，像威格先生。”简说。

“我从来不知道有这么胖瘦的一对！”玛丽阿姨说，“你们的脑子坏了。在这里拐弯，谢谢你们！”

他们急急忙忙向前走，拐了个弯就来到一条狭窄街道，一路上都是旧式小房子。

“哎呀，这是什么街啊？我以前从来没见过！这地方我来过好多次了！”简叫道。

“这可不怪我！”玛丽阿姨厉声说，“你总不会以为是我把它放在这里的吧！”

“是你干的我也不奇怪！”迈克尔看着那些奇怪的小房子说。接着他带着一脸拍马屁的笑容加上一句：“你知道，你是那么聪明！”

“哼！”她尖刻地哼道，虽然她的嘴角露出得意的样子，“聪明是聪明。至少比你聪明一些！”她又哼了一声，领他们一路走去，在一座房子前面按门铃。

“乓！”门铃很响地响了一声。与此同时，楼上的窗子打开。一个大脑瓜子，头顶有个髻的，像一个打开盒盖会跳出来的玩偶那样伸出来。

“喂，又是怎么回事？”一个粗哑的声音叫道。接着这个女人朝下看到了玛丽阿姨。“哦，是你啊！”她生气地说，“好了，你就转过身回你来的地方去吧。他不在家！”窗子关上，那个脑瓜子不见了。

孩子们大失所望。

“也许我们可以明天再来。”简不安地说。

“不是今天——就是永不。这是我的格言！”玛丽阿姨厉声说。她又按门铃。

这一回猛地打开的是前门。那个脑瓜子的主人怒火冲天地站在他们面前。她脚上穿着黑色大皮靴，腰上系着蓝白条子围裙，肩上围着一条黑披巾。简和迈克尔认为她是他们见过的最丑的人。他们为特威格利先生感到非常难过。

“怎么……又是你！”那大块头女人大吼一声，“我告诉过你了，他不在家。他不在家，他不在家，要不然我的名字不叫萨拉·大块头！”

“这么说，你不是特威格利太太[1]！”迈克尔松了口气叫道。

“还不是。”她带着不祥的微笑说，“怎么！你们全进去了！”她加上一句，因为玛丽阿姨用一条蛇的速度溜进了门，把孩子们拉着上楼梯。“你们听见我的话没有？我要控告你们像吸血鬼一样闯入一个高贵妇女的住宅！”她叫着。

“高贵妇女！”玛丽阿姨哼着鼻子说，“如果你是高贵妇女，那我是一头单峰骆驼！”她敲了她右边的一扇门三下。

“谁啊？”里面传来一声担心的喊叫。简和迈克尔兴奋得发抖。也许特威格利先生在家。

“是我，弗雷德表哥。请开门吧！”

静了一会儿。接着是门锁上转钥匙的声音。门开了，玛丽阿姨拉着孩子们进去，把门关上，再锁起来。

“让我进去……你这海盗！”大块头太太生气地扭响门把手，咆哮着。

玛丽阿姨静静地笑。孩

[1] 如果她是特威格利的太太，就叫萨拉·特威格利。

子们看他们的四周。他们是在一个大顶楼上，地上满是木条、一罐罐的油漆和一瓶瓶的胶水。房间里摆满了乐器。一个角落站着一架竖琴，一个角落是一堆鼓。椽木上挂着长号和小提琴，架子上堆着笛子和铜哨子。窗口一张满是灰尘的桌子上摆满木匠工具。工作台边上有一个擦亮的小盒子，它旁边扔着一把小螺丝刀。

地板当中有五个半完工的音乐盒。它们新漆好，亮光光的，它们周围有些木板，上面用粉笔写着大字：

油漆未干

整个顶楼透着一股很好闻的刨花、油漆和胶水的气味。可是只少了一样东西，那就是特威格利先生。

“你们放我进去，还是我去叫警察？”大块头太太又在敲门大叫。玛丽阿姨睬也不睬她。他们很快就听到她咚咚咚下楼，一面走一面生气地叽里咕噜。

“她走了吗？”一个很细的声音不安地叽叽说。

“她下楼了，我已经把房门锁上！好，请问，你把你自己怎么样了，弗雷德？”玛丽阿姨不耐烦地哼了一声。

“我提出希望了，玛丽！”那声音又叽叽响。

简和迈克尔朝都是灰尘的顶楼四下里看。特威格利先生会在什么地方呢？

“噢，弗雷德！别告诉我你希望……好吧，不管你在哪里，

请再提出个希望吧！我不能浪费一整天。”

“好的！我来了！不用激动！”

那些小提琴奏出音乐。接着，从空气里——孩子们觉得是这样——出现了两条穿灯笼裤的短腿。紧接着是一个穿旧礼服大衣的身体。最后出现了一把长长的白胡子、一张鼻子上架着眼镜的皱脸、一个戴吸烟帽的秃头。

“真是的，弗雷德表哥！”玛丽阿姨生气地说，“你到了这把年纪该更懂事了！”

“胡说，玛丽！”特威格利先生笑着说，“没有人能到了年纪更懂事的！我断定你赞成我的话，年轻人！”他用闪光的眼睛朝迈克尔看，迈克尔忍不住也对他眨眨眼。

“可你刚才躲在什么地方呢？”他问道，“你不可能从空气中出来的。”

“噢，是的，我能！”特威格利先生说，“只要我提出希望。”他满房间蹦蹦跳跳，加上一句。

“你是说，你刚才提出希望——你就不见了？”

特威格利先生朝房门看看，点点头。

“我只好……摆脱掉她！”

“为什么？她能把你怎么样呢？”简问道。

“为什么？因为她要嫁给我！她要得到我的希望。”

“你希望什么就能得到什么吗？”迈克尔羡慕地问道。

“噢，什么都能得到。这就是说，如果我提出希望是在5月3日以后的第二个下雨的星期日以后的出第一个新月的时候，

她……”特威格利先生朝房门挥挥手，“她要我希望有一座金殿，每天晚餐有孔雀肉馅饼。我要座金殿来干什么？我希望要的只是……”

“小心，弗雷德！”玛丽阿姨警告说。

特威格利先生马上捂住他的嘴：“啧啧！我当真必须牢牢记住！我已经提出两个希望了！”

“你可以提出几个希望呢？”简问道。

“七个，”特威格利先生叹气说，“我的教母认为这个数目正好。我知道这位老太太是出于好意。不过我情愿有一个大银杯。那更有用，也更少麻烦。”

“我可情愿有希望。”迈克尔断然地说。

“噢，不，你不要这样想！”特威格利先生叫道，“它们很狡猾，很难掌握。你会想出最好的东西要请求……可是吃饭时间到了，你觉得肚子饿，就会提出希望要香肠和土豆泥！”

“你已经提出的两个希望是什么呢？它们对你有好处吗？”迈克尔问道。

“这个嘛，我现在想起来，不太坏。我正在那儿做我的小鸟……”特威格利先生朝他的工作台点点头，“我一下子听见她上楼梯。‘噢，天哪！’我想，‘我希望我能隐身不见！’于是我朝四周一看，我没有了！它让我不见了好长时间。她一定对你们说我出去了！”

特威格利先生对孩子们微笑，摇晃他的大衣燕尾，快活得格格响。他们还没见过这样一个闪亮的人。他们觉得他更像颗

星星而不是一个人。

“接下来，当然，”特威格利先生温和地说下去，“我得希望自己重新现身，好跟玛丽·波平斯见面！好，玛丽，我能为你做什么事啊？”

“班克斯太太想请你给她的钢琴调音，弗雷德。樱桃树胡同17号，就在公园对面。”玛丽阿姨一本正经地说。

“啊，班克斯太太！那么这两位一定是……”特威格利先生对两个孩子挥挥手。

“他们是简和迈克尔。”玛丽阿姨解释说，用厌恶的眼光看看他们。

“很高兴见到你们。我说这是很大的荣幸！”特威格利先生鞠了一躬，伸出双手，“我希望我能请你们吃点东西，可我家里今天乱七八糟的。”

快活的笛声传遍整个顶楼。

“怎么回事？”特威格利先生踉踉跄跄地后退。在他每一只伸出的翻上来的手上有一碟奶油桃子。

特威格利先生看着它们。接着他闻闻桃子。

“我的第三个希望已经实现了！”他后悔地说着，把两碟奶油桃子递给两个孩子，“好，没有办法。不过我还有四个希望。现在我真得小心了！”

“如果你一定要把你的希望浪费掉，弗雷德表哥，我希望你把它们浪费在牛油面包上面。你会影响他们吃晚饭！”玛丽阿姨厉声说。

简和迈克尔赶紧用羹匙吃他们的桃子。他们不想给特威格利先生机会，让他提出希望把它们变没了。

“现在，”等到他们把最后一口桃子吃掉，玛丽阿姨说，“对特威格利先生说声谢谢，我们回家吧。”

“噢，不，玛丽！你们才到！”特威格利先生吃惊地站在那里呆住了。

“噢，再待一小会儿吧，玛丽阿姨！”简和迈克尔也求她。想到把特威格利先生孤零零一个人连同他那些希望留下来，他们受不了。

特威格利先生握住玛丽阿姨的手。

“玛丽，你在这里我觉得那么安全！我们已经好久没见啦！为什么不待一会儿呢——我希望你能待一会儿！”

“啁，啁，啁，啁！”

空气中响起一连串鸟叫声。与此同时，玛丽阿姨脸上拿定主意要走的样子变成了彬彬有礼的微笑。她脱掉她的帽子，放在工作台上一罐胶水的旁边。

“噢，天哪！”特威格利先生恐怖地喘了口气，“我的老毛病又犯了！”

“那是第四个了！”简和迈克尔看着他吃惊的样子，高兴地大叫。

“第四个，第四个，第四个，第四个！”鸟叫声回响着。

“哎呀！多么粗心！我真为自己害臊！”特威格利先生有好一阵看上去几乎是难过。接着他的脸开始闪亮，他的脚开始

轻快地移动。“对失去的希望哭也没用。对剩下的必须小心提出。我来了，我的小鸭子！我来了，我的小鸡！”他朝鸟叫的方向叫。

他朝满是灰尘的桌子走去，拿起一个擦亮的盒子。他的手指按了一个按钮。盒盖打开，孩子们有生以来看到的最小的一只小鸟从一个金窝里跳起来。从它的嘴里吐出清脆的叫声。它的小嗓子颤动着发出一连串的音乐声。

“啁，啁，啁，啁——啁！”它唱道。等到热烈的歌唱完，那小小鸟回到它的金窝里去了。

“噢，特威格利先生，那是一只什么鸟啊？”简用闪亮的眼睛看着那盒子。

“一只夜莺，”特威格利先生告诉她，“你们进来的时候我正在装配它。你知道，今天晚上它得完工。这样的可爱天气对夜莺太好了。”

“你为什么不提出个希望呢？”迈克尔劝他，“那你就什么活儿也不必干了。”

“什么？提出希望要只鸟？当然不可以！我要是一提出希望要只鸟，你知道结果会怎样吗？它可能成了一只秃顶老鹰！”

“你要留着它一直唱歌给你听吗？”简羡慕地问道。她希望能有只这样的小鸟。

“留着它？噢，亲爱的，不！我要把它放走。这地方不能放满做好的东西。我有更多的东西要做，不能净顾着一只小鸟。我要把动物放到这些……”他朝那些未完成的盒子点点头，“我还有一个加急订货必须完成——一个演奏《公园里的一天》的

音乐盒。”

“《公园里的一天》？”孩子们看着他问道。

“是个大合奏，你们知道！”特威格利先生解释说，“有泉水的淙淙声，有太太小姐的说话声，有乌鸦的呱呱叫声，有孩子们的哈哈笑声，还有树木长大的缓慢、轻柔的嗡嗡声。”

想到将收进那音乐盒的所有这些可爱东西，特威格利先生的眼睛在他的眼镜后面闪光。

“可是树木长大听不见，”迈克尔反驳他说，“那没有音乐。”

“啧啧！”特威格利先生不耐烦地说，“当然有！什么都有音乐。你没有听到地球旋转吗？它发出陀螺旋转的那种嗡嗡声。白金汉宫响起《统治英国》的音乐声，泰晤士河是支催眠的笛子。哎呀，是这样的！世界上的一切东西——树木、岩石、星星、人类——全都有自己真正的音乐。”

特威格利先生说着，走过去，给一个盒子上了发条，盒子顶上的小圆旋转台马上转动起来。从盒子里面发出清脆的小笛子的嘟嘟声。

“那是我的曲子！”特威格利先生侧着他的头倾听，得意地说。他又给另一个音乐盒上发条，空气中马上充满另一种乐曲。

“这是《伦敦桥在倒塌》！它是我心爱的曲子！”迈克尔叫道。

“我怎么对你们说的？”特威格利先生微笑着，又去转另一个把手。盒子里响起欢快的乐曲。

“那是我的曲子！”简高兴得嘎嘎叫，“是《橘子和柠檬》。”

“当然是这曲子！”特威格利先生笑容满面。

他快活地抓住两个孩子的手，拉他们在顶楼上跳舞。三个小旋转台在转，三支曲子混合在一起。

伦敦桥在倒塌，
跳过去吧，我的利夫人！

迈克尔唱道。

橘子和柠檬，
这是圣克莱门斯教堂的钟声。

简唱道。

特威格利先生吹着口哨，像只快活的黑鸟。

孩子们听着他们喜爱的曲子跳舞，脚轻快得像翅膀。他们心中在说，他们从来没有感觉这样轻松快活过。

砰！下面前门关上，震动了整座房子。特威格利先生停下来，竖起一个脚趾在听。咚咚咚！响起上楼梯的脚步声。一个很响的声音响彻整个楼梯口。

特威格利先生吓得倒抽一口气，把上衣燕尾拉起来堵住两只耳朵。

“她来了！”他尖叫道，“噢，天哪！噢，妈呀！我希望我在一个安全的好地方！”

长号响起嘟嘟声。一件怪事一下子发生了。

特威格利先生像是被一只看不见的手从顶楼地板上抓起来。他像一粒蓟种子被风吹起，飞过孩子们的头顶。接着他又喘气又摇晃，落到他的一个音乐盒上。他似乎没有缩小，音乐盒似乎也没有变大，然而他们合在一起正好。

特威格利先生转啊转，他满脸是得意的笑容。

“我安全了！”他向孩子们挥着手叫道，“她现在捉不到我了！”

他们正要欢呼“万岁”，可话像打嗝那样堵在喉咙里，因为什么东西抓住了他们的头发，把他们双双拉过顶楼。当他们落到他们各自的音乐盒上时，手脚张开趴在上面。他们抖动了一会儿，不过很快就平稳地旋转起来了。

“噢！”简喘着气说，“多么可爱的惊喜啊！”

“我觉得自己像个陀螺！”迈克尔叫道。

特威格利先生吃了一惊，惊奇地看着他们。

“是我做的吗？天哪！我提出希望变得挺聪明了。”

“聪明！”玛丽阿姨哼了一声，“我说是——荒唐可笑！”

“不过至少是安全了，”特威格利先生说，“而且十分好玩。你为什么不试试呢？”

“提出希望吧！”迈克尔挥着手劝他说。

“啊！她用不着我提出希望，”特威格利先生用一种奇怪的目光看着玛丽阿姨说。

“好吧，如果你们一定要……”她哼了一声说。她把两只

脚紧紧地并拢，从地板上飘起来，飞过椽木。接着她笑也不笑，甚至没动一动，已经降落在一个音乐盒上。一转眼间，也没有人转发条，曲子就快活地响起来了。

那曲子唱道：

鞋匠的工作台转啊转，
猴子追鼬鼠。
猴子说是闹着玩——
鼬鼠忙逃窜！[1]

玛丽阿姨转啊转，转得那么平稳，好像她从生下来的第一天起就这么转啊转似的。

可是四支曲子虽然这么响，却有另一个声音比它们还要响，可以听得见。咚咚咚！沉重的脚步声越来越近。

接下来有人砰砰砰地打门。

“开门，我用法律的名义说！”一个有点熟悉的声音大叫。

一只有力的手在转那不牢靠的门锁。接着，哗啦一声，房门打开了。在门口站着大块头太太和一个警察。他们看着。他们的眼睛凸了出来。他们的嘴吃惊得大张着。

“噢，这景象真是可耻至极！”大块头太太叫道，“我从来没有想到，会看到这屋子变成了一个游乐场！”她对玛丽阿姨挥动拳头，说：“你会得奖的，我的小妹妹。警察来了，他

[1] 鼬鼠逃窜舞是英国 19 世纪的乡村舞蹈，舞蹈者轮流从手拉手的一对舞伴臂下穿过，大家一面跳舞一面唱这《鼬鼠逃窜歌》。

会跟你算账！至于你，特威格利先生，你快从那胡闹的旋转台上下来，梳好你的头发，戴上你的帽子。你要去结婚了！”

特威格利先生一惊。可是他喜气洋洋地转动他的衣服燕尾。

大块头太太，谢谢你，
不要嚷嚷，不要跺脚，
那会让我蹦蹦跳！

他一面转一面唱。警察拿出笔记本和铅笔。

“来吧！你们全都不要转了。转得我头都晕了。我要求你们做出解释！”

特威格利先生高兴得咯咯笑。

“你来错地方了，亲爱的警察先生！我还没有想出个解释。而且像我经常对我的孩子，玛土撒拉[1]说的，我不相信他们！”

“好了好了，开玩笑只会让事情变得更糟。你不能对我说你是玛土撒拉的老子！”警察发出一个会意的微笑。

“不是老子，是老老子，是爷爷！”特威格利先生姿态优美地旋转着回答。

“好了，够了。你就下来吧！”这样旋转对健康没好处。在私人住宅里不允许这样做。喂！谁在拉我？把我放开！”警察吓得尖叫一声，双脚离地飞上半空。当他像块石头那样落到一个音乐盒上时，音乐盒发出刺耳的吵闹曲子。它嚷嚷道：

[1] 玛土撒拉是《圣经》故事中的人物，享年 969 岁。

雏菊雏菊，请给我个回答，
为了得到你的爱，我已经成了个傻瓜！

“救命！救命！是我，32号警察呼叫！”警察拼命拿出他的警哨，嘟嘟地狂吹。

“警察！”大块头太太大叫，“你要执行你的任务，否则我也要告你。快下来逮捕这个女人！”她用一个大拇指指着玛丽阿姨。“我要把你关到牢里去，我的小丫头。我会捉到你的……哎呀呀！不要让我旋转！”她又生气又吃惊，眼睛张得老大，因为一件怪事发生了。

慢慢地，这位大块头太太开始在原地旋转。她不在音乐盒上，不在旋转台上，她就在地板上转啊转。当她那大块头身体在地板上旋转时，地板发出很响的叽叽嘎嘎的抗议声。

“很好，这声音跟你相配！”特威格利先生叫道。

试试看跳起来，
亲爱的大块头太太！

他欢叫着关照她。

大块头太太尝试举起她黑色的大皮靴，心中吓得发抖。她拼命要提脚，却提不起来。她扭动她的大块头身体，可是她的两只脚被牢牢粘在地板上。

“聪明的小妹妹，玛丽！这我倒从来没有想到过！”特威格利先生对玛丽阿姨微笑，又自豪，又佩服。

“都是你做的好事——你这任性、邪恶、心肠冷酷的害人精！”大块头太太生气地大叫，想要抓住玛丽阿姨，“不过我还是会捉到你的……否则我的名字就不叫萨拉·大块头！”

“也永远不会姓特威格利！”特威格利先生快活地叫道。

“我要回家！我要回警察局！”警察拼命地旋转，哀声大叫。

“我肯定没有人在留你！”玛丽阿姨哼着鼻子说。她这话一说，警察那个音乐盒一下子停住，他被甩了出去，气喘吁吁的。

“伦敦警察厅！”他跌跌撞撞地走到房门口，叫着，“我一定要见厅长！我一定要报告。”他用他的警笛狂吹了一通，飞奔下楼，逃出了房子。

“回来，你这家伙！”大块头太太尖叫，“他溜走了！”前门砰的一声关上。她说：“噢，现在我怎么办？救命啊！救命啊！房子着火了！”

她想挣脱身子，脸都涨红了。可是没有用。她的脚牢牢粘在地板上，她伸出双臂生气地大叫。

“特威格利先生！”她哀求说，“请救救我，先生！我一直给你做可口的饭菜。我一直让你干干净净。我保证你不用娶我，只要你提出希望把我放掉！”

“小心，弗雷德！”玛丽阿姨一面用高雅的姿态旋转着，一面警告说。

“一个及时的希望可以挽救九个人，现在让我想一想！”

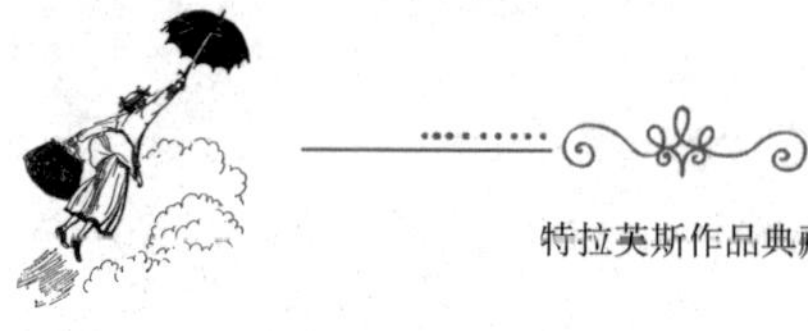

特威格利先生咕噜着。

他用手指捂住眼睛。简和迈克尔看得出他在努力希望什么真正有用的东西。他沉思着旋转了好长一会儿。接着他抬起头来，微笑着拍他的手。

“大块头太太，”他高兴地大声说，“你将得到自由！我可以为你希望一座金殿和每天晚饭吃孔雀肉馅儿饼。不过……”他朝玛丽阿姨眨眨眼睛，“是我的那种宫殿，大块头太太！是我的那种馅儿饼！”

顶楼上响起一连串咚咚的鼓声。

大块头太太看着玛丽阿姨，露出胜利的微笑。

“啊哈！”她自鸣得意地说，“我怎么跟你说来着？”

可也就在她说话的这会儿，她脸上骄傲的微笑消失了。她的脸变成了一种最恐怖的样子。

因为大块头太太不再是一个大块头的胖女人。她的大块头身体迅速缩小。她的两只脚在叽嘎响的地板上旋转时，每转一圈她就小上一点儿。

“这是怎么回事？”她喘着气说，“噢，怎么会这样？”她的双臂和双腿变得又短又皮包骨头，她的个子也只有原来的一半高。

“警察！着火了！谋杀！SOS！”她个子越缩越小，声音也越变越轻。

“噢，特威格利！你干什么了？警察！警察！”那细小的声音叽叽叫。

她说话的时候，地板生气地一抖，把她旋转着抛上半空。她狂叫一声落下来，跌跌撞撞跑过房间。她一路跑一路变得更小，她的动作越来越急。她刚才还跟小猫咪一样大，转眼已经比一只老鼠还小。她跌跌撞撞地跑，最后跑到顶楼尽头，冲进一座忽然出现的小金殿。

"噢，为什么我对他说要金殿？他干出什么来了？"不再是大块头的大块头太太用尖细的声音叫道。

孩子们从一扇金窗子看进去，看见她跌坐在一把椅子上，面对一个铁皮小馅儿饼。她开始用很急的动作切它，这时宫殿的门砰的一声关上。

现在几个音乐盒都停止旋转了。音乐一停，顶楼静静的。

特威格利从他的音乐盒跳下来，跑到金殿那里。他欢呼一声，把它拿起来朝里面看。

"非常聪明！我实际上应该祝贺我自己。现在它可以放在游乐场，只需要投进一个便士就可以开动。一个小硬币，一个便士，只要一个便士，朋友，

你就可以看一个胖女人吃馅儿饼！快来看哪！快来看哪！只要一个便士！”

特威格利先生挥动着这宫殿，快活地绕着房间蹦蹦跳跳。简和迈克尔也从他们的音乐盒上跳下来，跟着他跑，抓住他的上衣燕尾。他们透过窗子看大块头太太。她在切馅儿饼，她那张机器脸上有一种害怕的表情。

“那是你的第六个希望！”迈克尔提醒他。

“没错，是的！”特威格利先生同意说，“就这一回提出了一个真正有用的希望！你瞧，只要还有希望，那就有办法！特别是当她在这里的时候！”他朝玛丽阿姨点点头，玛丽阿姨正极有气派地从她的音乐盒上下来。

“请戴好你们的帽子！”她尖厉地吩咐说，“我要回家喝杯茶了。我不是一头沙漠中的骆驼。”

“请再等一等，玛丽阿姨！特威格利先生还有一个希望可以提出！”

简和迈克尔异口同声地说，拉住她的手。

“对，我是还有一个！我简直忘掉了。现在，我该提出什么呢……”

“樱桃树胡同，别忘了，弗雷德！”玛丽阿姨的声音里有警告的口气。

“噢，我很高兴你提醒了我。等一等！”特威格利先生把他的一只手放在他的额头上，响起了“多来米法索”的音乐声。

“你希望了什么？”简和迈克尔问他。

可特威格利先生好像忽然之间聋了，因为他不注意他们的问题。他急急忙忙摇他的双手，好像把他所有的希望都提出了，现在急于想单独一个人留下。

“你说你们得走了？多么难过！这是你的帽子吗？好，很高兴你们来了！我希望……这是你的手套吗，亲爱的玛丽……我希望等我的希望再从头开始时你再来看我！”

“什么时候再从头开始呢？”迈克尔问道。

“噢，大概过九十年吧。”特威格利先生快活地回答。

“到那时候，我们都很老了！”简说。

“也许，”他回答说，耸了耸肩，“不过至少不会比我现在老！”

他说着在玛丽阿姨的脸颊上吻了一下，把他们推出房间。

他们看到的最后一件事情，是他在大块头太太那宫殿上动手装上投小硬币装置时他那欢快的微笑……

后来简和迈克尔怎么也回想不起，他们是怎么离开特威格利先生的房子回到樱桃树胡同的。他们好像还在满是灰尘的楼梯上，转眼却已经跟着玛丽阿姨走在蓝灰色的暮色中了。

简回头要看那小房子最后一眼。

“迈克尔！”她大吃一惊地悄悄说，“它不见了。什么都不见了！”

他听了回头看。一点儿不错！简的话是对的。那小街和那些老式房子什么也看不见了。他们面前只有影影绰绰的公园和熟悉的樱桃树胡同。

“我们一个下午到底在什么地方啊？”迈克尔看着四周说。

可是要准确回答这个问题，需要比简更聪明的人。

“我们反正在什么地方。”她明智地说。

可对于迈克尔，这个回答还不够。他奔到玛丽阿姨身边，拉她那条最好的蓝色裙子。

“玛丽阿姨，我们今天在什么地方啊？特威格利先生出什么事了？”

“我怎么知道？”玛丽阿姨厉声说，“我又不是百科全书。”

“可他不见了！那条街不见了！我想那音乐盒也不见了——他今天下午站在上面转的那一个！”

玛丽阿姨在路边停下来，看着他。

“我的表哥站在一个音乐盒上？你说什么瞎话啊，迈克尔·班克斯少爷！”

“可他是站在那上面嘛！”简和迈克尔一块儿叫起来，“我们全都站在音乐盒上团团转。我们每一个合着自己喜欢的曲子转。你的曲子是《鼬鼠逃窜歌》。”

玛丽阿姨的眼睛在黑暗中严厉地闪光。她这么怒视着，人好像变大了。

“我们每一个……鼬鼠？团团转？”真的，她气得话也要说不出来了。

“在一个音乐盒上面，你们是这样说的？我辛辛苦苦，得到的就是这样的话！你们一个下午和我的表哥和我这样两个有教养、有自尊心的人在一起，可接下来只会嘲笑我们。跟鼬鼠

一起团团转，真的？只要有人肯出两个子儿我就把你们丢下来给他……丢在这里……再也不回来！我警告你们！”

“在一个音乐鼬鼠上面！”她发着火，一路高视阔步地穿过越来越浓的暮色。

她的鞋后跟在人行道上噼啪噼啪厉声响。连她的背影也有一种生气的样子。

简和迈克尔急急忙忙跟着她。跟玛丽阿姨争辩是没有好处的，特别是在她这副样子的时候。最好是一声不响。幸亏这时候胡同里一个人也没有，不会有人肯出两个子儿。他们在她身边默默地走着，想着这个下午的怪事，相互看看，只是想……

“噢，玛丽·波平斯！”当玛丽阿姨打开前门的时候，班克斯太太高兴地说，“我很抱歉，不过不用麻烦你表哥了。我刚才又试了一下钢琴，它的调子一点儿问题也没有。说实在的，它甚至从来没有这么好过。”

“我听了很高兴，太太，”玛丽阿姨说，偷偷看看镜子里自己的影子，“这没我表哥的事。”

“我想也是，”班克斯太太说，“他根本没来过。”

“一点儿不错，太太。”玛丽阿姨说。她哼了一声，转身朝楼梯走去。

简和迈克尔偷偷地你看看我我看看你。

“那一定是第七个希望！”迈克尔悄悄说。简点头同意。

啁，啁，啁，啁——啁啾！

公园里传来一阵甜美的音乐声。声音听着耳熟。

“那会是什么声音呢？”班克斯太太叫着，跑到门口去听，“天哪！是只夜莺！”

那歌声从树枝上传下来，一个音一个音，像一个个梅子从树上落下。它使傍晚的空气热闹起来。它在倾听着的暮色中鸣啭。

“多么奇怪！”班克斯太太说，“夜莺从来不在城里歌唱！”

在她背后，两个孩子点着头，狡猾地你看看我我看看你。

“那是特威格利先生的夜莺。”简喃喃地说。

“他把它放出来了！”迈克尔轻轻回答。

他们听着那热闹的歌声，知道特威格利先生是真实的，在什么地方——真实得就跟他这只如今正在公园里歌唱的小金鸟一样。

这夜莺又唱了一阵，不唱了。

班克斯太太叹了口气，把门关上。“我希望知道它是从哪里飞来的！”她做梦似的说。

可是本可告诉她的简和迈克尔已经上了楼梯。他们什么也没说。他们知道，有些事情可以解释，有些事情是不能解释的。

再说，喝茶吃的葡萄干小面包已经摆在那里，如果他们胆敢让玛丽阿姨久等，他们知道她会说什么……

第三章
看国王的猫

迈克尔牙齿疼。他躺在床上哼哼叫，用眼角看着玛丽阿姨。

她坐在那里，坐在扶手椅上，在忙着绕毛线。简跪在她面前，双手撑着那毛线。花园传来双胞胎的叫声，他们正在草地上和埃伦跟安娜贝儿一起玩。儿童室里很安静。时钟发出满足的嘀嗒声，像一只母鸡下了一个蛋在咯咯叫。

“为什么该是我牙齿疼而不是简牙齿疼呢？”迈克尔抱怨说。他拉玛丽阿姨借给他裹住脸颊的披巾。

“因为你昨天糖吃得太多了。”玛丽阿姨尖刻地回答道。

“可昨天是我的生日啊！”他顶嘴说。

“生日不能成为把你自己变成垃圾箱的理由！我过完我的

生日牙齿不疼。”

迈克尔看着她。有时候，他真希望玛丽阿姨不要那么十全十美，什么毛病也没有。不过他从来不敢说出来。

“如果我死了，”他警告她说，“你会后悔的，你将会希望你曾经对我好一些！”

她不屑地哼了一声，继续绕她的毛线。

迈克尔双手捧住脸朝儿童室四周看。这里样样东西都有老朋友的那种熟悉的样子：墙纸、木马、红色破地毯。他的眼睛移到壁炉台上。

那上面有指南针、瓷碗、插满雏菊的果酱瓶、他那只旧风筝的木条、玛丽阿姨的卷尺。那上面还有昨天弗洛西姑妈送给他的礼物——上面有蓝花绿花的小白瓷猫。它蹲在那里，两只爪子靠在一起，尾巴在爪子旁边整齐地卷着。阳光照着它的瓷背，它绿色的眼睛严肃地望过房间。迈克尔对它友好地笑笑。他喜欢弗洛西姑妈，他也喜欢她送给他的礼物。

这时候他的牙齿又是一下针刺似的痛。

“噢！”他尖叫一声，“它朝我的牙床钻洞！”他可怜巴巴地看看玛丽阿姨。“没有一个人疼我！”他痛苦地加上一句。

玛丽阿姨对他嘲弄地笑笑。

“不要这样看我！”他抱怨说。

“为什么不要？我想猫也可以看国王！”

“可我不是国王……”他生气地咕噜说，“你也不是猫，玛丽阿姨！”他希望她和他争，让他分心，不去只顾着注意他那颗牙齿。

“你是说有猫能看国王吗？会是迈克尔的那只猫吗？”简问道。

玛丽阿姨抬起头来。她那双蓝色眼睛看着那只猫的绿色眼睛，那只猫也回看她。

静了一下。

“任何猫都可以看国王，”玛丽阿姨最后说，“可这只猫最要看。”

她笑着拿起毛线团，壁炉台上什么东西动了一下。那小瓷猫动动它的瓷胡子，抬起它的头打了个哈欠。孩子们能看到它

闪亮的牙齿和长长的粉红色舌头。那猫接着弓起它带花的背，懒懒的伸了伸腰。接着它又尾巴一摇，从壁炉台上跳了下来。

扑通！四只猫爪子落到了地毯上。咕噜咕噜！猫说着走过壁炉前的地毯。它在玛丽阿姨身边停了一会儿，对她点点头。接着它跳上窗台，跳到耀眼的阳光中，不见了。

迈克尔忘了他的牙齿疼，目瞪口呆。

简放下她那团毛线，看着。

“可是……”他们两个吞吞吐吐地说，“怎么？为什么？上哪里去？”

“去看王后，”玛丽阿姨回答说，“王后每个月第二个星期五在家。别那样睁大眼睛看着，简——风会转向的！闭上你的嘴！你的牙齿会受凉的。”

“可我要知道出什么事情了！”迈克尔叫道，“它是瓷的。它不是只真猫。可是……它会跳，我看见了。”

“它为什么要去看王后？”简问道。

“为了老鼠，”玛丽阿姨镇静地说，“部分是为了老交情。”

她拿着毛线球的双手落下来。简向迈克尔投去一个警告的眼色。他小心翼翼地扭动身子下了床，爬过房间。玛丽阿姨没有在意。她用做梦似的眼神看着窗外，在想着她的心事。

“从前……”她慢慢地说起来，好像阳光中写着字，她在照着它们念……

从前有一个国王，他自以为无所不知，我简直没法告诉你

他自以为知道的那么多事情。他那脑袋瓜装满了事情和数字，就像个满是石榴子的石榴。这就使国王整个人心不在焉、忘乎所以。如果我告诉你说，他甚至连自己的名字叫科尔都忘记了，你简直会不相信。不过他的首相记忆力很好，不时提醒他。

就这样，这个国王最爱追求的东西就是思索。他晚也思索早也思索。他吃饭的时候思索，洗澡的时候也思索。他从不注意眼前发生了什么事，因为，当然啦，他一直在思索别的事。

他思索的事可不是像你想象的那样，是关于老百姓的福利，怎么让他们过得好。根本不是这么回事。他的脑子忙于想别的问题。例如在印度有多少气球，北极圈是不是和南极圈一样长，能不能教会猪唱歌。

他不但自己想这类事情，还强迫每一个人也想这些事情。每一个人，只除了首相，首相根本不是个爱思索的人，他是个爱坐着晒太阳、什么事也不做的老人。不过他留神着不让人知道这件事，怕国王知道了会砍掉他的脑袋。

国王住在一座水晶宫里。在他即位的早年，这水晶宫光芒四射，经过的人得捂住眼睛，怕眼睛耀花了。可是水晶渐渐暗下来，时间的灰尘遮盖了它的光芒。没有人有空为它擦拭，因为每一个人都太忙了，只顾着帮国王想他所想的事。他们任何时候都有可能被命令离开他们的工作，赶紧去办国王想出来的事。也许是到中国去数有多少蚕，也许是去查明所罗门群岛是不是由示巴女王统治[1]。当他们带着调查报告回来时，国王和群

[1] 示巴女王是《圣经》故事中的人物，曾到所罗门朝中试智慧过人的所罗门的智慧，这跟所罗门群岛没有一丁点儿关系。

臣就把事情誊写在皮封面的大书里。如果有人一无所得、空手而归，他的脑袋马上会落地。

宫殿里唯一无事可做的人是王后。她整天坐在她的金宝座上，转动着围住她喉咙的蓝花绿花花环。有时候她大叫一声吓得跳起来，把她的白鼬皮袍子裹紧，因为这宫殿越来越脏，老鼠越来越多。任何人都可以告诉你，老鼠是没有一个王后受得了的东西。

"噢——噢——噢！"她会喘着气叫着，在宝座上蹦跳。

每次她一叫，国王就皱起眉头。

"请安静，不要响！"他用暴躁的声音说，因为最小的声音也妨碍他思索。于是老鼠会散开一会儿，房间里静悄悄的，只有国王和臣子把新的事情加到皮封面的厚书里去时鹅毛笔的嚓嚓声。

王后从不下命令，哪怕是对她的寝宫女侍臣，因为下命令也没有用，国王很可能把她的命令撤销。

"补王后的裙子？"他会生气地说，"什么裙子？为什么浪费时间去谈什么裙子？拿起笔写下关于凤凰的事情吧！"

你会说，这样多么可怕啊！的确，这我不能怪你。不过你千万别以为一直就是这样的。王后孤孤单单地坐在她的宝座上，有时就想起了她最初嫁给国王的日子。他当时是个多么高大英俊的男子汉啊，有粗壮的白脖子和红润的脸颊，满头鬈发，像是山茶花的叶子。

"唉！"回想往日，她会不由得叹口气。那时候，他会从

他的餐碟上拿蜂蜜蛋糕和牛油小面包给她吃。他那张脸是何等充满了爱，使她的心都乱了，纯粹由于快乐，她把脸转开不敢去看他。

可最后，一个不祥的傍晚降临了。

“你的眼睛比星星还要亮。”他从她的脸看到闪烁的天空，对她说。可他没有像平时那样把脸又向她转回来，他继续朝天上看。

“我只想知道，”他做梦似的说，“天上有多少颗星星，我想数一数。一、二、三、四、五、六、七……”他一直数下去，直到王后在他身边睡着了。

“1249……”当她醒过来的时候，国王正在说。

这还不够，他马上把所有大臣从床上叫起来，吩咐他们也数星星。可数下来没有两个答案是一样的，国王气坏了。

事情就是这么开始的。

第二天，国王对王后说：“你的两边脸蛋，我亲爱的，像两朵玫瑰！”

王后听了十分高兴，可国王又说：“不过为什么是玫瑰呢？为什么不是卷心菜呢？为什么脸颊是粉红色，卷心菜却是绿的呢？为什么不是反过来呢？这是一些非常重大的问题。”

第三天，他说她的牙齿像珍珠。可她还没来得及微笑，他又说下去了：“如果它们真是珍珠又怎么样呢？每一个人有一定数目的牙齿，它们大多数都像珍珠。然而珍珠是很稀少的。这是一个更重要、更值得思索的问题。”

于是他召来王国里最好的潜水人，派他们潜到海底去。

就从那一天起，他就一直在思索了。他只顾得到知识，连看也不再看王后一眼。实际上就是朝她看，他大概也看不见她，因为他在他的书和纸上操劳过度，眼睛近视得不得了。他那张红润的圆脸变瘦了，满是皱纹，他年纪轻轻头发就白了。他简直不吃东西——只有在老首相告诉他晚饭在桌子上摆好了时，他才吃点面包夹干酪和洋葱。

好，你们这就可以想象出来，王后有多么孤独。有时候首相会小心地拖着脚走到她的宝座旁边，好心地轻轻拍拍她的手。有时候小侍童灌满了墨水缸以后，会在国王后面抬起眼睛对她微笑。可是老人也好孩子也好，都不能花更多时间让王后快活，因为他们怕掉脑袋。

你们可别以为国王存心凶恶。事实上他还觉得他的臣民比谁都幸福，因为他们不是有个无所不知的国王嘛！可是在他忙于搜集知识的时候，他的老百姓越来越穷。房屋倒塌，田地荒芜，因为国王要大家全都帮他思索。

终于到了这么一天，当国王和群臣照常在他们会议厅的桌旁忙着，王后坐在那里听鹅毛笔在纸上嚓嚓响，老鼠在墙板里吱吱叫的时候，王后坐得一动不动，一只大胆的老鼠飞快地跑过地板，开始在她的宝座下面整理起它的小胡子来。王后吓得轻轻喘了口气，随即用手捂住嘴，生怕惊扰国王。这时候她裹紧她的白鼬皮袍子，坐在那里浑身发抖。就在这会儿工夫，她那双害怕的眼睛从她捂住嘴的手上面望过房间，看到门口有一

只……猫。

这是一只小猫，浑身毛茸茸的，像一朵蒲公英，从尾巴到胡子白得像白糖。它懒洋洋地摇摇摆摆地进来，像是闲着没事做。它从从容容进门时，那双绿色的眼睛闪闪发光。

它到了地毯边上停了一会儿，好奇地看着国王和那些大臣在他们的书上弯着腰。接着它那双绿色眼睛转向王后。猫大吃一惊，整个身体绷紧了。它的背弓得像个驼峰。它的胡子伸出来，就像钢丝。紧接着它冲过会议厅，向王后的宝座下面扑过去。响起一声粗哑的喵喵叫，又是很细的一声吱吱叫，那老鼠没影儿了。

“请不要响！别发出这种怪声，我亲爱的！它打乱我的思路！”国王暴躁地说。

“那不是我！”女王胆怯地说，“那是猫。”

“猫！”国王心不在焉地说，连头也没有抬起来，“猫是四腿动物，身上披着毛。它们吃老鼠、鱼、肝和小鸟，相互咕噜咕噜叫或者喵喵叫。它们自顾自，相传有九条性命。有关猫的详细介绍见进门左手边第五号书橱D层第七卷第二页……”

“喂，这都是什么乱七八糟的……”

国王吃了一惊，从书页上抬起头来，因为猫就蹲在写字台上，面对着他。

“请你小心点！”国王生气地说，“你正好蹲在我最新的资料上面。它们关系到非常重要的问题。土耳其鸡[1]真出自土耳

[1] 英文里“火鸡”和“土耳其”是同一个词，原指从土耳其进口的非洲珍珠鸡，后来误做火鸡。

其吗？如果不是，又为什么叫土耳其鸡？好，你要什么？快说！别蘑菇！”

“我要看你。”猫冷静地说。

“哦！你要看我？对了，是有这个说法，猫也可以看国王！我不反对。你看吧！”

国王把身子靠到他的椅背上，把脸从左转到右，让猫可以看到两边。

猫看着国王想心事。

沉默了好一会儿。

“看够了吗？”国王大方地微笑着说，“可以请问一句，你对我有什么想法？”

“没什么想法。”猫舔着它的右前爪随口说了一声。

“什么？”国王叫起来，“没什么想法，真的？我无知的可怜动物，你显然没注意到你是在看哪一个国王！”

“所有国王都差不多。”猫说。

“根本不对！”国王生气地说，“我倒请你说出一个国王，他知道的和我一样多！我告诉你，教授们从天南地北来向我请教，一谈就是半个小时。我的宫廷由最好的人组成。杀死巨人的杰克给我的花园掘土。给我放羊的是躲躲猫。我的馅儿饼里有 24 只黑鸟。你说我没什么可看的，真的吗？胆敢这样和一个国王说话，我倒想知道你是谁！”

“噢，就是一只猫，”猫回答说，“有四条腿、一条尾巴、几根小胡子。”

“这我也看得见！”国王凶巴巴地说，“你长什么样子我没兴趣。我要知道的是，你知道多少。”

“噢，无所不知。”猫平静地说，舔着尾巴尖。

“什么！”国王一下子大发脾气，“你是只最狂妄自大的骄傲的东西！我真要砍下你的脑袋。”

“你会的，”猫说，“不过要趁早。”

“无所不知！哼，你这家伙真不像话！没有一样活着的东西——甚至包括我——真能聪明到这样！”

“猫是唯一的例外，”猫说，“我向你保证，所有的猫无所不知。”

“很好，”国王咆哮说，“不过你得证明出来。如果你这么聪明，我要问你三个问题。那我们就看到真相了。”

他露出傲慢的微笑。如果这该死的猫坚持吹它的牛，那么它将自食其果！

“好，”他又把身体靠在椅背上，双手手指合在一起，“我的第一个问题是……”

“请等一等！”猫平静地说，“我们先要谈好条件，我才能回答你的问题。没有猫会那么笨的。我准备好跟你做个交易。这一条算是我们一致同意了，你将问我三个问题。不过你问完以后，我也要问你问题，这样才公平。我们当中谁赢了，谁就统治你这个王国。”

朝臣们惊讶地放下了他们手中的笔。国王也惊讶地瞪大眼睛。

不过他咽下要跳出口的话，只是轻蔑地哈哈大笑。

“很好，”他最后傲慢地说，“这是大大浪费时间，后悔的将是你而不是我。不过我接受你的条件。”

“那么摘下你的王冠，”猫吩咐说，“把它放在桌子上，放在你我之间。”

国王从他乱蓬蓬的头上摘下王冠，上面的珠宝在阳光中闪烁。

“让我们快把这乱七八糟的事情了结了吧！我得回头干我的活儿了。”他生气地说，“你好了吗？好，这是我的第一个问题。如果你把六尺男儿头对脚小心地排列在一起，那么，绕赤道一周，需要多少人呢？”

“那很容易，”猫笑着回答说，“只要把总长度除以六就行。”

“啊哈！”国王狡猾地叫着，“很好……不过长度是多少呢？”

“你爱多长就多长，”猫脱口而出，“它实际上不存在，这你知道。赤道纯粹是一根想象的线。”

国王不以为然，脸都黑了。

“好吧，”他绷着脸说，“那么告诉我这个：一头大象和一个铁路搬运工之间的差别是什么？”

“根本没有差别，”猫又脱口而出，“因为他们都离不开trunk[1]。”

“不过……不过……不过……不过……”国王反对说，“这

[1] 英文里 trunk 的意思又是象鼻子又是箱子。

些都不是我想要的回答。你实在应该更严肃点。”

“我不管你想要什么回答，”猫说，“可这些都是你的问题的标准答案，任何一只猫都可以告诉你。”

国王生气地吧嗒着他的舌头。

“这胡说八道已经超出了开玩笑的范围！这是胡闹！这只是胡言乱语。不过好吧，这是我的第三个问题——如果你能回答它。”

你从国王脸上的微笑可以看出来，他这一次认为，他准可以把猫送到他要它去的地方了。

他神气地举起一只手开始说：“如果12个人一天工作8小时，要挖一个10英里半深的坑，那么，他们要多少时候——工作包括星期日——才能收工，放下他们的铲子？”

国王的眼睛闪着狡诈的光。他得意地看着猫。可是猫的回答早已想好。

“两秒钟就完了。”它尾巴轻轻一摇，脱口而出。

“两秒钟！你疯了吗？这回答应该是多少年！”国王想到猫的错误，兴高采烈地搓着他的手。

“我再说一遍，”猫说，“他们只花了两秒钟，事情就完了。挖这样一个坑愚蠢透顶。他们会说：‘10英里深？干什么用啊？’”

“问题不在这里。”国王生气地说。

“可是每一个问题一定要有一个道理。没有道理，就不用问了。现在，”猫说，“我想轮到我来问了！”

国王生气地耸耸肩。

“好吧，快点。你已经浪费了我太多的时间！”

“我的问题很短、很简单，”猫向他保证说，“猫动动胡子就能回答。但愿国王同样聪明。好，这是我的第一个问题。天有多高？”

国王得意地哼了一声。这正是他喜欢的一种问题，他露出心照不宣的微笑。

“当然，”他开口说，“这看你从哪里量起。从平原量上去是一种高度。从山顶量上去又是一种高度。这一点考虑到以后，我们应该决定纬度、经度、幅度、长度、众多状态，而且不要忘记大气干扰、数学、杂技和歇斯底里，以及低压、表现、印象、供认，还有……[1]”

“对不起，”猫打断他的话，“可这不是回答。请再试一次，天有多高？”

国王又生气又吃惊，眼珠都凸了出来。以前还从未有人胆敢打断他的话。

“天！”他怒吼道，“是……呃……它是……当然，我不能用多少码来回答你。我保证任何人也不能。它大概是……”

“我要准确的答案，”猫说，它从国王看到目瞪口呆的群臣，“这里，在这学问的殿堂，有任何一个人能回答我的问题吗？”

首相紧张地看着国王，举起一只发抖的手。

“我一直认为，”他腼腆地喃喃着，“天比老鹰飞的高度高。当然，我是一个老朽，我可能错了……”

[1] 国王把英文一些词尾相同的词排列在一起，没有什么意思。

猫啪地合上它白糖那样白的爪子。

“不！不！你说得对。”它温柔地说。

国王气得哼了一声。

“愚蠢无聊！胡说八道！”

猫举起它的爪子请他安静，接着说：“请回答我的第二个问题！什么地方能找到最甜的奶？”

国王的脸马上开朗了，有把握地笑笑。

“这简单得像 ABC，”他傲慢地说，“答案当然是意大利的撒丁岛，因为那里的牛吃蜂蜜和玫瑰花，它们的奶甜得像糖浆。或者我该说是埃利甘特群岛，那里的牛只吃甘蔗。或者是希腊，那里的牛吃屈曲花。好，考虑下来……”

“我什么也不用考虑，”猫说，“只除了一点，你根本没有回答我的问题。什么地方的奶最甜？噢，请问陛下！”

“我知道！”小侍童在半满的墨水缸前面想了一下，叫道，“在火旁边的碟子里。”

猫向那孩子点头称赞，当着国王的面打了个哈欠。

“我觉得你太聪明了！”它对小侍童狡猾地说，“你理应当所有国王中最聪明的国王……反正有人把我的问题回答了，你不用生气……”因为国王正在怒视着侍童，“你还有一个机会可以赢。这是我的第三个问题：世界上最强有力的东西是什么？”

国王的眼睛闪亮。这一回他的回答一定对。

“老虎，”他思索着说，“它是非常强有力的东西。还有

马和狮子。当然，还有海潮。还有花岗岩山脉。强有力的还有火山，极地的冰山。也许还有中国的长城……”

“或者又不对！”猫打断他的话，“有什么人能回答我，最强有力的东西是什么？”

它朝会议厅又环视了一圈。这一回开口说话的是王后。

“我想，”她温柔地说，“一定是忍耐，因为长期下来，是忍耐战胜了一切。”

猫那双绿色的眼睛在她身上严肃地停留了一阵。

“一点儿不错。”猫平静地同意说。它转过身来，把一只爪子放在王冠上。

“噢，最聪明的君主！”猫叫道，“毫无疑问，你是一位伟大的学者，我只是一只平凡的猫。不过我回答了你所有的问题，可我的问题你一个也没有回答上来。比赛结果我想是显而易见的，这王冠理应属于我。”

国王表情轻蔑地哈哈大笑。

“别傻了！你要它来干什么？你不会制定法律和统治人民。你甚至不会读和写。把我的王国转交给一只猫，如果我这样做，我就不得好死！”

猫爽朗地笑了。

“我看你的智慧不包括童话知识在内。要不然你会知道，只要砍掉一只猫的脑袋，就会发现它是一个王子的化身。”

“童话？呸！童话不在我的眼里。我思索的是我的王国。”

“你的王国，”猫说，“如果你原谅我提起它的话，它已

经不关你的事了。现在需要你关心的事只是赶快砍掉我的脑袋，其余的事你可以交给我来办。再说，既然你显然用不着这些人，我要请这位长老——你的首相，这位明白事理的妇人——你的妻子，这个聪明的孩子——你的侍童，全来为我做事。让他们拿上他们的帽子和我一起走，我们四个人将管理这个王国。”

“那么我怎么办？”国王叫道，“我上哪里去？我可怎么过？”

猫的眼睛狠狠地眯缝起来。

“你早就该想到这一点。大多数人想两遍才跟猫做交易。好，现在交出你的剑吧，有学问的人！我相信剑刃是锋利的。”

“等一等！”首相用手按住国王的剑把，叫道。接着他向猫转过身来鞠了一躬。

“猫先生，”他平静地说，“请听我说！你的确在公平的比赛中赢得了王冠。可能你真是个王子。不过我必须谢绝你的邀请。自从我在国王的父亲，就是先王的宫廷中当侍童以来，我就忠心耿耿地侍奉国王。不管他戴王冠不戴王冠，是国王还是在孤独的路上流浪的人，我爱他，他也需要我。我决定不和你一起走。”

“我也不跟你走，”王后从她的金宝座站起来说，“从国王年轻英俊的时候起，我就和他厮守在一起，在漫长孤单的年头里，我一直在默默地等着他回心转意。不管他聪明还是愚蠢，富有还是讨饭，我爱他，需要他。我不跟你走。”

“我也不走，”小侍童塞好他的墨水瓶说，“我只知道有这个家。国王是我的国王，我很为他难过。再说我喜欢装墨水。

我不跟你走。”

猫听了这些话，露出古怪的微笑，绿色的眼睛对着三个拒绝了它的人闪亮。

“你对这个有什么话要说呢，噢，国王？”猫向写字台转过脸去说。

可是没有话回答这句问话，因为国王在哭。

“噢，聪明的人，你为什么哭啊？”猫问道。

“因为我感到惭愧，”国王哭着说，“我一直自吹我多么聪明。我自以为无所不知——几乎无所不知。可我现在发现，一个老人、一个女人、一个小孩全都比我聪明得多。不要安慰我了！”当王后和首相摸他的手时，他哭着说，“我不配。我根本一无所知，甚至不知道自己是谁！”

他用手臂遮住脸。“噢，我知道我是一个国王！”他叫道，“我当然知道我的名字和住址。可是这些年下来，我不知道我实际上是个什么人！”

“看着我，你就知道了。”猫平静地说。

“可我一直看着你！”国王用手帕挡住脸哭。

“你没有好好看，”猫温和地要他看，“你只是随便瞥上两眼。你说了，一只猫可以看国王，可是国王也可以看一只猫。只要你看，你就知道你是谁。看着我的眼睛……好好地看。”

国王把捂住脸的手帕拿下来，透过眼泪看猫。他的目光在那张安静的白脸上游移，最后来到猫的绿眼睛上。在那闪耀刺人的目光中，他看到了自己的反影。

“再近一点儿，再近一点儿。”猫吩咐说。

国王听话地把身子靠过去。

当他看着那双深不可测的眼睛时，它们里面那个人发生了变化。他那张枯瘦的脸慢慢地变胖；苍白的脸颊鼓起来，变成圆圆的红润的脸颊，眉头上的皱纹舒展开来；他头上长出了光亮的棕色鬈发，下巴白了的胡子变成了棕色。国王大吃一惊，微笑起来。一个脸色红润的魁梧大汉从猫那镜子似的眼睛里对他报以微笑。

“我的天哪！那是我！”他叫道，“我终于知道我实际上是谁了！原来我不是天下最聪明的人！”他哈哈大笑着扬起头。“呵呵！哈哈！我现在全看到了！我根本不是一个认真思索的人。我只是一个快活的老家伙！”他叫道。

他向目瞪口呆的群臣挥手："来吧！把那些纸和笔拿走。把那些笔记本撕掉！把那些写字台埋掉！如果有人对我提起一份材料，我就亲手砍下他的脑袋。"

他又是一阵哈哈大笑，把首相抱得那么紧，险些儿要了这位老人家的命。

"原谅我，我忠实的朋友！"我叫道，"请把我的烟斗、酒杯拿来，把我的三位小提琴手叫来！"

"还有你，我的快乐，我的宝贝，我的鸽子……"他转向王后，伸出双臂，"噢，请再把你的手给我吧，亲爱的心肝儿，我永远不再放开它了！"

幸福的眼泪从王后的脸颊流下，国王温柔地把它们抹去。"我不需要天上的星星，"他悄悄地说，"我有这里的星星，它们就在你的眼睛里。"

"如果打断了你的话，请你原谅。可我呢？"猫说。

"你嘛，已经得到了这个王国。你已经得到了王冠！你还要什么呢？"国王问道。

"呸！"猫说，"这些对我都没用！我求求你，请你把它们作为友好的礼物收回去吧。不过猫从来不白送东西。作为回报，请答应我两个请求……"

"噢，要什么都可以，随便什么东西。"国王做了一个高雅的手势。

"从今以后，"猫说，"我很想到王宫来看……"

"看我？当然可以！随时来都欢迎！"国王露出满意的微

笑，打断它的话。

“看王后。”猫不理他的话，把自己那句话说完。

“噢……看王后！好的！随便你什么时候来。你可以帮助我们除掉老鼠。”

“我的第二个请求，”猫说下去，“是要王后脖子上戴着的蓝花绿花花环。”

“拿去吧……很欢迎！”国王脱口而出，“反正那不值什么钱。”

王后慢慢地把手举起来，解开她脖子上的扣子。她把这花环盘到猫身上，套在它毛茸茸的身体上，直绕到尾巴。接着她深深地看了猫的绿眼睛好长一会儿，猫也看她的眼睛。在那交流的眼光中，有王后和猫保存在心中从不告诉任何人的全部秘密。

“我在家的日子是每月第二个星期五。”王后对猫微笑着说。

“我会来的。”猫点头说。

它说完这句话，一个转身，看也不看任何人，就跑出会议厅。那蓝花绿花花环在它的毛皮上闪亮，它的尾巴摇来摇去像面旗子。

“再问一句！”当猫离开时国王叫它，“你真是一个王子的化身吗？我砍下你的头没事吗？”

猫转过头来严肃地看着他。接着它露出嘲讽的微笑。

“在这个世界上，没有事情是绝对的。再见！”绿眼睛的猫说。

它跳过阳光照着的门槛，跑下城堡楼梯。

在王宫草地上，一头红色母牛正在一个装饰用的小池边顾影自怜。

“你是谁？”猫跑过时它问道。

“我是看国王的猫。”猫回答说。

“我呢，”牛抬抬头说，“我是跳过月亮的母牛。”

“是吗？”猫说，“为了什么？”

母牛看着。这个问题以前还没有谁问过它。它一下子觉得，除了跳过月亮也许还有别的事情可做。

“这回让你说到了，”它腼腆地说，“我想我其实也不知道。”它跑过草坪，去把这事想想清楚。

在花园小径，一只灰色大鸟喧闹地拍着它的翅膀。

“我是下金蛋的鹅！”它傲慢地叫道。

“真的？”猫说，“你的小鹅呢？”

“小鹅？”鹅的面色有点变灰，“唉，这回让你说到了，我没有小鹅。我总觉得少了点什么。”它急急忙忙去做窝，要下个普通蛋。

扑通！一个绿色的东西落在猫的面前。

“我是一只会求爱的青蛙。”它骄傲地说。

“你是这么告诉我的？”猫严肃地说，“那么我相信你一定婚姻快乐。”

“这个……这回让你说到了……不是那么回事，事实上……呃……没有成功！”青蛙坦白承认说。

“啊，”猫摇摇头说，“你该听你妈妈的话！”

青蛙还没来得及眨眼睛，猫已经过去了。它继续沿着花园小径走，胡子在早晨的空气中抖动，蓝花绿花的花环在阳光中闪烁，后面的尾巴像旗子似的摇来摇去。

它走出宫殿大门以后，所有见过它的人都觉得富有和快活。

母牛、鹅和青蛙很高兴，因为它们现在可以不再做毫无意义的傻事了。朝臣们全成了快活的人，白天合着小提琴乐曲跳舞，晚上喝杯里满满的酒。国王本人尤其高兴，因为他不再胡思乱想。王后高兴更是大有道理——因为国王快活。小侍童也高兴，因为他现在可以灌满墨水缸，又把墨水缸里的墨水倒回墨水瓶，没有一个人说他不对。

不过天下最高兴的人莫过于老首相。

你知道为什么吗?

他颁发了一个公告。

公告上说，国王命令他的臣民竖起花柱，围着它跳舞，拿出旋转木马来骑，要大家跳舞，唱歌，欢宴，长长胖，相互亲亲爱爱。而且（这话大字印出来），如果有人胆敢违背，国王就立即砍掉他的脑袋。

这样做完以后，首相觉得他做得够多了。在他的余生中他什么也不再做——只是坐在摇椅上晒晒太阳，用一把椰子叶扇子轻轻地给自己扇风。

至于那只猫，它戴着王后闪亮的花环周游世界，用绿色的尖锐眼睛观看一切。

有人说它如今依然在周游世界，远近不拘。它一路走的时候，总是寻找回看它的人。那也许是国王，也许是牧童，也许是城市街上的路人。如果碰到一个这样的人，它就留下来和他住上一阵。住的时间不长。它只要用它深邃的绿色眼睛看上一眼，就知道那是个什么样的人……

那安谧悦耳的讲故事的声音停了下来。阳光离开窗口，暮色慢慢地进来了。在儿童室里，除了时钟的嘀嗒声，一点儿声音也听不见。

接着玛丽阿姨一惊，好像从远方回来了，向孩子们转过脸来。她的眼睛生气地闪光。

“请问你下床来干什么？我还以为你牙疼得要命呢，迈克尔！你为什么这样看着我，简？我不是一只玩把戏的大狗熊！”

她拿起她的毛线球，又变成原来那个旋风似的玛丽阿姨。

迈克尔尖叫一声，赶紧回到床上去。可简没有动。

“我不知道我是谁！”她轻轻地说，半是说给自己听，半是说给迈克尔听。

“我知道我是谁，”迈克尔犟头犟脑地说，“我是迈克尔·乔治·班克斯，住在樱桃树胡同。我用不着猫来告诉我。”

“他什么事情也不用人告诉他，这位聪明的棒小子先生！”玛丽阿姨讽刺地对他笑笑。

“等到它回来，”简慢慢地喃喃说，“我要朝它深深的绿色眼睛里看！”

“你说什么深深的绿色眼睛！你还是去看看你自己那张黑脸吧，看它是不是干净了，好去吃晚饭！”玛丽阿姨照常哼了一声。

“也许它不再回来了！”迈克尔说。他想：一只能看国王的猫，是不会愿意待在壁炉台上的。

“噢，会的，它会回来的……对吗，玛丽阿姨？”简的声音很焦急。

“我怎么知道？”玛丽阿姨狠狠地回答一声，“我不是公共图书馆！”

“可那是迈克尔的猫……”

简正要反驳，班克斯太太的声音打断了她的话。

“玛丽·波平斯！”它从楼梯脚传上来，“你能来一下吗？”

两个孩子相互看看，不知道是什么事。他们妈妈的声音又尖又显出几分胆怯。玛丽阿姨匆匆走出房间。迈克尔再次推开毯子，和简一起溜到楼梯口。

下面前厅里，班克斯先生蜷缩着坐在一把椅子里。班克斯太太担心地在抚摸他的头，给他喝水。

“他好像受了什么惊吓，”她向玛丽阿姨解释说，“你能告诉我，乔治，到底出什么事了吗？会是什么事呢？”

班克斯先生抬起他苍白的脸：“神经崩溃——就是这么回事。我操劳过度，我看见鬼怪了。”

“什么鬼怪？”班克斯太太问道。

班克斯先生抿了口水。

“我在胡同口正拐弯进来，忽然……”他哆嗦了一下，闭上他的眼睛，“我看见它就站在我们家的院子门口。”

“你看见什么站在那里了？”班克斯太太紧张地叫道。

“一个白色的东西。像是只豹。它的白毛上长着勿忘我花。当我走到院子门的时候，它……直瞪瞪地看着我。一双绿色眼睛狠狠地看着我……一直看到我的眼睛里。接着它点点头，说了声：‘晚上好，班克斯！’就急急忙忙顺着花园小径走了。”

“可是……”班克斯太太开始顶他。

班克斯先生举起手不让她说话。

“我知道你要说什么。请不用说了。你不外是说，豹都锁在动物园里，它们身上不会有勿忘我花等等。这些我也想到了。这只说明我病得很厉害。你最好去请辛普森医生来。”

班克斯太太跑到电话前面。上面楼梯口传来忍住笑的打呃声。

“你们在上面干什么？”班克斯太太轻轻地问道。

可是简和迈克尔回答不出来。他们笑得话也说不出来。他们在地板上又扭又打滚，咯咯地笑个不停。

因为正当班克斯先生在描述他受惊吓的事时，一只雪白的东西出现在窗口。它从窗台上轻轻地跳到地板上，跑到它壁炉台上的原来位置。它如今正蹲在那里，尾巴盘起来，胡子贴着脸颊。它身上是一朵朵闪亮的蓝色、绿色小花，绿色的眼睛望过房间。壁炉台上迈克尔那只瓷猫静静地、一动不动地待着。

“哼，这些孩子铁石心肠，真是冷酷！”班克斯先生抬头去看他们，十分震惊，十分伤心。

可这只让他们笑得更响。他们又是咯咯笑，又是咳嗽，又是呛着，又是发疯，直到玛丽阿姨仰起头来狠狠地瞪他们。

接着静下来了。连打呃声也没有了。因为简和迈克尔知道，她这么一瞪，足可以让任何人笑不出来。

第四章 大理石男孩

“别忘了给我买晚报！”当班克斯太太给简两便士并且亲亲她再见的时候，说道。

迈克尔责怪地看着他的妈妈。

“你就给我们这么多吗？”他问道，“万一我们遇到卖冰淇淋的呢？”

“好吧，”班克斯太太勉强地说，“再给你们六便士。不过我实在认为，你们这些孩子零食吃得太多了。我是个小女孩的时候，就不是每天吃冰淇淋的。”

迈克尔好奇地看着她。他怎么也没法相信，她曾经是个小女孩。乔治·班克斯太太穿着女孩短裙，头发用缎带扎起来？

不可能！

“我想，”他沾沾自喜地说，“你不配吃冰淇淋！”

他把那六便士硬币小心地塞进他的水手袋口袋。

“这里面四便士买冰淇淋，”简说，“其他的买好玩的东西。”

“对不起，别挡路，小姐！”她后面一个高傲的声音说。

玛丽阿姨又整洁又漂亮，像一个时装图样，正抱着安娜贝儿下台阶。她把安娜贝儿放进童车，推着它走过两个孩子身边。

“现在，大步进公园！”她厉声说，“不要磨磨蹭蹭的！”

简和迈克尔分散开来沿着小径走，后面跟着约翰和巴巴拉。太阳像一把明亮的大伞笼罩着樱桃树胡同。鸫鸟和黑鸟在树上唱歌。布姆海军上将忙着在角落里给他的菜地除草。

远处传来军乐声。乐队在公园头上演奏。沿着公园大路是一把把花花绿绿的女式阳伞，它们下面太太小姐们在喊喊喳喳交换着最新的新闻。

公园管理员穿着他的夏天制服——蓝颜色，袖子上有一条红杠——走过草坪，注视着每一个游客。

“请遵守规则！不要到草地上去！废物请扔进废物篓！”他叫道。

简看着阳光灿烂的如梦风景。“就像特威格利先生的音乐盒。”她说着，快活地叹气。

迈克尔把耳朵贴到一棵橡树上。

“我相信我能听到它在长大！”他叫道，“它发出轻柔的爬高的声音……”

“你马上要自己爬了！再不赶紧走路，这就回家去！”玛丽阿姨警告他。

“公园里不许乱扔废物！”当她沿着公园大路快步走的时候，公园管理员大叫。

“你自己才是废物！”玛丽阿姨猛地抬抬她的头，尖刻地回答了一声。

公园管理员摘下帽子扇他的脸，看着玛丽阿姨的背影。从她微笑的样子，你就知道她知道他在看她。她心里说，他怎么忍得住不看她呢？她不是穿着她那件白色的新上衣，上面有粉红色的衣领，前面有四颗粉红色的一排扣子，还系着一条粉红色的腰带吗？

“今天我们上什么地方去啊？”迈克尔问道。

“等着瞧吧！”她一本正经地回答他。

“我只不过问问……”迈克尔争辩说。

“那就不要问！”她警告般地哼了一声说。

“她总是不让我说话！”他在帽子底下向简咕噜了一声，“我有一天会变哑巴的，那时候她就后悔了！”

玛丽阿姨把童车推在前面，像跨越障碍那样走得飞快。

“请朝这边走！”当她把童车朝右转的时候，吩咐孩子们说。

于是他们知道上哪里去了，因为这小径从酸橙树大道转向湖边。

在地道似的树荫那边有一个闪亮的湖。它在阳光里碧波粼粼，孩子们穿过树荫向湖边跑去，只觉得心跳都加速了。

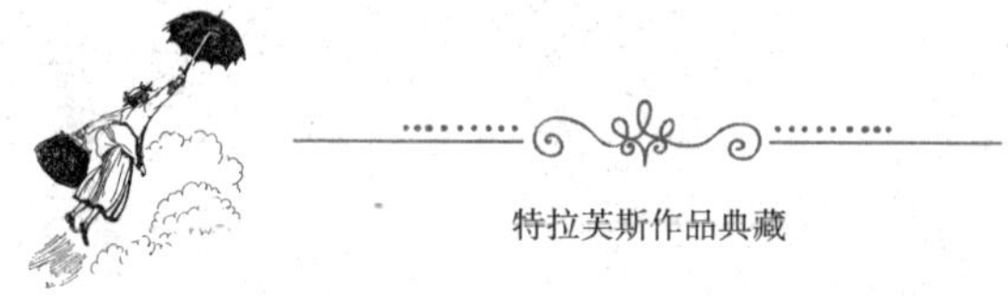

“我要做一只小船，开到非洲去！”迈克尔忘了他还在生气，大喊大叫着。

“我去钓鱼！”简跑到他前面，叫道。

他们又叫又跳又挥帽子，来到闪亮的水边。湖四周都是蒙着灰尘的绿色长椅，鸭子沿着湖边嘎嘎叫，贪馋地找着面包屑。

湖的另一头站着一尊磨损的大理石像，是一个男孩抱着一只海豚。它在湖和天空之间雪白闪亮得耀眼。男孩的鼻子有个小小的缺口，一个脚踝上有条裂纹，像根黑线似的。他左手一个指头的关节断了，所有脚趾都裂开。

他高高站在他的台座上，一条胳臂轻轻抱着海豚的脖子。他满头鬈发的大理石头俯向水面，用睁大的大理石眼睛沉思地看着它。他的名字“内莱乌斯”刻在台座上，金字有点褪色了。

“它今天多么明亮啊！”简朝闪光的大理石像眨巴着眼睛低声说。

就在这时候，她看到了那位老先生。

他坐在大理石像前面，利用放大镜在读一本书。他的秃顶上盖着一条四个角打结的丝手帕挡太阳，椅子上，他旁边是一顶黑色大礼帽。

孩子们用不知所措的眼神看着这个古怪的人。

“那是玛丽阿姨喜欢坐的椅子！她要生气的！”迈克尔说。

“真的？我什么时候生气过？”她的声音在他后面问道。

这话让他大吃一惊。“可你经常生气，玛丽阿姨！”他说，“一天至少50次！”

“我从不生气！”她生气地厉声说，“我有王蛇那种耐心！我只是说出我的心里话罢了！”

她猛地转身走开，坐到石像正对面的椅子上。接着她隔湖看那位老先生。这样的一眼可能杀死人，可那老先生岿然不动。他继续专心地看书，对谁也不注意。玛丽阿姨生气地哼了一声，从童车里拿出她的缝纫袋，开始补袜子。

孩子们在闪光的湖边散开。

“这是我的小船！”迈克尔从一个废物篓里捡起一张彩纸大叫。

“我在钓鱼，”简肚子贴地趴着，把一只手伸到水上。她想象她的手指抓住一根钓竿，钓丝垂下去，钓丝上有个钩子，上面有条毛虫。过了一会儿，她知道一条鱼懒洋洋地游到了钩子上咬那条毛虫，于是把手一拉，就把鱼拉到地上，然后用帽子装着它回家。“哎呀，没想到！”厨娘布里尔太太会说，“我们正好要用它做晚饭！”

在她旁边，双胞胎在快活地玩水。迈克尔驾着他的船穿过可怕的暴风雨。玛丽阿姨正经八百地坐在她的长椅上，用一只脚把童车摇来摇去。她的银针在阳光中闪烁。公园静悄悄的，如梦如幻。

啪！

老先生合上了他的书，那声音打破了寂静。

“噢，我说，”一个尖细的悦耳的声音抗议说，“你本可以让我把书读完！”

简和迈克尔惊奇地抬起头。他们看着，眨眨眼，再看，因为在那里，在他们面前的草地上，站着那尊大理石小石像。大理石海豚抱在他的手里，台座上却空了。

老先生张大了嘴。接着他把嘴闭上，又张开。

“呃……是你说话了？”他最后说，眉毛到了头顶。

“我当然说话了！”那男孩回答，“我正在你身后读着……”他指指那空了的台座，“你把书合得太快。我想读这个象的故事，看看它怎么得到它的象鼻子。”

“噢，对不起，”老先生说，“我没想到……呃……这样的事。你知道，我一向读到 4 点。我得回家吃茶点。”

他站起来折好手帕，捡起他那顶大礼帽。

“那么，现在你读完了，”男孩安静地说，“你可以把书给我啦！”

老先生倒退一步，把书捂在胸前。

“噢，我想我不能，”他说，“你看，我刚把它买来。我小时候就想读这本书[1]，可是总让大人先拿走了。现在我有了一本自己的，实在觉得必须把它保存着。”

他不放心地看那石像，像是怕他随时会把书抢走。

[1] 这本书指的是英国大作家吉卜林 (1865—1936) 写的童话集。

“我可以把象童的故事讲给你听……”简难为情地对那男孩喃喃说。

那男孩抱着他那只海豚打转。

“噢，简……你真能讲给我听？”他惊奇地叫道。他那张大理石脸高兴得放光。

“我能给你讲黄狗丁戈，”迈克尔说，“还有跺脚的蝴蝶。”

“不行！”老先生忽然说，“我在这里衣冠楚楚，可他赤身露体。我想我还是把书给他吧！”他叹了口气，加上一句：“我注定没有这本书。”

他对书看了长长的最后一眼，把它塞给大理石男孩，赶紧转过身。可是那海豚扭动身子，他注意到了，又向男孩回过身来。

“不过，”他好奇地说，“我不知道你是怎样捉到这只海豚的，你用什么——钓鱼丝还是网？”

“两样都不用，”男孩微笑着回答说，“是我出生的时候有人送给我的。”

“哦……我明白了。”老先生点点头，虽然看上去他还是莫名其妙。“好吧……我必须走了。再见！”他有礼貌地举了一下那顶黑色大礼帽，顺着小路匆匆走了。

“谢谢你！”大理石男孩在他后面叫道，同时急着把书打开。书的扉页上用细长字体写着：“威廉·韦瑟罗尔·威尔金”。

“我要划掉这个名字，改成我的名字。”那男孩对简和迈克尔高兴地微笑。

“可你叫什么名字呢？你怎么会读的？”迈克尔十分惊奇

地叫道。

“我叫内莱乌斯，”男孩哈哈笑着说，“我当然是用我的眼睛读！”

“可你只是尊石像！”简顶他说，“石像通常不走路不说话。你怎么下来的？”

“我跳下来的，”内莱乌斯回答说，扬扬他的大理石鬈发，又微笑起来，“我没读完那个故事，失望极了，可我的两只脚忽然发生了变化。它们先是扭动，接着跳起来，接下来我发现，我已经在下面的草地上了！”他弯起他那些大理石小脚趾，在地上跺他的大理石脚，“噢，人真幸运，能够每天这样做！我经常看到你们，简和迈克尔，我真希望能来和你们一起玩。我的希望如今终

于实现了。噢，告诉我，你们看到我高兴吧！”

他用大理石手指摸他们的脸，在他们周围跳舞，高兴得咕咕叫。他们还没来得及说句话欢迎他，他已经像只野兔那样奔到湖边，把手插到水里去。

“就是这样……水就是这种感觉！”他叫道，“那么深，那么蓝……跟空气一样轻盈！”他朝闪亮的湖探出身去，海豚尾巴一晃，从他的怀里扑通一声跳到了水里。

“捉住它！它要沉下去的！”迈克尔连忙大叫。

可海豚不是这么回事。它环着湖游，它拍水，它潜下去咬住自己的尾巴，腾空跳起来，又潜下去，就像在马戏团里表演的那样。最后它又水淋淋地跳到它主人的怀里，孩子们不由得拍起手来。

“舒服吗？”内莱乌斯羡慕地问道。海豚咧嘴笑笑，点点头。

“舒服！”他们后面一个熟悉的声音叫道，“我说这是淘气！”

玛丽阿姨正站在湖边，她的眼睛和她的缝衣针一样闪亮。内莱乌斯轻轻叫了一声跳起来，在她面前低下头。他等着听她说话，看上去他又小又怕羞。

“请问谁说过你可以下来？”她的脸一副气呼呼的老样子。

他像做了错事似的摇摇头。

“没有人说过，”他咕噜道，“是我的脚自己跳下来了，玛丽阿姨。”

“那它们最好再立刻跳上去。你没有权利离开你的台座。”

他仰起他的大理石脑袋，阳光照亮了他破了一点儿的小鼻子。

“噢，我不能在下面待一会儿吗，玛丽阿姨？”他求她说，“让我待一会儿，跟简和迈克尔玩玩吧！你不知道在上面有多么寂寞，只有小鸟可以谈谈！”老实的大理石眼睛在求她。“求求你，玛丽阿姨！”他握住他的大理石双手，温柔地小声说。

她低头想了一会儿，像是在拿主意。接着她的眼睛温和下来，嘴上露出一丝微笑，嘴角起了皱纹。

“好吧，就这个下午！”她说，“就这一次，内莱乌斯！下不为例！”

“再不下来了……我保证，玛丽阿姨！”他调皮地咧开嘴对她笑。

“你认识玛丽阿姨？”迈克尔问道，“你在什么地方见过她？”他想知道，觉得有点妒忌。

“我当然认识她！”内莱乌斯大笑着说，“她是我爸爸的老朋友。”

“你的爸爸是谁？他在什么地方？”简好奇得忍不住问道。

“在很远很远的地方。在希腊群岛。他是海王。”内莱乌斯说时，他的大理石眼睛慢慢地充满忧伤的神情。

“他做什么事？”迈克尔问道，“他进城上班吗——像我爸爸那样？”

“噢，不！他哪儿也不去。他站在大海上空的悬崖上，拿着他的三叉戟，吹他的号角。我妈妈坐在他身边梳头发。我弟

弟珀利阿斯在他们脚下玩大理石贝壳。海鸥不停地在他们的头顶上飞过，在他们的大理石身体上投下黑影，告诉他们海港的消息。白天他们看着红色的航船进出海湾，夜里他们谛听下面酒那么黑的海水拍岸声。”

“多么美啊！”简叫道，“可你为什么离开他们呢？”

她心里说，她永远不会把班克斯先生、班克斯太太和迈克尔单独留在希腊悬崖上的。

“我并不想离开，”大理石男孩说，“可是一尊石像，又有什么办法和人对抗呢？他们总是来盯住我们看——看我们，端详我们，捏我们的手臂。他们说我们是很久以前一位非常有名的雕刻家雕出来的。有一天一个人说：‘我要拿走他！’——他指着我。于是……我只好离开。”

他把眼睛藏到海豚的鳍后面一会儿。

“后来发生什么事了？”简问道，“你怎么来到了我们的公园？”

“用箱子装来的，”内莱乌斯平静地说，看见他们惊异的样子，哈哈大笑，“噢，我们总是用这种方式航行的，你们知道。很多人需要我们一家人。他们要把我们放到公园、博物馆或者花园里。因此他们买我们、托邮局装运。他们似乎从未想过我们会……寂寞。”他说到这个字眼时顿了一下。接着他庄严地抬起头。“不过让我们别去想这个吧！”他叫道，“自从你们两个来了以后，情况就好多了。噢，简和迈克尔，我太熟悉你们了——就像你们是我的家人一样。我知道迈克尔的风筝和指

南针、瓷碗，还有罗伯逊·艾，以及你们吃的东西。你们没有注意到我在听你们说话吗？我在你们背后读你们的童话书。”

简和迈克尔摇摇头。

“《爱丽丝漫游仙境》我背都背得出来，”他说下去，“《鲁滨孙漂流记》我大部分也记住了。玛丽阿姨最爱读的书是《淑女须知》。不过最好看的书是彩色连环漫画，特别是一本叫《漫画故事杂志》的。这个礼拜老虎蒂姆出什么事了？它平安地从莫普西叔叔那儿逃脱了吗？”

“新的一本今天出版，”简说，“我们来一起看！”

“噢，天哪！我太高兴了！”内莱乌斯叫道，“象童和新的一期《漫画故事杂志》！我的腿脚像鸟的翅膀一样要飞起来了。我不知道我的生日是哪一天，不过我想一定是今天！”他抱着海豚和那本书，在草地上蹦跳。

“喂！丁零零！小心走路，看你走到哪儿来了！”卖冰淇淋的大声警告说。他正推着他的车子沿着湖边走。车子前面写着：

请叫我停下买个冰淇淋！

天气多么好啊！

“停下！停下！停下！停下！”孩子们拼命大叫着向冰淇淋车奔去。

“要巧克力的！”迈克尔说。

“要柠檬的！”简大叫。

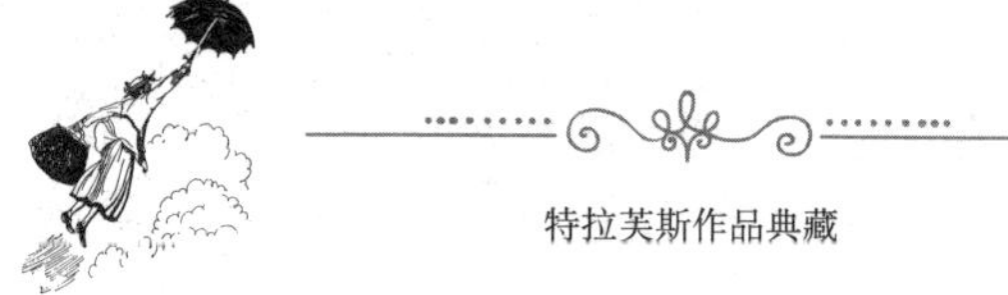

一对双胞胎胖宝宝伸出了手，给什么他们快活地拿什么。

“那么你呢？”卖冰淇淋的问难为情地站在他身边的内莱乌斯。

“我不知道吃什么好，”内莱乌斯说，“我从来没有吃过。”

“什么！这么好吃的东西从来没有吃过？这是怎么回事……肚子不好吗？像你这么大的孩子，对冰淇淋应该什么都知道！给你这个吧！”卖冰淇淋的从他的车里拿出一块紫莓雪糕，“把这个拿去试试，看喜欢不喜欢！”

内莱乌斯用他的大理石手指把雪糕掰开。半块塞到海豚嘴里，自己开始舔另外半块。

“好吃，”他说，“比海藻好吃多了。”

“海藻？那还用说！有什么海藻能和这个比？不过……说

到海藻，那是很好的一条大鳕鱼！”卖冰淇淋的对海豚挥动他的手，“如果你把它送到鱼贩子那里，你可以拿到一大笔钱。”

海豚摆摆它的尾巴，一脸生气的样子。

“噢，我不想卖它，”内莱乌斯赶紧说，“它不仅是一种动物，而且是一个朋友！”

“一个动物朋友！”卖冰淇淋的说，“它为什么不告诉你把你的衣服穿上？你光着身子东奔西跑，会伤风感冒送命的。我可没有恶意！丁零零！”他吹着口哨摇着铃，推车走了。

内莱乌斯用眼角看看孩子们，三个人哈哈大笑起来。

“噢，天哪！”内莱乌斯喘着气叫道，“我相信他以为我是个真人！要我跑去告诉他他错了吗？告诉他我两千年来没穿过衣服，可喷嚏也没打过一个？”

他正要跑去追冰淇淋车，迈克尔叫了一声。

“小心！威洛比来了！”他叫着把吃剩的冰淇淋一口吃了下去。

因为拉克小姐的小狗威洛比有一个习惯，它会向孩子们跳起来，从他们手里抢走吃的东西。它粗鲁下流，不尊重任何人。对于一只半是艾尔谷犬血统半是寻回犬血统，又继承了两者最坏部分的狗来说，你又能祈望什么呢？

它来了，伸出舌头，在草地上懒懒散散地走过来。另一只狗安德鲁和威洛比就不相同，出身好，它在威洛比后面姿态优美地走着。拉克小姐上气不接下气地跟在它们后面。

“就是在吃茶点前出来转转，”她尖声说道，“这么好的天气，

两只狗一定要……天哪，我看见什么了？”

她喘着气叫起来，盯着内莱乌斯看。她那张已经红了的脸更红了，样子看上去极其生气。

“你这淘气的小坏蛋！”她叫道，“你把这条可怜的鱼怎么啦？你不知道它离开了水会死吗？”

内莱乌斯抬起大理石眉头。海豚把尾巴甩过来遮住它大理石的笑。

“你看见吗？”拉克小姐说，“它正在难受得扭身体！你必须马上把它放回水里去！”

“噢，我不能这样做，”内莱乌斯马上说，“离开了我，我怕它会寂寞的。”他对拉克小姐很有礼貌。可是海豚不，它非常没有礼貌地拍打尾巴，扭动身体，咧开嘴笑。

“别回嘴了！鱼是不会寂寞的。你只是强词夺理，胡说八道。”

拉克小姐向那张绿色长椅做了个生气的手势。

“我想，玛丽·波平斯，”她说，“你该看好这些孩子！这个淘气的孩子，不管他是谁，必须把那条鱼放回它该去的地方。”

玛丽阿姨看看拉克小姐，表示赞同：“只是我怕这根本不可能，小姐。它该去的地方太远了。”

“远也好，近也好，他必须马上把它放回去。这是虐待动物，不允许的。安德鲁和威洛比……你们跟我来！我这就去向市长大人告状！”

她匆匆走了，两只狗紧跟在她后面。威洛比跑过的时候，粗鲁地看了海豚一眼。

“再叫他把衣服穿上。他这样光着身子乱跑，会晒伤的！”拉克小姐一面跑开一面尖叫。

内莱乌斯笑了一声，在草地上打滚。

“晒伤！”他呛住了，“噢，玛丽阿姨，真没有人想到我是大理石的吗？”

“哼！”玛丽阿姨哼了一声作为回答。内莱乌斯向她调皮地笑笑。

“这是海狮说的话！”他说，“它们坐在岩石上，对落日说：‘哼！’”

“真的？”玛丽阿姨尖刻地说。简和迈克尔浑身发抖，等

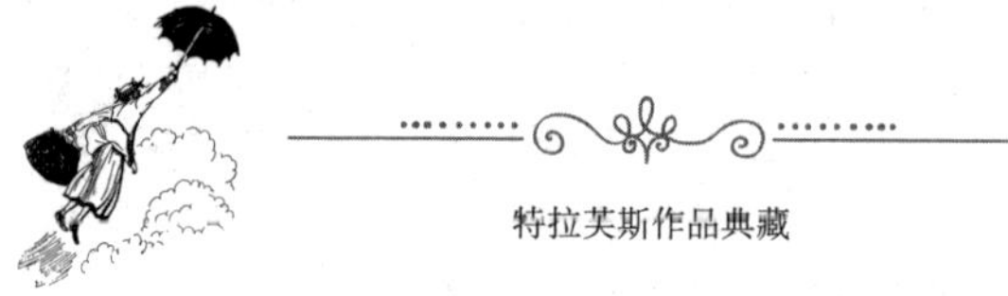

着一定会发生的事。可是什么事也没有发生。她的脸回他一个调皮的样子，她那双蓝色眼睛和他那双大理石眼睛相对微笑。

“内莱乌斯，”她平静地说，“你还有10分钟。你可以和我们一起到书亭去。”

“然后……”他用询问的眼光说，同时双臂抱紧了海豚。

她没有回答。她望过闪闪烁烁的湖面，向那台座点点头。

“噢，他不能多待一会儿吗，玛丽阿姨……”孩子们开始反对。可是这着急的问话在他们嘴唇上冻结了，因为玛丽阿姨在怒视着他们。

“我说了，10分钟，”她说，“10分钟就是我的意思。你们两个不用这样看我，我不是一只可怕的猩猩。”

“噢，不要争了！”内莱乌斯叫道，“我们一秒钟也不能浪费！”

他跳起来抓住简的手。“快带我到书亭去吧！”他说。他拉她走过阳光照耀的草地。

在他们的后面，玛丽阿姨把双胞胎抱进童车，和迈克尔一起急忙跟着走。

简和大理石男孩轻快地跑过夏天的草地。他的鬈发和她的头发迎风飘扬，她热烘烘的呼吸吹到他大理石的脸颊上。在她这个活生生的人的温柔的手里，他的大理石手也暖和起来了。

“这边走！”她叫着，抓住他的手臂，把他拉到酸橙树大路上。

大路头上是另一头的公园大门，那儿有一个漆得鲜艳的书

亭。它上面钉着一个醒目的牌子：

福利先生书亭

专营书刊报纸

你们要买的书报

我这里都有

书亭周围挂满五颜六色的杂志。当孩子们跑到那里时，福利先生把头从杂志间的一条缝里探出来。他有一张懒洋洋的安详的圆脸，看上去像世界上什么东西都不能打扰他似的。

“哎呀，这不是简·班克斯小姐和朋友嘛！”他和气地说，“我想我猜得出你们来干什么！”

“晚报和《漫画故事杂志》。”简喘着气说，把钱给他。

内莱乌斯抓住那本五彩漫画杂志，很快地翻起来。

“老虎蒂姆跑掉了吗？”迈克尔在他们后面上气不接下气地奔上来，叫着问道。

“是的，它跑掉了！”内莱乌斯欢声叫道，“听我说！老虎蒂姆逃脱了莫普西叔叔的魔掌。它和狗脸老人的新历险故事，下星期见老虎蒂姆的另一个故事！”

“万岁！”迈克尔叫道，要从海豚背后看看图画。

福利先生看着内莱乌斯很感兴趣：“孩子，你抱着的是条漂亮小鲸鱼！看上去几乎像人一样懂事。你在哪里捉到它的？”

“我没有捉它，”内莱乌斯说，“是送给我的。”

“想想吧，真是一个好宠物！那么你是打哪儿来的？你妈妈呢？”

“她在离这儿很远的地方。”内莱乌斯认真地答道。

“太糟了！”福利先生摇摇头，“爸爸也不在这里吗？”

内莱乌斯微笑着点头。

“真是的！天哪，那么你一定很孤单寂寞！”福利先生看看他大理石的身体，“我想一丝不挂的，很冷吧！”他在口袋里弄出乒乒乓乓的声音，向内莱乌斯伸出了手。

“给你！去买点衣服穿吧。不能走来走去什么也不穿。你知道，会得风湿病的！或者生冻疮！”

内莱乌斯望着手里的银币。

“这是什么？”他好奇地问道。

“这是半克朗，”福利先生说，“别说你从未见过吧！”

“对，我是从未见过。”内莱乌斯笑着说。海豚也好奇地看着这枚银币。

“唉，我说啊，你这可怜的小家伙！赤身露体，又从未见过一枚半克朗的银币！应该有人关心你才对！”福利先生责怪地看着玛丽阿姨。她生气地回看他一眼。

“有人在关心他，谢谢你！”她说。她说时解开她白色新上衣的纽扣，把它披到内莱乌斯肩上。

“好了！”她生硬地说，“你现在不会冷了。这可不谢你，福利先生！”

内莱乌斯从衣服看到玛丽阿姨，他的大理石眼睛睁大了。“你是说……我可以一直保留着它吗？”他问道。

玛丽阿姨点点头，把眼睛移开。

“噢，亲爱的宝贝海狮……谢谢你！”他叫着，用大理石双臂抱她的腰，“你看我，简，我穿着我的新衣服！你看我，迈克尔，我有漂亮的纽扣。”他逐个跑过去给他们看他的新衣服。

“不错，”福利先生满脸堆笑说，“这样好多了！那半克朗可以买条很好的裤子……”

“今夜不买了，”玛丽阿姨打断他的话，“我们已经晚了。现在我们快步走，回家去，请大家不要磨蹭。”

当她推着童车沿酸橙树大路走的时候，太阳很快地西下。公园尽头的乐队不再演奏了。那些花伞都已经回家。树木在阴影中一动不动。哪儿也看不见公园管理员。

简和迈克尔走在内莱乌斯两边，用手挽住他的大理石手臂。在两个真人孩子和那个大理石孩子之间笼罩着寂静。

“我爱你，内莱乌斯，”简轻轻地说，“我希望你能永远和我们在一起。”

“我也爱你，”他微笑着回答，“可我答应过必须回去。”

“我想你能把海豚留下来吧？”迈克尔抚摸着海豚的鳍说。

简生气地看他。

“噢，迈克尔……你怎么能这样自私！你会高兴在一个台座上独自一人过一辈子吗？”

“我会很高兴……如果我能有海豚，又能把玛丽阿姨叫海

狮！”

“我告诉你吧，迈克尔！”内莱乌斯马上说，“我不能把海豚给你——它是我的一部分。不过那半克朗不是。我把它给你。”他把那钱塞到迈克尔手里。“那书必须给简，”他说下去，“不过简，你必须发誓，你让我在你后面读它。每星期你必须坐到那长椅子上给我看新的《漫画故事杂志》。”

他把书最后看了一眼，塞到简的胳肢窝里。

“噢，我保证，内莱乌斯！”简真诚地说，用手在心口画了个十字。

“我会等你的，”内莱乌斯温柔地说，“我永远永远不会忘记。”

“走吧，别叽叽咕咕说话了！”玛丽阿姨催他们说，拐弯向湖边走去。

童车一路上叽叽嘎嘎响。可是在车轮的叽嘎声中响起一个更响的熟悉的声音。他们踮起脚跟着玛丽阿姨朝幽暗的湖水那儿走去。

“我没干过！”那声音抗议说，“给我钱我也不会干！”

湖边空了的台座旁站着市长大人和他的两个高级官员。在他们面前是公园管理员，他又挥手又叫喊，举动古怪。

“不是我干的，市长大人！”他哀求说，“我可以盯着你的眼睛这么说！”

“废话，史密斯！”市长大人强硬地说，“公园里的塑像归你管。只有你能这么干！”

“你还是坦白承认了吧！”一个官员劝他。

“这样当然救不了你，”另一个官员说，“不过你可以感觉好得多。”

“可是我没干啊，我跟你们说过了！”公园管理员拼命地握住双手。

“别再赖了，史密斯。你在浪费我的时间！”市长大人不耐烦地摇头，“首先，我要去找一个赤身露体的男孩，听说他虐待一条什么该死的鱼。一条三文鱼，这是拉克小姐说的……也许是条比目鱼？好像这还不够，现在我发现我们那些塑像中最贵重的一尊从它的台座上不见了。我又震惊又难受。我一向信任你，史密斯。瞧你怎么报答我！”

“我在找，我是说，我不用找！噢，我不知道我在说什么，天哪！可我的确知道我从未碰过那尊像！”

公园管理员拼命朝四面八方看，想求救，他的眼睛落到了玛丽阿姨身上。他得意非凡地大叫一声，用指责的样子伸出一只手。

“市长大人，那犯罪的一伙来了！是她干的，要不然就砍掉我的头！”

市长大人看看玛丽阿姨，又回过头来看公园管理员。

“我真为你害臊，史密斯！”他难过地摇摇头，“把罪名加到一位深受尊敬的无辜小妇人身上，她只是下午出来散散步！你怎么可以这样呢？”

他彬彬有礼地向玛丽阿姨鞠躬，玛丽阿姨报以嫣然一笑。

“无辜！她！”公园管理员尖叫道，“你知道你在说什么吗，市长大人！那姑娘一到公园，这地方就开始乱套了。旋转木马飞上天空，人在风筝和烟火上降落到地面，首相悬在气球上晃晃荡荡——全都是你干的——你这卡利班[1]！”他对玛丽阿姨拼命摇动拳头。

“可怜的家伙！可怜的家伙！他发神经了！”第一位官员难过地说。

“我们也许最好弄来手铐。”第二位官员紧张地悄悄说。

“随便你们把我怎么样！处置我吧，干吗不呢？反正这事不是我干的！”公园管理员伤心透顶，用身体去撞台座，呜呜地哭。

玛丽阿姨转身向内莱乌斯示意。他用大理石脚跑到她身边，把头轻轻靠在她身上。

“时候到了吗？”他抬头悄悄地问道。

她马上点点头，接着弯腰抱住他，亲亲他的大理石额头。一时之间，内莱乌斯紧紧抱着她，好像永远不肯放开她似的。接着他脱开身来，忍住哭泣。

“再见，简和迈克尔。不要忘记我！”他把他冰冷的脸贴到他们的脸上。他们还没来得及说话，他已经在阴影之间跑掉，向他的台座跑去！

“我运气从来没好过！”公园管理员哀叫，“从小就没好过！”

[1] 卡利班是莎士比亚剧本《暴风雨》中一个凶残的仆人。

内莱乌斯

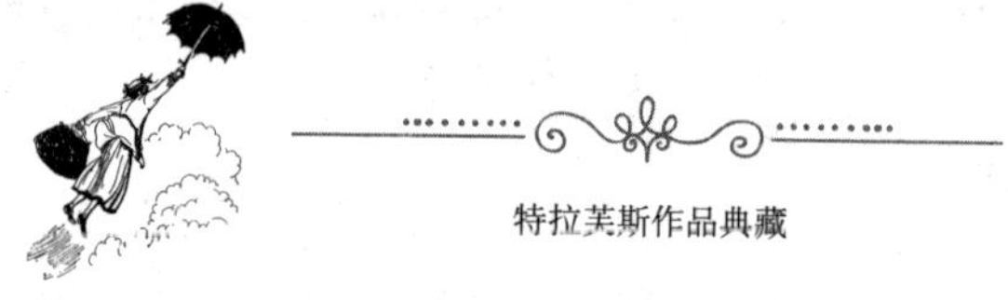

“你现在也好不了，伙计，除非你把那石像放回去。”市长大人用愤怒的眼光看着他。

可是简和迈克尔既不看公园管理员，也不看市长大人，他们在看一个鬈毛头出现在台座那边。

内莱乌斯拉着他的海豚爬上台座。他的大理石雪白身体在暗下来的阳光中闪亮耀眼。接着他带有半是高兴半是难过的姿势，举起一只大理石小手向他们挥手告别。当他们挥手应和他时，他似乎要发抖，也可能是眼泪盈眶。他们看着他把海豚拉到身边，那么紧密，它的大理石身体和他的大理石身体合二为一了。然后他用一只大理石手抹平他的鬈发，垂下他的头，再也不动。连玛丽阿姨那件白夹红的上衣似乎也变成了没有生命的大理石。

“我没有拿走它，就没有办法把它放回去！”公园管理员继续哭叫。

“现在你听我说，史密斯……”市长大人开口。可就在这时候，他倒抽一口冷气，一只手按住额头，左摇右晃。“我的天哪！它回来了……”他叫道，“它有点不同了！”

他更靠近点看那石像，哈哈大笑起来。他摘下帽子拼命挥它，还拍拍公园管理员的背。

“史密斯……你这捣蛋鬼！这么说这是你的秘密！你为什么事先不告诉我们，我的伙计？这的确是一个惊喜！好了，你现在用不着假装了……”

公园管理员惊讶得说不出话来，他抬起了头，凸出眼珠盯

住内莱乌斯看。

“先生们！”市长大人转向两位官员，“我们应该感到十分抱歉，冤枉了这个可怜的人。他已经证明，他不仅是社区的优秀仆人……还是一位艺术家。你们看见他给石像做了什么吗？他给石像加上了一件大理石上衣，有粉红色的衣领和袖口。我觉得这样让它完美得多，史密斯！我一向不赞成裸体塑像。”

“我也不赞成！”第一位官员摇头说。

“当然不赞成！”第二位官员说。

“不要怕，我亲爱的史密斯，你将得到奖赏。从今天起，你的薪金增加一先令，袖子上加一条杠。下次去向国王陛下汇报时，我要向他提到你。”

市长大人向玛丽阿姨很有礼貌地又鞠了个躬，然后庄严地大步离开，后面跟着他的两位谦卑的官员。

公园管理员看上去好像不知道自己是头着地还是脚着地，傻傻地看着他们。接着他把鼓起的眼睛转向石像，重新盯着它看。大理石男孩和他的大理石海豚低头看着湖水沉思。他们像以往那样一动不动，静悄悄的。

“现在回家去吧，回家去吧，立刻！”玛丽阿姨举起一个通知孩子们的指头，孩子们没有二话，跟着就走。那半克朗在迈克尔手掌里又烫又亮又硬。那本书夹在简的胳肢窝里，凉得像内莱乌斯的大理石手。

顺着大路，他们默默地大步走，暗暗想着自己的心事。很快，在他们后面的草地上传来脚步声。他们回过头去，看到公园管

理员步子沉重地向他们跑来。他已经脱下上衣，挂在他的手杖上，像挥舞一面蓝红旗子那样挥舞着它。他喘着气赶到童车旁边，把上衣递给玛丽阿姨。

“把这个拿去吧！”他上气不接下气地说，“我刚去看了后面那男孩。他穿着你的上衣——有四颗粉红色扣子的。天冷了，你需要一件上衣。”

玛丽阿姨平静地接过上衣，披在肩上。擦亮的铜纽扣上她自己的影子高傲地对她微笑。

“谢谢你。”她一本正经地对公园管理员说。

他穿着他的衬衫站在她面前，把头摇得像只觉得莫名其妙的狗。

“我想你明白这一切是怎么回事吧？”他渴望着说。

“我想我明白。”她得意地回答。

她没有再说话，把童车轻轻一推，让它经过他走了。他仍旧在她后面看着，抓着头，看着她出了公园大门。

班克斯先生下了班正在回家的路上，当他们穿过胡同时，他向他们吹了声口哨。

“你好，玛丽·波平斯！”他跟她打招呼说，“你穿着这件蓝夹红的上衣，神气极了！你参加了救世军吗？”

“没有，先生。”她一本正经地回答说。她看他的眼光显然表示她不打算解释。

“是公园管理员的上衣。”简赶紧告诉爸爸。

“他刚给她的。”迈克尔加上一句。

“什么……史密斯？他把他的制服上衣给了她？为什么？”班克斯先生叫起来。

可是简和迈克尔一下子闭口不言。他们可以感觉到玛丽阿姨那洞察一切的眼睛像钻子一样钻穿了他们的后脑勺。他们不敢说下去。

“好吧，没关系！”班克斯先生平静地说，“我想她做了什么好事，应该得到它。”

他们点点头。可是他们知道，他永远不会明白她做了什么事，

哪怕他活到50岁！他们从他身边走过，通过花园小径，各自把银币和书拿好。

他们一边走，一边想着送给他们这些礼物的孩子，那在公园里蹦蹦跳跳、玩了短短一个小时的大理石男孩。他们想到，他如今孤零零一个人站在台座上，一条手臂亲热地抱住他的海豚——永远一声不响，永远一动不动，脸上可爱的亮光消失了。黑暗将在他头上落下来，星夜将笼罩着他。他将独自一人骄傲和寂寞地站在那里，低头凝视着小湖的水，梦想着大海和他那遥远的家。

第五章

薄荷糖马

“哎呀呀！”班克斯先生哇哇大叫，乱拨着前厅那个做成象腿形状的桶里的那些雨伞。

“这一回又发生什么事了，乔治？”班克斯太太在厨房楼梯角叫着问他。

“有人把我的手杖都拿走了！”班克斯先生那声音像是一只受伤的老虎。

“它们在这里，先生！”玛丽阿姨从儿童室下来，一只手拿着一根银头乌木手杖，另一只手晃着一根圆头弯柄灰梣木手杖。她一句话不说，样子十分高傲，把它们交给班克斯先生。

“噢！”他大吃一惊说，“你要它们干什么啊，玛丽·波平斯？

我希望你的腿没伤！”

“没有，谢谢你，先生！”她哼了一声说。听她傲慢的声音就知道，班克斯先生得罪了她。腿伤，什么话！好像她的腿或者什么地方会出毛病似的！

“是我们！”简和迈克尔一起从玛丽阿姨身后朝他们的爸爸偷看着。

“你们！你们的胖腿怎么啦？它们瘸了还是怎么的？”

“不是这么回事，”迈克尔坦白地说，“我们将手杖当马骑。”

“什么！我叔公赫伯特的乌木手杖和我在教堂集市赢回来的手杖！”班克斯先生简直不相信自己的耳朵。

“我们没有东西骑啊！”简咕噜了一声。

“为什么不骑木马呢——那亲爱的老多宾？”班克斯太太从厨房叫起来。

“我讨厌老多宾。它摇起来叽嘎叽嘎响！”迈克尔说，他对他的妈妈跺脚。

“老多宾只会摇，又不会跑。我们要真的马！”简抗议说。

“我想我还得给你们马！”班克斯先生在下面前厅气呼呼地走过来走过去，“一天三顿饭还不够！温暖的衣服和鞋子不算数！现在你们要马！哼，马！你断定你们不要骆驼？”

迈克尔用伤心的表情看着他的爸爸。他想，真的，他的举动多么吓人啊！可是他只是耐心地说：“不，谢谢，只要马就行了！”

“好吧，等月亮变蓝色，你们会得到它们的。这一点我可

以向你们保证！”班克斯先生很凶地说。

“月亮什么时候变蓝色呢？”简问道。

班克斯先生生气地瞪她。他想：“我生出多么笨的孩子啊，连话的意思都听不懂！”

“噢……大约一千年一次吧。如果你运气好——一辈子碰到一次！”他气呼呼地说着，把乌木手杖插回象腿桶里去，把灰梣木手杖挂在臂弯里，就进城去了。

玛丽阿姨微笑着看他走。这是一个古怪的、神秘的微笑，孩子们想，这是什么意思呢？

班克斯太太急忙从厨房楼梯上来。“噢，天哪！玛丽·波平斯，你看怎么办，拉克小姐的威洛比刚才进来，把童车的一个轮胎啃掉了！”

“是的，太太，”玛丽阿姨平静地回答说，好像威洛比做的事，没有一件能让她奇怪似的。

“可我们怎么出去买东西呢？”班克斯太太几乎要哭出来了。

“我实在说不出，”玛丽阿姨把头一扬，好像狗也好童车也好，跟她没关系。

“噢，我们一定要出去买东西吗？”简咕噜说。

“我讨厌走路，”迈克尔生气地说，“我断定这对我的健康没有好处。”

班克斯太太不听他们的。“也许，玛丽·波平斯，”她紧

张地建议说，“你今天可以把安娜贝儿留在家，带罗伯逊 · 艾去拿大包小包。”

“他正在手推车里睡觉。”简告诉她们说。刚吃完早饭她朝窗外看到，罗伯逊 · 艾正在早休。

“他不会在那里很久的。”玛丽阿姨说。她到外面花园去。

她说得对。他没在那里很久。她一定说了什么毒咒，因为当孩子们跟着她到花园小径的时候，罗伯逊 · 艾已经在花园大门口等着了。

“请你们跟上，别磨磨蹭蹭！这不是乌龟大游行。”玛丽阿姨把双胞胎一手拉住一个，催他们在她两边快走。

“一天又一天，老是一个样。我从来得不到一点儿安宁。”罗伯逊 · 艾打了一个忍不住的哈欠，把他的帽子交给简拿，自己在她身边跌跌撞撞地走。

玛丽阿姨沿市中心大街一路大步走，不时在橱窗前顾影自怜。

她的第一站是特林莱特先生卖五金和园艺工具的店。

“一个老鼠夹子！”她进门就看班克斯太太的购物单，高傲地说了一句。

特林莱特先生是个紫脸膛的瘦子。他正坐在柜台后面，帽子歪戴在后脑上。晨报像中国屏风那样挡住他。

“只要一个吗？”他从这“屏风”边上探出头来看玛丽阿姨，粗鲁地问道。“对不起，小姐！”他斜眼看了一眼说，“我可不愿意为了一个老鼠夹子动来动去！”他摇摇头，正要转过脸去，

一下子看到她脸上的表情，他那张紫脸马上变成丁香色。

“我只是开个玩笑，”他连忙说，“没得罪的意思！只要你要，半个夹子我也卖给你，不要说再附送一片美美的干酪了。”

“一个碎肉机。”玛丽阿姨盯住他说。

“为了运气，我要扔进去一磅牛肉。”特林莱特先生急忙说。

玛丽阿姨不睬他。

“半打锅盆清洁剂，一罐蜂蜡，一根地板拖把。”她很快地读出来。

“布置房子吗？”特林莱特先生一面打包一面紧张地微笑着问道。

“一包钉子和一个园艺耙子。”她说下去。她看穿他的紫脸，好像它是玻璃做的。

“来点木屑怎么样？”他问，“万一小鸡把地弄脏呢？”

玛丽阿姨转过身来。简、迈克尔和双胞胎舒舒服服地坐在一个棕色大袋子上，他们的重量已经把一股木屑从袋子里压到地板上。玛丽阿姨眼睛发亮。

“你们再不马上站起来……”她开始说。她的声音这么可怕，他们不等她把话说完，已经跳了起来。早已倒在一个花园滚轧机上睡着的罗伯逊·艾惊醒了，开始收拾大包小包。

“我们只不过歇歇脚……”迈克尔要说下去。

“再说一个字，你就歇到床上去！我警告你！”玛丽阿姨凶巴巴地告诉他。

“我不收钱。”特林莱特先生急忙把木屑扫起来，“既然

是你！”他连忙加上一句，仍旧尽力用讨好的口气说话。

玛丽阿姨用看不起的目光瞧了他一眼。

“你的鼻子上有油漆。”她平静地说了一声，神气地走出了他的店。

接着她像股强大的旋风似的快步在大街上走。孩子们和罗伯逊·艾在她后面像彗星尾巴那样跟着转。

到了面包店，她买了一个大面包、两盒饼和一些姜汁饼干。

“不用管我。”当她把它们堆到罗伯逊·艾的怀里时，他叹着气说。

“我不会的。”她快活地回答一声，急急忙忙上蔬菜水果店去买豌豆、大豆和樱桃。

“最后一根稻草压断骆驼的背。”当她把它们扔到罗伯逊·艾怀里时，他说。

“话是这样说！”她冷笑一声回答说，把她的购物单再读一遍。

下一站是文具店，她在那里买了一瓶墨水。接着她到药店买了一包芥末粉。

现在他们已经走到大街的尽头。可玛丽阿姨仍旧不停步。孩子们相互看看，叹了口气。已经没有店了，她要上哪里去呢？

“噢，亲爱的玛丽阿姨，我的两条腿要断了！”迈克尔一瘸一瘸可怜巴巴地说。

“我们不能这就回家吗，玛丽阿姨？我的鞋子破了！”简抱怨说。

双胞胎开始像一对苦恼的小狗崽子那样哼哼唧唧。

玛丽阿姨厌恶地看看他们。

“你们就是一群软弱无用的东西，一群海蜇！你们连脊梁也没有！”

她把购物单往她的包里一塞，看不起他们似的哼了一声，急忙在路口拐弯。

“海蜇在水里游，”迈克尔生气地说，“海蜇不用买东西！”他累得几乎不管玛丽阿姨听见他的话没有。

公园里吹来微风，充满早晨的香气。有月桂叶和青苔气味，还夹点别的什么东西的熟悉的气味。那是什么东西呢？简拼命地闻着空气。

“迈克尔！”她悄悄地说，“我闻到了薄荷味！”

迈克尔像只生气的小狗那样闻着。

“嗯，”他同意说，“我也闻到了！”

接着他们双双注意到一把红绿条子的太阳伞。它撑在公园朝市区一边的铁栏杆旁边。它旁边靠着一块白色大牌子，上面用黑色大字写着：

卡利科小姐

糖果摊

有马出租

那把红绿条子太阳伞底下，坐着一位他们从未见过的最奇怪的小个子女人。他们起先看不清那是什么，因为它像钻石一样闪闪发光。接着他们才看到这是一位上岁数的小个子女人，她有一张皮革似的黄色瘦脸，一头鬃毛似的白色短发。亮光来自她的衣服，从领子到裙边全别着别针，它们像刺猬的刺那样竖起来，她身体一动，它们就在阳光中闪烁。她一只手拿着一根马鞭，不时挥动着它让路人看。

“薄荷糖！价钱便宜！全是用最好的砂糖做的！”马鞭噼啪抽响的时候，她用低低的嘶叫声吆喝。

“来吧，迈克尔！”简忘了有多累，兴奋地说。

他抓住她的手，让她把他朝那条纹太阳伞那儿拉去。等到他们走近那闪光的女人，他们看到的东西让他们想吃了，因为在她旁边有一个陶罐，上面插满了薄荷糖手杖。

那小老太婆抽响着马鞭唱道：

砂糖加薄荷，
味道真不错！
价钱很便宜，
千万别错过！

就在这时候她转过头来，看到了这几个来人。她的黑眼睛像黑色小葡萄干一样闪亮起来，伸出一只鸟爪子似的手。

“哎呀，我怎么也不会想到！你不是玛丽·波平斯吗？我

已经有一个月那么多的星期二没见你了！”

“我也是，卡利科小姐！”玛丽阿姨很有礼貌地回答。

“很好，我们又要玩一场了！”卡利科小姐说。“如果你明白我的意思！”她咧嘴笑着加上一句。接着她明亮的黑眼睛落到孩子们身上。

“哎呀，天哪！四张多么苦的脸啊！爱发脾气，伤了自己！你们看上去全像丢了什么似的！”

“丢了他们的好心情。”玛丽阿姨无情地说。

卡利科小姐抬起眉头，满身的别针开始闪烁。

“气呼呼的小蝌蚪，想想吧！丢掉的东西一定要找回来——这是规矩！好，你们把它丢到哪儿了？”

那双小黑眼睛从这一个孩子看到那一个孩子，他们全觉得自己有过错。

“我想一定是丢在市中心大街上了。”简用压抑的低声说。

“啧啧啧！在那么远的地方？请问你们为什么把它丢掉了？”

迈克尔拖着他的脚走过来，脸红了。“我们不想再走路……”他难为情地开始说。可这句子再也没有说完，因为卡利科小姐很响地嘎嘎叫了一声，打断了他的话。

“谁爱走路？谁爱走路？我倒想知道！没有人愿意走个没完。给我钱我也不走。给我一袋红宝石我也不走！”

迈克尔看着她。这是真的吗？他终于找到一个大人，她对于走路跟他有同感吗？

“我都已经好几个世纪没有走路了，”卡利科小姐说，“不仅如此，我家没有一个人走过。什么——用两个平脚板踏在地上？他们会认为这有失体统！”她抽了一下马鞭，向孩子们摇摇一个指头，全身的别针闪烁起来。

“听我的话吧，要骑马。走路只会让你长大。它能把你们

带到哪里去？简直去不了什么地方！骑马吧，我说！骑马吧——去看看世界！”

“可我们没有马！”简抱怨说，朝四周看，要看看卡利科小姐骑的马在什么地方。尽管牌子上写着“有马出租”，却连一头驴子也没看见。

“没有马？真糟糕！那真是太不幸了！”

卡利科小姐的声音听上去很难过，可她看玛丽阿姨时，她的黑眼睛却调皮地闪亮。她向玛丽阿姨点头询问，玛丽阿姨点头回答。

“也许有办法！”卡利科小姐抓起一把糖手杖叫道，“你们没有马……这些怎么样？至少它们可以帮帮忙。给我一根别针，我给你们一根手杖。”

空气中洋溢着薄荷香味。当四个孩子在他们的衣服里找别针时，丢掉的好心情爬回来了。他们又是扭又是咯咯笑，又是翻又是找，可是他们一根别针也找不到。

“噢，我们怎么办，玛丽阿姨？”简叫道，“我们一根别针也没有！”

“我想当然不会有！”玛丽阿姨哼了一声回答说，“我照顾的孩子，衣服都补得好好的。”

她又厌恶地哼了一声，接着翻开她上衣的翻领，给每个孩子一根别针。正靠着铁栏杆打盹的罗伯逊·艾在她给他一根别针时惊醒了。

“把它们插到我的衣服上！”卡利科小姐向这些别针靠过

来，“不要怕刺痛我。我不会痛的！”

他们把他们的别针插到她身上别的别针当中，当她把那些糖手杖给他们时，她的衣服好像比原先更亮了。

他们又笑又叫，抓住那些手杖挥动，薄荷香气更加浓了。

“现在我不怕走路了！”迈克尔叫着，舔他那根手杖的头。手杖响起很小的一声喊叫，像是反对他舔的轻轻嘶鸣。可迈克尔只顾着品尝那薄荷糖的味道，顾不上去听它。

“我不吃我这根薄荷糖手杖，”简马上说，“我要一直留着它。”

卡利科小姐看看玛丽阿姨，她们交换了一个古怪的眼色。

“只要你们能够！”卡利科小姐很响地嘎嘎说，“只要你们能够，你们可以把它们全都留着——那太好了！你插牢点，不用怕我痛！”她给罗伯逊·艾一根薄荷糖手杖，罗伯逊·艾把他的别针插到她的袖子上。

“好了，”玛丽阿姨有礼貌地说，“对不起，卡利科小姐，我们要回家吃饭了！”

“噢，等一等，玛丽阿姨！”迈克尔反对说，“我们还没给你买薄荷糖手杖呢！”他突然担心，万一她没有别针了呢？他得跟她分自己那根薄荷糖手杖吗？

“哼！”她把头一抬说，“我才不怕把腿走断呢，像有些我可以指名道姓的人那样！”

“嘻嘻！哈哈！请原谅我笑！好像她还需要一根手杖拄着走路似的！”

卡利科小姐像鸟那样叽叽喳喳，像是迈克尔说了什么好笑的话。

“好了，很高兴遇到你！”玛丽阿姨说着跟卡利科小姐拉手告别。

“跟你说，高兴的是我，玛丽·波平斯！好，现在记住我的忠告，经常骑马！再见，再见！”卡利科小姐声音打着战说。她似乎完全忘记了他们全没有马。

“薄荷糖！价钱便宜！全用最好的砂糖制成！”他们转身走开时听到她吆喝。

“请问你有一根别针吗？”她问一个过路人，这是一位绅士，衣冠楚楚，戴一副单片眼镜。他胳肢窝里夹着一个公文包，公文包上用金字写着：

大法官

急件

“别针？”那位绅士说，“当然没有！我怎么会有别针这种东西呢？”

“你不给我东西，我不给你东西，这是规矩！你不给我别针，我不给你薄荷糖手杖！”

“把我的一根拿去吧，亲爱的！我多得是！”一个噔噔噔走过的大胖女人说。她胳肢窝下面夹着个篮子，她从披巾上拔

出了一把别针，交给那位大法官。

“只要一根！价格便宜！你要一根薄荷糖手杖永远不用付两根别针！”卡利科小姐用她母鸡叫似的咯咯声吆喝。她给了大法官一根薄荷糖手杖，他把它挂在臂弯上，走了。

“你和你的规矩！”那胖女人哈哈笑着把一根别针插在卡利科小姐的裙子上，“好，给我根粗的，亲爱的！我不是个轻盈仙女！”卡利科小姐给她一根又长又粗的手杖，她抓住手杖把手，整个人靠在它上面。

“喂鸟吧！两便士一袋！谢谢，亲爱的！”那胖女人快活地叫道。

“迈克尔！”简惊讶得喘了口气，叫道，“我相信她就是那位鸟太太！”

迈克尔还没来得及回答，一件奇怪的事发生了。当那胖女人把身体靠在手杖上时，手杖向上微微跳了一跳。接着，它在她张开的裙子下面突然飞起来，把她带到了空中。

“雏菊飞起来了！我走了！”鸟太太抓住薄荷糖手杖的把手，拼命夹紧她的篮子。

手杖飞过人行道，飞过栏杆。空气中响彻洪亮的长声马嘶，孩子们惊奇地看着。

“抓紧了！”迈克尔担心地大叫。

“你自己抓紧了吧！”鸟太太回答说，因为迈克尔的手杖在他下面已经飞起来。

“哎呀，简，我的手杖也飞起来了！”他尖叫道。这时他

的手杖已经轻快地带他飞走。

“小心，迈克尔！”简在他后面叫。可就在这时候，她自己的手杖也摇摇晃晃往上飞了。简骑在她那根粉红和白色条纹的手杖上，跟着迈克尔的手杖飞。她飞过月桂树篱。当她飞过丁香矮树丛时，一个人呼呼地飞过她身边。这是抱了许多大包

小包的罗伯逊·艾。他趴在他那根手杖上，一面飞一面打盹。

“我和你比赛谁先到那橡树，简！”迈克尔在她追上来时叫道。

“请安静！这不是马术表演，迈克尔！你们把帽子戴正，跟着我！”

玛丽阿姨抓着她的鹦鹉伞，慢悠悠地飞过他们的身边。她整洁端庄，像在一张摇椅上坐着那样。她一只手牵着两根绳子，绳子拴在双胞胎那两根手杖上面。

“它们全是用最好的砂糖做的！”卡利科小姐的吆喝声传上来，而地面在他们下面沉下去。

“她卖了几百根手杖！”迈克尔叫道，因为天空中很快就满是骑手杖飞的人。

“那是弗洛西姑妈——她飞过那些大丽花！”简指着下面说。他们下面飞过一个骑手杖的中年太太。她的羽毛披肩迎风飘动，帽子被吹到一边。

“是她！”迈克尔蛮有兴趣地看着说，“那是拉克小姐……带着她的两只狗！”

在柳树上飞着一根很细巧的薄荷糖小手杖，上面骑着拉克小姐，样子十分紧张，她后面是她的两只骑在手杖上的狗。威洛比吃了童车轮胎，依然是老样子，它粗鲁地朝孩子们笑。可安德鲁紧闭双眼，登高总是弄得它头晕。

嘚嘚！嘚嘚！嘚嘚！嘚嘚！后面传来奔跑的马蹄声。

“救命啊！救命啊！救命啊！地震了！”一个沙哑困惑的

声音叫道。

孩子们扭头去看，看到特林莱特先生在他们后面骑着手杖狂飞起来。他双手紧紧抓住薄荷糖手杖，脸白得像白纸。

“我想吃口我的手杖，”他哀叫道，“可看看它怎么对待我！”

“价钱便宜！只要一根别针！你给什么会得到什么！”下面传上来卡利科小姐的吆喝声。

这时候天空像个赛马场。骑手杖的人从四面八方飞来，孩子们觉得，他们认识的每一个人都买了薄荷糖马。一个帽子上插羽毛的人飞过，他们认出来，他就是两个高级官员中的一个。远远地他们看到卖火柴的人，他骑着一根闪亮的粉红色手杖在一路飞行。扫烟囱的带着他刷煤烟的刷子飞驰而过，卖冰淇淋的在他旁边飞，还在舔着一块草莓雪糕。

“请让路！请让开！请让开！”一个煞有介事的响亮声音叫道。

他们看到大法官用脖子都要折断的速度飞行。他身体弯得低低的，伏在他那根手杖的弯颈上，像是骑着一匹德比马赛得冠军的马。他的单片眼镜牢牢夹在他的一只眼睛上，他的公文包一路上一跳一跳的。

“十万火急！”他们听到他叫，“我必须及时赶到王宫去赴宴！让开！请让开！”他骑着手杖过去，很快就没影了。

公园里是多么混乱啊！人推人。“过去点！”“你到哪里来了！”骑手杖的人都在大叫大嚷。手杖像怒马一样打着响鼻。

“靠左点！别抢道！”公园管理员在他们当中慢慢地飞，大喊大叫。

“不许停下！”他叫道，“这是人行横道！时速规定一小时 20 英里！”

“喂鸟吧！两便士一袋！”鸟太太在人群中飞。她从蜂拥般的翅膀中间飞过去——那是些鸽子、椋鸟、黑鸟和麻雀。“喂鸟吧！两便士一袋！”她一边在空中撒坚果一边叫。

公园管理员史密斯勒住他的手杖叫道：“哎呀，老妈妈，你到这儿来干什么？你应该在圣保罗教堂！”

“你好，史密斯，我的孩子！我在喂鸟！吃茶点时见！两便士一袋！”

公园管理员看着她飞走了。

“我以前从来没有见她这样做过，哪怕在我小时候！喂，你们怎么啦！小心你们在朝哪儿飞！”他对一根飞驰而过的粉红色手杖叫道。

那上面骑着埃伦和警察，他们下午出来玩。

“噢！噢！”埃伦尖叫说，“我不敢朝下看！我朝下看觉得头晕！”

“那你就别朝下看。你就看着我好了！”警察抱住她的腰说。他们的手杖很快飞走了。

所有的薄荷糖手杖飞啊飞，它们的粉红色在早晨的太阳光中闪耀。它们带骑着它们的人飞过树木，飞过房屋，飞过云朵。

在他们下面，卡利科小姐的声音越来越轻了。

“薄荷糖！价钱便宜！全是用最好的砂糖做的！”

最后简和迈克尔觉得，这不再是卡利科小姐的声音，而是远处草地上小狗的尖叫声。

他们骑着他们的薄荷糖手杖，在拥挤的骑手杖的人群中穿过。风轻快地掠过他们的脸，马蹄声在他们的耳朵里回响。噢，他们骑到什么地方去啊？回家吃中饭？或者到天涯海角去？

一直是玛丽阿姨在他们前面引路。她姿态优美地骑在她的雨伞上，双手按着伞上的鹦鹉头，衣服像鸽子的翅膀那样展开，没有一个皱褶是乱的。他们不知道她在想什么。不过她的嘴角露出满足的微笑，好像心中十分得意。

樱桃树胡同越来越近。海军上将那架望远镜在阳光中闪耀。

“噢，我希望我们永远不用下去！”迈克尔叫道。

“我希望我们能骑一整天！”简叫道。

“我希望我们1点钟到家。请大家跟上我！”玛丽阿姨说。她把鹦鹉伞的鹦鹉嘴对准17号。

他们叹了口气，虽然知道叹气也没用。他们拍拍手杖的弯颈，跟着玛丽阿姨从天上飞下去。

花园草地像一片闪亮的绿色围场，慢慢地向他们迎上来。几根薄荷糖手杖向它俯冲下去，像小马那样蹦跳。罗伯逊·艾第一个着地，他的手杖在三色堇花坛里停下。罗伯逊·艾张开眼睛，眨巴了几下。他打了个哈欠，把大包小包收拾起来，跌跌撞撞地进屋。

孩子们飞过樱桃树胡同，他们一直下去，下去，直到青草

碰到他们的脚，手杖在草地上停下了。

与此同时，鹦鹉头雨伞在鲜花中掠过，它的黑绸皱褶张开，像一对翅膀。玛丽阿姨用优雅的姿势跳到地上。接着她轻轻地抖抖雨伞，夹在胳肢窝里。看到她和雨伞是那么整洁可爱的一对，你怎么也不会猜想到，她曾用那样古怪的方式飞过公园。

“噢，骑得多么开心啊！”迈克尔叫道，“你有那些别针，真是太幸运了，玛丽阿姨！”他穿过草地朝她奔去，抱住她的腰。

“这是花园还是废旧杂货拍卖场？请你放开我好不好？”她厉声说。

“我再也不会丢掉我的好心情了！我觉得那么美那么好！”简说。

玛丽阿姨不相信地微笑。“多么难得啊！”她说着弯腰捡起那些手杖。

“我拿我自己的，玛丽阿姨！”迈克尔说着要去抓住一个糖手杖。

可是她把所有的手杖都举到她的头顶上，高视阔步地进屋去了。

“我不会吃它，玛丽阿姨！”迈克尔求她说，“我连它的把手也不会舔！”

玛丽阿姨根本不理他。她一言不发，在胳肢窝里夹着那些手杖就飘也似的上楼去了。

“可它们是我们的！”迈克尔转向简抱怨说，“卡利科小姐叫我们把它们留着！”

“不，她没有，”简摇摇头说，“她说如果我们做得到，我们可以留着它们。”

“我们当然做得到！”迈克尔犟头倔脑地说，“我们要留着它们一直骑！”

真的，那些手杖竖立在玛丽阿姨的床角，迈克尔看上去非常有把握，因为，孩子们高兴地想，谁会要偷走这四根黏糊糊的糖棍呢？那些粉红色和白色条纹的手杖好像已经成为儿童室家具的一部分了。

它们把手挽着把手靠在一起，好像四个忠实的朋友。它们全都一动不动。它们就像别的手杖一样，那些手杖在满是灰尘的角落里静静地等候着和它们的主人一起出去散步。

下午过去了，睡觉时间到了，儿童室充满薄荷香味。迈克尔洗完澡急急忙忙进来时起劲地闻。

“它们没事！”当简进来时，迈克尔悄悄地说，“不过我想，今天晚上我们得醒着不让任何事情发生。”

简点点头。她已经看到那些手杖会做出稀奇古怪的事，觉得迈克尔的话是对的。

玛丽阿姨走开以后，他们一直醒着躺在那里，看着那个角落。那四个暗淡的影子站在帆布床旁边一动不动，静悄悄的。

“我们明天上哪儿去好呢？”迈克尔问道，“我想骑着它们去看弗洛西姑妈，问问她对骑手杖有多喜欢。”他打了一个哈欠，闭上他的右眼。他想，用一只眼睛看得同样清楚，这样

另外一只可以休息一会儿。

“我倒想去廷巴克图[1]看看，”简说，“光这名字听上去就很好听。”

冷场了好大一会儿。

“你不觉得这是个好主意吗，迈克尔？”

可是迈克尔没有回答。他已经把另一只眼睛也闭上了，他只想闭上一会儿，可就在这时候，他睡着了。

简坐起来，忠诚地看着那些手杖。她看啊看啊看啊看啊，直到她的头也倒在枕头上。

“廷巴克图。”她迷迷糊糊地喃喃道，眼睛对着角落里那些细长的影子。接着她什么声音也没有了，因为她也睡着了。

楼下的老爷时钟敲响10点。可是简没有听见。她没有听见玛丽阿姨悄悄进来脱下棉布睡袍里面的衣服。她没有听到班克斯先生锁门，也没有听到屋子安静下来过夜。她在做关于马的美梦，在梦中传来迈克尔叫她名字的声音。

“简！简！简！”传来十万火急的轻轻叫声。

她跳起来，甩开眼睛上的头发。在睡着的玛丽阿姨那边，她看到迈克尔坐在他的床边，一个指头放在嘴上叫她不要响。

“我听到奇怪的响声！”他轻轻地说。

简竖起耳朵听。不错！她也听到了。她听到很高、很尖、很远的口哨声。她屏住了气。

[1] 廷巴克图是非洲马里的一个城市，历史名城。

“咻——咻！咻——咻！”

这声音越来越近，接着忽然间，他们听到外面的黑夜里传来尖厉的呼叫声。

“来吧，砂糖！来吧，快腿！来吧，糖手杖！来吧，薄荷！不要再等了，否则就要来不及。这是规矩！”

与此同时，玛丽阿姨床边的角落响起很急的拖脚行走声。

咔嗒！踢乓踏！

四根手杖一根接一根升起来，飞出窗子。

孩子们像闪电一样下了床，靠在窗台上。外面一片漆黑，是个没有星星的夜。可是在樱桃树胡同上空，有什么东西在闪耀着奇怪的、超自然的亮光。

那是卡利科小姐。她像一只银色小刺猬一样骑着一根薄荷糖手杖飞过天空。她的马鞭在空气中很轻的噼啪响，她的口哨声划破寂静的黑夜。

“上来吧，你们这些慢吞吞的马车！”她叫道。这时四根手杖跟着她，拼命地嘶鸣。

“你这跳舞的驴子，上来吧！”她叫道。从下面什么地方，从厨房台阶上，另一根手杖飞上去。

“那一定是罗伯逊·艾的！”简说。

“你在哪里，特里西？上来吧，我的女孩！”卡利科小姐又抽她的马鞭。从拉克小姐最好的那扇卧室窗子跳出另一根手杖，追上那些手杖。

“来吧，条纹！来吧，棒棒糖！快上来吧！”于是手杖从

四面八方飞上去。

“抖抖一条腿吧，花儿！看准了，喂，蜜糖！四处流浪的必须回家。这是规矩！”她吹口哨让它们上去。当它们在空中向她飞去时，她抽响马鞭，哈哈大笑。

现在整个天空满是手杖，响彻了薄荷糖马奔腾的马蹄声和雷鸣般的嘶叫声。起先它们像是黑影，原先闪亮的背的颜色没有了。可是初升月亮的光从公园照上去，它们一下子都闪闪发光。它们在跑，闪闪烁烁；它们粉红色的腿在初升的月光中闪动。

“上来吧，我的小马们！上来吧，我的老马们！你们全都是最好的砂糖做的！”

卡利科小姐叫她那些马回家时，她的声音又高亢又甜美。噼啪！她的马鞭抽响，它们全在跟着她飞跑，嘶叫着，抬起它们薄荷糖的头。

接着月亮完全升起来了，升到公园的树木上空，又圆又清朗。简看着它倒抽一口气，抓住她弟弟的手。

“噢，迈克尔！你看，它是蓝色的！”她叫道。

它的确是蓝色的。

从地球另一边来了这巨大的蓝色月亮。它在公园和樱桃树胡同上空放射出蓝色的光芒。它悬在天空的最高处，像盏灯那样照耀着这个睡着的世界。

卡利科太太和她那一串飞马在它的光芒中飞过，像是一群蝙蝠。这一群影子在蓝色的大月亮上很快地飞过，在它的亮光

中闪耀了一下。接着飞驰的薄荷糖手杖飞走了，穿过远方闪亮的天空。马鞭的噼啪声越来越轻。卡利科小姐的声音越来越远，越来越含糊。到最后，她和她那些马好像融入月光之中。

“它们全都是用最好的砂糖做的！”

最后传来一个很小的回声。

孩子们靠在窗台上沉默了一阵。

接下来迈克尔开了口。

“我们到底不能留着它们。”他难过地喃喃说。

“她本不要我们留着它们。”简望着空荡荡的天空说。

他们一起从窗口回过身，蓝色的月光照进房间。它像水一

样洒在地板上。它爬过孩子们的床，来到角落那张床。它明亮地、大胆地、蓝蓝地照着玛丽阿姨。她没有醒来。可是她露出神秘的、满意的微笑，好像即使在最深沉的梦中，她仍旧完全自得其乐。

两个孩子站在她旁边看着那古怪的微笑，气也透不出来。接着他们你看看我，我看看你，聪明地点点头。

“她都知道。”迈克尔悄悄地说了一声。简轻轻地回答了一声：“是的。”

他们对着睡觉的玛丽阿姨微笑了一会儿，然后踮起脚，各自回到自己的床上去。

蓝色的月光洒在他们的枕头上。当他们闭上眼睛时，它笼罩着他们。它照在躺在旧帆布床上的玛丽阿姨的鼻子上。可是，好像什么蓝色月亮对她都无所谓似的，她很快把脸转过去了。她把毯子拉过了她的头，在毯子下面蜷缩得更紧。不一会儿，儿童室里唯一的声音就是玛丽阿姨的呼噜声了。

第六章 高潮

“你小心点，千万别把它落在地上了！”玛丽阿姨把一个黑色大瓶子交给迈克尔说。

他看到她那警告的眼光，老实地摇摇头。

“我会特别小心的。”他保证说。他就算是一个小偷，也不会走得更小心翼翼了。

他跟简和玛丽阿姨刚上布姆海军上将家，给班克斯先生借一瓶波尔图葡萄酒。它这会儿正在迈克尔的怀里，他走得小心翼翼——吧嗒吧嗒——像猫走在火烫的砖头上。他后面自自在在地走着简，她拿着布姆太太送给她的一个斑点宝贝[1]贝壳。

[1] 宝贝是一种腹足动物，贝壳光滑明亮。

他们过了一个快活的下午。海军上将唱了《我看见三艘船在航行》，给他们看装在一个瓶子里的一只全帆装备的航船。布姆太太请他们喝姜味汽水、吃通心粉。给海军上将烧饭缝补的退休海盗，让他们看刺在他胸口上的骷髅头和交叉骨头。

迈克尔低头看着那瓶酒，心里说：不错，真是过了可爱的一天。

接着他渴望着说出来："我希望能喝上一杯波尔图葡萄酒。我断定它的味道一定好！"

"请你走起来！"玛丽阿姨吩咐道，"不要老抓那标贴纸，迈克尔！你不是一只头上长羽毛的啄木鸟！"

"我没法走得更快了！"他咕噜道，"我们为什么必须赶路呢，玛丽阿姨？"他心里在说，等酒喝光了，瓶子空了，他要做一只船放进去。

"我们得赶路，"玛丽阿姨清清楚楚地说，"因为今天是第二个星期四，我要出去。"

"噢！"迈克尔呻吟一声，他竟把这件事给忘了，"这么说，我们一个傍晚都要跟埃伦在一起。"

他转眼看简，想得到她的同情，可是简没注意。她把那宝贝贝壳放到耳朵上，要听大海的声音。

"埃伦让我受不了！"迈克尔咕噜着，"她老是伤风感冒，她的脚也太大。"

"我希望我能看到大海！"简朝贝壳里面看，喃喃地说。

玛丽阿姨不耐烦地哼了一声，说："你们就这样！希望希

望——一天到晚都在希望！不是一杯波尔图葡萄酒，就是大海！我从不知道有这样一对老在希望的孩子！”

“你是用不着希望！”迈克尔说，“你样样都有！”

他心里想，她听了这话会高兴，于是拍马屁般地对她笑笑。

“哼！”她不相信地看看他，哼了一声。可是一个酒窝忽然出现在她的脸颊上。

“请你走起来吧，迈克尔·班克斯少爷！”她叫道，催他们走过院门。

让迈克尔大为吃惊的是，他发现埃伦并不是伤风感冒，而是得了另一种病，叫作花粉病。她打了一个又一个喷嚏，直到满脸通红。迈克尔觉得她那双脚更大了。

“我怕我打喷嚏都要把头打得落掉了！”埃伦伤心地说。迈克尔几乎希望她真的这样。

“如果没有任何星期四，”他对简说，“玛丽阿姨就永远不会出去！”

可是很不幸，每个星期都有星期四，玛丽阿姨一旦走出屋子，要叫她回来谁也办不到。

现在她走了，顺着胡同一路走去。她戴着她那顶插着雏菊的黑草帽，穿着她有银扣子的最漂亮的蓝色上衣。孩子们靠在儿童室窗口看着她的背影。她雨伞的鹦鹉头有一种生气勃勃的样子，她走起路来有一种喜气洋洋的神气，好像知道拐角的地方就有一个惊喜在等着她。

“我真想知道她上哪儿去！”简说。

“我希望我和她一起去！”迈克尔叹口气说，“噢，埃伦，你能别打喷嚏吗？”

“你的心肠比癞蛤蟆的还要冷酷，你这孩子！”埃伦用手帕捂住鼻子说，“好像我能管得住似的，阿——嚏！”

她的喷嚏打到让儿童室的家具发抖。她打了一下午喷嚏，晚饭的时间也没停过。五个孩子洗完了澡，她的喷嚏还没打完，她让他们上床睡觉时还在打。接着她在长明灯光中打喷嚏，打着喷嚏关上房门，打着喷嚏下楼。

“谢谢老天！”迈克尔说，“现在让我们做点什么事吧！”

如果玛丽阿姨在家照管他们，他们怎么也不敢做些什么。可是埃伦，谁也不怕她。

简吧嗒吧嗒走到壁炉台那儿，把宝贝贝壳拿下来。

“它还在响！”她高兴地说，“又唱又轻轻呼啸！”

“天哪！”迈克尔边听边叫，“我甚至听到鱼在游！”

“别傻了！你说什么傻话啊！没人听到过鱼游！”

简和迈克尔赶紧朝四下里看。那是谁在说话？那声音是从哪儿来的？

“好了，别站在那里你瞪着我我瞪着你了！进来吧！”那奇怪的声音叫道。这一回听上去，那声音是从贝壳里出来的。

“太简单了！你们只要闭上眼睛，屏住呼吸——头朝下跳就是了！”

“跳到哪里去？”迈克尔不相信地说，“我们可不想在壁

炉前的地毯上把我们的脑袋撞破！”

“壁炉前的地毯？别傻了！跳吧！”那声音又吩咐他们。

“来吧，迈克尔！你站在我旁边！我们至少可以试试！”简说。

于是，他们把那宝贝贝壳拿在两人中间，照那声音告诉他们的，闭上他们的眼睛，屏住他们的呼吸，头朝下冲。也真奇怪，他们的头没撞上什么。可是贝壳发出来的嗡嗡声更响了，风轻快地吹过他们的脸颊。他们一直飞下去，像一对燕子，直到水忽然在他们周围啪啦响，头顶上打过一个浪头。

迈克尔张开他的嘴吐了口水。“噢，噢！”他大声叫道，“水有咸味！”

“你想它还能有什么味呢？甜味吗？”那同一个细小声音在他们旁边说。

“你好吗，迈克尔？”简担心地叫他。

“很好，”迈克尔勇敢地说，“只要你在这儿！”

她抓住他的手，他们一起潜过升起来的水墙。

“不用很久了，”那声音安慰他们，“我已经能看见亮光了。”

“水里有亮光——多么奇怪！”简想。她张开她的眼睛看。

下面的确是波动着彩色的光——蓝色的、玫瑰色的、银色的、鲜红色的和绿色的。

“它们很漂亮，对吗？”那声音在她的耳朵边说。她转过身，看见一条海鳟鱼的闪亮圆眼睛快活地看着她。它像只鸟一样蹲在一棵树的枝头上，树枝是绯红色的。

“那是珊瑚！”她惊叫道，“我们一定是下到了海底！”

“这不是你希望的吗？”鳟鱼说，“我想你说过希望看见大海！”

“我是希望过，”简看上去十分惊奇，“可我从未想到这个希望会成真。”

“伟大的海洋啊！干吗还去谈什么希望呢？我说那简直是浪费时间。快来吧！到晚会去，我们千万不要迟到了！”

他们还没来得及想这个晚会在什么地方举行，那鳟鱼已经穿过珊瑚丛，他们再轻松不过地跟着它潜下去。

“天哪！”一个吓坏了的声音叫道，“你真是吓了我一跳！这像是一张网！”一条大鱼钻过简的鬈发，急急忙忙游走了，看上去十分难受。

“那是黑线鳕，它很容易紧张。”鳟鱼解释说。“它已经失去了那么多老朋友，在上面那儿……”它用它的鳍指着水上面，“它老在害怕接下来就轮到它。”

简想到她自己早餐经常吃这种鱼，觉得有点罪过。

“我很抱歉……”她正要说，一个很粗的声音打断了她的话。

“请走吧！不要堵住这海上胡同！你为什么不能把你的鳍收拢呢？”一条大鳕鱼在他们之间擦过去。

“大海弄得这样乱糟糟！真是太不像话了！我去参加晚会要迟到啦！”它生气地瞪了孩子们一眼。“不过你们是谁啊？”它问道。

他们正要告诉它他们的名字，鳟鱼游到那鳕鱼身边跟它咬

耳朵说话。

“噢，我明白了！好吧，我希望他们有钱买票！”

“这个……没有……”简掏她的口袋。

“啧啧啧！老是这样。在任何人的疯态中就显出来没有条理。[1]这个给你们！”鳕鱼马上从它尾巴下面的口袋里拿出两个白圆片。“沙钱[2]，”它郑重其事地解释说，“我身上总带上几个。我永远不知道什么时候会用得着它们。”它把这两个沙钱送给了孩子们，钻过珊瑚游走了。

“愚蠢的老鳕鱼！”鳟鱼说，“你们不用担心你们的票。你们是贵宾。你们是免费的。”

简和迈克尔惊奇地对看一下。他们以前从来没有当过贵宾，觉得非常自豪和神气。

“我倒想知道，谁能免费入场呢？我在大洋里这些日子，还没有人能免费进场。说起来，也不能免费出场！”一个像锯子那样刺耳的声音对他们说。

简和迈克尔转过身，看到一双盯住他们的眼睛，一蓬乱发似的很馋的触角伸向四面八方。这是一条章鱼。

“吃，吃吃吃！”章鱼斜眼看着迈克尔说，“又肥又美，正是我晚饭要吃的！”它伸出一只可怕的触角，迈克尔吓得大叫。

“噢，不要，你不要这样。”鳟鱼马上说。当简把迈克尔拉开的时候，鳟鱼对章鱼悄悄说了一个字。

“什么？响一点儿好吗？我听不清楚。哦，我明白了。他

[1] 这句话是把莎士比亚《哈姆雷特》一句话反说。
[2] 沙钱即饼海胆，形似银圆，因此也叫沙钱。

们属于……好吧，好吧！”

章鱼抱歉地缩回它的触角。“在高潮的时候，”它说下去，“我们总是欢迎任何属于……”

“在海里这么叽叽喳喳是怎么回事？我总是得不到一分钟的安宁！”一个抱怨的声音打断它的话。

孩子们朝那方向转过去。可他们看见的只是一只小爪子从一个贝壳里伸出来挥动。

“那是寄居蟹！”鳟鱼解释说，“只管自己过活，除了发牢骚，什么事也不干。如果有人对它说话，它像只蛤蜊那样一声不响。我们必须赶紧走。音乐已经开始了。”

当他们跟着它穿过岩石当中的一条地道时，轻柔的音乐声传到他们的耳朵里。地道那一头有微光，他们向那里游去，一路上音乐声越来越响。接着忽然之间，潮水般的亮光冲到他们面前来，他们眼睛都花了。他们已经到了阴暗的地道口，眼前是他们见过的最美丽的景色。

眼前是一大片海底，铺着最绿的柔软海藻。其间有一条条金沙小径，有各种颜色的花。沙上伸出珊瑚树，水上懒洋洋地晃动着海羊齿[1]的羽毛。贝壳在黑色的岩石上闪耀着，其中最大的一块岩石上面蓄满了珍珠田母。这块岩石后面有一个黑色的深洞，黑暗得像没有月亮的黑夜。里面远处闪着暗淡的光，像是大海深处的星光。

简和迈克尔在地道口朝外看，高兴得直喘气。

[1] 一种分枝像羊齿植物的柳珊瑚。

在这明亮的场景中没有一样东西是静止的。岩石本身在不停波动的水中像在鞠躬和摇晃。小鱼在摆来摆去的花丛间游来游去像飞舞的蝴蝶。挂在珊瑚上的海藻花就像悬着的上千盏晃来晃去的灯。

“中国式的灯笼！”简心里说。不过靠近点看，它们是些发光的鱼。它们用嘴咬着，挂在一根根海藻上，照亮了一片片海藻地。

音乐声现在更响了。它来自一个珊瑚搭成的小平台，那里有几只蛤在拉小提琴。一条鲽鱼鼓起脸颊在吹海螺壳，短号鱼在吹银短号，一条鲈鱼在一面大鼓上打拍子。在这些演奏者周围，发亮的海洋动物游来游去，在岩石和珊瑚之间冲刺，合着音乐节奏跳舞。戴着珍珠项链的美人鱼在鱼群间优美地游着。到处闪烁着尾巴和鳍的银色光亮。

“噢！”简和迈克尔同时叫起来，因为能说出来的好像只有这个字。

“好了，你们终于到了！”一只古铜色的大海豹噼里啪啦地朝他们游来，用隆隆的声音说，“你们正好及时来到游园会。”它向两个孩子分别伸出它的一只鳍，在他们两个人之间向前摇摇摆摆地游走。

“你们常常开游园会吗？”迈克尔问道。他真希望他也能住在大海里。

“噢，不！”海豹回答说，“只有在高潮到来的时候……”

“喂！你受到了邀请吗？”它打断了自己的话，对一条灰色的

大家伙说，“我接到通知，鲸鱼不许参加！”

“走开！走开！鲸鱼不许参加！”许多鱼叫道。

鲸鱼把它巨大的尾巴一摆，在两块岩石中间穿过。它有一张可怜巴巴的大脸和一对伤心的大眼睛，它把眼睛转向孩子们。

“每次都这样，”它摇着头说，“它们说我太大，吃得太多。你们能劝劝它们，这回破一次例吗？我实在想见见远方来的亲戚！”

“谁的远方亲戚？”简刚开口问，海豹就大声打断她的话：“好了，不要可怜巴巴了，鲸鱼。走吧！记住上次不幸的事故。”海豹用鳍捂住嘴对简说：“它把所有的沙丁鱼三明治全吃光了。”

“除非有事，不许进来。所有闲杂人等不许进门。现在你走吧。游走吧！别再说了！”一条鼻子上有尖利的剑的鱼匆匆游过草地。

“我从来没有得到过乐趣！”当海豹和剑鱼把鲸鱼赶走的时候，鲸鱼哭着说。

简为它感到难过。“不过，”她转向迈克尔说，“它的确要占很多地方！”

不过迈克尔不再在她身边。他已经和一条美人鱼游走，这条美人鱼用粉红色的海绵扑它的脸。

“我想是裙子，还有短上衣和靴子。”简向他们游去，听见迈克尔在说。

美人鱼转向简，微笑着。“我正在问他上面的时尚……”它朝大海上面点点头，“他说她们流行穿上衣和靴子。”它带

着微笑说这话，好像这话不可能是真的。

“还穿外套，”简补充说，“当然，还穿套鞋！”

“套鞋？”美人鱼抬起眉毛。

“不让脚湿啊。”简解释说。

美人鱼哈哈大笑。“多么稀奇！”它说，“我们下面这里最好样样都湿！”它扭转尾巴游走了，因为有一个清脆的声音叫它。

“你好，海葵！”那声音说。从一个百合花坛后面，一个银色的东西跳着过来。它一看见两个孩子，就停了下来，用很亮的大眼睛看着他们。“哎呀，保佑我的鞋底！”它惊叫道，“这些动物是谁捉到的？”

“谁也没捉到。”美人鱼用手捂住嘴，用清脆的声音快活地悄悄说。

“噢，真的？太高兴了！”那鱼露出高傲的笑容说。

“我想我该自我介绍一下。我是深海三文鱼，”它舔舔它银色的鳍，解释说，“你知道，我是鱼王。我敢说你经常听到我的名字！”真的，从它自高自大和精心打扮的鳍的那副样子，你会觉得没什么别的话再值得听的。

“吃点东西吧！吃点东西吧！”一个阴沉的声音说。这时候一条狗鱼用老管家的神气端着个盘子跳着过来。

“请自己拿吧！”三文鱼向简鞠躬说，“要沙丁鱼三明治还是盐水虾？或者肉冻——当然是鱼肉冻！那么你呢？”它转

向迈克尔。“喝点海牛奶或者藤壶[1]啤酒？也许你就爱喝纯净海水！”它说。

“我被告知，陛下，这位小少爷希望喝波尔图葡萄酒！”狗鱼向他们端上托盘时，阴沉地在它面前看着。

“那么给他波尔图葡萄酒吧！”三文鱼从托盘上拿起一杯深红色饮料，傲慢地说。

迈克尔一惊，想起了他提出过的希望。他接过酒杯，连忙抿了一口。“它完全像悬钓子汽水。”他叫道。

“很好！”三文鱼得意扬扬地说，好像这葡萄酒是它自己酿造的，“那么，现在你想看看钓东西吗？也许正在收最后的一些钓丝，我们赶紧去正好能看到！”

“我不知道已经钓到些什么！”在三文鱼身边跑去时，简说。海中那些胡同这会儿挤满了朝草地游去的鱼。

“喂！喂！别忘了你们在推谁！”三文鱼把它们推开，用傲慢的声音说。“我的鳍啊！看那些孩子！”它指着一群喧闹地翻滚着经过的海胆，“老师，请看好你的学生。这大洋变得像个十足的斗熊场了！”

“你说什么？”一条正游过的埋头读书的心不在焉的鱼说，“喂，小闪闪和小烁烁！还有你，小尖钉！规规矩矩的……要不然我不让你们到晚会去！”

那些海胆你看我我看你，龇着牙笑。接着它们严肃地跟着这位老师游走，那副样子像牛油在它们的嘴里不肯化掉。

[1] 藤壶是附在岩石或船底的甲壳动物。

“啊，我们到了！”三文鱼带孩子们绕过一丛珊瑚，快活地叫道。

在一块平石台上坐着一排鱼，全都严肃地朝上看。每条鱼用它的鳍拿着一根钓竿，认真地看着在水中漂游的钓丝。

“这些是琵琶鱼，”三文鱼解释说，“轻点说话！它们不爱被人打搅。”

“不过……”简十分惊奇地悄悄说，“那些钓丝向着上游漂！”

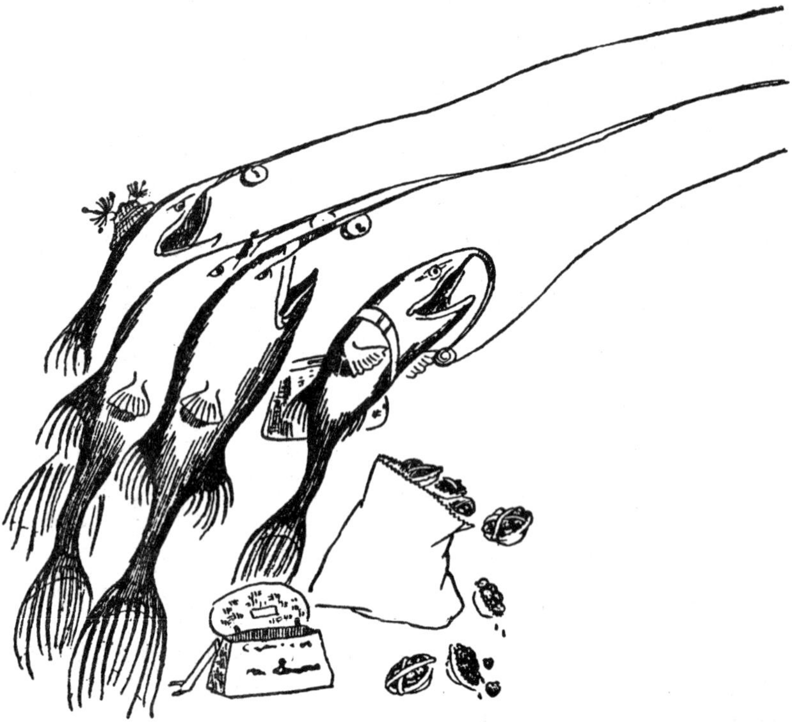

三文鱼看着。“那么它们还能向哪里漂呢？”它倒想知道。“你不能期望它们向着下游漂吧，对吗？那是钓饵！”它加上一句，指着几个防水袋，里面装满了饼。

“不过……它们捉什么呢？”迈克尔嘶哑地悄悄问。

“噢，主要是人，”三文鱼回答，“用草莓饼几乎什么人都可以钓到。它们已经钓到不少了。瞧他们一大群挤在里面扭来扭去。”

它把尾巴向附近一个洞穴甩了甩，孩子们惊讶得倒抽一口气，因为那里面站着一群人，看上去又生气又不满。一些戴黑眼镜和夏季帽子的男人在挥动拳头和跺脚。三位上岁数的女士在挥动阳伞，一位年轻女士穿着胶靴，正毫无办法地在绞着她的双手。在她旁边站着四个愁眉苦脸的孩子，手里拿着捕虾网兜。

“喂，你们觉得好吗？”三文鱼嘲笑说，“我必须说，你们看上去极其滑稽！跟鱼离开了水的样子一模一样！”

那些人全都生气地哼鼻子，转过身去不看三文鱼。就在这时候，上面传来一声狂叫，震动了大海。

“我说放开我！马上把这钩子拿掉！你们怎么敢这样对我！”

一条琵琶鱼安静地微笑着，开始收它的钓丝。

“我告诉你，把它拿出来！”那声音又响了。

海上冒下来许多泡泡，出来一个最不寻常的东西。它的身体穿着一件厚花呢上衣；一条灰色面纱从帽子上披下来，漂动着；它脚上穿着厚羊毛长袜和扣扣子的大号皮靴。

迈克尔张大嘴巴看着，发出漱口那样的声音。

“简，你看出来了吗？我相信这是……”

“安德鲁小姐！”简说。她也发出漱口那样的声音。

这真是安德鲁小姐。她出来了，又是咳嗽，又是呛，又是叫。琵琶鱼拔掉她嘴上的鱼钩，把她推进洞穴。

“野蛮！荒唐！”她气急败坏地大叫，“我怎么会知道饼里有钩子！你们这些强盗！”她向那些琵琶鱼挥动拳头。“我要写信给《泰晤士报》投诉！我要让你们被煎了吃！”她喊道。

“瞧她扭成那副样子，”三文鱼咕哝道，“她是个特大号人物！她会扭上几个钟头。”

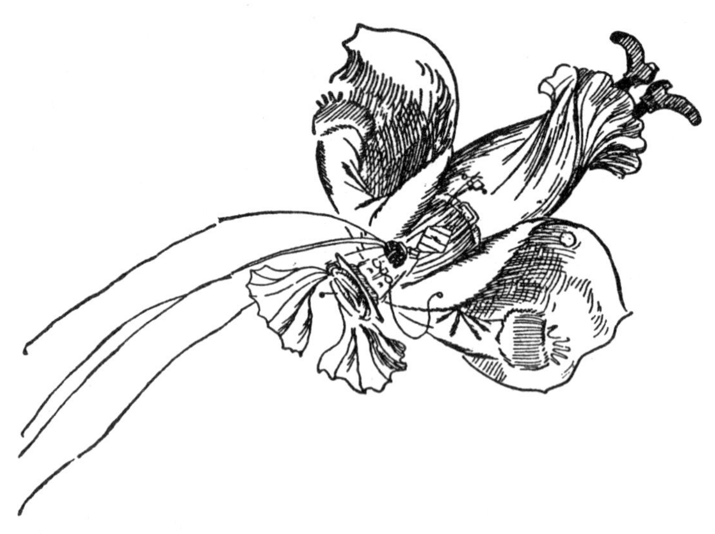

简觉得安德鲁小姐这完全是活该，可她担心地看着那些孩子。她心里说，万一她自己被捉住了……或者是迈克尔，那多么可怕啊！

“那些琵琶鱼拿他们来做什么呢？”她诚心诚意地问三文鱼。

“噢，当然是再把他们扔回去！你知道，我们钓他们纯粹是作为一种体育运动。他们吃起来太硬了。”

“喂！来吧，三文鱼！”海豹从远处叫道，“我们不能让孩子们错过和她见面的机会。她随时会到。”

简用疑问的眼光默默地看着迈克尔。这个“她”是谁？一条重要的美人鱼？或者是大海的女王？

“哎呀！我全忘了！来吧，你们两个！”三文鱼叫道。

它又跳又绕弯，领着他们走。在他们旁边，一只海马轻快地跑着。他们急急忙忙朝草地游去，鱼在他们之间进进出出。

“你们好，简和迈克尔！”一个友好的声音尖声说，“记得我吗——原先待在你们家的金鱼缸里的？现在我回到家了。替我问候你们的妈妈！”那金鱼微笑着，他们还没来得及回答，它已经游走了。

“多么拥挤！像装在罐头里一样！”三文鱼拍着尾巴说。

“吃些点心吧！吃些点心吧！”狗鱼沙哑地叫。

“哎呀呀！还有一瓶朗姆酒！”一个熟悉的声音回答它说。布姆海军上将拍着水游过，从托盘上拿了一杯。在他旁边游着像只鸽子似的布姆太太。跟着踉踉跄跄来的是他们的退休海盗罗经柜。

“真见鬼！喂，伙计们！因为我要上里奥格朗德去！”海军上将咆哮着。

狗鱼在他后面看着他，摇摇头。“他们都是些流氓！”它

阴沉地说，“我实在不知道这大洋会变得怎样！”

“啊，你们在这里，孩子们！”古铜色海豹叫道，在鱼群中开路挤过来，“抓住我的尾巴，我拉你们穿过去！对不起！请让我过去，鱼儿们！这是简和迈克尔，是贵宾！”

那些鱼让开，看着他们。在喧闹声中传来轻轻的有礼貌的说话声。海豹用它的鳍推开鱼群，把两个孩子拉到那块有闪亮珍珠的岩石上。

“我们正好及时赶上见面！”它喘着气说。他们好不容易听到它的隆隆声，因为叫声笑声太响了。

“什么见面啊？”简刚一问，喊叫声一下子停了。音乐声和笑声消失，海中一片肃静。鱼群中的每条鱼一动不动，像块石头。摆来摆去的花在水中静立着。潮水也静止了。

“它来了！”海豹朝洞穴那边点着头悄悄说。

“它来了！”看着的动物跟着说。

这时候，从神秘的黑洞里出现了一个枯瘦的头。一对睡意惺忪的老眼对着耀眼的光眨巴着。两只满是折皱的鳍从黑暗中伸出来，它们后面是一个拱形的黑壳。

孩子们抓紧古铜色海豹的鳍。

“它是谁？”简对着它的耳朵悄悄地问。她想这可能是只大乌龟。

“是只水龟，”海豹低沉地回答，“世界上最老最聪明的东西。”

水龟用发着抖的鳍一寸一寸地爬到珍珠岩石上。它那双在

半闭的眼睑里的眼睛像两颗黑色小星星。它朝聚集在一起的动物们看了一会儿。接着它抬起它枯瘦衰老的头微笑，开始讲话。

“我的朋友们，”它用古老破钟那样的声音庄严地说，“我向你们大家问好，大海的动物们！我希望你们有一个快活的高潮晚会！”

它向岩石低下它枯萎的头鞠躬，水中的动物们恭敬地向它鞠躬还礼。

“对于我们全体来说，这是一件大事，”水龟平静地说下去，“今天晚上看到那么多老相识，我实在高兴。”它的黑色小星星样的眼睛扫过拥挤的草地，好像一眼认出大海里所有的动物。“不过当然，”它抬起打皱的眉头，“我们还缺了一个！”

海豹掉头朝地道看，一声欢呼。

“她来了，我的天哪！她正好赶到！”

它一说，动物们嗡嗡响起来，拍手欢呼。与此同时，让孩子们奇怪的是，一个极其熟悉的人出现在地道口。她站在那里，穿着她最好的蓝色上衣，戴着插雏菊的草帽。接着她整洁严肃、姿态优美地走过闪亮的花园。当她来到水龟的那块岩石上时，欢呼声越来越响，到了震聋耳朵的地步。

“欢迎玛丽·波平斯！”上千个快活声音叫道。

她挥动她的鹦鹉伞还礼，然后转身向水龟行礼。

它看了她好久，那双闪亮的老眼像看进了她的心。接着它点点它光光的小脑袋，对她友好地微笑。

“我亲爱的年轻亲戚！”它优雅地说，“这真让人高兴。

好久没有客人从水上面那个世界来看我了。你的第二个星期四碰上我们的高潮，这也已经好久没有过了。因此，我代表海里所有的动物向你表示欢迎，玛丽！”它眨眨眼睛，向她伸出一只起皱的小鳍。

玛丽阿姨握住它，尊敬地鞠了个躬。这时候，她那双瓷一样的蓝色眼睛看着水龟那双黑眼睛，彼此之间交流了一个奇怪的微笑。好像全都胸怀坦荡，没有丝毫秘密隐藏着似的。

“现在，亲爱的玛丽，”水龟说下去，“既然人到大海深处，没有不拿回去一点儿东西的，让我也送你一个小小的礼物吧。”

它把它的一只鳍回过去伸进洞穴，拿出一样闪亮的小东西。“把这个拿去吧，好纪念你来过这里。可以把它当作一枚很好的别针，或者做一枚帽针。”它探出身子，把一只海星按在玛丽阿姨的上衣上面。那只海星在她蓝色的上衣上像小小的一组钻石那样亮光闪闪。

“噢，谢谢，”玛丽阿姨高兴地叫道，“这正是我想要的！”

她对水龟微笑，接着向海星微笑，最后她的视线转到孩子们身上。她的微笑顿时消失了，厌恶地哼了一声。

“如果我告诉过你一次不要目瞪口呆，简，那么我就是告诉过你一千次！闭上你的大嘴巴，迈克尔！你可不是一条狗鱼！”

“我想也不是。”狗鱼在孩子们背后不高兴地咕噜了一声。

“这么说……这两个孩子是简和迈克尔！”水龟向他们转过它的睡眼说，“我非常高兴终于见到了你们。我的小朋友们，欢迎你们来参加我们的高潮晚会！”

它向他们庄重地鞠躬，他们看了玛丽阿姨的眼色，也鞠躬还礼。

“你们知道，”水龟用它苍老的破嗓子说下去，“我知道你们是简和迈克尔。不过我怀疑……对，我的确怀疑他们会知道我是谁！”

他们摇摇头，看着它说不出话来。

水龟动动它的壳，沉思着眨了一会儿眼睛。接着它开口说话。

“我是水龟。我居住在世界的底部。我在城市底下、高山底下、大海底下安家。从我这黑暗的底部，通过海水，地球长出它的花和树林。人和山出自这个底部。大兽和天上的小鸟也是。”

它停了一下，它周围这些大海的动物看着它，静悄悄的。接着它说下去。

“我比万物都老。我不声不响，无声无息，很有智慧，我静静的，很有耐心。万物在我这洞穴开始，最后又回到我这里来。我能够等待。我能够等待……”

它皱起它的眼皮，点了点光秃秃的起皱的头，像是在自言自语。“我没有更多的话说了，”它眨眨眼说，“因此……”它庄重地举起一只小小的爪子。“请通知奏乐吧！”它吩咐海豹说，“让海中众百姓爱跳什么舞就挑选什么舞。这一回跳什么舞呢，我的孩子们？”

“踢踏——嘭——嘭，踢踏——嘭——嘭！”一个像蜜蜂在瓶子里的声音嗡嗡说。

“啊，对，我亲爱的海军上将！”水龟点点头，“一个非常合适的建议。奏起水手的角笛舞曲吧！”

周围马上响起大喊大叫声。乐队奏起轻快欢乐的音乐，那些一动不动的鱼又摆动起它们的尾巴。说话声和欢笑声充满了整个大海，潮水开始涌动了。

踢踏——嘭——嘭！大家开始跳舞——所有的鱼、美人鱼、

海胆、海豹。

踢踏——嘭——嘭！布姆海军上将叫着拉他看不见的船缆。踢踏——嘭——嘭！布姆太太拍着双手，摇动她的双脚唱着。踢踏——嘭——嘭！退休海盗罗经柜高声歌唱，怀念着他快活的海盗时光。鱼在他们之间跳着舞进进出出，摆动着它们闪亮的鳍。

古铜色海豹用它的尾巴撑着身体竖起来倒下去，三文鱼像小鸟一样飞过草地。琵琶鱼拿着它们的钓竿跳着舞过去，剑鱼和那位老师共舞。在这一大群鱼当中，有一个人像个优美的黑影那样跳着舞。又是脚跟又是脚尖，玛丽阿姨在大海底跳着角笛舞。

孩子们站在珍珠岩石旁边凝视着这古怪的场面。

"你们觉得很特别，对吗？"水龟说，"我看得出你们现在有了在大海里的感觉了。"它为它的这句小俏皮话轻轻地咯咯笑。

简点点头说："我本以为大海很不一样，可它实际上和陆地很像。"

"为什么不是这样呢？"水龟眨巴着眼睛说，"别忘了陆地是从海中出去的。地球上每样东西在这里都有一个兄弟——不管是狮子、狗、兔子，还是大象。宝石在这里有它们的同类，星座也一样。玫瑰花记得咸水，月亮记得潮起潮落。你们也必须记得它，简和迈克尔！孩子们，大海里有比已经从这里出去的更多的东西。我不是说鱼！"水龟微笑着说。"不过我看到

你们的20个脚趾在扭动了！现在你们走出来和大家一起跳舞吧。”它说。

简抓住迈克尔的手。接着她想到水龟已经非常老了，因此她在走出去之前，先向它行了个屈膝礼。

他们两个一起投入鱼群中，合着音乐的拍子跳起舞来。噢，他们的光脚是怎样轻快地扭动着跳舞啊！噢，他们的手臂是怎样在水中挥动啊！当他们随着水手角笛舞曲的拍子舞动时，他们的身体跟海藻一样摇摆。

踢踏——嘭——嘭！欢快的音乐响着，玛丽阿姨向他们游过来。她拉住他们的手一起跳，他们手拉着手、摇摆着穿过珊瑚枝。他们转着圈子，越转越快，转得像在旋转的水中旋转的陀螺。他们直跳到眼睛转花了，被灯光耀花了，于是把眼睛闭上，靠到玛丽阿姨身上。她的手臂抱住他们，牢牢地，有力地，把他们举起，穿过翻滚的潮水。

踢踏——嘭——嘭！他们一起打转，一面转，音乐声一面慢慢轻下来。踢踏——嘭——嘭！噢，旋转的大海，它把孩子们全在巨大的摇篮里摇晃着！踢踏——嘭——嘭！噢，玛丽阿姨把孩子们像落潮的泡泡那样旋转着。转啊——踢踏……转啊——嘭——嘭……转啊……转啊……

“把我抱紧，玛丽阿姨！”迈克尔睡意蒙眬地喃喃说着，要去摸她让他感到舒服的手臂。

没有回答。

“你在这里吗，玛丽阿姨？”他打着哈欠说，靠在摇来摇去的大海中。

还是没有回答。

于是他还是让眼睛闭着，又叫起来，大海好像响起了回声：“玛丽阿姨，我要你！玛丽阿姨，你在哪里？”

“我在早晨这个时候总是在的地方！”玛丽阿姨生气地说。

“噢，我们跳着多么美丽的舞啊！”他睡意蒙眬地说。他伸出一只手要把她拉过来。

他的手什么也没摸到。他正在摸索的手指摸到的只是一样温暖柔软的肥大东西，像是枕头。

“跳舞跳舞，请你跳下床来吧！快到吃早饭的时间了！”

她的声音有点像远处的雷声。迈克尔吓了一跳，终于睁开了他的眼睛。

天哪！他这是在哪里？绝对不该在儿童室里！可是那老木马一动不动地在角落里，这里还有玛丽阿姨整洁的帆布床、玩具、书本和他的拖鞋。所有熟悉的旧东西都在这里，只除了迈克尔正好这时候最需要的东西。

“大海到哪里去了？”他生气地说，“我要回到大海里去！”

玛丽阿姨的脸在浴室门那儿一伸，于是他马上知道，她生气了。

“大海在布莱顿那个地方，它一直在那里！”她清清楚楚地说，“现在立刻给我起床。别再说话了！”

“可我刚才在大海里！你也在那里，玛丽阿姨。我们一起在鱼群中跳舞，跳水手角笛舞！”

“哼！”她抖抖浴室的小地毯说，“比起出去和水手跳舞，我希望我有更好的事情做！”

“那么，那些鱼又是怎么回事呢？”他问道，“还有海豹、三文鱼和那滑稽的老乌龟呢？我们刚才和它们一起在下面，玛丽阿姨，就在海底！”

“在海底？和一条可笑的老三文鱼？好了，你一定是做了最古怪的鱼梦！我想你是晚饭小面包吃多了！什么水手、乌龟！接下来还有什么？”她咕噜着走开时，围裙发出生气的嚓嚓声。

他看着她的背影，沉下了脸，摇摇头。他不敢再说话，这他知道，可她不能阻止他想。

他下床把脚趾伸进拖鞋时想了又想。他正想的时候，眼睛碰到了简的眼睛，她正从毯子底下朝外面偷看。她听到了他们争辩的每一句话，一面听一面也在想她自己的念头，她的眼睛已经注意到了什么。现在她对迈克尔露出一个神秘的微笑，聪明地点她的头。

“鱼梦鱼梦，是有鱼，”她说，“可不是梦。”她指着壁炉台。

他抬起头，不由得吃了一惊。他脸上泛起得意的微笑。

因为在那壁炉台上，在那宝贝贝壳旁边，有两块沙钱和一只粉红色的小海星。

“你记得水龟的话吗？人到下面的海里去，都要带回点什么！”简提醒他。

迈克尔看着那两块沙钱，点点头。这时候房门猛地打开，

玛丽阿姨回来了。她把那海星从壁炉台上拿起来，别到她的衣领上。当她在儿童室镜子前面打扮来打扮去的时候，它闪闪发亮。

迈克尔转向简，发出忍不住的格格笑声。

“踢踏——嘭——嘭！”他轻轻地哼。

“踢踏——嘭——嘭！”简跟着悄悄地说。

他们在玛丽阿姨僵直的背后大胆地跳了几步角笛舞。

他们怎么也没注意到，玛丽阿姨那双明亮的蓝色眼睛正通过镜子注视着他们，和她镜子里自己的影子安静地交换了一个非常高傲的微笑。

这是旧年的最后一天。

楼上儿童室里，简、迈克尔和双胞胎正在进行那名为“脱衣服”的魔术表演。当玛丽阿姨动手给他们脱衣服的时候，这跟看变戏法差不多！

她顺着一排孩子走过去，她的手一碰，他们的衣服好像就自然脱落下来。她把约翰的套衫从头上拉上去，就像是在剥兔子皮[1]。简的连衣裙一碰就落下，巴巴拉的短袜真的是从她的脚趾上自动跑掉的。至于迈克尔，他一直觉得玛丽阿姨只要看他一眼，就给他把衣服脱了。

[1] 兔子皮能整张拉下来。

“好，立刻上床！”她吩咐说。

她这么一说，这么一看，他们马上散开，钻到各自的被单底下去。

她在儿童室走来走去，抓好东一件西一件的衣服，整理好玩具。孩子们舒舒服服地躺在床上，看着她满房间轻快地走动，这时她那围裙像翅膀一样嚓嚓响。她的眼睛是蓝色的，她的脸颊是粉红的，她的鼻子神气地往上翘，像个荷兰木偶的鼻子。乍看起来，他们心里说，她就完完全全是一个普通人，可是你知我知，他们有种种理由相信，一切不能只看外表，看外表是靠不住的。

迈克尔忽然想起一件事，他觉得这件事非常重要。

“我说！”他在床上坐起来说道，“旧的一年什么时候真正算是到头呢？”

“今天晚上，”玛丽阿姨简单地说了一声，“在 12 点敲响的第一下。”

“那么它又是什么时候开头呢？”他说下去。

“什么什么时候开头？”她厉声问。

“新年啊。”迈克尔耐心地回答。

“在敲 12 点最后一下的时候。”她哼了一声回答他的话。

“噢，那么它们之间的那一段呢？”他问。

“什么它们之间的那一段？你说话不能说清楚吗，迈克尔？你以为我是一个能看透别人心思的人吗？”

他想说是的，因为他正是这么想的。可是他知道他不敢这

么说。

“在第一下和最后一下之间的那一段时间啊。”他赶紧解释。

玛丽阿姨转脸看他。

“麻烦还没来麻烦你，你可别去麻烦这个麻烦！”她一本正经地给他忠告。

“可我没有去麻烦这个麻烦，玛丽阿姨。我只是想知道……”可是他赶紧收口，因为一看玛丽阿姨脸上的表情就知道不妙。

“那你一定是你那‘想要’的奴隶，样样跟着你的‘想要’走。好了！我只要再听见你说一个字……”迈克尔一听到这半句话，马上钻到被单底下，因为他很清楚这半句话是什么意思。

玛丽阿姨又哼了一声，沿着那排床走，给大家塞好被单。

“我来保管，谢谢你！”她从约翰的怀里把那只蓝色鸭子拿起来说。

“噢，不！”约翰叫道，“请把它给我！”

“我要我的猴子！”当玛丽阿姨掰开巴巴拉死死抓住平尼那虫蛀过的绒毛身体的手指时，巴巴拉哭也似的大叫。平尼是只破旧的猴子，班克斯太太小时候它是班克斯太太的，后来轮流属于一个又一个孩子。

可是玛丽阿姨不理她。她急急忙忙来到简的床边，于是灰绒布象艾尔弗雷德就被从毯子里拿了出来。简马上坐起身子。

“你为什么把这些玩具都拿走呢？”她问道，“我们不能跟它们一起睡，和以往那样吗？”

玛丽阿姨的回答只是转脸冷冰冰地看了她一眼。然后玛丽阿姨在迈克尔床边弯下腰来。

“那小猪，请给我！”她严厉地吩咐说。她伸出手来拿弗洛西姑妈送给他过圣诞节的那只金色薄纸板做的小猪。

这小猪里面原先装满巧克力糖，如今完全空了。它后面应该是尾巴的地方是一个大窟窿。圣诞节那天，迈克尔把这条尾巴拉出来，要看看它是怎么安上去的。从此以后，这条尾巴就放在壁炉台上，小猪没有了尾巴。

迈克尔把金猪紧紧搂在怀里。

“不要，玛丽阿姨！”他勇敢地说，“这猪是我的！我要它！”

“我是怎么说的？”玛丽阿姨问道。她的目光是这么吓人，迈克尔只好马上松开手，让她把小猪拿走了。

“可你打算拿它们来做什么呢？”他好奇地问道。

玛丽阿姨把这些动物在玩具橱顶上摆成一排。

“不问就不会听到假话。”玛丽阿姨一本正经地回答了一声。当她走向书柜时，她的围裙又嚓嚓响。

他们看着她拿下三本熟悉的书：《鲁滨孙漂流记》《绿色童话》和《鹅妈妈儿歌集》。接着她翻开这些书，把它们放在四个动物面前。

“她是要这四个动物读书吗？”简心里想。

“现在，”她向房门口走去，认真地说，“请你们全都转过身去，马上睡觉好不好？”

迈克尔坐得笔直。

“可我想醒着，玛丽阿姨，醒着看新年到来！”

“心急水难开，你越急它来得越慢！”她提醒他，“请你在床上躺着吧，迈克尔——别再说一个字了！”

接着她很响地哼了一声，熄了灯，关上儿童室的房门，房门发出很轻的像生气似的咔吧一声。

“我还是要醒着看。”她一走，迈克尔就说。

“我也是。”简马上响应，非常坚决的样子。

双胞胎什么也没说。他们已经睡熟了。可是过了顶多10分钟，迈克尔的头就倒在他的枕头上了。简的眼睫毛搭到脸蛋上也不过15分钟。

四床鸭绒被随着孩子们均匀的呼吸一起一伏。

好一会儿，没有任何东西打破儿童室的寂静。

叮咚！叮咚！叮咚！叮咚！

忽然，在寂静的夜里，一连串钟声响起来。

从每一座钟楼和教堂尖塔处，钟声响起来了。城里所有的钟响应着，钟声飘过公园传到胡同里。从北到南，从东到西，它们叮咚叮咚地响。人们靠在窗台上，敲响他们的吃饭钟。没有吃饭钟的就敲响他们的前门门槌。

卖冰淇淋的沿着胡同走来，起劲地按响他的自行车铃。在布姆海军上将家的花园角落里，一个轮船的钟在寒冷的空气中当当地敲响。隔壁拉克小姐家起居室的小早餐铃丁零丁零，她那两只狗也瞎起哄，汪汪乱吠。

丁零丁零！当啷当啷！汪汪汪汪！

世界上所有的人都敲钟摇铃，声音在寒冷黑暗的半夜回响。

接着，忽然之间，一切都静下来了。在严肃而深沉的寂静中，洪亮的报时钟声敲响了。

“当！”大本钟[1]敲响了。

这是半夜12点钟声的第一下。

就在这时候，儿童室里什么东西活动了。接着响起了嘚嘚嘚的蹄声。

简和迈克尔一下子完全醒了。他们双双一惊，坐了起来。

“妈呀！”迈克尔说。

“爸呀！”简说。

因为他们眼前是一个惊人的场面。在地板上站着那金猪，它用它的金色后脚站起来欢跳，样子十分了不起。

嘭！艾尔弗雷德这只象很重很低沉地嘭的一声落到它旁边。从玩具橱顶还轻盈地跳下来猴子平尼和那只蓝色老鸭子。

接着让孩子们大吃一惊的是，金猪说话了。

“请哪一位好心给我安上我的尾巴好

[1] 大本钟是伦敦英国议会大厦钟楼上的大钟。

吗？”它用又高又尖的声音请求道。

迈克尔翻身下床，跑到壁炉台那儿去。

“现在好多了，”金猪微笑着说，“自从圣诞节以来，我一直不舒服极了。你们知道，一只猪没有了尾巴，就跟一根尾巴没有了猪一样糟糕。现在，”它把房间环顾一遍，说下去，“大家都准备好了吗？那么，请赶紧走吧！”

它一面说，一面高雅地走到房门口，后面跟着小象艾尔弗雷德、猴子平尼和蓝鸭子。

“你们上哪儿去啊？”简看着它们叫道。

“你很快就知道了，”金猪回答说，“你们来吧！”

他们转眼就穿上睡袍和拖鞋，跟着四个玩具下楼，走出他们家的前门。

“这边走！”金猪说着，轻快地走过樱桃树胡同，走进公园大门。

猴子平尼和蓝鸭子在它身边跳着跑着，一只叽叽叫，一只嘎嘎叫。在它们后面笨拙地走着小象艾尔弗雷德，在它的灰绒布后跟后面跟着简和迈克尔。

树木上空高悬着白色的圆月。它的银光笼罩着宽阔的公园草地。草地上已经满是人了，在亮光中前后移动。

艾尔弗雷德甩起它的绒布鼻子拼命闻空气。

“哈！”它高兴地说，“我们在这里面很安全，小猪，你不这么想吗？”

“在什么里面？”迈克尔好奇地问。

“在间隙里面啊。”艾尔弗雷德扇着大耳朵说。

孩子们相互看看。艾尔弗雷德这话是什么意思？

可是猪用它的金蹄子招呼他们过去。当他们急急忙忙赶到草地上时，在他们的周围，很亮的影子闪来闪去。

“对不起，请让让！”三只小东西在孩子们身边擦过时说。

“是三只瞎老鼠[1]，”艾尔弗雷德微笑着说，“它们老是钻到每个人的脚底下！”

“它们是从农民的妻子那儿逃出来的吗？”迈克尔叫道，又是万分惊奇又是兴奋。

“噢，不是的！今晚不是，”艾尔弗雷德说，“它们只是急急忙忙来见她。三只瞎老鼠和农民的妻子全在间隙里！”

“你好，艾尔弗雷德……你平安进来了！”

“怎么，这是亲爱的老平尼啊！”

“什么，还有蓝鸭子？”

“万岁，万岁！金猪也来了！”

当大家相互见面打招呼时，又是表示欢迎又是欢呼。一个小锡兵迈大步走过，向金猪敬了个礼，金猪向他挥挥蹄子。平尼和一对鸟拉手，它称呼它们是雄鸫鸟和雌鷦鹩。蓝鸭子向一只半在壳内半在壳外的复活节小鸡嘎嘎叫。至于艾尔弗雷德，它向四面八方甩着它的长鼻子大声打招呼。

“你不冷吗，我亲爱的？今晚很冷！”一个粗哑的声音在简背后说话。

[1] 三只瞎老鼠是孩子们书里的童话人物。接下来见到的许多人物动物都是。

她回头看见一个人，长着胡子，穿着奇怪极了的衣服。他穿的是羊皮裤子，戴一顶海狸皮帽子，手里拿着一把由一条条兔尾巴拼成的大雨伞。在他后面站着一个半光着身子的黑人，抱着一堆毛皮。

“星期五，”有胡子的人说，“请你给这位小姐一件大衣。”

“当然，主人！我很乐意！”黑人动作很美，把一件海豹皮斗篷披在简的身上。

她看着他们。

“那么你是……”她开口说话，害羞地向他笑笑。

“当然是我，”那高大汉子鞠躬说，“请叫我鲁滨孙好了！我所有的朋友都这么叫我。克鲁索先生这个称呼听上去太正式了。”

“不过我以为你是在书里的！”简说。

“我是在书里，”鲁滨孙·克鲁索笑着说，“不过今天晚上有人好心地把书翻开。于是你看，我就溜出来了！”

简一下子想起玩具橱顶上那几本书。她记得玛丽阿姨在关灯之前打开了它们。

“常常有这种事吗？”她急着问。

“噢，不！只在大年夜。间隙是我们的一个机会，也是唯一的一个机会。不过对不起，我必须和他说话……”

鲁滨孙·克鲁索转身招呼一个蛋形小胖子，他正用细腿急急忙忙走过。他的尖脑袋光秃秃的，像个鸡蛋，脖子上围着羊毛围巾。他和鲁滨孙·克鲁索打招呼时，用疑问的眼光看着孩

子们。

“天哪！”迈克尔惊叫道，“你太像汉普蒂·邓普蒂了！”

“像？”小人高傲地尖声说，“一个人怎么能像他自己呢，这我倒想请教！我只听说过有人不像他自己——当他淘气或者吃得太多的时候——却从没听说过有人像他自己。别说傻话了！”

“不过……你现在是完整的一个！”迈克尔看着他说，“我以为汉普蒂·邓普蒂从墙上摔下来摔碎后，就再也拼凑不起来了。”

“谁说我不能？”那小胖子生气地说。

“我只是以为……呃……国王所有的马……呃……国王所有的人……”迈克尔开始结结巴巴。

“呸……马！它们懂什么？至于国王的人——一群蠢货——他们只懂得马！他们不能把我拼凑起来，并不是说就没有人能够吧，对吗？”

简和迈克尔不能顶撞他，于是摇了摇头。

“事实上，”汉普蒂·邓普蒂说下去，“是国王自己把我拼凑好了……你不是把我拼凑好了吗……你说呢？”

最后那句话他是对一个圆滚滚的大胖子说的，这大胖子用一只手按住头上的王冠，用另一只手拿着一碟馅儿饼。

“他正像玛丽阿姨讲的故事里的那个国王！他一定是科尔老国王！”简说。

“你说我不是什么了？”国王小心地把王冠按好，把碟子拿稳，问汉普蒂·邓普蒂。

“把我重新拼凑好！”汉普蒂·邓普蒂尖声说。

“我当然把你拼凑好了。只为了今天晚上，你知道。用蜜糖。在王后的客厅里。不过你现在怎么也不能打搅我。我那24只黑鸟将要唱歌，我得把馅儿饼打开来。”

“瞧，我怎么告诉你们的？”汉普蒂·邓普蒂对孩子们大叫，“你们怎么敢暗示我是一个破蛋！”他粗鲁地转身，用背对着孩子们，他那个裂开的大脑袋在月光中闪着白光。

“别跟他争了，没好处！”艾尔弗雷德说，“他对那回摔下来的事总是那么耿耿于怀，十分敏感。喂，好好走路！看你

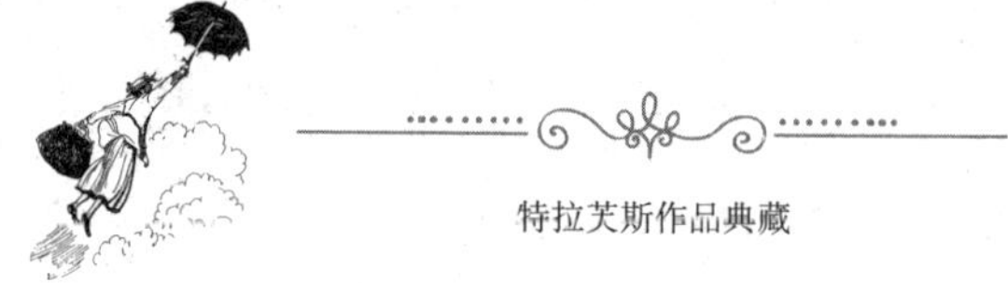

在推谁了！”它转身把长鼻子一甩，一头戴王冠的狮子轻轻地跳到一旁。

“对不起！”狮子有礼貌地说，“今天晚上太挤了。请问你看到独角兽没有？啊，它在那里！喂！等一等！”它轻轻吼了一声，向一只很文雅地跑过的银色东西跑去。

“噢，拦住它！拦住它！”简担心地叫道，“它要满城追打那独角兽的！”

“今天晚上不会，”艾尔弗雷德让她放心，“你看着好了！”

简和迈克尔惊奇地看到狮子鞠躬。接着它摘下头上的金冠，捧给独角兽。

“现在轮到你戴它了。”狮子客气地说。然后它们两个拥

抱了一下，跳着舞回到大家之中了。

“今天晚上孩子非常乖吗？”他们听到独角兽问一个跳着舞经过的干瘪老太太。她正推走一只大靴子，里面满是嘻嘻哈哈的男孩女孩。

“噢，乖极了！”老太太高兴地说，“我的鞭子一次也没用！乔治·波吉对付女孩们帮了大忙。她们今天晚上一定要被吻一下的。至于男孩们，他们简直像糖和香料一样。瞧小红帽抱着的那只狼吧！它求晚饭吃，她打算教训它。请坐下，马费特，扶牢稳！”

老太太向坐在靴子后面的一个漂亮小女孩挥挥手。小女孩正忘乎所以地和一只黑色大蜘蛛交谈；大靴子隆隆地推走，她伸出一只手去轻轻拍拍大蜘蛛。

“她甚至不躲避它！”迈克尔叫道，“她为什么不害怕呢？”他想知道。

“因为间隙，”艾尔弗雷德催他们在它前面走，但还是回答说。

简和迈克尔忍不住要去看小红帽和马费特小姐。想想看，她们竟不怕狼和那只黑色大蜘蛛。

接着一道白光轻轻掠过，他们转身看到一个闪亮

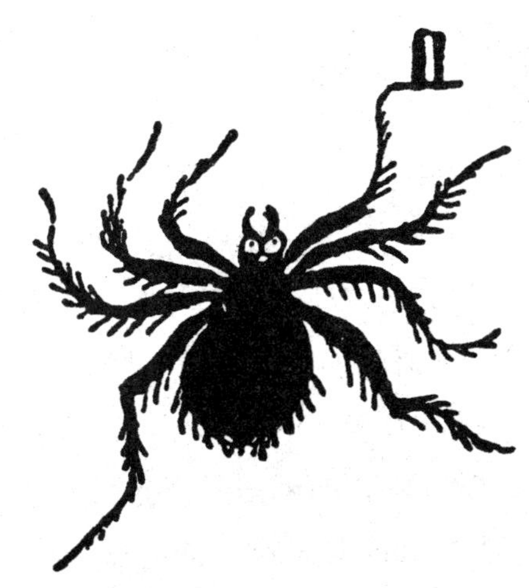

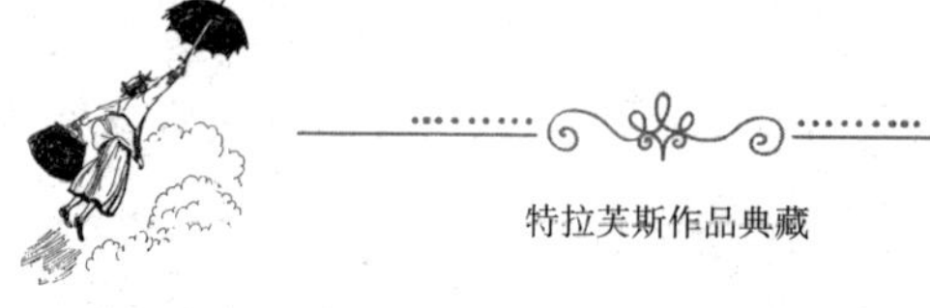

的人用手捂住嘴打哈欠。

“还没睡醒吗，睡美人？”艾尔弗雷德用它的长鼻子抱住她的腰隆隆地说。

她拍拍象鼻子，靠在它身上。

“我正沉浸在梦中，”她轻轻地说，“但幸亏第一下钟声把我吵醒了！”

她说话的时候，迈克尔的好奇心忍不住了。

“我不明白！”他大声说出来，“今天晚上一切事情都颠倒了！为什么马费特小姐不怕大蜘蛛？为什么狮子不打独角兽？”

“艾尔弗雷德告诉过你了，”睡美人说，“因为我们大家都在间隙里。”

“什么间隙？”迈克尔再也忍不住，问道。

“旧年和新年之间的间隙啊。旧年在半夜 12 点的第一下钟声响起时过完，新年要在最后一下钟声响起时开始。在两者之间敲 10 下的时候，就留着这个间隙。”

“是吗？”简气也喘不过来地急着说，因为她想知道更多。

睡美人又可爱地打了一个哈欠，对孩子们微笑。

“在这间隙里，一切东西亲如一家。永恒地对立的东西相见并亲吻。狼和羊同眠，鸽子和蛇同窝。星星下来和大地接触，年轻的和年老的互相原谅。日和夜在这里相遇，两极也一样。东靠向西，圆圈圆又圆。我的亲爱的孩子们，此时此地——在这唯一的时间和唯一的地点——一切人快快活活。你看！”

睡美人挥挥她的手。

简和迈克尔看过去，看见三只熊围着一个头发很亮的小女孩笨拙地蹦跳[1]。

“她是金发姑娘，”睡美人解释道，“她和你们一样安全。噢，晚上好，潘趣！婴儿怎么样啊，朱迪？”

她向手挽手走着的一对长鼻子木偶招手，说：“他们平时老吵吵闹闹，可今天晚上是相亲相爱的一对，因为他们在间隙里。噢，你们瞧！”

这一回她指着一个像座塔似的巨人。他的大脚踩在草地上，

[1] 在童话里，这女孩闯进熊爸爸熊妈妈和它们的小宝宝的家，弄坏了东西，三只熊追她。

他的头有最高的树顶那么高。他一个肩上扛着一根大棒，另一个肩上坐着一个哈哈笑的小男孩，小男孩正在扭那巨人的耳朵。

“那是巨人杀手杰克和巨人。他们两个今天晚上是贴心朋友。”睡美人微笑着抬头看，“瞧，女巫们终于来了！”

孩子们头顶上呼呼作响，一群珠子眼睛的老太婆骑着扫帚从空中飞来。当她们跳到人群中时，欢迎她们的叫声响起来。人们冲过去和她们拉手，那些老太婆发出女巫的嘎嘎笑声。

“今天晚上没有人怕她们。她们快快活活！”睡美人充满睡意的声音像催眠曲。她伸出双臂抱住两个孩子，三个人站在那里看拥挤的人群。一只兔子和一只乌龟跳着舞走过，王后和纸牌红心杰克拥抱，美女把她的手伸给怪兽。国王们和公主们、英雄们和女巫们在新旧年交替的间隙里相互致敬，草地在大家的脚下颤动，空气使人头晕。

“让开！让开！让我过去！”一个高亢的声音叫道。

在草地远远的那头，他们看到了金猪。它用它僵硬的后腿从人群中走来，挥动着它金色的蹄子把大家朝左右分开。

“让开！让开！”它十万火急地大叫。大家左右分开，一下子变成两排，都在鞠躬行礼。

因为这时候，在金猪后面，出现了一个惊人的熟悉的身影。她头上戴着一顶有个蝴蝶结的帽子，上衣上面的银扣子闪闪发亮。她的眼睛像瓷器上的垂柳那么蓝，她的鼻子神气地翘起来，就像荷兰木偶的鼻子。

她轻盈地沿小路走来，金猪利索地走在她前面。她一路过

来的时候，每个喉咙都发出欢迎的叫声。大礼帽、鸭舌帽、王冠、小冠冕抛向空中。当她走在月光里，月亮好像也更亮了。

“她为什么来这里？”简看到这个人影来到空地上时，问道，“玛丽阿姨可不是童话。”

“她甚至比童话还好！”艾尔弗雷德实心实意地说，“她是变成真实的童话。再说，”它低沉地说道，“她是今晚的贵宾！是她让书打开的。”

在快活的欢迎声中，玛丽阿姨向两旁鞠躬。接着她大步走到草地中央，打开她的手提包，拿出一架手风琴。

“选择你们的舞伴吧！”金猪叫道，也从它皮里的口袋拿出一支笛子，放到嘴上。

一听这声吩咐，每一个动物都轻快地转向它旁边的动物。接着笛子吹出摇摆音乐，手风琴和24只黑鸟和着它，一只白猫用一把小提琴悦耳地伴奏。

那会是我的猫吗？迈克尔看着它身上的花叶图纹，心里想。不过他没工夫去认清楚，因为他的注意力被艾尔弗雷德吸引住了。

这灰色绒布象笨拙地走过，发出快活的森林呼叫声，用它的长鼻子吹着喇叭。

“亲爱的小姐，我能有幸和你跳舞吗？”它向睡美人鞠躬说。她把手伸给它，一起跳起来了，艾尔弗雷德注意着别踩了她的脚趾，睡美人样子很美地打着哈欠，看上去像在做梦。

每一个人似乎都在找舞伴或者找朋友。

“吻我！吻我！”一群女孩手挽手围住一个大块头男学生。

“别挡住我的道，小乔治·波吉！”农夫的妻子和三只瞎老鼠跳着舞走过，叫着。

大块头男孩冲出来，钻到人群中去，那些女孩全在笑他。

“一，二，跳，转——是这样跳的。”小红帽握住狼的爪子教它跳舞。狼看上去十分谦卑害羞，一边数一边看着自己的脚。

简和迈克尔简直没法相信自己的眼睛。可他们还没来得及想这件事，一个友好的声音叫他们。

“你跳舞吗？”鲁滨孙·克鲁索快活地说着，握住简的手，旋转着走了。她转来转去，贴着他的羊皮大衣，这时迈克尔也让星期五抱着，跳了起来。

“那是谁？”一路跳舞时简问道。因为这时蓝鸭子摇摇摆摆地走过，贴到一只大灰鸟的胸前。

“那是鹅先生！”鲁滨孙·克鲁索说，“那边平尼正和灰姑娘在一起。

简马上转脸看。真的，绒毛破旧的平尼正煞有介事地和一个美丽的小姐跳舞。

一个个都有舞伴。没有一个是孤单的或者被剩下。所有听到过的童话人物都聚集在草地上，互相快活地拥抱在一起。

“你快活吗，简？”迈克尔和星期五经过时对她说。

“但愿永远这样快活！”她笑着回答，因为这时候她知道，这些都是真的。

音乐这会儿变得更快更狂热。它升到高大的树木间，比一下下的钟声更响。玛丽阿姨、金猪和拉小提琴的猫前后左右摇摆着奏响他们的乐器。黑鸟们唱个不停，似乎一点儿也不会疲倦。童话人物在孩子们周围旋转摇摆，他们的声音在孩子们耳朵里悦耳地歌唱和欢笑。

“但愿永远这样快活！”公园里个个异口同声地叫道。

“那是什么？”简对她的舞伴说，因为在欢呼声和音乐声中，她听到了“当”的一下钟声。

“时间快到了！”鲁滨孙·克鲁索说，“那一定是第六下！”

他们在舞中停了一下，倾听钟声。

七！在这声音之上响起了童话的音乐，让大家都在它的金网中摇摆起来。

八！那遥远的、平稳的钟声又响了一下。跳舞的脚好像动得更快了。

九！现在连树木本身也跳起舞来了，随着童话音乐弯它们的树枝。

十！噢，狮子和独角兽！狼和羊！朋友和敌人！黑暗和光明！

十一！噢，飞逝的时间！噢，插上翅膀的时间！新旧年之间的距离是多么短啊！让大家快活吧——永远这样快活吧！

十二！

庄严深沉的最后一下钟声敲响了。

“十二！”从每一个人和动物的喉咙里发出这一声叫，围

起来的圈子马上打破，大家散开了。闪亮的形体在孩子们身边迅速擦过，有杰克和他的巨人、潘趣和朱迪。大蜘蛛和马费特小姐飞快地走了，汉普蒂·邓普蒂迈着他的细腿走了。狮子、独角兽、金发姑娘、小红帽和三只瞎老鼠全都跑过草地走了，好像在月色中融化了。

灰姑娘和那些女巫消失了。睡美人和拿着小提琴的猫跑着离开了，不见了。简和迈克尔向周围看，寻找他们的舞伴，发现鲁滨孙和他的星期五已经溶解到空气中去了。

童话音乐消失了，它被一片庄严的钟声淹没了，因为现在每一座钟楼和每一个尖塔都响起欢庆新年的钟声。大本钟，圣保罗教堂、圣布赖德教堂的钟，老贝利[1]的钟，圣马丁教堂、威斯敏斯特教堂、圣玛丽·勒·博教堂的钟……

可是有一个铃声响得超过其他的钟声，它快乐，清亮，持续不断。

丁零零零！它有点不同于新年钟声，它亲切、友好，并且离家更近。

丁零零零！它响着。它的回声中夹杂着一个熟悉的人的声音。

“谁要烤面饼？”那人声说得很响，要人马上回答。

简和迈克尔睁开他们的眼睛。他们朝四周看，发现他们是在自己的床上，在鸭绒被底下，约翰和巴巴拉在他们旁边睡得

[1] 老贝利是伦敦中央刑事法院的俗称。

很熟。壁炉栅上的火快活地燃烧。晨光照进儿童室的窗子。丁零零！从下面胡同里传来丁零零的铃声。

“我说‘谁要烤面饼’，你们没听见吗？卖烤面饼的人在下面胡同里。”

错不了，这是玛丽阿姨的声音，听上去很不耐烦。

“听见了！”迈克尔急忙说。

“听见了！”简跟着说。

玛丽阿姨哼了一声。“那为什么不马上说！”她厉声说。她走到窗口，挥手招呼那卖烤面饼的。

下面前面院子的门很快打开，发出通常的吱嘎声。卖烤面饼的跑过花园小径去敲后门。他断定 17 号会买，因为班克斯一家人爱吃烤面饼。

玛丽阿姨从窗口转身回来，在炉火上加了块木炭。

迈克尔用睡眼看了她好一会儿。接着他擦眼睛，一下子完全惊醒了。

“我说，”他叫道，“我要我的猪！它在哪里，玛丽阿姨？”

“对了！”简也跟上，“我要艾尔弗雷德，还有蓝鸭子和平尼，它们在哪里？”

“在橱顶。它们还能在哪里？”玛丽阿姨生气地说。

他们抬头看到四样玩具在那里站成一排，完全跟她摆的时候一样。在它们前面摆着《鲁滨孙漂流记》《绿色童话》《鹅妈妈儿歌集》。不过这几本书如今不再像昨天晚上那样翻开。它们一本本整齐地叠在一起，都是合起来的。

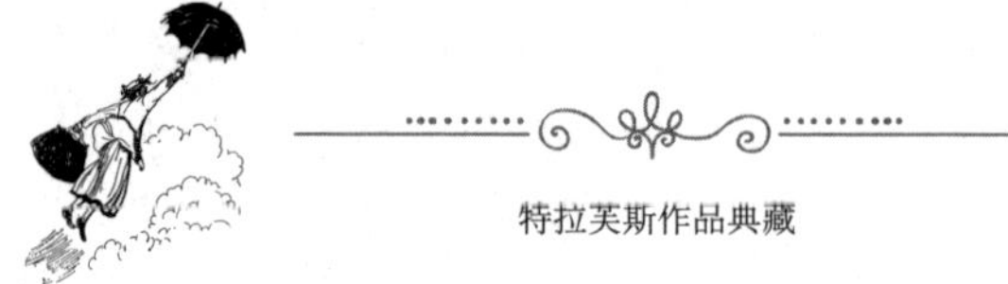

“不过……它们是怎样从公园回来的？”迈克尔十分惊奇地说。

“猪的笛子哪里去了？”简说，“还有你的手风琴！”

现在轮到玛丽阿姨盯着他们看了。

“天哪……你们在说些什么？”她用让人觉得不妙的眼光看着他们，问道。

“你的手风琴啊，玛丽阿姨！你昨天晚上在公园里拉的！”

玛丽阿姨从壁炉那儿转过身，向简走来，眼睛盯住她看。

“我倒想请你再说一遍！”她的声音平静但是吓人，“我昨天晚上在公园里‘拉手风琴’——你知道你在说什么吗，简·班克斯小姐？你说我？”

“可你昨天晚上是在公园里拉手风琴嘛！”迈克尔勇敢地顶她，“我们昨天晚上都在那里。你和那些玩具和简和我，我们都在间隙里跟童话人物在一起。”

玛丽阿姨看着他们，好像耳朵听错了。她脸上的表情简直是吓人。

“童话人物，在间隙？哼！我要是再听到一个字，你们将要和童话人物一样在浴室里。我向你们保证，连门都锁上！什么间隙！更像是发疯了！”

她厌恶地转过身，生气地砰一声打开房门，急急忙忙下楼去了。

迈克尔沉默了一会儿，又开始回忆。

“真滑稽，”他很快又说，“我还以为是真的。我一定是

做梦了。”

简没有回答。

她忽然跳下床，把一把椅子靠到玩具橱旁边，很快地爬上椅子，把那几个玩具拿下来，跑到迈克尔床边。

“你摸摸它们的脚！”她兴奋地悄悄说。

他用手摸摸猪的蹄子。他又摸摸艾尔弗雷德的灰绒布象脚、鸭子的蹼和平尼的爪子。

“它们是湿的！”他觉得奇怪地说。

简点点头。

“再看这个！”她从床底下拿起他们的拖鞋，从鞋盒里拿出玛丽阿姨的鞋子，叫着。

拖鞋上有露水，玛丽阿姨的鞋子的后跟上有湿的小草，夜里在公园跳舞就会在鞋子上找到这样的东西。

迈克尔抬头看简，哈哈大笑。

“那么不是做梦！”他高兴地说。

简微笑。

他们并排坐在迈克尔的床上，会心地点头，无言地交流着不能用语言表达的秘密的话。

玛丽阿姨很快就端着一盘烤面饼进来。

他们在鞋子和拖鞋上面看她。

她从那盘烤面饼上面看他们。

他们三个人之间会心地对看了很长时间。

他们知道她知道他们知道。

“今天是新年吗，玛丽阿姨？”迈克尔问道。

“是的。”她平静地说着，把盘子放在桌子上。

迈克尔严肃地看着她。他在想着间隙的事。

“我们也可以吗，玛丽阿姨？”他猛地提出这个问题。

“你们也可以什么？”她哼了一声问道。

“永远这样快活？”他很急地说。

她脸上淡淡地露出一个半是难过半是温情的微笑。

“也许，”她沉思地说，“这全靠……”

“全靠什么，玛丽阿姨？”

“全靠自己。”她轻轻地说，同时把烤面饼拿到炉火那儿……

第八章

另外一扇门

这是一个严寒的早晨。灰白的日光透过樱桃树，像水一样洒到房屋上。风不太大，它先呻吟着吹过一家家的小花园，又嘘嘘地吹过公园，在胡同里一路哀吟着过去。

“布噜噜噜噜噜！”17 号房子冷得发着抖说，“那该死的风在干什么呢——在周围像幽灵似的哀号！喂！停下来好不好？你让我发抖了！”

“呼——呼——我有什么办法呢？”风根本不管，叫道。

房子里传出耙刮的声音。罗伯逊·艾正在耙掉壁炉里的灰，放上新的木柴。

“啊，那正是我所需要的！”当玛丽阿姨点着儿童室的炉

火时，17号房子说，“总算有点东西暖和暖和我冰冷的老骨头了。那嗡嗡响的风又来了！我希望它到别的地方去咆哮！”

“呼——呼！呼——呼！那要到什么时候呢？”风在樱桃树之间抽泣。

儿童室的火噼噼啪啪烧起来。在铁栏杆里面，闪亮的火焰跳跃着，照在窗玻璃上。早晨干活以后，罗伯逊·艾没精打采地到下面扫帚柜那里去休息。玛丽阿姨照常忙个不停，又是熨衣服又是准备早饭。

简比别人醒得早，因为风的咆哮声把她吵醒了。这会儿她坐在窗前的座位上，闻着吐司的香气，看窗上自己的影子。半个儿童室映现在花园里，这是一个完全由光造成的房间。炉火在她背后很暖和，可另一团火在她面前跳动、发光。它在壁炉台的倒影下面，在外面一座座房屋之间的空中跳动。那儿另一匹木马抬起了它花斑的头。窗子外面，另一个简在看着，点头微笑。当简朝窗玻璃呵气，把脸对着那圈蒸气时，她的影子也做着同样的动作。她一直在呵气，在画，她可以看到她自己。在对她微笑的那张脸后面是光秃秃的樱桃树黑树枝，透过她身体中间的是拉克小姐家的墙。

很快她听到前门砰的一声响，班克斯先生进城去了。班克斯太太急忙进了起居室去复早晨收到的信。下面厨房里，布里尔太太在做早餐吃的熏鱼。埃伦又感冒了，在忙着擤她的鼻涕。在楼上儿童室里，炉火噼噼啪啪，玛丽阿姨的围裙窸窸窣窣！总的说来，除了外面的风不算，这是个平静的早晨。

不过这样没过多久，因为迈克尔忽然冲进来，穿着他的睡衣站在房门口。站在那里看着玛丽阿姨时，他的眼睛有一种模糊的带睡意的神情。他用认真的、查探的眼光看她的脸，看她的脚，看她全身，什么都不漏掉。接着他失望地说了一声“噢”，把眼睛上的睡意擦掉。

“喂，你怎么啦？”玛丽阿姨问道，“丢掉六便士，找到一便士？”

他沮丧地摇头：“我梦见你已经变成一个美丽的公主。可你还是老样子！”

她表示蔑视地把头一扬。“行为漂亮才是漂亮！”她高傲地哼了一声说，“我现在这样很好，谢谢你！不管你满不满意，我自己很满意。”

他扑到她身上去，要平息她的怒气。

“噢，我觉得很满意，玛丽阿姨！”他真心实意地说，“我刚才只是想，如果我的梦成真，会有……呃……一种变化。”

“变化！”她又哼了一声说，“你很快就要得到你想要的变化……我向你保证，迈克尔·班克斯少爷！”

迈克尔不放心地看她。他想：她这话是什么意思？

“我只是开个玩笑，玛丽阿姨。其实我不要任何变化！我只要你……永远只要你！”

他忽然觉得，公主们都是些蠢货，没什么值得说的。

玛丽阿姨不高兴地哼了一声，把吐司放在桌子上，说：“你不能永远保有什么东西……你不这样想吗，小少爷？”

“只有你例外！”他很有信心地回答说，露出顽皮的微笑。

她脸上显出一种奇怪的表情。可是迈克尔没有注意到，他的眼角看到简在干什么。现在他爬到她旁边，向另一扇窗子呵气。

“瞧！”他得意地说，“我在画一只船。有另一个迈克尔在外面画另一只船，画得一模一样！”

“嗯！”简说了一声，头也不抬，看着她自己的影子。忽然她转身叫玛丽阿姨。

“哪一个才是真的我呢，玛丽阿姨？里面的一个还是外面的一个？”

玛丽阿姨端着一大碗粥进来，站在他们之间。她每呼吸一次，围裙就窸窣一声，碗里的热气也就冒一冒。她看着自己的影子，满意地微笑。

接着她哼了一声，问道：“这是个谜语吗？”

“不是，玛丽阿姨，”简急忙说，“我只是想知道。”

好一会儿，他们看着玛丽阿姨想，她这就要告诉他们了。不过显然她想得更深，因为她用不屑的样子抬起了头，转身走到桌子旁边。

“我不知道你们怎样，”她傲慢地说，“不过我很高兴告诉你们，不管我在哪里，我都是真的！迈克尔，请穿上衣服吧！简，过来吃早饭！”

在那冷冰冰的目光下，他们赶紧照她说的做。等早饭吃好，他们双双坐在地板上用橡胶积木搭城堡，把影子的事全忘了。真的，就算他们去照，他们也照不出影子了，因为炉火已经变

成玫瑰色的余火，闪亮的火焰已经没有了。

“现在好多了！”17号房子舒适地蹲在地上说。

火的热气透过它的骨头，当玛丽阿姨在它里面走来走去的时候，这房子暖和过来了。

今天玛丽阿姨好像比平时更忙。她把衣服分好类，折叠好，放到抽屉里，又缝上脱落的纽扣，缝补袜子。她在架子上铺上新的纸，给简和巴巴拉的连衣裙放下贴边，又给约翰和迈克尔的帽子缝上新的松紧带。她把安娜贝儿的旧衣服收集起来包好，准备送给布里尔太太侄女的婴孩。她把柜子里的东西都拿出来，将玩具分别摆好，把书柜里的书放整齐。

“她多么忙啊，这让我看得头都晕了！”迈克尔悄悄说。

可是简什么话也不说，她看着那窸窸窣窣忙来忙去的玛丽阿姨。她心里盘旋着一个她没完全抓住的念头。什么东西——是一个记忆吗——悄悄地对她说了一个字，这个字她还不能十分领会。

整个早晨，那只椋鸟蹲在隔壁烟囱上尖声唱它没完没了的歌。它不时会飞过花园，用发亮的担心的眼神从窗外看着玛丽阿姨。风绕着房子吹，像叹气又像呼唤。

一个钟头一个钟头过去，吃中饭的时间到了。玛丽阿姨依旧像旋风那样忙个不停。她在果酱瓶里放进新鲜的大丽花；她把家具摆正，抖干净窗帘。孩子们觉得儿童室在她收拾的手底下发抖。

“她就永不停手吗？”迈克尔对简发牢骚，同时在城堡上加搭一个房间。

正在这时候，玛丽阿姨好像听到了他的话，一下子站着一动不动了。

“好了！”她环顾她干的活儿，说道，“整洁得没话说了。我希望它一直保持这个样子。”

接着她把她最好的那件蓝色上衣拿下来刷。她在纽扣上呵气，让它们发亮，把那枚海星别针别在衣领上。她把她那顶黑草帽又扭又拉，直到草帽上的雏菊像士兵一样立正。接着她脱下她窸窸窣窣响的白围裙，把蛇皮腰带系在腰上。皮带上的字清楚可见：“动物园赠”。

“你好久没系它了。”迈克尔很感兴趣地说。

“我留着它在最好的时候用。”她平静地回答，同时把皮带拉正。

接着她又从角落里拿起她那把雨伞，用蜂蜡擦亮它的鹦鹉头。再下来，她取下壁炉台上那把卷尺，把它扔到她的上衣口袋里。

简马上抬起头。那只鼓鼓的口袋让她觉得说不出的不安。

“你为什么不把卷尺留在那儿呢？它在那里很安全，玛丽阿姨。”

接着是哑场。玛丽阿姨似乎在考虑这个问题。

“我有我的道理。”她最后说，高傲地哼了一声。

“自从你回来以后，它可是一直在壁炉台上的！”

“这不代表它一直得在那里。对星期一合适的事对星期五

就不一定合适。”她带着她那个自负的微笑回答。

简转过身去。她的心怎么啦？对她的心口来说，它忽然像是太大了。

“我很孤单。”她对迈克尔悄悄地说，尽量小心不看他的脸。

“只要我一天在这里，你一天不会觉得孤单的！”他在他的城堡屋顶上放上最后一块积木。

“我说的不是这种孤单。我觉得我就要失去什么东西。”

“也许是你的牙齿，”他很感兴趣地说，“你摸摸它，看它是不是摇动了。”

简很快地摇摇她的头。不管将要失去的是什么，她知道那不是一颗牙齿。

“噢，只要再有一块积木！”迈克尔叹口气说，“样样都好了，就差一个烟囱！”

玛丽阿姨轻快地走过来。

“给你！这是它需要的！”她说着弯下腰来，在应该是一个烟囱的地方，放上她自己的一块多米诺骨牌。

“万岁！它完工了！”迈尔克快活地抬头看她，大叫着说。接着他看到她把整盒多米诺骨牌放在他身边。看到它们，他感觉异常不自在。

“你是说……”他吞了一口口水说，“你是说……我们可以留着它？”

他一直想要这些多米诺骨牌。可在此以前，玛丽阿姨从来不许他碰她的东西。这是什么意思？这太不像她了。忽然之间，

当她向他点点头时，他也感觉到一阵孤单。

“噢！”他不安地哀叫起来，“出什么事了，玛丽阿姨？是出了什么毛病吗？”

“毛病！”她的眼睛生气地瞪瞪他，“我送给你一件宝贵的礼物，这就是我得到的全部感谢吗？真的，出了什么毛病！下一次我会明白得多。”

他发疯似的扑过去，抓紧她的手，说：“噢，我不是这个意思，玛丽阿姨！我……谢谢你。我只是忽然想到一个念头……”

“这种念头，在一个这样明媚的日子里会让你自寻烦恼。你记住我的话好了！”她哼了一下说，“好，请戴上你们的帽子，你们全都戴上！我们要散步，上秋千那儿去。”

看到她那熟悉的眼光，他们的不安一下子消失得无影无踪。他们马上又叫又笑地去准备，跑过时把城堡也撞翻了。

当他们急急忙忙走过胡同时，和煦的春天的阳光照耀在公园上空。樱桃树抽出细细的新叶，抽出新叶的地方看上去像笼着绿色的烟雾。空气中散发着报春花的香味，小鸟们在排练它们准备夏天唱的歌。

“我和你们赛跑，看谁先到秋千那儿！”迈克尔大叫。

“我们把那些秋千全都包下来！”简叫道。因为竖立着五个秋千，等着他们的那块空地一个人也没有。

转眼间他们已经爬上秋千，简和迈克尔、约翰和巴巴拉一人一个。安娜贝儿看上去像个羊皮白球，和玛丽阿姨合坐一个。

“现在……一、二、三！”迈克尔大叫，几个秋千就在秋

千架下荡起来了。孩子们越荡越高，像小鸟飞在舒服的阳光中。荡上去时他们的头飞上天，下来时他们的脚落到地上。树木像在他们下面张开树枝，一个个屋顶点头哈腰。

“像在飞一样！”当地面在脚下翻跟头时，简叫着说。她转眼去看迈克尔。他飞上天空时头发向四面八方飞舞。双胞胎像兴奋的老鼠一样叽叽叫。在他们那边，玛丽阿姨高贵尊严地

荡向前荡向后。她一只手抱住坐在她膝盖上的安娜贝儿，另一只手抓住她的雨伞。当她坐在荡过来荡过去的秋千上时，她的眼睛闪出一种奇怪的亮光。它们比简任何时候看到的更蓝，这种蓝带有一种像是能看到很遥远很遥远地方的蓝色。它们似乎看到树木和房屋那边，看到所有的大海和高山那边，看到世界的边缘那边。

下午暗下来了，公园在他们的脚下侧斜着的时候变灰了。可是简和迈克尔没有注意到。他们和玛丽阿姨一起裹在梦里，一个把他们在天地之间荡上去荡下来的梦，一个永远不会完的摇来摇去的梦。

不过终于还是到了头，还是完了。太阳到了头，梦跟着也到了头。当太阳最后的余晖照在公园时，玛丽阿姨把她的脚放到地面上，她的秋千一震，停了下来。

“该走了。”她平静地说。她的声音就这一回一点儿不凶，大家马上停止荡秋千，乖乖地听她的话。她把双胞胎和安娜贝儿放进童车，童车发出熟悉的呻吟声。简和迈克尔静静地走在她身边。大地还在他们的脚下摇晃。他们快活，安静，一声不响。

吱吱，吱吱！童车顺着小路走。

嚓，嚓，嚓，玛丽阿姨的鞋子响。

当最后的阳光落到樱桃树淡绿的叶子上时，迈克尔抬起头来看。

“我相信，”他做梦似的对简说，“内利·鲁比娜一定来过这里！”

“今天来，明天去——那就是我。”一个清脆的铃铛似的声音叫道。

他们回过头去，看到的正是内利·鲁比娜本人，她坐着她的木盘一路转动着过来。在她后面是老道杰叔叔的旋转身影。

“我都不知转了多么久了！”内利·鲁比娜叫道。“我一直在到处找你们！”她喘着气说，“你们都好吗？我想是不错！我要见你，玛丽·波平斯，要给你一个……”

“还有，”道杰叔叔急着插话，“祝你一路……”

“道杰叔叔！”内利·鲁比娜用警告的眼色看看他说。

“噢，对不起！请你原谅，我亲爱的！”老人马上回答。

“只是一点儿小东西，让你能记起我们。”内利·鲁比娜说下去。接着她伸出一条木头手臂，把一样白色的小东西放在玛丽阿姨的手里。

孩子们围拢来看。

“是一张字条！”迈克尔叫着。

简在暗下来的光线中看上面那些字。“再见，我的仙女！”她念出来，“那么你要离开啦，内利·鲁比娜？”

“噢，天哪，是的！就是今天晚上！”内利·鲁比娜看着玛丽阿姨，发出铃铛似的清脆声音。

“你可以留着它在路上看，波平斯小姐！”道杰叔叔向那张字条点点头。

“道杰叔叔！”内利·鲁比娜叫道。

“噢！天哪！噢，天哪！我又抢话了！我太老，就这么回事，

我亲爱的。当然，请你原谅。”

“噢，谢谢你们二位的好意。”玛丽阿姨有礼貌地说。你可以从她笑的样子知道她很高兴。接着她把字条塞进口袋，把童车一推。

“噢，请等一等，玛丽·波平斯！”一个上气不接下气的声音在他们后面叫。小路上脚步声噼噼啪啪响，孩子们马上回过头去。

“怎么，是特维先生和特维太太！”当一个高瘦条子和一个圆胖身子手拉着手走上前来时，迈克尔叫道。

“我们现在自称胖瘦夫妻。我们觉得这样听起来更好玩。”特维先生从眼镜上面朝他们看下来，他太太跟他们一个个拉手。

“玛丽，”特维先生用他伤心的声音说下去，“我们想就来一会儿——说声再见，你知道。”

“而且希望离开的时间不要太长，亲爱的玛丽！”特维太太微笑着加上一句。她圆滚滚的胖脸摇得像啫喱一样颤动，她看上去极其快活。

“噢，谢谢你们二位！”玛丽阿姨和他们握手说。

“这是什么意思——再见……太长……”简靠紧玛丽阿姨问道。什么东西——也许是天黑——使得她忽然想要靠紧她温暖和舒服的身体。

“太长……这是说我的两个女儿！”一个细小的声音说，同时从阴影中出现了一个人，“太长，太宽，太大，太愚蠢——这是我的两只大长颈鹿。”

小路上站着科里太太，她的衣服上盖满了三便士硬币。在她后面高视阔步地走着范妮和安妮，像一对伤心的巨人。

“好，我们又来了！”科里太太对朝着她看的孩子们咧开嘴笑着尖叫道，“噢！他们长得真快，不是吗，玛丽·波平斯？我看得出，他们不再需要你了！”

玛丽阿姨点头同意，迈克尔一声反对，扑到她身边。

“我们永远需要她……永远！”他叫着，把玛丽阿姨的腰抱得那么紧，他感觉到了她结实的硬骨头。

玛丽阿姨像一头生气的黑豹那样看着他。

“请你不要夹碎我，迈克尔！我不是一条装在罐头里的沙丁鱼！”

“我只是来跟你说句话，”科里太太格格地说下去，“一句老话，玛丽，有话最好快点说。正如所罗门为了示巴女王心神不定的时候我一直跟他说的——既然总有一天非说不可，干吗不现在就说呢？”

科里太太用窥探的眼光看着玛丽阿姨。接着她温柔地说了一声：“再见，我亲爱的！”

“你们也要离开吗？”迈克尔看着科里太太，问道。

她快活地尖声大笑。“噢……是的，不妨说，是的！一旦一个走，大家都走——总是这样的。好了，范妮和安妮……”她向周围看，“你们这两个白痴把那些礼物怎么样了？”

“在这里呀，妈妈！”姐妹俩紧张地回答，她们的大手把两块很小的姜汁饼放在玛丽阿姨的手掌上。那姜汁饼一块样子像颗心，一块样子像颗星星。

玛丽阿姨高兴得叫起来。

“哎呀，科里太太！多么大的惊喜啊！这又是对我的款待，又是让我快乐！”

“噢，没什么。只是做个纪念。”科里太太很神气地挥挥手。她那双边上有松紧带的小靴子在童车旁边跳。

“你所有的朋友今天晚上好像都到这里来了！”迈克尔对玛丽阿姨说。

“你把我当什么人——一个隐士吗？我什么时候想见朋友我就能见到！”

“我只是随便说一句……”他想解释，一声快活的尖叫打断了他的话。

“噢，艾伯特……不是你才怪呢！”科里太太快活地叫道。她跑过去迎接急急忙忙走来的那个矮胖子。孩子们一认出这是威格先生，也一声欢呼。

“噢，保佑我的靴子。是克拉拉·科里啊！”威格先生叫道，亲热地跟她拉手。

“我不知道你们相识！”简觉得很奇怪地说。

“你不知道的事多着呢，加起来有一本字典那么厚。”玛丽阿姨哼了一声，插嘴说了一句。

“相识？我们从小就在一起……对吗，艾伯特？”科里太太叫道。

威格先生咯咯笑。“唉，美好的往日！”他快活地回答，“噢，

你好吗，玛丽，我的小姑娘？”

“很好，谢谢你，艾伯特叔叔。没什么可埋怨的。”玛丽阿姨回答说。

“我想来说句告别话，旅途愉快什么的。对于这件事，这可是一个美好的夜。”威格先生环视潜进公园的清朗的暮色。

“一个美好的夜做什么事啊？”迈克尔问道。他希望玛丽阿姨不要因为她那些朋友这样走掉会感到孤单。不过他心里说——她到底还是有我在这里啊，她还需要什么呢？

“一个美好的夜起程啊——做的就是这件事！”布姆海军上将用他兴高采烈的声音叫道。他正穿过树木向他们一路大踏步走来，一边走一边唱：

航海，航海，航过波涛汹涌的大海。一路上经历无数次狂风吹、恶浪打，杰克终将重新回到家。

“啊嗬，笨水手们！升起主帆！把锚拉起来，让船开走吧！我是一定要走的！哦嗬……横渡宽阔的密苏里河！”他用鼻子发出吹雾号的声音，看着玛丽阿姨。

“全都上船了吗？”他声音沙哑地问道，把一只手搭在她的肩上。

“全都上船了，先生。”她一本正经地回答，古怪地看了他一眼。

“嗯，很好……”

我忠实于我的爱人，

如果我的爱人忠实于我！

他用几乎可以说是斯文的声音唱道。“好了……”他打断自己的歌声，“左舷，右舷！呜呀！哦嗬！你不能这样对待一个水手！”

“气球，气球！”一个高亢的声音叫道。同时一个小东西嗖嗖地飞过，碰掉了海军上将的帽子。

这是卖气球的女人。一个小气球从她手上飞起来，线把她拉了上去，在暮色中飞走。

“再见，再见，我亲爱的鸭子！”她一面叫着一面消失不见了。

“她走了——像一道电光！”简在她后面看着，叫道。

“她当然不是一只慢吞吞地爬的蜗牛，像我可以指名道姓说出来的一些人！拜托你走起来吧！”玛丽阿姨说，“我没有一个通宵可以浪费！”

“我想是没有！”科里太太咧嘴笑着说。

他们走了起来。这一回他们抢着要做她叫他们做的随便什么事。他们把手放到童车上她戴黑手套的手指旁边。当他们和一群嘁嘁喳喳的人急急忙忙走的时候，清朗的暮色像条河一样淹没了他们。

现在他们已经快到公园大门了。胡同黑黑的伸展在他们面

前，从胡同里传来音乐声。简和迈克尔对看了一下。他们扬起来的眉头在说：这是怎么回事呢？接着好奇心让他们忍不住了。他们想留在玛丽阿姨这里，可是又想去看看发生了什么事。他们看看一身深蓝色的玛丽阿姨，接着就开始跑了。

“噢，瞧！”当简来到公园大门时，她叫道，“是特威格利先生拿着一架手摇风琴！”

真是特威格利先生，他拼命地摇风琴把手，箱子里发出狂放的甜美音乐。他旁边站着个发亮的小个子，看上去有点眼熟。

“它们全都是用最好的砂糖做的。”当孩子们穿过马路时，一个快活的声音对特威格利先生说。当然，他们一下子知道这个人是谁了。

看吧，看吧，
像只狗熊那样看着，
那么无论在什么地方，
你们都会认出我！

卡利科小姐快活地唱着，向他们招手。

“能请你们把你们的脚稍微挪开点吗，小朋友？你们站在我的一朵玫瑰花上了！”

卖火柴的伯特就蹲在他们家前面院子门口的人行道上，正用彩色粉笔在柏油地上画一大束花。埃伦和那位警察在看他。拉克小姐和她的两只狗站在隔壁门口听音乐。

“等一等，”她对特威格利先生说，“我跑进去给你拿个先令来。”

特威格利先生满面微笑，轻轻地摇摇头。

“不必费心了，小姐，”他告诉拉克小姐，“一个先令对我没有用。我这样做完全为了爱。”孩子们看到他抬起眼睛，和正在走出公园的玛丽阿姨交换了一个眼色。他用尽力气摇把手，曲子变得又响又快。

“再画一朵勿忘我花……然后就画完了。”卖火柴的对自己喃喃说着，在那束花上又加了一朵。

“太美了，伯特！”玛丽阿姨很欣赏地说。她已经把童车推到他背后，看着地上的画。他轻轻叫着站起来，从人行道上把那束花拿起来，送到她手里。

“这些花是送给你的，玛丽，”他难为情地对她说，“我画它们全都是为了你！”

“真的吗，伯特？”她微笑着说，“我真不知该怎么谢你才好！”她把她发红的脸藏到那束花后面。孩子们能闻到玫瑰的香气。

卖火柴的看着她发光的眼睛，露出可爱的微笑。

“是今天晚上……对吗，玛丽？”他说。

“对，伯特。”她点头说，把一只手给他。卖火柴的难过地看了它好一会儿。接着他低头吻吻它。

“那么再见了，玛丽！”他们听见他悄悄说。

她温柔地回答了一声：“再见，伯特！”

“今天晚上这都是怎么啦？”迈克尔问道。

“今天晚上是我一生中最快乐的一个晚上！”拉克小姐听着手摇风琴声说，“我从来没有听到过这样美妙的音乐。它简直让我的脚动起来了！”

“那就让它们和我的一起动起来吧！”海军上将大声喊道。他把拉克小姐一把从她的院子门口拉过来，沿着胡同跳起了波尔卡舞。

“噢，海军上将！”他们听到她在他把她转过来转过去时大叫。

“可爱的鸽子，猫的眼睛！”特维太太咕咕叫着说。特维先生看上去非常尴尬，只好让她把自己抱着转来转去地跳舞。

“怎么回事……啊？”警察傻笑说，埃伦还没来得及擤鼻涕，他已经抱着她跳起舞来了。

一、二、三！一、二、三！响亮而甜美的音乐声从手摇风琴流淌出来。街灯一下子特别亮，胡同里闪烁着光和影。一、二、三，卡利科小姐的脚在特威格利先生身边自个儿跳起来。这曲子是那么欢快，简和迈克尔再也忍耐不住。他们冲出去，一、二、三，他们的脚在发出回声的路上吧嗒吧嗒跳起来。

“喂！这都是怎么回事？请遵守规则！公共场所不可以跳舞，现在走开，不要妨碍交通！”公园管理员照老规矩瞪大眼睛，一路走过胡同。

“可怜可怜我这跳豆吧！你正是我所要的人！”卡利科小姐叫道。公园管理员还不知道是怎么回事，她已经拉他跳起了

这复杂的舞蹈，他又是喘不过气来，又是目瞪口呆，又是转啊转啊。

“我们旋转吧，克拉拉！”威格先生叫着，和科里太太旋转着过去了。

“我一直和亨利八世[1]这样跳舞……噢，我们有过多么美好的日子啊！”她尖声叫道。“走开点，你们两个笨手笨脚的丫头！你们的脚别碰了人！”她换了一种口气对范妮和安妮说话，她们两个正跳得像一对叫人受不了的大象。

“我从来没有这样快活过！”拉克小姐兴奋的叫声响起。

“你该出海，我亲爱的露辛达！每个人到了大海上都快活！”他一边发疯地一路跳着波尔卡舞，一边大声喊道。

“我的确相信我会这样。”她回答说。

她的两只狗吓坏了，相互看看，希望她能改变主意。

当跳舞的人们转啊转啊转成一个圈的时候，暮色越来越暗了。圆圈中央站着玛丽阿姨，手里握着她那束花。她轻轻地摇着童车，她的脚跟着音乐打拍子。卖火柴的从人行道那儿看着她。

她站在那里笔直不动，微笑着，两眼从每一个人身上扫过去——拉克小姐和海军上将、一胖一瘦的特维夫妇、在两个圆盘上转着的挪亚方舟时候的人、抓住公园管理员的卡利科小姐、在威格先生怀里的科里太太、科里太太的两个大块头女儿……接着她的闪亮的目光落到两个孩子身上，他们正在大圆圈中旋转跳舞。她看了他们两个很久很久，看他们闪亮的入迷的脸，

[1] 亨利八世（1491—1547），英格兰国王。

看他们互相抱住的手臂。

忽然之间，他们好像感觉到落在他们身上的目光，一下子停下了舞步，大笑着向她跑过去，上气不接下气。

“玛丽阿姨！”他们两个贴紧着她大叫。可他们发现没话可说。只要叫她的名字就够了。

她抱住他们两个的肩头，看进他们的眼睛。这是一个长长的、深深的凝视，探索着什么，一直深入到他们的心底里，看到那里有什么，接着她微笑着，转过了身。她从童车里拿起她那把鹦鹉头雨伞，把安娜贝儿抱在怀里。

“我必须进去了，简和迈克尔！你们两个可以待会儿把双胞胎带进来。”

他们点点头，跳过舞气还没有平息下来。

“现在，你们要做乖孩子！”她平静地说，“记住所有我告诉你们的话。”

他们微笑着向她保证。他们想，这话说得多么滑稽啊，好像他们胆敢忘记似的！

她轻轻地揉揉双胞胎的发卷。她扣好迈克尔上衣脖子上的纽扣。她拉挺简的衣领。

“好，就现在，我们走吧！”她快活地对安娜贝儿叫了一声。

接着她走进花园门，轻松地抱着小婴孩、花束和鹦鹉伞。这个整洁端庄的身子走上台阶，走起来喜气洋洋，好像对自己满意得没话说。

“再见，玛丽·波平斯！”当她在前门那儿停了停时，所

有跳舞的人大叫。

她回过头看着他们，点点头。这时手摇风琴发出很响的甜美音乐声，她走了进去，前门关上了。

当音乐声停下的时候，简浑身发抖。也许是空气那么冷，让她感到孤单。

“我们等大家都走了再进去。”她说。

她转脸看周围那群跳舞的人。他们站在人行道上一动不动，像在等着什么，因为每张脸都抬起来看着 17 号。

“他们要看什么呢？”迈克尔向后面扭过头去说。

这时儿童室窗口一亮，一个黑影从窗子里掠过。孩子们知

道那是玛丽阿姨，她正在生傍晚的炉火。火焰很快就跳起来。它在窗玻璃上闪耀，照亮黑下来的花园。火焰越来越高，窗子被照得越来越亮。接着他们看到，儿童室反映在对面拉克小姐的边墙上。这儿童室的反影在花园上面高处亮着，看到它里面闪闪的炉火、壁炉台、旧扶手椅和……

“那扇门！那扇门！”胡同里的人群中响起一个上气不接下气的叫声。

什么门？简和迈克尔你看我我看你。忽然之间——他们知道了。

“噢，迈克尔！不是她那些朋友要离开！”简用痛苦的声音叫道，“是……噢，赶快，赶快！我们必须去找她！”

他们用发抖的手把双胞胎从人群中拉出来，拉着他们进院子门。他们直奔前门，奔上楼梯，冲进儿童室。

他们朝房间里一看，脸色一下子沉下来，因为里面的一切都和平时一样宁静。炉火在它的格栅后面劈劈啪啪响，安娜贝儿在她的小床上舒服地被塞好了毯子，正轻轻地打呼。他们早晨搭城堡的积木整齐地堆在角落。在它们旁边放着玛丽阿姨那宝贵的一盒多米诺骨牌。

“噢！”他们喘着气，惊奇地发现一切都是老样子，弄不明白怎么回事。

一切都是老样子吗？不对！少了一样东西。

“帆布床！”迈克尔叫道，“它没有了！那么……玛丽阿姨在哪里？”

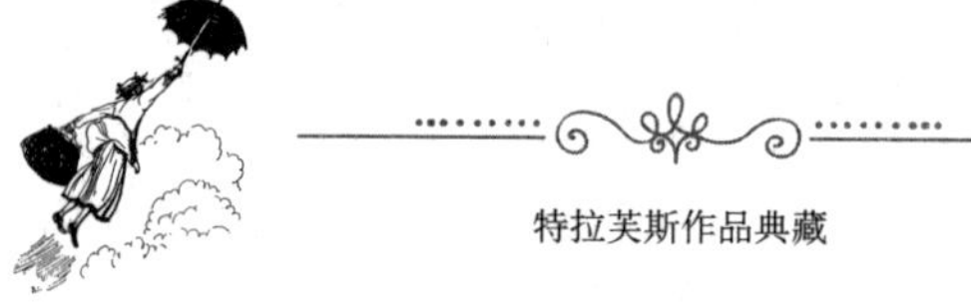

他走进浴室，他走到外面楼梯口，他再回到儿童室来。

“玛丽阿姨！玛丽阿姨！玛丽阿姨！”

这时候简从炉火抬头看到窗口，轻轻叫了一声。

“噢，迈克尔，迈克尔！她在那里！那里有另外一扇房门！”

迈克尔顺着简的手指看去，他的嘴巴张大了。

因为在那里，在窗子外面，反映出另一个儿童室。它从17号反映到对面拉克小姐的边墙上，真实儿童室里的一切都反映在那个明亮的房间里。那里有安娜贝儿那张闪亮的小床和光形成的桌子。那里有火焰蹿得高高的炉火。最后，那里有那另外一扇门，它和他们后面那扇房门一模一样。它在花园的另外一边，像块光的板那样闪耀。在它旁边站着他们自己的反影，而沿着虚幻的地板，一个人在踮起脚向它走去，那就是玛丽阿姨。她一只手拿着毯制手提包，另一只手的胳肢窝里夹着卖火柴的送的那束花和鹦鹉伞。她高视阔步地在反映出来的儿童室走过，在反映出来的那些闪亮的旧东西之间走过。她走时，那顶黑草帽上面的雏菊一点一点地颤动。

迈克尔很响地大叫一声，向那窗子冲过去。

“玛丽阿姨！”他叫道，“回来！请你回来！”

双胞胎在他后面开始呜呜哭。

“噢，玛丽阿姨，请你回到我们这里来吧！”简在窗口的座位上大叫。

可是玛丽阿姨不理睬。她轻快地向那扇在空气中闪现的房门大步走去。

“她这样走不到任何地方去的！”迈克尔说，“这样只会撞到拉克小姐的墙上。”

可就在他说话的时候，玛丽阿姨来到了那另一扇房门，把它敞开。孩子们惊奇得喘不过气来，因为他们本以为要看到挡住她的墙完全不见了。在玛丽阿姨笔挺的蓝色身影那边什么也没有，只有一片天空，一片黑夜。

“回来吧，玛丽阿姨！”他们两个异口同声地大叫，发出最后的绝望哀鸣。

玛丽阿姨好像听到他们的声音，停了一下，一只脚踏在门坎上。当她很快地回身看一下儿童室时，她衣领上的海星闪耀着。她朝四张看着她的伤心的脸微笑，挥动她手里的那束花。接着她猛地打开那把鹦鹉伞，走到外面的黑夜里去了。

雨伞摇晃了一会儿，在空中晃动时，火光把它照得通亮。接着，它好像自由了，觉得很高兴，猛地向上一蹿，飞上了天空。玛丽阿姨紧紧握住鹦鹉伞的柄，随着它飞过树顶，越飞越高。她一路飞的时候，手摇风琴奏起了音乐，像婚礼进行曲一样庄严洪亮。

回过头再看儿童室，熊熊的炉火微弱下来了，只剩下深红色的煤块。火焰消失，闪亮的另一个房间也随之消失。那里很快什么也看不见，看到的只有樱桃树随风晃动，还有拉克小姐家那光光的砖墙。

可是在屋顶上空，一个发亮的人影在上升，一分钟比一分钟高。它好像把炉火所有的火星和火焰积聚在自己身上，在寒

冷的黑暗天空中闪耀得像一个聚光点。

四个孩子靠在窗台座位上盯着它看。他们的手紧紧地捧住他们的脸，他们胸口里的心十分沉重。他们不打算解释这件事，因为他们知道，玛丽阿姨的事有许多是永远没有办法解释的。她从哪里来，没有人知道；她上哪里去，没有人猜得着。只有一件事他们可以断定——她遵守诺言。她和他们待在一起，一

直待到那扇门打开，然后她才离开他们。他们说不出他们是不是再能看到那个笔挺整洁的身影了。

迈克尔伸手去拿那盒多米诺骨牌。他把它放在窗台上，放在简的旁边。他们一起拿着它，看着那把雨伞飘过天空。

不久班克斯太太进来了。

“怎么……就你们几个坐在这里，我的小宝贝们？”她打开电灯叫起来。“玛丽阿姨上哪里去了？”她环顾房间问道。

“她走了，太太。”一个埋怨的声音说，布里尔太太在楼梯口出现。

班克斯太太脸上露出吓了一跳的表情。

“你这话是什么意思？”她不安地问道。

“是这样的。”布里尔太太回答说，“我正在听下面胡同里的手摇风琴，看到空的童车，卖火柴的把它推到门口。‘你好！’我说，‘玛丽·波平斯呢？’是他告诉我说，她又走了。她拍拍屁股就走掉了。连一张字条也没留在她的针垫上！”

“噢，我可怎么办啊？”班克斯太太一屁股坐在旧扶手椅上，哀声叫着。

“怎么办？你可以来和我一起跳舞啊！”班克斯先生叫道，他正飞奔上楼。

“噢，别说傻话了，乔治！出事情了。玛丽·波平斯又走掉了！”班克斯太太苦着脸。“乔治！乔治！请你听我说！”她求他说。

因为班克斯先生根本没把她的话往心里去。他拉起大衣的

两片燕尾，正在房间里团团转地跳起圆舞来。

“我不能！下面胡同里手摇风琴，正在奏《蓝色多瑙河》。嘣嚓嚓，嘣嚓嚓，嘣嚓嚓！”

他把班克斯太太从椅子上拉起来，抱着她团团转地跳圆舞，嘴里拼命地唱。最后他们双双无力地跌坐在窗口座位上，在看着他们的孩子们中间。

“不过，乔治……这可是件不得了的事！”班克斯太太半笑半哭地反对说，把她乱了的头发用发夹重新夹好。

“我看到了比这还要不得了得多的事！”他看着儿童室窗外说，“一颗流星！看着它！向它提出希望吧，孩子们！向流星提出希望会实现的！”

那光点子划过长空，在黑暗中劈开一条路。大家看着它，每人心中忽然感到甜丝丝的。下面胡同里的音乐停止了，跳舞的人全手拉着手站着，抬起了头看。

“我亲爱的！”班克斯先生抚摸着班克斯太太的脸温柔地说。他们相互拥抱，向那颗星星提出他们的希望。

简和迈克尔屏住了呼吸，他们心中那种甜丝丝的感觉已经溢出来了。他们提出的希望是一生都记住玛丽阿姨。什么地方，怎么回事，什么时候，为什么……这些跟他们都没关系。他们知道，一涉及她，这些问题是永远没有答案的。在他们头顶上飞过天空的那个亮光闪闪的人永远保守着她的秘密。可是在未来那些夏日和冬天的长夜，他们将记住玛丽阿姨，想到她跟他们说过的每句话。雨和太阳会使他们想到她，鸟兽和变换的季节也会使他们想到她。玛丽阿姨本人已经飞走了，可她带来的礼物将永远留下。

“我们永远不会忘记你，玛丽阿姨！”他们凝视着天空低声地说。

她光亮的身影在飞行中停了停，摇动了一下回答他们。接着黑暗用它的翅膀盖上她，把她藏了起来，他们再也看不见她了。

“它消失了！”班克斯先生看着没有星星的夜空，叹了口气。

接着他拉上窗帘，让大伙儿到炉火前面……

随风而来的玛丽阿姨
——走进孩童日常生活的精灵

彭　懿

是谁写了这本书

帕·林·特拉芙斯（1899—1996），出生于澳大利亚。父亲是爱尔兰血统，母亲是苏格兰血统，她在一个甘蔗种植园中长大。受父亲影响，她童年时代就对爱尔兰神话及传说感兴趣，热爱读童话。她八岁时，父亲突然去世。十三岁，她进了悉尼一家寄宿学校，在学校时曾经出演过莎士比亚的《仲夏夜之梦》。她后来当过演员，还写诗投稿，人生的志向渐渐地从演员转向了作家。二十五岁时，她怀抱着成为一名作家的梦想，独自一人到了英国。她给文艺杂志写稿，与爱尔兰诗人兼编辑的乔治·威廉·拉塞尔成为好友，并在诗人、“爱尔兰文艺复兴运动”领袖叶芝的指导下，对爱尔兰文学及古代凯尔特神话产生了新的

认识。

1964年，她的《随风而来的玛丽阿姨》被美国迪士尼公司改编成歌舞片《欢乐满人间》。真人与动画的巧妙搭配，再加上穿插其间的十几首悦耳动听的歌曲，使这部电影获得了五项奥斯卡大奖。

她一生未婚，以九十七岁的高龄去世。

先来认识一下书中的主要出场人物

班克斯先生

樱桃树胡同17号的男主人，在银行上班，整天就是坐在一张大桌子后面忙着数钞票和硬币。

班克斯太太

樱桃树胡同17号的女主人。

简

班克斯夫妇的大女儿。

迈克尔

班克斯夫妇的儿子，简的弟弟。

约翰和巴巴拉

班克斯夫妇的一对双胞胎，还是睡在婴儿床上的婴儿。

玛丽·波平斯阿姨

被风吹进班克斯家的保姆。她头发黑亮，人很瘦，大手大脚，有一双直盯着人看的蓝色小眼睛，孩子们说她“像个荷兰木偶”。她出门时，胳肢窝下总是夹着一把伞柄上有个鹦鹉头的伞。她从来不跟大家多说话。

在故事的尾声，当玛丽阿姨乘西风归去时，小主人公之一的迈克尔推开自己的妈妈，扑倒在地，伤心地大喊大叫："天底下我就要玛丽阿姨！"是的，玛丽·波平斯阿姨可能是天底下每一个孩子都梦寐以求的一位保姆了。即使是在今天，英国人登报纸寻找保姆时，第一句话很多时候也是："诚征玛丽·波平斯！"

玛丽·波平斯，一个长得像"荷兰木偶"、出门总是戴着手套、胳肢窝里夹着鹦鹉头伞柄的伞、不停吸鼻子的年轻的女子，到底是凭什么俘获了孩子们的心呢？

难道她不是一个凡人？

她是一个凡人，甚至可以说，她"凡"得都不能再"凡"了——古怪，爱发脾气，自大而又高傲，一点都不和蔼可亲。你看，她相貌平平，"很瘦，大手大脚，有一双直盯着人看的蓝色小眼睛"，却极度自恋，总以为自己是一个美人，"爱时髦，要给人看到她最漂亮的样子"。只要有镜子，不管是车窗还是橱窗，她一定要搔首弄姿地照上一番，因为"她觉得自己看起来这么可爱"，"她觉得从未见过有人这么漂亮"，照完了，还会忘情地赞美自己一句："瞧你多美！"可是对孩子们，她却连一点点耐心都没有，严厉不说，还整天一副气呼呼的样子，不苟言笑，回答问题不是爱搭不理，就是一顿冷嘲热讽："我怎么知道？我又不是百科全书！"

可她又不是一个凡人。你看，她不请自来那天，简和迈克

尔这两个孩子就发现事情有些蹊跷了（大人是看不见的）——先是东风狂吹，胡同里的樱桃树前后左右地摇晃，像发了疯，想连根从地上蹦起来似的。然后，一个女人的身影被风吹到了门口，她着地时，整座房子都摇动了。“多滑稽！这种事情我从没见过。”一个孩子说。接下来发生的事情更加让人匪夷所思，她竟两只手拿着手提袋，一下子很利索地坐上楼梯扶手滑上楼来。两个孩子傻掉了：“这种事从来没有过。滑下去的事常有，他们自己就常干，可滑上来的这种事从来没有过！”更让孩子吃惊的是，她从那个空空的、被她称为毯子（让人联想起神话中的魔毯）的手提袋里，像变魔术似的，拿出来一块肥皂、一把牙刷、一张折叠行军床……难怪两个孩子会觉得：这个玛丽·波平斯阿姨是一个怪人，樱桃树胡同17号出了了不得的大怪事。

家里突然出现了这样一个魔法人物一般的保姆，孩子们又怎么能不激动，不被她迷住呢？所以他们忍不住要问她：“玛丽阿姨，你永远不再离开我们了吧？”

而我们要问的是，作者帕·林·特拉芙斯是怎样创造出玛丽·波平斯这个儿童文学中独一无二的形象来的呢？说独一无二，是因为在过去的童书中，虽然魔法人物不胜枚举，但还没有出现过这样一个走进现代孩子的日常生活之中、既是凡人又不是凡人的人物形象。贝蒂纳·贺里曼在《欧洲童书三百年》里没有说错：玛丽·波平斯虽然拥有魔法，但她身上却没有民间故事里的人物所具备的那种属性。关于玛丽·波平斯，特拉

芙斯曾经在《自传素描》的结尾说过这样一句话："如果你要寻找自传的事实，玛丽·波平斯就是我自己生活的故事。"这话有点玄，但借用《随风而来的玛丽阿姨》里的一句话来说，就是"不管碰到的事怎么古怪，还是不要跟她争论好"。不过有一点是可以肯定的，当她还是一个孩子的时候，玛丽·波平斯这个人物就在她的脑海中闪现了，"像窗帘忽开忽合一样，萦绕我一生"。玛丽·波平斯不是她凭空幻想出来的，有原型，她童年时就有这样一位保姆，外出时总是带着一把鹦鹉头伞柄的伞，一回到家里，就会把一天的所见所闻讲给孩子们听，可一旦说到重要的地方，便会以接下来的话不适合孩子听为由，突然把话题中断。

对于小读者来说，玛丽·波平斯阿姨最大的吸引力还不是她的魔法，而是她的神秘。

她是会魔法——她可以从一个空无一物的手提袋里往外掏东西，可以让孩子飘浮在空中喝下午茶，可以跟狗说话，可以用一个指南针把孩子送到北极，可以往天上贴星星……可是这样的人物并不稀奇，童书里多的是。稀奇的是，她身上有太多的谜团，就像她自己总是拒绝回答孩子们的问题一样，作者从不交代，只是留下一个开放的文本任由我们来猜测。

比如，第一个疑问是玛丽阿姨从哪里来，又回到哪里去了。在《随风而来的玛丽阿姨》里只是说她乘东风而来，乘西风归去："她一个劲地飞呀飞，飞到云间，最后飘过山头，孩子们除了看见树木在猛烈的西风中弯曲哀鸣以外，什么也看不见了。"

而在系列的第二部《玛丽阿姨回来了》里，她是拉着一根风筝线从天而降，最后坐着旋转木马回到了天上，变成了一颗新的星星……这么说，她应该“曾离开天空下来，如今又回到天上去了”。可是，她似乎又没离开过地面，你看，她那一大群怪里怪气的亲戚和朋友不就住在我们的身边嘛：走进画里的画家、充满笑气悬在半空中的叔叔贾透法、卖姜饼的科里太太、表哥眼镜蛇……这就牵扯到了第二个疑问，她是谁？智者、动物之王眼镜蛇给出了一个非常抽象的答案，它说她就是孩子们，就是它自己，它的原话是这样说的：“鸟、兽、石头和星星……我们全都是一体，全都是一体……”“孩子和蛇，星星和石头全都是一体。”到了系列的第三部《玛丽阿姨打开虚幻的门》里，她又被说成“是变成真实的童话”。是不是越说越解释不清了？对，她从头到尾都是一个未解之谜。

作者根本就不想解释。换句话说，作者是故意把玛丽·波平斯写成一个迷雾重重的人物的。当然，她有她的追求，小峰和子在《大人英国儿童文学读本》中说特拉芙斯这样写，是因为“特拉芙斯从自己的童年经验中知道，越是不解释，反而越是能在神话带来的惊奇中培养想象力”。

如果我们一定要追问玛丽·波平斯到底是谁，马杰丽·费希尔或许说得再好不过了：“她就是一个精灵。”当然，她不是出没于另一个世界的精灵，而是一个走进现代孩童日常生活的精灵。内斯比特是这类被称为“日常魔法”式幻想小说的鼻祖，她的《五个孩子和一个怪物》里也有这样一个精灵，就是

那个来自远古，被现代的孩子们从沙坑里挖出来的沙妖。不过，它与玛丽·波平斯相比，就显得太小儿科了，变出来的魔法一到日落就消失不说，规模也小得多，还缺乏神秘感。玛丽·波平斯的魔法世界则要大多了，大到花鸟鱼虫，大到海底，大到壮阔的星空和浩瀚的宇宙。特拉芙斯曾以《只要连接》为题发表过一篇讲演，她说只要连接“已经与未知”“过去和现在”，就能把玛丽·波平斯呼唤出来。

孩子们喜欢玛丽·波平斯阿姨，是因为她改变了他们的生活，把他们引入了一个幻想的世界，带领他们去冒险。希拉·A.伊格在《故事之力：从中世纪到现代的幻想小说》一书中说：玛丽·波平斯虽然声称“各人有各人的童话世界”，但她的任务，就是推开那扇“虚幻的门”，把只拥有平凡想象力的普通的孩子送进门去。而且这种冒险是有限制的，就是绝对不允许自己擅自去冒险，冒险一结束，就要立刻回到井然有序的日常生活。书里的两个小主人公不可能擅自去冒险，因为他们找不到路，故事里没有类似魔法衣橱那样的通往另外一个世界的通道。实际上，这恰恰就是“玛丽·波平斯”系列一个最大的叙事特征。你看，玛丽·波平斯阿姨明明带着他们走进了一座普通的公寓，人浮在空中的奇迹就发生了；明明走在大街上，就来到了一家从未见过的古怪铺子门前……幻想世界与现实世界的边界被彻底地模糊掉了，所以《纽约时报》的一篇书评才会说：“当玛丽·波平斯出现在附近的时候，她身上的那股魔力，总是让读者分辨不出真实的世界在哪里渐渐地变成了幻想的世界。”

其实，如果你读完了故事，你就会发现其实玛丽·波平斯阿姨也不是整天气呼呼的，她爱孩子，还挺幽默。举个例子，每次发生了什么事情之后，她绝不承认，总是要掩盖一切，不是装糊涂地问你："你这话是什么意思？"就是瞪你一眼，"亏你想得出！"可那回从动物园回来，尽管她矢口否认，眼尖的孩子们还是发现了她腰间束着一根金蛇皮做的皮带，上面还写着"动物园敬赠"。这个小小破绽，显然是她故意和孩子们开的一个小小玩笑。

对于"玛丽·波平斯"系列，批评家们也有不少争议。反对的一派认为故事不连贯，玛丽阿姨运用起魔法来也有点随心所欲。支持的一派则认为，玛丽·波平斯成功的秘密，或许就在于这种魔法的随意性。而且从表面上看，一个个故事是独立的，但其实每一章都有各自的特征，如《随风而来的玛丽阿姨》的第二章"休假"像童话，第三章"笑气"像荒诞闹剧，第五章"跳舞的牛"像鹅妈妈童谣，第十一章"买东西过圣诞节"像神话……德博拉·科根·撒克与琼·韦布更是在《儿童文学导论：从浪漫主义到后现代主义》中指出：特拉芙斯的作品是一次现代主义的写作，尽管排斥直线叙述，这似乎缺乏连结，但文本并不是一连串的特别事件。文本有一个模式，使读者能在玛丽·波平斯的神秘世界里得到领悟。

这个系列，特拉芙斯一共写了八本。有一个十六岁的年轻人评论这些书"只能是一个疯子写的"，她把这句话当作赞美。她说，一个作家就是需要发狂，因为这就是她创作玛丽·波平

斯时的状态："不是我创造了玛丽·波平斯，而是玛丽·波平斯创造了我。"

在这个系列的最后一本《玛丽阿姨和隔壁房子》，当孩子们听到玛丽阿姨说"还是家最好"时，孩子们大胆地问她："那么你呢，玛丽阿姨？你的家在哪里——东还是西？你不在这里的时候，你上什么地方去呢？"她那双蓝色眼睛闪了一下，那个老样子的熟悉的神秘微笑对着他们急切的脸："不管在什么地方，那儿就是我的家！"

这个"什么地方"，至少有一个我们是可以找到的，它就是"特拉芙斯作品典藏"系列这套书。只要你一翻开它，一个气呼呼地吸鼻子的声音就会大声地责问我们道："请问，你这话是什么意思？"

（作者为儿童文学博士、儿童文学作家及研究者）

特拉芙斯作品典藏

玛丽阿姨回来了

[英] 帕·林·特拉芙斯 著

任溶溶 译

明天出版社

图书在版编目（CIP）数据

玛丽阿姨回来了 /（英）帕·林·特拉芙斯著；任溶溶译.—济南：明天出版社，2018.3（2023.2重印）
（特拉芙斯作品典藏）
ISBN 978-7-5332-9644-5

Ⅰ.①玛… Ⅱ.①帕… ②任… Ⅲ.①儿童小说－长篇小说－英国－现代 Ⅳ.①I561.84

中国版本图书馆CIP数据核字(2018)第030644号

特拉芙斯作品典藏
玛丽阿姨回来了
[英]帕·林·特拉芙斯/著
任溶溶/译

出 版 人　李文波
策划组稿　傅大伟
责任编辑　于　跃
美术编辑　赵孟利
出版发行　山东出版传媒股份有限公司
　　　　　明天出版社
　　　　　山东省济南市市中区万寿路19号　邮编：250003
　　　　　http：//www.sdpress.com.cn　http：//www.tomorrowpub.com
经　　销　新华书店
印　　刷　肥城新华印刷有限公司
版　　次　2018年3月第1版
印　　次　2023年2月第7次印刷
规　　格　148毫米×205毫米　32开
印　　张　8.125　150千字
I S B N　978-7-5332-9644-5
定　　价　23.00元

山东省著作权合同登记号：图字 15-2016-228 号

Mary Poppins Comes Back

目录

第一章 风 筝

这天早晨样样看上去都整洁明亮，就像整个世界在头天晚上都被打扫干净了。

樱桃树胡同家家户户的百叶窗一拉上去，窗玻璃就闪烁发光。街旁的樱桃树让太阳光照着，淡淡的树影投在地上，像一道道黑色的条纹。到处一片寂静，只有卖冰淇淋的推着车子走来走去，铃铛丁零丁零地响。车子前面有个牌子，上面写着：

出售冰淇淋

这时候一个扫烟囱的拐到胡同口，举起他扫烟囱弄黑的手

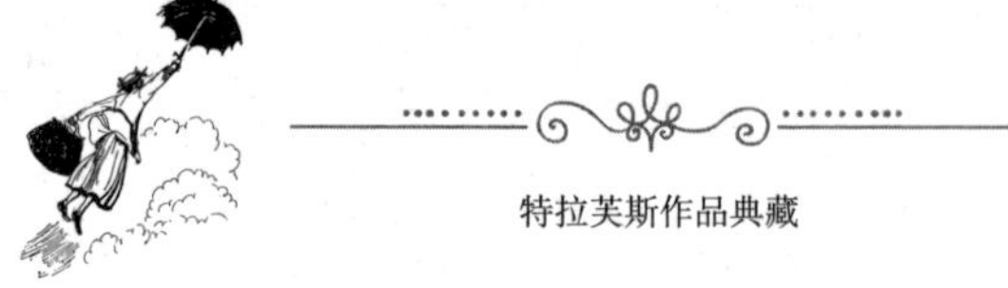

招呼卖冰淇淋的。

卖冰淇淋的推着车子丁零丁零地朝他走去。

“买一便士[1]的。”扫烟囱的说。他靠在他那捆长刷子上，就站在那儿用舌尖舔起蛋卷冰淇淋来。冰淇淋舔光以后，他把蛋卷轻轻地包在手帕里，放进了口袋。

“你不吃蛋卷吗？”卖冰淇淋的觉得很奇怪。

“不，我收集它们！”扫烟囱的说着，拿起那捆刷子走进了布姆海军上将的院子正门。因为他家没有边门，谁都从正门进出。

卖冰淇淋的又推着车子丁零丁零地在胡同里一路走去，一道一道树影和阳光落在他的身上。

“从来没有这样安静过！”他咕咕哝哝着，东张西望地寻找顾客。

就在这时候，17 号门里传来扯大嗓门的嚷嚷声。卖冰淇淋的赶紧推车拐弯到 17 号门口，希望有人来买冰淇淋。

“我受不了了！我再也受不了了！”班克斯先生一面叫，一面气呼呼地在门口和楼梯口之间大步地走来走去。

“出什么事啦？”班克斯太太连忙从饭厅里出来，着急地问，“你干吗在门廊里咚咚咚咚地来回走个不停啊？”

班克斯先生把脚猛地一踢，一样黑乎乎的东西飞到了楼梯中央。

“我的帽子！”他咬牙切齿地说，“我最好的圆顶大礼帽！”

他跑上楼梯，又把帽子踢下来。帽子在花砖地上旋转了两圈，

[1] 便士是英国的辅币。

落到班克斯太太的脚边。

“它出什么毛病了吗？”班克斯太太紧张地问。可她心里却在担心是不是班克斯先生出什么毛病了。

“你自己看吧！”他对她咆哮说。

班克斯太太哆哆嗦嗦地弯下腰去捡起帽子。帽子上布满了一大摊一大摊黏糊糊亮晶晶的东西，还有一股怪味儿。

她凑在帽子边上闻了闻。

“像是鞋油味儿。”班克斯太太说。

“是鞋油！”班克斯先生顶撞她，“罗伯逊·艾用鞋油刷了我的帽子……一点儿不错，用鞋油刷了。”

班克斯太太吓得张大了嘴。

“我真不知道这个家成了什么样子。”班克斯先生往下说，“没有一件事情对头……都不知道多少日子了！刮胡子的水太烫，早餐咖啡太凉。现在又出了这档子事！”

他从班克斯太太手里把帽子一把抢过来，抓起了皮包。

“我走了！”他说，“我说不准还回来不回来，或许我坐船出远门，走得老远老远的。”

接着他把帽子扣在头上走出去，把前门砰的一声带上，匆匆忙忙走出院子大门，卖冰淇淋的正在外面听得出神，被他一头撞倒在地。

“都怪你自己！”班克斯先生生气地说，“你不该在这儿挡着道！”他大踏步进城，那顶擦了鞋油的帽子在阳光下像宝石一样闪闪发光。

卖冰淇淋的小心翼翼地站起来，看看没有伤了筋骨，然后就坐在人行道边上，决心痛痛快快地吃它一顿冰淇淋……

“噢，天哪！”班克斯太太听见院子门砰地关上以后，叫了一声，“一点儿不错，这些日子什么也不对头，事情一桩又一桩。自从玛丽·波平斯不说一声就走了以后，什么事情都没对头过。”

她坐在楼梯脚，掏出手帕捂着脸哭起来。

她一面哭，一面想着玛丽阿姨忽然莫名其妙地走了以后发生的一件又一件事情。

“在这里过了一夜，第二天就走……最伤脑筋了！”班克斯太太呜咽着说。

玛丽阿姨走后不久来了保姆格琳，可她一个星期后就走了，因为迈克尔对她吐口水。接着来了保姆布朗，她出去散步，然后一去不返。不久后他们就发现，家里所有的银勺子也和她一块失踪了。

保姆布朗走了之后来了管家奎莉小姐，但最后只好也请她走，因为每天吃早饭前她要在钢琴上练三小时指法，这声音班克斯太太可受不了。

“后来嘛，”班克斯太太用手帕捂着脸抽抽搭搭地哭，“简出了麻疹，浴室的热水锅炉爆了，樱桃树遭了霜冻……”

“对不起，太太……”

班克斯太太听到声音抬起头来，见烧饭的布里尔太太正站在她身旁。

“厨房的烟道着火了。”布里尔太太阴着脸说。

“噢，天哪。真不知道还要出什么乱子呢！”班克斯太太叫起来，“你快叫罗伯逊·艾去把火灭掉。他在哪儿？”

“睡了，太太，在放扫帚的柜子里睡了。那家伙只要一睡，哪怕是地震，哪怕是叫一个团的士兵来敲鼓也弄不醒他。”布里尔太太跟着班克斯太太下楼到厨房，一路走一路说。

她们两个总算把火扑灭了，可班克斯太太的苦难还没完呢。

她刚吃完中饭，就听见楼梯上乒乓一声有什么打碎了，紧接着又是很响的砰的一声。

“这回不知又出什么乱子了。”班克斯太太急忙冲出去看。

“噢，我的腿，我的腿！”女仆埃伦叫道。

她坐在楼梯上大声呻吟，身边都是打破的瓷器片。

“腿怎么啦？”班克斯太太急忙问。

“断了。”埃伦靠在楼梯栏杆上，垂头丧气地说。

“没事的，埃伦，只是扭伤了脚踝骨。”

可埃伦又呻吟起来。

“我的腿断了！我怎么办呢？”她叫了又叫。

正在这时候，儿童室里传来双胞胎刺耳的哇哇叫声。他们为了抢一只蓝色的赛璐珞鸭子打了起来。他们的尖叫声盖过了简和迈克尔的争吵声。简和迈克尔在墙上画画，正哇啦哇啦地争论绿色的马该用紫色的还是红色的尾巴。在这片吵嚷声中夹杂着埃伦的哼哼声：“我的腿断了。我怎么办呢？”仿佛是有板有眼的擂鼓声。

“又来一桩，这不是要我的命吗？”班克斯太太奔上楼梯，把埃伦扶到床上去，用凉水浸湿了一条绷带，包住了她的脚踝骨。接着班克斯太太来到了儿童室。

简和迈克尔向她扑过来。

“它该有一条红尾巴，对吗？”迈克尔问。

“噢，妈妈，别让他说傻话。马没有红尾巴的，对吗？”

“请问什么马有紫色尾巴？你说！”迈克尔尖声大叫。

“我的鸭子！”约翰抢过巴

巴拉手里的鸭子，哇哇地嚷。

“是我的是我的是我的！”巴巴拉又抢回来，也哇哇地叫。

“孩子们！孩子们！”班克斯太太一点儿办法也没有，绝望地绞着她的双手，“别闹了，我都要疯了！”

几个孩子居然一下子安静下来，好奇地看着她。他们都在纳闷：“她真会疯吗？她疯了是个什么样子？”

“好了，”班克斯太太说，“我不要你们这样吵吵闹闹的。可怜的埃伦伤了脚踝骨，没人来照料你们了。你们给我上公园去，一直玩到吃茶点再回来。简和迈克尔，你们得照管好弟弟妹妹。约翰，你现在先把鸭子给巴巴拉，上床的时候再给你。迈克尔，你可以把你的风筝带去。好，你们都戴上帽子吧！”

“可我想画完我的马……”迈克尔不高兴地说。

“我们干吗要上公园去？”简抱怨说，“在那儿没事可干。”

“因为我需要安静。”班克斯太太说，“你们要是乖乖地上公园，做个好孩子，回头喝茶时我给你们吃椰子蛋糕。”

他们还没来得及大声欢呼，她已经给他们戴上帽子，赶他们下楼了。

“你们过马路的时候留神往两边瞧瞧！”班克斯太太在后面大声嘱咐道。这时简推着双胞胎的摇篮车，迈克尔带着风筝，正要走出院子大门。

他们先往右看，没车过来。

他们再往左看，除了卖冰淇淋的在胡同口摇着铃铛，一个人也没有。

简赶紧过去。迈克尔紧跟着她。

“我不喜欢这样过日子，”他可怜巴巴地对风筝说，“样样都老是不对头。”

简把摇篮车一直推到湖边。

“好，”她说，“把鸭子给我。”

双胞胎哇哇直叫，一人抓着一头儿，抢着鸭子。简掰开了他们的手指头。

“瞧！”她说着把鸭子扔进湖里，“瞧，小宝贝，鸭子要游到印度去啦！”

鸭子在水上漂着。双胞胎看着它，抽抽搭搭地哭。

简绕着湖跑，捡起它，又放到水里去。

“好，”她兴高采烈地说，“它这回动身上南安普敦去了。”

双胞胎并不觉得好玩。

“现在上纽约了！”可双胞胎哭得更厉害了。

简摊开双手：“迈克尔，我们拿他们怎么办呢？把鸭子给他们，他们要抢；不给他们，他们又哭个没完。”

“我放风筝给他们看。”迈克尔说，“瞧，孩子们，瞧！”

他举起颜色有黄有绿的美丽风筝，开始放线。双胞胎眼泪汪汪地看着它，毫无兴趣。迈克尔把风筝举过头，跑了一段路。它在空中飘了一阵，接着咔嚓一声落到草地上了。

“再来一次！”简鼓励他。

“你举着它，我来跑。”迈克尔说。

这回风筝飞得高了些，可它飞呀飞的，飘动时长尾巴让椴

树的树枝挂住了。风筝在树叶间晃动。

双胞胎起劲地哇哇叫。

“噢，天哪！”简说，“现在真没有一样东西对头。”

“喂喂喂！怎么回事？”他们后面有人说话。

他们回头一看，是公园的看守人，他穿着制服，戴着有帽檐的帽子，样子十分神气。他正用头很尖的手杖戳起地上的废纸。

简指指椴树。看守人抬头一看，把脸一板。

“得，得，你们违反公园规定！我们这儿不许乱丢废纸，懂吗？不管是丢到地上还是丢到树上，绝对不可以！”

“这可不是废纸，这是风筝。”迈克尔说。

看守人脸上顿时露出傻乎乎的温和表情，他走到椴树那儿。

“风筝？真的？我小时候倒放过，长大以后再也没放过了！” 他爬到树上，把风筝轻轻夹在胳肢窝里又爬了下来。

“来，”他劲头十足地说，“咱们把线拉紧，跑起来，风筝就上去了！”他伸出手要去拿线轴。

迈克尔紧紧抓住它。

“谢谢，可我想自己放。”

“那好，不过你可以让我帮点儿忙吧？”看守人可怜巴巴地说，“是我把它拿下来的，再说我只在小时候放过风筝，长大以后还没放过一次呢。”

“好吧。”迈克尔说。因为他不希望别人觉得他小气。

“噢，谢谢，谢谢你了！”看守人感激不尽地大叫，“好，我拿着风筝朝草地走十步，我一说‘放’，你就跑，懂吗？”

看守人大声地数着步子，朝草地走去。

“八、九、十。”

他转过身来把风筝举在头顶：“放！”

迈克尔跑起来。

“放线！”看守人大叫。

迈克尔只听见后面一阵很轻的噼噼啪啪声，手里的线轴转动着，他只感到线绷得很紧。

“飞起来了！”看守人叫道。

迈克尔回过头去看。风筝正在不断地上升，越升越高，黄黄绿绿的小纸片直上蓝天。看守人瞪大了眼睛。

“我从没见过这样漂亮的风筝，连小时候也没见过。”他抬头望着天空咕哝着。

一抹淡云从太阳那边飘来，掠过天空。

“一朵云在向风筝飘来。”简激动地低声说道。

风筝晃动着尾巴向上直升，升啊升啊，直到在天空中成了个灰点子。云彩慢慢地向它飘来，越来越近，越来越近！

“不见了！”迈克尔说，这时小点子已经消失在淡淡的灰色的天幕后面。

简轻轻叹了口气。双胞胎在摇篮车里安静地坐着。他们全都一动不动。绷紧的线从迈克尔手里直往上去，好像把大家跟云彩连起来，把大地同天空连起来。他们屏着气等风筝重新出现。

简忽然忍不住了。

“迈克尔，”她叫道，“把它拉回来！拉回来吧！”

她把手搭在绷得紧紧的、有些微微颤动的线上。

迈克尔倒着转线轴，用力地收线。线依然紧绷，一点儿也收不下来。他继续喘着气拉线。

“收不下来，”他说，“风筝不肯下来。”

“我来帮你！”简说，“好，拉吧！”

可尽管他们拼命地拉，线却依然一动不动，风筝还是在云彩后面。

“让我来！”看守人神气活现地说，“我小时候是这么干的。”

他把手放在简的手上面，狠狠一拉，线好像被拉下来一点儿了。

“好……一起来……拉！”他叫道。

看守人扔下帽子，脚撑在草地上。简和迈克尔都在拼命地拉。

“下来了！”迈克尔喘着粗气说。

线一下子松了，那转动的点子蹿出灰色的云朵飘荡下来。

“快收线！”看守人看着迈克尔，唾沫飞溅地大叫。

可线轴已经在自动倒转了。

风筝在空中打转，拼命地跳动，越飞越低。

简有点儿透不过气来。

“出什么事了？”她叫道，“那不是咱们的风筝，样子完全不同！”

大家看着它——风筝。

简说得一点儿不错。这风筝不再是黄黄绿绿的，变成了藏青色。它蹦蹦跳跳地落下来了。

迈克尔忽然叫了起来。

“简！简！根本不是风筝，它好像是……噢，它好像是……”

“收线，迈克尔，快收线！”简喘不过气来，“我等不及了！”

这时他们朝高高的树梢望去，线头上究竟牵着的是什么，已经可以看得清清楚楚了。黄黄绿绿的风筝已经无影无踪，换上了一个古怪的熟悉身影在那儿飘动。那人穿一件带银扣的蓝色大衣，戴一顶草帽，上面有一圈雏菊花环，胳肢窝里夹着一把伞，伞柄是个鹦鹉头。那人一只手提着一个晃晃悠悠的毛毡旅行包，一只手紧紧抓住越来越短的线。

“哎呀！”简高兴地欢呼，“是她！”

“我看到了！”迈克尔也在叫，拿线轴的手哆哆嗦嗦。

“哎哟！”看守人惊讶地看着说，“哎哟！”

那古怪的人继续往下飘，脚轻轻地掠过树梢。现在看清那张脸了——乌黑的头发、发亮的蓝眼睛、荷兰木

偶式的翘鼻子。最后那点儿线在线轴上自动卷完，那个人端端正正地降落到椴树之间的草地上。

迈克尔一下子扔掉线轴，扑了过去，简跟在后面。

“玛丽阿姨！玛丽阿姨！”他们叫着扑到她身上。

后面的双胞胎像早晨的公鸡一样伸长脖子喊叫，看守人的嘴一张一合，像是想说什么又找不出话来。

“到底回来了！到底回来了！”迈克尔拼命叫着，抓她的手，抓她的包，抓她的伞，有什么抓什么，仿佛非要摸一摸才能弄清楚这的的确确是她似的。

“我们知道你会回来的！信上不是写着 au revoir [1] 吗！”简叫着拦腰抱住她蓝色的大衣。

玛丽阿姨脸上掠过一丝满意的微笑。这微笑从嘴巴浮上翘鼻子，再飘进蓝眼睛，很快就消失了。

“谢谢你们还记得我。”她说着挣脱他们的手，“这儿是公园，可不是狗熊动物园，这样我倒像在动物园里了。我说，你们的手套呢？”

他们退后几步去翻口袋。

“好！请把它们戴上！”

简和迈克尔又激动又高兴，哆哆嗦嗦地把手伸进手套，戴上帽子。

玛丽阿姨走到摇篮车旁边，把车上的带子束紧，把毯子拉平。双胞胎欢天喜地，发出轻轻的咕叽声。接着她向周围看了一圈。

[1] 法语：再见。

“是谁把鸭子放到湖里的？”她用他们十分熟悉的严厉高傲的声音问。

“是我。”简说，“替双胞胎放的，它要上纽约去。”

“那你把它拿上来！”玛丽阿姨说，“它不上纽约去，它只能回家吃茶点。”

她说着把毛毡旅行包挂在摇篮车的车把上，推着双胞胎向公园大门走去。

公园看守人忽然恢复了说话能力，拦住她。

“好，”他看着她说，“这件事我得报告上去，像这样从天上下来是违反规定的。你是打哪儿来的？请问你是打哪儿来的？”

他住了口，因为玛丽阿姨把他上上下下打量着，使他恨不得找条缝钻到地里去。

“如果我是个公园看守人，”她一本正经地说，“我就戴好帽子，扣好衣服了。劳驾让开。”

她高傲地挥挥手，让他靠边站，然后推着摇篮车走了过去。

看守人满脸通红，弯腰捡起帽子。等他重新抬起头，玛丽阿姨和孩子们已经进了樱桃树胡同17号的院子门，不见了。

他朝公园小路看，抬头朝天上看，又低头朝小路看。

他摘下帽子，搔搔头，又戴上。

“这种事我没见过，”他疑惑地说，“小时候也没见过。”

他叽叽咕咕地走开了，垂头丧气。

“哎呀，是玛丽·波平斯！”他们一进门厅，班克斯太太就叫起来，“你从哪儿来的？从天上下来的吗？”

“一点儿不错。”迈克尔兴高采烈地说，“她抓住风筝线头——”

他一下子住了口，因为玛丽阿姨在狠狠地盯住他看。

“我在公园里看到了他们，太太，”她向班克斯太太转过脸来说，“就把他们带回家来了！”

“你不走吧？”

“暂时不走，太太。”

“不过，玛丽·波平斯，你上回不打一声招呼就走了，我怎么知道你不会再这样做呢？”

“你不会知道的，太太。”玛丽阿姨沉着地回答。

班克斯太太看起来十分吃惊。

“不过……不过你想你还会这样做吗？”她没把握地问。

“我没法说，太太，这一点我可以肯定。”

“噢！”班克斯太太只回答了这一声，因为这时候她想不出别的话来。

她还在惊讶当中，玛丽阿姨已经拿起她的毛毡旅行包，催孩子们上楼了。

班克斯太太在后面看着，听见儿童室的房门轻轻关上。她心里一块石头落了地，叹了口气，跑到电话旁边。

“玛丽·波平斯回来了！”她对着电话听筒高兴地说。

“是吗？真的？”班克斯先生在另一头说，“那我说不定也回来。”

他挂上了电话。

玛丽阿姨在楼上脱下大衣，挂在门后面，接着她脱下帽子，端端正正地挂在一根床柱上。

简和迈克尔看着这些熟悉的动作——她每件事都做得跟从前一样一板一眼，他们很难相信她离开过这里。

玛丽阿姨弯腰打开毛毡旅行包。

里面空空的，只有一个大体温计。

“拿这玩意儿干什么？”简好奇地问道。

“给你量体温。”玛丽阿姨说。

“可我没病。”简抗议说，“我出麻疹是两个月以前的事了。”

“张开！”玛丽阿姨说话的声音使简赶紧闭上眼睛，张开嘴巴。体温计塞了进去。

“我要知道我走了以后你乖不乖。”玛丽阿姨板起脸说。

接着她拿出体温计，对着光看。

“粗心大意，没头脑，不整洁。”她像念着体温计上的字似的说。

简看着她。

“好！”玛丽阿姨说着把体温计塞进迈克尔的嘴。他紧闭着嘴叼住体温计，直到她拿出来看。

“吵吵闹闹，淘气惹事，叫人头疼。”

“我不是这样的。”他生气地说。

作为回答，她把体温计一直举到他的眼睛前面，让他把上面的红色大字念出来：

“吵吵闹闹……”

“对吗？”玛丽阿姨得意地看着他。她让约翰张开嘴，把体温计塞进去。

“爱发脾气。”这是约翰的体温。

把巴巴拉的体温计拿出来时，玛丽阿姨读出几个字：“完全宠坏了。”

“哼！我回来得正是时候！”

接着她很快地把体温计塞进自己嘴里，过了一会儿拿出来。

“人品出众，为人可敬，做事可靠。”

她把她的体温读出来，快活自豪的微笑使她的脸亮堂起来。

“我正是这么想的。”她得意地说，“好，吃了茶点上床吧！”

他们觉得好像还不到一分钟，就已经喝过牛奶，吃好椰子蛋糕，还轮流在浴室里洗了澡。玛丽阿姨做事照例快如闪电。领钩解开了，扣子一下子离开扣眼儿，海绵和肥皂像闪电一样上上下下，毛巾一拧就干。

玛丽阿姨顺着排成一排的几张床走，给他们塞好被子。她那浆过的白围裙窸窸窣窣地响，身上有一股刚出炉的面包的气味，很好闻。

她来到迈克尔床边，弯腰在床底下找了一会儿，小心翼翼地拉出她的行军床，她的东西整整齐齐地摆在床上，有一块日光牌肥皂、一把牙刷、一盒发夹、一瓶香水、一把小折椅、一

盒润喉糖，还有七件法兰绒睡衣、四件布睡衣、一双皮鞋、一副多米诺骨牌、两顶浴帽和一个明信片本子。

简和迈克尔坐起来看着。

“这些东西打哪儿来的？”迈克尔问，“我钻到床底下都有几百次了，我知道那里从来没有过这些东西。”

玛丽阿姨没回答，她开始脱衣服。

简和迈克尔对视了一下，他们知道问也没用，玛丽阿姨是从来不回答问题的。

她脱下她浆得硬硬的白领，摸找着项链的接口。

“那里面是什么？”迈克尔看着她挂在项链下面的小金盒问。

“一幅画像。”玛丽阿姨回答。

“谁的画像？”

“到时候会知道，没到时候别问。”她厉声说。

“什么时间才到时候呢？”

“到我走的时候。”

他们用惊讶的目光看着她。

“不过玛丽阿姨，”简叫道，“你不会再离开我们了，对吗？噢，你说你不会吧！”

玛丽阿姨看看她。

“一直跟你们在一起，”她说，“我可就有好日子过了！”

“可你会待下来的吧？”简焦急地问个不停。

玛丽阿姨把那个小金盒放在手心里上下掂动着。

“我待到项链断了为止。”她简单地说了一声。

她把一件布睡袍披在头上，开始在它下面脱衣服。

“那没事，”迈克尔向那边床上的简悄悄说，“我留神看过那项链了，它结实得很。”

他向简十拿九稳地点点头。他们蜷缩在床上，躺着看玛丽阿姨在她那个睡袍的帐篷底下神秘地动着。他们想起她第一次到樱桃树胡同的情景，以及后来那些使人惊讶的怪事，想起风向变了时她怎样撑着伞被风刮走，想起她走后漫长的烦恼日子，以及她今天下午怎样奇迹般地从天而降。

迈克尔忽然想起一件事。

“我的风筝！”他说着在床上坐起来，“我把它全给忘了！我的风筝在哪儿呢？”

玛丽阿姨的头伸出睡袍。

“风筝？”她不高兴地说，“哪一只风筝？什么风筝？”

“我那只黄黄绿绿的风筝，有尾巴的，就是你驾着下来的那一只，你挂在它的线头上。”

玛丽阿姨看着迈克尔。他说不出她是生气还是惊讶，看来两样都有些。

她说话的声音比她的样子更凶。

“我不懂你在说什么……”玛丽阿姨咬着牙慢慢地重复他的话，“你说我从什么地方下来？挂在线头上？”

“可你是这么下来的嘛！”迈克尔声音发抖，“就今天，打云彩后面，我们亲眼看见的。”

“挂在线头上？像猴子、陀螺什么的？你这是说我吗，迈

克尔？”

玛丽阿姨气得块头像比平时大了一倍。她穿着睡袍，像个巨人一样俯身在迈克尔上方，气呼呼地等着他回答。

他抓住床单，当作防御工具。

“别说了，迈克尔！”简从她那边床上悄悄关照他。可他没法住口。

“那我的风筝上哪儿去了？”迈克尔顾不上礼貌，猛地说了出来，“要是你没像我说的那样……下来……我的风筝上哪儿去了呢？它不在线头上了。”

“哈哈，我想你是说风筝变成了我吧？”玛丽阿姨嘲笑着问。

迈克尔看到说下去也是白说，他没法解释，只好认输。

“不不，”他用很轻很细的声音说，“不是的，玛丽阿姨。”

她转身关了电灯。

“我走了以后你在礼貌上没什么进步！”她尖刻地说，“在线头上？真是的！我一辈子没遭过这样的侮辱，没有过！

她狠狠地挥挥手，掀开床铺跳上去，用毯子连头蒙上。

迈克尔静静地躺着，仍旧紧紧抓住床单不放。

“不过她是这样下来的，不是吗？我们亲眼看见的。”过了一会儿他对简悄悄地说。

简没回答，只是指指儿童室的门。

迈克尔小心地抬起头。

门后衣钩上挂着玛丽阿姨的大衣，银扣子在夜色中闪亮，可是从口袋里拖出一束黄黄绿绿的纸条，那正是风筝的尾巴。

他们盯住它看了好一阵。

接着他们互相点点头，知道没话可说，因为玛丽阿姨有他们永远搞不清的秘密。可她回来了，这才是最要紧的。

行军床上传来她均匀的呼吸声。他们感到平静、快活、满意。

“简，有条紫色马尾巴也行，我没意见。”过一会儿迈克尔喊喊喳喳地说。

“不，迈克尔，”简说，“我的确认为红尾巴好得多。”

接着儿童室静下来，只听见五个人平稳的呼吸声……

“扑哧扑哧扑哧！”班克斯先生吸烟斗。

“咔嚓咔嚓！”班克斯太太打毛线。

班克斯先生把脚放到书房壁炉上，打了一会儿鼾。

过了一会儿，班克斯太太开口了。

“你还想坐船去长途旅行吗？”她问。

“这个……我想不会去。我是个蹩脚水手。现在我的帽子也对头了，我用鞋油把它整个儿擦了一通，看着像新的，甚至比新的还要好。再说玛丽·波平斯已经回来，我刮胡子的水又能够不冷不热的正好了。”

班克斯太太暗暗微笑，继续打她的毛线。

她很高兴班克斯先生是个蹩脚水手，很高兴玛丽·波平斯又回来了。

楼下厨房里，布里尔太太在给埃伦的脚踝骨换绷带。

“玛丽·波平斯原先在这儿的时候，我不大想到她！”布

里尔太太说，“可我得说，今天下午她回来以后，这房子全变样了，像星期日一样安静，像个九便士银币一样整洁光亮。她回来我一点儿也不懊恼。”

“我也不懊恼，这是真话！”埃伦谢天谢地地说。

“我也不懊恼。”罗伯逊·艾在扫帚柜里听她们说话，心里想，“现在我可以安静一会儿了。”

他把煤锹翻了个个儿，在上面坐舒服，头靠在扫帚上又睡着了。

至于玛丽阿姨怎么想，谁也不知道，因为她把她的想法藏在心里，从来不对别人说。

第二章 安德鲁小姐的云雀

这是星期六下午。

在樱桃树胡同 17 号的门厅里，班克斯先生正忙着看晴雨表，告诉班克斯太太天气会怎样。

“南风，局部打雷，海面有小浪，”他说，“天气趋势不明。喂喂……怎么啦？”

他一下住了口，只听得头顶上乒乒乓乓、轰轰隆隆的声音。

楼梯拐弯的地方出现了迈克尔，正气呼呼地砰砰砰走下来。在他后面，玛丽阿姨一手一个牵着双胞胎下楼，还用膝盖顶迈克尔的背部，让他砰啊砰的一级一级地下楼梯。简拿着几个人的帽子跟在后头。

“开头顺利，事成一半。请你下去吧！”玛丽阿姨尖刻地说。

班克斯先生把目光从晴雨表上移开来看他们。

“你怎么啦？”他问迈克尔。

“我不要出去散步！我要玩新买的火车头！”迈克尔说，但是马上哽住了，因为玛丽阿姨的膝盖又顶着他下了一级楼梯。

“胡说，小宝贝！”班克斯太太说，“你当然要去散步，散步会使腿长得又长又结实。”

“可我最爱短腿。”迈克尔咕噜了一声，脚步很重地又下了一级楼梯。

“我小时候爱出去散步。”班克斯先生说，“我每天总是跟我的家庭女教师走到第二根电线杆再回来，从来不叽里咕噜地抱怨。”

迈克尔一动不动地站在楼梯上，看看爸爸，一脸不相信的样子。

“你也小过？”他很惊讶地说。

他爸爸好像挺伤心。

“我当然小过。我是个满头黄色鬈发的乖孩子，领子有花边，穿天鹅绒的马裤，也穿扣得紧紧的靴子。”

“我简直不敢相信。”迈克尔说着，很快地自己主动下楼，眼睛看着他爸爸。

“你的家庭教师叫什么名字？”简跟着迈克尔跑下楼，问道，“她人好吗？”

“她叫安德鲁小姐，是个凶神！”

“嘘！”班克斯太太责怪他说。

“我是说……”班克斯先生改了口，“她……这个……非常严厉。她总是对的，老爱说别人不对，让他们觉得自己是可怜虫。安德鲁小姐就是这么个人！”

班克斯先生想起他的家庭教师，不由得擦拭了一下额头。

丁零零！

门铃响起来，整座房子里回荡着回声。

班克斯先生把门打开，台阶上站着一个一本正经地送电报的孩子。

“急电，给班克斯先生。有回电吗？”他递上一个橘黄色的信封。

“要是消息好，我就给你六个便士。”班克斯先生说着打开电报读起来，他的脸一下子发青了。

“没回电。”他说了一声。

“也没六个便士？”

“当然没有！”班克斯先生狠狠地说。送电报的孩子用责怪的眼光看了看他，失望地走了。

“噢，什么事？”班克斯太太知道消息一定不好，问他说，“谁病了吗？”

“比这更糟。”班克斯先生悲哀地说。

“咱们的钱全完了吗？”这时候班克斯太太的脸也发青了，十分焦急。

“比这还要糟！晴雨表不是说打雷吗？不是说天气趋势不

明吗？你听着！”

他抹平电报，念出声来：

上你家住一个月。今天下午三点到达。卧室请生火。

尤菲米娅·安德鲁

“安德鲁？跟你的家庭教师同姓！”简说。

“正是我的家庭教师。”班克斯先生说着迈起大步走来走去，紧张不安地用手去抓为数不多的几根头发，“她的名字叫尤菲米娅，今天下午三点要到这儿来了！”

他大声地叹气。

“可依我说，这不能说是个不好的消息。”班克斯太太松了口气说，“自然得收拾好一个空房间，不过我没意见，我很喜欢让这位老人家——”

“老人家！”班克斯先生咆哮如雷，“你不知道你在说什么。老人家……我的老天爷，你等着看看她吧，就等着看看她吧！”

他抓起帽子和雨衣。

“可是，亲爱的！”班克斯太太叫起来，“你得在家等她呀，你走掉太没礼貌了！你上哪儿去？”

“随便上哪儿，你告诉她我死了！”他狠狠地回答，急急忙忙地离开家，一副心烦意乱、毫无办法的样子。

“天哪，迈克尔，她是个什么样子的人呢？”简说。

“样样想知道，人就容易老。”玛丽阿姨说，“请把帽子

戴上！”

她把双胞胎放进摇篮车，顺着花园小路推去。简和迈克尔跟在她后面，走到外面胡同里。

“今天咱们上哪儿啊，玛丽阿姨？”

“穿过公园，顺着39路公共汽车路线，走商业街，过桥，通过铁路拱门回家！”她一口气说。

“这么走可得走一整夜了。”迈克尔跟简落在后面，他轻声对简说，“咱们要看不到安德鲁小姐了。”

“她要待一个月呢。”简提醒他。

“可我要欢迎她到达。”迈克尔怨气冲天地在人行道上磨磨蹭蹭地走，用脚蹭着人行道。

“请好好地一步一步走。”玛丽阿姨尖刻地说，“我像跟两只蜗牛在走路！”

等到他们赶上她，她却让他们在一家炸鱼铺外面等了整整五分钟，她在橱窗玻璃上照来照去。

她穿着粉红色点子的白衬衫，看着自己从一堆堆炸鳕鱼那儿反射出来的影子，满脸高兴。她把大衣往两旁稍稍拉开，让衬衫多露出一点儿，她觉得自己还没见过这样漂亮的人，连尾巴炸得弯过来塞到嘴里的炸鱼也瞪圆了羡慕的眼睛看着她。

玛丽阿姨对自己的影子得意地点点头，又动身急急忙忙地走起来。这会儿他们过了商业街，正在过桥。他们很快就到了铁路拱门，简和迈克尔起劲地在摇篮车前头蹦蹦跳跳，一直跑到樱桃树胡同的胡同口。

“一辆小汽车到了，”迈克尔兴奋地叫，“准是安德鲁小姐坐的车。”

他们一动不动地站在胡同口等玛丽阿姨，同时等着看安德鲁小姐。

出租汽车顺着胡同慢慢地开到17号院子门口，马达停下来后还轧轧地响了一阵子。这一点儿也不奇怪，因为从车轮到车顶都重重地压着行李。车顶是行李，车后面是行李，车两边还是行李，连汽车都要看不见了。

手提箱和篮子半在车窗里半在车窗外，一些帽盒捆在踏板上，两个大手提袋塞在司机座位那儿。

司机从手提袋底下钻出来，小心翼翼地爬出车子，就像从一个陡峭的山坡上下来一样，然后他打开车门。

一个鞋盒落下来，接着是一个棕色大纸包，接着是捆在一起的一把伞和一根手杖，最后，一个小秤从行李架上落下来，把司机打倒在地。

“小心点儿！小心点儿！”一个吹喇叭似的大嗓门在汽车里面叫起来，“这是贵重行李！”

“我是贵重司机！”司机反驳了她一句，支撑着身子站起来，搓着脚踝骨，“这一点你好像忘了，对吗？”

“让开！请让开！我出来了！”大嗓门又叫。

这时候汽车踏板上出现了孩子们有生以来见过的最大的脚，随后出来了安德鲁小姐的其余部分。

一件很大的皮领大衣裹着她的身子，一顶男式毛皮帽戴在她的头上，帽子上垂下灰色的长面纱。

孩子们沿着篱笆小心地爬过去，好奇地看着那个大块头，看她的尖鼻子、严厉的嘴巴，以及透过眼镜怒气冲冲地看人的小眼睛。一听她跟司机争吵，他们的耳朵差点儿都给她的声音震聋了。

“四镑三便士！”她说，“荒唐！花这些钱我可以兜过半个地球了！我不付！而且我要报告警察！”

出租汽车司机耸耸肩。“这是规定的价格。”他镇静地说，“你识字的话，可以念念计程表上的数。开出租汽车可不是寻开心，这你也知

道，何况有那么多行李。”

安德鲁小姐哼了一声，把手伸进大口袋，掏出一个很小的钱包。她给他一个硬币。司机看看它，在手上转来转去，还以为这是一件古董，接着他粗鲁地哈哈大笑。

“这是给司机的小费吗？”他讽刺说。

“当然不是，这是给你的车钱，我不赞成给小费。”安德鲁小姐说。

“你也不会给的。”司机看着她说。

他自言自语地说：“行李多得可以装满一个公园，还不赞成给小费……真是个刻薄鬼！”

可是安德鲁小姐没听见他的话。孩子们已经走到院子门口了，她回过身来招呼他们，脚在人行道上转了个圈，面纱飘到一边去了。

“嗯？”她淡淡地微笑着，声音粗哑地说，“我想你们不知道我是谁吧？”

“噢，我们知道！”迈克尔用最友好的声音说，因为他很高兴见到安德鲁小姐，“你是凶神！”

安德鲁小姐一下子从脖子到脸都变成了紫色。

“你这孩子粗鲁无礼极了。我要告诉你爸爸！”

迈克尔很奇怪。“我并不想粗鲁，”他说，“这是爸爸他——”

“住口！不许跟我顶嘴！”安德鲁小姐说着，向简转过脸来。“我想你是简吧？嗯，简不简我都无所谓。”

“你好！”简有礼貌地说，可心里暗想，什么尤菲米娅不

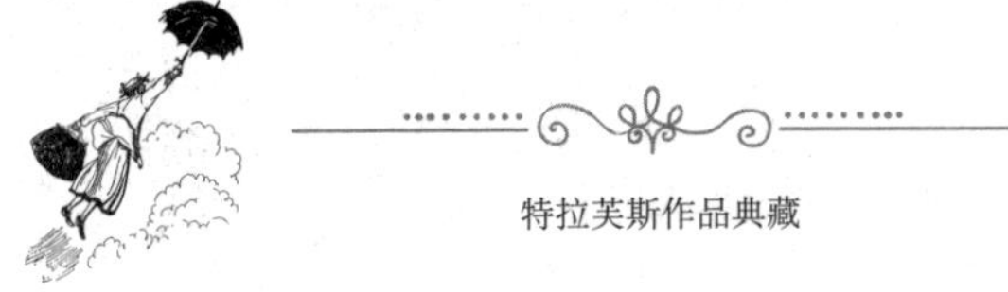

尤菲米娅她也无所谓。

“衣服太短了，”安德鲁小姐吹喇叭似的说，“而且该穿长袜子！我小时候，小姑娘都不这么光着腿的。我要告诉你妈妈。”

“我不爱穿长袜子。”简说，“冬天我才穿。”

“不许没礼貌，小孩在大人面前不许随便说话！”安德鲁小姐说。

她向摇篮车弯下腰来，用她的大手捏捏双胞胎的脸蛋算是打招呼。

约翰和巴巴拉哭起来。

“哼！什么态度！”安德鲁小姐说，“该给他们硫黄和糖浆！”她说着向玛丽阿姨转过脸来，“没教养的孩子才这么哭。硫黄和糖浆还得多给，别忘了！”

“谢谢，小姐。”玛丽阿姨冷冰冰但有礼貌地说，“可我用我的办法带孩子，不听别人的。”

安德鲁小姐看着她，好像不相信自己的耳朵。

玛丽阿姨沉着地、毫不害怕地回看她。

“姑娘！”安德鲁小姐凑近她说，“你忘掉你的身份了，你怎么敢这样回答我！我要采取措施让你离开这个家！记住我的话吧！”

她推开院子门，大踏步地在花园小路上走，凶巴巴地晃动着用布盖住的一个圆东西，不断说着：“哼哼！”

班克斯太太跑出来迎接她。

“欢迎你，安德鲁小姐，欢迎你！”她客气地说，“你来看我们，真是太感谢了！真是喜出望外！我希望你一路上很顺利。”

“不顺利到极点了，我一向最讨厌出门。”安德鲁小姐说。她气呼呼地把花园好好看了一圈。

“乱七八糟！”她厌恶地说，“听我的话，把那些东西都挖掉吧……”她指着向日葵，“种上冬青树麻烦会少得多。又省时间又省钱，看着也整齐。干脆没花园，就是一个水泥地的院子更好。”

“不过我最爱花！”班克斯太太温和地说。

“荒唐可笑！胡说八道！你是个傻女人，你的孩子们也非常粗鲁没礼貌……特别是这男孩。”

“噢，迈克尔……我真吃惊！你对安德鲁小姐粗鲁没礼貌了吗？你得马上道歉。”班克斯太太一下子又激动又惊慌失措。

“不，妈妈，我没有，我不过——”他正要解释，安德鲁小姐的大嗓门打断了他的话。

“他最气人。”她坚持说，“他必须马上进寄宿学校。这小姑娘也得有位家庭教师，我亲自给你们挑。这个你用来照顾他们的黄毛丫头，”她朝玛丽阿姨那边点点头，“你必须马上辞退她，她既没礼貌又没用，完全靠不住。”

班克斯太太简直吓坏了。

“噢，你一定弄错了，安德鲁小姐，我们觉得她是个宝。”

“你懂什么，我是从来不会错的。辞退她！”

安德鲁小姐顺着小路往前走。

班克斯太太紧紧跟着她，既担心又难过。

“我……我希望我们能使你过得舒服，安德鲁小姐！”她客气地说。可她开始怀疑是不是办得到。

“哼，不像个家。”安德鲁小姐说，“样子多怕人，油漆剥落，破烂得不行，你得叫个木匠来。这些台阶都是什么时候粉刷的？脏成这样。”

班克斯太太咬着嘴唇。安德鲁小姐把她这个舒适可爱的家说成这样破破烂烂、丑陋不堪，她觉得很不高兴。

“我明天叫人都给修好。”她温顺地说。

“为什么今天不修？”安德鲁小姐吩咐说，“要抓紧时间。你的门干吗漆成白色的？门该漆深咖啡色，既便宜又耐脏。你看那些斑斑点点！”

她放下手里那个圆东西，用手去指前门上的斑痕。

“瞧！瞧！瞧！到处都是！脏极了！”

“我这就办。”班克斯太太胆小地说，“你不马上上楼到你的房间去吗？”

安德鲁小姐跟着她进门厅。

“我希望里面生好了火。”

“噢，当然，生得很旺。请这边走，安德鲁小姐，罗伯逊·艾会给你把行李搬上去的。”

“好，吩咐他小心点儿。箱子里都是药瓶，我得保护我的身体！”安德鲁小姐向楼梯走，同时把门厅环顾了一下。

“这墙得修了，我会跟乔治说的。我倒要问问，他为什么

不在这儿迎接我？真没规矩。我看他的脾气还没改！”

安德鲁小姐跟着班克斯太太上楼，声音轻了一些。孩子们远远听见妈妈温和的声音，不管安德鲁小姐说什么，她都温顺地答应。

迈克尔向简回过头去。

“乔治是谁？”他问。

“是爸爸。”

“可他叫班克斯先生。”

“对，不过他的名字叫乔治。”

迈克尔叹了口气。

“一个月够长的，对吗，简？”

“对，四个礼拜多一点儿。”简说。她觉得跟安德鲁小姐过一个月会像过一年那样长。

迈克尔靠近她。

“我说……”他开始着急地跟她咬耳朵，“她不会真让他们把玛丽阿姨辞退吧？”

“我想不会。可这位安德鲁小姐实在古怪，爸爸刚才气走了，我一点儿也不觉得奇怪。”

“古怪！”

这一声在他们背后响起来，像是爆炸声。

他们回过头来，发现玛丽阿姨正用厌恶的目光看着安德鲁小姐的背影。

“古怪！”她用力吸了吸鼻子，又说了一遍，“她不仅古

怪。哼！说我不会带孩子？说我没礼貌，没用处，根本靠不住？你们看吧！”

简和迈克尔一向听惯了玛丽阿姨吓唬他们的口气，可今天她的声音里有一点儿他们从来没听到过的东西。他们一声不响地看着她，不知道会发生什么事。

忽然传来一个半是叹气半是吹口哨的细小声音。

“那是什么声音？”简马上说。

那声音又响了，这回更响了一点儿。玛丽阿姨侧着头听。

又是轻轻的一声，像是从门口台阶那儿传来的。

“啊！”玛丽阿姨得意地大叫，“我早该想到了！”

她忽然跳到安德鲁小姐留下来的圆东西那儿，揭开罩布。

这是个铜鸟笼，非常干净，闪闪发光。一只淡棕色的小鸟蹲在栖木上，夹着翅膀缩成一团。下午的阳光照到它头上，它眨眨眼睛。接着它睁开圆圆的黑眼睛严肃地看着周围。它的目光落到玛丽阿姨身上，认出了她，于是张开嘴，轻轻发出悲哀的啾啾声。这样悲哀的声音，简和迈克尔还从来没听到过。

“她，真的？嘘……你别说了！”玛丽阿姨同情地点点头说。

“啾啾啾！”小鸟垂头丧气地耸耸翅膀说。

“什么？两年？关在这笼子里？她真不害臊！”玛丽阿姨对鸟说，脸都气红了。

孩子们瞪大眼睛看着。小鸟的话他们听不懂，可玛丽阿姨好像都懂，跟它一问一答，彼此心领神会。

“它说什么——”迈克尔正开口要问。

“嘘！”简捏捏他的胳膊叫他别出声。

他们一声不响地看着小鸟。现在它顺着栖木向玛丽阿姨跳过来一点儿，用很轻的疑问口气唱了一两声。

玛丽阿姨点点头：“当然，我知道那田野。她是在那儿把你捉住的吗？”

小鸟点点头。接着它很快很尖地接连唱了几声，听着像提出了个问题。

玛丽阿姨想了一阵。“嗯，”她说，“那不太远，一个钟头你就可以飞到了。从这儿往南飞。”

小鸟看上去高兴极了。它在栖木上跳了一阵，起劲地拍拍翅膀。接着它又唱了，唱出了一连串圆润清脆的音符，同时用恳求的目光看着玛丽阿姨。

她转脸小心地看楼上。

“问我干不干？你想我会不干？你听见她叫我黄毛丫头了吗？她竟然这么叫我！”玛丽阿姨厌恶地吸了吸鼻子。

小鸟哈哈大笑似的抖动肩头。

玛丽阿姨弯下腰。

“你要干什么，玛丽阿姨？”迈克尔再也忍不住了，叫起来，“这是什么鸟？”

“云雀。”玛丽阿姨回答了一声，转动笼子小门的把手，“竟把云雀关在笼子里，你们这是第一次看见……也是最后一次看见了。”

她说着打开笼子门。云雀拍拍翅膀，尖叫着冲出来，停在

玛丽阿姨的肩头上。

“嗯！”她转过脸说，“这样好多了吧？”

“啾啾啾！”云雀点头同意。

“好，你最好现在就走。”玛丽阿姨关照它，“她马上就回来。”

云雀一听，唱出流水似的歌，用翅膀轻轻地拍拍她，鞠了一个躬又鞠一个躬。

“好了好了！”玛丽阿姨声音粗哑地说，“不用谢我，我很高兴这样做。我不能看着一只云雀给关在笼子里，再说，你听见她叫我什么了！”

云雀仰起头，扇动它的翅膀。它好像在开怀大笑，接着侧着头倾听。

“噢，我全给忘了！”楼上传来吹喇叭似的声音，“我把卡鲁索忘在外面了，忘在那些肮脏的台阶上了，我得去把它带上来。”

楼梯上响起了安德鲁小姐沉重的脚步声。

“什么？”她叫着回答班克斯太太一句什么问话，“噢，它是我的云雀，我的云雀卡鲁索！我叫它这个名字，因为它一直是个漂亮的歌唱家，像歌唱家卡鲁索[1]一样。什么？不，它现在一声也不唱了，我在田野里捉到它，把它关在笼子里以后就不唱了。我也想不出为什么。”

她的声音越来越近，越来越响。

“当然不！”她回答班克斯太太的话，“我自己去拿，那

[1] 恩里科·卡鲁索（Enrico Caruso，1873—1921），意大利著名男高音歌唱家。

些鲁莽孩子我一个也不相信。你这些楼梯栏杆得擦擦了，马上就得擦。”

轰隆轰隆，安德鲁小姐的脚步声响遍整个门厅。

“她来了！”玛丽阿姨低声说，“你飞吧！”她推推小鸟的肩膀。

“快飞！”迈克尔着急地叫。

“噢，快一点儿！”简说。

双胞胎挥他们的手。

云雀很快地把头一低，用嘴拔下翅膀上的一根羽毛。

“啾啾啾啾！”它一面唱着，一面把这根羽毛插到玛丽阿姨帽子的缎带上，接着张开翅膀，飞到天上去了。

就在这时，安德鲁小姐走到了门口。

“什么？”她一见简、迈克尔和双胞胎就大叫，“还没上床？这可不行。所有有教养的孩子……”她很凶地看着玛丽阿姨，“应该在五点钟上床。我一定告诉你们的爸爸。”

她向四周看看。

“现在让我想想，我在哪儿放下我的——”她一下子住了口。揭开了罩布、开着门的鸟笼就在她脚边，她低头看着它，像不相信自己的眼睛。

“为什么？什么时候？什么地方？什么东西？什么人？”她唾沫四溅地说，接着扯着嗓子叫。

“什么人把罩布揭开了？”她的声音像打雷，孩子们听了直哆嗦。

“什么人打开了鸟笼门？”

没人回答。

“我的云雀在什么地方？”

安德鲁小姐朝一个个孩子看，还是没人回答。最后她狠狠的目光落在玛丽阿姨身上。

“是你干的好事！”她用一个粗手指头指着她大叫，“我一看你的样子就知道！好大胆！我要叫你今天晚上就离开这个家……连包带箱子！你这个粗鲁没礼貌、毫无用处的——”

“啾啾啾！”

空中传来很轻的尖锐笑声，安德鲁小姐抬起头去看，云雀就在向日葵上空轻轻地摆动着它的翅膀。

“啊，卡鲁索……你在那里！”安德鲁小姐叫道，“快回来，别叫我等着。回到你干净漂亮的笼子里来吧，卡鲁索，好让我关上笼子门！”

可云雀停在空中，一阵阵地笑，仰着头，拼命拍翅膀。

安德鲁小姐弯腰捡起鸟笼，高高举在头顶上。

“卡鲁索……听见没有？马上回来！”她向它挥动鸟笼，命令它说。可它在鸟笼上面掠过，擦到了玛丽阿姨的帽子。

“啾啾啾！”它飞过时说。

“好。”玛丽阿姨点头回答。

“卡鲁索，听见没有？”安德鲁小姐叫道，可这会儿她像打雷一样的声音有点儿泄气了。她放下笼子，打算用手去捉云雀。可云雀一下闪开，从她头上飞过去，展开翅膀，向上飞得更高。

一连串的鸟鸣声向玛丽阿姨飘下来。

“准备好了！”玛丽阿姨喊了一声。

于是怪事发生了。

玛丽阿姨盯住安德鲁小姐，安德鲁小姐一下子被这双黑眼睛奇怪地镇住了，一动也不动，双腿开始哆嗦。她咽下一口气，向前歪歪倒倒，接着突然像箭似的向鸟笼直冲过去。也不知是安德鲁小姐变小了还是鸟笼变大了，反正简和迈克尔搞不清楚，只知道笼子的门轻轻地咔嗒一声关上，把安德鲁小姐关在笼子里了。

“噢噢噢！”她拼命叫着，这时云雀掠下来，一把抓住了笼子的吊环。

“我怎么啦？我这是上哪儿去呀？”安德鲁小姐哇哇大叫，鸟笼上天了。

“我在里面挤得动也不能动，连气也透不过来了！”她拼命大叫。

“小鸟刚才也是这样的！”玛丽阿姨沉着地说。

安德鲁小姐摇笼子栏杆。

“开门！快开门！让我出去！让我出去！”

“哼！不可能。”玛丽阿姨低声嘲笑她说。

云雀一个劲地飞，越飞越高，一边飞一边唱歌。装着安德鲁小姐的沉重鸟笼在它爪子下面吓人地晃来晃去。

在清脆的云雀歌声中听得见安德鲁小姐敲着铜栏杆大叫：“我是有教养的！我是永远正确的！我是从来不会错的！我不

该有这样的下场！”

玛丽阿姨古怪地、静静地笑笑。

云雀现在看起来很小了，可它依旧在盘旋上升，得意地高声欢唱。鸟笼和安德鲁小姐依旧跟着它，拼命地打转，像遇到风浪的船那样摇来晃去。

“让我出去！我说让我出去！”安德鲁小姐的尖叫声传下来。

云雀忽然改变方向。它转向一边时歌声停了一会儿，接着歌声又响起来了，又狂放又清脆，同时云雀晃动着爪子下面的笼子吊环，向南方飞去。

“它飞走了！”玛丽阿姨说。

“上哪儿？”简和迈克尔嚷嚷着问。

“回家……回草原去。”她抬头望天回答说。

“可它已经把鸟笼扔掉了！”迈克尔瞪大眼睛看着说。

他眼力好，这时鸟笼的确翻着跟头飞也似的落下来。他们清楚地看到鸟笼翻着跟头掉下来，安德鲁小姐一会儿

头朝下，一会儿脚朝下。鸟笼像石头那样重，越来越低，越来越低，最后扑通一下落在最高的那层台阶上。

安德鲁小姐狠狠地打开鸟笼门走出来，简和迈克尔觉得她跟原先一样高大，不过比原先更凶了。

安德鲁小姐站在那里半天说不出话来，喘着粗气，脸也比原先更紫。

“好大胆！”她轻轻地说，同时用发抖的手指指着玛丽阿姨。简和迈克尔看到她的眼睛不再气呼呼和看不起人，而是充满了恐惧。

“你……你……”安德鲁小姐哑着嗓子结结巴巴地说，“你这残忍、没礼貌、没心肝、任性的坏丫头……你怎么能这样，你怎么能这样？”

玛丽阿姨盯住她，用半闭着的眼睛回敬似的看了她半天。

“你说我不会带孩子。”玛丽阿姨一个字一个字慢慢地说。

安德鲁小姐缩起身子，吓得浑身发抖。

“我……我向你道歉。”她哽咽着说。

“你说我没礼貌，没用处，根本靠不住。”那毫不宽容的平静声音说。

安德鲁小姐给盯得直哆嗦。

“我错了，我错了。我……我很抱歉。”她口吃着说。

“你说我是个黄毛丫头！”玛丽阿姨无情地说下去。

“我收回这句话。”安德鲁小姐直喘粗气，“我收回所有的话，只要放我走，我没有别的请求了。”她垂下双手，用恳求的目

光看着玛丽阿姨。

“我不能留在这里。”她轻轻地说，“不能不能！不能留在这里！求求你放我走！”

玛丽阿姨动着脑筋，看了她半天，接着手一挥。“走吧！”她说。

安德鲁小姐松了一口气：“噢，谢谢你！谢谢你！”她只管看着玛丽阿姨，摇摇晃晃地倒退着下了台阶，转过身子，一脚高一脚低地在花园小路上走开了。

出租汽车司机刚才一直在卸行李，这时发动车子正要走。

安德鲁小姐举起一只哆嗦着的手。

“等一等！”她有气无力地叫道，“等等我，要是你马上带我走，我给你十先令。”

司机瞪大眼睛看着她。

“说话算数！”她赶紧说，“瞧，”她拼命掏她的口袋，“钱在这里，拿去吧……快开车！”

安德鲁小姐跌跌撞撞地进了汽车，倒在座位上，人都瘫了。

仍然在目瞪口呆的司机看着她，然后关上了车门。

接着他动手把行李重新装车。罗伯逊·艾正横躺在一堆箱子上呼呼大睡，可司机没工夫叫醒他，只是把他推落在小路上，自己把箱子装上车。

“看来这老小姐吓昏了！我从来没见过有人这样叫车的，从来没见过！”他开车走的时候咕噜着说。

可司机不知道她是怎样给吓昏的，就算他活 100 岁也猜不

出来……

“安德鲁小姐呢？”班克斯太太赶到门口来找她。

“走了。”迈克尔说。

“你说什么……走了？”班克斯太太摸不着头脑。

“她不要待在这儿。”简说。

班克斯太太皱起眉头。

“这是怎么回事，玛丽·波平斯？”她问。

“我没法说，太太，真的。”玛丽阿姨平静地说，好像对这件事毫无兴趣。她低头看看她的新衬衫，抹抹平。

班克斯太太从这个人看到那个人，摇摇头。

“多奇怪！我真不明白。”

正在这时候花园门打开了，很轻地咔嗒一声又关上了，班克斯先生踮起脚尖从小路上过来。大家向他转过脸去的时候，他正犹豫不决，紧张地等在那里。

“怎么样，她来了吗？”他着急地悄悄说。

“来了又走了。”班克斯太太说。

“走了？你是说……真走了？那位安德鲁小姐？”

班克斯太太点点头。

“噢，我太高兴了，太高兴了！”班克斯先生叫着，双手抓住雨衣下摆，在小路当中跳起舞来。可他忽然停住了。

“可是，怎么走的？什么时候走的？为什么走了？”他问。

“就这会儿坐出租汽车走了。我想是因为孩子们对她粗暴

吧，她向我告他们的状，我简直想不出来还有什么原因。你想得出来吗，玛丽·波平斯？”

“我也想不出来，太太。”玛丽阿姨说着，小心地掸掉衬衫上的一点儿灰。

班克斯先生带着遗憾的样子向简和迈克尔转过脸来。

“你们对安德鲁小姐粗暴吗？对我的家庭教师，对那位亲爱的老人家？我替你们两个害臊，害臊极了。”他严肃地说，可眼睛里露着笑意。

“我是个天下最不幸的人。”他说着把手插进口袋，“我天天做牛做马把你们好好养大，可你们怎样报答我呢？对安德鲁小姐粗暴！真不害臊！真残酷！我不知道我还能不能原谅你们，不过……”他说着从口袋里拿出两个六便士硬币，庄严地给他们一人一个，“不过我会尽我所能忘掉它！”

班克斯先生微笑着转过脸。

“嘿！”他被鸟笼绊了一下，说，“这是哪来的？这鸟笼是谁的？”

简、迈克尔和玛丽阿姨都不作声。

“好吧，没关系。”班克斯先生说，“它现在归我了，我把它放在花园里让我的香豌豆在上面攀藤。”

班克斯先生拎着鸟笼走了，高兴得吹起了口哨……

“很好。”玛丽阿姨跟着孩子们进了儿童室，认真地说，“我得说，你们对你们爸爸的客人这么粗暴很不错。”

“可我们没粗暴。”迈克尔抗议说，“我只说了一声她是个凶神，是爸爸自己这样叫她的。”

“她一到就这样打发她走，你们说这不是粗暴吗？”玛丽阿姨问道。

“那可不是我们。”简说，“是你——”

“我对你们爸爸的客人粗暴了？”玛丽阿姨用手撑住腰，狠狠地盯住简，“你敢站在那里对我说这样的话？”

“不不不！你不是粗暴，你是……”

“我当然不认为我粗暴。”玛丽阿姨说着脱下帽子和围裙，“我是有教养的！”她吸吸鼻子，开始给双胞胎脱衣服。

迈克尔叹了口气，他知道跟玛丽阿姨争没用。

他看看简。简把她那个六便士硬币在手里转来转去。

“迈克尔，”她说，“我一直在想一件事。”

“什么事？”

“爸爸给咱们这个，是因为他以为安德鲁小姐是咱们给打发走的。”

“不错。”

“可咱们没打发她走，打发她走的是玛丽阿姨！”

迈克尔拖着他的脚走。

“那么你想……”他说了一声，心里很别扭，只希望她想的不是他想的那个意思。

“是的，我是这么想。”简点点头说。

“不过……不过我这钱想自己花。”

“我也想，不过那是不公道的，钱应该是她的。”

迈克尔想了半天，接着叹了口气。

“好吧。”他懊恼地说着，从口袋里掏出他那枚六便士硬币。

他们一起走到玛丽阿姨面前。

简递上那两个硬币。

“给你！”她气也透不过来地说，“我们想它们该归你。”

玛丽阿姨接过两个硬币，在手掌上翻来覆去，接着她的目光遇上了他们的目光。他们只觉得她一直看到了他们心里，看出了他们在想什么。她站在那里半天不动，看透了他们的心事。

“嗯……”她最后说了一声，把钱滑进她的围裙口袋，“积少可以成多。”

“我希望你会发现它们很有用。”迈克尔心疼地看着她的口袋。

“我希望我会。”她尖刻地应了一声，开浴室水龙头去了……

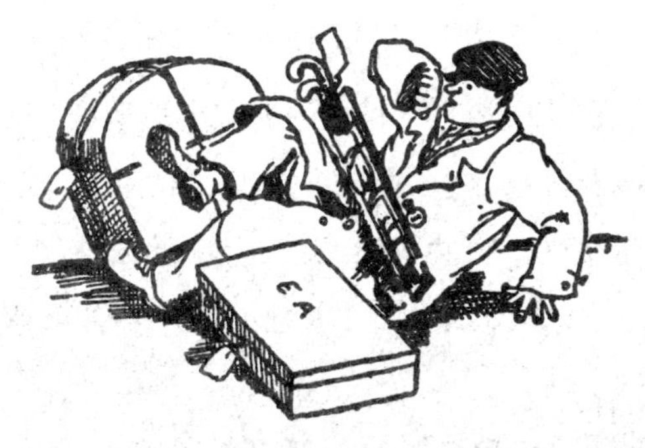

第三章 倒霉的星期三

嘀嗒！嘀嗒！

儿童室挂钟的钟摆左右摆动，像老太太在点头。

嘀嗒！嘀嗒！

接着挂钟停止嘀嗒，开始咕咕呻吟，先是很轻，接着响起来，好像很痛苦。它咕咕呻吟的时候拼命地晃动，整个壁炉架都震动了。空的酸果酱瓶又跳又颤抖。约翰留在那里过夜的头发刷子刷毛朝下跳着舞。班克斯太太的卡罗琳姨婆圣诞节送她的皇家道尔顿瓷盆滑到一边，瓷盆上画的三个扮马玩的孩子于是脚朝天了。

就在挂钟好像要爆炸时，它却开始敲响。

一！二！三！四！五！六！七！

敲到最后一下，简醒了。

太阳光打窗帘缝透进来，落在她的被子上，像一道道金线。简坐起来把儿童室看了一圈。迈克尔的床上一点儿声音也没有。小床上的双胞胎吮着他们的大拇指，用力地呼吸着。

“只有我一个醒着。”简很高兴地说，“全世界的人都睡着，只有我一个醒着。我自个儿在床上可以爱怎么想就怎么想。”

她用双膝撑着下巴，蜷着身子，像在鸟窠里一样。

“现在我是一只鸡！”简自言自语地说，“我刚生下七个可爱的白色小蛋，我坐在这里张开翅膀捂着它们在孵蛋。咯咯！咯咯！”

她在学母鸡孵小鸡时的叫声。

“过很长一段时间，就算半个钟头吧，就会有很轻的嘟嘟声，蛋壳裂开了。接着跳出来七只小鸡，三只黄色的，两只棕色的，两只——”

“该起床了！”

玛丽阿姨忽然不知打哪儿站出来，把被子从简的肩头上掀开。

“噢，不，不！”简抱怨着把被子拉回来。

她很生玛丽阿姨的气，因为她这样冲进来，把一切都毁了。

“我不要起来！”简说着把脸埋在枕头上。

“什么？真的？”玛丽阿姨平静地说，好像根本不理她的话，干脆把被子从床上拉走，简只好站在地上。

“噢，天哪！”简咕噜着，“为什么总要我第一个起床呢？”

“因为你最大。”玛丽阿姨把她向浴室推。

“可我不要最大，为什么不让迈克尔轮上几次最大呢？”

“因为你先生下来，懂吗？”

“我又没要先生下来，先生下来叫我烦死了。我要想心事。”

“你可以一面刷牙一面想。”

“这样想出来的心事就不一样了。”

“没有人一天到晚想同样的心事！”

“可我跟大家不一样。”

玛丽阿姨狠狠地看了她一眼。

“够了，谢谢你！”听她的口气，简知道她不是说着玩的。

玛丽阿姨又赶着去叫醒迈克尔。

简放下牙刷，坐在浴缸边上。

“太不公平了。”她用脚尖踢着油毡地面，咕噜着，“什么倒霉事都叫我做，就因为我最大！我不想刷牙！”

简对自己的做法也一下子觉得奇怪起来。她一向很高兴自

己比迈克尔和双胞胎大，因为这样更神气更了不起，可今天，她怎么会这样不高兴和发脾气呢？

“要是迈克尔先生下来，我就来得及孵出我那七个蛋了！”简自言自语地发牢骚，觉得今天开头就不利。

不幸的是，接下来事情不是好转，而是越来越糟了。

吃早饭的时候，玛丽阿姨发现牛奶布丁只够三个人吃。

“好吧，得让简吃粥了。”她说着放好盘子，生气地吸着鼻子，因为她不想做粥，粥里总是有那么多块块儿。

“为什么该我吃粥？”简抱怨说，“我要吃牛奶布丁。”

玛丽阿姨狠狠地看看她。

“因为你最大！”

又来了！这句该死的话。简踢桌子下面的椅子腿，希望踢掉椅子腿上的漆。她粥吃得很慢很慢，让粥在嘴里含半天，尽量地少咽。万一她饿死了也是他们活该，这一来他们要后悔了！

“今天星期几？”迈克尔吃完他最后一口牛奶布丁，高兴地问。

“星期三。”玛丽阿姨说，“请别把盘里的花都吃了！”

“这么说，我们今天要上拉克小姐家吃茶点了！”

“你们表现好就去。”玛丽阿姨阴着脸说，好像不相信他们会表现好。

可迈克尔心里正高兴，不理会她的话。

“星期三！”他用匙子敲着桌子大叫，“简是星期三生的，星期三生的孩子命苦，她今天吃不上布丁要吃粥就是这个道理。”

简皱起眉头，在桌子底下踢他，可他把两条腿避开了，哈哈大笑。

“星期一生的孩子脸儿俏，星期二生的孩子姿态好！”迈克尔唱着说，“这也是真的。双胞胎姿态好，因为他们是星期二生的。我是星期一生的，所以脸儿俏。”

简一脸看不起他的样子，在笑他。

“我就是俏嘛。”他坚持说，“我听布里尔太太这样说过我，她跟埃伦说我跟金币一样好看。”

“那没什么好看的。”简说，“再说你的鼻子有点儿翘。”

迈克尔责怪地看着她。简对自己的做法又觉得奇怪了。平时她总认为迈克尔很好看，要是在别的日子一定会赞成他的话，可她现在却冷酷地说：“对了，你的脚内八字。罗圈腿！罗圈腿！”

迈克尔向简扑过去。

“你说够了！”玛丽阿姨生气地看着简，“如果这屋子里真有个美人的话，那就是——”她停了嘴，对着镜子里自己的影子心满意足地微笑。

“是谁？”迈克尔和简异口同声问。

“反正不是姓班克斯的！”玛丽阿姨说，“就是这么回事！”

迈克尔看看简，玛丽阿姨一说怪话，他总是这么办的。简虽然知道迈克尔在看自己，却装作不知道。她转身走开，到玩具柜里拿出颜色盒。

“你不玩火车吗？”迈克尔想讲和，问她说。

“不玩，我要独自一个人。”

“小宝贝，你们早晨好吗？”

班克斯太太跑进房间，很快地亲亲他们。她老这么忙，从来没工夫一步一步走。

“迈克尔，”她说，“你得买双新拖鞋了，瞧你的脚趾都露了出来。玛丽·波平斯，我怕约翰的鬈发都快直了。巴巴拉，我的小宝贝，别吮你的大脚趾！简，你下楼请布里尔太太别在梅子蛋糕上洒糖粉，我要清蛋糕。”

又来了，老是不让人安静！要干什么都被打断，然后叫她去干别的！

“噢，妈妈，非得我去吗？为什么不叫迈克尔去呢？”

班克斯太太觉得很奇怪。

“我以为你爱帮忙呢！迈克尔老忘记告诉他的话，再说你最大。去吧。”

简尽可能慢地下楼，她恨不得去晚了，然后发现布里尔太太已经在蛋糕上洒好糖粉。

简一直对自己的想法、做法感到奇怪，好像她身体里有另外一个人，一个脾气坏、脸难看的人，这个人害得她样样不痛快。

她把妈妈的话告诉了布里尔太太，但感到很失望，因为离洒糖粉还早着呢。

“好，这倒省去不少麻烦。”布里尔太太说。

“还有，亲爱的。”布里尔太太说下去，“你顺便上花园去找下罗伯逊·艾，问他怎么还没把刀磨好。我的腿有毛病，

我又只有这么一双腿。”

“我不去，我忙着呢。”

这一回轮到布里尔太太觉得奇怪了。

“啊，乖乖的……我只能站着，走不动！”

简叹了口气，大家为什么不能让她安静会儿呢？她踢了厨房门一脚，让它关上，然后有气无力地到外面花园去。

罗伯逊·艾在小路上正枕着喷水壶睡觉，他打呼噜时平直的头发一上一下。他天生能随时随地睡着，说实在的，他宁愿睡不愿走。平时简和迈克尔不打扰他睡觉，可今天不同，简身体里那个坏脾气的人一点儿也不关心罗伯逊·艾。

“我恨每一个人！”简说着在喷水壶上狠狠地咚咚敲。

罗伯逊·艾吓得坐起身子。

“救命啊！杀人了！着火了！”他双手乱摇，大喊大叫。

接着他擦擦眼睛，看见了简。

“噢，是你呀！”罗伯逊·艾用失望的口气说，好像希望有点儿什么叫人兴奋的事情。

“你得马上去磨刀。”简吩咐说。

罗伯逊·艾慢腾腾地站起身子，晃了晃。

“啊！”他难过地说，“事情老没个完，不是这件事就是那件事。我得休息休息，可是得不到一分钟安静。”

“不，你安静得很！”简很凶地说，“你有的只是安静，你老睡。”

罗伯逊·艾一脸受侮辱和愤愤的样子。要在别的时候，简

马上就会觉得惭愧了，可今天她一点儿也不难过。

“你居然说出这种话来，”罗伯逊·艾伤心地说，“而且你最大。我真想不到，即使我一生除了想，别的什么也不做，我也绝对想不到。”

他伤心地看了简一眼，拖着腿慢慢地上厨房去了。

简不知道他以后会不会原谅她，可她身体里那个爱发脾气的家伙好像回答她一样说：“他不原谅又有什么关系！”

她仰着头慢腾腾地回儿童室，一路上把发潮的手在新粉刷的墙上抹过去，因为大人一直不许她这样做。

玛丽阿姨正在用鸡毛掸子拍打家具。

“去送葬了吗？”她看见简就问。

简气呼呼的，不回答她。

“我知道有人净在找麻烦，存心找总会找到的！”

“我不在乎！”

“不在乎就会弄得在乎！不在乎就要出事情！”玛丽阿姨嘲笑着说，把鸡毛掸子放开了。

“现在，”她警告般地看着简，“我去吃饭。你要看着这些小的，要是我听见什么……”她没把话说完，可是走出房间时用吓唬人的样子狠狠地吸了吸鼻子。

约翰和巴巴拉跑过来抓住简的手，可是她掰开他们的手指头，很凶地把他们推开。

“我只希望我是个独生子。”简狠狠地说。

“你干吗不跑掉呢？”迈克尔出主意说，“也许有人会收

养你。”

简抬起头来，又吃惊又奇怪。

“你会想我的！”

“不，我不想你。”迈克尔斩钉截铁地说，“你老这么气呼呼的，我不会想你。再说，那样的话你那盒颜料就归我了。”

“不行，你拿不到。”她妒忌地说，“我把它带走。”

为了表明这盒颜料是她的而不是迈克尔的，简拿出画笔和画图本，把它们摊在地板上。

“画钟吧。”迈克尔给她出主意。

“不画。”

“那就画瓷盆。”

简抬头一看，瓷盆的绿边框里三个小孩正在跑过田野。要是在别的时候，她一定很高兴画他们，可今天她自己不高兴，也不打算叫人高兴。

“不画，我画我想画的。”

于是简动手画她自己，孤零零一个人，在孵蛋。

迈克尔、约翰和巴巴拉坐在地板上看。

简对她的蛋入了迷，连发脾气都几乎给忘了。

迈克尔靠过来："为什么不加只母鸡……就在这儿！"

他指着一处空白地方，另一只手碰到了约翰，约翰仰面摔倒，跌到一边，脚打翻了杯子。杯子里的颜料泼出来，把画弄湿了。

简大叫一声跳起来。

"噢，我真受不了，你这笨手笨脚的大混蛋！你把一切都给毁了！"

她向迈克尔扑过去，狠狠给了他一拳，他倒下来，压在约翰身上。双胞胎发出又痛又怕的尖叫声，尖叫声中又加上迈克尔的急叫声。"我的头破了！我怎么办？我的头破了！"他叫了又叫。

"我不管，我不管！"简叫道，"你老缠着我，糟蹋了我的画。我讨厌你，讨厌你，讨厌——"

门砰地打开。

玛丽阿姨生气地看着这场面。

"我怎么跟你说的？"她用平静得叫人害怕的声音问简，"要是我听见什么……现在看吧！你想上拉克小姐家吃顿丰盛的茶点，我看吃不成了！今天下午你一步也不许出这房间，要不我就不是人。"

"我根本不要去，我情愿在家。"简背着手踱着方步走开，一丁点儿也不觉得后悔。

"很好。"

玛丽阿姨的声音很温和，可其中蕴藏着很吓人的东西。

简看着她给别人打扮，好去吃茶点。等到大家都准备好了，玛丽阿姨从棕色纸袋里拿出她最好的帽子，斜戴在头上，戴成最好看的样子。她在脖子上戴上项链，让金盒子垂下来，再围上班克斯太太给她的红白印花围巾。围巾的一头缝着一块白色小布条，上面是“玛丽”两个大字。玛丽阿姨对着镜子微笑，同时把围巾叠起来，不让人看见这小布条。

接着她从柜里拿出鹦鹉柄的伞，夹在胳肢窝里，催着孩子们下楼。

“现在你有时间想你的心事了！”她尖刻地说，同时出声吸吸鼻子，随手关上了门。

简眼睛直瞪瞪地坐了半天。她打算想那七个蛋，可它们再也引不起她的兴趣了。

她想：“他们这会儿在拉克小姐家在干什么呢？也许在逗拉克小姐的狗玩，听拉克小姐说，安德鲁这只狗有呱呱叫的血统，可威洛比这只狗半是黑斑点棕毛大狗种，半是会叼回猎物的猎犬种，而且继承了这两个种的最坏的一半。现在他们大伙儿，甚至包括两只狗，大概在吃巧克力饼干和核桃蛋糕了。”

“噢，天哪！”想到这些她享受不到的事情，简心里气坏了，再想到这全得怪她自己，气得就更厉害，从来没这么气过。

嘀嗒！嘀嗒！钟大声地响。

“噢，轻点儿！”简气得大叫，捡起那盒颜料就扔过房间。

那盒颜料砸中了钟的玻璃面，滑下来，落在瓷盆上。

咔嗒！瓷盆向钟旁边倒下来。

噢！噢！简干出什么来啦?

简闭上眼睛不敢看。

“我说我受伤了！”

房间里清清楚楚地响起一个抱怨的声音。

简吓了一跳，睁开眼睛。

“简！”那声音又响，“我的膝盖伤了！”

简赶快转脸去看，房间里没人。

她跑去开门看看，门外也没人！

这时候有人大笑。

“是这儿，傻姑娘！”那声音又响，“是上面这儿！”

简抬头看壁炉架，瓷盆倒在钟旁边，上面有道大裂缝。简觉得奇怪，一个画出来的孩子甩了马缰，弯腰用双手抱着膝盖，另外两个回过头来同情地看着他。

“可我不明白。”简半对自己半对那陌生的声音说。瓷盆上那孩子抬头向她微笑。

“你不明白？嗯，我想你也不明白。我看到你和迈克尔对最简单的事情也常常不明白……对吗？”他笑着向他的弟兄们转过脸去问。

“对。”一个说，“连怎么哄双胞胎也不明白！”

“也不明白怎么好好画鸟蛋，弄得它们歪歪扭扭的。”另一个说。

“你怎么知道双胞胎……还有蛋？”简红着脸问。

“天哪！”第一个孩子说，“你总不会以为我们一直看着你们，却不知道这房间里的事情吧？当然我们看不见儿童卧室，也看不见浴室。瓷砖是什么颜色的？”

“粉红色的。”简说。

“我们的是蓝的和白的，你想看看吗？”

简说不上来，她简直不知道怎么回答好，只是吃惊。

“来吧！你高兴的话，威廉和埃弗拉德给你当马，我拿着马鞭在旁边跑。要是你不知道，我告诉你，我叫瓦伦丁，我们是三胞胎。当然，还有克里斯蒂娜。”

“克里斯蒂娜在哪儿？”简在瓷盆上找，可她只看到翠绿的草原、小的桤木林，还有站在一起的瓦伦丁、威廉和埃弗拉德。

“来看看吧！”瓦伦丁伸出手劝她，“干吗光让别人出去热闹呢？你跟我们来，到瓷盆里来吧！”

这句话让简拿定了主意。她要让迈克尔看看，不仅是他和双胞胎去串门。她要让他们妒忌，后悔对她这么坏。

“好吧。”她说着伸出一只手，“我去！”

瓦伦丁用一只手抱着简的腰，把她向瓷盆拉。一下子她已经不在阴凉的儿童室里，却在阳光普照的广阔草原上了，脚下也不是儿童室的破地毯，却是柔软的草地，到处是雏菊。

“好啊！”瓦伦丁、威廉和埃弗拉德围着她跳，她注意到瓦伦丁一瘸一拐的。

“噢，”简说，“我忘了！你的膝盖！”

瓦伦丁对她微笑：“没关系，是裂缝弄的。我知道你不是

存心要伤害我！”

简拿出手帕，给他包住膝盖。

“这样好点儿！”他有礼貌地说着，塞给简马缰绳。

威廉和埃弗拉德昂起头嘶叫着跑过草原，简叮叮当当地摇着缰绳跑在他们后面。

在她身边跑着瓦伦丁，一脚轻一脚重，因为他膝盖有毛病。

瓦伦丁一边跑一边唱：

亲爱的，你是一朵甜蜜的花儿，
我觉得你比什么花儿都甜蜜；
我很高兴把你佩戴在我的胸前，
我无比地爱你！

威廉和埃弗拉德加入合唱：

我无无无比地爱爱爱你！

简觉得这是一首很老式的歌，而且这三胞胎样样都是老式的——长头发、怪衣服和说话彬彬有礼的样子。

“真古怪！”她心里想，可简觉得这比在拉克小姐家还有趣，她要是把这件事告诉迈克尔，他肯定会眼红的。

“两匹马”拉着简跑，离儿童室越来越远了。

现在她停下来，喘着粗气，回头看他们在草地上留下来的

脚印。在草原那头，简看见了瓷盆的外沿。它看上去很小很远。她的内心告诉她，她该往回走了。

“我现在得回去了。”简放下叮叮当当的马缰绳说。

“噢，不不！”三胞胎围住她说。

现在他们的声音使她感到难过。

“家里人要想我的，我得回去了。”她很快地说。

“还早着呢！”瓦伦丁反对说，“他们都还在拉克小姐家。来吧，我给你看我那盒颜料。”

简被吸引住了。

“有锌白色的吗？”她问，因为她自己的那盒颜料就缺锌白色的。

“有，银管装的，来吧！”

简违背了自己的意愿，让瓦伦丁拉走了。她想，看看那盒颜料就赶快回家。她甚至不打算求他们让她用一用颜料。

“可你们的家在哪儿？不是在瓷盆里吗？”

“当然是喽！不过你看不见，因为它在树林后面。来吧！”

现在他们带着简在暗黑的桤树的树枝下面走。枯叶在脚下咔嚓咔嚓响，不时有鸽子从树枝上飞过，发出很响的拍打翅膀声。威廉给简指点一堆干树枝上的知更鸟的窝，埃弗拉德折下一根带叶树条，围在她头上。尽管他们很友好，可简还是既胆小又紧张，等看见树林已经到了头，她才觉得高兴了些。

“到了！”瓦伦丁挥着手说。

简看见面前是一座石头房子，外面爬满了常春藤，这房子

比她见过的任何房子都古老，好像向她吓人地倾斜过来。台阶每一边有一只石头狮子趴着，像时刻准备跳起来似的。

房子的影子落到简身上，吓得她直哆嗦。

“我不能待久……”她觉得不舒服，说，“要晚了。”

“只待五分钟！”瓦伦丁把她拉进门厅，答应她说。

他们的脚步在石头地上响起咚咚的声音。房子里除了她自己和三胞胎以外，好像完全是空的，连个人影也没有。走廊上呼呼地吹过寒风。

“克里斯蒂娜！克里斯蒂娜！”瓦伦丁一面把简拉上楼一面叫，“她来了！”

他的叫声在整座房子的四面八方发出回响，每一堵墙都好像在可怕地响应：

她来了！

只听见一阵奔跑的脚步声，一道门砰地打开了。一个比三胞胎高一点儿、穿着老式花裙子的小姑娘跑出房间，向简扑过来。

“终于来了，终于来了！”她高兴地大叫，“孩子们都不知等你多久了！可他们原先抓不到你，因为你总是那么高兴！”

“抓我？”简说，“我不明白。”

她开始怕起来，懊悔跟瓦伦丁到瓷盆里来。

“曾祖父会解释的。”克里斯蒂娜古怪地笑着说。她拉着简走过楼梯口，到门里去。

“啊！什么事啊？”一个很小的干哑声音问道。

简一看，向克里斯蒂娜身边倒退回来。因为在房间另一头，壁炉旁边的椅子上坐着一个人，他让她觉得心惊胆战。火光闪烁着照亮了一个很老的人，老得使他看来不像个人，倒更像个影子。他的薄嘴唇下面垂着一撮稀疏的胡子，虽然戴着便帽，简看得出他的头秃得像个蛋。他穿一件老式的长晨衣，绸子的颜色都褪了，瘦脚上穿着一双绣花拖鞋。

“原来是她！”那影子似的人把嘴里长长的弯烟斗拿出来，“简终于到了！”

他站起身子，可怕地微笑着向简走来，眼睛燃烧着，发出钢铁般的亮光。

“我希望你一路平安，亲爱的！”他声音嘶哑地说着，用瘦骨嶙峋的手把简拉到身边，亲亲她的脸蛋。一碰到他的灰胡子，简叫着跳开了。

“哈哈哈！”他发出那种可怕的笑声。

“她是跟他们一起穿过桤木林来的，曾祖父。”克里斯蒂娜说。

“啊？他们怎么抓住她的？”

“她正因为自己最大在发脾气，把她的颜料盒往瓷盆上扔，砸伤了瓦伦丁的膝盖。”

“原来这样！”那苍老的可怕声音轻轻地说，“是发脾气吗？好吧好吧……”他轻轻地笑着，“现在你是最小的了，亲爱的！你是我最小的曾孙女。可我这里不许发脾气！哈哈哈！噢，亲

爱的，发脾气可不行。好，过来坐在火旁边吧。喝茶还是喝樱桃酒？”

“不，不，”简叫起来，“我怕是弄错了，我得回家啦，

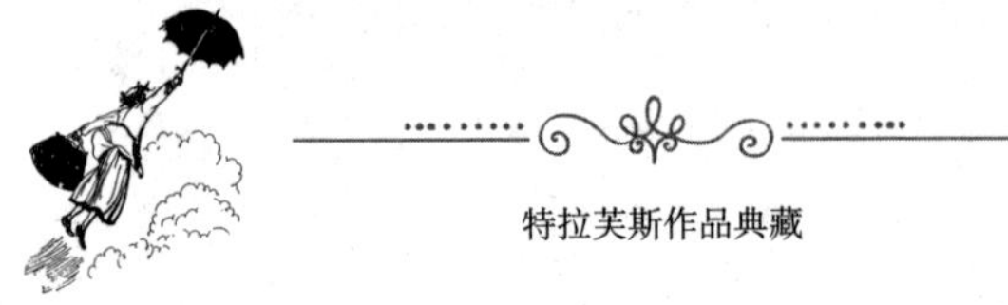

我住在樱桃树胡同17号。"

"你本来是住在那儿,"瓦伦丁得意扬扬地纠正她的话,"如今你住在这儿了。"

"可你不明白!"简毫无办法地说,"我不要住在这儿,我要回家。"

"胡说!"曾祖父声音嘶哑地说,"17号是个可怕的地方,又俗气,又不通风,又摩登,而且你在那儿也不快活。哈哈哈,我知道最大是怎么回事——所有的事都等着你去干,一点儿乐趣也没有。哈哈哈!可这儿……"他晃晃烟斗,"你在这儿将是个惯坏了的姑娘,是心肝宝贝,别回去了!"

"别回去了!"威廉和埃弗拉德跟着说了一遍,围着简跳。

"噢,我得回去,非回去不可!"简大叫,眼泪都出来了。

曾祖父张开没牙的嘴可怕地微笑着。

"你认为我们会放你回去吗?"他明亮的眼睛燃烧着,问,"你打坏了瓷盆,你必须为这个后果负责。克里斯蒂娜、瓦伦丁、威廉和埃弗拉德要你做他们最小的妹妹,我要你做我最小的曾孙女。除此以外,你欠我们的账,你弄伤了瓦伦丁的膝盖。"

"我会赔偿的,我把我那盒颜料给他。"

"他已经有了。"

"那么给铁环。"

"玩铁环他太大了。"

"那么……"简想不出什么来了,"我长大了嫁给他。"

曾祖父声音嘶哑地笑起来。

简哀求地向瓦伦丁转过脸去，他摇摇头。

“我怕已经太晚了。”他难过地说，“我早就长得很大很大了。”

“那为什么，那什么东西……噢，我真不明白。我在哪儿啊？”简恐怖地四面张望，叫着说。

“离家很远，我的孩子，离家很远。”曾祖父嘶哑地说，“你如今是回到了过去……回到了60年前，克里斯蒂娜和三胞胎还小的时候！”

简噙着眼泪，看到他的老眼很旺地燃烧着。

“那么……我怎么才能回家呢？”她悄悄地说。

“你回不去了，你得留在这儿，你也没地方可去。你要记住，你已经回到了过去！双胞胎和迈克尔，甚至你们的爸爸和妈妈都还没有生下来，17号这房子还没造。你没家可回了！”

“不，不！”简大叫，“这不是真的！这不可能！”她的心咚咚跳。永远见不到迈克尔、双胞胎、爸爸、妈妈和玛丽阿姨了！

简一下子提高嗓门大叫起来，叫得走廊里所有的石头可怕地发出回声。

“玛丽阿姨！我很抱歉我发了脾气！噢，玛丽阿姨，救救我啊，救救我啊！”

“快！紧靠着她！围住她！”

简听见曾祖父狠狠地下了命令，她感觉到四个孩子紧紧地挨着她。

她紧闭眼睛。“玛丽阿姨！”简又叫，“玛丽阿姨！”

一只手抓住简的手，把她从围住她的克里斯蒂娜、瓦伦丁、威廉和埃弗拉德的手中拉出来。

“哈哈哈！”曾祖父沙哑的笑声在房间里发出回声。

简的手给抓得更紧了，她只觉得被拉着走。她不敢睁开眼睛看，怕看到那些可怕的眼睛，同时拼命要抽出被抓住的手。

“哈哈哈！”

笑声又响起来了。那只手把她拉走，拉她走下石头楼梯，走过发出回响的一条条走廊。

简觉得现在没有希望了，她后面克里斯蒂娜和三胞胎的声音轻得听不见了，他们帮不了什么忙了。

她绝望地跌跌撞撞地走在飞跑的脚步后面，眼睛虽然闭着，可还是能感觉到头顶上的黑影和脚下的潮湿泥土。

发生什么事了？她在往哪儿走？噢，上哪儿去呀？她要是不那么发脾气就好了，她要是不发脾气就好了！

那只有力的手拉着简向前跑，现在她感觉到温暖的阳光照在脸上，锐利的草擦着腿。忽然有一双手像铁箍那样抱住她，把她举起来，抛向空中。

“噢，救命啊，救命啊！”简哇哇叫着，发疯似的在这双手中间又扭又转。不经过斗争她绝不会屈服，她踢啊踢啊踢啊……

“劳驾，”简耳边响起一个熟悉的声音，“别忘了，这是我最好的裙子，得穿一个夏天呢！”

简睁开眼睛，一双很凶的蓝色眼睛在牢牢地盯住她看。

紧抱着她的是玛丽阿姨的手，她在狠狠地踢着的是玛丽阿姨的腿。

“噢！”简呆住了，“是你呀！我以为你没听见我叫呢，玛丽阿姨！我以为我得一辈子留在那儿了，我还以为——”

“有人想得太多，”玛丽阿姨说着轻轻把她放下来，“这一点是毫无疑问的。请擦擦你的脸吧！”

她把蓝色手帕塞到简的手里，开始在儿童室铺床。

简用那块蓝色大手帕擦着满是泪痕的脸，看着玛丽阿姨。她环视熟悉的房间，这里有旧地毯、玩具柜和玛丽阿姨的扶手椅。看到这些东西，简感到安全、温暖、舒适。听着玛丽阿姨干活

时熟悉的声音，她的恐惧消失了，感到高兴。

“发脾气的不可能是我！”简自言自语说，“一定是另外一个人！”

玛丽阿姨走到五斗橱那儿，拿出双胞胎的干净睡衣。

简向她跑过去。

“让我熨它们好吗，玛丽阿姨？”

玛丽阿姨吸吸鼻子。

“不敢当，谢谢你。没说的，你太忙了！等迈克尔上来，我请他帮帮我。”

简涨红了脸。

“请让我熨吧。”她说，“我爱帮忙，再说我最大。”

玛丽阿姨叉着腰，看着简，想了一下。

“嗯！”她最后说，“那可别把它们熨焦了！我要补的洞已经够多啦。”

她说着把睡衣交给简。

“这事不可能是真的！”迈克尔后来听完简的故事，笑话她说，“你那么大，进不去瓷盆。”

简想了一下。她一面讲故事，一面也觉得不太可能是真的。

“我也认为不可能，”她也说了，“可当时却像是千真万确的。”

“我希望你不过是这么想想，别老想个没完没了。”迈克尔觉得自己好得多，因为他从来不想。

“得了，你们两个，还有你们想的事！”玛丽阿姨气呼呼地说着，把他们推开，将双胞胎放到他们的小床上。

“好，”她把约翰和巴巴拉的被子塞好以后说，“我也许有点儿工夫照顾自己的事了。”

她拿下帽子上的别针，把帽子放回咖啡色纸袋，解下项链和金盒，小心地放进抽屉。接着她脱下大衣，抖了抖，挂在门后的衣钩上。

“你的新围巾呢？”简说，“丢了吗？”

“丢不了。”迈克尔说，“她回家的时候还围着，我看见的。”

玛丽阿姨向他们回过头来。

“管你们自己的事吧。”她严厉地说，“我的事让我自己管！”

“我只想帮——”简开口说。

“谢谢，我自己干得了！”玛丽阿姨吸着鼻子说。

简回头想跟迈克尔交换目光，可这一回他没注意她，他在看着壁炉架，好像不能相信自己的眼睛。

“什么事，迈克尔？”

“你到底不是想出来的！”他悄悄地指着前面说。

简抬头往壁炉上看，那儿的瓷盆上有一道裂缝。瓷盆上有草原和桤木林，有三个孩子在玩骑马，两个在前，一个拿着马鞭在后。

当马夫的那个孩子大腿上包着一条白色小手帕，草地上还有一条印花围巾，好像是什么人跑过时掉下来的，上面有红有白。围巾的一头缝着一块小布片，上面有“玛丽”两个字。

“她就是在那儿丢了的！”迈克尔很机灵地点点头说，“要

告诉她我们找到了围巾吗？”

简转脸看看，玛丽阿姨正在扣围裙扣子，那样子好像整个世界都得罪了她似的。

“还是别告诉她好。”简轻轻地说，“我想她自己知道。”

简站在那里，把有裂缝的瓷盆、包扎用的手帕和围巾看了好大一会儿。

接着简拼命穿过房间，向浆过的白围裙扑上去。

“噢，”她叫道，“噢，玛丽阿姨！我再也不淘气了！”

玛丽阿姨把围裙抹平，嘴角两边闪过淡淡的微笑。

“嗯！”她就说了这么一声……

第四章 颠倒先生

“请靠紧我！”玛丽阿姨从公共汽车上下来，张开雨伞说。天正在下大雨。

简和迈克尔跟着她下车。

“我靠着你，你伞上的雨水就掉到我脖子上了。”迈克尔抱怨说。

“要是你迷了路得问警察，那可别怪我！”玛丽阿姨厉声说着，利索地避开一个水坑。

她在路口那家药房外面停下，看橱窗里三个大玻璃瓶上照出来的自己的影子。她同时看到一个绿色的玛丽·波平斯、一个蓝色的玛丽·波平斯和一个红色的玛丽·波平斯。每

一个都拎着个带铜扣的崭新皮包。

玛丽阿姨看着三个瓶子上的影子，发出会心的微笑。她花了几分钟时间把手提包从右手换到左手，试各种样子，看哪一种拎法最好看。最后她拿定了主意，还是挂在胳臂肘上最合适。她就这么挂了。

简和迈克尔站在她两边，一声也不敢吭，相互看看，心里叹气。雨从她那把鹦鹉柄雨伞两头落在他们的后颈上，叫他们浑身不舒服。

“好，别让我等着了！”玛丽阿姨生气地说着，转身离开了她绿色、蓝色、红色的影子。简和迈克尔相互看看，简摇摇头做了个鬼脸叫迈克尔别吱。可迈克尔已经叫出来了：“我们可没叫你等着，是你叫我们等着——”

“不许出声！”

迈克尔不敢再开口。他和简在玛丽阿姨两边费力地走着，有时候得跑才能跟上她轻盈的大步子，有时候得等她，两条腿换来换去站着，这时她在看橱窗玻璃，看这样拿手提包是不是的确像她想得那么好看。

雨瓢泼似的落下来，从伞顶落到简和迈克尔的帽子上。简的胳肢窝里夹着用两张纸小心包好的瓷盆。他们正把它带去给玛丽阿姨的堂兄颠倒先生，她告诉班克斯太太说他是专修东西的。

“那好吧，”班克斯太太带有几分怀疑地说，“我希望他能修得叫人满意。一天不修好，我就一天不敢去见卡罗琳姨婆。”

这瓷盆是班克斯太太三岁时卡罗琳姨婆送给她的，万一打破了，卡罗琳姨婆无疑会大不高兴的。

“我家的人，太太，总是叫人满意的。”玛丽阿姨吸吸鼻子说。

她样子那么凶，班克斯太太受不了，只好坐下来要杯茶喝。

啪嗒！

是简一脚踩在水坑里了。

“请看看你走到哪儿去了！”玛丽阿姨厉声说着，同时晃晃伞，水滴落到了简和迈克尔身上，“这雨就够叫人心碎的了。”

“心碎了颠倒先生能修吗？”迈克尔问。他很想知道，颠倒先生是什么破东西都能修呢，还是只能修某几样东西。“他能修吗，玛丽阿姨？”迈克尔又问了一声。

“再开口你就回去！”玛丽阿姨说。

“我不过是问问。”迈克尔绷着脸说。

“那就别问！”

玛丽阿姨生气地吸吸鼻子，很利索地在路口拐了个弯，打开一家院子的铁门进去，敲一座摇摇欲坠的小房子的门。

“嗒嗒嗒嗒！”门环声在屋子里发出空洞的回声。

“噢，天哪。”简对迈克尔咬耳朵，“他不在家就糟了！”

可就在这时候他们听到了沉重的脚步声，有人走了过来，门咔嚓一响打开了。

门口站着一个红脸胖女人。说她是人，其实看起来更像是两个苹果叠在一起。她的直发在头顶上挽成一个髻，薄嘴唇抿着，有一种不高兴和看不起人的表情。

“好啊！”她瞪着眼睛说，“不是你，我就不是人！”

她不像是很高兴见到玛丽阿姨，玛丽阿姨也不像是很高兴见到她。

“颠倒先生在家吗？”玛丽阿姨一点儿不理那胖女人的话，问道。

“这我可说不准。”胖女人很不客气地说，“他可能在家也可能不在家，要看你怎么看了。”

玛丽阿姨进了门，盯着她看。

“那是他的帽子，对吗？”她指着门厅衣帽钩上的旧毡帽问。

“嗯，也可以这么说，当然是喽。”那胖女人不情愿地认可说。

“那他就在家了。”玛丽阿姨说，“我家的人出去没有不戴帽子的，他们太庄重了。”

“嗯，我只能告诉你今天早晨他跟我说的话。”胖女人说，“‘塔特莱特小姐。’他说，‘今天下午我可能在家也可能不在家，说不准。’他就是这么说的。你最好自己上去看看，我可不是个爬山运动员。”

胖女人低头看看自己的胖身体，摇摇头。简和迈克尔一看就知道，有她那种体格的人，是不大高兴常常在颠倒先生摇摇晃晃的窄楼梯上爬上爬下的。

玛丽阿姨吸吸鼻子。

“请跟我来！”她狠狠地对简和迈克尔说。于是他们跟着她跑上嘎吱嘎吱响的楼梯。

塔特莱特小姐站在门厅里看着他们，脸上露出高傲的微笑。

在楼上楼梯口那儿，玛丽阿姨用伞柄敲敲门，里面没有回音。她敲得更响了，还是没有回音。

“阿瑟！”她从钥匙孔叫进去，“阿瑟，你在家吗？”

“不在，我出去了！”里面的远处传来了声音。

“怎么会出去呢？我听见他的声音了！”迈克尔对简悄悄

地说。

“阿瑟！”玛丽阿姨转门把手，“我知道你在家。”

“不不，我不在家。”远远的声音说，“我告诉你我出去了。今天是第二个星期一！”

“噢，天哪，我忘了！”玛丽阿姨说着，生气地拧门把手，把门敞开了。

简和迈克尔起先只看到一个大房间，空空的，房间一头只有一张木匠工作台，上面堆满了古怪的东西，有没鼻子的瓷狗、丢了尾巴的木马、破盘子、破玩偶、没柄的刀、只有两条腿的凳子……天底下要修补的东西应有尽有。

周围墙上是架子，从地板直到天花板，架子上也满是破瓷器、破玻璃和破玩具等。

可哪儿也没个人影子。

“噢，”简失望地说，“他到底是出去了！”

可玛丽阿姨已经穿过房间冲到窗口。

“阿瑟，马上进来！外面下这么大的雨还出去，前年冬天你才得过支气管炎！”

简和迈克尔大吃一惊，只见玛丽阿姨抓住窗台上的一条长腿，从外面拉进来一个愁容满面、蓄着八字胡子的瘦高个男人。

“你真该害臊。”玛丽阿姨不高兴地说着，一只手抓住颠倒先生，一只手关窗，“我们带来要紧的东西要你修，你却是这个样子。”

“我没法子。”颠倒先生抱歉地说，同时用一条大手帕擦

着他忧愁的眼睛，“我告诉你了，今天是第二个星期一。”

“这是什么意思？”迈克尔好奇地看着颠倒先生问。

“啊……”颠倒先生向他转过身来，有气无力地跟他握手，“承问承问，谢谢谢谢，真多谢你问。”他停下来又擦擦眼睛。“你知道，”他说，“是这么回事，每到一个月的第二个星期一，我样样都颠倒。”

“什么都颠倒？”简问他，又是同情又是好奇。

“拿今天来说吧，”颠倒先生说，“今天正好是一个月的第二个星期一，正因为我要在家——活儿太多了——我自动出去了。如果我要出去，当然也就在家。”

“原来这样。”简嘴里这么说，其实她根本不明白，“因此……”

“对，”颠倒先生点点头，“我听见你们上楼，我想在家。因此不用说，我一下子就出去了！要不是玛丽拉住我，我这时候还在外面呢。”他叹了口大气。

“当然，也不是一直这样，只在三点到六点，可即使只有这几个钟头，也够受的了。”

“我想也是。”简同情地说。

“问题还不仅是在家或者出去……”颠倒先生伤心地说下去，“事情可多了。我想上楼，却是在往下跑；我想向右转，却是往左转；我才想向西，却已经向东了。”

颠倒先生擤擤鼻子。

“最糟糕的是，”他说下去，眼里充满了泪水，“我的

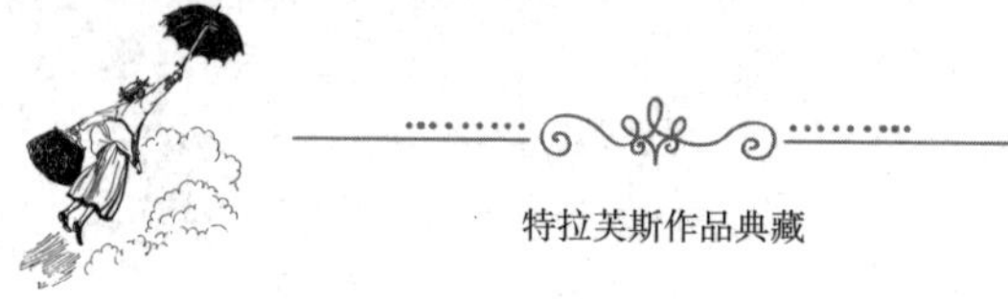

性情全变了。现在看看我吧，你很难相信我实在是一个快活的人……对吗？”

的确，颠倒先生看上去既忧郁又苦恼，根本不可能曾经快活和满足过。

“可为什么呢？为什么啊？”迈克尔抬头看着他问。

颠倒先生难过地摇摇头。

“啊！”他严肃地说，“我本该是个姑娘！”

简和迈克尔看看他，又相互看看。他这是什么意思？

“你瞧，”颠倒先生解释说，“我妈想要个姑娘，结果生下我来是个男孩。所以我从一开始，可以说从生下来起就颠倒了，就是在那个月的第二个星期一。”

颠倒先生又开始流泪，用手帕捂住脸轻声地哭。

简同情地拍拍他的手。

他好像高兴了，虽然他不笑。

“当然，”他又说，“我这样对工作不利。你瞧上面！”

他指指一个比较大的架子，上面是一排大小不等、颜色有别的心，有的裂开，有的破碎。

“它们都是急着要的。”颠倒先生说，“我要不马上送回去，真不知道人们会多么生气。为了心，他们比什么都生气。可我不过六点钟根本不敢碰它们，它们会毁了的，就跟这里的一切一样！”

他朝另一个架子点点头。简和迈克尔抬头看见架子上东西堆得很高，全都修补错了。一个瓷的牧羊女和瓷的牧羊童分开了，

她的手被粘在一只铜狮的脖子上。一个被从小船上拧断的玩具水手给牢牢粘在一个画着柳树的盘子上，而在小船上粘着一只灰绒毛象，正用鼻子卷着桅杆。破盆子铆接起来，花纹却对不上。木马的腿牢牢粘在洗礼用的银杯上。

“看见没有？”颠倒先生把手一挥，绝望地说。

简和迈克尔点点头，他们非常非常可怜颠倒先生。

“好了，这个就别去想它了。”玛丽阿姨不耐烦地打断他的话，“要紧的是这个瓷盆，我们拿来是请你修的。”

她从简手里拿过瓷盆，一只手继续拉住颠倒先生，一只手解开绳子。

“嗯，”颠倒先生说，“一只瓷盆，一道很深的裂缝，好像有人用东西扔过它。”

他一说，简脸都红了。

“如果不是今天。”他说下去，“我可以修，不过今天……”他没把握。

“别胡说，很简单的。你只要把这里、这里、这里铆接起来就行了。”

玛丽阿姨指着裂缝，放开了颠倒先生的手。

她刚一放手，颠倒先生马上飞了起来，像风车那样打转。

“噢！”颠倒先生大叫，“你为什么放手？可怜可怜我吧，我又要飞出去了！”

“快关门！”玛丽阿姨叫道。简和迈克尔马上奔过房间，就在颠倒先生飞到之前，一眨眼工夫就把门关上了。颠倒先生

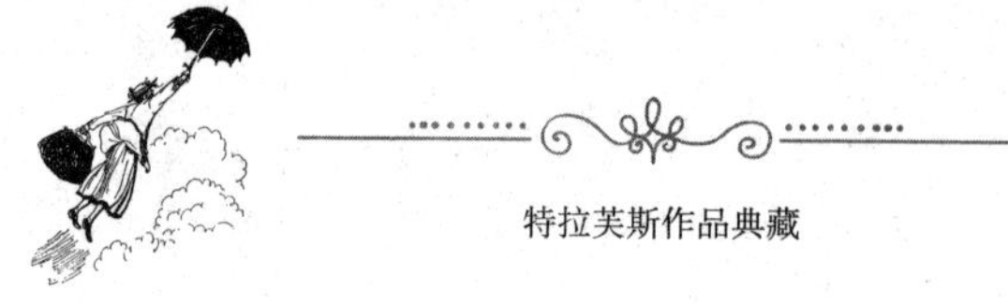

在门上砰地撞了一下，又轻盈地旋转着飞走，一副极其悲伤的样子。

他忽然停下来，可姿势很古怪，不是两条腿站在地上，而是头着地倒竖蜻蜓。

“天哪天哪！”颠倒先生两腿乱踢，“天哪天哪！”

可他的两条腿没法回到地上，一直在空中轻轻摇晃。

“这还算好，”颠倒先生用他的忧郁声音说，“总比悬在外面雨里强，在外面又不能坐，又没雨衣……虽然也好不了多少。

你们瞧，”他看着简和迈克尔，“我越想脚朝下——也是我活该——我越是脚朝上。好了好了，没关系，我现在也算习惯了，都45年啦，把瓷盆给我。”

迈克尔跑过去把玛丽阿姨手里的瓷盆拿来，放在颠倒先生头旁边的地板上。他这样做的时候，忽然觉得发生了一件奇怪的事。地板好像推开他的脚，把它们推到空中。

“噢！”迈克尔大叫，“我觉得滑稽极了，最不寻常的事在我身上发生了！”

这时候他也像风车一样打着转飞起来，在房间里飞上飞下，直到头顶着地，停在颠倒先生身边。

“天哪！”颠倒先生从眼角看着迈克尔，惊奇地说，“我从不知道这会传染，你也传染上了？好，所有——喂，喂，别动！你要是再不小心，把架子上的东西都踢下来，我就得赔了。你在干什么？”

他这话是对简说的，因为她的腿忽然离开了地毯，用最快的速度滴溜溜转。她一会儿头在上一会儿脚在上，转啊转啊，一直来到颠倒先生的另一边，头顶着地立着。

“你知道，”颠倒先生认真地看着她说，“太奇怪了，我从不知道别人也会出这种事。说真的，我从不知道。我希望你别介意。”

简哈哈大笑，向他转过脸去，晃动着悬空的双腿。

“一点儿也不介意，谢谢你。我一直想倒竖蜻蜓，可从来办不到。太舒服了。”

“嗯，”颠倒先生伤心地说，“我很高兴有人喜欢这样，我可不能说我喜欢这个样子。”

“我也喜欢。”迈克尔说，“我希望能一辈子这么待着，样样东西看上去都那么好，那么不同以往了。”

真的，样样东西看上去都不同以往了。从他们在地板上的奇怪位置，简和迈克尔看到木匠工作台上的东西全是颠倒的——瓷狗、坏玩偶、木凳等全都倒立着。

“瞧！”简对迈克尔悄悄说，他的头拼命转到这边来。墙洞里正爬出一只小耗子，它滚到房间当中，竖蜻蜓，用鼻子顶着地倒立在他们面前。

他们非常惊讶地看了它一会儿，迈克尔忽然又叫起来：“姐姐，你看窗子外面！”

简慢慢地扭转头——因为扭转头很不容易，一下子大吃一惊，房间外面所有的东西也跟房间里面所有的东西一样，跟平时看到的大不相同。街上的房子全都倒立着，烟囱在人行道上，门口的台阶在空中，门口还冒出一小股一小股的烟。远处一座教堂也倒过来，整座房子由塔尖支撑着。雨平时都是从天上下来的，这时却不断从下向上洒去。

“噢，”简说，“这是多么奇怪呀，奇怪得美极了，就像在另一个世界。我们今天到这里来，真是太高兴了。”

“谢谢，”颠倒先生悲哀地说，“我得谢谢你，你真能体谅人。好，这瓷盆怎么样？”

他伸手去拿瓷盆，可瓷盆就在这时候一滚，翻了个身。那

动作既快又滑稽，简和迈克尔禁不住笑起来。

“我告诉你们，这对我来说没什么好笑的。”颠倒先生难过地说，“我得把铆钉倒过来铆上……要是它们露出来，也就只好露出来了，我没法子。”

颠倒先生从口袋里拿出工具，开始修那瓷盆，一面修一面悄悄地流泪。

“嗯！”玛丽阿姨弯腰把瓷盆捡起来，“修好了。现在我们该走了。”

颠倒先生听了伤心地啜泣起来。

“不错，丢下我走吧！”他痛苦地说，“别留下来帮我忘掉忧愁，别伸出友好的手来，我不配。我只希望你们赏脸吃点儿东西，最高一层架子有个葡萄干蛋糕罐子。不过我不敢这样指望，你们有你们的事，我不该请你们赏光留下。今天不是我幸福的日子……”

他从口袋里掏手帕。

“这个……”玛丽阿姨说，手套扣子扣到一半停下了。

“噢，留下吧，玛丽阿姨，留下吧！”简和迈克尔一起叫，用头起劲地蹦蹦跳。

“你站在椅子上就够到蛋糕了！”简劝她。

颠倒先生第一次咯咯笑起来，笑声虽很凄凉，可毕竟是笑。

“她不用椅子！”他忧伤地咯咯笑着说，“她用她喜欢的办法拿到她喜欢的东西……她有办法的。”

就在这时候，玛丽阿姨当着孩子们的面做了一件古怪的事

情。她直挺挺地竖起脚尖站了一会儿，站稳以后，她很慢很优美地像风车一样翻转着升向空中，裙子笔挺地垂在脚踝骨上，帽子端正地戴在头上，就这样转了七转后，转到了架子顶上，拿过蛋糕罐子，又重新转下来，正好头着地停在颠倒先生和孩子们面前。

“好啊！好啊！好啊！”迈克尔高兴得大叫。可玛丽阿姨从地板上狠狠地看了他一眼，吓得他恨不得一声也没出过。

“谢谢你，玛丽，”颠倒先生忧伤地说，不过一点儿惊奇的样子也没有。

“给你！”玛丽阿姨急促地说，“这是我今天为你做的最后一件事了。”

她把蛋糕罐放在颠倒先生面前。

它摇摇晃晃地转了一下，翻了个身，罐底朝上。颠倒先生每次把它翻过来，它还是翻过去。

“唉！”他没有办法，“我早就该知道了！今天没一样是不颠倒的，包括这蛋糕罐。我只好打开罐底了，我就请——”

他用头一顶一顶蹦到门口，从门底下的缝往下面喊：“塔特莱特小姐！塔特莱特小姐！对不起，能拿个开罐子的东西来吗？”

楼下远远传来了塔特莱特小姐冷冰冰的不愿意的声音。

“呸！”房间里响起一个粗哑的声音，“呸，犯不着叫她！别叫这女人！让我波利干吧！漂亮的波利！聪明的波利！”

简和迈克尔回过脸，惊奇地看到说话的是玛丽阿姨那把鹦鹉头的伞，它这时候像风车似的打着转来到蛋糕那儿，头朝下

落在罐子上，转眼就用嘴把罐子给啄了个大窟窿。

“好了！”鹦鹉头神气地呱呱叫，“是我波利干的！是美丽的波利开的！”它满脸得意的微笑，倒过来站在地板上玛丽阿姨身边。

“谢谢你，谢谢。”颠倒先生忧伤地说。

他从口袋里掏出刀来切了一片。然后他大吃一惊，仔细地看看蛋糕，接着不高兴地看着玛丽阿姨。

“都是你干的，玛丽！别不承认。罐头打开的时候还是葡萄干蛋糕，可现在……”

“多孔蛋糕更容易消化。”玛丽阿姨一本正经地说，“请慢慢地吃，你可不是一个饿坏了的野人！”她厉声说着，给简和迈克尔一人一小片。

“也不错。”颠倒先生苦着脸咕噜着，两口就把他的一片吃掉了，“不过老实说，我喜欢吃一两个葡萄干。唉，今天是我的倒霉日子！”一听见有人大声敲门，他顿住了，“请进来！”他叫道。

塔特莱特小姐看来更圆了，上楼梯走得她呼哧呼哧地直喘气。她冲进房间来。

“开罐子的东西给你，颠倒先生……”她一本正经地正开口说话，一下子停了口，睁大眼睛看着他们。

“天哪！”她张大了嘴，手里开罐头的东西也掉了，“我见过那么多事情，可没想到会看见这些！”

她上前一步，很不以为然地看着四双晃动的脚。

“你们都倒竖蜻蜓，像天花板上的苍蝇！你们可是高尚的人。这里不是我正经女人待的地方，我马上就离开这座房子。颠倒先生，请记住这一点！”

塔特莱特小姐生气地朝门口走去。

可她刚一迈腿，她那条翻动的大裙子就缠住了她的胖腿，把她从地上带到空中。

她大惊失色，拼命把手张开。

“颠倒先生！颠倒先生！请拉住我！把我拉下来！救命啊！救命啊！”塔特莱特小姐一面叫，一面也像风车似的打转。

“噢，噢，天旋地转了！我可怎么办？救命啊！救命啊！”她一面转一面尖声大叫。

可她转着转着变样了，她那张胖脸失去了骄傲的表情，开始闪露出微笑。简和迈克尔甚是惊讶地看到她在房间里这么转着转着，直发变成了鬈发。她再开口，粗哑的声音变得跟蜜糖一样甜。

“我会出什么事呢？”塔特莱特小姐用新嗓音叫道，“我觉得我像个球！像个蹦蹦跳的球！也许是气球！也许是樱桃饼！”她高兴得哈哈笑起来。

“天哪，我多么快活啊！”她在空中翻来转去地叫，“我从来没这样快活过，可如今我觉得要一直这样快活下去了，我觉得好玩极了。我要写信回家告诉我的妹妹、我的堂姐妹和叔叔婶婶，我要告诉他们生活的正道是倒过头来，倒过头来，倒过头来……”

塔特莱特小姐一边快活地唱着，一边转了又转。简和迈克尔看着她很高兴，颠倒先生看着她很惊讶，因为他只知道这位塔特莱特小姐光会神气活现，对人不客气。

“真怪真怪！”颠倒先生摇着撑在地上的头，自言自语地说。

又有人敲门。

“这里有叫颠倒的先生吗？”投递员拿着信在门口问，一见房间里的情景就呆住了。

“天哪！”他把帽子往脑后一推，“我一定走错地方了。我在找一位叫颠倒的高贵文雅的先生，有信给他。我还跟我妻子说过要早回家，可我失了约，坏了，我想……”

“哈！”在地板上的颠倒先生说，“这个坏了我可没法修。对不起，这不是我这一行！”

投递员瞪圆眼睛低头看着他。

“我到底是不是在做梦？”他嘟囔着，“我好像遇到了一群翻啊滚啊转啊的疯子！”

“请把信给我，亲爱的投递员！请把信给我颠倒先生，并且跟我一起倒过来吧。你瞧，我颠倒先生有事呢！”

塔特莱特小姐转到投递员身边，拉住他的手。她一碰他，他的脚就离开地板，飞了起来。于是投递员和塔特莱特小姐两个人手拉手滚了又滚，像两个滚着的足球。“多可爱啊！”塔特莱特小姐快活地叫道，“噢，亲爱的投递员，咱俩今天是第一次看到生活，看到这样的美景！咱们翻滚了！这不是妙极了吗？”

“对！”简和迈克尔叫着参加他们的风车旋转舞。

现在颠倒先生也参加进来了，拼命在空中翻滚。玛丽阿姨和她的伞也跟上来，她翻得很平稳，姿态高贵极了。他们大伙儿这样又旋又转，外面的世界忽上忽下，塔特莱特小姐的欢呼声在房间里发出回响。

整个城，

翻了身！

她唱着转啊转啊。

架子上那些裂开的和破了的心像陀螺似的打转，牧羊女和她抱着的狮子一起优美地跳舞，灰色绒布象用长鼻子顶着船底倒立，四条大腿在空中乱踢，玩具水手跳号笛舞，可不是用脚而是用头，它在画着柳树的盘子上一蹦一蹦，样子十分好看……

“我多么快活啊！”简叫着飞过房间。

“我多么快活啊！”迈克尔叫着在空中翻跟头。

颠倒先生一面用手帕擦眼睛，一面从窗玻璃上弹回来。

玛丽阿姨拿着她的伞一声不响，只是轻盈地飘着打转。

“我们都多么快活啊！”塔特莱特小姐叫着说。

投递员这时候恢复了说话能力，他不赞成她的话。

“哎哟！”他又转起来，大声叫着说，“救命啊！救命啊！我在哪儿啊？我是谁啦？我在干什么？我根本不明白，都不知在哪儿了！哎哟，救命啊！”

可没人来救他，塔特莱特小姐拉紧他的手翻啊转啊。

“我……一直过着平静的日子，”他呻吟说，“一举一动都像个正派人。哎哟，我的太太会怎么说啊！我怎么回家呢？救命啊！开枪吧！贼强盗！”

他拼命把手从塔特莱特小姐的手里抽出来，把信扔进放蛋糕的那个罐子里，打着转出了门，滚着下楼，大叫大喊：“我要控告你们！我要叫警察！我要报告邮政局长！”

他一路滚下楼，叫声渐渐听不见了。

当、当、当、当、当、当！

外面广场上的钟敲了六下。

就在这时候，简和迈克尔的脚砰地落到地板上，他们站在那里觉得头昏眼花。

玛丽阿姨轻盈地倒转过来，头朝上，脚站在地上，样子漂亮，衣服笔挺，就像商店橱窗里的模特儿。

伞也翻了个身，伞尖立在地上。

颠倒先生两腿狠狠一转，脚在地上站住了。

架子上那些心一动不动，牧羊女、狮子、灰绒布象、玩具水手也都一动不动。看着它们，你永远不会想到它们刚才还在用头跳舞。

只有塔特莱特小姐一个人继续像风车般满房间打转，快活地哈哈大笑，唱着她的歌。

整个城，
翻了身，
翻了身，
翻了身！

她唱得高兴极了。

"塔特莱特小姐！塔特莱特小姐！"颠倒先生叫着向她跑去，眼睛里闪着奇怪的光。她转到他面前时，他一把拉住她的手，有多紧拉多紧，直到她在他身边站下来。

"你叫什么名字？"颠倒先生激动得喘着粗气问她。

塔特莱特小姐脸红了，不好意思地看着他。

"我叫塔特莱特呀，先生，塔特莱特小姐！"

颠倒先生捧起她的手。

"那你肯嫁给我吗，塔特莱特小姐，嫁给我做颠倒太太吗？那我太荣幸了。你看起来变得那么快活，也许你会宽恕我每个

月的第二个星期一。”

“宽恕？颠倒先生，它们将是我最大的节日。”塔特莱特小姐说，“今天我见到了世界颠倒过来的样子，得到了新的观点。我向你保证，我将一次次地等着每个月的第二个星期一！”

她难为情地笑着，把另一只手也给了颠倒先生。颠倒先生、简和迈克尔都很高兴，都笑了。

“现在已经过了六点钟，我想他可以复原了！”迈克尔悄悄地对简说。

简没回答，她在看着耗子。它不再用鼻子倒竖蜻蜓站着，而是叼着一大块蛋糕赶紧回洞去了。

玛丽阿姨捡起瓷盆，把它包起来。

“请捡起你们的手帕，戴好帽子。”她严厉地说。

“现在……”玛丽阿姨拿起伞，把手提包放在胳肢窝里。

“噢，我们现在还不走吧，对吗，玛丽阿姨？”迈克尔说。

“你爱在外面过夜，我可不愿意。”她说着推他朝门口走。

“你们真要走吗？”颠倒先生说。可他说的只是客气话，眼睛只顾看着塔特莱特小姐。

塔特莱特小姐向他们走过来，喜气洋洋地微笑着，抹抹她的鬈发。

“请再来玩。”她说着和每一个人握手，“以后请一定来，颠倒先生和我……”她难为情地低下头，脸上通红，“每个月第二个星期一吃茶点的时间都在家……对吗，阿瑟？”

“对对，”颠倒先生说，“不出去就在家，这一点我保证！”

他哈哈笑，简和迈克尔也哈哈笑。

他和塔特莱特小姐站在楼梯口向玛丽阿姨和孩子们挥手告别，塔特莱特小姐快活地红着脸，颠倒先生拉住她的手，非常神气，非常自豪……

“我没想到这么容易就能……”迈克尔和简在玛丽阿姨的伞底下啪嗒啪嗒在雨中走时，迈克尔对简说。

“能什么？”简问他。

“能倒竖蜻蜓，一回家我就练。”

“我希望我们能再到那里过第二个星期一。”简神往地说。

“请上去！”玛丽阿姨说着合拢雨伞，把孩子们推上公共汽车的转梯。

他俩并排坐在玛丽阿姨后面的位子上，轻声谈着下午的事。

玛丽阿姨回头看着他们。

“咬耳朵是不礼貌的。”她很凶地说，“坐正，你们不是两袋面粉！”

他们安静了一会儿。玛丽阿姨在位子上把身子半转过来，用生气的目光看着他们。

“你有一个多滑稽的亲戚啊。”迈克尔对她说，想打开话匣子。

她一下抬起了头。

“滑稽？你这是什么意思，滑稽？”

“哦，古怪。颠倒先生像风车似的旋转，倒过来用头站着……”

玛丽阿姨盯着迈克尔看，她像不相信自己的耳朵。

“你是说，”她一个字一个字咬着说，“我堂兄像风车似的旋转，倒过来用头——”

“他是这样做的嘛。”迈克尔激动地辩解，“我们看见了。”

“倒过来用头站着？我的亲戚倒过来用头站着？旋转得像放烟火？”玛丽阿姨好像很难重述这可怕的话，她看着迈克尔。

“这真是……”她接着说，迈克尔被她尖锐的目光吓得缩回去，“这真是叫人受不了。你先是对我没规矩，然后是污蔑我的亲戚。再有一点儿—— 一丁点儿——这种事，我就不客气了。我先警告你！”

玛丽阿姨说着狠狠地转过身去，用背对着他们。光看她的背就知道，她从来没这么生气过。

迈克尔向她靠过去。

“我……我……很对不起。”他说。

前面座位上的人没有回答。

“我很抱歉，玛丽阿姨！”

“哼！”

“非常抱歉！”

“你该抱歉！”她笔直地朝前看着，说了一声。

迈克尔靠到简身边。

“可我说的话是真的，对吗？”他悄悄说。

简摇摇头，把手指头放在嘴唇上。她在看着玛丽阿姨的帽子。她料定玛丽阿姨没看见，指指帽边。

在那闪亮的黑草帽上有点儿蛋糕屑，只有倒过头来站着吃点心的人帽子上才会有。

迈克尔盯着蛋糕屑看了一阵，接着转脸向简会意地点点头。

公共汽车隆隆地往家里开，他们坐在那儿一颠一颠的。玛丽阿姨的背笔直，气呼呼的，像在发出无言的警告。他们不敢跟她说话，可公共汽车每一次拐弯，他们都能看见蛋糕屑在她的帽边上打滚……

第五章 新生的一个

“可我们干吗一定要跟埃伦出去散步呢？”迈克尔咕噜着，砰地关上院子门，“我不喜欢她，她的鼻子太红了。”

“嘘！”简说，“她会听见的。”

埃伦推着摇篮车，转过头来。

“你真狠心，真没规矩，迈克尔。我只是在尽我的义务！这么热的天，我也不愿意出去散步，就是这么回事！”

埃伦用绿手帕擤她的红鼻子。

“那你干吗去呢？”迈克尔问。

“因为玛丽阿姨忙着。好了，来吧，乖乖的，我给你买一便士薄荷糖。”

“我不要薄荷糖，”迈克尔叽咕着，“我要玛丽阿姨。”

啪哒，啪哒，埃伦顺着胡同脚步很重地慢慢往前走。

“我透过帽子的每一道缝都能够看见一道彩虹。”简说。

“我看不见，”迈克尔不高兴地说，“我只看见帽子的丝质衬里。”

埃伦停在路口，着急地看着忙乱的车辆。

“要帮什么忙吗？”警察向她敬了个礼问道。

“这个。”埃伦红了脸说，“你能带我们过马路，我就很感谢了。重伤风，加上有四个孩子要照顾，我真不知道是用头站着还是用脚站着。”她又擤擤鼻子。

“可你一定知道！你只要看看就知道了！”迈克尔说，心想埃伦真糊涂。

可警察显然有另外的想法，因为他一只手紧紧挽住埃伦的胳膊，一只手抓住摇篮车的把手，温柔地送她过了马路，好像她是个新娘子似的。

“有休假日吗？”他很有兴趣地看着埃伦涨红的脸问道。

“这个，”埃伦说，“说来有半天，隔一个星期的星期六。”她害羞地擤了擤鼻子。

“真有趣，”警察说，“我正好也是这天休息。下午两点我经常在这儿。”

“噢！”埃伦张大了嘴说。

“讲定啦！”警察有礼貌地向她点点头。

“好，我看看吧。”埃伦说，“再见。”

她一步一步向前走，不断回头看警察是不是还在看她。

他一直在看她。

“玛丽阿姨从不要警察帮忙。”迈克尔咕噜着，“她会在家里忙些什么呢？”

“家里要发生大事情了。”简说，“我可以保证。”

“你怎么知道？”

“我身体里有一种空落落的期待的感觉。”

“呸！”迈克尔说，“我想你是饿了！我们不能走得快一点儿吗，埃伦？走完就完事了。”

“那孩子的心像石头似的。”埃伦对着公园铁栏杆说，“走不快，迈克尔，因为我的脚……”

“你的脚怎么啦？”

“它们只能走这么快，再也走不快了。”

“噢，亲爱的玛丽阿姨！”迈克尔苦恼地说。

他叹着气跟在摇篮车后面。简走在他旁边，透过帽子数着彩虹。

埃伦慢腾腾地挪脚一步一步向前走，一二，一二，啪哒，啪哒……

在他们后面，樱桃树胡同的确正在发生着一件重要事情。

从外面看，17 号跟所有房子一样安静，像睡着了。可是在百叶窗里面又忙又乱，要不是夏天，过路的人就会以为屋里在进行大扫除，或者在准备过圣诞节。

可是这房子自顾自地在阳光里闪烁，对此毫不在意，它在想它自己的心事。过去也这样忙乱过，也许以后还会有，那还管它干吗呢？

正在这时，布里尔太太打开前门，辛普森大夫急急忙忙走出来。布里尔太太在那里用脚尖跳着步子，看着辛普森大夫晃着他棕色的小皮包走下花园小路，接着她赶到食品贮藏室兴奋地叫着：“罗伯逊，你在哪儿？快来！”

她一步两级上楼梯，罗伯逊·艾打着哈欠伸着懒腰跟在她后面。

“嘘！”布里尔太太说，“嘘！”

她把手指头放在嘴唇上，踮起脚尖向班克斯太太的房门走去。

“唉，唉！什么也看不见，只能看见衣柜。”她弯腰从钥匙孔看进去，抱怨说，“衣柜上还有一点儿蔓生植物。”

紧接着她大吃一惊。

“天哪！”她尖声大叫，因为门忽然打开了，她向后面的罗伯逊·艾身上倒下去。

在一片亮光当中站着玛丽阿姨，样子严肃，脸上露出怀疑的表情。她极小心地抱着一样东西，像一卷毯子。

“噢！”布里尔太太气也透不过来地说，“是你！我正在擦亮门把手，你就出来了。”

玛丽阿姨看看门把手，脏极了。

“应该说你是在擦钥匙孔吧！”她挖苦布里尔太太说。

可布里尔太太不在乎。她温柔地看着那个襁褓，用她红色的大手掀开毯子一角，脸上展露出满意的微笑。

“啊！”她温柔地说，“啊，小羊羔！啊，小鸭子！啊，小东西！我敢说，好得像一个星期都是星期日！”

罗伯逊 · 艾又开始打哈欠，嘴稍稍张开，看着那包包。

“又要多擦一双鞋！”他靠着楼梯栏杆叹气说。

“小心别脱手了！”玛丽阿姨走过去时，布里尔太太担心地说。

玛丽阿姨用带点儿藐视的眼神看了看他们。

“换了我，我就只管自己的事！”她尖刻地说。

玛丽阿姨把襁褓包好，上楼到儿童室去了。

“请原谅我！请原谅我！”班克斯先生奔上楼，冲进班克斯太太的卧室，差点儿把布里尔太太都撞倒了。

“哎呀！”他坐在床尾说，“太糟了，糟透了。我真不知道我怎么承受得了，我没打算要五个。”

“我太对不起你了！”班克斯太太高兴地向他微笑着说。

“你没有对不起的样子，一点儿也没有。你实际上很高兴，很得意。根本没理由高兴，孩子很小很小。”

“我喜欢这样。”班克斯太太说，“会长大的。”

“对，真不幸！”他苦着脸回答，“我得给她买鞋，买衣服，买儿童的三轮车，对，我还得送她上学，让她一生有个好开头，花费可大了。等我老了坐在火炉旁边，她却扔下我走了。这一点我想你没想到过吧？”

“没有，”班克斯太太想装出抱歉的样子，可是装不出，“我没想到过。”

“我猜你也不会想到。好，就这样吧。不过我说在前面，我没钱重铺浴室的砖了。”

“这个别担心，”班克斯太太安慰他，“我最喜欢那些旧瓷砖了。”

“那你就是个傻透了的女人，我要说的就这些。”

班克斯先生走开了，在房子里又是叽里咕噜又是哇啦哇啦。可他一出前门就挺起了胸，把一支大雪茄烟放在嘴里，[1]一转眼就听见他又响、又得意、又夸口地把这个消息告诉了布姆海军上将……

玛丽阿姨在约翰和巴巴拉的小床之间那个新摇篮上弯下腰，把襁褓小心地放在摇篮里。

“你到底来了！保佑我的嘴和尾巴毛，我还以为你永远不会来呢！是个什么？”窗口一个粗哑的声音嚷嚷说。

玛丽阿姨抬起眼睛。

住在烟囱顶上的椋鸟正在窗台上兴奋地跳着。

“是个姑娘，叫安娜贝儿。”玛丽阿姨简短地说了一声，“请你轻一点儿，叽叽嘎嘎像喜鹊似的！”

可是椋鸟不听，它在窗台上翻跟头，每次头一抬起来就像拍手似的拼命拍翅膀。

[1] 照西方风俗，有了孩子要抽雪茄。

“多么好的日子啊！”它最后站直身子，喘着气说，“多好的一个日子啊！噢，我要唱歌！”

“你唱不出来，到世界末日你也唱不出来！”玛丽阿姨嘲笑它。

可椋鸟高兴得很，不在乎她这句话。

“一个小姑娘！”它踮起脚尖跳着尖叫，“这一季我生了三窝——你相信吗——都是雄的，不过安娜贝儿可以给我补偿！”

它沿着窗台跳了一会儿，“安娜贝儿！”它又叫起来，“这是个好名字！我有个姑妈也叫安娜贝儿，她过去一直住在布姆海军上将的烟囱里。真可怜，她吃绿苹果和葡萄吃死了。我告诫过她，我告诫过她的！可她不信我的话，当然就——”

“你能安静点儿吗？”玛丽阿姨问着，用围裙挥向它。

“绝对不能！”它利索地躲开了，继续叫，“这不是安静的时候，我要去传播这个消息。”

它冲出了窗口。

“五分钟就回来！”椋鸟飞走时转脸叫道。

玛丽阿姨在儿童室里悄悄地走，叠好安娜贝儿的新衣服。

阳光照进窗口，爬过房间，来到摇篮那里。

“睁开你的眼睛吧！”阳光轻轻地说，“我要把光照进你的眼睛！”

摇篮上的襁褓动了一下，安娜贝儿睁开了眼睛。

“好姑娘！”阳光说，“它们是蓝色的，我心爱的颜色！好！你再也找不到更亮的眼睛了！”阳光轻轻地离开了安娜贝儿的

眼睛，滑下摇篮。

“谢谢你！”安娜贝儿有礼貌地说。

和暖的微风吹动她头上的轻纱荷叶边。

“你的头发要鬈发还是要直发？”风落到摇篮里，停在安娜贝儿身边，悄悄地问她。

“噢，请给我鬈发吧！”安娜贝儿温柔地说。

“可以少点儿麻烦，对吗？”微风同意了。它掠过她的头，小心地把她的头发卷起来，然后穿过房间出去了。

“我们来了！我们来了！”

窗口传来很尖的刺耳叫声，椋鸟回到了窗台上。它后面跟来了一只很小的椋鸟，落下来时还站不稳，摇来晃去的。

玛丽阿姨摆出吓唬它们的样子走过去。

“你们现在走开！”她生气地说，“我不要麻雀把这儿童室里弄得乱七八糟……”

可是椋鸟带着小椋鸟高傲地在她身边擦过。

“请记住，玛丽·波平斯，”它冷冷地说，“我一家老小都是有教养的，什么弄得乱七八糟！”

它轻巧地落到摇篮边上，让小椋鸟安安稳稳地停在身边。

小椋鸟睁圆带疑问的眼睛看着安娜贝儿。椋鸟一路跳到安娜贝儿枕头边。

“安娜贝儿，亲爱的，”它用沙哑的声音哄她说，“我特别喜欢咬下去咔嚓咔嚓响的甜脆葛粉饼干。”它很馋似的眨眨眼睛，“我想你有一块吧？”

长着鬈发的头在枕头上乱摇动。

“没有？对，你吃饼干也许还早。你姐姐巴巴拉是个好姑娘，她很大方很讨人喜欢，老记得我。你将来能省点碎屑给老朋友吗？”

“我当然能。”安娜贝儿在襁褓里说。

“好姑娘！”椋鸟声音嘶哑地称赞她，歪着头用圆溜溜的发亮眼睛看着她，“我希望你旅行了一番还不太累吧。”它彬彬有礼地说。

安娜贝儿摇摇头。

“她是打哪儿来的？是从蛋壳里出来的吧？”小椋鸟忽然问。

“哈哈！”玛丽阿姨笑它说，“你以为她是麻雀吗？”

椋鸟用受侮辱和高傲的眼神看了她一眼。

“那她是什么呢？她是打哪儿来的？”小椋鸟尖声问着，拍着翅膀，低头盯住摇篮边。

“你告诉它吧，安娜贝儿！”椋鸟声音嘶哑地说。

安娜贝儿动着襁褓里的手。

“我是泥土、空气、火和水组成的，”她轻轻地说，“我来自万物起源的黑暗。”

“啊，那么黑！”椋鸟把头垂到胸前，轻轻地说。

“蛋里也是黑黑的。”小椋鸟叽叽地说。

“我来自大海和它的潮水，”安娜贝儿说下去，“我来自天空和它的星星，我来自太阳和它的亮光……”

“啊，那么亮！”椋鸟点点头说。

“我来自地球上的树林。”

玛丽阿姨像在梦中一样摇着摇篮，一来一去，一来一去，匀速地不断摇着。

“是吗？”小椋鸟悄悄地问。

“我先是动得很慢，”安娜贝儿说，“老是睡觉做梦。我回忆原来的样子，想着未来的样子。我做完梦醒来，轻快地来了。”

她停了一下，蓝色的眼睛充满回忆。

“后来呢？”小椋鸟问她。

“我来时听见星星歌唱，感到身上很温暖。我经过树林，穿过黑暗和深水，路程可长了。”

安娜贝儿不再说了。

小椋鸟瞪着充满疑问的闪亮眼睛看着她。

玛丽阿姨的手静静地抓住摇篮的边，停手不摇了。

“路程真长啊！”椋鸟把头从胸前抬起来说，“啊，很快就要忘了！”

安娜贝儿在襁褓里动起来。

“不，”她有把握地说，“我永远不会忘记！”

“胡说八道！你当然要忘记！过上一个礼拜，你就一点儿也不记得你是什么，打哪儿来的了！”

安娜贝儿的脚在她那条法兰绒裙子里拼命地踢。

“我会记住，我会记住！我怎么会忘记呢？”

“因为他们全都忘记了！”椋鸟声音粗哑地嘲笑说，“所有愚蠢的人都这样，只除掉……”它向玛丽阿姨那边点点头，“只除掉她！她不一样，她是个怪人，是个不识时务的人……”

“你这麻雀！”玛丽阿姨叫着向它冲过去。

可它狂笑着把小椋鸟从摇篮边赶开，跟它一起飞到窗台上。

“到底及时逃开你了！”它掠过时厚着脸皮说，“喂，什么事？”

外面楼梯口有嘈杂的声音，楼梯上有噔噔噔响着的上楼的脚步声。

“我不相信你的话！我不会相信你的话！”安娜贝儿激动地喊。

这时候简、迈克尔和双胞胎冲进房间。

“布里尔太太说你有东西给我们看！”简甩下帽子说。

“是什么？”迈克尔在房间内东张西望着问。

“给我看！”“也给我看！”双胞胎大叫。

玛丽阿姨看看他们。“这里是幽静的儿童室还是动物园？”她生气地问，“你们说！”

“是动物……哦……我是说……”迈克尔赶紧改口，因为他看到了玛丽阿姨的眼睛，“我是说儿童室。”他胆怯地说。

“噢，瞧，迈克尔，你瞧！”简兴奋地叫起来，“我告诉过你要发生大事情了！是个新娃娃！噢，玛丽阿姨，可以让我抱抱吗？”

玛丽阿姨狠狠地看了看大家，弯腰把安娜贝儿从摇篮里抱起来，带她一起坐在旧沙发椅上。

“轻一点儿，请轻一点儿！”几个孩子围拢来，她关照他们说，“这是个小娃娃，不是艘大军舰！”

“是男娃娃吗？”迈克尔问。

“不，是个女娃娃——安娜贝儿。”

迈克尔和安娜贝儿对看了一眼。他把一个手指头放在她的手里，她紧紧地把它捏住了。

“我的洋娃娃！”约翰说着，趴在玛丽阿姨的膝盖上。

“我的小兔子！”巴巴拉说着拉安娜贝儿的头巾。

“噢！”简喘着气，摸摸她那风已经吹鬈了的头发，“多么小多么甜啊，像颗星星。你打哪儿来的，安娜贝儿？”

安娜贝儿听见有人问，很高兴，开口把她的故事又讲了一遍。

“我来自黑暗……”她轻轻地背起来。

简听了哈哈笑。“多滑稽的小声音！”她叫道，“我希望她能讲话，告诉我们。”

安娜贝儿瞪圆眼睛看着她。

“可我是在告诉你呀。”她踢着腿抗议。

“哈哈！”椋鸟在窗台上粗声大叫，“我说什么来着？请

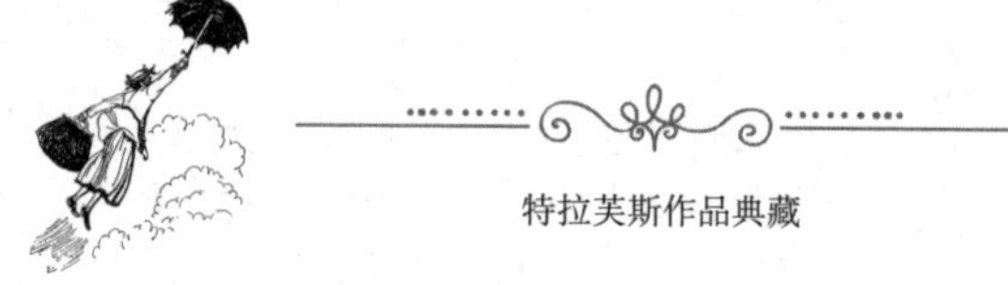

原谅我笑了！”

小椋鸟用翅膀捂住嘴咯咯笑。

“也许她是从玩具店里来的。”迈克尔说。

安娜贝儿狠狠地甩开他的手指头。

“别说傻话！”简说，“是辛普森大夫用褐色的小手提包把她装着带来的！”

“我说对了还是没说对？”椋鸟黑黑的老眼睛向安娜贝儿嘲笑似的闪着光。

“你说吧！”它得意地拍着翅膀挖苦说。

安娜贝儿没回答，只是向玛丽阿姨的围裙转过头来哭。她最初的哭声又尖细又孤单，响遍了全屋。

“算了算了！”椋鸟嘶哑地说，“别激动，没用的。你到底不过是个小人儿。也许下一回你会相信比你懂的人！比你大比你懂的人！比你大比你懂的人！”它嚷嚷着，得意地跳上跳下。

“迈克尔，请去拿我的鸡毛掸子，把窗台上那两只鸟赶走！”玛丽阿姨不客气地说。

椋鸟发出兴高采烈的呱呱叫声。

“我们自己会走的，玛丽阿姨，谢谢！我们就走！来吧，孩子！”

椋鸟大声咯咯笑着，拍拍小椋鸟，让它从窗台上飞起来，接着带它飞到窗外去了……

在很短的一段时间里，安娜贝儿就在樱桃树胡同舒舒服服

地生活下来。她很高兴成为全家的中心人物，很高兴人们在她的摇篮上弯下腰来说她漂亮，说她乖，说她脾气好。

“称赞吧，”她微笑着说，“我太喜欢被称赞了！”

大家于是赶紧说她的头发多么鬈曲，眼睛多么蓝。安娜贝儿会笑得那么得意，他们不由得大叫：“她多么懂事啊！你简直会以为她听懂了呢！”

可她一听这句话就不高兴了，厌恶地转过身去笑他们傻。可她这样做是很笨的，因为她一不高兴，看着反而逗人，让他们更傻了。

椋鸟回来时，安娜贝儿已经出生一个礼拜了。它到来时，玛丽阿姨正在暗淡的灯光下轻轻地摇着摇篮。

“又回来了？”玛丽阿姨看着它跳进房间，厉声说，“你跟一个讨债鬼一样烦人！”她讨厌它，狠狠地吸了吸鼻子。

“我一直太忙了，”椋鸟说，“得把我的事情安排好。你知道，我要照顾的儿童室可不止这一个！”它亮亮的黑眼睛狡猾地眨了眨。

“哼！”她说了一声，“我真为别的儿童室感到遗憾！”

它咯咯笑着摇摇头。

“没人能像她！”椋鸟快活地对着遮帘的流苏说，“没人能像她！什么事情她都能回答！”它向摇篮那边抬起头，“怎么样，安娜贝儿睡了？”

“睡了也没你的事！”玛丽阿姨说。

椋鸟不理她，跳到窗台的一头。

“我来看着。”它悄悄说，“你下去喝杯茶吧！”

玛丽阿姨站起来。

“那你留点儿神别吵醒她！”

椋鸟可怜她似的大笑。

“我的好小姐，我至少带大过 20 窝小鸟。这么个小娃娃，不用人来告诉我怎么看她。”

“嗯！”玛丽阿姨走到柜子那儿，把一罐饼干放在胳肢窝下，走出去关上房门。

椋鸟把翅膀尖藏在尾巴下面，在窗台上走来走去，走去走来。

摇篮动了一下，安娜贝儿睁开她的眼睛。

“喂！”她说，“我很想看见你。”

“哈！”椋鸟说着，飞到她那儿。

“我想把一些事情回忆起来。”安娜贝儿皱着眉头说，“我想你能提醒我。”

椋鸟呆住了，它的黑眼睛闪耀着。

“怎么个提醒法呢？”它轻轻地说，“这样提醒吗？”

它开始沙哑地轻轻说：“我是泥土、空气、火和水——”

“不对不对！”安娜贝儿不耐烦地说，“当然不是这个。”

“那么，”椋鸟着急地说，“是讲你来的旅程吗？你来自大海和它的潮水，来自天空和——”

“噢，别说傻话了！”安娜贝儿大叫，“我来的旅程只不过是今天早晨上公园又回来。不对不对，是一件要紧的事，它是以 B 开头的。”

她忽然哇哇叫。

“我想起来了！”安娜贝儿叫道，“是饼干，壁炉架上有半块葛粉饼干，是迈克尔吃茶点以后留下的！”

“就这么点儿事？”椋鸟发愁地问。

“当然。”安娜贝儿烦躁地说，“还不够吗？我以为有块好吃的饼干你会喜欢呢！”

“当然当然！”椋鸟赶紧说，“不过……”

她在枕头上转过脸去，闭上眼睛。

“现在请别再说话了！”她说，“我要睡了。”

椋鸟望望那边的壁炉，又低头看看安娜贝儿。

“饼干！”它摇摇头说，“唉，安娜贝儿，天哪！”

玛丽阿姨轻轻进来，关上房门。

“她醒过没有？”她悄悄问。

椋鸟点点头。

“只醒了一下，”它伤心地说，“可也够长了。”

玛丽阿姨用疑问的眼神看它。

“她忘了，”它沙哑的声音里有点儿遗憾，“她都忘了。我知道她会忘掉的，不过，唉，亲爱的，多可怜啊！”

“嗯！”

玛丽阿姨在儿童室里轻轻地走来走去，把玩具都放好。她望着椋鸟，它背对着她站在窗台上，带斑点的肩膀在抽搐。

“又伤风了吗？”她讽刺它说。

它打着转。

“当然不是！这是……嗯……夜里很冷，弄得眼睛流了眼泪。好，我得走了！”

它在窗台边上摇摇晃晃地走着。“我老了，”它用沙哑的声音伤心地说，“就是这么回事！我们不像原先那么年轻了。你说呢，玛丽·波平斯？”

“我不知道你……”玛丽阿姨高傲地挺起腰，“我可是像原先那么年轻，对不起！”

“啊，”椋鸟摇摇头说，“你是个奇迹，一个毫无疑问、十全十美的大奇迹！”它的圆眼睛很狡猾地眨了眨。

“我可不真那么想！”它飞出窗口，不客气地叫起来。

“一只无礼的麻雀！”她在它后面叫了一声，砰地关上了窗……

第六章

罗伯逊·艾的故事

“请跟着过来吧！”玛丽阿姨在公园里推着摇篮车向她喜欢的座位走去，车上一头是双胞胎，一头是安娜贝儿。

这是张绿色的椅子，就在湖边。玛丽阿姨选

中它，是因为她在那里一侧身就能看到水上自己的影子。她的脸在睡莲之间闪现，她看了总有一种心满意足的快感。

迈克尔在后面一步一步拖着脚走。

“咱们老得跟着，”他低声对简发牢骚，小心不让玛丽阿姨听见，“总不能上别的地方去。”

玛丽阿姨回过头来看着他。

“把你的帽子戴好！”

迈克尔把帽子往眼睛上一拉。帽箍上印着“英国皇家军舰军号兵”几个字，他觉得这顶帽子对他最合适了。

玛丽阿姨藐视地看着他们两个。

“哼！”她说，“我得说你们两个看着像幅画，像一对乌龟似的慢腾腾地爬，鞋子上鞋油都没有了。”

“今天罗伯逊·艾放假。”简说，“我想是他走以前来不及擦了。”

“唉！真懒惰，吊儿郎当，不干好事，他就是这么个人。老这样，将来也改不了！”玛丽阿姨狠狠地说，推着摇篮车向她那张绿色的椅子走去。

她把双胞胎抱出来，用头巾紧紧地裹住安娜贝儿。她看着湖面上自己的影子，微笑着理理脖子上的新缎带结，接着从摇篮车里拿出毛线袋。

“你怎么知道罗伯逊·艾一向懒惰的？”简问，“你到这儿来以前就认识他了吗？”

“不问问题就听不到谎话。”玛丽阿姨动手给约翰打毛线

背心，一本正经地说。

“她什么也不肯告诉我们！”迈克尔嘟囔着。

“这个我有数！”简叹气说。

他们很快就忘记了罗伯逊·艾的事，开始玩“班克斯夫妇和两个孩子”的游戏。接着他们扮印第安男人，让约翰和巴巴拉扮印第安女人。后来他们又玩走绳索，把椅子背当绳索。

“请你们小心我的帽子！”玛丽阿姨说。这顶帽子是褐色的，缎带上插着一根鸽子毛。

迈克尔顺着椅子背小心地一步一步走，走到头就摘下帽子挥挥它。

“简，”他叫道，“我是城堡的国王，你是——”

“别出声，迈克尔，”简打断他的话，指着湖对岸，“瞧那边！”

顺着湖边小路走来一个瘦长的人，衣着很古怪。他脚上穿一双红黄条纹的长袜子，身上穿一件扇形边的红黄条纹紧身上衣，头上戴一顶尖顶的红黄条纹宽边高帽。

简和迈克尔好奇地看着他过来，他脚步懒洋洋的，双手插在口袋里，帽子拉到眼睛上。

他大声吹着口哨，等走近了，他们看到他紧身上衣的衣角和帽子的边都挂着小铃铛，走起路来像奏乐似的叮叮当当响。他们从未见过这么古怪的人，可又觉得他有点儿眼熟。

“我想我曾经见过他。”简皱着眉头说，拼命在回想。

“我也这样觉得，可记不起是在哪儿。”迈克尔在椅子背上平衡好身体，看着他。

那古怪的人吹着口哨，浑身叮叮当当响着，无精打采地来到玛丽阿姨身边，靠在摇篮车上。

“你好，玛丽！”他说着懒洋洋地用一个指头碰碰帽子边，“过得好吗？”

玛丽阿姨抬起头，把目光从毛线活儿上转到他身上。

“承问。”她回答了一声，很响地吸吸鼻子。

简和迈克尔看不见那人的脸，因为帽檐拉得很低，可是听那叮叮当当声，能知道他在笑。

“我看你还那么忙！”他瞧着玛丽阿姨打的毛线说，“你一直那么忙，在王宫里也这样，不是给王座掸灰尘就是给国王铺床，不然就是擦亮王冠上的宝石。我没见过有人这么干活的！”

“比你干的总要多些。”玛丽阿姨不高兴地说。

“啊，”陌生人笑着说，“那你可错了！我一直忙着。不过闲着不做事就花了我很多时间！说实在的，花了全部时间！”

玛丽阿姨噘着嘴，没有回答。

陌生人高兴得咯咯笑。“好，我得走了。”他说，“再见！”

他用一个指头碰碰帽子上那排铃铛，懒洋洋地闲逛着走了，一路吹着口哨。

简和迈克尔盯着他看，直到他走得看不见了为止。

“坏蛋！”

他们后面突然响起玛丽阿姨的声音。他们转过头来，看见她也在看着陌生人走开。

“他是谁呀，玛丽阿姨？”迈克尔在椅子上起劲地跳着问。

“我刚才怎么跟你说的？”她厉声说，“你说你是城堡的国王，你根本不是！不过，他可是那个坏蛋。”

“你是说催眠曲里那个吗？”简屏着气问。

“可催眠曲不是真的，对吗？”迈克尔反对，“如果是真的，那城堡的国王又是谁啊？”

“嘘！”简把一只手放在他胳膊上。

玛丽阿姨已经放下手里打的毛线，眼睛望着远处的湖对岸。

简和迈克尔坐着一动不动，希望他们这样乖乖不响，玛丽阿姨就会把整个故事告诉他们。双胞胎在摇篮车的一头挤在一起，一本正经地瞪大眼睛看着玛丽阿姨。安娜贝儿在另一头呼呼大睡。

“城堡的国王。”玛丽阿姨把手叠在毛线球上，从孩子们头上望过去，好像根本看不见他们，她开始讲了，“城堡的国王住在很远很远的一个国家里，这个国家远得没人听说过。不管你想的怎么远，它比你想的还要远；不管你想的怎么高，它比你想的还要高；不管你想的怎么深，它比你想的还要深。

“要是我告诉你们他有多富，咱们在这儿坐到明年，我也只能把他的财富讲出一半。他无比富有，什么都应有尽有。但世界上有一样东西他没有。

“这一样东西就是智慧。”

玛丽阿姨就这样讲起来了……

他的国土满是金矿，老百姓彬彬有礼，整个国家兴旺发达，

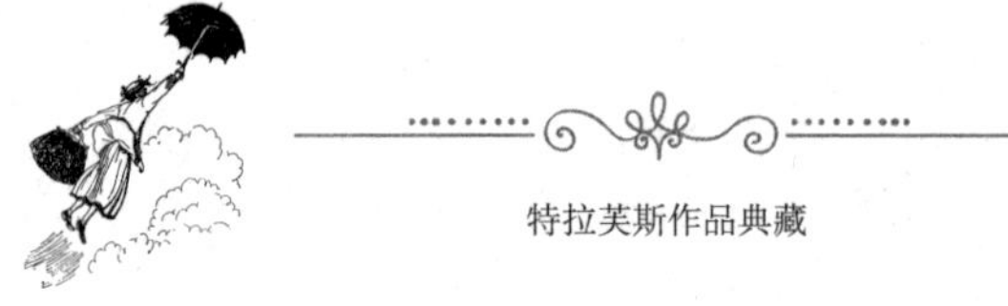

简直了不起。他有一个很好的王后和四个胖孩子，也许是五个。他永远记不清有几个，因为他的记忆力太差了。

他的城堡是银子和花岗石建造的，国库里装满了黄金，王冠上的钻石跟鸭蛋一样大……

他有许多漂亮的城市和航海的船只。有一个大法官做他的左右手，这个人很懂事理，能给他出好主意。

可是国王没有智慧，是个彻头彻尾的傻瓜，而且他自己也知道！说实在的，他没法不知道，因为所有的人，从王后、大法官到老百姓，无时无刻不在提醒他这件事。连公共汽车司机、火车司机、店员都禁不住会让国王知道，他们是知道国王没有智慧的。他们倒没有不喜欢他，只是有点儿看不起他。

国王这么愚蠢可不能怪他。他从小就一直想学到智慧，可是即使长大以后，上课上到一半，他还是会一下子号啕大哭，边用貂皮衣边擦着眼睛边叫道："我知道我永远学不进去，永远学不进去！干吗还要我学呢？"

可他的那些老师还是继续努力。全世界的教授都来设法教会国王，哪怕是教会一点儿也好，譬如二乘二或者是一加一，可是没有一个人取得一丁点儿成功。

王后有了一个主意。

"哪一位教授能教会国王一点儿智慧，我们可以奖赏！"她对大法官说，"不过要是一个月还教不会，我们就砍下他的头钉在城门上示众，让其他教授知道不成功会有什么下场。"

因为教授们都很穷，这笔奖金又很大，于是他们不断来

试，结果都失去了希望，也失去了脑袋。城门上钉的人头都挤满了。

情况越来越糟，最后王后对国王说："埃塞尔伯特（这是国王的昵称），我的确认为，你最好把王国交给我和大法官管理，我们两个事情懂得多！"

"那可不公道！"国王抗议说，"王国到底是我的！"

不过他最后还是屈服了，因为他知道王后比他聪明。可他很不甘心在自己的城堡里听人摆布，而且只能用那根弯的权杖

（因为他老嚼那根好权杖的圆头），于是继续请教授们来教他智慧，可到头来还是因学不会而大哭。他哭既为他们也为自己，因为他看见他们的头钉到大门上很不是滋味儿。

每个新教授来时都满怀希望，问国王以前那些教授没问过的问题。

“请问陛下，六加七是多少？”老远来的一位年少英俊的教授问他。

国王想了半天，然后急着探出身子回答：“还用说，当然是十二！”

“嘿嘿嘿！”站在宝座后面的大法官说。

教授哼哼说：“六加七是十三，陛下！”

“噢，对不起！请再出个题目吧，教授。第二个题目我准做对。”

“那么五加八呢？”

“这个……让我想想看！别告诉我，答案都到嘴边了。对！五加八是十一！”

“嘿嘿嘿！”首相说。

“是十三。”年轻教授绝望地叫起来。

“可是我亲爱的，你刚才说六加七是十三，那么五加八怎么又是十三呢？总不能有两个十三啊！”

年轻教授只好摇摇头，松开衣领，垂头丧气地跟着刽子手走了。

“这么说十三不止一个？”国王激动地问。

大法官厌恶地转身走了。

“真抱歉。”国王自言自语说，“我太喜欢他的模样了，把这个脑袋钉在大门上太可惜了。”

从此他拼命做算术，希望下一位教授来时他能答对。

国王坐在城堡台阶的顶上，就在吊桥旁边，膝盖上搁着一本乘法表，一个劲儿地念。他看书时念得都对，闭上眼睛一背就错。

“七一得七，七二三十三，七三四十五……”有一天他开始背，一发现错了就气得把书扔开，把头埋在斗篷里面。

“没有用，没有用！我永远聪明不起来！”他绝望地大哭。

可也不能哭一辈子呀，他擦着眼泪，靠在他的金色椅子上。正在这时候他吓了一跳，因为一个陌生人推开门口的卫兵，一路走上城堡来。

“喂，”国王说，“你是谁？”因为他记不得人家的脸。

“我倒要请问你是谁？”陌生人回答。

“我是城堡的国王。”国王说着捡起弯权杖，想显得威风些。

“那我是坏蛋。”那人回答。

国王惊讶得睁大眼睛。

“不过你这是真话吗？太有意思了！我很高兴见到你。你知道七乘七是多少吗？”

“不知道，我干吗要知道？”

国王听了高兴得大叫，跑下台阶来拥抱那陌生人。

“我到底……到底找到一个朋友了！”国王叫着说，“你跟我住在一起吧！我的就是你的！我们永不分开！”

“不过埃塞尔伯特，”王后反对说，“他只是个平民，你不能把他留在这儿。”

“陛下，”大法官冷漠地说，“这不可以。”

国王第一次反对了他。

“完全可以！”他庄严地说，“这儿谁是国王——你还是我？”

“当然，说起来是你，陛下，不过——”

“好吧，给这个人戴上铃铛和帽子，他可以做我的傻瓜！”

“傻瓜！”王后绞着手叫起来，“我们的傻瓜难道还不够，还要傻瓜？”

国王不回答。他搂住陌生人的脖子，两个人跳着来到城堡门口。

“你先请！”国王客气地说。

“不，你先请！”陌生人说。

“那么一起走！”国王大方地说，于是两人并排走进门。

从这天起国王不想上课了，他把书全堆在院子里烧掉，然后和他的新朋友绕着火堆边跳边唱：

我是城堡的国王，
你是个大坏蛋！

“你只会唱这支歌吗？”有一天陌生人问。

“对，我很抱歉，我是只会唱这支歌！”国王很难过地说，

“你还会别的吗？”

“噢，天哪，当然喽！”陌生人说着，很甜地唱起来：

闪亮闪亮，
蜜蜂飞来飞去忙，
扔下点儿蜜糖，
让我们吃晚饭时尝尝！

又唱：

荡啊荡，雪地上面荡秋千，
龙虾走得七歪八倒，只把贝壳捡。
知道吗？

又唱：

男孩，女孩，大家出来玩，
翻过一座一座山，走得远又远，
羊在草原上，牛在牛栏里，
还要来娃娃，来摇篮，来所有的东西！

“好听极了！”国王拍手大叫，“现在你听我的，我也想出了一支！是这样的：

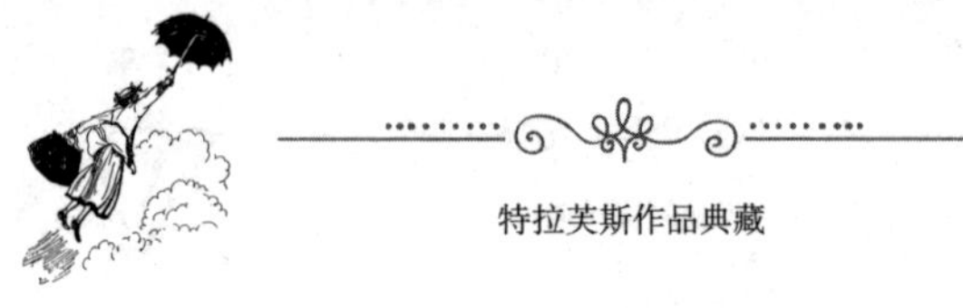

所有的狗，滴滴答！
它们讨厌青蛙，滴滴答！

“嗯，”陌生人说，“还不坏！”

“等一等！”国王说，“我又想出了一支，我觉得这一支更好。你仔细听着！”

他唱起来：

给我采朵花，
给我摘颗星，
把它们在牛油里面熬，
在蜜糖、焦油里面蒸。
滴滴答！
味道好得很！

“呱呱叫！”陌生人大叫，“这支歌咱们来一起唱吧！”

他和国王跳着舞穿过城堡，唱着国王的两支歌，唱完一支又唱一支，调子非常特别。

等到唱累了，他们在走廊上倒成一团，睡了。

“他越来越糟！”王后对大法官说，“我们怎么办呢？”

“我刚听说，”大法官回答，“国内最聪明的人——首席教授——明天要上这儿来。也许他能给我们帮个忙！”

第二天首席教授来了，拎着个小黑皮包，神气地沿着小路到来城堡。天下着蒙蒙细雨，可是文武官员都到台阶顶上来欢迎他。

“你认为他的智慧是在那小皮包里吗？”国王悄悄说。在宝座旁边抛着跖骨玩的陌生人笑笑，只顾玩他的。

“好，要是陛下高兴，”首席教授用严肃的口气说，“我们先从算术开始。这个问题陛下能回答吗？二月中旬，两个大人和一个孩子推着一辆车子过苜蓿地，他们的腿一共有多少条？”

国王看了他一会儿，用权杖擦着脸颊。

陌生人抛起一块跖骨，又用手腕背面接住它。

“多点儿少点儿有什么关系？”国王微笑着说。

首席教授大吃一惊，呆呆地看着国王。

“说实在的，”他镇静地说，“并没有什么关系。我来问陛下另一个问题，大海有多深？”

“深得可以让一艘船在上面行驶。”

首席教授又瞪着眼睛看着国王，长胡子直抖动。国王在微笑。

“陛下，一颗星星和一块石头、一只鸟和一个人有什么两样？”

“根本没什么两样，教授。石头是不发光的星星，人是没翅膀的鸟。”

首席教授靠近一点儿，惊讶地看着国王。

“世界上什么事情最好？”他静静地问。

“什么事也不干最好。”国王挥动着弯权杖回答。

“噢，天哪，噢，天哪！”王后大叫，“太可怕了！”

“嘿嘿嘿！”大法官说。

可是首席教授跑上台阶，站在国王宝座旁边。

“这些事情是谁教你的，陛下？”他问。

国王用权杖指指正在把跖骨扔起来的陌生人。

“他是教我。”国王不合语法地说。

首席教授抬起浓眉，陌生人抬头看着他微笑。陌生人扔起一块跖骨，首席教授向前弯腰，把骨头从他的手背上抢过来。

“哈！”首席教授叫道，“我认识你！一看帽子和铃铛我就认出你这坏蛋了！”

“哈哈！”陌生人大笑。

“他还教你什么啦，陛下？”首席教授又向国王转过脸。

“唱歌。”国王回答。

他站起来就唱：

一只黑夹白的母牛，
在一棵树上坐，
如果我是它，
我就不是我！

“一点儿不错。”首席教授说，“还有什么？”

国王用颤抖的快活声音又唱：

地球团团转，

一点儿也不歪，
好叫大海水，
不会洒出来。

“正是这样，”首席教授说，“还有什么？”

“噢，天哪，还有！”国王因为成功了大为高兴，“还有一支。”

我可以学习，
学得样样精，
可这样一来，
就没空想事情！

“教授，也许你喜欢这一支。”国王接着说。

环球去旅行，
我们不愿意，
因为到头来，
还是回家里！

首席教授拍手称赞。

“你要听的话，”国王说，“还有一支。”

“请唱吧，陛下！”

国王歪着头看看陌生人，狡猾地笑笑，又唱起来：

首席大教授，
人数一大把，
趁还没长大，
统统淹死吧！

首席教授听完哈哈大笑，在国王面前跪下。

“噢，陛下，”他说，“祝你万寿无疆！你根本用不着我来教你！”

他二话不说，跑下台阶，脱掉大衣、上衣和背心，扑倒在草地上，要了一盆奶油草莓和一大杯啤酒。

“嘿嘿嘿！”大法官吓坏了，因为这时候所有的文武官员都冲下台阶，脱下外衣，在被雨淋湿的草地上打滚。

“草莓和啤酒！草莓和啤酒！”他们口渴得大叫。

“给他奖赏！”首席教授用麦管吸着啤酒，向陌生人那边点着头说。

“呸！”傻瓜说，“我不要，我要奖赏干什么？”

他爬起来，把跖骨放进口袋，沿小路大踏步走了。

“喂，你上哪儿去？”国王急着叫。

“爱上哪儿就上哪儿！”陌生人高傲地说着，逍遥自在地走着。

“等等我，等等我！”国王叫着，给衣服下摆绊了一下，急忙下台阶。

“埃塞尔伯特！你要干什么？你忘了你自己了！”王后生气地叫。

“没有，亲爱的！”国王叫起来，“相反，我第一回记起了我自己！”

他急急忙忙沿小路走，追上陌生人拥抱他。

“埃塞尔伯特！”王后又叫。

国王不理她。

雨停了，不过空气中还有水汽。这时天上出现了彩虹，它的一头落到了城堡的小路上。

“我想我们可以走这条道。”陌生人指着彩虹说。

“什么？走彩虹？它够结实吗？承受得住我们吗？”

“试一试吧！”

国王看看彩虹耀眼的紫色、蓝色、绿色、黄色、橙色、红色道道，又看看陌生人。

“好，我同意！”他说，“来吧！”他跨上七彩路。

“承受住了！”国王高兴地大叫。他提起袍子下摆，快步跑上彩虹。

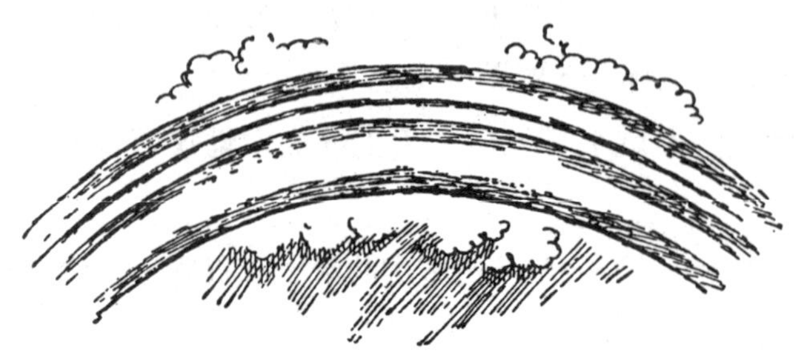

“我是城堡的国王！”他得意地唱着说。

“我是大坏蛋！”陌生人在他后面跑着叫。

“这是不可能的！”大法官倒吸了一口凉气。

首席教授笑着又吃了一个草莓。

“事情真发生了，怎么还说不可能呢？”首席教授问。

“可这是不可能的！一定不可能！这违反常规！”大法官的脸气得发紫了。

王后大哭起来。

“埃塞尔伯特，你回来！”她哀求说，“只要你回来，你怎么傻我也不在乎！”

国王扭头朝下看看，摇摇头。陌生人哈哈大笑。他们一起沿着彩虹不断地向上走，越走越高。

一样发亮的弯东西落到王后脚边，是弯权杖。接着又落下了王冠。

她伸出两手哀求。

可国王回答她的是一支歌，他用颤抖的高调门唱：

再见，亲爱的，
别眼泪汪汪，亲爱的，
你很聪明，
我也一样，亲爱的！

陌生人看不起似的一甩手，扔给她一块跖骨，接着轻轻地推推国王让他往前走。国王提着他衣服的下摆跑起来，陌生人在后面紧跟。他们沿着闪亮的七彩路越走越高，直到一朵云在他们和地面之间掠过，王后再也看不见他们了。

你很聪明，
我也一样，亲爱的！

国王的歌声飘下来。国王人不见了，王后只能听见很细的尾音。

“嘿嘿嘿！”大法官说，“这种事根本不可能！”

王后在空宝座上坐下来，呜呜地哭。

“呜呜呜！”她捂着脸轻轻地哭着说，“我的国王走了，我很孤独，再也回不到原来的日子了！”

这时候国王和陌生人已经到了彩虹的顶上。

“爬得多痛快呀！”国王坐下来，用斗篷裹住身体，“我想在这儿坐一会儿，也许坐很久。你走你的吧！”

“你不会觉得孤单吗？”陌生人问他。

“噢，亲爱的，不会。我怎么会呢？这里又安静又愉快。我可以一直想心事，或者最好是睡一觉。”他说着用斗篷当枕头，在彩虹上伸直身体躺下。

陌生人弯下腰来亲亲他。

“那么再见了，陛下，”他轻轻地说，“因为你不再需要我了。”

他让国王安安静静地睡觉，吹着口哨从彩虹的另一边下去了。

从那里他又开始环游世界了，像他来见国王以前一样，唱着，吹着口哨，只想着眼前的事。

他有时候去给别的国王和大人物做事，有时候生活在小街小巷的平常人中间。他有时候穿华丽的仆人制服，有时候穿得很穷酸。可不管他到哪里，他都给栖身的人家带来好运……

玛丽阿姨讲完了。好一会儿，她的手放在膝盖上一动不动，眼睛漠然地瞧着湖对岸。

接着她叹了口气，肩膀轻轻摇晃了一下，站起身来。

“好了！”她轻松地说了一声，“回家吧！”

她转脸看见简盯住她看。

“我希望你下回一看见我就认识！”她尖刻地说，“还有你，迈克尔，马上从椅子上下来！你想摔断脖子，麻烦我去叫警察还是怎么的？”

玛丽阿姨把双胞胎放进摇篮车，急急忙忙往前推。

简和迈克尔在后面跟着。

“彩虹消失以后，城堡的国王不知上哪儿去了。”迈克尔想着心事说。

“依我看，彩虹在哪儿出现，他就在哪儿。”简说，“我倒是想知道那陌生人后来怎么样了。”

玛丽阿姨把摇篮车推进了榆树大道。在路口拐弯处，迈克尔突然抓住简的手。

“他在那儿！”迈克尔指着榆树大道尽头的公园大门，兴奋地叫道。

一个瘦长个子，穿着有红有黄的古怪衣服，正懒洋洋地向大门走来。他停下来一会儿，吹着口哨，把樱桃树胡同看来看去。接着他穿过马路来到对面人行道上，懒洋洋地跳过一道花园围墙。

“是我们家！”简认出了平时不注意的砖头，“他进了我们家花园。快跑，迈克尔，咱们去追上他！”

他们从玛丽阿姨和摇篮车后面抢到前面去。

“好了好了！请不要胡闹！”玛丽阿姨在迈克尔跑过时一把抓住他的手说。

“可我们要……”他扭来扭去想挣脱身子。

“我说什么了？”她狠狠地看着他问，吓得迈克尔不敢不听话，“请好好走在我身边。简，你来帮我推车子！”

简不情愿地走在她身边。

玛丽阿姨平时从不让别人推摇篮车，简觉得她今天是故意不让他们跑到前面去。玛丽阿姨平时走得很快，跟都跟不上，今天却顺着榆树大道走得像蜗牛一样慢，过一会儿就停下来东张西望，在一堆干草前面至少站了一分钟。

迈克尔和简觉得好像过了几个钟头，这才终于来到公园大门口。她让他们走在旁边，一直来到 17 号院子门口。这时他们离开她，飞也似的穿过花园。

他们冲到丁香花后面，没有！他们在杜鹃花那里找了一通，在玻璃房子、工具间和盛雨水的大桶里都看过了，连一卷皮管子里也看过了，哪儿也没看到那个陌生人。

只有一个人在花园里，就是罗伯逊 · 艾。他正在草地上呼呼大睡，脸贴在割草机的刀上。

“我们让他跑掉了！”迈克尔说，“他一定抄近道打后门出去了。我们再也见不到他了。”

迈克尔走到割草机那儿。

简站在它旁边，疼爱地低头看着罗伯逊 · 艾。他的旧呢帽盖着他的脸，帽顶压弯了。

“不知道他这半天假过得好不好！”迈克尔低声说话，免得吵醒他。

可即使声音很小，罗伯逊·艾也还是听见了，因为他忽然在睡梦中动了一下，在割草机上躺得更舒服些。他转动的时候有很轻的叮当声，好像他脚底下有小铃铛轻轻地响似的。

简心中一惊，抬头看看迈克尔。

“你听见没有？”她低声说。

他点点头，看着。

罗伯逊·艾又动了一下，在睡梦中咕噜着什么。他们弯下腰听。

“一只黑夹白的母牛，”他含含糊糊地咕噜着，“在一棵树上坐……嗯……那就不是我！嗯……”

简和迈克尔瞪着惊讶的眼睛，在睡着的罗伯逊·艾的两旁对视。

“嗯！我不得不说这是他！”

玛丽阿姨已经来到他们后面，也低头看着罗伯逊·艾。“这懒家伙！”她气呼呼地说。

可她绝不像说话声音听起来的那样气呼呼，因为她从口袋里掏出手帕，放在罗伯逊·艾的脸和割草机之间。

“这样他醒来脸就不脏了，他准还会觉得奇怪。”她尖刻地说。

可简和迈克尔注意到，她是多么小心地不把罗伯逊·艾惊醒，转身走开时那双眼睛又是多么温柔啊。

他们会心地对视了一下，踮起脚尖跟着她走。

玛丽阿姨把摇篮车滚上台阶，推进门厅。前门咔嗒一声轻轻关上了。

罗伯逊·艾在外面花园里睡他的觉。

那天晚上简和迈克尔去跟爸爸说明天见的时候，爸爸正在大发脾气。他在穿衣服，好出去吃晚饭，却找不到最好的领扣。

“哦，天哪，它在这里！”他忽然叫起来，“在一罐火炉炭粉里，在我的五斗柜上！准是罗伯逊·艾干的，他真是个坏蛋！”

他怎么也不明白，他说这句话的时候，简和迈克尔为什么哈哈笑个不停……

第七章

夜 游

“什么，没布丁？”当玛丽阿姨捧着盘子、杯子和餐刀在桌上安排茶点的时候，迈克尔说。

她转脸狠狠地看着他。

“今天晚上我出去，”她严厉地说，“给你们吃涂黄油和草莓酱的面包就很好了，有许多孩子想要都没有呢。”

“我可不，”迈克尔咕噜着，“我要蜜糖大米布丁。”

“你要你要！你老要这要那，你还要月亮呢。”

迈克尔把手插进口袋，气呼呼地走到窗口。简正跪在那儿的椅子上，看着外面明朗的星空。迈克尔爬上椅子跪在她身边，还是一肚子不高兴。

“那好吧，我就要月亮！”他顶撞玛丽阿姨说，“可我知道要不到，没人会给我。”

他赶紧避开她生气的目光。

“姐姐，”他说，“今天没布丁。”

“别打搅我，我在数数！”简把鼻子贴在窗玻璃上，鼻尖都压扁了。

“数什么？”迈克尔不在乎地问了一声，心还在蜜糖布丁上。

“数流星。瞧，又是一颗，那是第七颗了。又是一颗，八颗。公园上又是一颗，九颗！”

“噢！一颗落到布姆海军上将家的烟囱上了！”迈克尔忽然坐起来，把布丁的事全给忘了。

“一颗小的，瞧，飞过胡同，发着闪闪烁烁的光！”简叫道，“噢，我多么希望能飞出去啊！星星为什么会飞，玛丽阿姨？”

“是用枪射出来的吗？”迈克尔问。

玛丽阿姨看不惯他们似的吸了吸鼻子。

“你当我是什么？是百科全书吗？什么都懂？”她不高兴地反问，“请来吃茶点吧！”她把他们推到桌旁各人的椅子上，放下百叶窗，“别瞎问了，我急着要走！”

她让他们吃得那么快，他们真怕会噎住。

“我再吃一片行吗？”迈克尔一面问，一面把手向那盘黄油面包伸去。

“不行，你已经超量了，再拿一块姜汁饼干就上床吧。”

“可是——”

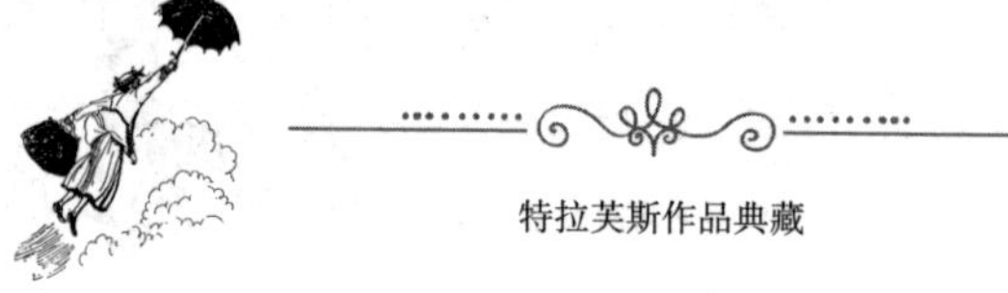

“别再可是可是的了，要不就没你的好！”玛丽阿姨狠狠地把他反驳回去。

“我会消化不良的，这我有数。”迈克尔对简说，可是说得很轻，因为他知道碰上玛丽阿姨这副样子最好别多嘴。简没有听他的话，她慢慢地吃她的饼干，从百叶窗缝小心地看外面群星闪烁的天空。

“十三、十四、十五、十六……”

“我说过上床没有？”那熟悉的声音在他们后面问。

“好，我这就上床！我这就上床了，玛丽阿姨！”

他们哇哇叫着跑到寝室，玛丽阿姨急急忙忙跟在后面，样子挺可怕。

不到半小时，玛丽阿姨已经一个孩子一个孩子地给他们盖好被子，把被单和被子掖到垫子底下了。

“好！”她厉声说，“今天晚上都安顿好了。我要是再听见一个字……”她没把话说完，可是用不着说，看她的样子就明白了。

“没你们好的！”迈克尔替她把话说完。可这话他是在毯子下面屏着气轻轻说的，因为他知道大声说出来会有什么结果。玛丽阿姨奔出房间，生气地把门咔嗒一声关上了。他们听见她脚步很轻地匆匆下楼——啪哒啪哒地——从一个楼梯口到另一个楼梯口。

“她忘了开小灯。”迈克尔从枕头边往外看，“她一定很急，不知道她上哪儿去。”

“她没放下百叶窗的叶子！”简坐起来，“妙啊，咱们现在可以看流星了！”

樱桃树胡同的房屋的屋顶都蒙着闪闪发亮的霜，月光照过闪耀的屋顶，无声地落到房子之间的阴影里。所有的东西都闪着光，大地同天空一样明亮。

“十七、十八、十九、二十……”简一个劲地数流星。一颗刚不见，一颗又出现，整个天空跳动着闪烁的流星，像是活的。

“像放烟火。”迈克尔说，“噢，看那一颗。真像看马戏。你认为天堂里有马戏吗，简？”

“说不准！”简没把握地说，“当然有大熊和小熊，还有金牛和狮子[1]。马戏我倒不知道。”

“玛丽阿姨知道。”迈克尔机灵地点着头说。

“对，可她不肯讲。”简说着又向窗子转过脸去，“我数到哪儿了？是二十一吗？噢，迈克尔，多漂亮的景色啊，你看见了吗？”她在床上兴奋地指着窗子又蹦又跳。

一颗很亮的星星，比他们见过的所有星星都大，穿过天空直向樱桃树胡同17号飞来。它跟其他的流星不同，不是在黑暗中笔直地飞，而是打着滚在天空中奇怪地绕来绕去。

“把头蒙起来，迈克尔，”简忽然嚷着说，“它飞到这儿来了！”

他们钻进毯子，用枕头蒙住脑袋。

“现在过去了吗？”传来迈克尔闷着的声音，“我都要透

[1] 大熊、小熊、金牛、狮子都指星座，下文提到的动物也是。

不过气来了。”

“我当然没有过去！”一个很清脆的小声音回答他。“你把我当什么？”

简和迈克尔十分惊讶，掀开毯子坐起来。在窗台边坐在自己发亮的尾巴上的，向他们闪闪发光的竟是一颗流星。

“你们两个过来，快点！”它说，闪闪的光照着房间。

迈克尔瞪圆眼睛看着它。

“可是……我不明白……”他想说下去。

房间里响起一阵清脆爽朗的笑声。

“你永远不会明白，对吗？”星星说。

“你是说……要我们跟你去，对吗？”简说。

“当然！请穿暖和点儿，天很冷！”

他们一下子跳下床，跑去拿大衣。

“有钱吗？”星星马上问。

“我衣兜里有两便士。”简没把握地说。

“是铜币？铜币没用！给你，接住！”星星撒出一把火星，好像放烟火似的嗞嗞响起来。其中两颗火星飞过房间，一颗落在简手上，一颗落在迈克尔手上。

“快，咱们要迟到了！”

星星奔过房间，穿过关着的门跑下楼，简和迈克尔攥紧手里的星星钱，跟在它后面。

“我疑心我是在做梦，对吗？”简急急忙忙顺着樱桃树胡同走着，自言自语地说。

“快跟上！”星星在胡同口大叫。群星闪烁的天空降下来，好像碰到了地面，星星一跳就到了空中，不见了。

“快跟上！快跟上！”星星的声音从天上什么地方传下来，“你们上来吧！”

简抓住迈克尔的手，犹豫着从地上抬起一只脚，奇怪的是，一抬脚就踏上了最低的一颗星星。简在星星上面小心地站稳。星星又稳当又牢固。

“来吧，迈克尔！”

他们踏着一颗颗星星往上跳，急急忙忙跳上天空。

“快跟上！”星星在他们前头远远地叫着。简停脚往下一看，发现离地已经很高，吓得气也不敢喘了。樱桃树胡同——实际上是整个世界——很小很小，闪闪烁烁，像圣诞树上的一个玩具。

“你头晕吗，迈克尔？”简跳到一颗平平的大星星上问。

“不不不，只要你拉住我的手。”

他们又停下，后面的星星大楼梯通到地面上，可前面什么也看不见，就是一片蓝色天空。

迈克尔的手在简的手里哆嗦。

“我们这下子可……怎么办？”他拼命装出不怕的口气问。

“来吧！来吧！来看好东西吧！付了钱要看什么就看什么。双尾天龙或者飞马！魔术！世界奇观！来吧！来吧！”

他们耳边好像大声响起这些声音，可是向周围看却看不见人。

“大家来吧！别错过金牛和小丑！世界闻名的星座演出团，一见难忘！把帘子向两边推开，走进来吧！”

声音又在他们旁边响起来。简伸出一只手，真奇怪，原来以为是没有星星的一片天空，其实是一道深色的厚幕，一推就动，她拉着后面的迈克尔，把幕布推开了。

一道亮光照得他们半天看不清东西，等到能看清楚了，他们却发现原来他们是站在一个圆形沙地边上。圆形沙地围着蓝色巨幕，像个圆锥形的帐篷。

“好了！ 知道吗，你们几乎来迟了。有票没有？”

简和迈克尔转过脸来。他们旁边是一双在沙子里发亮的脚，再一看，原来是个奇怪的巨人。他看着像是个猎人，肩上披一块星星缀成的豹皮，在缀着三颗大星星的腰带上佩着一把闪光的剑。

“请拿出门票！”他伸出手来。

“我们没票，因为我们不知道——”简开口说。

“哎呀，多粗心！你们要知道，没门票可不让进。你手里拿的是什么？”

简递过去火星。

“那不是票子是什么！”他把火星按在三颗大星星之间，“让猎户的皮带更亮些！”他高兴地说。

“你是猎户吗？”简瞧着他说。

“可不，认不出来吗？不过对不起，我得守门。请进吧！”

孩子们很胆怯，手拉手往前走。他们的一边是一排一排座位，另一边是一条把他们同圆场子隔开的金色绳子。圆场子里挤满了奇形怪状的动物，全都像金子一样闪亮。一匹长一对金翅膀的蹄子闪光的飞马飞快地跑过，一条金鱼用鱼鳍拍起灰尘，

三只小羊用两条腿而不是四条腿拼命跑来跑去……简和迈克尔仔细一看，这些动物都是星星缀成的。飞马的翅膀不是羽毛而是星星，三只小羊的鼻子和尾巴上都是星星，金鱼身上满是亮晶晶的星星鱼鳞……

“晚上好！”金鱼走过时礼貌地向简鞠躬说，“今天晚上天气真不错！”

简还没来得及回答，它已经急急忙忙游过去了。

“多奇怪！”她说，“这样的动物我从来没见过！”

“有什么奇怪的？”他们后面传来一个声音。

两个孩子，都是男的，比简大一点儿，站在那里微笑。他们穿发亮的紧身长袍，尖帽子上各有一颗星星代替绒球。

“对不起，”简有礼貌地说，“你知道，我们看惯了动物身上有毛和羽毛，这些动物却像是星星缀成的。”

“当然是了！”一个孩子瞪大眼睛说，“还能用什么做呢？它们都是星群嘛！”

“连垫场的锯末都是金的——”迈克尔刚一开口，另一个孩子就笑：“你是说星尘吧？你们没看过马戏吗？”

“这种马戏没看过。”

“所有的马戏都差不多，”第一个孩子说，“只是我们的动物亮些罢了。”

“你们是谁？”迈克尔问。

“双胞胎呀。我们是双子，他叫北河三，我叫北河二。我们老在一起。”

“像身体连起来的双胞胎？”

“对。而且不只是这样。我们不仅是身体连起来，而且只有一颗心。我们想共同的东西，做共同的梦。我们不能老在这里说话，得去准备了。待会儿见！”双胞胎跑开，钻到出口处的帘子后面不见了。

“喂！”场子上有一个忧郁的声音说，“你们口袋里有葡萄干小面包吗？”

一条天龙笨重地向他们走来，它长着两根鳍形大尾巴，鼻子喷出蒸气。

“对不起，没有。”简说。

“也没有一两块饼干？”天龙渴望地说。

他们摇摇头。

“我想也没有。”天龙掉下金色的眼泪，说，“演马戏的晚上老这样，不到演完没人给吃的。平时我有一个漂亮的姑娘当晚饭……”

简赶紧拉着迈克尔往后退。

“噢，别怕！”天龙保证着说下去，“你太小了，再说你是人，没滋味。他们让我饿着，好表演得精彩些。”它解释说，“戏演完以后……”它露出很馋的眼神，拖着脚走开，同时吐出舌头，用很轻很馋的嘶嘶声说，“吃吃！”

“幸亏我们是人。”简转脸对迈克尔说，“给天龙吃掉太可怕了！”

可迈克尔已经赶到前面，正同三只小羊起劲地说着话。

“怎么演呢？”简赶到那儿时他正在问。

最大的那只显然要朗诵，它清清嗓子开始说：

角和脚，
脚和角……

“喂，小羊们！”猎户大声打断它的朗诵，“你们到时候再朗诵吧。现在去准备吧，要开场了！……请跟我来！”他对孩子们说。

他们听话地跟着这闪烁的人快步走，那些金色的动物转脸看他们，他们听见叽叽喳喳的说话声。

“他们是谁？”一头星星缀成的大金牛不再刨星尘，看着他们说。一只狮子转脸跟它咬耳朵。迈克尔和简只零零星星地听见它说“班克斯”和“夜里出来”几个字。

这时候，每一排座位都坐满了由闪亮的星星缀成的人。只剩下三个位子还空着，猎户把他们带到那里去。

“到了，特地留给你们的，就在皇家包厢底下，你们可以看得一清二楚。看吧，就要开场了！”

简和迈克尔转脸看见场子还空着。等他们走到座位那儿，动物已经匆匆忙忙出场了。他们解开大衣扣，兴奋地向前探出身子看。

不知从哪儿传来了响亮的喇叭声，帐篷里回响着音乐声，在音乐声中可以听到调门高、声音甜的马嘶声。

“这是彗星！”猎户在迈克尔身边坐下。

九个彗星一个接一个跑出场，它们的鬃毛编成辫子，头上装饰着银羽毛。

音乐声忽然变为大吼声，九个彗星一下子跪下，低下头。一股热气散遍全场。

“多热啊！”简叫道。

“嘘！他来了！”猎户说。

“谁来了？”迈克尔悄悄地问。

“马戏班经理！”

猎户朝远远的进口点点头。那里灯光亮起，使所有星座都为之失色，它越来越亮了。

“他来了！”猎户的声音特别温柔。

说话间，幕布之间出现了一个金色的、像宝塔似的巨人，头上是火焰一样的鬈发，他有一张光芒四射的宽脸。他一进场，满场就热起来，简、迈克尔和猎户都给热气包围住了。两个孩子热得昏头昏脑，脱下大衣。

猎户猛跳起来，高高举起右手。

“太阳万岁！”他叫道。

一排排座位上的星星响应说：“万岁！”

太阳环顾宽大的黑帐篷，把长长的金鞭在头顶上挥了三次，回答大家的敬礼。鞭子一挥，又快又响地响起噼啪声，九个彗星马上跳起来慢慢地跑出去，拼命摆动着它们编起来的尾巴，

装饰着银羽毛的头整齐地高高昂起。

“我们又来了，我们又来了！”一个粗哑的声音大叫。一个小丑跑进场子，脸涂成银色，红色的嘴很大，脖子上围着银色的大褶边。

“那是小丑土星！”猎户用手捂着嘴对孩子们悄悄说。

“门啥时候不起门的作用？”小丑用一只手倒竖蜻蜓问观众。

“门半开半关的时候！[1]”简和迈克尔大声回答。

小丑脸上露出泄气的表情。

“噢，你们知道！”他责备说，“不妙！”

太阳把鞭子一抽。

“好吧好吧！”小丑说，“我再问一个。母鸡为什么要过马路？”他一屁股坐在星尘上问道。

“要到马路对面去！”简和迈克尔大叫。

鞭子在小丑的膝盖上一抽。

“噢！别这样！你会抽疼可怜的小丑的。瞧他们在上面笑！我要斗倒他们！听着！”他翻了两个空心跟头。

“小鸡出了壳要什么酱？回答吧！”

“要橘子果酱！[2]”迈克尔和简大叫。

“去你的！”太阳叫着用鞭子在小丑的肩膀上一抽。小丑翻着跟头绕过全场，嘴里叫道：“可怜的老小丑！他又输了！他最好的谜都给他们猜到了！可怜的老家伙，可怜的老——噢，

[1] 此句原文为 When it's ajar，ajar 意为“半开”，其同音词 a jar，意为“一个罐子”，按此解释，全句的另一个意思即为“当它是一个罐子”时。

[2] 原文为“Marmelade”，谐音为“妈妈女士”之意。

对不起，小姐，对不起！”

他的话头断了，因为他撞到了飞马身上，它正驼着一个闪闪烁烁的人进场。

“那是黄昏时候出现的金星。”猎户告诉他们。

简和迈克尔屏着气，看着星星缀成的这个人骑马在场子里轻盈地飞驰。她转了一圈又一圈，经过太阳面前时向他鞠躬。现在太阳拦在她的去路上，举起一个蒙着金色薄纸的圆环。

她用脚尖在马上站稳。“跳！”太阳一叫，金星轻盈地跳过圆环，重新落到飞马背上。

“好哇！”简和迈克尔大叫。看戏的星星也都响应：“好哇！”

“让我试试吧，让我这可怜的小丑骑骑马吧，就骑一会儿，好让大家笑笑！”小丑大叫。可金星只是昂起头，笑着骑马离去了。

她刚走，三只小羊就跑出场，挺害臊的样子，向太阳笨拙地鞠躬。接着它们用后腿在他面前站成一排，有的用尖声、有的用细声唱下面这支歌：

角和脚，
脚和角，
每天晚上，
生下三只小羊羔。
每一只都有闪亮的鼻子，

每一只都有闪亮的尾巴。

蓝和黑，
黑和蓝，
夜空蓝又黑，
小羊来相会。
每一只都有闪亮的鼻子，
每一只有都闪亮的尾巴。

快活又雪白，
五月般光辉，
三只小羊羔，
银河来喝水。
每一只有都闪亮的鼻子，
每一只有都闪亮的尾巴。

整整一夜里，
从黑到清早，
三只小羊羔，
星星草原来吃草。
每一只都有闪亮的鼻子，
每一只都有闪亮的尾巴！

它们把最后一句拉得长长的，跳着舞出去了。

“接下来是什么节目？”迈克尔问。可用不着猎户回答，因为天龙已经进场，鼻子喷着气，两条鱼鳍形的尾巴扬起星尘。

它后面来了双胞胎北河二和北河三，两人捧着个闪亮的大白球，上面隐隐约约地能看到有山脉、河流。

“它看着像个月亮！”简说。

“当然是月亮！”猎户说。

天龙现在用后腿直立，双胞胎把月亮扔到它鼻子上去给它顶。月亮在它的鼻子上不安稳地跳了两跳，然后被它顶住了。天龙开始随着星星音乐在场子里跳舞。它小心翼翼地打着转，一转、两转、三转……

“够了！”太阳鞭子一抽。天龙轻松地叹了口气，把头一甩，让月亮飞过场子，一下就落到迈克尔双膝中间。

“天哪！”迈克尔吓了一大跳说，“我拿它怎么办呢？”

“随你高兴。”猎户说，“我还以为是你要月亮呢。”

迈克尔忽然想起他这天晚上跟玛丽阿姨说的话。他是说过要月亮，现在真要到了，可不知道拿它怎么办好。糟糕极了！

迈克尔来不及伤脑筋，因为太阳又抽了一下鞭子。迈克尔连忙用两个膝盖夹住月亮，双手捂住它，抬起头来往场子上看。

“二加三是多少？”太阳正在问天龙。

两条尾巴在星尘上拍了五下。

“六加四呢？”

天龙想了一想。一、二、三、四、五、六、七、八、九，

尾巴停下了。

“不对！”太阳说，“完全不对！今天没晚饭吃！”

天龙一听号啕大哭，急急忙忙下场。“哎呀，哎呀！”又伤心地唱，

我要个姑娘，
炖在汤里，
一个时鲜的肥美姑娘，
星星当眼睛，
彗星当发卷，
能来两个就更妙，
因为我饿得不得了。
　　哎呀！
　　　　哎呀！

“他们连一个小姑娘也不给它吗？”迈克尔很可怜天龙，问道。

“嘘！”猎户说，这时一个耀眼的东西跳到场子上。

等到星尘散开，孩子们吓得往后一缩，是头狮子在很凶地吼叫。

迈克尔向简靠近了一点儿。

狮子弓着身子慢慢地向前移动，一直来到太阳面前。它吐出红色的长舌头，可怕地蹲着。太阳只是笑着，抬起一只脚踢踢狮子的金色鼻子。星星缀成的狮子大吼一声，像给火烫了一样，猛地跳起来。

太阳的鞭子在空中噼啪一响，狮子吼叫着，不情愿地慢慢用后腿直立起来。太阳扔给它一根跳绳用的绳子，狮子用两只前爪拿着它，开始唱歌：

> 我是狮子，星星缀成的狮子，
> 我这狮子威武又漂亮。
> 请在寒夜皎洁的星空找我，
> 就在猎户脚底下的地方。
> 我在那里闪闪发光，
> 是天空中最美丽的景象！

曲子唱完，它绕着场子跳绳，转着眼珠，大声吼叫。

“快点儿，狮子，轮到我们了！”幕后传出咕噜声。

“进来，你这大猫！”一个尖厉的声音补上一句。

狮子扔下绳子，吼叫着向幕布扑去，可随后出来的两只动物小心地向两旁让开，狮子没扑到它们。

“大熊和小熊。”猎户说。

两只熊慢腾腾地蹒跚进场，互相拉着爪子，随着缓慢的音乐跳舞。它们绕着圆场子跳，表情严肃，跳完向观众有礼貌地鞠躬，说道：

我们是大熊和小熊，
观众，请问你们当中，
谁能让出一些蜂窝，
给我们两只狗熊，
让我们洞里的贮藏更加丰盛……
还有……
还有……
还有……

大熊和小熊说不下去了，你看看我，我看看你。

“下面的话你不记得了吗？”大熊捂着嘴嘟囔。

“不记得了！”小熊摇摇头，着急地低头看着星尘，好像不记得的话就在那里面。

可这时候观众圆了场，蜂窝像雨滴一样飞来，在两只熊耳边滚落。大熊小熊松了口气，弯腰把它们捡起来。

“很好。”大熊用鼻子去钻一个蜂窝。

“了不起！”小熊叫着，用鼻子去钻另一个。接着，它们向太阳严肃地鞠了个躬，鼻子上流着蜂蜜，摇摇摆摆地走了。

太阳挥挥手，音乐声更响了，昂扬地飘过帐篷。

“这是全体出场的信号。”猎户说。双胞胎跳着舞进场，后面跟着群星。

两只熊回来，一起笨手笨脚地跳着舞，狮子依然生气地吼叫着，在它们脚后跟旁嗅着，星星缀成的天鹅轻盈地进来，唱着清脆高亢的歌。

“这是天鹅之歌。”猎户说。

跟着天鹅进来的是金鱼，还有三只小羊，后面是还在伤心啜泣的天龙。一阵可怕的响亮的声音几乎压倒了音乐声，这是金牛跳进场子，想甩下背上的小丑土星。动物一只接一只进场，整个场子晃动着金色的角、脚、鬃毛和尾巴。

“戏演完了吗？”简悄悄地问。

“差不多了。”猎户回答，“今天晚上早点结束，因为十点半她要来。”

“她是谁？”两个孩子异口同声地问。可是猎户没听见，他在座位上站起来挥手。

“来吧，快一点儿，都来吧！”他叫道。

金星骑着飞马进场，后面跟着星星缀成的巨蛇，它把尾巴小心地叼在嘴里，像个环似的旋转。

最后来的是彗星，它们骄傲地跃过幕布，摆动着编起来的

尾巴。现在音乐更响更粗犷，群星又叫，又唱，又咆哮，大家围成一个圈，星尘腾起来像金色的烟云。在圆圈当中，大家好像不敢离太阳太近似的，留下一大块空地给他。

太阳站在那里，抱着折起来的鞭子。每只动物低头在他面前经过时，他都向它微微点头。接着，简和迈克尔看见他明亮的目光离开圈子，在星星观众之间盘旋，最后转向皇家包厢。那目光望过来时，他们觉得更热了。他们觉得很惊奇，因为他高举鞭子，向他们这边点点头。

鞭子一挥，每一颗星星和每一个星座都听它指挥，鞠了一个躬。

“它们……它们是在向我们鞠躬吗？”迈克尔低声说，把月亮抓得更紧了。

后面响起一阵熟悉的笑声。他们赶紧转过头去。皇家包厢里坐着一个他们熟悉的人，戴草帽，穿蓝色衣服，脖子上戴着项链，项链上吊着一个金盒。

“热烈欢迎玛丽·波平斯！”马戏场上传来全体的欢呼声。

简和迈克尔对视了一下，原来玛丽阿姨今天晚上到这儿来啦！他们简直不敢相信自己的眼睛，可这的确是玛丽阿姨，跟她本人一样大小，样子非常高贵。

“欢迎！”大家又叫起来了。

玛丽阿姨举手致意。

接着她庄严地走出包厢。她看见简和迈克尔时好像一点儿也不惊讶，只是在走过时吸吸鼻子。

“跟你们讲过多少次了。”她越过猎户的头顶时对他们说，“这样看人是很没有礼貌的。”

她走下观众席，到了场子上。大熊举起金绳子，群星让开。太阳上前一步，他说话的口气温和，并且极其亲热。

“亲爱的玛丽·波平斯，欢迎你！”

玛丽阿姨很有礼貌地跪下。

“星星向你欢呼，星座向你致敬。起来吧，我的孩子！”

她站起来，低着头尊敬地站在太阳面前。

“玛丽·波平斯，”太阳说下去，“为了你，群星集合在这深蓝色的帐篷里；为了你，今天晚上它们不去照耀大地。我相信你今天晚上的休假玩得很高兴！”

“从来没这样高兴过，从来没有！”玛丽阿姨抬头微笑着说。

“亲爱的孩子，”太阳鞠着躬说，“时间快到了，你得在十点半下去。在你走之前，让我们大家照老规矩跳回天舞吧！”

“你们下去吧！”猎户说着，轻轻推了推吃惊的迈克尔和简。他们跌跌撞撞地走下台阶，几乎是跌到满是星尘的场子里。

“我说你们的礼貌哪儿去了？”那熟悉的声音在简耳边响。

“我该怎么办？”简结结巴巴地说。

玛丽阿姨看着她，向太阳那边点了点头。简一下子明白了，她抓住迈克尔的胳膊，拉他一起跪下来。太阳的热气热烘烘地裹着他们。

“起来吧，孩子们，”他慈祥地说，“欢迎你们。我很熟悉你们，整个夏天我一直低头看着你们！”

简站起来要向太阳走去，可他的鞭子止住了她，“别碰我，大地的孩子！”他大声警告说，挥手让她退后点儿，“生命是可贵的，没人能靠近太阳……别碰我！”

“你真是太阳吗？”迈克尔瞪圆眼睛看着他问。

太阳张开一只手。

“噢，星星和星座，”他说，“你们说我是谁，这孩子想知道。”

“群星的王，噢，太阳！”成千颗星星回答。

“他是南方和北方之王，”猎户大声说道，“是东方和西方的主宰。他在地球外圈行走，两极都在他的光辉中融化。他使种子萌发出嫩芽，给大地以温暖。他的确是太阳。”

太阳对迈克尔微笑。

“现在你相信了吧？”

迈克尔点点头。

“好，开始跳舞！星座们，挑选你们的舞伴吧！”

太阳挥动他的鞭子，音乐又奏起来，非常轻快、欢乐而有节奏。迈克尔抱着月亮，用脚打拍子。可他抱得太紧了，忽然嘭的一声响，月亮开始缩小了。

“噢！噢！出什么事了！”迈克尔叫起来，都要哭了。

月亮缩啊缩啊，缩得像个肥皂泡一样大，接着成了一点亮光……迈克尔双手抱着的成了空气。

“那不会是真月亮吧？”他问。

简透过星尘，用怀疑的目光看看太阳。

他扬起冒出火焰的头，向她微笑。

“什么是真的什么不是真的？你能告诉我，或者我能告诉你吗？我们也许顶多知道这一点：你觉得是真的就是真的。因此，迈克尔如果认为他曾经抱过月亮，那么，他就真的抱过月亮。”

“那么，”简没把握地说，“我们今天晚上在这里是真的呢，还是我们只是以为我们今天晚上在这里？”

太阳又笑笑，有点儿悲哀。

“孩子，”他说，“别追究下去了！从世界的开始，所有的人就问着这个问题。我是天的主宰，可连我也不知道怎么回答。我可以肯定的只是今天晚上是休假时间，群星在你们眼前闪耀，如果你以为是真的，那就是真的……”

“来吧，跟我们跳舞吧，简和迈克尔！”双胞胎叫道。

他们四个在天堂里的音乐响起来时，在场子里旋转着跳起舞来。简把她的问题忘掉了，可还没转完半个场子，她又有点儿吃惊，脚步停了下来。

“看呀！看呀！玛丽阿姨在跟他跳舞！”

迈克尔顺着她的目光看去，也停下了他那双粗胖短腿，瞪圆了眼睛看。

玛丽阿姨和太阳在一起跳舞。简和迈克尔同双胞胎跳舞是胸贴胸，脚靠脚的，他们可不同，玛丽阿姨一次也没碰到太阳，他们面对面隔开一定距离，张开了双臂跳舞。不过尽管隔开一定距离，他们步调完全一致。

大家跳着舞绕着他们转，金星抱着飞马的脖子，公牛和狮子手拉手，三只小羊跳成一排……简和迈克尔站在星尘中看着，眼都花了。

舞蹈忽然慢下来，音乐声渐渐消失。太阳和玛丽阿姨依然离开一点儿，一动不动地站着。这时候所有的动物也停了下来，一动不动地站着。整个场子寂静无声。

太阳说话了。

“好，”他平静地说，“时候到了，星星和星座们，回到你们天上的位置上去吧。我三位亲爱的人间客人，回家去睡觉吧。玛丽·波平斯，再见！我说再见，因为我们会再见的。不过目前我们得暂时分手了，再见！”

接着太阳的头很优美地一甩，他冲过隔开他和玛丽阿姨的空间，很隆重、很小心、很轻快地用嘴唇亲亲她的脸颊。

“啊！”群星羡慕地叫起来，“吻！吻！”

可是玛丽阿姨被太阳亲吻后，连忙举起手来捂住脸，好像脸颊给烫了一下，脸上掠过一丝疼痛的表情，但她马上微笑着向太阳抬起头来。

“再见！”她温柔地说。这种口气简和迈克尔从来没听见过。

“去吧！”太阳伸出鞭子，群星立刻听话地跑出场子。双胞胎手拉手保护着简和迈克尔，怕大熊摇摇摆摆走过时会把他们碰倒，怕金牛的角会顶到他们，怕狮子会伤害他们。在简和迈克尔的耳朵里，马戏场的声音越来越轻。他们的头侧转，沉沉地倒在肩头上，不知谁的手抱住他们。他们像在梦里一样听见金星说：“把他们交给我吧！我是送人回家的星星。我能把小羊送回羊栏，把孩子送还妈妈！”

他们倒在金星摇着的胳臂上，像小船在潮水上摇来晃去似的，摇啊摇，摇啊摇。

一道光在他们眼前闪过，是天龙闪烁着走过，还是谁在他们头上拿着蜡烛呢？

摇啊摇，摇啊摇。

他们舒舒服服地躺在温暖当中，是太阳的热气吗？还是儿童室床上鸭绒被的温暖呢？

“我想是太阳。”简在梦中想。

“我想是我的鸭绒被。”迈克尔想。

一个遥远的声音，像是梦，像是呼吸，很轻很轻地叫着：“你想它是什么就是什么。再见……再见……”

迈克尔大叫一声醒了过来，他忽然想起什么事情。

“我的大衣！我的大衣！我把它忘在皇家包厢下面了！”

他睁开眼睛，看到他床头栏杆上画的鸭子，看到壁炉架上的钟、瓷盆和满是绿叶的果酱瓶，还看见衣钩上照旧挂着他的大衣，大衣上面挂着他的帽子。

“可星星它们在哪儿呢？”他叫着在床上坐起来，瞪着眼

睛看，“我要星星和星座！”

“哦？真的？”玛丽阿姨说着走进房间，样子非常严肃，依旧系着她的干净围裙，浆得硬绷绷的，“只要星星？我以为你还要月亮呢！”

“可我是要来了！”迈克尔用责怪的口气提醒她，“我要来了！可惜捏得太紧，它碎了！”

“炸了？”

“嗯，就算是炸吧！”

“胡说八道！”玛丽阿姨说着，给他穿上晨衣。

“天已经亮了吗？”简睁开眼睛，把房间看了一圈，很奇怪自己在床上，“我们怎么回来的？我正在跟北河二、北河三两颗星跳舞呢。”

“你们两个跟什么星星？”玛丽阿姨不高兴地说着，掀起了毯子，“瞧我来给你们星星！请起床吧，我都已经晚了。”

“我猜你昨天晚上跳舞的时间太长了。”迈克尔说，不情愿地下床。

“跳舞？哼，要是不看管五个天下最坏的孩子，那我就能好好跳跳舞啦！”

玛丽阿姨吸吸鼻子，好像很为自己难过，觉也没睡好似的。

“可你昨天晚上出去不是跳舞了吗？”简说，她想起了玛丽阿姨在星尘的场子当中跟太阳跳舞的情景。

玛丽阿姨睁大她的眼睛。

“我晚上出去，”她说，“比起像陀螺那样转啊转啊，我

认为有更好的事情可以做。”

“可我是看见你跳舞了！”简说，“在天上，你从皇家包厢跳下来，到场子里去跳舞。”

她和迈克尔屏住气，看着玛丽阿姨的脸慢慢地气红了。

“我说你一准是做了噩梦。”玛丽阿姨说了一声，“像我这种身份的人，谁听说过我从皇家——”

“那我也做了噩梦。”迈克尔打断她的话说，“可真有趣，我在天上和简在一起，也看见了你！”

“什么？从皇家包厢跳下来——”

“嗯，还跳舞呢。”

“在天上？”玛丽阿姨向他走过来，黑着脸真可怕。

“再说一句气人话……”她吓唬着说，“只要再说一句，你就到墙角里去跳舞。我先关照你一声！”

迈克尔赶快转过脸去。玛丽阿姨生气了，快步走过房间去叫醒双胞胎，围裙唰唰地响着。

简坐在床上，看着玛丽阿姨在小床上弯下腰来。

迈克尔慢慢地穿上拖鞋，叹了口气。

“看来我们到底是在做梦。”他难过地说，“我倒希望是真的。”

“是真的，”简小心地悄悄说，眼睛仍旧望着玛丽阿姨。

“你怎么知道？有把握吗？”

“完全有把握。瞧！”

玛丽阿姨的头正俯在巴巴拉的小床上。简向她的头那边点

点头。“瞧她的脸。”简跟迈克尔咬耳朵。

迈克尔盯住玛丽阿姨的脸看。她的黑头发在耳朵后面编成环形，熟悉的蓝色眼睛，像荷兰洋娃娃似的翘鼻子，脸颊红扑扑的发亮。

“我看不出什么——”他刚开口，马上停住了，玛丽阿姨一转脸，他看见了简所看见的。

在她脸颊的中间，有个火烧过似的小红斑。迈克尔靠近点儿看，它的形状很古怪，是圆的，边上弯弯曲曲像火焰，就像个很小很小的太阳。

“看见没有？”简轻轻地说，“他就在那儿亲了她一下。”

迈克尔只是点头——一次、两次、三次……

“对。”他一动不动地站在那里看着玛丽阿姨，“我看见了，看见了……”

第八章 气球多又多

“玛丽·波平斯小姐，”班克斯太太有一天早晨急急忙忙走进儿童室，“不知道你是不是有空帮我去买点儿东西？”

她对玛丽阿姨嫣然一笑，神情有点儿紧张，好像不知道玛丽阿姨会怎么回答。

玛丽阿姨正在给安娜贝儿熨衣服，她回过头来。

“我可能去。”她不太起劲地说。

“噢，那么……”班克斯太太说，样子更紧张了。

“也可能不去。”玛丽阿姨又说了一声，很急地抖抖呢上衣，把它挂在炉架上。

“那么，要是你真有空去，这是买东西的单子，这是一英

镑的钞票，多下来的钱你可以花。”

班克斯太太把钱放在五斗柜上。

玛丽阿姨没说话，只是吸了吸鼻子。

“噢！”班克斯太太忽然想起了什么，“双胞胎今天只好走着去了，玛丽·波平斯小姐。罗伯逊·艾今天早晨坐错地方了，把摇篮车当扶手椅坐了，因此车子得修修。没摇篮车行吗，还带着安娜贝儿？”

玛丽阿姨把嘴张开，吧嗒一声又闭上了。

“我嘛，”她尖刻地说，“什么都行，只要我高兴。”

“我……我知道！”班克斯太太侧身慢慢地向房门走，“你是个宝……是个无价之宝，是了不起呱呱叫的宝……”她匆匆下楼，声音随着消失了。

“不过……不过我有时候希望她不在这里！”班克斯太太在客厅里掸灰尘时，对着她曾祖母的像说，“她使我觉得自己又小又傻，好像又变回了小女孩，可我不是了！”班克斯太太昂起头，轻轻掸去壁炉架上斑点牛身上的灰尘，“我是个大人，是五个孩子的妈妈，她把这个给忘了！”她一面掸灰尘一面想着要跟玛丽阿姨说句话，可知道自己不敢去说。

玛丽阿姨把单子和钞票放进手提包，用别针别好帽子，抱着安娜贝儿，急急忙忙地出门。双胞胎由简和迈克尔一人一个拉着，快步跟在她后面。

“请走快点儿！”她严厉地回过头来对他们说。

他们加快脚步，拉着可怜的双胞胎，急急忙忙地走在人行

道上，忘掉约翰和巴巴拉的手都要给拉脱臼了。他们只想跟上玛丽阿姨，看她多下来的钱派什么用处。

“两包蜡烛、四磅米、三磅红糖、六磅白糖、两罐西红柿汁和一把灶头刷子、一副劳动手套、半支封蜡、一袋面粉、一只打火机、两盒火柴、两颗花椰菜、一把馅饼菜！”

过了公园，玛丽阿姨急急忙忙走进第一家铺子，把单子念了一遍。

杂货食品店的店主又胖又秃，上气不接下气地尽快记下她要的东西。

“一袋劳动手套——”他要舔写钝了的小铅笔尖，却紧张得舔到了另一头。

“我说一袋面粉！”玛丽阿姨尖刻地提醒他。

那人脸红得像桑葚。

“噢，对不起，请别见怪。今天天气很好，对吗？对，是我错了。一袋房子……不……一袋面粉。”

他赶紧写下来，又加上：“两盒灶头刷子……”

“两盒火柴！”玛丽阿姨厉声说。

那人的手在本子上发抖。“对对对，准是铅笔有毛病……什么都写错了，我得换支新的。当然是火柴！接下来你说……”他紧张地抬头看看，又低头看他的铅笔头。

玛丽阿姨打开单子，很不耐烦，生着气又念了一遍。

“真抱歉，”她念完了那人说，“花椰菜卖完了，李子行吗？”

“当然不行，换一包木薯淀粉吧。”

“噢，不不，玛丽阿姨……不要木薯淀粉，上星期买过了。”迈克尔提醒她。

她瞪了他一眼，又对铺子里那人瞪了一眼。一看她的眼睛，他们两个都知道只好依她的话办——就是要木薯淀粉。那人的脸红得不能再红，走开去拿东西了。

“她这么买下去，什么钱也不会剩下。”看着一大堆食品、杂货在柜台上堆起来，简说道。

“她也许能剩下点儿钱好买一袋酸味硬糖吧？不过也就能剩这点儿了。”玛丽阿姨从手提包里掏出那一英镑钞票时，迈克尔咕噜着。

“谢谢。”那人找钱给玛丽阿姨时她说了一声。

“是我谢谢你！”那人双手撑着柜台，有礼貌地说，接着装出笑脸说下去，“天气一直很好，对吗？”他说得很神气，好像是他管的天气，特地为了她使天气好起来似的。

“我们希望下雨！”话刚说完，玛丽阿姨已经吧嗒一声把嘴闭上，合上了手提包。

“对对对，”那人生怕得罪她，赶快说，“下雨总是叫人高兴的。”

“下雨从来不叫人高兴！”玛丽阿姨反驳他说，同时把安娜贝儿在手里抱得舒服点儿。

那人苦起了脸，他说什么都不对。

“我希望你再来光顾。”他客气地开门让玛丽阿姨出去。

“再见！”玛丽阿姨快步走出去了。

那人叹了口气。

“来。”他说着赶紧在门边一个箱子里翻找着东西，“把这些拿去，我没恶意，真的，不过是表示感谢。”

简和迈克尔伸出手，那人在迈克尔手里放了三颗巧克力糖，在简手里放了两颗。

“你们一人一颗，两个小的一人一颗，还有一颗……”他朝玛丽阿姨的背影点点头，“给她！”

他们谢过那人，大声嚼着巧克力糖，赶紧跟上玛丽阿姨。

“你们在吃什么？”她看着迈克尔黑色的嘴唇问。

“巧克力糖，店主给了我们一人一颗，还有一颗给你。”迈克尔递给她最后一颗，都黏糊糊了。

“像他一样鲁莽！”玛丽阿姨说着拿过巧克力糖，两口就吃下去了，样子很高兴。

“剩下的钱还多吗？”迈克尔急着问。

“剩下多少就是多少。”

玛丽阿姨走进另一家铺子，买了一块肥皂、一盒芥末膏药和一管牙膏出来。

跟双胞胎一起在门口等着的简和迈克尔长长地叹了口气。

他们知道，一英镑钞票快花光了。

“她连买一张邮票的钱也不会有了，就算有，也买不了什么。”简说。

“现在上蒂普先生的店里去！”玛丽阿姨很快地说了一声，一只手晃着刚买的那包东西，一只手紧紧抱住安娜贝儿。

“咱们上那儿能买什么呢？”迈克尔失望地说，因为玛丽阿姨钱包里不大响了。

“买煤……两吨半。”她说着匆匆向前走。

“买煤要多少钱？”

“两英镑一吨。”

“不过……玛丽阿姨，我们没那么多钱买！”迈克尔瞪圆眼睛看着她，吃惊地说。

“可以记账。”

简和迈克尔听了这话完全放下心来，在她身边啪嗒啪嗒走，拉得约翰和巴巴拉在他们后面直跑。

“好了，买齐了吧？”买好煤从蒂普先生的煤店出来，迈克尔问。

“上糕饼店！”玛丽阿姨把她的单子看了一遍，向一扇黑黑的门快步走去。他们在橱窗外面看见她在里面指了指一堆蛋白杏仁饼干，店员给了她一大包。

“她起码买了一打。”简愁眉苦脸地说。平时看见买蛋白杏仁饼干，他们会很开心，可今天恨不得世界上没蛋白杏仁饼干这玩意儿。

“现在上哪儿？”迈克尔问道。他用这只脚跳跳，用那只脚跳跳，急于要知道是不是还剩下点儿钱。他断定没钱了，可还是……希望着。

“回家。”玛丽阿姨说。

他们拉长了脸，到底没剩下钱，一个子儿也没有了，否则

玛丽阿姨肯定要花掉它。玛丽阿姨把那袋杏仁饼干放在安娜贝儿的胸口，大踏步向前走。一看她的脸色，他们就不敢再问了，只是觉得她使他们大失所望，不能原谅她。

“不过……回家不走这条路。”迈克尔抱怨着，拖着脚，让鞋尖刮着地面。

“我倒问问你，公园不是在回家的路上吗？”玛丽阿姨转过脸狠狠地对他说。

“对啊，不过这路——”

“到公园的路不止一条。”她说着带他们绕道到了公园旁边，这一边他们从来没来过。

太阳和暖地照下来。高大的树木垂到栏杆上，树叶唰唰地响。树枝上两只麻雀在抢一根干草。一只松鼠顺着石头围墙跳，用后腿坐下来讨榛子吃。

可今天简和迈克尔对这些事毫无兴趣，他们只顾想着玛丽阿姨把钱都花在没意思的东西上，也不留下一点儿。

他们又累又失望，跟着她来到公园的一个大门。

大门是新的，他们没见过。高大的石拱门上刻着一只狮子和一只独角兽，样子很漂亮。拱门下面坐着一位很老很老的老太太，脸跟那些石头一样灰不溜丢，跟核桃一样又干又瘪。她的瘦膝盖上搁着一个盘子，上面堆着一些彩色的小橡皮筋似的东西，头顶上是一大束鲜艳的气球，牢牢地拴在公园栏杆上，晃来晃去。

“气球！气球！”简叫起来，松开约翰汗湿的手指头，向老太太跑去。迈克尔吧嗒吧嗒跟着她跑，让巴巴拉一个人留在人行道上。

“好啊，亲爱的小宝贝！”卖气球的老太太用哑嗓子说，“你们要哪一个？挑吧！好好挑吧！”她向前探身，在他们面前摇摇她那个盘子。

“我们不过是来看看。”简说，“我们没钱。”

“啧啧啧！看气球有什么意思？你们得摸摸它，拿住它，懂得它！来看看，这有什么意思呢？”

老太太的声音像火焰一样噼噼啪啪响，她在椅子上摇来摇去。

简和迈克尔看着她，一点儿办法也没有。他们知道她说的是实话，可他们有什么法子呢？

“我小时候人们真正懂得气球。”老太太又说，“他们不仅来看看，他们都来买，对了，来买！进公园的孩子没有一个不是拿着一个气球的。那时候没有人只是来看看就走，让卖气球的老太太难过。”

她仰头看着上面晃来晃去的气球。

“啊，我亲爱的小鸽子！”她大声说，“他们不再懂得你们了，只有我这老

太婆懂得。你们如今过时了，没人再要你们了！”

“我们实在想要，”迈克尔斩钉截铁地说，“可我们没钱，整整一英镑她都拿来买——”

“你说的‘她’是谁？”背后传来一个声音。

迈克尔一回头，脸唰地红了。

“我说的是……嗯……是你……嗯……”他紧张地说起来。

“说话请有礼貌些！”玛丽阿姨说着，把手从他肩头上伸过来，把一个两先令半的古银币放在卖气球老太太的盘子里。

迈克尔瞪大眼睛看着银币，它在没吹气的气球之间闪闪发光。

“这么说还剩下点儿钱！”简说，真希望自己原先没把玛丽阿姨想得那么坏。

卖气球的老太太老眼闪光，捡起那银币看了半天。

“亮光闪闪，国王戴着王冠！”她叫道，“这种旧银币我小时候见过，以后就再没看到了。”她向玛丽阿姨歪着头，“你要气球吗，小姐？”

“是的！”玛丽阿姨异常客气地说。

“要几个，我亲爱的小宝贝，要几个？”

“四个！”

简和迈克尔几乎跳起来，转身抱住她。

“噢，玛丽阿姨，真的吗？一人一个？真的吗？真的吗？”

“我说话一向算数。”她一本正经地说，样子非常自豪。

他们向盘子跳过去，动手翻彩色气球。

卖气球的老太太把银币放进裙子口袋："放好了，我这亮光闪闪的银币！"她说着亲热地拍拍口袋，接着用兴奋得发抖的手帮孩子们挑选气球。

"你们好好挑，我亲爱的小宝贝！"她关照他们，"瞧，气球很多，一人一个。挑吧，好好挑吧。有许多孩子拿错了气球，以后一辈子也不对头。"

"我要这一个。"迈克尔挑了一个黄底红点子的。

"好，让我来吹气，看你拿对了没有！"卖气球的老太太说。

她从迈克尔手里拿过气球，用力一吹。啊，吹好了！你真无法相信这么瘦小的一个人能吹出这么长的一口气。红点子的黄气球已经在绳上飘动了。

"咦？"迈克尔看着它说，"上面有我的名字！"

一点儿不错，气球上的红点子是字母，拼出来就是"迈克尔·班克斯"。

"哈哈！"卖气球的老太太咯咯笑，"我怎么跟你说的？你好好地挑，挑对了！"

"看是不是有我的名字！"简递给老太太一个蓝色的气球。

老太太吹大了气球，蓝色的大气球上用白色的字母写着"简·卡罗琳·班克斯"。

"这是你的名字吗，亲爱的小宝贝？"卖气球的老太太说。

简点点头。

卖气球的老太太很轻地咯咯笑。简从她手里拿过气球，让它飘到上面去。

“我也要！我也要！”约翰和巴巴拉用小胖手在气球当中翻找。约翰拿出一个粉红色的，老太太把它一吹大就微笑起来，气球上清清楚楚写着：“约翰和巴巴拉·班克斯共同拥有一个，因为他们是双胞胎。”

“可我不明白。”简说，“你事前是怎么知道的？你可从来没见过我们。”

“啊，我亲爱的小宝贝，我不是跟你说过了嘛，气球多又多，都是特别的。”

“是你把名字写在上面的吗？”迈克尔问。

“我？”老太太咯咯笑，“不是我！”

“不是你又是谁呢？”

“别问我这个，亲爱的小宝贝！我只知道上面都有名字，全世界一人一个，只是要挑对。”

“也给玛丽阿姨一个吗？”

卖气球的老太太歪着头，看着玛丽阿姨，露出古怪的微笑。

“让她试试吧！”她在小凳子上摇来摇去，“挑吧，好好挑吧！挑出来看看吧！”

玛丽阿姨认真地吸吸鼻子，用手在一大堆气球里翻了一阵，抓住一个红的。她刚把它拿起来，怪哉，它慢慢地自己鼓起来了。它越鼓越大，鼓到有迈克尔的气球那么大，可它还在鼓，一直鼓到比孩子们的气球大两倍为止，上面有“玛丽·波平斯”的金色大字。

红气球向空中飞去，老太太给它系上一根线绳，轻轻地咯咯笑着把线交给玛丽阿姨。

四个气球蹦蹦跳跳地往上飞，把线绷紧了，好像要挣脱他们的手。风把它们吹过来吹过去，吹到北吹到南，吹到东吹到西。

“气球多又多，我亲爱的小宝贝！一人有一个，就是别挑错！”卖气球的老太太快活地大声说。

这时候，一位戴大礼帽的老先生拐弯到公园大门口来，看到了气球。孩子们看见，他猛地一惊，赶紧到卖气球的老太太这儿来。

“多少钱一个？”他说着叮叮当当弄响口袋里的钱。

“七个半便士。挑吧，好好挑吧！”

他拿起一个棕色的，卖气球的老太太吹足了气，气球上出现了绿字母“尊贵的威廉·韦塞里尔·威尔金斯”。

“天哪！”老先生说，“天哪，这是我的名字！”

“你挑对了，我亲爱的孩子，气球多又多！”老太太说。

老先生瞪大眼睛看着他的气球，气球拼命拉扯着线绳。

“奇怪！”他说着像吹喇叭似的擤了擤鼻子，“40 年前，那时候我还是个小孩子，想在这儿买一个气球，可大人不让我买，说是太贵了。我等了整整 40 年，真是再奇怪也没有了！”

他赶紧走开，眼睛只顾看气球，在拱门上把头碰了一下。孩子们看到他兴奋地跳了两跳，一下子飞到空中去了。

“瞧他！”迈克尔看着老先生越飞越高，叫着说。可正在这时候，他手里的气球也开始拉扯着线绳，他觉得自己的两脚也离了地。

“喂！多么滑稽！我的气球也飞起来了！”

“气球多又多，我亲爱的小宝贝！”卖气球的老太太说着咯咯笑，看着双胞胎两个人都抓住那根线绳，随着气球离开了地面。

“我上去了，我上去了！”简尖声大叫，也给带上去了。

“请回家吧！”玛丽阿姨说。

红气球马上拉着玛丽阿姨飞起来。她忽上忽下，手里抱着安娜贝儿和大包小包。红气球带着玛丽阿姨飞过公园大门，飞过小路。她的帽子很端正，头发很整齐，双脚像在地上走路那样在空中平稳地迈着。简、迈克尔跟双胞胎被气球拉上拉下，跟在她后面。

“噢噢噢！”简旋转着越过榆树树枝时叫道，“多么舒服啊！”

“我觉得我像是空气做的！”迈克尔落在公园的一张椅子上，又重新蹦起来，“这样回家多带劲啊！”

“噢噢噢！啊啊啊！”双胞胎一块儿蹦上蹦下地叫着。

“请快走，别磨蹭！”玛丽阿姨回头很凶地看着他们说，好像他们是在地上安安静静地走而不是给吊在空中似的。

他们飞过公园看守人的房子，来到了菩提树大道。老先生一蹦一跳地飞在他们前面。

迈克尔转脸看看后面。

“瞧，简，你瞧，大家都有一个气球！”

简回过头，真的，远远有一群人，全都拉着气球，气球在空中一上一下地动。

“卖冰淇淋的也买了一个！”她看着说，经过了一个塑像。

“对，还有扫烟囱的！瞧，拉克小姐也来了，看见没有？”

一个熟悉的人蹦蹦跳跳地飞过草地，戴着帽子、手套，拿着一个气球，上面写着“露辛达·埃米莉·拉克”。她飞过榆树大道，样子高兴而又庄重，转眼在水池那头不见了。

这时候公园里满是空中飞人，人人有个气球，每个气球上都有个名字。

“用力拉呀！让出地方给我海军上将！我的港口在哪里？用力拉呀！”布姆海军上将和他的夫人滚过天空。他们共同拉住一个白气球，上面用蓝色字母写着他们的名字。

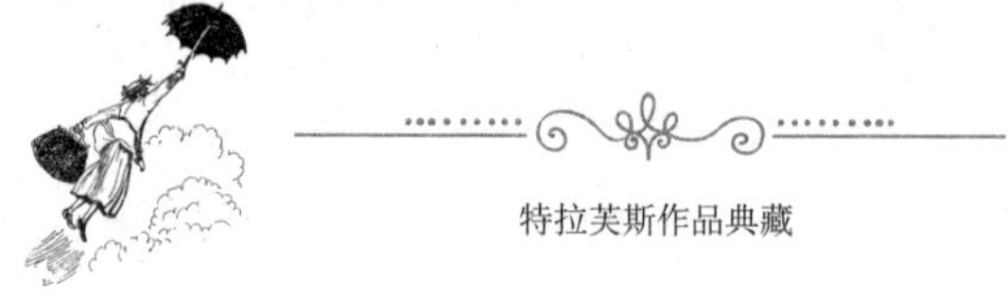

“桅杆和后桅！鸟蛤和小虾！拉走，我的伙计！”布姆海军上将号叫着，小心地避开了一棵大橡树。

气球和人越来越密集，公园上空到处都是五颜六色的气球，简直没有一块空地方。简和迈克尔看到玛丽阿姨在它们中间稳重地挤了过去，便带着约翰和巴巴拉也挤过人群赶路。

“噢，天哪！噢，天哪！我的气球不带我上去，我一定挑错了！”简旁边有人说。

一位老派的女士，帽子上插着一根羽毛，脖子上围着羽毛围巾，正站在简下面的小路上。她脚边扔着一个紫色气球，上面用金字写着“首相”。

“我怎么办呢？”她叫道，“公园门口那老太婆说：‘挑吧，好好挑吧，我亲爱的小宝贝！’我就挑了。可我挑错了，我不是首相！”

“对不起，我是！”她旁边一个穿得笔挺、拿把雨伞的高个子说着走过来。

那女士转过脸去：“噢，那么说，这气球是你的了！让我看看你是不是拿着我的！”

首相拿着的气球也不能带他飞起来，他让她看看，气球上写着“穆丽尔·布赖顿·琼斯女士”。

“对，你那个气球是我的。咱们拿错了！”她叫着把自己的气球交给首相，拿过自己的。他们一下子飞起来，在树间飞过，一边飞一边聊天。

“你结婚了吗？”简和迈克尔听见穆丽尔女士问。

THE PR
MINIS
LADY
MARY P
ADMIRAL
AND MR
BOO
OF CHERR
TH
KEEPER
MA
SHEP
AVERS
EEP
THE L
MAYOR

首相回答说："没有，我找不到一位合适的中年女士——不太年轻也不太老，还要快活一点儿，因为我自己就够严肃的了。"

"我合适吗？"穆丽尔·布赖顿·琼斯小姐说，"我很能自得其乐。"

"不错，我觉得你很合适。"首相说着，跟她手拉手飞到大家当中。

这时候公园确实太挤了。简和迈克尔跟着玛丽阿姨飞过一片又一片草地，老碰到人，都是向老太太买了气球飞到天上的。一个高个子，留着八字长胡子，穿一身蓝色衣服，戴一顶头盔，由气球带着在空中飞，气球上写着"巡官"。气球上写着"市长"的是一个大胖子，戴三角帽，穿红色的紧身军裤，戴着一大串铜项链。

"别占道！别挤在公园里，请遵守规则！垃圾请丢到垃圾箱！"

公园看守人拿着一个写着"史密斯"的樱桃色小气球，叫喊着在人群中挤过去。他挥手把两只狗赶开——一只哈巴狗的气球上写着"库"，另一只狼狗的气球上写着"阿伯丁"。

"别碰我的狗，要不我记下

你的号码去告你！”叫喊的太太抓着一个写着“梅菲尔德公爵夫人”的气球。

可公园看守人不理她这一套，只管飞着叫：“所有的狗要带好！别在公园里拥挤！禁止吸烟！请遵守规则！”他嗓子都喊哑了。

“玛丽阿姨呢？”迈克尔飞到简身边问。

“在那边！就在咱们前面！”她指着一个端庄整洁的人回答。那人在全公园最大的气球下面蹦蹦跳跳，于是迈克尔和简跟着它回家。

“气球多又多，我亲爱的小宝贝！”咯咯声在他们后面叫。

他们转脸看到了卖气球的老太太。她的盘子空了，头顶上没有气球，但好像有成百个看不见的气球吊着她走。

“都卖掉了！”她飞过时叫道，“气球一人有一个，就是别拿错。人人都来挑，仔仔细细挑！我卖光了！气球多又多！”

她飞过时口袋里钱很多，叮叮当当响。简和迈克尔停下来，看着这干瘪小老太太飞过那些蹦蹦跳跳的气球，飞过首相、市长、玛丽阿姨和安娜贝儿身边，越来越小，最后在远处消失不见了。

“气球多又多，我亲爱的小宝贝们！”只剩下了微弱的回音。

“请过来！”玛丽阿姨说。四个人围到她身边，安娜贝儿让玛丽阿姨的气球摇来摇去，靠紧她的身子睡着了。

17 号的院子门敞开着，前门半开着。玛丽阿姨在空中端庄地蹦跳着，进了门，上了楼。孩子们也蹦着跳着跟在后面飞。到了儿童室，他们的四双脚很响地蹭着地板，玛丽阿姨却悄无声息地落下来。

“噢，下午过得多快活啊！”简扑上去抱住玛丽阿姨。

“好了，够了，请梳梳头发吧，我不喜欢稻草人。”玛丽阿姨尖刻地说。

“我觉得自己像个气球。”迈克尔欢天喜地地说，“轻飘飘的，自由自在得像个仙人！”

“像你这模样的仙人可真让人感到遗憾！”玛丽阿姨说，“快

去洗手吧，你简直像个扫烟囱的！”

他们干净整洁地回来时，发现四个气球顶着天花板，四根线绳牢牢地拴在壁炉上面那幅画背后。

迈克尔抬头看它们——他那个黄色的、简那个蓝色的、双胞胎那个粉红色的和玛丽阿姨那个红色的，它们全都一动不动，没有一丝微风吹动它们，它们顶着天花板，又轻又亮，就那么一动不动。

“真奇怪！”迈克尔自言自语似的轻轻说。

“什么事奇怪？”玛丽阿姨打开她的大包小包，问了一声。

“我在想，你不跟我们在一起的话这些事会不会发生。”

玛丽阿姨吸了吸鼻子。

“你好奇的事情太多了，你不这样，我倒会觉得奇怪！”她回答说。

迈克尔只能到此为止，不好去问了。

第九章

内莉·鲁比娜

“我看永远不会停了……永远不会！”

简放下手里的《鲁滨孙漂流记》，沉着脸看窗外。

雪花大片大片地下个不停，厚厚地盖着公园、马路和樱桃树胡同的一家家的屋顶，一片白茫茫。雪不停地下了整整一个星期，孩子们一次也出不去。

“我无所谓，不在乎。”迈克尔坐在地板上说，他正在玩他的一艘挪亚方舟[1]上的动物，“我们可以做因纽特人，吃鲸鱼。”

“傻瓜，雪下得连咳嗽糖也没法去买，我们怎么吃得到鲸鱼啊！”

[1]《圣经》里说，在古代一次洪水泛滥前，挪亚造了一艘方舟，让自己一家和动物一对一对上船，洪水来时，他们都没有淹死，成为后来人类和动物的新始祖。

“它们也许会来，鲸鱼有时候会来的。”他反驳她说。

“你怎么知道？”

“我也说不准，可它们也许会来。姐姐，第二只长颈鹿在哪儿？哦，在这里，在老虎下面。”

他把两只长颈鹿一起放进方舟，又唱道：

动物两只两只上，
一只袋鼠一只象。

可他没袋鼠，就用一只羚羊代替，让它跟大象一起上船，由挪亚夫妇在后面维持秩序。

“我一直奇怪，他们为什么一个亲戚也没有。”迈克尔说。

“谁没有？”简不高兴地说，因为她不想被人打搅。

“挪亚家呗。我从没听说他家有女儿，或者儿子，或者叔伯，或者婶婶，为什么？”

“因为他们没有嘛。”简说，“请别说话了。”

“我不过是说说话，我要说话时不可以说吗？”

迈克尔开始觉得恼火，他在儿童室里给关得不耐烦了。他爬起来，摇摇晃晃地向简走过去。

“我不过是说说话……”他开始去打搅她，推她拿着书的手。

这一来简忍耐不住了，把《鲁滨孙漂流记》扔过房间。

“你怎么敢打搅我？”她向迈克尔转过脸来叫。

“你怎么敢不让我说话？”

“我没不让你说话！”

“你就是不让我说话！”

转眼间简已经抓住迈克尔的肩膀狠狠地摇，迈克尔也抓住了她的一大把头发。

“什么事？”

玛丽阿姨站在门口，生气地看着他们。

他们分开了。

“她摇……我！”迈克尔大叫，做错了事似的看着玛丽阿姨。

“他拉……我的头发！”简呜呜哭着说，用胳臂捂住脸，因为不敢看玛丽阿姨盯住她看的目光。

玛丽阿姨大踏步走进房间，手里抱着一叠衣服、帽子和围脖。双胞胎瞪大眼睛，好奇地跟在她后面。

“我情愿照料一群野人。”她吸吸鼻子说，“因为他们更懂事些！”

“可她摇我……”迈克尔又开口。

“讲坏话，烂舌头！”玛丽阿姨讽刺他，一看他想顶嘴，又说，“你敢回嘴！”她警告地说着，给他穿上大衣，“请你把东西都穿上！我们要出去了！”

“出去？”

他们简直不相信自己的耳朵！可一听这话，怒气全烟消云散了。迈克尔把护腿的扣子扣好，觉得刚才打搅简很不应该，抬头看她，她已经戴上绒线帽在对他微笑了。

“好哇，好哇，好哇！”他们跺着脚叫，拍着戴上羊毛手

套的手。

“一群野人！”玛丽阿姨生气地说，推着他们下楼。

雪已经停了，可花园、那边的公园到处都盖着厚厚一层雪，像盖着白色的厚被子。光秃秃的樱桃树的树枝上是闪烁的雪，公园栏杆本来是绿色的，如今变成了白色。

罗伯逊·艾正在下面花园小路上无精打采地铲着雪，铲几寸就休息半天。他穿着班克斯先生的旧大衣，大衣太大了，他刚铲好一块地，拖在后面的大衣下摆又把一些新的雪扫到了铲过的地方。

孩子们在他身边跑过，奔向院子大门，哇哇大叫，挥着双手。

一胡同的人好像都到外面来透气了。

“啊嗬，船员们！”海军上将像打雷似的高声大叫着走过来，跟他们一个一个握手。他从头到脚用长大衣裹着，他们从没见过他的鼻子这么红。

“你好！”简和迈克尔彬彬有礼地说。

“港口和右舷！”海军上将叫道，“这种天气我不能说好。呼呼呼呼！我说这是可怕的、灰蒙蒙的、不适宜航海的日子。春天怎么还不来？你们说说看！”

“来，安德鲁！来，威洛比！到妈妈身边来！”

拉克小姐裹着皮大衣，戴着个像茶壶保暖套的皮帽子，正带着她的两只狗在散步。

“大家早！”她装腔作势地跟他们打招呼，“什么天气！

太阳上哪儿了？为什么春天还不来？”

“别问我，小姐！”布姆海军上将叫道，“不关我的事，你该到海上去，那儿永远是好天气！到海上去吧！”

“噢，布姆海军上将，我不能去，我没工夫。我正要去给安德鲁和威洛比各买一件皮大衣。”

两只狗的脸上显出难为情和害怕的表情。

“皮大衣！”海军上将咆哮说，“炸掉我的罗盘箱！给一对杂种狗买皮大衣？去他的！我说的是港口！起锚！皮大衣！”

“海军上将！海军上将！”拉克小姐叫道，用手捂住耳朵，“都说的是什么话！请别忘了，这种话我听不惯。我这两只不是杂种狗，根本不是！一只有源远流长的好家谱，另外一只至少有颗好心。什么杂种狗，真是的！”

她急急忙忙走了，生气地大声自言自语着。安德鲁和威洛比跟在她后面，摇着尾巴，样子既不痛快又难为情。

卖冰淇淋的推着他的车子飞快地走过，拼命摇铃。

他车子前面的牌子写着：“别叫住我，要不我会感冒！”

“春天什么时候来呀？”卖冰淇淋的嚷嚷着问正拐过街口过来的扫烟囱工人。扫烟囱的怕感冒，浑身用刷子、扫帚披挂着，看上去不像个人，倒像只豪猪。

“呜噢呜噢……真糟！”他的声音从扫帚、刷子中传出来。

“你说什么？”卖冰淇淋的问。

“真糟！”扫烟囱的说着，走进拉克小姐家的边门不见了。

看公园的站在公园门口，挥着胳臂，跺着脚，呵着手。

“要来点儿春天，对吗？”玛丽阿姨带着孩子们走过时，他对她说。

“我觉得这样很不错！”玛丽阿姨昂着头，庄严地回答。

“只有你觉得不错。”看公园的嘟囔了一声。他是用手捂住嘴说的，只有简和迈克尔听见了。

迈克尔落在后面，弯腰捧起一把雪，用两只手掌搓。

“好姐姐！”他用哄人的声音叫简，“我有样东西给你！”

简刚转脸，一个雪球已经呼呼地飞过来打中她的肩膀。她大叫一声，忙去挖雪，接着四面八方雪球乱飞。玛丽阿姨在扔来扔去闪闪发亮的雪球之间穿过，落落大方，只顾埋头想她戴着羊毛手套，穿着兔皮大衣该有多漂亮。

她正在这么想着，一个大雪球飞过她的帽边，正好落在她的鼻子上。

“噢！”迈克尔双手捂着嘴叫起来，“我不是有心的，玛丽阿姨！我的确不是有心的，我要扔姐姐。”

玛丽阿姨回转过脸，这张脸从散开的雪中露出来时，可怕极了。

“玛丽阿姨。”迈克尔诚恳地说，“很对不起，这是意外！”

“不管是不是意外，不许你再扔雪球了。”她说，“什么意外！野人都比你规矩！”

她把雪球的碎块从脖子上抓下来，用戴羊毛手套的手掌搓成小球，扔过积雪的草地，然后神气地大踏步朝着雪球走。

“现在你可闯祸了。”简悄悄地对迈克尔说。

“我不是存心的。”迈克尔也悄悄地回答。

“这我知道，可你知道她的脾气！”

玛丽阿姨走到刚才那个雪球落下的地方，把它捡起来，又用力向远处狠狠一扔。

“她上哪儿去？”迈克尔忽然说。

雪球没有落到路上，而是在树底下滚，玛丽阿姨急急忙忙跟着它走，不时躲开从树枝上掉下来的一小撮一小撮的雪。

“我简直跟不上！”迈克尔被自己的脚绊了一下。

玛丽阿姨加快脚步，孩子们在她后面直喘气。他们最后赶上雪球时，看到它正停在他们从未见过的最古怪的房子旁边。

“我不记得以前有没有见过这座房子！”简惊奇得瞪大眼睛说。

“说它是房子，不如说它是方舟。”迈克尔也瞪圆了眼睛看着它。

这房子牢牢立在雪里，一根粗绳子把它拴到一棵树的树干上。它周围是一圈走廊似的狭长甲板，又高又尖的房顶漆成鲜红色。可最叫人奇怪的，是它虽然有好几扇窗子，却没一扇门。

“咱们到哪儿啦？”简充满好奇，兴奋地问。

玛丽阿姨没回答，带着他们沿着甲板走，在一块牌子前面停下来。牌子上写着：

请敲三下半

“半下怎么敲呢？”迈克尔悄悄问简。

“嘘！”她向玛丽阿姨那边点点头，像是说，“咱们又要碰到一次奇遇了，别打岔！”

玛丽阿姨抓住牌子上面挂着的扣环，在墙上敲了三下，接着用戴着羊毛手套的手的两个指头轻轻捏住它，最轻最轻地敲了一下。

就是这样：

嘭嘭！嘭！……砰！

好像有人就在听着和等着这次敲门，屋顶马上像箱子盖似的翻开来。

“天哪！”迈克尔忍不住惊叫一声，因为屋顶掀开时一阵风差点吹掉了他的帽子。

玛丽阿姨走到狭长甲板的尽头，爬上一道很陡的小梯。到了顶上，她回过头来很严肃地朝下看，伸出戴着羊毛手套的手，用一个指头招呼他们：“请上来吧！”

四个孩子赶紧跟着她上去。

“跳！”玛丽阿姨喊了一声，从梯顶跳进屋子。她转过身，抱起跟着简和迈克尔上来的要跨过屋顶的双胞胎。等到他们都安全地进了屋，屋顶轻轻地咔嗒一声重新盖上了。

他们四处张望，四双眼睛惊奇地瞪起来。

“多滑稽的房间！”简说。

不仅滑稽，而且天下少见。房间里唯一的家具是占了一面

墙的一个大柜台。四面墙壁雪白，靠墙放着一堆堆木块，刻成树和树枝的形状，全漆成绿色。满地是木头刻的带树叶的小树枝，刚油漆好。墙上有好几块牌子，写着：

当心油漆！
不准触摸！
离开青草！

还不止这些。

一个角落有一群木头羊，羊毛刚涂上颜色还没干。另一个角落满是一小堆一小堆硬邦邦的花——黄色的乌头花、绿夹白的雪花莲和鲜艳的兰花。它们都是闪闪发亮而且黏糊糊的，像是刚漆好。

整齐地堆在第三个角落的木头鸟和蝴蝶也是这样，靠在柜台旁边的白色片状木头云朵也是这样。

可房间一头的架子上的一个大瓶子却没漆过。它是绿玻璃做的，千百块各种形状各种颜色的扁平东西装到了瓶口。

“你说得很好，简，”迈克尔瞪大眼睛看着说，“这是个滑稽的房间！”

“滑稽？”玛丽阿姨说，好像迈克尔说了什么得罪人的话。

“那么……是特别。”

“特别？”

迈克尔说不出话来，他找不到合适的字眼。

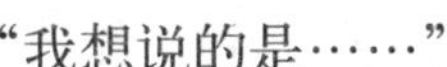

“我想说的是……”

“我觉得这个房间很可爱，玛丽阿姨。”简赶紧来解围。

“对，是可爱，”迈克尔大大松了口气，说，“而且……”他聪明地补上一句，“我觉得你戴上那顶帽子很好看。”

他仔细地看着她，对，玛丽阿姨的脸色温和了一点，嘴角甚至开始有些笑意。

“嗯！”她说着向房间一头转过脸去。

“内莉 · 鲁比娜！”她叫道，“你在哪儿？我们来了！”

“就来就来！”

一个他们从未听到过的最高最细的声音从柜台底下传出来。紧接着从传来声音的方向露出一个头，头上戴着一顶小扁帽。头出来以后又露出一个很结实的胖圆身子，她一只手拿着一罐红漆，另一只手拿着一朵没漆过的木制郁金香。

没错没错，简和迈克尔想，这是他们见过的最古怪的人。

看脸和身材她很年轻，不过她不像是血肉之躯，而像是木头做的。她僵硬发亮的黑头发好像是刻在头上再油漆过的，眼睛像在脸上钻出来的两个小黑窟窿，发亮的脸颊上两块鲜艳的红晕显然是漆上去的！

“波平斯小姐，谢谢你的光临！”这古怪人说，笑起来红嘴唇闪亮。她放下油漆和郁金香，绕过柜台来跟玛丽阿姨握手。

这时候孩子们才看到她根本没有腿！她腰部以下是一整块，脚的地方是个圆盘，她转动着圆盘走路。

“没什么，内莉·鲁比娜，”玛丽阿姨特别客气地说，“来看你真高兴！”

“没说的，我们早在盼着你了。”内莉·鲁比娜说下去，“因为要你帮我们——”她停口不说了，因为不仅玛丽阿姨向她丢了个眼色，她自己也看到孩子们了。

“噢，”她友好地高声叫道，“你把简和迈克尔也带来了，还有双胞胎。真让人想不到啊！”她转动着身子，过来跟他们狠狠地握手。

“你知道我们？”迈克尔惊异地瞪着眼看着她说。

“噢，可不！”她高兴地声音颤抖着说，“我常听我爹妈讲到你们，让我们来认识认识吧。”她笑着跟大家轮流再握了一次手。

“内莉·鲁比娜，”玛丽阿姨说，“我想你可以省一盎司会话。”

“一点儿不错！”内莉·鲁比娜微笑着向柜台转动过去，“波

平斯小姐，很高兴听你的话！”

“你有论盎司的会话吗？”简问她。

“当然，还论磅呢。你要的话，一吨也行。”内莉·鲁比娜一下子住了口。她向架上的大瓶子伸出手去，可手太短了，够不到。“哟！不够长。我一定要把手加长一点儿，不过现在我把我伯伯叫来，让他拿吧。道杰伯伯！道杰伯伯！”

她最后一声是向柜台后面的门里叫的，马上出来一个人，样子也十分古怪。

他跟内莉·鲁比娜一样圆滚滚，不过年纪老得多，而且满面愁容。他头上也戴一顶扁圆小帽，胸前紧紧扣着一排扣子，跟内莉·鲁比娜一样，也像是木头做的。当他的围裙飘起来，

简和迈克尔看到他跟他侄女一样，腰部以下也是一整块。他手里拿着一只木头布谷鸟，灰色油漆漆了一半，他自己的鼻子上也沾着同样的漆。

“是你叫我吗，亲爱的？”他用温柔的口气问。

他一眼看到了玛丽阿姨。

“啊，你到底来了，波平斯小姐！内莉·鲁比娜会很高兴的，她一直在等你来帮我们——”

他一见孩子们，突然停了口。

“噢，对不起，我不知道来了大队人马，亲爱的！我这就去把这只鸟漆完——”

“别别别，道杰伯伯！”内莉·鲁比娜狠狠地说，“我要把会话拿下来，你帮个忙好吗？”

虽然她样子轻松，可孩子们注意到，她对伯伯说话时不是在请求他而是在吩咐他。

道杰伯伯往前跳，跳得挺快。

“当然，亲爱的，当然！”他一举手就拿下大瓶子，放在柜台上。

“请放到我面前！”内莉·鲁比娜高傲地吩咐他。

道杰伯伯连忙把瓶子推过去。

“对不起，亲爱的，瓶子到！”

“这些是会话吗？”简指着瓶子问，“它们像是糖果。”

“是糖果，小姐，是会话糖。”道杰伯伯用围裙拍拍瓶子上的灰说。

“能吃吗？”迈克尔问。

道杰伯伯小心地看看内莉·鲁比娜，靠在柜台上。

“能吃。”他捂着嘴说，“我只是个姻亲伯父，我不吃，可她……”他恭敬地朝侄女那边点点头，“她是长女和直系继承人！”

简和迈克尔根本听不懂他的意思，不过还是有礼貌地点点头。

“好。”内莉·鲁比娜把瓶子的盖旋开，高兴地叫道，“谁先挑？”

简伸手进去拿出一颗星形的扁糖，像是薄荷的。

“上面有字！”她叫起来。

内莉·鲁比娜哈哈笑着尖声说：“当然有字，这就是会话嘛！念吧。”

“你是我的宝贝。”简念出来。

“多好啊！”内莉·鲁比娜清脆地说着，把瓶子推给迈克尔。迈克尔拿出一颗粉色的贝壳糖。

“我爱你，你爱我吗？”他念道。

“哈哈！这颗很好！当然，我爱你！”内莉·鲁比娜大声笑着，很快地亲了他一下，在他脸颊上留下了黏糊糊的颜料。

约翰那颗黄色的会话糖写着“矮矮小胖子”，巴巴拉的那颗用大字写着“亮堂堂，喜洋洋”。

“你们就是那样子！”内莉·鲁比娜在柜台后面对他们笑着说。

“现在轮到你了，波平斯小姐！”当内莉·鲁比娜把瓶子

推给玛丽阿姨时，简和迈克尔注意到她们交换了一个心照不宣的古怪眼神。

玛丽阿姨脱下羊毛手套，闭上眼睛，把手伸进去摸了一阵，然后捏出一颗新月形的白色糖，拿在眼前。

“今晚十点钟。”简把糖上的字念出来。

道杰伯伯搓着手。

“对，正是这时间我们——”

“道杰伯伯！”内莉·鲁比娜用警告的口气说。

他脸上的笑容顿时消失，比先前更加愁容满面了。

“对不起，亲爱的！”他谦卑地说，“我怕是老了，有时候会说错话……对不起。”他一脸惭愧的样子，可简和迈克尔看不出他做了什么错事。

“好，”玛丽阿姨把会话糖小心地放进手提包，说，“对不起，内莉·鲁比娜，我想我们得走了！”

“噢，一定要走吗？”内莉·鲁比娜转动着她的圆盘过来了一点儿，“你来了真好！不过，”她看看窗外，“很可能又要下雪，会把你困在这儿。你们不愿意留下，对吗？”她向孩子们转过脸来，声音颤抖地说。

“我愿意的。”迈克尔斩钉截铁地说，“我会很喜欢留下来的。这样一来，我也许就能知道这些东西是干什么用的。”他指着涂上漆的树枝、羊、鸟和花。

“那些东西？噢，不过是些装饰品。”内莉·鲁比娜说着急忙摆摆手，表示它们没什么大意思。

“可你拿它们来干什么呢？”

道杰伯伯起劲地把身子从柜台那边靠过来。

“你知道，我们把它们拿出去就——”

“道杰伯伯！”内莉·鲁比娜的黑眼睛狠狠地看看他。

“噢，亲爱的，我又来了，老是说不合适的话，因为我太老了。”道杰伯伯泄气地说。

内莉·鲁比娜狠狠地看了他一眼，又转脸对孩子们微笑。

“再见。”她赶紧跟他们握手，“我将记住我们的会话。你是我的宝贝、我爱你、小胖子、亮堂堂！”

“你忘了玛丽阿姨的会话是‘今晚十点钟’。”迈克尔提醒她。

“啊，她不会忘的！”道杰伯伯快活地微笑着说。

“道杰伯伯！”

“噢，对不起，对不起！”

“再见！”玛丽阿姨说。她郑重地拍拍手提包，和内莉·鲁比娜又交换了一个奇怪的眼神。

“再见，再见！”

简和迈克尔事后回忆，却想不起他们是怎么离开那个古怪房间的。他们刚在房间里跟内莉·鲁比娜说再见，一转眼就已经在外面雪地上，舔着他们的会话糖，急急忙忙地跟着玛丽阿姨走了。

“我说，迈克尔，”简说，“我断定那颗糖是个暗号。”

“哪颗？我的那一颗？”

“不，玛丽阿姨挑的那一颗。”

“你是说……”

“我看今晚十点钟有事，我要醒着等着看。”

“我也一定这么办。”迈克尔说。

“请好好地走！跟上来！”玛丽阿姨说，“我没有时间整天浪费……”

简深深沉浸在梦乡里。梦中有人很急地轻轻叫她，她猛地一惊，坐了起来，迈克尔穿着睡衣站在她床边。

“你说你醒着等！”他悄悄地责怪说。

“什么？哪儿？为什么？噢，对，迈克尔，你说你也这么干！”

“你听！”他说。

隔壁房间有人在踮起脚尖走路。

简狠狠地吸了口气：“快回到床上去，快去装睡！快！”

迈克尔一跳，已经钻进了毯子。他和简在黑暗中屏着呼吸听。

隔壁儿童室的门悄悄地打开了，很窄的一道光变宽了，一个脑袋伸进来看看，接着有人悄悄地走进来，轻轻地关上门。

玛丽阿姨穿上她的皮大衣，手里拎着鞋，踮起脚尖穿过了他们的房间。

他们躺着一动不动，听着她匆匆下楼的脚步声。远处，前门钥匙咔嗒一转，外面花园小路上传来一阵脚步声，院子大门咔嗒一响。

正在这时候，钟敲了十下！

他们跳下床奔到隔壁儿童室，那儿的窗子正对着公园。

星星在夜空中闪烁，可今天晚上他们要看的不是星星。如果玛丽阿姨的那颗会话糖真是一个暗号，那就有更有趣的东西可以看。

“瞧！”简兴奋得咽了口口水，指着外面说。

在公园那边，那座方舟似的房子就在它的大门口，松松地拴在一棵树上。

“它是怎么到那儿的？”迈克尔瞪大眼睛看着说，“今天早晨它可是在公园的另外一边。”

简没回答，只顾看着。

方舟的顶开着，内莉·鲁比娜用圆盘站在楼梯顶上，道杰伯伯正从里面递给她一捆又一捆漆过的木头树枝。

“准备好了吗，波平斯小姐？”内莉·鲁比娜尖声问道。玛丽阿姨已经站在甲板上了，等着接她递过来的一大包东西。

天气晴朗，四周静悄悄的，缩在窗口椅子上的简和迈克尔每个字都听得清清楚楚。

方舟里面忽然轰的一响，是一个木头的东西掉到地板上了。

“道杰伯伯，请你留点儿神！它们很容易摔坏的！”内莉·鲁比娜狠狠地说。

道杰伯伯递出一堆漆过的云片，抱歉地回答：“对不起，亲爱的！”

接着他递出来那群又硬又结实的羊，最后是鸟、蝴蝶、花等等。

“都齐了！”道杰伯伯从打开的屋顶耸身出来。他胳肢窝里夹着那只木头布谷鸟——它现在全漆上灰漆了，手里摇晃着一大罐绿漆。

“很好。”内莉·鲁比娜说，“波平斯小姐，要是你都准备好了，咱们这就可以动手了！”

于是她们开始了简和迈克尔从未见过的最奇怪的工作——他们觉得活到90岁也忘不了。

内莉·鲁比娜和玛丽阿姨从一大堆漆过的木头东西中，一人拿出一根带叶子的长树枝，跳起身来，很快地把它们粘到树上冰冻的光树枝上面去。它们好像很容易粘住，因为一分钟不到就粘好了。每根树枝一粘好，道杰伯伯就跳起来在接头的地方涂上一点儿绿漆。

“天哪！”简看到内莉·鲁比娜轻轻飞上一棵很高的白杨树的树梢，把一根大树枝粘到那里，不由得叫起来。迈克尔目瞪口呆，话也说不出来了。

三个人走遍整个公园，飞也似的跳上最高的树枝。一转眼工夫，公园里每棵树都伸出了满是树叶的木头树枝，道杰伯伯在接头的地方都涂上了漆。

简和迈克尔不时听见内莉·鲁比娜尖叫：“道杰伯伯！小心点儿！”接着是道杰伯伯说对不起的声音。

现在内莉·鲁比娜和玛丽阿姨抱起木头白云片，飞得更高，蹿到树木上空，把云片小心地按在天空上。

“它们粘住了，它们粘住了！”迈克尔激动地大叫，在窗

口座位上直跳。一点儿不错，白云片一下子就粘在群星闪烁的暗空中了。

“好啊！”内莉·鲁比娜猛扑下来叫道，“现在轮到羊了！”

他们把那群木头羊很小心地放在雪地上，让大羊挤在一起，让硬邦邦的小白羊羔夹在它们中间。

“都好了！”简和迈克尔听见玛丽阿姨让最后一只羊站好时说。

“波平斯小姐，要是没有你，我们真不知会怎么样，真的不知会怎么样！”内莉·鲁比娜高兴地说，接着换了口气说，“道杰伯伯，请把花给我！快点儿！”

“来了，亲爱的！”他急急忙忙地转动着来到她身边。他围裙里装着雪花莲和乌头花，鼓了起来。

“噢，瞧吧！瞧吧！”简乐得抱住身体叫道，因为内莉·鲁比娜正把木头花插在一个空花坛的周围。她团团转着在花坛边上种下木头花，又不断伸手从道杰伯伯的围裙里拿。

“很整齐！”玛丽阿姨说。简和迈克尔听见她说话的口气那么快活、友好，不由得感到奇怪。

“是吗？”内莉·鲁比娜拍掉手上的雪，清脆地说，“挺好看吧？还剩下什么，道杰伯伯？”

“还剩下鸟和蝴蝶，亲爱的！”他捧起围裙，内莉·鲁比娜和玛丽阿姨拿起剩下的木头鸟和蝴蝶，轻快地满公园走，把鸟放在树枝上和鸟窝里，把蝴蝶抛上空中。奇怪的是它们待在那里，悬在空中，漆得鲜艳的翅膀在月光中清晰可见。

“好！我想都干完了！”内莉·鲁比娜说。她站着不动，两手叉腰，把亲手干完的活环视了一遍。

“还有一样东西，我亲爱的！”道杰伯伯说。

虽然干了一晚上使他觉得自己又老又累，可他还是跌跌撞撞地向公园大门口附近的桉树转动过去。他从胳肢窝底下拿出那只布谷鸟，把它放在树叶丛里。

“待在这儿吧，我美丽的小鸟！在这儿吧，我的鸽子！”他点着头对它说。

“道杰伯伯，你什么时候才能学会？这不是鸽子，是布谷鸟！”

他谦逊地点头哈腰。

“一只布谷鸽子，我是想这么说。对不起，亲爱的！”

“好了，波平斯小姐，我看我们真得走了！”内莉·鲁比娜说着向玛丽阿姨转过去，用两只木头手捧住她粉红色的脸，亲亲她。

“再见啦！”她快活地叫着，沿方舟甲板转动着走，跳上了小梯。她在梯顶上转过脸来向玛丽阿姨很快地挥手，接着嗒嗒嗒地在里面跑下去不见了。

“道杰伯伯，下来！别让我等着！”内莉·鲁比娜很细的声音飘上来。

“来了，亲爱的，来了！对不起！”道杰伯伯转动着向甲板走去，在半路上跟玛丽阿姨握握手。木头布谷鸟从树叶丛中望出来，他又疼爱又难过地看看它，接着腾空而起，在方舟里面咔嗒一声落地。屋顶翻下来，咔嗒一声关上了。

“放它走！”里面传来内莉·鲁比娜尖厉的吩咐声。玛丽阿姨上前一步，解开树上的绳子，马上有人从一个窗子把绳子收进去了。

“请让开！请让开！”内莉·鲁比娜叫道。玛丽阿姨赶紧退后。

迈克尔紧张地抓住简的手。

“他们走了！”他叫起来。这时方舟从地上升起，头重脚轻地飘到雪的上空。它在树木之间摇来晃去地上升，接着稳定下来，轻快地飘上去，飞到最高的树枝上空。

从一个窗口伸出一只手，很快地朝下挥动着。简和迈克尔

还没弄清楚这是内莉·鲁比娜的手还是道杰伯伯的手，方舟就已经飘进了星空，房子一角把它遮住了。

玛丽阿姨在公园大门口站了一会儿，挥着羊毛手套。

接着她匆匆穿过胡同，走过花园小路。前门钥匙在锁里转动，咔嗒一声，楼梯上响起小心的脚步声。

“快回床上去！”简说，“她一定上这儿来找我们！”

他们从窗口椅子上下来，穿过门，跳两跳就上了床。他们刚把毯子盖过头，玛丽阿姨就轻轻开了门，踮起脚尖穿过房间。

嚓！这是她把大衣挂在衣钩上。啪嗒！这是她把帽子放进纸袋。再没声音了。她已经脱下上衣，爬上她的行军床。简和迈克尔钻进毯子里，缩起了身子，很快就睡着了……

“咕咕！咕咕！咕咕！”

轻轻的布谷鸟的叫声飘过胡同。

“蹦蹦跳的长颈鹿！”班克斯先生在脸上涂着肥皂，叫起来，“春天到了！”

他扔下肥皂刷子奔进花园，他看了一眼就仰头用双手围着嘴吹喇叭。

“简！迈克尔！约翰！巴巴拉！”他向儿童室窗口叫，“下来！雪化了，春天到了！”

他们噔噔噔下楼，走出房门，看见满胡同都是人。

“喂！”布姆海军上将挥动着围脖大叫，“绳子和缆索！乌蛤和小虾！春天到了！”

“噢！”拉克小姐急急忙忙走出她家院子门，说，“终于有好天气了！我还打算给安德鲁和威洛比各买两双皮靴呢，现在雪化了，用不着了！”

安德鲁和威洛比一听，放下心来，亲她的手，表示它们很高兴，她没让它们丢脸。

卖冰淇淋的推着车子慢慢地来回走，留心着等顾客叫他。今天他车上的牌子写着：

春天到了，
丁零零，
春天到了，
快买一份冰淇淋！

扫烟囱的只拿着一把刷子，顺着胡同走来，得意扬扬地左看右看，好像好天气是他安排的。

简和迈克尔激动得一动不动，看着他们。

一切都在阳光中闪耀，一点儿雪也看不到了。

每棵树的枝头都露出了轻柔的灰绿色花苞，公园里的花坛开着乌头花、雪花莲等。这时候看公园的走过来，采了一小束，小心地插在扣眼上。

五彩缤纷的蝴蝶拍着毛茸茸的翅膀从一朵花飞到另一朵花上，鸫鸟、山雀、燕子和金翅雀在树上鸣啭和造窝。

一群羊领着小羊羔走过，大声地咩咩叫。

公园大门边的桉树枝头传来布谷鸟的叫声。

咕咕！咕咕！

迈克尔向简转过脸去，眼睛在闪亮。“这就是他们干的——内莉·鲁比娜、道杰伯伯和玛丽阿姨！”

简想着心事，望着迈克尔点点头。

在灰绿色的花苞中，一只灰色的布谷鸟在桉树枝头来回晃动。

咕咕！咕咕！

“我还以为它们全是木头做的，用漆漆的呢！”迈克尔说，“你认为它们是在夜里变活的吗？”

“也许是吧。”简说。

咕咕！咕咕！

简抓住迈克尔的手。他好像猜到了她的心思，他跟着她穿过花园，穿过胡同，跑进公园。

“喂！你们两个上哪儿去？”班克斯先生喊道。

“喂，你们两个伙计！”布姆海军上将咆哮。

“你们会迷路的！”拉克小姐尖声警告他们。

卖冰淇淋的拼命摇铃，扫烟囱的站在那里看着他们的背影。

可简和迈克尔不理他们，在树下一直跑，穿过公园，来到他们曾经看到方舟的地方。

他们停下来直喘气。这儿黑黝黝的树荫底下很冷，雪还没化。他们望来望去，找了又找，可深绿色的树枝下面只盖着厚厚一层雪。

“这么说，它真走了！”迈克尔东张西望地说。

“所有这一切也许只不过是我们想象出来的吧，姐姐，你说呢？”他没把握地问。

简忽然弯腰从雪地上捡起一样东西。

“不，”她慢慢地说，“我断定这不是想象出来的。”她张开手，手掌上有一颗粉红色的圆形会话糖。她把字念出来：

明年再见，

内莉·鲁比娜·挪亚。

迈克尔深深吸了口气。

“她原来是这么个人！道杰伯伯说她是大女儿，可我一点儿也没想到。”

“是她带来了春天！”简看着会话糖着迷地说。

“劳驾，”后面传来声音，“请马上回家吃早饭。”玛丽阿姨说。

他们像做了错事似的回过头去。

“我们只是想——”迈克尔想解释。

“那就别想。”玛丽阿姨厉声说。她向简的肩膀靠过来，拿走了会话糖。

“我相信这是我的！”玛丽阿姨说着把它放进围裙口袋，带路穿过公园回家。

迈克尔在路上折了一根带嫩芽的树枝，仔细地检查着那些嫩芽。

“它们现在看来一点儿也不假。”他说。

“也许从来就不假。”简说。

桉树枝上传来吹笛子似的嘲笑的声音：

咕咕！咕咕！咕咕！

第十章 旋转木马

这是一个宁静的早晨。

经过樱桃树胡同的人，不止一个朝 17 号的篱笆里面望望，说一声："多奇怪呀，一点儿声音也没有！"

连一向对任何事情不闻不问的房子也害怕起来了。

"天哪！天哪！"它听着，一片静悄悄的，于是自言自语说，"我希望别出什么事才好！"

楼下厨房里，布里尔太太鼻尖上架着眼镜，头一点一点地在看报。

在第一个楼梯口，班克斯太太和埃伦在整理柜子，数着床单。

楼上儿童室里，玛丽阿姨在静静地收拾中饭过后的桌子。

“今天我觉得很好很舒服。”简在一道阳光下舒展地躺在地板上，懒洋洋地说。

“一定会有变化！”玛丽阿姨吸着鼻子说。

迈克尔从弗洛西姑妈上星期送他的作为六岁生日礼物的那个巧克力糖盒里拿出最后一颗。

要不要给简呢？他考虑了一阵，或者给双胞胎，或者给玛丽阿姨？

不，这到底是他的生日礼物。

“最后一颗，幸运的最后一颗！”他很快地说了一声，把糖扔进自己的嘴里，“我真希望还有！”他看着空盒子，觉得很可惜地加上一句。

“不管什么好东西都有个完，或早或晚。”玛丽阿姨一本正经地说。

迈克尔歪着头，抬起眼睛看她。

“你不会！”他大胆说，“可你是好东西。”

她的嘴角露出满意的微笑，可这微笑跟出现时一样，很快就消失不见了。

“事实就是这样，”她说，“没有什么是永存的。”

简回过头看，大吃一惊。

没有什么是永存的，这就是说玛丽阿姨……

“没有什么吗？”她不痛快地说。

“绝对没有。”玛丽阿姨严肃地说。

她好像猜到了简的心思，走到壁炉架那儿拿下来那个大体

温计，接着从行军床底下拉出毛毡旅行包，把体温计放进去。

简连忙坐起来。

“玛丽阿姨，你为什么把它放进去？”

玛丽阿姨古怪地看看她。

“因为我一向整洁。”她一本正经地说着，又把旅行包推回床底下。

简叹了口气，只觉得心收紧了，很是难过。

“我觉得既难过又担心。”简对迈克尔悄悄说。

“我认为你是布丁吃多了！”他接下去说。

“不，不是那种感觉——”她刚开口就停住了，因为有人在敲门。

嘭！嘭！

“请进！”玛丽阿姨叫道。

罗伯逊·艾站在那里打哈欠。

“你猜猜发生了什么事。”他睡眼蒙眬地说。

“什么事？”

“公园里有座旋转木马！”

“这对我来说不是什么新闻！”玛丽阿姨厉声回答。

“游园会？”迈克尔起劲地大叫，“有秋千船和投环套玩具吗？”

“没有。”罗伯逊·艾认真地摇着头说，“就是一座旋转木马，昨天晚上到的。我以为你想知道呢。”

他慢腾腾地拖着脚向门外走去，顺手把门关上了。

简叫起来，把担心的事忘了个干净。

“噢，玛丽阿姨，我们可以去吗？”

“让我们去吧，玛丽阿姨，答应吧！”迈克尔绕着她跳，叫着说。

她转过身，把一托盘盘子和杯子在胳臂上放稳。

“我是要去的，”玛丽阿姨安静地说，“因为我有钱买票，但不知道你们有钱没有。”

“我存钱罐里有六便士！”简着急地回答。

“噢，姐姐，借给我两便士吧！”迈克尔求她，正好昨天他买一根甘草糖把钱花没了。

他们着急地瞧着玛丽阿姨，等着她做决定。

“请别在儿童室里借进借出的。”她严厉地说，“我请客，一人坐一次。你们坐一次就够了。”她拿着托盘走出房间。

他们对看了一眼。

“是怎么回事？”迈克尔说，现在轮到他担心了，“她从来没请过客！”

“玛丽阿姨，你身体不舒服吗？”她回来时迈克尔不安地问她。

“从来没这样好过！”她昂着头回答，“麻烦你，请别站在这儿把我当蜡人似的盯着看！去穿衣服吧！”

她样子那么严厉，蓝眼睛那么凶，说话也跟平时一样，于是他们就不再担心了，嚷嚷着跑去找帽子。

现在屋子里的寂静被乒乒乓乓的关门声、叫声和脚步声打

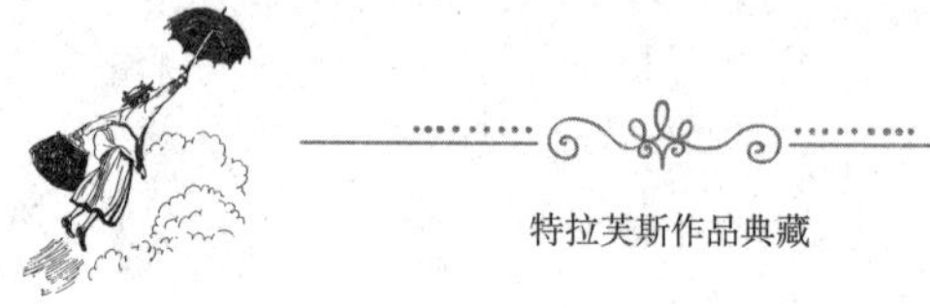

破了。

“天哪！天哪！我放心了！我刚才多么着急呀！”房子听着简、迈克尔和双胞胎轰隆轰隆奔下楼，自言自语。

玛丽阿姨在门厅停下来照镜子。

“噢，来吧，玛丽阿姨，你的样子好极了。”迈克尔着急地说。

她转来转去，表情看起来既生气又惊喜。

的确好极了！简直没法形容！蓝色上衣、金色扣子，好极了！脖子上戴着金项链，好极了！胳肢窝里夹一把鹦鹉头的伞，好极了！

玛丽阿姨吸了吸鼻子。

“有你这句话就够了……而且还多呢！”她简短地说了一声，不过她的意思是还不够。

可迈克尔急得顾不上这个。

“来吧，简！”他狂跳着叫道，“我简直等不及了！来吧！”

玛丽阿姨刚把双胞胎放进摇篮车，迈克尔和简就先跑了。花园门在他们身后咔嗒一声响，他们一路跑到旋转木马那儿。

隐隐约约的音乐声从公园飘来，像旋转的响陀螺那样嗡嗡响。

“你们好！”拉克小姐带着她的两只狗从胡同里匆匆过来，用她的高嗓门跟他们打招呼。

他们还没来得及回答，她又说：“我想是上旋转木马那儿去吧！安德鲁、威洛比和我刚去了。真是高级享受，不但漂亮而且干净。服务员真客气！”她快步走过，两只狗在她身边跑，

“再见！再见！”她转脸喊道，紧接着在路口拐弯不见了。

“一起抽水！用力拉呀，我的宝贝们！”

公园那边传来熟悉的咆哮声，布姆海军上将走出公园大门，满脸通红，大跳水手舞。

“哟嗬嗬！一瓶朗姆酒！海军上将坐过了旋转木马。把船上的水舀干！鸟蛤和小虾！跟长途航海一样够味！”他跟孩子们打招呼的时候嚷嚷。

“我们也上那儿去！”迈克尔兴奋地说。

“什么，你们也去？”海军上将好像很吃惊。

“对，那还用说！”简回答。

“不过……当然不是骑到底吧？”海军上将样子古怪地瞧着玛丽阿姨。

“他们一人骑一次！”她一本正经地解释。

“那很好！一路平安！”他说话的声音对他来说差不多算是斯文的了。

接着叫孩子们大吃一惊的是他一个立正，把手举到前额，利索地向玛丽阿姨行了个礼。

“嘿噜噜！”他像吹喇叭似的用手帕擤鼻子，“升帆！起锚！开走了，心肝儿，开走了！”

他挥着手，在人行道上从这边晃到那边，一边走一边大声唱歌：

每个好姑娘都爱着一个水手！

“他为什么说一路平安，叫你心肝儿呢？”迈克尔走在玛丽阿姨身边，看着海军上将的背影问道。

“因为他认为我是个非常可敬的人！”她厉声说，可是在她的眼睛里有一种温柔的恍惚的东西。

简心里又产生了那种奇怪的难过感觉，心又收紧了。

“要出什么事吧？”她担心地问自己。她把手朝摇篮车把手伸去，放在玛丽阿姨的手背上，这让她有一种温暖、安心和舒适的感觉。

“我多傻啊！”她轻轻地说，“不会出什么事的！”

她急急忙忙地走在摇篮车旁边，跟着它朝公园走去。

“等一等！等一等！”后面传来一个上气不接下气的声音。

“怎么，”迈克尔回过头说，“是塔特莱特小姐！”

“说实在的，这话没说对，”塔特莱特小姐喘着气说，“我如今是颠倒太太！”

她红着脸向颠倒先生转过身去。他站在她旁边，有点儿不好意思地笑着。

“今天是你的第二个星期一吗？”简问他。他现在是头朝上脚朝下，因此她想今天不可能是第二个星期一。

“不是的，不是的！谢谢天，不是的！”他赶紧说，“我们……嗯……不过是来说一声……噢，你好啊，玛丽！”

“有什么事吗，阿瑟哥？”他们大家握手。

“我想，你是不是来骑旋转木马呢？”他问道。

“是的，我们都骑！”

“都骑！”颠倒先生的眉毛竖到了头顶，很奇怪的样子。

“他们一人骑一次！”玛丽阿姨朝孩子们这边点点头。“请坐好！”她对兴奋得跳起来的双胞胎严厉地说，“你们不是在表演的耗子！”

“哦，原来这样。那么，他们要下来的吧？好，再见，玛丽，一路顺风！”颠倒先生极其郑重其事地举举帽子。

“再见，谢谢你们来送我！”玛丽阿姨动作优美地向颠倒先生和颠倒太太鞠了个躬。

“一路顺风是什么意思？”迈克尔回头看着他们走开——颠倒太太很胖很矮，颠倒先生又高又瘦。

“就是一路平安！你不好好地走就一路平安不了！”玛丽阿姨狠狠地说。迈克尔急急忙忙在后面跟着。

音乐声现在越来越响，震荡着空气，把大家都吸引了过去。

玛丽阿姨跑也似的把摇篮车转向公园大门，可是她看见人行道上的一排画，一下子停住了。

“她干吗停下？”迈克尔生气地悄悄对简说，“这么磨磨蹭蹭，我们永远到不了！”

人行道上的画家用彩色粉笔刚画好一排水果——苹果、梨、梅子、香蕉，正忙着在它们下面写字：

请拿一个

“咳！”玛丽阿姨用女人的咳嗽方式咳嗽了一声。

人行道上的画家一跳站起来，简和迈克尔看到，这是玛丽阿姨的好朋友——卖火柴的人。

“玛丽！你终于来了！我等了一整天！”

卖火柴的抓住她的双手，热切地看着她的眼睛。

玛丽阿姨非常不好意思，不过样子非常高兴。

“伯特，我们上旋转木马那儿去。”她红着脸说。

他点点头。“我知道你会去的。他们跟你一起走吗？”他用大拇指指指孩子们，加上一句。

玛丽阿姨神秘地摇摇头。

“他们只骑一次。”她很快地回答一声。

“哦，”他噘起嘴，“我明白了。”

迈克尔瞪圆眼睛看着。他们上旋转木马那儿，除了骑旋转木马还有什么事呢？他动着脑筋。

“你画了一组好画！”玛丽阿姨低头看着水果，称赞他说。

“请吧！”卖火柴的神气地说。

玛丽听了，当着惊讶的孩子们的面，弯下腰来从人行道上捡起画出来的一个梅子，咬了一口。

“你不拿一个吗？”卖火柴的转脸问简。

她惊讶地看着他：“我能拿起来吗？”在她看来这根本不可能。

“试一试吧！”

简向苹果弯下腰去，它自动跳到她手上。她在红的一边咬了一口，甜极了。

“你这是怎么办到的？”迈克尔瞪大眼睛问他。

“办到的不是我，”卖火柴的说，“是她！”他朝一本正经地站在摇篮车旁边的玛丽阿姨那边点点头，“我跟你说，只有她在的时候才会有这样的事！”

他说着弯腰从人行道上干净利落地捡起一个梨，递给迈克尔。

“那你呢？”迈克尔虽然想要梨，可也要表现得有礼貌。

“没什么！”卖火柴的说，“我随时可以画！”他说着又捡起香蕉，剥了皮，给双胞胎一人一半。

清脆悦耳的音乐声飘进他们的耳朵。

“好了，伯特，我们真该走了！”玛丽阿姨急急忙忙地说着，把梅子核整整齐齐地放在公园的两根铁栏杆之间。

“一定走吗，玛丽？”卖火柴的难过地说，“那好吧，再见，亲爱的！祝你幸福！”

“你还会看见他的吧？”迈克尔跟着玛丽阿姨进大门时问。

“也许看见也许看不见！”她简单地说了一句，“可这不关你的事！”

简回头看，卖火柴的站在他那盒粉笔旁边，定睛看着玛丽阿姨。

“今天真是个古怪日子！”她皱着眉头说。

玛丽阿姨看看她。

“请问有什么不对吗？”

“嗯，人人说再见，看着你的样子都那么古怪。”

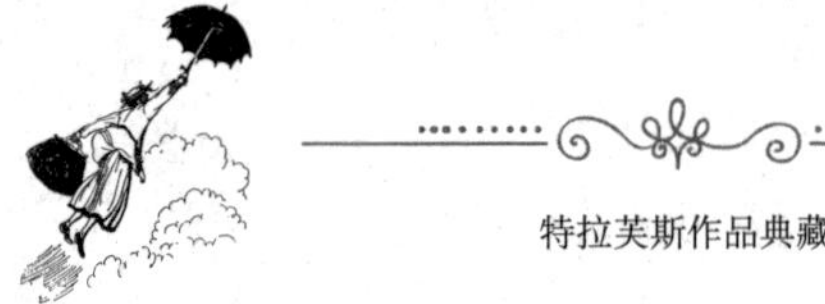

“说话又不花钱！”玛丽阿姨厉声说，“连猫也有权把国王见，对吗？”

简住口不吱声了，她知道跟玛丽阿姨再说也没用，因为玛丽阿姨从来不肯解释。

简叹了口气，因为说不出为什么叹气，她就跑起来，跑过迈克尔、玛丽阿姨和摇篮车，向震耳的音乐声跑去。

“等等我！等等我！”迈克尔尖叫着追去。在他后面，摇篮车的轮子嘎吱嘎吱滚动，玛丽阿姨紧跟上来。

旋转木马在菩提树中间的那块空草地上。整座旋转木马是新的，闪闪发亮，一匹匹木马在那些铜杆上一上一下地向前转。棚顶上飘着一面条纹旗，到处都华丽地装饰着金色的纸卷、银色的叶子、彩色的鸟和星星，跟拉克小姐说的一样，而且更美。

旋转木马慢了下来，他们一到它就停下了。公园的看守人大模大样地跑过来，抓住一根铜杆。

“来吧来吧！三便士骑一次！”他严肃地叫道。

“我知道我要骑哪一匹！”迈克尔说着向一匹马跑去。这匹马被漆成蓝色和红色，金颈圈上写着“快腿”的名字。迈克尔爬上马背，抓住铜杆。

“不可以乱扔废物，请遵守规则。”简跑过时，看守人大惊小怪地叫道。

“我骑‘闪光’！”简叫着爬上一匹雪白的马，它的名字写在红色颈圈上。

玛丽阿姨把双胞胎从摇篮车上抱起来，把巴巴拉放在迈克

尔前面，把约翰放在简后面。

“骑一个便士的，两个便士的，三个便士的，四个便士的，还是五个便士的？”旋转木马管理员来收钱的时候问道。

“六个便士的。”玛丽阿姨说着给了他四个六便士的硬币。

孩子们看着她呆住了，他们从来没有骑过六便士的旋转木马。

“不可以乱扔废物！”看守人看着玛丽阿姨手里的票子叫道。

“你不上来吗？”迈克尔低头叫玛丽阿姨。

“请抓紧！抓紧点儿！我骑下一轮！”她干脆地回答。

旋转木马棚上的烟囱上面响起汽笛声，音乐又响了，木马开始慢慢地、慢慢地转动起来。

“请抓紧！”玛丽阿姨严厉地叫道。

他们抓紧了铜杆。

穿过马背的铜杆一上一下，树木从他们身边退去，夕阳照亮他们。

“坐稳！”又传来玛丽阿姨的声音。

他们坐稳了。

旋转木马加快了速度，现在树木在他们身边团团转得更快了。迈克尔抱紧巴巴拉，简反手抱紧后面的约翰。他们一路上越转越快，头发向后飘动，风狠狠地吹在他们脸上。“快腿”和“闪光”背着孩子们转啊转，公园在他们周围旋转。

他们好像永远不会再停下来，好像根本没有时间这个东西，好像世界就不过是一圈光和一群漆得五颜六色的木马。

夕阳西下，暮色降临。可他们还在骑马，越转越快，最后他们连树木跟天空也分辨不出来了，整个广阔的大地现在都在他们周围旋转，像响陀螺似的发出沉闷的嗡嗡声。

简、迈克尔、约翰和巴巴拉再也不会像这次骑马旋转时更接近地球的中心了，他们好像也知道这一点。

“再也不会了！再也不会了！”当大地在他们周围旋转，他们在暮色中骑马转啊转的时候，心中想到的就是这个。

现在树木不再是模模糊糊的绿点，它们的树干又能看见了。天空离开了地面，公园停止了旋转。马越转越慢，最后停了下来，一动不动。

“来吧来吧！三便士骑一次！”看公园的在远处吆喝。

四个孩子骑了半天，人都僵了。可他们的眼睛闪亮，声音兴奋得颤抖。

“噢，好玩，好玩，好玩！”简用闪光的眼睛看着玛丽阿姨大叫，把约翰重新放进摇篮车。

“我们能永远骑下去就好了！”迈克尔叫道，把巴巴拉举起来放进摇篮车，让她坐在约翰旁边。

玛丽阿姨低下头来看他们，目光在越来越浓的暮色中异常温柔。

“不管什么好东西都有个完。”她这一天里第二次说这句话。

接着她仰起头看着旋转木马。

“轮到我了！”她高兴地大声说，弯腰从摇篮车里拿起一样什么东西。

接着她挺起腰，站着看了他们一阵，这古怪的目光好像要透进他们心中，看他们在想什么。

“迈克尔，”她轻轻地摸摸他的脸颊说，“要乖乖的！”

迈克尔瞪大眼睛抬头看着她，心里很不舒服。她为什么要这样做？到底要发生什么事？

“简，照顾好迈克尔和双胞胎！”玛丽阿姨说着抓起简的手，把它轻轻放在摇篮车的把手上。

“上马！上马！”收票的叫道。

旋转木马的灯光亮起来了。

玛丽阿姨转过头去。

“这就来！”她挥着鹦鹉头的伞叫道。

她冲过隔开孩子和旋转木马的黑暗。

“玛丽阿姨！”简叫起来，声音颤抖，因为她突然——也不知为什么——觉得害怕。

“玛丽阿姨！”迈克尔也染上了简的害怕感觉，大叫起来。

可是玛丽阿姨没有搭理他们，她姿势优美地跳上平台，爬上一匹叫“焦糖”的带斑点的木马，端庄地坐好了。

“单程还是往返？”收票的问她。

她好像把这个问题考虑了一下，看看孩子们，又回过来看收票的。

“也不知买什么好。”她想着心事说，“也许这样更好吧，我买往返票。”

收票的在一张绿色票子上打了个洞，递给玛丽阿姨。简和迈克尔注意到她没给钱。

音乐又响起来，先是很轻，接着很响，很狂热，很神气，漆过的木马开始慢慢转起来。

玛丽阿姨直着向前看，被木马带过孩子们身边。她伞上的鹦鹉头贴在她的胳肢窝里，戴着整洁的手套的双手握紧铜杆。在她面前，在马的脖子上……

“迈克尔！”简抓住他的胳臂叫道，“你看见没有？她准是把它藏在坐垫下面了！她的毛毡旅行包！”

迈克尔瞪大眼睛看。

“你认为……”他悄悄地开口问。

简点点头。

“可她脖子上戴着金盒子，项链也没断！我看得很清楚！”

双胞胎在他们后面开始呜呜哭，可简和迈克尔没理睬他们，只顾担心地看着闪亮的木马的旋转。

旋转木马这时转快了，一转眼工夫，孩子们已经说不出哪匹马是“快腿”，哪匹马是“闪光”了。眼前的一切成了一片旋转的光，只有那个黑影既熟练又安稳地不断接近过来，又很快地转过去不见了。

嗡嗡的音乐声越来越激烈，旋转木马越转越快。黑影又骑着那匹带斑点的马转过来，这一次她经过的时候，脖子上一样闪亮的东西断了，飞到他们脚边来。

简弯腰捡起它，是个金盒子，松松地挂在断了的金项链上。

“真的，那么是真的！”迈克尔大叫，“噢，打开它吧，姐姐！”

简哆嗦着按开关，金盒子打开了。闪烁的光照射在玻璃上，他们看见的是他们自己的画像，大家紧靠着一个人，她有又黑又直的头发、严肃的蓝色眼睛、闪亮的粉红色脸颊，鼻子微微有点儿翘，像是荷兰玩偶的鼻子。

班克斯家的简、迈克尔、约翰、

巴巴拉和安娜贝儿

和

玛丽·波平斯

简读着画像下面框子里的那几行小字。

“里面原来是这个！”看见简把金盒子关上，放进了她的口袋，迈克尔伤心地说。他知道现在没有希望了。

他们转过脸去看迷失在使人眼花缭乱的旋转的光里的旋转木马。这时候木马转得前所未有地快，

JANE, MICHAEL
JOHN, BARBARA
AND ANABEL BANKS
AND MARY POPPINS

嗡嗡的音乐声也变得前所未有地响。

接着一件奇怪的事发生了。随着一阵震耳的喇叭声，整座旋转木马旋转着从地面升起来。它转啊转啊，越升越高，里面五颜六色的马也在转，带头的是“焦糖”和玛丽阿姨。旋转的光在树木间升上去，经过的地方，树叶被照得变成了金色。

“她走了！”迈克尔说。

“噢，玛丽阿姨，玛丽阿姨！回来吧，回来吧！”他们向她挥手大叫。

可她转开脸，在马头上面安详地向前凝视，一点儿不像听见了他们叫声的样子。

“玛丽阿姨！”这是最后的绝望的呼唤。

空中没有答应的声音。

这会儿旋转木马早已离开树木，旋转着直上星空。它越去越远，越来越小，直到玛丽阿姨在旋转的光中成了个黑点儿。

旋转木马就这样带着玛丽阿姨升啊升，穿过天空，最后成了闪烁着的一个光点子，跟其他星星没有分别，只是稍稍大那么一丁点儿。

迈克尔吸着鼻子，摸他的手帕。

“我脖子抽筋了。”他想解释他为什么吸鼻子，但趁简不留意，他赶快擦擦眼睛。

简依旧盯住那闪烁的旋转光点，轻轻叹了一口气，接着转过身。

“咱们得回家了。”她想起玛丽阿姨关照过她要照顾好迈

克尔和双胞胎，平静地说。

“来吧，来吧！三便士骑一回！”看公园的刚去把垃圾捡进垃圾篓，回到这里来。他一看到本来有旋转木马棚的地方，大吃了一惊，张大了嘴东张西望。他抬起头，眼睛差不多都迸出来了。

“哎呀！”他哇哇大叫，“这是不可能的！刚才还在这儿，转眼就没有了！这不合情理！我要和你讲道理。”他对着空中拼命晃拳头，“我从来没见过这种事！从来没见过！我要报告！我要报告给市长！”

孩子们一声不响，转身走开。旋转木马在草地上没有留下一点儿痕迹，苜蓿丛里没有一点儿凹痕。除了公园看守人站在那里又叫又挥手，草地上空空的。

“她买了往返票。”迈克尔慢腾腾地在摇篮车旁边走。“依你看，她会回来吗？”

简想了一下。“也许……要是我们太想她的话……”她慢慢地说。

“对，也许……”迈克尔跟着重复一声，叹了口气，一直到回到儿童室都没再开过口……

“大家听啊！听啊！听啊！”

班克斯先生跑过花园小路，冲进前门。

“喂！大家在哪里？”他一步三级地上楼，嚷嚷着。

“什么事？”班克斯太太向他奔过来。

“一件最稀奇的事情！”他推开儿童室的门叫道，“出现了一颗新的星星，我是回家的时候听说的，一颗前所未有的最大的星星。我问布姆海军上将借来了望远镜要看它，来看吧！”

他跑到窗口，把望远镜举在眼前。

“一点儿不错，一点儿不错！”他起劲地跳着说，“看见了，在那里！一个奇迹！一个美景！一颗宝石！实在壮观！你自己看吧！”

他把望远镜递给班克斯太太。

“孩子们！”他叫道，“出现了一颗新的星星！”

“我知道……”迈克尔说，“可它不是颗星星，是——”

“你知道？不是颗星星？你这是什么意思？”

“别理他，他不过是说傻话！”班克斯太太说，“喂，星星在哪儿？哦，我看见了！非常好看！是整个天空最亮的！我奇怪它是打哪儿来的！喏，孩子们！”

她把望远镜递给简和迈克尔，他们轮流看着。他们从望远镜望去，能明显地看到彩色木马、铜杆和黑点儿在团团转，那黑点儿不断地转过来，转过去，最后不见了。

他们转脸相互看看，点点头。他们知道这黑点儿是什么，那是一个整洁漂亮的人，穿银扣子的大衣，戴硬草帽，胳肢窝里夹一把带鹦鹉头的伞。她曾离开天空下来，如今又回到天上去了。简和迈克尔没法跟人家解释，因为他们知道玛丽阿姨永远有无法解释的东西。

有人敲房门。

“对不起，太太，”布里尔太太满脸通红，急急忙忙进来，“我想你得知道，这位玛丽·波平斯又走了！”

“走了？”班克斯太太听了简直无法相信。

“一下子……走了！”布里尔太太得意地说，“一声不响，也不跟你讲一声，就跟上回一样。她的行军床和旅行包都没了，连那本明信片簿子也没留下来给我们做个纪念。就这么回事！”

“天哪，天哪！”班克斯太太说，“真烦人！多没意思，多……

乔治！”她向班克斯先生回过脸来，“乔治，玛丽·波平斯又走了！”

“谁？什么？玛丽·波平斯？算了，别管这个！咱们有了一颗新的星星！”

“新的星星可不会给孩子们洗澡穿衣！”班克斯太太不高兴地说。

“可它会在晚上照进他们的窗子！”班克斯先生高兴地叫道，“这比给孩子们洗澡穿衣强多了！”

他仍旧转过脸去看望远镜。

“对吗，我的奇迹？”他抬头望着那颗星星问道。

简和迈克尔靠过去挨着爸爸，从窗户望着外面的夜空。

在他们头顶上，在高高的地方，那个大光点旋转着穿过越来越黑的天空，闪闪发亮，把它的秘密永远保持下去，永远永远……

随风而来的玛丽阿姨
——走进孩童日常生活的精灵

彭　懿

是谁写了这本书

帕·林·特拉芙斯（1899—1996），出生于澳大利亚。父亲是爱尔兰血统，母亲是苏格兰血统，她在一个甘蔗种植园中长大。受父亲影响，她童年时代就对爱尔兰神话及传说感兴趣，热爱读童话。她八岁时，父亲突然去世。十三岁，她进了悉尼一家寄宿学校，在学校时曾经出演过莎士比亚的《仲夏夜之梦》。她后来当过演员，还写诗投稿，人生的志向渐渐地从演员转向了作家。二十五岁时，她怀抱着成为一名作家的梦想，独自一人到了英国。她给文艺杂志写稿，与爱尔兰诗人兼编辑的乔治·威廉·拉塞尔成为好友，并在诗人、“爱尔兰文艺复兴运动”领袖叶芝的指导下，对爱尔兰文学及古代凯尔特神话产生了新的

认识。

1964年，她的《随风而来的玛丽阿姨》被美国迪士尼公司改编成歌舞片《欢乐满人间》。真人与动画的巧妙搭配，再加上穿插其间的十几首悦耳动听的歌曲，使这部电影获得了五项奥斯卡大奖。

她一生未婚，以九十七岁的高龄去世。

先来认识一下书中的主要出场人物

班克斯先生

樱桃树胡同17号的男主人，在银行上班，整天就是坐在一张大桌子后面忙着数钞票和硬币。

班克斯太太

樱桃树胡同17号的女主人。

简

班克斯夫妇的大女儿。

迈克尔

班克斯夫妇的儿子，简的弟弟。

约翰和巴巴拉

班克斯夫妇的一对双胞胎，还是睡在婴儿床上的婴儿。

玛丽·波平斯阿姨

被风吹进班克斯家的保姆。她头发黑亮，人很瘦，大手大脚，有一双直盯着人看的蓝色小眼睛，孩子们说她“像个荷兰木偶”。她出门时，胳肢窝下总是夹着一把伞柄上有个鹦鹉头的伞。她从来不跟大家多说话。

在故事的尾声，当玛丽阿姨乘西风归去时，小主人公之一的迈克尔推开自己的妈妈，扑倒在地，伤心地大喊大叫："天底下我就要玛丽阿姨！"是的，玛丽·波平斯阿姨可能是天底下每一个孩子都梦寐以求的一位保姆了。即使是在今天，英国人登报纸寻找保姆时，第一句话很多时候也是："诚征玛丽·波平斯！"

玛丽·波平斯，一个长得像"荷兰木偶"、出门总是戴着手套、胳肢窝里夹着鹦鹉头伞柄的伞、不停吸鼻子的年轻的女子，到底是凭什么俘获了孩子们的心呢?

难道她不是一个凡人?

她是一个凡人，甚至可以说，她"凡"得都不能再"凡"了——古怪，爱发脾气，自大而又高傲，一点都不和蔼可亲。你看，她相貌平平，"很瘦，大手大脚，有一双直盯着人看的蓝色小眼睛"，却极度自恋，总以为自己是一个美人，"爱时髦，要给人看到她最漂亮的样子"。只要有镜子，不管是车窗还是橱窗，她一定要搔首弄姿地照上一番，因为"她觉得自己看来这么可爱"，"她觉得从未见过有人这么漂亮"，照完了，还会忘情地赞美自己一句："瞧你多美！"可是对孩子们，她却连一点点耐心都没有，严厉不说，还整天一副气呼呼的样子，不苟言笑，回答问题不是爱搭不理，就是一顿冷嘲热讽："我怎么知道?我又不是百科全书！"

可她又不是一个凡人。你看，她不请自来那天，简和迈克

尔这两个孩子就发现事情有些蹊跷了（大人是看不见的）——先是东风狂吹，胡同里的樱桃树前后左右地摇晃，像发了疯，想连根从地上蹦起来似的。然后，一个女人的身影被风吹到了门口，她着地时，整座房子都摇动了。“多滑稽！这种事情我从没见过。”一个孩子说。接下来发生的事情更加让人匪夷所思，她竟两只手拿着手提袋，一下子很利索地坐上楼梯扶手滑上楼来。两个孩子傻掉了：“这种事从来没有过。滑下去的事常有，他们自己就常干，可滑上来的这种事从来没有过！”更让孩子吃惊的是，她从那个空空的、被她称为毯子（让人联想起神话中的魔毯）的手提袋里，像变魔术似的，拿出来一块肥皂、一把牙刷、一张折叠行军床……难怪两个孩子会觉得：这个玛丽·波平斯阿姨是一个怪人，樱桃树胡同17号出了了不得的大怪事。

家里突然出现了这样一个魔法人物一般的保姆，孩子们又怎么能不激动，不被她迷住呢？所以他们忍不住要问她：“玛丽阿姨，你永远不再离开我们了吧？”

而我们要问的是，作者帕·林·特拉芙斯是怎样创造出玛丽·波平斯这个儿童文学中独一无二的形象来的呢？说独一无二，是因为在过去的童书中，虽然魔法人物不胜枚举，但还没有出现过这样一个走进现代孩子的日常生活之中、既是凡人又不是凡人的人物形象。贝蒂纳·贺里曼在《欧洲童书三百年》里没有说错：玛丽·波平斯虽然拥有魔法，但她身上却没有民间故事里的人物所具备的那种属性。关于玛丽·波平斯，特拉

芙斯曾经在《自传素描》的结尾说过这样一句话:“如果你要寻找自传的事实，玛丽·波平斯就是我自己生活的故事。”这话有点玄，但借用《随风而来的玛丽阿姨》里的一句话来说，就是“不管碰到的事怎么古怪，还是不要跟她争论好”。不过有一点是可以肯定的，当她还是一个孩子的时候，玛丽·波平斯这个人物就在她的脑海中闪现了，“像窗帘忽开忽合一样，萦绕我一生”。玛丽·波平斯不是她凭空幻想出来的，有原型，她童年时就有这样一位保姆，外出时总是带着一把鹦鹉头伞柄的伞，一回到家里，就会把一天的所见所闻讲给孩子们听，可一旦说到重要的地方，便会以接下来的话不适合孩子听为由，突然把话题中断。

对于小读者来说，玛丽·波平斯阿姨最大的吸引力还不是她的魔法，而是她的神秘。

她是会魔法——她可以从一个空无一物的手提袋里往外掏东西，可以让孩子飘浮在空中喝下午茶，可以跟狗说话，可以用一个指南针把孩子送到北极，可以往天上贴星星……可是这样的人物并不稀奇，童书里多的是。稀奇的是，她身上有太多的谜团，就像她自己总是拒绝回答孩子们的问题一样，作者从不交代，只是留下一个开放的文本任由我们来猜测。

比如，第一个疑问是玛丽阿姨从哪里来，又回到哪里去了。在《随风而来的玛丽阿姨》里只是说她乘东风而来，乘西风归去:“她一个劲地飞呀飞，飞到云间，最后飘过山头，孩子们除了看见树木在猛烈的西风中弯曲哀鸣以外，什么也看不见了。”

而在系列的第二部《玛丽阿姨回来了》里，她是拉着一根风筝线从天而降，最后坐着旋转木马回到了天上，变成了一颗新的星星……这么说，她应该“曾离开天空下来，如今又回到天上去了”。可是，她似乎又没离开过地面，你看，她那一大群怪里怪气的亲戚和朋友不就住在我们的身边嘛：走进画里的画家、充满笑气悬在半空中的叔叔贾透法、卖姜饼的科里太太、表哥眼镜蛇……这就牵扯到了第二个疑问，她是谁？智者、动物之王眼镜蛇给出了一个非常抽象的答案，它说她就是孩子们，就是它自己，它的原话是这样说的：“鸟、兽、石头和星星……我们全都是一体，全都是一体……”“孩子和蛇，星星和石头全都是一体。”到了系列的第三部《玛丽阿姨打开虚幻的门》里，她又被说成“是变成真实的童话”。是不是越说越解释不清了？对，她从头到尾都是一个未解之谜。

作者根本就不想解释。换句话说，作者是故意把玛丽·波平斯写成一个迷雾重重的人物的。当然，她有她的追求，小峰和子在《大人英国儿童文学读本》中说特拉芙斯这样写，是因为“特拉芙斯从自己的童年经验中知道，越是不解释，反而越是能在神话带来的惊奇中培养想象力”。

如果我们一定要追问玛丽·波平斯到底是谁，马杰丽·费希尔或许说得再好不过了：“她就是一个精灵。”当然，她不是出没于另一个世界的精灵，而是一个走进现代孩童日常生活的精灵。内斯比特是这类被称为“日常魔法”式幻想小说的鼻祖，她的《五个孩子和一个怪物》里也有这样一个精灵，就是

那个来自远古，被现代的孩子们从沙坑里挖出来的沙妖。不过，它与玛丽·波平斯相比，就显得太小儿科了，变出来的魔法一到日落就消失不说，规模也小得多，还缺乏神秘感。玛丽·波平斯的魔法世界则要大多了，大到花鸟鱼虫，大到海底，大到壮阔的星空和浩瀚的宇宙。特拉芙斯曾以《只要连接》为题发表过一篇讲演，她说只要连接“已经与未知”“过去和现在”，就能把玛丽·波平斯呼唤出来。

孩子们喜欢玛丽·波平斯阿姨，是因为她改变了他们的生活，把他们引入了一个幻想的世界，带领他们去冒险。希拉·A.伊格在《故事之力：从中世纪到现代的幻想小说》一书中说：玛丽·波平斯虽然声称“各人有各人的童话世界”，但她的任务，就是推开那扇“虚幻的门”，把只拥有平凡想象力的普通的孩子送进门去。而且这种冒险是有限制的，就是绝对不允许自己擅自去冒险，冒险一结束，就要立刻回到井然有序的日常生活。书里的两个小主人公不可能擅自去冒险，因为他们找不到路，故事里没有类似魔法衣橱那样的通往另外一个世界的通道。实际上，这恰恰就是“玛丽·波平斯”系列一个最大的叙事特征。你看，玛丽·波平斯阿姨明明带着他们走进了一座普通的公寓，人浮在空中的奇迹就发生了；明明走在大街上，就来到了一家从未见过的古怪铺子门前……幻想世界与现实世界的边界被彻底地模糊掉了，所以《纽约时报》的一篇书评才会说：“当玛丽·波平斯出现在附近的时候，她身上的那股魔力，总是让读者分辨不出真实的世界在哪里渐渐地变成了幻想的世界。”

其实，如果你读完了故事，你就会发现其实玛丽·波平斯阿姨也不是整天气呼呼的，她爱孩子，还挺幽默。举个例子，每次发生了什么事情之后，她绝不承认，总是要掩盖一切，不是装糊涂问你：“你这话是什么意思？”就是瞪你一眼，“亏你想得出！”可那回从动物园回来，尽管她矢口否认，眼尖的孩子们还是发现了她腰间束着一根金蛇皮做的皮带，上面还写着“动物园敬赠”。这个小小破绽，显然是她故意和孩子们开的一个小小玩笑。

对于“玛丽·波平斯”系列，批评家们也有不少争议。反对的一派认为故事不连贯，玛丽阿姨运用起魔法来也有点随心所欲。支持的一派则认为，玛丽·波平斯成功的秘密，或许就在于这种魔法的随意性。而且从表面上看，一个个故事是独立的，但其实每一章都有各自的特征，如《随风而来的玛丽阿姨》的第二章“休假”像童话，第三章“笑气”像荒诞闹剧，第五章“跳舞的牛”像鹅妈妈童谣，第十一章“买东西过圣诞节”像神话……德博拉·科根·撒克与琼·韦布更是在《儿童文学导论：从浪漫主义到后现代主义》中指出：特拉芙斯的作品是一次现代主义的写作，尽管排斥直线叙述，这似乎缺乏连结，但文本并不是一连串的特别事件。文本有一个模式，使读者能在玛丽·波平斯的神秘世界里得到领悟。

这个系列，特拉芙斯一共写了八本。有一个十六岁的年轻人评论这些书“只能是一个疯子写的”，她把这句话当作赞美。她说，一个作家就是需要发狂，因为这就是她创作玛丽·波平

斯时的状态："不是我创造了玛丽·波平斯，而是玛丽·波平斯创造了我。"

在这个系列的最后一本《玛丽阿姨和隔壁房子》，当孩子们听到玛丽阿姨说"还是家最好"时，孩子们大胆地问她："那么你呢，玛丽阿姨？你的家在哪里——东还是西？你不在这里的时候，你上什么地方去呢？"她那双蓝色眼睛闪了一下，那个老样子的熟悉的神秘微笑对着他们急切的脸："不管在什么地方，那儿就是我的家！"

这个"什么地方"，至少有一个我们是可以找到的，它就是"特拉芙斯作品典藏"系列这套书。只要你一翻开它，一个气呼呼地吸鼻子的声音就会大声地责问我们道："请问，你这话是什么意思？"

（作者为儿童文学博士、儿童文学作家及研究者）

特拉芙斯作品典藏

玛丽阿姨和隔壁房子

[英] 帕·林·特拉芙斯 著

任溶溶 译

明天出版社

图书在版编目（CIP）数据

玛丽阿姨和隔壁房子 ／（英）帕·林·特拉芙斯著；任溶溶译．—济南：明天出版社，2018.3（2023.2重印）
（特拉芙斯作品典藏）
ISBN 978-7-5332-9646-9

Ⅰ.①玛… Ⅱ.①帕… ②任… Ⅲ.①儿童小说－长篇小说－英国－现代 Ⅳ.①I561.84

中国版本图书馆CIP数据核字(2018)第030641号

特拉芙斯作品典藏
玛丽阿姨和隔壁房子
[英]帕·林·特拉芙斯／著
任溶溶／译

出版人 李文波
策划组稿 傅大伟
责任编辑 丁淑文
美术编辑 赵孟利
出版发行 山东出版传媒股份有限公司
明天出版社
山东省济南市市中区万寿路19号 邮编：250003
http：//www.sdpress.com.cn http：//www.tomorrowpub.com
经 销 新华书店
印 刷 肥城新华印刷有限公司
版 次 2018年3月第1版
印 次 2023年2月第9次印刷
规 格 148毫米×205毫米 32开
印 张 3.75 45千字
I S B N 978-7-5332-9646-9
定 价 16.00元

山东省著作权合同登记号：图字 15-2016-228 号

Mary Poppins and the House Next Door

哐当！茶杯在肥皂水里碰撞了一下。布里尔太太正在洗瓷杯子，她在闪亮的肥皂泡沫中摸了一下，把杯子拿出来，它已经碎成两半了。

“哎呀，”她试着把碎成两半的杯子重新合在一起，没有成功，便说，“这里不需要，别的

地方用得着。”她把那两块碎片连同它们上面交织的玫瑰花和勿忘我扔进了垃圾桶。

“是什么地方？”迈克尔问道，“是什么地方会用得着呢？”谁会用得着一只破杯子呢？迈克尔想知道。这似乎是个傻念头。

“那我怎么知道？”布里尔太太嘀咕说，“那只是个老说法。好了，你把你那点活儿做完吧，你坐下来做，省得又把什么东西打破了。”

迈克尔在地板上安安分分地待着，接过布里尔太太递给他的碟子，用茶巾把它们擦干，同时叹着气。

女仆埃伦患了感冒，男仆罗伯逊·艾在草地上睡了，班克斯太太在起居室的沙发上午休。

“总是这样，”布里尔太太于是发牢骚说，

“没人能帮帮我。”

“迈克尔，你可以帮忙干点活儿。”玛丽阿姨说着拿起块茶巾塞给迈克尔，“我们其他人出去买东西，把杂货带回家。这里就需要你帮一下忙。”

“为什么是我？”迈克尔踢着椅子腿咕哝着。他本想踢玛丽阿姨，只是不敢。因为帮忙拿买回来的东西是种特别的优待，不管在什么地方，货款一付，杂货店老板会给他们一人一根美味可口的甘草棒糖，包括玛丽阿姨也有份。

“那为什么不是你？”玛丽阿姨用蓝色的眼睛狠狠地看了他一眼，“上一回是简干的，而且总得有人帮帮布里尔太太啊。”

迈克尔无话可说。如果他提到甘草棒糖，他得到的回答只会是她狠狠地哼哼鼻子。不管怎

样，他想，连国王有时候也得擦干一两个碟子。

于是他又在另一条椅子腿上踢了一脚，看着玛丽阿姨她们忙活。只见简拿着网线袋，双胞胎和安娜贝儿被放进儿童车，玛丽阿姨和她们一起顺着外面花园的小路走了。

“不用擦亮它们了，我们没这个工夫。只要把它们擦干叠在一起就行。”布里尔太太关照他。

于是他坐在那堆摞起来的碟子旁边，不得不做这件好心的事，其实他的心一点儿也不好。

过了一会儿——可这段时间对迈克尔来说像是过了好几年那么长——他们全都笑着叫着回来了，而且一点儿不假，都在舔着甘草棒糖。不过简马上给了他一根，上面还有简手上的热气。

“老板特地要我们带给你的。有人把一罐可

可饮料给丢了。”简说。

“有人？”玛丽阿姨尖刻地说，“网线袋是你简拿的！那个‘有人’会是什么人呢？”

“好吧，它也许就落在公园里。我可以去找，玛丽阿姨。”

“现在不用去了。丢了就丢了。有人丢了，有人找到。再说这是吃茶点的时间。”

她把三个小家伙从儿童车里抱出来，跟在小家伙们后面，把他们全赶上了楼梯。

他们很快在儿童室的桌子旁团团围坐下，等着吃热的牛油吐司和蛋糕。除了甘草棒糖，其他样样都是老样子。玛丽阿姨的鹦鹉头雨伞，她的帽子——今天上面插着一朵粉红色的玫瑰，她的手套和她的手提袋全整整齐齐地放在它们该放的地方。玛丽阿姨在做她下午的活儿，就像一阵有

17

条不紊的旋风。

“今天就像其他任何一天。”17号房子听着这熟悉的声音，感觉到这熟悉的动作，对它自己说。

可是17号房子错了，因为这时候门铃响起来，接着布里尔太太拿着一个黄色信封，急急忙忙地走进起居室。

“电报！”她激动地对班克斯太太说，“也许是你家的弗洛西姑妈摔断了腿，或者是什么更糟糕的事。我最怕来电报了。”

班克斯太太用发抖的手接过电报。她也怕电报。电报似乎总是带来坏消息。

她把信封翻过来翻过去。

“你不打算打开它吗？”布里尔太太急于想知道坏的消息。

“噢，我不想打开它了。”班克斯太太说，“我想等我先生回来再说。信封上写的到底是他的名字。瞧——‘乔治·班克斯，樱桃树胡同17号’。”

“可万一是急事呢，那你等着后悔吧。电报是大家的事。”

布里尔太太勉强离开房间。她对听坏消息很感兴趣。

班克斯太太看着那黄色信封，它已经被放到壁炉台上，靠在一张照片上面，冷冷地保守着它的秘密。

“也许，”她心中怀着希望说，“它带来的是好消息。布里尔太太不是什么都懂的。”

可她不由得希望，班克斯先生今天能早点回家。

也真是这样，他回家是早了点。

他在胡同口下了公共汽车，慢悠悠地走过21号——这是海军上将布姆的家，造得像艘船似的，走过有忍冬树篱笆的20号，走过花园里有鱼池的19号，最后走到18号。

他在这一家前停下来，十分惊异，也不大高兴。他那些邻居围在院子门口，热烈地交谈着。其中有布姆海军上将和他的太太，20号先生和19号太太，还有16号的拉克小姐。当然，朋友聚在一起也是不足为奇的。

可让班克斯先生停下来的，是因为他看到一个红白条纹的帐篷，这种帐篷一般只放在路上打开的阴沟洞或者别的洞上面。它旁边站着一个强壮的工人，正在认真地和那群邻居说话。

“啊，你来了，班克斯先生，请停船！”海

军上将的大嗓门叫他停下，“只有你可以让这位老兄弄明白，他在干什么。”

“我想他也不行，”那工人温和地说，“我在这里，是想看看这所房子需要修理什么。”

“可这房子是空的，”班克斯先生马上说，“它已经空了好多年了。”

“不会再空多久了，”那人说，“住户就要进去。”

“那不可能，”班克斯先生苦恼地说，“我们都喜欢它现在这个样子。每条街都该有那么一座空房子。”

“为什么？”

“这个嘛，”班克斯先生有点不自在地说起来，“这样人们可以让自己想的那种人，自己希望有的那种邻居住在里面。你知道，我们不希望

18

随便什么人都可以做邻居的。”

当大家想到他们亲爱的18号那些长期空着的房间时，他们发出同意的喃喃声。

对于海军上将来说，这些房间应该住着一位船长，一位曾经同纳尔逊[1]一起航过海的船长，而且不管天气如何，他随时准备着起锚出海。

布姆太太把这房子看作一个有棕色直发、她很希望有的那种小女孩的家，她在屋子里走路轻得像一只飞蛾，轻轻地哼着歌。

20号先生因为自己的太太从不跟自己下棋，因此他希望在这房子里有真人扮成的国际象棋棋子——黑王黑后或白王白后，从一个角落走到另一个角落的象，在楼梯上跑上跑下的马。

19号太太充满幻想，她相信这空房子里住着她从未见过的奶奶，睡前给她讲神奇的故事，给

[1] 英国海军统帅纳尔逊，生于1758年，卒于1805年。

她织漂亮的毛衣。奶奶总是穿着一双银色拖鞋，甚至早晨也这样。

对于16号，拥有这条胡同最宏伟的住宅的拉克小姐来说，这房子是一只狗的家，这只狗完全像她那只狗安德鲁那样出身高贵，却又不像安德鲁那样竟会挑上一只像威洛比那样下流的狗做朋友。

至于班克斯先生本人，他希望18号顶楼住着一位聪明老人，他有一架特别的望远镜，透过它圆圆的玻璃可以看到星空、宇宙是怎样的。

“总而言之，”他对那工人说，“它空了那么久，恐怕不适宜住人。你把阴沟检查过了吗？”

“它们全都好好的。”

“那么烟囱呢？一定都是椋鸟窝了。”

“它们干干净净的。”那人说。

“家具怎么样？老鼠在床上开了通道了吧？厨房里满是蟑螂？”

“一只老鼠也没有。也没有蟑螂。”

“那么有灰尘。一定到处是灰尘，几寸厚。”

“谁进屋子，”那人说，“鸡毛掸子甚至都用不上。一切像新的一样。反正，”他开始拆他那个红白帐篷，“房子是给人住的，不是给乱七八糟的幻想念头住的。”

“好吧，该怎么样就怎么样吧，”拉克小姐叹气说，“来吧，安德鲁，来吧，威洛比，我们回家去。”她垂头丧气地走了，两只狗看上去同样沮丧地跟在她后面。

“你该出海。”海军上将狠狠地看着那位工

人说。

“为什么？”

“水手会待在他那条船的甲板上，却不来打扰住在陆地上的人。”

“海我受不了，我会晕船的。不过这根本不能怪我。我接到命令说‘马上执行’，所以就来了。住户明天搬进来。”

“明天！”所有人叫起来。这太可怕了。

“让我们回家吧，”布姆太太说好话，“罗经柜在做咖喱饭。你爱吃咖喱味的东西，对吗，亲爱的？”

罗经柜是一位退下来的海盗，每天在布姆海军上将那船屋里让每样东西都保持住船上的样子。

“好吧，起锚返航，伙计们。没别的事

了。”

海军上将挽着布姆太太的手臂，双双沿着胡同没精打采地走回去，后面跟着19号太太和20号先生，他们两个的样子也愁眉苦脸的。

“我得说，你们这些人真古怪。”那工人收拾好帐篷和工具，“为了这么一座空房子大惊小怪！”

“你不明白，”班克斯先生说，“对我们来说，它绝不是空的。”他也转身朝自己家走去。

他从胡同这边能听到那边公园管理员做他的例行公事，一路叫嚷：“请遵守规则。请记住规则。”17号烟囱顶上的椋鸟正发出它一贯的尖叫声。儿童室传来孩子们的笑声和叫声，夹杂着玛丽·波平斯的教训声。他能听到埃伦不停的打

喷嚏声、厨房里碟子和盆的乒乒乓乓声、罗伯逊·艾睡觉时的打呼噜声——家里所有熟悉的声音，一切都和平时一样，让人觉得舒服、亲切。

可现在，他心里说，样样都要乱套了。

“我有消息要告诉你们。”在门口一碰到班克斯太太，他闷闷不乐地说。

“我也有消息要告诉你。”班克斯太太说，“壁炉台上有一封电报。”

他走过去拿起那黄色信封，把它拆开，读了电文，一下子一动也不动了。

“好了，别就那么站着，乔治！说话吧！是弗洛西姑妈出什么事了吗？”班克斯太太很焦急。

“不是弗洛西姑妈来的。弗洛西姑妈不会拍电报的。我来把它念给你听：

回来住到18号。

明天4：30到达。

带来卢蒂。

不要帮忙。”

班克斯先生停了一下。

“下面是署名，”他说，“尤菲米娅·安德鲁。”

班克斯太太轻轻尖叫了一声。

“安德鲁小姐！噢，我真不能相信。我们亲爱的18号！”

因为班克斯太太也希望有一个朋友在这房子里，一位非常像她自己的太太。当布里尔太太请假好多天去看她表兄的侄女的小宝宝，或者埃伦

得了严重的感冒，或者罗伯逊·艾在玫瑰花坛上睡大觉的时候，这位太太一听说，就会张开双臂说：“唉，多么糟糕啊！你怎么办啊？”

这样一来班克斯太太就会感到舒服很多，而现在她必须单独一个人面对种种麻烦了。

“还带来卢蒂！”她叫道，“那是什么人啊？”

“可能不是什么人，而是什么东西。也许是她的一种药。”

班克斯先生跌坐在一把椅子上，双手抱着头。他小时候，安德鲁小姐是他的家庭教师。这位小姐是那么严格，那么严厉，那么叫人害怕，大家都知道她是一位“女魔王”。现在别人不来，正是她又要来住到他隔壁那座充满他许多美梦的房子里。

他看着电报。

“不用帮忙，那倒是好事。我不用去给她的卧室生火，像上次她来住那样，结果她忽然之间大失所望，到南海去了。”

“我本希望她就此住在那里。”班克斯太太说，“不过来吧，亲爱的，我们必须去告诉孩子们。”

“我恨不得我自己在南海，在任何地方，就是不要在这里。”

“好了，乔治，不要愁眉苦脸的。”

“为什么不？如果一个人在自己家里也不能愁眉苦脸，那么在什么地方能够愁眉苦脸呢？我倒想知道。”

班克斯先生一面叹气，一面跟着他的太太上楼梯，那神情就像他突然发现周围熟悉的世界一下子崩溃了那样。

儿童室里孩子们正在大吵大闹。安娜贝儿在桌子上拼命敲她的匙子。双胞胎约翰和巴巴拉相互要把对方从椅子上推下去。简和迈克尔在争最后一片吐司。

“这是一个儿童室还是一笼猴子？”玛丽阿姨正用她最严厉的声音责问大家。

“一笼……”迈克尔正想大着胆子说下去，房门猛地被打开。

“我有消息告诉你们大家，”班克斯太太说，“来了一封电报。”

“是谁来的？”简问道。

“是安德鲁小姐。你们记得安德鲁小姐吧？”

“那女魔王！”迈克尔叫道。

“嘘！我们必须时时刻刻有礼貌。她要回来住在18号。”

“噢，不！”两个大孩子同声反对，因为他们实在太记得安德鲁小姐了，记得她曾经来住过，又古怪地消失掉。

“可那房子是我们的！”迈克尔叫道，“18号属于我们。她不能来住到它里面！”他的眼泪几乎都要出来了。

“我怕她能够，”班克斯太太说，“明天她就来。还带来什么人或者什么东西，叫卢蒂的。而且，”她用劝告的口气说下去，“我们必须彬彬有礼，十分客气，对不对啊？玛丽·波平斯，请你注意让他们整整齐齐、干干净净的，准备好迎接她，好吗？”她胆怯地向玛丽阿姨转过身来。后者站得像门柱那样一动不动。

“请问什么时候，”玛丽阿姨尖刻地说，高傲得像一位公爵小姐，“他们不是整整齐齐、干干净净的？”这种想法太荒唐了。

“噢，从来没有不干净过，从来没有过。”班克斯太太颤抖着说，觉得就像一向那样，跟玛丽阿姨在一起，自己只是个很小的姑娘，而不是五个孩子的母亲。“不过你知道这位安德鲁小姐是多么爱挑剔？乔治！”她急着对她丈夫说，“你不想说句什么吗？”

“不，”班克斯先生很凶地说，“我什么也不想说。”

班克斯太太报告了这个不幸的消息以后，拉着她丈夫的手，把他拉走了。

“不过我有个朋友住在那里，”迈克尔说，“戈博，我们在马戏团见过的小丑，他让每一个

人哈哈大笑，可他自己却那么愁眉苦脸。”

“我想是睡美人在那里，躺在一条花边被子底下，她的手指上有一个血斑。”简在那房子里也有她的梦想。

“她不可能在那里，”迈克尔反对说，“房子周围没有荆棘墙围住。”

“有荨麻也一样。玛丽阿姨！”简转向那一动不动的人，“你认为18号该住着什么人呢？”

玛丽阿姨哼了一下：“五个乖乖的、安安静静的、有良好教养的孩子——不像有些我不能提起的孩子。”

她的蓝色眼睛是很严厉的蓝色，可是它们的深处闪着光。

“好吧，如果他们那么完美，他们就不需要一位玛丽阿姨了。需要你的是我们，”迈克尔逗她说，“也许你会使我们完美。”

“哼。”她回答道，“看来不能。”

“人人需要你。”简拍拍玛丽阿姨的手，想逗她露出一个微笑。

“哼。”玛丽阿姨又哼了一声。不过在她看到镜子里的自己时，微笑出现了。当然，两者在相互告诉对方，每一个人都需要玛丽阿姨。怎么会不是这样呢?

接着镜子里外的两张脸恢复了它们严厉的样子。

“好了，别再争来争去了。立时三刻，你们上床去！”玛丽阿姨严厉地说。

于是他们不再争来争去，马上照她吩咐他们的做。

出了很多事情。他们需要好好想一想。他们

的脸颊碰到软软的枕头时，感到十分高兴，对于被子的温暖舒服，他们也感到十分高兴。

迈克尔在想他的戈博，简在想她的睡美人。他们缥缈的形象将从18号消失，而安德鲁小姐那实实在在的形象将取而代之，逗留在那房子里。

“我想知道，”简拼命想着说，“卢蒂到底是什么？”她以前从未听说过这个名字。

“也许是一只动物，”迈克尔说，“可能是只袋鼠。”

“或者一只猴子——一只卢蒂猴。我会喜欢它的。”简说。

他们睡着了，梦见一只袋鼠或者一只猴子，在胡同里樱桃树之间快快活活地蹦蹦跳跳。

第二天他们就会知道，这既不是一只袋鼠，也不是一只猴子。

这一天是星期六。18号没有了围着它的荨麻篱笆，显得光秃秃的，而且有点孤单。一个工人一早就来了，把荨麻砍掉，用大车把它们全搬走了。

班克斯一家紧张地过了一个上午，到了下午，班克斯先生像个紧张的将军，在前面院子门前指挥他的队伍。

“我们必须在这里迎接她，”他说，“每个人要有礼貌。”

“别大惊小怪了，亲爱的，”班克斯太太说，“也许她不久待。”

简和迈克尔你看我我看你，回想安德鲁小姐上次来得快走得快，还有玛丽阿姨在她莫名其妙离开时所做的事。

他们看站在他们旁边摇着儿童车里的双胞胎和安娜贝儿的玛丽阿姨，她那张脸红红的，很宁静。她在想什么呢？他们永远不会知道。

“她来了！”当一辆挂满旅行包的漂亮马车从大路转进胡同的时候，班克斯先生大叫，“她出门时行李总是堆积如山。天知道里面都是些什么。”

大家全屏着气看着，只见那拉车的马疲倦地一路嗒嗒地走来，拉着那车沉重的东西……过了拉克小姐的房子，过了一小队人马等在门口的17号。

“吁，停！”车夫拉紧缰绳说了一声，那古怪的马车在那空房子的院子门口停下来。他从他高高的座位上爬下来，搬下从车顶上挂下来的几个铰合式手提旅行包。接着他打开车门，拉出一

个黑色大皮箱。

“请你小心点，里面是容易打破的东西。”里面传来一个神气活现的熟悉的声音。一只穿黑靴子的脚在车的踏板上出现，接着慢慢地，安德鲁小姐的其余部分，一个难看的笨重的大块头身体笨拙地挪到了外面的小道上。

她朝四面一看，看到这一家大小。

“好，乔治，我很高兴你没有忘掉你的礼貌。我想你会迎接我的。”

“欢迎你，安德鲁小姐。”班克斯先生和太太恭恭敬敬地对她说，表情有点死板。

“这几个孩子看来也干净整洁。我希望他们的行为举止和他们的外貌相配。”

接着安德鲁小姐伸长脖子，看到了站在后面的穿蓝色外衣的整洁的高个子，她紧张地向后退

缩。

“我看到，”她说，声音发着抖，“你仍旧在用这一个年轻人照管你们的家务。好吧，我能说的只是，希望她能使人满意。”

“她的确使人满意。”班克斯先生向那穿蓝色外衣的高个子鞠着躬说。

“欢迎，安德鲁小姐。”玛丽阿姨说，那种声音简和迈克尔还从来没有听见过，甜蜜、腼腆、谦虚。安德鲁小姐把头转过去，用眼睛把花园扫视了一遍。

“说真的，乔治，你们是住在荒野里。一切东西都需要修整。草地当中那堆衣服是怎么回事？”

“那个，”班克斯先生说，“那是罗伯逊·艾。他在稍作休息。”

“在下午休息？荒唐！我希望你好好注意，别让他在我的花园里休息。来吧，”她向喘着大气的车夫转过身去，在她的包里翻，“把这钥匙拿去，把我那些行李搬进屋子。”

“我先得摆平这个箱子。”车夫把一个箱子拼命拉出车门，“然后我们才能让那小家伙出来。”

简和迈克尔对视着。小家伙！他说的是一只猴子还是一只袋鼠？ 那箱子砰的一声落到小道上。紧接着出来的既不是袋鼠，也不是猴子，是个穿得很奇怪的小男孩，比简也许高一点儿，手里拿着一个黑色大袋子。由于袋子太重，他弯下腰的时候，他们能看到一张蜜黄色的圆脸和蓬松地落到白色硬领上的黑色头发。

“天哪！”班克斯先生悄悄地说，“他穿的

是我的旧衣服！这么多年，她一定是还保存着它们！”

那穿灯笼裤、外套和棕色大靴子的小个子小心地下了车，垂着头站在那里。

“这就是卢蒂。”安德鲁小姐宣布道，“他名字的意思是太阳之子。他和我一起从南海群岛来，要接受良好扎实的教育，同时照料我。把药品袋放下来吧，卢蒂，来见见我们的隔壁邻居。”

那个大袋子放下了，低着的头抬起来。他看到院子门口一大群人，他被太阳晒黑的脸露出微笑，并且上前一步。

“和平和祝福。”他张开双臂，害羞地说。

“行了，”安德鲁小姐尖刻地说，“我们这里不说岛上的话。说声‘你们好’就行。”

“和平和祝福，卢蒂。”班克斯先生衷心地回答他说，“我们非常高兴地欢迎你。围墙那儿有个洞，就在那里，”他指着说，“你任何时候都可以钻洞过来。我那些孩子将会很高兴看到你，对吗，简，迈克尔？”

“噢，对极了！”简和迈克尔狂喜地说。这比袋鼠或者猴子好多了。这是一个可以一起玩的新朋友。

“乔治！”安德鲁小姐的声音像抽鞭子的声音，“请你不要掺和到我的事情里来。卢蒂到这里是来干活儿而不是来玩的。他要做功课，要煮粥——我们只吃粥，粥非常有营养，还要给我把药准备好，这样，他将忙得不可开交。我打算让他为我增光，等到他最后回到岛上时，他将是一个有用的人—— 一个医生或者一个教师。眼前我

们要继续我们的学习。至于休息，一个月一次，他和我一起去看看你，乔治。因此，你去把你那个男仆叫醒，叫他补好围墙上那个洞。我不要我们之间有任何来往。所有的行李都安全搬到里面了吗？”

她转向那上气不接下气的车夫，在他点头的时候，给了他一枚硬币。

“好，把药品袋提起来吧，卢蒂。我们进去看一下我们的新家。”

她大踏步向18号走去，卢蒂看了看简和迈克尔——他们说不出那眼光是悲是喜——把他那个大袋子扛在肩上，跟着她走了，接着前门在他们身后关上了。

两个孩子去看玛丽阿姨。她的脸在他们当中是唯一快活的。可她的微笑这会儿非常神秘，好

像内心有个秘密似的。

“我们进去吃茶点吧。”她轻快地说，把儿童车一推，“然后或者玩掷骰子游戏。”

简和迈克尔喜欢玩这个游戏。可今天他们对它不感兴趣。他们心里有别的事。他们拖着脚，慢慢地跟在后面，想着那个讨人喜欢的男孩，他只露了一下脸，就被带走了。

“那可怜的孩子！”班克斯太太咕哝说，眼泪汪汪地看她丈夫。

“我就说过她是一个女魔王嘛。”班克斯先生深深叹了口气，转身向草地上那堆破烂走去，要吵醒那睡着的人。

胡同里所有靠在自家院子门上看的住户，都静静地回到他们的屋里。18号再不是他们的了。再没有什么话可说了。

胡同里静悄悄的，只听到公园管理员的声音："遵守规则。记住规则。"更近一点儿，是罗伯逊·艾把一枚钉子放到一块松垮的板条上用锤子敲的声音，还有他睡眼惺忪地连连打哈欠的声音。这件事一做完，他又躺到草地上重新睡他的大觉了。

那枚钉子很快就落下来，那板条也就歪到一边，两家之间围墙上那个洞依然是老样子。

第二天清早，当太阳升到公园那些树的上空时，胡同里的人们大都还平静地睡着，连一只鸟的声音也没有。

尽管这样，还是有人在活动。简和迈克尔，一个拿着一只香蕉，一个拿着一个苹果，正小心翼翼地踮着脚穿过17号的儿童室，经过玛丽阿姨

的帆布床。玛丽阿姨正睡在上面，床上又整齐又不皱，活像她和床是商店橱窗里的陈列品。他们两个互相看看对方，得意地微笑——玛丽阿姨不会注意到他们！可就在这时候，她睁开她的眼睛，她的蓝色目光落到了他们身上。

“你们两个在干什么？”她看着他们手里的水果。

他们跳了起来。她到底醒了。

“这个嘛，玛丽阿姨，”迈克尔气急败坏地说，“你会高兴什么都不吃只喝粥吗？”他很急切地看着她。

“我们想，玛丽阿姨，”简解释说，“我们想放点吃的东西在围墙旁边，那么卢蒂，”她朝18号那边点点头，“也许会来，并找到它。”她和迈克尔一样急。

玛丽阿姨什么也没有说。她只是像个塑像那样从她的床上下来，床上一点儿也不皱。她的长辫子拖在背后，睡袍在身上很整齐。她向房门伸出一条胳臂。

“把我的手提包拿来，它挂在门把手上。”她说。

他们赶紧跑过去，照她说的把手提包拿给她。她在手提包的那些口袋里翻寻，找出一块巧克力糖，轻轻地把它拿出来。迈克尔向她扑过去，抱住她的腰。他感觉到他怀抱里她瘦瘦的身体，她那条辫子在他两个耳朵之间晃来晃去。

“不要把我夹得那么紧，迈克尔·班克斯。我不是一只绒毛熊！”

“是的，你不是绒毛熊，”他快活地叫道，“你比绒毛熊好。”

“任何人可以有一只绒毛熊。可是我们有你，玛丽阿姨。”简说。

“噢，真的吗？”她骄傲地哼了一声说，同时松开迈克尔的手，“好了，有有有，够了吧。我告诉你们，现在请悄悄地下楼，不要吵醒屋里的人。”她推他们走到房门口，把门在他们后面关上。

他们还带着睡意，轻轻走过屋子，滑下楼梯栏杆，踮起脚走到花园里。

当他们把水果和那块巧克力糖放在围墙的横挡上时，18号一点儿声音也没有。

一个上午他们都在花木之间玩，18号始终没有一点儿声音，直到玛丽阿姨叫他们吃午饭，也是如此。甚至他们吃完午饭再跑下来，香蕉、苹

果、那块巧克力糖依然在老地方。

可正当他们要离开围墙洞时，隔壁房子传来奇怪的响声——一阵低沉有节奏的隆隆声，它没完没了地响了又响。胡同里每一个人都能听到它，这房子好像被这响声震动了。

19号的那位太太是个容易紧张的人，她怕是火山开始爆发了。20号先生则认为是狮子在打呼噜。

简和迈克尔爬到他们后花园的梨树上去看，觉得不管那是什么响声，一定是将要发生什么事情了。

的确是这样。

18号前门打开，一个小身影走出来，小心地东张西望。他慢慢地绕过房子，来到围墙洞那儿，于是看到了水果和巧克力糖，他用一个很灵

巧的指头摸摸它们。

“它们是给你的！”简叫道，同时急忙从她那根树枝上爬下来，迈克尔在她后面紧跟。

卢蒂抬起头来看，微笑舒展开来，使他的脸像个太阳，他向他们张开了双臂。

“和平和祝福！”他不好意思地悄悄说，头歪到一边听那隆隆声。

“安德鲁小姐从下午2点到3点午睡，因此我来看看这些是什么东西。”

根本不是火山，甚至也不是狮子，隆隆声是安德鲁小姐在打呼噜。

“水果是简和我给你的，”迈克尔告诉他，“巧克力糖是玛丽阿姨给你的。”

“玛丽阿姨。”卢蒂对自己喃喃地说着这名字，好像想起什么他早已忘掉的事情。

“她在那里。”迈克尔朝梨树那边点点头，玛丽阿姨正站在梨树旁边摇着儿童车里的安娜贝儿。

“和平和祝福。”卢蒂向那站得笔挺、帽子上有朵粉红色大玫瑰花的玛丽阿姨招手说，“我要把这些礼物藏在我的口袋里，晚上上床的时候吃。小姐只吃粥。”

“床好吗？”简问他。她要听听18号里所有的事。

“这个嘛，也许它太软了点。在我那岛上，我们不睡在床上，睡在我妈妈用椰子叶给我们编的垫子上。”

“你可以睡在地板上，”迈克尔说，“那几乎会同样好。”

“不行，我必须照安德鲁小姐的话做。我到

这里来是要使她舒服，给她配许多药，火旺以后给她煮粥，学我的七乘七。我的爸爸妈妈答应过她这样做，因为他们认为她是一位有学问的人，哪一天会把我送回岛上，那时我将有许多知识。”

“可你不孤独吗？”简问他，“他们不会因为你走了感到寂寞吗？”

她在想，如果安德鲁小姐把她带到很远的地方，她自己会觉得怎样？她的爸爸妈妈又会多么难过！不，不能发生那样的事，哪怕为了全世界的知识。

卢蒂的脸皱起来，微笑消失了。

“我孤独极了，”他的声音沙哑，“可是已经答应了她。如果他们需要我，他们会发来……”

“一个电报！”迈克尔叫道，“用一个黄色信封装着。”电报总是让人激动的。

“我们岛上没有这种东西。不过我的奶奶凯丽亚安慰我说，‘当我们需要你的时候，你会知道的’。她是一位巫婆。她会看星相，她知道大海在说什么。不过，听！我听到钟响了！”

这时公园那边的教堂大钟响起来，卢蒂把一只手放到他的耳朵上：“一下、两下、三下！”钟在响。与此同时，18号的隆隆声一下子停止了，好像把开关关了似的。

“安德鲁小姐睡醒了。”卢蒂赶紧收起水果和巧克力糖，把它们分别塞到几个口袋里。

“和平和祝福！”他举起他的手，闪亮的目光看了看玛丽阿姨以及简和迈克尔。

接着他转身跑过草地。他一路跑时，穿着班

克斯先生那双大靴子的脚践踏着青草。

门打开又在他身后关上，一下子，18号又像一向那样寂静无声。

可是第二天，以及接下来的每一天，一到下午2点，那隆隆声又响起来。

“太不像话了！真受不了！我们必须向首相报告！”胡同里的人都说。可是他们也知道，哪怕是首相，他也不能不许人打呼噜，就像不能对雪崩说“停止”就让它停止一样。他们只能咧嘴笑笑，忍耐下来。

他们就是这么办的，咧嘴笑笑并忍耐下来。不过他们发现，安德鲁小姐打呼噜也有它好的一面。因为如今在下午2点到3点之间，他们可以和她从世界另一边带回来的那个笑嘻嘻的棕色脸陌

生人见面了。要不然他们就永远见不到他，因为他像笼中鸟一样被关着。

这样，卢蒂不但得到简和迈克尔每天下午放在围墙上的水果——这时玛丽阿姨总在后面看着——他很快还得到了无数礼物。

19号太太给他一把纸扇，这是她为他从未见过的祖母做的。

20号先生，一个不和人打交道的腼腆的人，送给男孩他自己顶楼上的一副棋子中的王和后。

发出来的声音会把任何人（除了安德鲁小姐）惊醒，从睡梦中惊醒的海军上将布姆对卢蒂叫了一声："停船，水手！"然后把一个雕刻出来的六英寸长的大炮——由于在黑暗的裤子口袋里放得太久，也不知有多少年，都褪色发亮了——用力放到他的手上。"这是我的吉祥

物！”他解释说，“自从我当见习船员出航南海以来，它一直给我带来好运。”

罗经柜，就是那位退了下来的海盗，送给他一把刀尖断了的匕首。“这是我最好东西中的老二，”他抱歉说，“不过你如果有意当海盗的话，它能轻易割断缆绳。”

卢蒂不想当海盗，更不会去割什么缆绳，不过他还是千恩万谢地接过匕首，把它小心地藏到外套里面，不让安德鲁小姐看到。

公园管理员也有礼物送给他——从练习簿上撕下来的一页纸，在上面他用大字写着：“记住规则。遵守规则。”

“你需要这个，”他诚恳地说，“要是你什么时候到公园里来。”

卢蒂读这些陌生的字。“什么叫规则？”他

问自己，他想要知道。

公园管理员抓抓头：“我也不清楚，应该是你得记住的什么东西。”

记住他不知道的东西！这对卢蒂像是个谜。不过他把这页纸放进口袋，决定想想是怎么回事。

连16号的安德鲁和威洛比也各用嘴叼来一根骨头。当卢蒂一打开院子门，它们就把骨头放在他面前，得意地摇摆着尾巴回家，觉得自己高贵而慷慨。

“和平和祝福！”卢蒂微笑着说——这话是他对任何一个人都说的——然后把骨头藏在围墙下面，这样，哪一天会有另一只狗找到它们。

人人都想认识他。如果说他们已经失去了18号，那么他们总算得回一个被太阳晒黑的陌生人，他每天有一个钟头对他们微笑，并且祝福

他们。

可是这偷来的一个钟头主要花在简和迈克尔身上，他们坐在围墙洞旁边，它似乎不再是一个洞，而是北与南的会合点，玫瑰树和蓝花耧斗菜让人想到挥舞的椰子树。

简和迈克尔跟他分享他们的玩具，教他掷骰子。而他用草叶给他们做哨子，给他们讲珊瑚岛和他那些从太阳园来的祖先。他还讲他的祖母凯丽亚，她懂得鸟言兽语，知道怎样制服雷暴。简和迈克尔多么希望也有一位巫婆做他们的祖母。弗洛西姑妈永远对付不了响雷，她唯一能做的就是躺到床底下去躲避它。

好像碰巧那样——可是他们知道，她做的任何事情都不是碰巧的——他们谈话时，玛丽阿姨总是就在身边，不是摇着安娜贝儿睡觉，或者跟

约翰和巴巴拉玩，就是坐在花园椅子上读《淑女须知》。

可是有一天，当时钟敲响两下，简和迈克尔来到围墙洞那儿的时候，他们没找到卢蒂。

这一天是星期一，也是大洗大涮的日子。天又暗又有雾，太阳像是给云吞没了。

“我真是太幸运了！”布里尔太太把床单夹在晾衣绳上时发牢骚说，“我要太阳，太阳却不要我。”

雾对简和迈克尔没有影响。他们只是等着，窥视着那个洞，想要看到一个熟悉的身影。可是最后卢蒂来是来了，却不像他们认识的卢蒂。他像个很老很老的老人曲着背，双臂抱着胸，缩成一团走过来。当他来到他们旁边坐下

时，他们看到他在流泪。

“怎么回事，卢蒂？我们给你拿来了一些梨。你不想吃吗？”

“不，不，我有心事。什么东西要和我说话。我能听到敲击声。”

“在哪里？”他们不自在地东张西望。什么声音也没有，只有安德鲁小姐一起一伏的打呼噜声。

“在这里。”卢蒂拍他的胸口，人摇来摇去，“他们在呼唤我——敲，敲，敲！凯丽亚说过，我一定会知道的。他们在叫我回家。天哪，我该怎么办呢？”他用泪眼看着孩子们，“帽子上有花的那位小姐，她会明白的。”

“玛丽阿姨！”迈克尔叫道，“玛丽阿姨，你在哪里？”

“我不是聋子，我也不在遥远的地方。而你，迈克尔，也不是一只鬈狗。请说话轻一点儿。安娜贝儿在睡觉。”

她竖起插着粉红色玫瑰花的帽子从围墙顶上靠过来：“告诉我，到底怎么回事，卢蒂？”玛丽阿姨低头看那抽泣着的孩子。

“我听见我里面敲击的声音，在这里。”卢蒂把手按在心上，“我想他们在叫我。”

“那你该回去了。钻过这个洞跟我来。”

“可是安德鲁小姐……她的粥，她的药，我的各种学习！”卢蒂很急地看她。

“安德鲁小姐会得到照顾的。”玛丽阿姨坚定地说，“跟我来吧，大家都来。时间不多了。”

简和迈克尔帮那有点不情愿的男孩匆匆钻过

围墙洞。玛丽阿姨拉起他的手，把它放在儿童车把手上，和自己的手靠得很近，然后一队人马一路穿过由那些湿被单隔成的过道。

他们一声不响地急急忙忙走过蒙着迷雾的花园，穿过枝头上挂着一串串成熟樱桃的胡同，走进树木和秋千影影绰绰的公园。

公园管理员像只猴急的狗那样向他们走来。“记住规则！遵守规则。你那张纸上写了。”他看着卢蒂说。

“你自己遵守它们吧。”玛丽阿姨说，“那边有张写着字的纸，把它扔到废物篓里去。”

公园管理员生气地转身向那张废纸走去。“她自以为是老几？”他咕哝说。可是他的问题没有得到回答。

玛丽阿姨迈着大步走，只在湖边停了一下，

照照自己的影子，顾影自怜，看蒙着雾的簪玫瑰花的帽子和今天披在肩上也配上玫瑰花的羊毛大披肩。

“我们去哪儿啊，玛丽阿姨？”简边问边想：在迷雾当中，他们能去哪儿呢？

“走吧，走起来吧！”玛丽阿姨说。孩子们看去，她是在起来，把脚踏到云朵上，好像它是楼梯似的，并且把儿童车的车头翘起来，像是上山。

可是忽然之间，他们全都在向上爬，把公园扔在后面，脚踏在雾蒙蒙的东西上，似乎和雪堆一样硬。卢蒂靠在玛丽阿姨身上，好像她是世界上唯一安全可靠的东西。他们一起推着儿童车，简和迈克尔紧跟在后面。

“遵守规则！”公园管理员叫道，“你们不

BYE LAWS

可以爬云。这不合规则！我要报告首相。”

“去报告吧！”玛丽阿姨回过头来叫道，同时把大家带到越来越高的地方去。

他们一直向上走，每走一步，雾更浓，天空更亮。到最后，就像走到楼梯顶，他们眼前展开一片云，像个盆子似的，又平又白。太阳在它上面反射出一道道金光，而让孩子们吃惊的是，一个圆圆的大月亮停在他们面前，停在一朵云的边上。

月亮上满是各种各样的东西——雨伞、绷带、书本、玩具、行李、包裹、板球棍、帽子、大衣、拖鞋、手套，反正都是人们遗失在公共汽车、火车或者公园椅子上的东西。

在这些各种各样的东西当中，在一个烧菜小铁炉旁边，有一把破旧的扶手椅，椅子上坐着一

个秃顶男人，他正在把一个杯子举到嘴边。

“舅舅！等一等！你别喝它！”玛丽阿姨很尖锐地叫出来，杯子砰的一声仍旧放回到杯碟上。

“什么，什么？是谁？在哪里？”那人吓了一跳，抬起头来，“噢，是你啊，玛丽！你真是吓了我一大跳。我正要抿一口可可。”

“你也真是，你知道得很清楚，可可让人睡觉！”她靠过去把他手里的杯子拿走。

“这不公平。”舅舅咕哝说，“别人都可以喝点安眠的饮料让自己享受一下，就我不行，就我这可怜的月中人不行。我得日日夜夜醒着看守着东西。可是人们应该小心点啊，不要遗失一听听的可可，对了，还有装可可的杯子。”

“那是我们的杯子！”迈克尔叫起来，“布

里尔太太说过，她把它打破了，可它在别的什么地方会用得着。”

“是这样的。我把它粘好了。然后有人遗失了一听可可粉……”他看着炉子边上那个罐头。简想起来，她从杂货店回家，这样一听可可粉从网线袋里漏出来掉了。

“我又正好有一包糖，因此你瞧，三样东西凑到一起，我也就忍不住了。很抱歉，玛丽。我不会再喝了，我保证。”月中人一副惭愧的样子。

“你也不会有这种机会了。”玛丽阿姨说着把炉子顶上的罐头拿下来，塞到她的手提袋里。

“再见了，可可，再见了，睡眠！”月中人沉重地叹了一口气。接着他咧开嘴笑，看着简和迈克尔。“你们知道有什么人像她那样吗？”

他问道。

“从来不知道，从来不知道！”他们双双回答说。

“你们当然不知道。”他自豪得满脸红光，“她是独一无二的。”

“所有遗失的东西都到月亮上来吗？”简想到世界上遗失的东西，想知道是不是有那么多地方放得下它们。

“基本上是的。”月中人说，“这是个仓库。”

“可它的背面是怎样的呢？”迈克尔问道，“我们只看到它的这一面。”

“啊，如果我知道，我就无所不知了。这是一个秘密，是一个谜——可以说是一个没有后面的前面。再说，它都堆满了。你不能帮帮我？拿

走点什么东西，能吗？你可能在公园里丢掉过什么东西吧？”

“我能！”简忽然说，因为在那些包裹和雨伞之间，她看到了一件熟悉的旧东西。

“这蓝色鸭子！”她伸手去拿这褪了色的玩具，“双胞胎把它掉到儿童车外面去了。”

“那是我的宝贝旧口琴。”迈克尔指着炉子上面架子上的一个金属东西，“不过它吹不出音乐来了。它对我实在没有用。”

“对我也没有用。我吹过。一个吹不出音乐的乐器！拿去吧，行行好，把它放进你的口袋吧。”

迈克尔伸手去够口琴，这样做的时候，它旁边一样东西翻了个个儿，落到下面，在云上滚动。

“噢，那是我的，我遗失了的椰子！”卢蒂从玛丽阿姨身后走过去，抓住了那在滚动的东西。它是棕色的，毛茸茸的，圆得像个球，一边的毛已被刮光，刻了一张圆圆的人脸。

卢蒂把这毛茸茸的东西抱在胸前。

“是我爸爸刻的。”他自豪地说，“有一天在海水涨潮的时候我把它遗失了。”

“现在潮水又把它还给你了。不过年轻人，你该走了。他们全都在岛上等着你。凯丽亚正在她的陶灶上用芳草作法，要让你平安回去。你父亲最近手臂受伤，要你帮忙划独木舟。”月中人坚决地对卢蒂说。

“他是在走。”玛丽阿姨说，“因此我们才会来这里。”

“哈！我就知道你有这一招。你从不来看

我，玛丽，我亲爱的，好好地和我喝杯茶，或者我该说可可！”月中人顽皮地咧开嘴笑。

“我要你用眼看着他。走远路他太小了，舅舅。”

“好像我会忍心不看他似的。你知道，我会连眼皮也不眨一下地看着他的！相信你的老娘舅好了，我的小妞。”

“你怎么认识凯丽亚的？”简问道。想到远方的一位巫婆使简充满梦想。简希望自己也认识她。

“就像我认识每一个人一样。醒着看，这是我的职责。地球转，我跟着转。我看到高山和大海，城市和沙漠；树枝上的树叶和光秃秃的树枝；睡着的人，醒着的人，干活儿的人；摇篮里的孩子，老太太，聪明的和不那么聪明的；穿罩

衫的你，穿水手装的迈克尔；卢蒂的南海岛上那些穿树叶裙子戴花环的孩子。到早晨卢蒂也将戴上那样的花环，他现在穿的这些东西，玛丽，就很不合适了。”

“这一点我想到了，谢谢你。”玛丽阿姨说着解开卢蒂的硬衣领，用她通常的闪电速度脱掉他的外衣、灯笼裤和班克斯先生的那双大靴子。这时候他穿着内衣内裤站在那里，她像打包裹那样在他身上围上她的羊毛披肩，上面有粉红玫瑰花，用来配她帽子上那一朵的。

“可我那些宝贝呢，我必须把它们带回去。”卢蒂诚恳地看着她。

玛丽阿姨从儿童车里拿出一个旧纸袋。他在外套口袋里搜索。她哼了一声说：“真是忙忙乱乱的！”

“我可以为你保管那匕首。”迈克尔心中暗暗妒忌。他常常想要当一名海盗。

“永远不可以把一件人家送的东西送掉。我爸爸可以用它来刻东西和切树枝生火。”

卢蒂把匕首塞到他那纸袋里，让它和扇子、木头棋子王和后、海军上将的大炮待在一起。最后放进去的是一块用手帕包起来的黏糊糊的东西。

“那块巧克力糖！”简叫起来，“我们还以为你已经把它吃了。”

“它太宝贵了。”卢蒂简单地说，“我们岛上没有这种甜食。他们可以尝一尝，他们大家。”

他从披肩里伸出一条胳膊，把那纸袋藏在羊毛披肩的褶层里。然后他捡起那毛茸茸的椰子，

在心口上捂了一会儿，这才把它送给两个孩子。

“请记住我。”他腼腆地说，“离开你们我实在很难过。”

玛丽阿姨把叠好的衣服拿起来，整齐地放在月亮的地板上。

“来吧，卢蒂，该走了。我给你指路。简和迈克尔，你们看好小的。舅舅，记住你答应过我的话。”

她用一条手臂抱住那个粉红色的羊毛包裹，卢蒂在它里面转过头来微笑着。

“和平和祝福！”他举起一只手。

“和平和祝福！”简和迈克尔叫道。

“就照她告诉你的话做。”月中人说，“和平和祝福，我的孩子！”

他们看着他被带着大步走过白云的平野，一

直来到它和天空相会的地方。在那里，玛丽阿姨向他弯下身来，向他指点一连串一路过去的飘在蓝天中的小云朵。他们看到卢蒂看着他们点点头，看到他举手做了个再见的手势，接着他光着脚跑了起来，跑了一小段路，就狠狠地向前一跳。

“噢，卢蒂！”他们担心地叫起来，当他太太平平地落到离他最近的一小朵云上面时，他们又松了一口气。接着他轻快地从它上面又跳到它前面的一小朵云上。就这样，他一路踏着浮云，一朵一朵地跳过去，越过它们之间的空气深渊。

一个尖锐的声音传向他们这里来。他在歌唱，他们听得出他在唱：

我是卢蒂，太阳之子，

我穿玫瑰花的衣服，

我正回到我的小岛，

噢，云朵啊，和平和祝福！

接着听不见他的声音了，看不见他的踪影了。玛丽阿姨站在他们和月亮旁边，等到他们转脸去看月亮，它一路飘走了。

“再见！”简和迈克尔挥着手说。一只模模糊糊的手臂挥动着回答他们，叫道：“再见！”

玛丽阿姨也挥动着她的鹦鹉头雨伞。接着她向孩子们转过来：“现在快步走，最好的脚走在前面！”

她推着儿童车一个大转身，帽子上的粉红玫瑰花跟着轻轻地跳了跳。紧接着她把车朝下推走。

云一秒钟比一秒钟浓密，他们好像不是走而是往下滑。很快树影透过迷雾模模糊糊地出现。忽然之间，他们脚下已经不是空气而是实地，公园管理员和首相正在林荫长道上向他们走来，太阳照亮了他们的脸。

“他们在那里，正像我告诉你的，他们刚从天上下来，破坏了规则！”

“胡说八道，史密斯，他们只是走进了迷雾，现在雾散开，你又看见他们了。这跟规则一点儿不搭界。下午好，玛丽·波平斯小姐。我必须为公园管理员的做法向你道歉。听了他的说法，还会以为你到月亮那里去拜访了呢，哈，哈！”

首相为自己说的笑话哈哈大笑。

“会的！”玛丽阿姨带着感谢和天真的微笑

回答说。

“你把那一个怎么样了？”公园管理员问道，“那棕色皮肤的小家伙——就让他在上面了吗？”他看到过卢蒂和他们在一起，可现在卢蒂没有了。

首相狠狠地看他：“说实在的，史密斯，你说得也太玄了。一个人怎么会被留在天上呢？如果他能上去的话，我们也都能上去的。在迷雾中看到人影，你就大加想象了。还是干你公园里的活儿吧，我的朋友，不要再打扰只是来散步的无辜游客了。不过这会儿我自己必须走。他们说胡同里出了事，有人疯了，我想我必须去看看。再见，玛丽·波平斯小姐。下次你上蓝天的话，请代我向月中人问好！”

首相又一次衷心大笑起来，用手碰碰他的帽

边，急急忙忙出公园门去了。

玛丽阿姨心中暗笑，和孩子们一起紧紧跟着他走。

公园管理员站在林荫长道上怒气冲冲地看他们走掉。她又耍了他！他断定她曾经上了天，他全心全意希望她就此待在上面别回来。

真的，樱桃树胡同出事了。

一个大块头女人，一只手拿个大黑包，一只手扯她的头发，正站在18号院子门口，轮番地叫了又哭，哭了又叫。

拉克小姐的两只狗一向安安静静的，这时候却跳上跳下，对着她汪汪大叫。

当然，这一位就是安德鲁小姐。

玛丽阿姨小心地踮起脚走，做眼色叫两个孩

子也这样做，一起跟着首相的脚步走。

首相看到那场面，显然十分紧张。

“哦，小姐，我有什么能帮你忙的吗？”

安德鲁小姐一把抓住他的手臂。“你见过卢蒂没有？”她问道，“卢蒂不见了。我失去了卢蒂。噢，噢，噢！”

“这个嘛，”首相不安地朝四周看，“我不明白卢蒂是什么。”他想这可能是只狗，或者是只猫，甚至是只鹦鹉，“如果我知道，我也许能帮帮忙。”

“他服侍我，给我量药的剂量，然后定时给我吃。”

“哦，是位药剂师！不，我没见过药剂师。自然，没见过一个不见了的药剂师。”

“他早晨给我煮粥。”

“那么是一个厨子。不，我没见过厨子。”

“他从南海来，我失去他了！”安德鲁小姐又哭起来。

首相看上去呆住了。一个从南海来的厨子，或者药剂师！这样一个人要是不见了，那就难找。

“好了，把你的包给我，我们在胡同里散一会儿步。也许有人会见过他。也许你见过吧，小姐？”他对拉克小姐说，她正急着去追她的狗。

“没有！”拉克小姐说，“安德鲁和威洛比它们也没见过！”她不愿跟这个呼噜声惊动整条胡同的女人打交道。

两只狗跟在她后面生气地汪汪叫。首相劝安德鲁小姐继续走，他挽着她，从一个门口到另一个门口。

没有，19号太太什么也没看见。她能说的只有这句话。20号先生重复她这句话。两个人都不同情安德鲁小姐。她占据了他们宝贵的18号，而且把一个被太阳晒黑的陌生人锁在里面，大家虽然一天只见他短短一个钟头，却都爱上他，尊重他了。如果卢蒂真不见了，他们只希望他有更好的命运。

“没有，没有，都是没有！没有人肯帮帮我吗？”安德鲁小姐哀叫，把首相抓得更紧。在他们后面，儿童车像个无声的影子一样跟着，玛丽阿姨、简和迈克尔悄悄地走在草上。

首相的手臂已经开始痛了，这时安德鲁小姐继续哀叫着，把他朝胡同尽头罗经柜那船形小屋拉去。

罗经柜正坐在他的前门台阶上拉他的手风

琴，海军上将和太太在他旁边。海军上将正用他最高的声音唱他心爱的水手劳动号子：

航海，航海，驶过波涛汹涌的大海，

一路上经历无数次狂风吹、恶浪打，

杰克终将重新回到家。

“停下！停下！”安德鲁小姐尖叫，“听我非告诉你们不可的话。卢蒂不见了。他走掉了。”

海军上将唱到一半忽然停住。手风琴不响了。

“该死！你是说他不见了？我不相信，他是个理智的小伙子。他可能只是起锚去参加海军罢了。这是一个有理智的小伙子会做的事。你不这

样想吗，首相？”

说真心话，首相根本不这样想。他觉得海军需要的厨子和药剂师已经足够了。不过他凭经验知道，万一他不同意海军上将的意见，海军上将会劝他出海，而他宁愿当个旱鸭子。

“也许吧，”他不自在地说，“我们必须继续问。”

“可我怎么办呢？”安德鲁小姐插进来，“他不见了，我可没地方可去！”

“你有18号啊，”布姆太太温和地说，“那不就够了吗？”

“问问罗经柜吧！”海军上将布姆说，“他有个多余的房间。对她和她的那点动产来说地方够宽敞的。”

罗经柜看看海军上将。接着他又沉思着看看

安德鲁太太。“这个嘛，我会弄药，所有的海盗都会煮粥。不过，”他的声音现在有一种警告的味道，“你得付出代价。”

安德鲁小姐的脸由于放心而亮堂起来：“噢，怎么都行！要多少钱就说吧。我很愿意付。”她松开抓住首相胳膊的手。

“不，不，不是钱。你需要有人煮粥和量药剂，我需要有人读东西给我听——不是一次两次，而是我一空下来就读。”

“噢，我想不出更好的事了。”一个微笑上了安德鲁小姐的脸，这张脸是从来不笑的，“我有许多书，我可以拿来，像教育卢蒂那样教你。”

“对不起，小姐。我不要什么‘教育’。海盗要学的是怎样当一名海盗。不过，”又是一种

警告的口吻，“我不要别的人待在我的屋子里，除非这个人能成为一名标准的船员，会跳水手的角笛舞！”

“角笛舞！”安德鲁小姐大吃一惊，“我永远不会想到这样的玩意儿。再说我甚至不知道它！”

“你当然会想到！”海军上将说，“大海上和陆地上的每个人都能跳这种水手的角笛舞。你只要听音乐就行。拉一段吧，罗经柜。起锚！”

罗经柜对海军上将咧嘴一笑，用手一拉，手风琴就拉出了摇滚乐。

海军上将的双脚开始扭动。布姆太太的脚也是。首相的脚也是。19号太太和20号先生一听到音乐从他们房前的花园传来，也开始随着音乐摇摆。

可是安德鲁小姐站在那里像个石头人，脸上的表情又凶又坚决，像是在说："没有东西能动摇我，哪怕是地震。"

当音乐越来越野时，玛丽阿姨沉思着打量她。接着她从迈克尔的口袋里拿出那把口琴，把它放在嘴边。

口琴马上吹出了曲子，和手风琴合着拍子。慢慢地慢慢地，好像违背自己的意愿似的，那石头人从裙下伸出那两条从不跳舞的粗腿，它们现在开始跳舞了。脚跟和脚趾，统统跳起来吧，越过波涛汹涌的大海。

忽然他们全成了水手，包括安德鲁小姐在内，她不情不愿地随着手风琴的节拍扭动着她的大块头。

双胞胎和安娜贝儿跳上跳下。简和迈克尔在

他们旁边蹦蹦跳跳。与此同时，樱桃树也一摇一摆，树上的樱桃竟也打着转。只有玛丽阿姨站着一动不动，举在她唇边的口琴吹出热闹的曲子。

接着一切过去，最后的一个音符结束了，每个人——除了安德鲁小姐——全都上气不接下气，玩得十分尽兴。

“跳得好，伙伴！”海军上将吼叫着向那石头人脱帽致敬。

可是石头人完全不理会，她忽然看到了正把口琴放回迈克尔口袋里的玛丽阿姨。

她们两人像两头狼相遇，对视了很久很久。

“又是你！”安德鲁小姐气歪了脸，明白又是玛丽阿姨第二次耍了她，“是你让我做出这种事情来——那么可耻，那么不要脸！是你，你把卢蒂弄走的！”她用一根发抖的手指指着安静、

微笑的对方。

“你胡说什么啊，小姐，你大错特错了。”首相插进来，“没有人能强迫别人跳舞。你应该谢谢你自己的两只脚，它们反应非常快。至于波平斯小姐，一位有良好教养的可敬的小姐，总是那么忙于她的职责，这样一个人，会那么无聊地把厨子或者是药剂师，弄到南海的什么地方去吗？当然不会。这简直想都没法想！”

简和迈克尔相互对看。他们知道，这想都没法想的事已经有人想了，而且这件事已经真的发生过了。卢蒂正在一路回他的故乡去。

“每一个人都需要他自己的家。”玛丽阿姨镇静地说。她把儿童车转了个身，推它快点回家。

“我也需要我的。”安德鲁小姐疯狂地大叫

着，扑向罗经柜的前门。

“你在这里可以有一个家。”罗经柜说，“除非……”他露出可怕的海盗式的微笑，“除非你更要18号。”

“噢，不要，绝对不要！没有卢蒂就不要！”安德鲁小姐用双手捂住脸。她还没明白过来，罗经柜和首相——首相仍旧拿着那个药品袋——已经把她推进屋子。

“很好，她平安抵港了。”布姆海军上将说，“他们会让她保持着水平位置，平稳下来。”

他挽起布姆太太的手臂，让她把自己带走。

天已经黑下来了，班克斯先生沿着胡同往家走，偶然往罗经柜家的前面窗子一看，却看到了一个古怪景象。在一个干净却像船上甲板一样光秃秃的小房间里，屋里唯一的一把椅子上坐着安德鲁小姐，样子像个沉了船遇难的人。一个空玻璃杯放在她附近的一张桌子上，蹲在旁边的是罗经柜，正在听她读着什么，听得都入了迷。从她脸上的样子看，这件事让她生气和倒胃口。

在门口，专心地听着的不是别人，竟是首相。堂堂一位国家元首，却在樱桃树胡同关心着一个前海盗家里的事情。

班克斯先生惊奇万分，摘下他的帽子："我能效什么劳吗，首相？有什么事不对头吗？"

"噢，班克斯，我亲爱的朋友，真是大不幸！你这会儿看到在里面的小姐，有18号她不住，因为她的伙伴——一个厨子或者药剂师，我也说不准到底是什么人——显然离开了她。罗经

柜，这位海军上将的仆人让她住到了他这里，但有两个重要条件：一是她要跳水手的角笛舞，二是她要念书给他听。于是她跳了，虽然是不愿意的，而现在她在念书。”

“我真吃惊！”班克斯先生说，“安德鲁小姐跳舞！卢蒂走了！我想你应该知道，首相，卢蒂既不是厨子，也不是药剂师，而是一个男孩，不比我的女儿简高，是安德鲁小姐从南海带来的。”

“一个男孩！天哪，我们必须报警！一个失踪的男孩，必须去找他。”

“我劝你别去找他了，首相，警察会吓着他。给他一点儿时间吧。他是个聪明的孩子。他会有他的办法的。”

“那好吧，如果你这样想的话。你比我更了

解他们。”

“我当然了解。安德鲁小姐曾经是我的家庭教师。她是有名的神圣女魔王。那男孩逃掉是幸运的。”

“哈！那么，现在是罗经柜成为神圣男魔王了。他给她吃冷粥，把各种药掺和在一个玻璃杯里让她喝，他不让她给他读别的东西，只读一本本新的、老的《菲佐》杂志！”

“《菲佐》！可那是滑稽连环图画书啊。安德鲁小姐可是一位有学问的人。要她读滑稽连环画只会吓坏她，甚至说不定会让她发疯。”

“不过我正好喜欢滑稽连环画，班克斯。我制定法律太劳累了，我觉得《菲佐》可以让我歇歇脑子。我们刚听完《老虎蒂姆和乌龟》，这会儿是《萨姆历险记》，读了一半。因此，对不起，请原谅，我的好朋友，我必须听听他和格温多林是怎么对付那条龙的。”

“噢，当然！”班克斯先生彬彬有礼地说。

他留下首相伸长脖子去听他的故事，自己就装满傍晚刚出炉的新闻匆匆回家。

当他经过18号的时候，它有了一点儿它过去友好的样子。拉克小姐那两只狗在忙着闻围墙底下的什么东西。它们闻到了它们曾经送给卢蒂的旧骨头的气味，既然他似乎已经走了，它们急着要重新收回它们。这样的宝贝干吗留给别的狗呢？

“我有新闻要告诉你。”班克斯先生在门口一碰到班克斯太太就说，“今年的特大新闻，我亲爱的！卢蒂不再在我们这里了，安德鲁小姐已经离开了隔壁房子，住到罗经柜家去了。”

班克斯太太一声惊叫，跌坐在一把椅子上。

“卢蒂不见了？噢，那亲爱的可怜孩子！我们该去找他吗？他那么小，又是在外国。”

“噢！卢蒂长着个好脑袋瓜。他大概去了码头，偷偷坐上商船走了。我想的倒是安德鲁小姐。她把那男孩当作笼中鸟，现在她自己倒成了笼中鸟，读《菲佐》杂志上的故事。”

“《菲佐》杂志？安德鲁小姐？我不相信。”这一回轮到班克斯太太目瞪口呆了。

班克斯先生高兴得几乎跳起舞来。他在想，现在他那位天文学家很快就要回到旧居，天文学家的望远镜又要转向天空了。他还不知道隔壁所有隐身的住户都已经回到他们的老地方——19号太太的老奶奶、20号先生的下棋伙伴、布姆海军上将的勇敢船长、布姆太太的安静孩子、班克斯

太太的好朋友，还有睡美人、戈博。他也不知道连荨麻也开始在那花园里重新发芽了。

“想一想吧！”他高兴地大叫，“18号又空了，我们大家又有幸这样拥有它！”

“不过乔治，我们不该想想安德鲁小姐吗？这种日子她受得了吗？”

“不，我亲爱的，我断定她受不了。我相信罗经柜有一天早晨醒来会发现她走掉了，再没有人读书给他听。我们知道，安德鲁小姐有她自己的见解。她是一个有学问的人，天生是个教师。教师得找人教。我保证她会溜到什么地方去。上一回去了南方。这一回也许去北方，会找到一个因纽特人，老天保佑她！你记住我的话吧，这胡同将比你想的更快看不见她。”

“但愿如此。”班克斯太太咕噜了一声，

“那可怕的打呼噜声我们听够了。迈克尔！”她一见一个穿睡衣的人影坐在楼梯栏杆上，就大叫一声，“你该在床上了！”

“你在干什么？”他的爸爸问道，“想爬上栏杆吗？”

“我在当一名海盗。”迈克尔喘着气说，想爬得更高些。

“得了，任何人，哪怕是海盗，都不能从楼梯栏杆上爬上去。这是违反自然规律的。再说——我很抱歉告诉你这件事——卢蒂已经走了。我怕我们再也见不到他了。”

“这我知道。”迈克尔说。而且他虽然不说，他还是知道真有人曾经从楼梯栏杆上爬上去过。说实在的，这个人就在他眼前。

“真的吗？”班克斯太太恼火地说，“我真

不明白是怎么回事，我这些孩子在我还毫不知情之前，常常就已经知道什么事情在进行了。你下来，两脚站在地上，像个文明人。”

迈克尔不情不愿地照办。他不愿意做个文明的人。

在楼梯顶上，玛丽阿姨正在等这个穿蓝色衣服的“塑像”伸出一只手，而“塑像”则用手指着他的床。

“噢，请不要又叫我上床，玛丽阿姨。每天晚上上床，我都厌烦了。”

“晚上是睡觉用的，”她死板地说，“因此，上床，立时三刻。还有你，也请吧，简。”

简这时抱着卢蒂那个椰子，正跪在窗台上看在天上离地平线不远的地方飘着的满月。月亮上有人，虽然她看不见他，对他来说，晚上可不是

用来睡觉的。

“我会保管这个。谢谢你了！”玛丽阿姨拿过椰子，看看上面刻的笑脸，它虽然不说出来，却好像在重复卢蒂的那一句话：“和平和祝福！”

她把它放在壁炉台上，当她这样做的时候，她的影子从镜子里看着她，彼此得意地点点头。

“可我要看，要醒着。”迈克尔发牢骚。

让他奇怪的是，玛丽阿姨没有出声。她只是把一把椅子放在他的床边，做了一个很大的戏剧性的动作请他过来坐下。

他果断地照办。他也会看到在路上的卢蒂。

可是他的双眼开始闭上。他用指头把它们撑开。可他接着打哈欠，一个大哈欠，这哈欠似乎要把他吞下去。

“我还是明天再看吧。”他说着滚到床上，玛丽阿姨朝他低下头来，那目光说明了一切无须多说。

“永远没有明天，”简说，“等你醒来总是今天。”她也爬上了床。

他们躺在床上，看着玛丽阿姨照常像旋风似的转，给安娜贝儿和双胞胎塞好被子，把木马推到墙角，从口袋里把东西拿出来，折叠好衣服。当她折到迈克尔的水手上装时，她把那口琴拿出来给他。

他决定再吹吹看，可是吹了又吹，口琴重新成了哑巴。

“不光是我吹不响它，”他说，“月中人也吹不响。我倒想知道，玛丽阿姨，为什么你吹水手的角笛舞曲，却能把它吹响了呢？”

她用蓝色的眼睛很快地看了看他。“我也想知道！”她嘲讽地说着，继续做她的旋风。

简也想朝外面看，也想醒着，可是她知道不行。因此她躺着不动，想着卢蒂，想象着他唱歌跳舞的样子，想象着他身上裹着玫瑰花羊毛披肩，在天空中飞快地走。对于卢蒂来说，这个晚上也不是用来睡觉的。忽然之间，她十分担心。

“万一，玛丽阿姨，”她叫起来，“万一没那么多云朵把他一路送到那里呢？”她想到许多明朗的夜，从世界这一头到那一头，除了深蓝色的天空，什么也没有，“万一他到了一个地方，茫茫一片，完全没有云朵呢？那他怎么走下去？”

“总会有云朵的。”玛丽阿姨安慰她说。她擦了一根火柴点壁炉台上那盏夜明灯的蜡烛灯

芯，它很小，但和桌子上那盏大灯一样发出亮光。这时候，两盏灯使房间充满了影子，它们本身就像一些云朵。

简放心了："到天亮他就到家，在椰子树下了。我们也在家，不过是在樱桃树下。这是不同的，但也有点一样。"

"东也好，西也好，还是家最好！"玛丽阿姨快活地说着，把那把鹦鹉头雨伞挂到一直挂它的钩子上。

"那么你呢，玛丽阿姨？"简问道，明知这是个大胆的问题，"你的家在哪里——东还是西？你不在这里的时候，你到什么地方去呢？"

"每个人都需要自己的家——这是你今天说的，记得吗？"迈克尔也很大胆。

玛丽阿姨站在桌子旁边，不再是旋风了，她

一天的工作已经结束。

大灯的光照亮了她的脸，红红的脸颊，蓝色的眼睛，翘翘的鼻子。

她沉思地看着他们两个。他们等着，气也透不出来。她是从什么地方来的——林地还是平原？村舍还是城堡？高山还是大海？她会还是不会告诉他们呢？

“噢，她会的！”他们想，因为她的脸看上去那么生动，好像有一肚子的话，只剩下把它说出来了。

这时候，那双蓝色眼睛闪了一下，那个老样子的熟悉的神秘微笑对着他们急切的脸。

“不管在什么地方，”她说，“那儿就是我的家！”

她说着，把桌子上的大灯熄灭了。

随风而来的玛丽阿姨

——走进孩童日常生活的精灵

彭　懿

是谁写了这本书

帕·林·特拉芙斯（1899—1996），出生于澳大利亚。父亲是爱尔兰血统，母亲是苏格兰血统，她在一个甘蔗种植园中长大。受父亲影响，她童年时代就对爱尔兰神话及传说感兴趣，热爱读童话。她八岁时，父亲突然去世。十三岁，她进了悉尼一

家寄宿学校，在学校时曾经出演过莎士比亚的《仲夏夜之梦》。她后来当过演员，还写诗投稿，人生的志向渐渐地从演员转向了作家。二十五岁时，她怀抱着成为一名作家的梦想，独自一人到了英国。她给文艺杂志写稿，与爱尔兰诗人兼编辑的乔治·威廉·拉塞尔成为好友，并在诗人、“爱尔兰文艺复兴运动”领袖叶芝的指导下，对爱尔兰文学及古代凯尔特神话产生了新的认识。

1964年，她的《随风而来的玛丽阿姨》被美国迪士尼公司改编成歌舞片《欢乐满人间》。真人与动画的巧妙搭配，再加上穿插其间的十几首悦耳动听的歌曲，使这部电影获得了五项奥斯卡大奖。

她一生未婚，以九十七岁的高龄去世。

先来认识一下书中的主要出场人物

班克斯先生

樱桃树胡同17号的男主人，在银行上班，整天就是坐在一张大桌子后面忙着数钞票和硬币。

班克斯太太

樱桃树胡同17号的女主人。

简

班克斯夫妇的大女儿。

迈克尔

班克斯夫妇的儿子，简的弟弟。

约翰和巴巴拉

班克斯夫妇的一对双胞胎，还是睡在婴儿床上的婴儿。

玛丽·波平斯阿姨

被风吹进班克斯家的保姆。她头发黑亮，人很瘦，大手大脚，有一双直盯着人看的蓝色小眼睛，孩子们说她“像个荷兰木偶”。她出门时，胳肢窝下总是夹着一把伞柄上有个鹦鹉头的伞。她从来不跟大家多说话。

在故事的尾声，当玛丽阿姨乘西风归去时，小

主人公之一的迈克尔推开自己的妈妈，扑倒在地，伤心地大喊大叫："天底下我就要玛丽阿姨！"是的，玛丽·波平斯阿姨可能是天底下每一个孩子都梦寐以求的一位保姆了。即使是在今天，英国人登报纸寻找保姆时，第一句话很多时候也是："诚征玛丽·波平斯！"

玛丽·波平斯，一个长得像"荷兰木偶"、出门总是戴着手套、胳肢窝里夹着鹦鹉头伞柄的伞、不停吸鼻子的年轻女子，到底是凭什么俘获了孩子们的心呢？

难道她不是一个凡人？

她是一个凡人，甚至可以说，她"凡"得都不能再"凡"了——古怪，爱发脾气，自大而又高傲，一点都不和蔼可亲。你看，她相貌平平，"很瘦，大手大脚，有一双直盯着人看的蓝色小眼睛"，却极度自恋，总以为自己是一个美人，"爱时髦，要给人看到她最漂亮的样子"。只要有镜

子，不管是车窗还是橱窗，她一定要搔首弄姿地照上一番，因为“她觉得自己看来这么可爱”，“她觉得从未见过有人这么漂亮”。照完了，还会忘情地赞美自己一句：“瞧你多美！”可是对孩子们，她却连一点点耐心都没有，严厉不说，还整天一副气呼呼的样子，不苟言笑，回答问题不是爱搭不理，就是一顿冷嘲热讽：“我怎么知道？我又不是百科全书！”

可她又不是一个凡人。你看，她不请自来那天，简和迈克尔这两个孩子就发现事情有些蹊跷了（大人是看不见的）——先是东风狂吹，胡同里的樱桃树前后左右地摇晃，像发了疯，想连根从地上蹦起来似的。然后，一个女人的身影被风吹到了门口，她着地时，整座房子都摇动了。“多滑稽！这种事情我从没见过。”一个孩子说。接下来发生的事情更加让人匪夷所思，她竟两只手拿着手提袋，很利索地一下子坐上楼梯扶手滑上楼来。两个孩

子傻掉了："这种事从来没有过。滑下去的事常有，他们自己就常干，可滑上来的这种事从来没有过！"更让孩子吃惊的是，她从那个空空的、被她称为毯子（让人联想起神话中的魔毯）的手提袋里，像变魔术似的，拿出来一块肥皂、一把牙刷、一张折叠行军床……难怪两个孩子会觉得：这个玛丽·波平斯阿姨是一个怪人，樱桃树胡同17号出了了不得的大怪事。

家里突然出现了这样一个魔法人物一般的保姆，孩子们又怎么能不激动，不被她迷住呢？所以他们忍不住要问她："玛丽阿姨，你永远不再离开我们了吧？"

而我们要问的是，作者帕·林·特拉芙斯是怎样创造出玛丽·波平斯这个儿童文学中独一无二的形象来的呢？说独一无二，是因为在过去的童书中，虽然魔法人物不胜枚举，但还没有出现过这样一个走进现代孩子的日常生活之中、既是凡人又不

是凡人的人物形象。贝蒂纳·贺里曼在《欧洲童书三百年》里没有说错：玛丽·波平斯虽然拥有魔法，但她身上却没有民间故事里的人物所具备的那种属性。关于玛丽·波平斯，特拉芙斯曾经在《自传素描》的结尾说过这样一句话："如果你要寻找自传的事实，玛丽·波平斯就是我自己生活的故事。"这话有点玄，但借用《随风而来的玛丽阿姨》里的一句话来说，就是"不管碰到的事怎么古怪，还是不要跟她争论好"。不过有一点是可以肯定的，当她还是一个孩子的时候，玛丽·波平斯这个人物就在她的脑海中闪现了，"像窗帘忽开忽合一样，萦绕我一生"。玛丽·波平斯不是她凭空幻想出来的，有原型，她童年时就有这样一位保姆，外出时总是带着一把鹦鹉头伞柄的伞，一回到家里，就会把一天的所见所闻讲给孩子们听，可一旦说到重要的地方，便会以接下来的话不适合孩子听为由，突然把话题中断。

对于小读者来说，玛丽·波平斯阿姨最大的吸引力还不是她的魔法，而是她的神秘。

她是会魔法——她可以从一个空无一物的手提袋里往外掏东西，可以让孩子飘浮在空中喝下午茶，可以跟狗说话，可以用一个指南针把孩子送到北极，可以往天上贴星星……可是这样的人物并不稀奇，童书里多的是。稀奇的是，她身上有太多的谜团，就像她自己总是拒绝回答孩子们的问题一样，作者从不交代，只是留下一个开放的文本任由我们来猜测。

比如，第一个疑问是玛丽阿姨从哪里来，又回到哪里去了。在《随风而来的玛丽阿姨》里只是说她乘东风而来，乘西风归去："她一个劲地飞呀飞，飞到云间，最后飘过山头，孩子们除了看见树木在猛烈的西风中弯曲哀鸣以外，什么也看不见了。"而在系列的第二部《玛丽阿姨回来了》里，她是拉着一根风筝线从天而降，最后坐着旋转木马

回到了天上，变成了一颗新的星星……这么说，她应该“曾离开天空下来，如今又回到天上去了”。可是，她似乎又没离开过地面，你看，她那一大群怪里怪气的亲戚和朋友不就住在我们的身边嘛：走进画里的画家、充满笑气悬在半空中的叔叔贾透法、卖姜饼的科里太太、表哥眼镜蛇……这就牵扯到了第二个疑问，她是谁？智者、动物之王眼镜蛇给出了一个非常抽象的答案，它说她就是孩子们，就是它自己，它的原话是这样说的：“鸟、兽、石头和星星……我们全都是一体，全都是一体……”“孩子和蛇，星星和石头全都是一体。”到了系列的第三部《玛丽阿姨打开虚幻的门》里，她又被说成“是变成真实的童话”。是不是越说越解释不清了？对，她从头到尾都是一个未解之谜。

作者根本就不想解释。换句话说，作者是故意把玛丽·波平斯写成一个迷雾重重的人物的。当然，她有她的追求，小峰和子在《大人英国儿童文

学读本》中说特拉芙斯这样写，是因为“特拉芙斯从自己的童年经验中知道，越是不解释，反而越是能在神话带来的惊奇中培养想象力”。

如果我们一定要追问玛丽·波平斯到底是谁，马杰丽·费希尔或许说得再好不过了：“她就是一个精灵。”当然，她不是出没于另一个世界的精灵，而是一个走进现代孩童日常生活的精灵。内斯比特是这类被称为“日常魔法”式幻想小说的鼻祖，她的《五个孩子和一个怪物》里也有这样一个精灵，就是那个来自远古，被现代的孩子们从沙坑里挖出来的沙妖。不过，它与玛丽·波平斯相比，就显得太小儿科了，变出来的魔法一到日落就消失不说，规模也小得多，还缺乏神秘感。玛丽·波平斯的魔法世界则要大多了，大到花鸟鱼虫，大到海底，大到壮阔的星空和浩瀚的宇宙。特拉芙斯曾以《只要连接》为题发表过一篇讲演，她说只要连接“已经与未知”“过去和现在”，就能把玛丽·波

平斯呼唤出来。

孩子们喜欢玛丽·波平斯阿姨，是因为她改变了他们的生活，把他们引入了一个幻想的世界，带领他们去冒险。希拉·A.伊格在《故事之力：从中世纪到现代的幻想小说》一书中说：玛丽·波平斯虽然声称“各人有各人的童话世界”，但她的任务，就是推开那扇“虚幻的门”，把只拥有平凡想象力的普通的孩子送进门去。而且这种冒险是有限制的，就是绝对不允许自己擅自去冒险，冒险一结束，就要立刻回到井然有序的日常生活。书里的两个小主人公不可能擅自去冒险，因为他们找不到路，故事里没有类似魔法衣橱那样的通往另外一个世界的通道。实际上，这恰恰就是“玛丽·波平斯”系列最明显的叙事特征。你看，玛丽·波平斯阿姨明明带着他们走进了一座普通的公寓，人浮在空中的奇迹就发生了；明明走在大街上，就来到了一家从未见过的古怪铺子门前……幻想世界与现实

世界的边界被彻底地模糊掉了，所以《纽约时报》的一篇书评才会说："当玛丽·波平斯出现在附近的时候，她身上的那股魔力，总是让读者分辨不出真实的世界在哪里渐渐地变成了幻想的世界。"

其实，如果你读完了故事，你就会发现玛丽·波平斯阿姨也不是整天气呼呼的，她爱孩子，还挺幽默。举个例子，每次发生了什么事情之后，她绝不承认，总是要掩盖一切，不是装糊涂问你："你这话是什么意思？"就是瞪你一眼，"亏你想得出！"可那回从动物园回来，尽管她矢口否认，眼尖的孩子们还是发现了她腰间束着一根金蛇皮做的皮带，上面还写着"动物园敬赠"。这个小小破绽，显然是她故意和孩子们开的一个小小玩笑。

对于"玛丽·波平斯"系列，批评家们也有不少争议。反对的一派认为故事不连贯，玛丽阿姨运用起魔法来也有点随心所欲。支持的一派则认为，玛丽·波平斯成功的秘密，或许就在于这种魔法的

随意性。而且从表面上看，一个个故事是独立的，但其实每一章都有各自的特征，如《随风而来的玛丽阿姨》的第二章“休假”像童话，第三章“笑气”像荒诞闹剧，第五章“跳舞的牛”像鹅妈妈童谣，第十一章“买东西过圣诞节”像神话……德博拉·科根·撒克与琼·韦布更是在《儿童文学导论：从浪漫主义到后现代主义》中指出：特拉芙斯的作品是一次现代主义的写作，尽管排斥直线叙述，这似乎缺乏连结，但文本并不是一连串的特别事件。文本有一个模式，使读者能在玛丽·波平斯的神秘世界里得到领悟。

这个系列，特拉芙斯一共写了八本。有一个十六岁的年轻人评论这些书“只能是一个疯子写的”，她把这句话当作赞美。她说，一个作家就是需要发狂，因为这就是她创作玛丽·波平斯时的状态：“不是我创造了玛丽·波平斯，而是玛丽·波平斯创造了我。”

在这个系列的最后一本《玛丽阿姨和隔壁房子》里，当孩子们听到玛丽阿姨说“还是家最好”时，孩子们大胆地问她：“那么你呢，玛丽阿姨？你的家在哪里——东还是西？你不在这里的时候，你上什么地方去呢？”她那双蓝色眼睛闪了一下，那个老样子的熟悉的神秘微笑对着他们急切的脸：“不管在什么地方，那儿就是我的家！”

这个“什么地方”，至少有一个我们是可以找到的，它就是“特拉芙斯作品典藏”系列这套书。只要你一翻开它，一个气呼呼地吸鼻子的声音就会大声地责问我们道：“请问，你这话是什么意思？”

（作者为儿童文学博士、儿童文学作家及研究者）

特拉芙斯作品典藏

玛丽阿姨在樱桃树胡同

[英] 帕·林·特拉芙斯 著

任溶溶 译

明天出版社

图书在版编目（CIP）数据

玛丽阿姨在樱桃树胡同 ／（英）帕·林·特拉芙斯著；任溶溶译．—济南：明天出版社，2018.3（2023.2重印）
（特拉芙斯作品典藏）
ISBN 978-7-5332-9645-2

Ⅰ.①玛… Ⅱ.①帕… ②任… Ⅲ.①儿童小说－长篇小说－英国－现代 Ⅳ.①I561.84

中国版本图书馆CIP数据核字(2018)第030645号

特拉芙斯作品典藏
玛丽阿姨在樱桃树胡同
［英］帕·林·特拉芙斯／著
任溶溶／译

出 版 人　李文波
策划组稿　傅大伟
责任编辑　丁淑文
美术编辑　赵孟利
出版发行　山东出版传媒股份有限公司
　　　　　明天出版社
　　　　　山东省济南市市中区万寿路19号　　邮编：250003
　　　　　http：//www.sdpress.com.cn　http：//www.tomorrowpub.com
经　　销　新华书店
印　　刷　肥城新华印刷有限公司
版　　次　2018年3月第1版
印　　次　2023年2月第7次印刷
规　　格　148毫米×205毫米　32开
印　　张　4　45千字
I S B N　978-7-5332-9645-2
定　　价　16.00元

山东省著作权合同登记号：图字 15-2016-228 号

Mary Poppins in Cherry Tree Lane

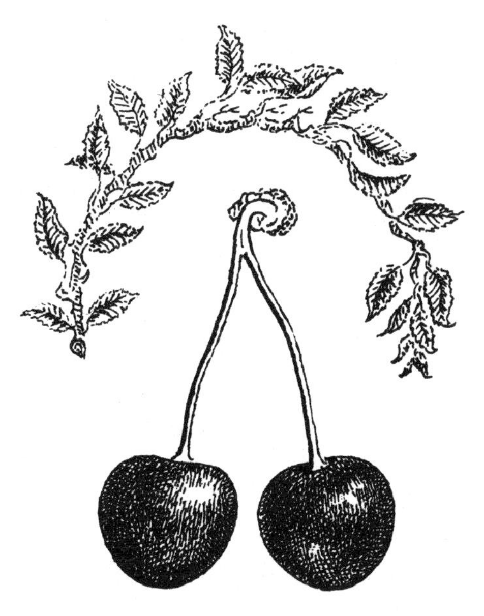

这是仲夏前夜[1]，一年当中最魔幻的一夜。在这一夜，直到天亮前，会有许多古怪的事情发生。不过这会儿还没到夜里，太阳仍旧很亮，它慢悠悠地落向西边，不急不忙，好像不愿意离开世界似的。

[1] 仲夏日，即英国施洗约翰节，在 6 月 24 日。传说其前夕会出现神神怪怪的事，这里把它译作仲夏前夜。

它觉得它让世界雄伟壮丽，给予世界光明，它不会一下子就消失。它自己的倒影从泉水、湖水和窗玻璃上面，甚至从它熟悉的樱桃树胡同那些树上悬着的成熟樱桃上面反照到它那里。

“没有东西比得上阳光。”它看着海军上将院子门两旁船灯的闪光，看着拉克小姐前门铜门环的闪光，看着最小一座房子的花园里一个显然被房主人丢掉的旧白铁皮玩具的闪光，不禁得意地想。这座最小的房子也是它很熟悉的。

“一个人也看不见。”当它把它长长的光线射到这条胡同，又射到它旁边那鲜花盛开的一大片郁郁葱葱的公园时，它心里说。这一大片公园，它也是很熟悉的。说到头来，这个公园的形成，它也帮了大忙。如果没有它帮忙使草变绿，使光秃秃的枝头长出树叶，温暖那些芽蕾，让它们开出花来，那么，树木、青草、鲜花又怎么会有呢？

可是在渐渐变长的光和影中，到底是有一个人的。

“那到底是谁在下面那个公园里呢？”它想要知道。只见这个古怪的人走过来走过去，又吹哨子又叫喊。

这个人除了是公园管理员，还能是谁呢？不过太阳认不出他来也不奇怪，因为尽管6月那么酷热，他却戴着一顶黑呢海盗帽，上面画着一个骷髅头和两根交叉的骷髅骨头。

“要遵守规则！要记住规则！所有废屑都要丢到废物篓里去！”他哇哇大叫。

可是谁也不听他的。人们手拉着手在散步，顺手把废屑扔在地上；他们随意地走在草地上，尽管草地上插着牌子，写着“不要践踏草地”；他们不注意规则，忘了所有的规则。

警察在大步走来走去，晃动着他那根警棍，一

副煞有介事的样子，好像世界是他的，并自以为世界也很乐意属于他。

孩子们在秋千上荡来荡去，像傍晚的燕子一样翻飞。

燕子把它们的歌唱得那么响，也就没有人能听到公园管理员的哨子声了。

海军上将布姆和他的太太在分享一袋花生，一边走一边随地扔花生壳，他们正在林荫长道上呼吸新鲜空气。

> 噢，我在黄昏时光，
> 一路闲逛，
> 有我太太在身旁。

海军上将根本无视“**公园内不许叫卖，不许玩乐器、唱歌**”的告示牌，只管大唱他的歌。

在玫瑰园里，一个戴一顶对他来说太小的板球帽的高个子，正把手帕放入喷泉里浸湿，用它擦自己被太阳晒热的脑门。

在湖边，一位老绅士戴一顶用报纸折成的帽子，把头转来转去，像只猎狗那样闻嗅着空气。

“嘻嘻，教授！”拉克小姐急急忙忙地叫着穿过草地走来，她的两只小狗不情不愿地被她拖在后面，它们好像希望到别的地方去。

拉克小姐为了庆祝仲夏前夜，在每只狗的头上扎了一根绸带——威洛比的绸带是粉红色的，安德鲁的绸带是蓝色的，因此它们觉得难为情，很泄气。它们想：人们会怎么看呢？它们可能会被看成巴儿狗。

“教授，我一直在等你。你一定迷路了。”

“不过，我想路就是这么回事。不是你迷失了路，就是路迷失了你。好在你已经找到我了，麻雀

小姐[1]。”“不过，哎呀！”他用帽子扇风，“我发觉撒哈拉沙漠有点……嗯……哦……太热。”

“你不是在撒哈拉沙漠，教授。你是在公园里。你不记得了吧？我请你去吃晚饭。”

“啊，你请我了。到草莓街。我希望那儿凉快些。对你，对我，对你的两只……嗯……小巴儿狗来说都凉快些。”

安德鲁和威洛比垂下它们的头。它们最害怕的事情终于发生了。

“不对，不对。地址是樱桃树胡同。我的名字叫露辛达·拉克。请别那么健忘。啊，你们在这里，亲爱的朋友们！”她看到布姆夫妇在远处，用颤音叫唤他们说，“这么美丽的黄昏，你们去哪儿啊？”

“航海，航海，驶过波涛汹涌的大海。”海

[1] 拉克小姐的“拉克”有云雀的意思，因此教授称呼她时老是记错鸟名，下面还会碰到这种情况。

军上将唱道，“一路上经历无数次狂风吹，恶浪打，杰克终将重新回到家。对吗，伙计？”他问他的太太。

“是的，亲爱的。”布姆太太喃喃地说，“不过你最好能等到明天再出发。罗经柜[1]在做农家馅饼，晚饭要吃苹果馅饼。”“农家馅饼！我可不能错过了它。放下船锚吧，见习水手。我们可以等到早潮再走。”

“是，亲爱的。”布姆太太表示同意。可是她知道不会有早潮。她也知道，海军上将虽然老是谈航海，他却永远不会再去了。离岸太远而且他容易晕船。

“遵守规则！注意规则！”公园管理员吹着哨子跑过。

“喂，那条船！停下，老水手！”海军上将一

[1] 罗经柜在他家干活儿，原来是海盗，所以用了这个外号。

把抓住公园管理员的袖子，“你头上戴的那顶帽子是我的，船长。我是在马达加斯加海岸的一场肉搏战中赢来的。对吗，伙计？”他问太太。

“你这么说，亲爱的，自然就是了。”布姆太太喃喃地说。她知道，最好还是同意，不要争辩。不过她私下里知道实情——这顶帽子是罗经柜的，罗经柜是个退休的海盗，只有海盗能把海军上将那座船形房子安排得像船上那样井井有条。再说她也好，她丈夫也好，他们两个都从未到过马达加斯加。

“我本以为我这顶海盗帽不见了！你是在哪里找到它的？你这海蛇的儿子！”

“这个嘛，它好像是从天上落下来的。”公园管理员不自在地结结巴巴地说，“我错把它戴上了，说起来，并没有什么恶意。海军上将，给您。”

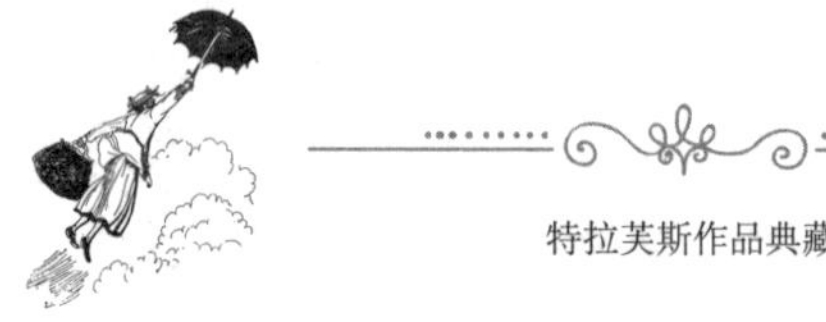

“胡说！你在想着炮弹。海盗帽不会从天上掉下来的。把它还给我太太，当我在侦察陆地的时候，她帮我拿所有的重东西。”海军上将说着拿出他的望远镜，把它放到一只眼睛上。

“可我头上戴什么呢？”公园管理员问道。

“出海吧，我的伙计，他们会给你一顶遮阳帽，白色的，上面写着‘皇家海军舰艇’，或者别的什么。你不能戴我的海盗帽，我需要它。因为我一定要去，一定要穿过宽阔的密苏里河。”

海军上将热情地放声歌唱着，拖着他的太太走了。

公园管理员担心地朝四周看。万一市长大人一路过来，看到他光着脑袋可怎么办？他对这后果简直不敢想象。但求这漫长的一天赶快过去，但求所有这些闲逛或者手拉手散步的人们回家去吃晚饭。那么，他就可以锁上公园门，钻到黑暗中去，头上没戴帽子这件事也就没人注意到了。但愿太阳落下去！

可是太阳仍旧磨蹭着不下去。没有一个人回家。他们只是拿出纸袋，拿出里面的糕饼和三明治，把纸袋扔在草地上。

“你会觉得，他们就以为这公园是他们的。”公园管理员心里说，他以为公园是他自己的。

更多的人从公园门进来，两个两个，选购着气球，或者两个两个，从马奇游艺场出来买冰淇淋，一个拉住另一个的手，落日把他们长长的身影投在他们面前的草地上。

这时候，从胡同的门那儿闪出另一个人影，这个人影首先走出两根门柱，随后是小小但正式的一队人马。队伍里有一辆儿童车，车上装着玩具和三个小宝宝。儿童车一边是个女孩，她提着一个篮子；另一边是个男孩，穿水手装，一个网线袋在他

的手上晃来晃去。

篮子和网线袋都装得满满的，像要作长途旅行。推儿童车的人身体挺直，有红得发亮的脸颊、蓝色闪光的眼睛、翘得高高的鼻子——这个人公园管理员太熟悉了。

“噢，不！”他暗暗嘀咕，“天哪，不该这时候来！在该回家的时候，她出来干什么呢？”

他穿过草地，去跟这支人马搭讪。

“晚了，不是吗？”他问道，尽可能听起来友好些。

“什么晚了？”玛丽阿姨问道，目光似乎要穿透公园管理员，好像他是扇窗子似的。

他显然畏缩了：“这个，我是说……恕我直言，你有点颠倒了。”

那双蓝色眼睛变得更蓝了一点儿。他看得出，他冒犯她了。

“你是指责我，”她问道，“一个有良好教养、受到尊敬的人用头倒立吗？”

“不，不，当然不是。不是用头倒立。不是像杂技演员那样。不是那么回事。”

公园管理员完全闹糊涂了，这会儿只怕是他自己颠倒了。

“只不过是说时间有点晚了，这时间你通常已经要回去——喝茶上床什么的。可你上这儿来了，好像要去旅行似的。”他看看鼓鼓的网线袋和篮子，“恕我直言，带着那么多东西。”

“是的。我们晚饭要在这里野餐。”简指指她的篮子，“这里面有各种各样的东西。你永远不知道什么时候会来个朋友——玛丽阿姨这么说的。”

“我们要待好多个好多个小时。”迈克尔晃着他那个网线袋说。

“晚饭在这里野餐！”公园管理员皱起了眉

头。他从来没听说过这样的事，甚至不知道这是不是被允许的。他的脑子里马上掠过一条条公园规则，继而壮大胆子说了出来。

“要遵守规则！”他警告这支人马，“所有废屑要扔进规定的容器。蛋壳不可以留在草地上。”

“我们是杜鹃吗？”玛丽阿姨问道，“把蛋下在四面八方？”

“我是说煮熟了的。”公园管理员说，“野餐从来不会没有煮熟的蛋的。再说，请问你要上哪里去野餐？”如果在公园里野餐，他觉得他有权知道。

“我们要去……”简急着要开口。

“好了，简，”玛丽阿姨说，“我们不跟陌生人交谈。”

“可我不是陌生人！”公园管理员瞪大了眼睛，“我每一天都在这里。你认识我。我是公园管

理员。”

“那你为什么不戴上你那顶帽子？”她问道，同时把儿童车那么用力一推，要不是公园管理员及时向后一跳，准把他的脚给压了。

“请让开！”玛丽阿姨说。这小队人马一路远去，又整齐又有目的。

公园管理员一直看到玛丽阿姨的枝状花纹新衣服在杜鹃花后面一闪、这支人马不见了为止。

“不和陌生人交谈！”他气急败坏地说，“我真想知道，她自以为是什么人？”

没有人回答他这个问题，公园管理员也就只好算了。自高自大——他想她就是这么个人。反正这种人不好对付。她爱上哪儿就让她上哪儿好了，他管不着——这林荫长道可以通到所有地方：动物园、圣保罗教堂，甚至泰晤士河。他们去的可能是其中之一吧。他总不能管整个伦敦。他的职责只是管公园。因此，还是准备好管管犯规的人吧，他用警觉的眼睛看到了一个。

“喂，你！”他用警告的口气对一个高个子大叫，那人刚在喷泉水里洗了脸，这会儿弯腰在闻一朵玫瑰花——要摘它！“公园里不许摘花。请遵守规则。请记住规则！”

“我不会忘记的。”高个子回答说，“要知道我就是制定它们的人之一。”

“哈哈！你制定它们！可笑极了！”公园管理员哈哈大笑。

“这个嘛，我承认，其中有些是可笑极了。它们常常让我咯咯笑。不过你忘了吗，这是仲夏前夜？今天晚上没有人遵守规则。我本人就不用遵守它们，现在或者今晚任何时候。”

“噢，不遵守？那么你想你是谁呢？”

“不用想。就是知道。这是忘不了的事。我是

首相。”

公园管理员仰起头来大笑：“他可不是戴这种傻乎乎的鸭舌帽的，不是的。首相们要戴发亮的黑礼帽，裤子上有白条纹。”

“这个嘛，我刚才在打板球。我知道这帽子太小，我都戴不下。不过打板球，或者打保龄球什么的，总不能戴一顶大礼帽啊。”

“我明白了。那么你打完了球，我想你这就去觐见国王吧？”公园管理员讽刺他说。

“说实在话，是的。我离家出门的时候，宫中正好来了一封重要的信。哎呀，我把这倒霉东西放到哪儿了？这些窄小的法兰绒衣袋，真讨厌！这一个口袋里没有，那一个里面也没有。我会不会把它丢了？啊，现在我想起来了！”他扯下那顶讨厌的鸭舌帽，从帽子里拿出一个盖着金色大王冠封印的信封。

他念道：

亲爱的首相：

如果你没有更好的事要做，请来赴宴。龙虾、酒浸、果酱布丁、沙丁鱼吐司。我在打算制定几条新法律，很高兴与你商量一下。

“瞧！我对你说什么来着？今夜是所有夜晚当中最特别的。总得不到一会儿安静。我不在乎商量一下，那是我的职责。可我受不了龙虾，它让我的消化不好。噢，好了，我想我得走了。规则总是可以不理，法律可必须遵守。说到底，”他神气活现地说，抱起双臂，一副了不起的样子，“这跟你有什么关系？一个完全陌生的人来跟我搭讪，叫我不要摘那些玫瑰花！那可是公园管理员的事。”

“我……我就是公园管理员。”公园管理员

说。他看着那封国王的来信，从头到脚浑身发抖。他犯了个可怕的错误，不由得哆嗦着，他想这个错误会导致他落到怎样的境地呢？

首相举起他的单片眼镜，牢牢地放到他的一只眼睛上面，仔细看面前这个人。

“我真是大吃一惊！”他板着脸说，“甚至傻了。我可以说，我几乎是说不出话来。一名公仆在公共场合不穿发给他的制服！我真不知什么时候曾这样不快过。请问，你把你的制服帽子怎么样了？”

“我……我把它扔到一个废物篓里去了。”

“一个废物篓！一个扔橘子皮的地方！一个郡政会的工作人员这么不在乎他的制服帽子，竟把它扔进一个……这真是的！这种事情决不可以再发生。这会把国家带到毁灭的边缘。我要跟市长大人谈一谈。”

“噢，首相大人，求求你不要，这只是偶然发生的事，是我心不在焉出的差错。明天我要把所有的垃圾都找遍，把那顶帽子找出来。求求你不要对市长大人说，首相大人！想想我那可怜的老母亲吧。”

“你自己早该想到她了。付钱给公园管理员是干什么的？让他们不要心不在焉而要专心致志。不要让这种事情偶然发生。不过今天是仲夏前夜——一年到底只有一次——我就让这件事情过去了。但有一个条件……”首相看看他的手表，“天哪，太晚了，说条件已经来不及。问题你就自己解决吧。我必须赶回家去换裤子了。”

他弯下腰捡起他的球棍。“你结婚了吗？”他抬头望着公园管理员问道。

“没有，我的大人，我的首……哦，没有。”

“我也没有。这真是个不幸。当然这不是从我自己这方面来说。可是只要想想，有一个人睡梦中

都想着我……把一束芳草放到她的枕头底下[1]。老人蒿、薰衣草、铜线状的珍珠菜……可她却找不到我，可怜的女人。天哪，天哪，多么失望啊！今夜是所有夜晚当中最特别的……你明白。”

他晃动着他的球棍和他的玫瑰花，大踏步走了，白长裤缩上去露出了脚踝，好像缩了水似的。

公园管理员并不明白。谁会失望？为什么？今夜有什么特别？除了每个人似乎都在破坏规则，把公园当作他们自己家的后院似的！他又问自己，那个倒退着走路，脚没把握地向后试探，跌跌撞撞地穿过胡同门的怪人是谁呢？

是樱桃树胡同17号的女仆埃伦，她走路像个梦游病人，两眼紧闭，手往前伸，走在他今天早晨刚剪过的草地上。

公园管理员整个人绷紧了。他不能逆来顺受地

[1] 英国传说，把芳草放在枕头底下会遇到情人。

坐视规则不仅不被注意，甚至被非法嘲弄。随便怎么样吧，这件事他非管不可，哪怕没戴制服帽子。就在这时候，他的眼睛落到喷泉旁边一样一动不动的小东西上。那是首相的板球帽，显然是他匆匆忙忙去换裤子时把它落在那儿了。公园管理员感激不尽地捡起它。他头上终于可以戴上东西了。

“瞧你在往哪里走！小心，埃伦小姐！小心秋千架、跷跷板什么的。好好绕开长椅、花坛和废物篓。”他一面大声警告，一面大踏步向她走过去。

慢慢地、小心地、有时打个喷嚏，埃伦倒退着朝他走来。就在她几乎来到他身边的时候，警察一下子看到了她，一下子插到他们两人之间，埃伦于是砰地撞到了他的蓝色哔叽上装上。

“噢！”她快活地大叫一声，转过身来睁开了她的眼睛，“我一直希望会是你！也真的是你！万一我出了错，撞到了别人的怀里那怎么好！”

“真是，那怎么好！”警察高兴万分，“可你没撞错人。瞧，我正是你撞对了的人，一点儿没错。”

“这样做事就是错。你会把什么人撞倒，自己的腿也撞断的。那时候怪谁呢？怪我！在公园里不许倒退着走路！”公园管理员狠狠地训她。

“可我只能这样做。今天是仲夏前夜。阿嚏！仲夏前夜在枕头底下放一两枝芳草——墨角兰、罗勒草，随便哪一种，然后倒退着走路，就会走到自己真正的心上人那里，这准而又准，就像花生是花生，核桃是核桃。除非撞到了醋栗树……阿嚏！如果是这样，就得等第二年。我是说，要再来一次。”

“怎么样，我不是醋栗树，对吗？”警察握住她的手，“因此你也不用等第二年，对不对？”他挽起她的手臂。

“可万一永远碰不到人呢？万一老是撞到醋栗树呢？那又怎么样？”公园管理员问道。她讲的可能是无稽之谈。不过他知道，这种事得小心。嘲笑它们可不聪明，它们有可能是真的。

“噢，总有一天会撞到人的……阿嚏！也没有那么多醋栗树。还有黄瓜，别忘了！”

“什么黄瓜？”这又是什么傻话吗？他们是要捉弄他？

“你什么都不知道吗？”埃伦说，“你奶奶什么也没告诉你？我的奶奶告诉我了，又是她的奶奶告诉她的，这么一代一代往回数，一直数到亚当。”

公园管理员心想，他没想错。这是无稽之谈。

“好吧，你要这样做。”埃伦说，“你把黄瓜汁擦在你的耳朵后面，闭上眼睛，伸出双臂，然后倒退着走。可能走很久，也可能走很短时间。阿噻！”她停下来擤鼻涕，“可到最后，如果你运气好，你会撞到你真正的心上人。”

她害羞地看了警察一眼。“这很玄，”她加上一句，“玄极了。不过……你会看到的！这是值得做的。”

“没有东西及得上黄瓜！”警察龇着牙笑，“世界上最幸运的蔬菜！好，你遇到了你的，我也遇到了我的。接下来是说个日子。下星期四怎么样？”

他紧紧地握住埃伦的手，带她穿过草地离开，顺手把一张太妃糖果纸扔在一旁的地上。

公园管理员叹着气把它捡起来，目送着这对恋人。

他在想，他的运气怎么样呢？世界上都是一双双一对对的人手拉着手走过，他会遇到这种幸运事吗？有芳草被塞到了什么人的枕头底下，希望撞到

他这位公园管理员弗雷德·史密斯吗？会有什么人——比方说白雪公主或者灰姑娘——愿意把她的脸藏到他的哔叽上装里来吗？

太阳现在已经慢慢地落下去，留下长长的蓝色暮光——不是白天，不是黑夜，是介乎两者之间—— 一个命运敲门的时刻。

首相已经走掉，这会儿很可能正从帽盒里取出他的大礼帽。其他人显然个个都在忙着他们自己的事，甚至哪怕是毁坏公园的事。公园管理员极目四望，没有一个人在朝这边看。

怎么样——这当然是荒唐透顶的——怎么样，如果他也来把这件事做做看？这绝对不会有坏处。倒有可能，噢，倒也可能……他把他的食指和中指交叉祈求好运。

公园管理员戴正头上那顶蓝色呢鸭舌帽，朝两边偷看一下，把一只手伸进口袋，拿出他中饭吃剩

的东西——一块黄瓜夹心面包。他小心地、偷偷地用黄瓜擦耳朵后面，感到黄瓜汁流到了他的衣领里。他下定决心，深深吸了一口长气。

“祝你好运，弗雷德！”他对自己说了一声，接着闭上眼睛，向前伸出双臂，开始慢慢地倒退。定下心来！一步一步，他退到黑暗中去。

他好像到了另一个世界。他熟悉的公园已经化为他眼中的黑暗。他原先听到的附近那些热闹的说话声轻了，消失了。远处的音乐声飘到他耳朵里来，人们在合唱像是他从小就听惯的老歌，跟催眠曲一样柔和悦耳。什么地方在奏手摇风琴。那当然是卖火柴的伯特！

嘘，嘘！公园里不许玩音乐和叫卖！不过规则现在就让它去吧。他有别的事情要做。

不知是从右边还是从左边，传来了泼剌泼剌的水声。噢，人们为什么不能看看告示牌呢？湖里不

许游泳。不过也许只是鱼在跳，在一天的这个时候，它们总是这样的。你也实在不能责怪它们。鱼到底不识字，不会读告示牌。

走啊，走啊。他的脚感觉到脚下伏倒的草和树木蔓延开来的树根。蒲公英的气味传到他的鼻子里，像蒲公英的东西拂他的鞋子。他在哪里？在荒芜角？他说不出来，也不敢睁开眼睛看。眼睛一睁开，魔法就破坏了。走啊，走啊，后退啊，后退啊，他的命运在带领着他走。

现在他周围响起了说悄悄话声、沙沙声、走动声和闷笑声。

“快，孩子们！”一个男人深沉的声音叫道，那声音似乎来自他头顶上很远的地方，“我们时间不多了！”

天哪，公园管理员想，人们真爬到树上去，弄断树枝破坏规则吗？让它去吧。他得走下去。

“我们来了。”一个尖高的声音从公园管理员肩头那么高的地方回答，“是别的东西落后了。来吧，狐狸！还有你，熊！你为什么总是那样慢吞吞、懒懒散散的？”[1]狐狸？熊？公园管理员发抖了。会是动物园管理员被仲夏前夜这玩意儿迷住，让笼子门开着吗？会是他自己什么时候要碰上一头林中野兽，一头怒气冲天的老虎吗？

“噢，救命啊！”他忽然感到一样毛茸茸的东西擦他的足踝，赶紧跳到一旁去哇哇大叫。他想，这不是老虎，那么小，毛那么软，一定是只兔子，一只野兔。公园里不许有野兔。他明天要放个夹子捉住它。

现在他四周都是走得很快的脚步声，一只轻飘飘的东西一下子拍动翅膀掠过。

一样东西，像是一颗樱桃核，噗的一声落在他

[1] 这里说的是天上的星星下凡。西方人认为天上有猎户座、双子座—— 一颗星是北河二，一颗星是北河三，狐狸座、大熊座、天兔座、飞马座……大家接下来都会看到。

的帽子上，又蹦到了别处。好像是一个比他高得多的人吐出来的，以为他——公园管理员——是一个废物篓。他，那个什么人，哼着一个挺耳熟的调子大踏步走过。这会是《鼬鼠逃窜歌》吗？如果是的话，哼得走调了。

哼歌的声音在他后面消失了。一片寂静。世界一动不动，唯一动的东西是他的脚步。

公园管理员感到迷失了，十分孤单。他向前伸直的双臂酸痛起来。他的眼睛什么也看不见，难受极了。

尽管如此，他一个劲儿倒退着走，他知道一切都会有结束的时候。他不能使那位做仲夏前夜之梦的小姐失望，不管她是谁。

他盲目地跌跌撞撞地倒退，倒退。好像已经过了许多个小时，走了许多英里路了，他还在公园里吗？他听见后面远远的有喃喃声，不是欢闹，不是

很响的吵嚷，只是人们友好交谈的嘁嘁喳喳声。

等到他走近，嗡嗡声变得更响了。有人大笑。人声时高时低。交谈声来回应答。公园管理员想：人的说话声是多么悦耳啊！不管这些人是谁，他断定渴望已久的“她”一定在其中。最后，他的幸运来临了。时候已经到了，他弗雷德·史密斯将和世界上每个人那样，将手拉手地成双成对。

人声越来越近，越来越近。还要向后走多少步呢？三步就够了，公园管理员想。他每一步都走得很慢。一步、两步、三步。

于是一下子——砰！她在这里了！他的背感觉到了一个弯弯的肩头，苗条而温暖，他的心怦怦地跳起来。他现在只要转过身去面对着她。于是他用一个脚跟撑地，一个转身，一只结实的手把他推到一边。

“谢谢你不要像匹拉车大马似的，我不是一根

灯柱！”玛丽阿姨说。

这声音太熟悉了，公园管理员仍旧闭着眼，发出一声鸣不平的大叫。

“运气永远不会落到我头上。”他哀叫道，“我早该知道这样做不行。我来找我真正的心上人，却撞到了一棵醋栗树！”

一阵咯咯的笑声划破空气。“醋栗树！”又是一声嘲笑，他恨不得没听见这声音。

公园管理员呻吟着睁开他的眼睛，好像不愿意相信它们告诉他的真相，赶紧又把它们闭上。

他看明白了，他是在芳草[1]园里，有大理石长椅和围着一块黄春菊地的小石子路。这当然没什么新鲜，都是他自己设计和栽种的。可这会儿在他经常割草的地上，在刚吃完野餐留下来的东西——蛋壳、蛋糕、香肠卷之间，却是玛丽阿姨、班克斯

[1] 芳草指叶或茎可作药用或调味等用的草本植物。

家的几个孩子、科里太太和她的两个女儿以及她自己的妹妹。众人坐在一张长凳上，露出微笑欢迎他的到来。

这一切也没什么新鲜的。可他是真的看到——不错，是真的看到，他不能不相信自己的眼睛——一头熊舒服地坐在篱笆旁边，舔着一把忍冬花；一只狐狸蹲在后腿上，采“狐狸手套”[1]；还有一只野兔在一块欧芹地上！

好像这一切还不够，戴着绿色草环的简和迈克尔跟两个穿得很少、也戴着草环的陌生男孩在一把一把地采芳草；一个大个子男人，手握大棒，穿着一条皮裙，腰围一条嵌有饰钉的腰带[2]，肩上披着一块狮子皮，正往玛丽阿姨的耳朵上挂两个连在一起的樱桃；一只大鸟蹲在他妈妈头顶上的一根树枝上——这是他最无法忍受的——他妈妈即鸟太太正

[1] 毛地黄在英文字面上为“狐狸手套”，请大家看到“狐狸手套”就理解成毛地黄即可。
[2] 所谓猎户座的“腰带”，是斜斜的一排三颗星。

用一根开着花的茴香树枝逗它！

“妈妈，你怎么可以这样？”公园管理员叫道，“在公园里不允许采花草。你知道规则又破坏了它！”

这是她第一次不听他的话，他觉得不能原谅她。

“好了，你得允许，孩子。它一年只下来一次。”

“我不允许这个，妈！鸟儿们全下来。它们不能在天上做窝，下来到底是合情理的。”

“没有事情是合情理的，弗雷德，今天夜里不可能是合情理的。”

她从鸟看到兽。

“来取要的东西，这不是很合情理吗？我要说这句话！”迈克尔强硬地说。

“可它们怎么能到这儿来取它们要的东西呢？有人把它们放出了动物园！”是笼子没上锁！公园

管理员坚信这一点。

“不，不。它们是和双子一起下来的。”简向两个男孩摆摆她的手，这时她摘了一枝黄精，把它扔在兜起来的裙子里。

“双子？算了！他们是童话里的人物。两个天真的男孩变成了星星，还有驯服的马，故事里是这么说的。我小时候读过。”

“我们和猎户一起下来，”两个男孩异口同声，像是一个人在说话，“我们为我们的马弄点新鲜的芳草，他要到胡同里采樱桃。每逢仲夏前夜他都会这么干。”

“噢，真的这么干？”公园管理员露出嘲讽的笑，“就这样从天上下来偷属于郡政会的东西，那么你们把我当作什么——6月中旬的4月傻瓜[1]？猎户座在上面那儿，像往常那样。”他把食指朝

[1] 西俗4月1日是愚人节。

天上指。

“在哪儿？”那大个儿问道，“请指给我看！”

公园管理员把头向后仰，可看到的只是一片空白，一个什么也没有的广阔天空，蓝得像梅树上的花。

“好了，你得等一等。天还不够黑。不过你不用担心，到时候他会在那里的——在上面属于他的地方。”

科里太太咯咯笑。“谁在担心啊？”她尖叫道。

“你说得对。”那大个子叹了口气，坐在大理石长椅上，把大棒放在旁边，“猎户将到属于他的地方。他只能这样，可怜的伙计。”他从手里那把樱桃里拿起一颗，吃下去，吐掉樱桃核，“不过还不到时间……啊，还不到，还不到时间。还有一点儿时间。”

“你最好离开这里，回到属于你的地方——我想是一个马戏棚，穿着那么花里胡哨、古里古怪的衣服。还有你们！”公园管理员向那两个男孩摆摆手，“走钢丝的，如果你们不是走钢丝的，那我就不是人！”

“那你不是人了！我们是骑马飞跑的人！”两个男孩一阵大笑。

“不管怎么说，反正一个样。把叶子留下吧，明天我要烧掉它们。我们这里不要衣衫褴褛的人。”

“他们不是衣衫褴褛的人！噢，你看不出来吗？”简几乎要哭出来了。

“可飞马怎么办？”迈克尔生气地跺着脚说，“他们要让它吃一顿款冬。因此我采集它们。我不要把它们烧掉！”他抱住装着款冬的网线袋，决定不管规则。

“飞马，”公园管理员嘲笑说，“这是他们的另一个谎话。在学校就知道它们了，在《儿童天文学》中讲到过有关星座、彗星等的知识。可谁看见过一匹有翅膀的马呢？它只是一组星星罢了。还有狐狸星座、小熊星座、天兔星座——全是这么回事。”

“多么了不起的名称啊。”两个男孩咯咯地笑，“我们把它们叫作狐狸、熊和野兔。”

“你们爱怎么叫就怎么叫吧。只要快离开这里，你们三个。把你们的马戏班动物也一起带走，要不然我就上动物园去找管理员，把它们全关到笼子里去。”

“如果一棵醋栗树可以提个意见的话，”玛丽阿姨插嘴说，“我记得你刚才说到过醋栗树吧？”她冷冰冰但很有礼貌地说。

公园管理员看着她的眼光不寒而栗。

“这只是随口那……那么说的。说醋栗树不是诬蔑，它只是一种……呃……一种有刺的灌木。反正概括起来说……”他想，他为什么不能把他心里想的真说出来呢？“你又不是示巴女王。”他说。

大个子从他的大理石长椅上跳起来。

“谁说她不是？”他严厉地问道，狮子皮在他的肩头上绷紧，狮子头露出它的尖牙。

公园管理员赶紧向后退一步。

“这个嘛，没人能说她是，对吗？就是有一个翘起来的鼻子、一双八字脚、一个发髻和……”

“这些东西有什么不好？”大个子对他怒视，向旁边伸手拿起大棒，俯视着公园管理员，逼近他。公园管理员连忙又后退一步。

玛丽阿姨庄严地，像一个粉红色和白色的塑像，插到他们两人中间。“如果你要找动物园管理

员，他可不在动物园。他在湖里。”

“在湖里？”公园管理员目瞪口呆地看着她，“淹……淹……淹死了？”他悄悄地说，脸白得像白百合，“噢，天哪，天哪！”

“在划船，跟市长大人和两位高级市政官在一起。他们把钓到的小鱼放到果酱瓶里。”

“果……果……果酱瓶？市长大人？噢，不！噢，不！不要钓鱼。这是违反规则的。什么人都不遵守规则啦？”公园管理员绝望地大叫。

他觉得世界已经崩溃了。他一直为之服务的法律权威如今在哪里呢？他能找谁使自己重新恢复信心呢？找警察吗？不行，他和埃伦双双走了。找市长大人吗……噢，可怕啊——他在湖里。首相在跟国王密谈。而他本人，公园的管理员，他无疑是重要的，必须单独负起这个重责。

“为什么把担子全压在我身上呢？”面对这疑

问他张开双臂，“好吧，我先要休息一下，这点儿时间到底是我的。不用多问，”他悲叹道，“只要找到我自己真正的心上人……”

“我想是鬈发姑娘吧，或者是拉庞采儿[1]？”科里太太咯咯地笑，“我怕你会发现她们不一定很合适。不过我现成有两个胖姑娘——芳妮和安妮，随你挑选好了。我会额外奉送一磅茶叶！”

公园管理员把这建议丢到一边，觉得不值得他一顾。

“要找到我真正的心上人。”他再说一遍，“所有的废屑要扔到应该扔的废物篓里。不可以偷这里的芳草，也不可以偷胡同里的樱桃。没有人可以装成他们所不是的人……”他向那些外来人摆摆手，“每一个人都要遵守规则。”

“如果你问我，有许多事情可问。”大个子严

[1] 鬈发姑娘和拉庞采儿都是童话里的美女。

厉地盯住他看，“你知道，真正的心上人是不会长在树上的。”

“或者长在醋栗树上。”玛丽阿姨插进一句。

“樱桃除了吃，还有什么用呢？说起来芳草也是。”大个子又吃了一颗樱桃，又吐了一颗樱桃核。

“可你不能想要吃就摘啊！”公园管理员很生气。

“为什么不？”大个子温和地问道，“我们不想吃就不摘了。”

“因为你们要想到其他人。”自己难得想到其他人的公园管理员很快就说出他的教训，“这就是我们制定规则的道理，明白吗？”

“那么，我们就是其他人，我们全是。你也是，我的朋友。”

“我！”公园管理员愤愤不平，“我不是其他人，我不是！”

“你当然是。每一个人都是某一个人的其他人。那些野兽做了什么有害的事呢？一年里一天的几片绿叶！不错，它们不习惯于规则。我们上面没有这些规则。”大个子向天空点点头。

“至于装成我们所不是的人——或者你认为我们所不是的人——那么你自己呢？闹出所有这些吵吵闹闹的事，管些和你无关的事——这不是十分专横吗？你的一举一动就像你已拥有这个地方似的。为什么不专管你自己的事，这个公园就让公园管理员来管呢？他看来是个理智的人。我常常低头看下来欣赏他——割草，把废纸扔进废物篓，忠实地尽他的职责。”

公园管理员盯着他看。

“可他尽的是我的职责。我是说我在尽我的职责。你没看到吗？他就是我！”

“你是谁？”

“是他。我是说我。我是公园管理员。”

“胡说八道！他我见得多了，他是一个可爱的年轻人，干净漂亮，戴一顶上面写着‘公园管理员’的尖帽子，可不是一顶傻乎乎的蓝色法兰绒小帽子。”

公园管理员用手拍拍他的脑袋。首相的鸭舌帽！他完全给忘了。也许他本不该戴它。

“听我说，”他的样子是可怕的冷静，就像一个接近完蛋的人那样，“不管戴什么帽子，我还是同一个人，不是吗？”他显然是的。这种马戏团的人一点儿没脑子吗？

“你是吗？这个问题只有你自己能够回答。这不是一个容易回答的问题。我想知道……”大个子忽然沉思起来，“我想知道，如果我没有腰带和狮子皮，我会是同一个人吗？”

“还有你的大棒。还有你忠实的犬星。别忘了你那天狼星啊，猎户！”两个男孩哈哈大笑，逗他说。“天狼不能跟我们一起来，”他们向简和迈克尔解释，“它也许在胡同里追所有的猫。”

“对，对，这家伙有道理。但即使这样，”大个子说下去，“我还是不能相信我所认识的那位公园管理员，那位很警惕、很清醒的公仆会在公园里倒退着走，闭起眼睛，伸出双手，耳朵后面贴着什么。尤其是，撞到了一位高雅的小姐却好像她是一根灯柱似的，不说一声‘抱歉’或者‘对不起’。”

公园管理员把双手伸到两只耳朵那里。一点儿不假，它们沾着夹心面包碎屑！

“这个嘛，”他怒不可遏，“我怎么知道她会在那里呢？而且我要的不是面包屑。我当时要的是黄瓜汁。”

“一位正正当当的公园管理员不撞人。他知道怎样得到他想要的东西。如果想要黄瓜汁，那为什么又是面包屑呢？你应该更加清楚这些。”

“我知道我想要什么，”篱笆那儿传来一个声音，“一点儿甜甜的东西。”

“来根指头吧！”科里太太叫道，从左手掰下一根手指头递给熊，“甭担心，它会重新长出来的！”

熊的小眼睛惊奇地瞪圆了。“一根大麦棒糖！”它乐得叫起来，把它塞进嘴巴。

“一报还一报！”科里太太说，“为了运气，把一点儿亮光放到我的衣服上来吧！”

熊把爪子放到她的衣领上。“到时候它会发亮的——等着好了！”它说。

“我要的是一双手套。今夜我要去参加晚会，好看上去衣冠楚楚的。”狐狸在“狐狸手套”（也就是毛地黄）旁边跳来跳去，采了一朵花又一朵花。

“我要欧芹！”野兔在欧芹地上说。

“为了风湿病。”大个子解释说，“在那里常常又冷风又大。欧芹对风湿病有好处。”

“咕咕，咕咕。”大鸟一面嚼它的茴香叶子一面叫：

我爱
一点儿芳草，
你呢，
要不要？

公园管理员的眼睛大得像汤盘，朝四面八方转动。

是他看见了？是他听到了？一根指头变成了大

麦棒糖？野兽说人话？不，他当然没听到！是的，他听到了！这是一个梦吗？是他疯了吗？

“是那黄瓜！”他狂叫起来，“我不该那么干的。不要擦在耳朵后面。她说这会有魔法。一点儿不错！不过是不是值得这样做，我说不准。也许我不是公园管理员。也许我是其他什么人。今夜一切都颠倒了。我什么都不明白，再也不明白了。”

他摘下头上那顶板球帽，哭着趴在草地上，把脸埋在他母亲的裙子里。

她用手抚摸他蓬乱的头发：“不要这样无谓激动，弗雷德。会好的……你知道。”

大个子担忧地看他。

“一棵三色堇或者蜜蜂花——两者中的任何一种都有镇静作用。不管他是谁，都需要一点儿休息，可怜的家伙！连我当猎户也当累了。”他叹了口气，摇了摇头。

“我们不需要休息，对不对？”双子哥俩交换了一个露齿的微笑。

“那是因为你们有两个。不过在上面总是孤独的。”

“我做我自己从来没有做累过。我要做迈克尔·班克斯。”迈克尔说，“玛丽阿姨也一样。我是说她爱做玛丽阿姨。对吗，玛丽阿姨？”

“请问，我还要做别的什么人呢？”她照旧傲慢地看看他，真正的意思让人不太清楚。

“啊，可你是个大例外。我们不能全都像你一样，对不？”猎户斜眼看看她，又拿出一对樱桃，“这是给你另一只耳朵的，我亲爱的。”

“我不抱怨，”熊嗡嗡地说，“我喜欢给水手们指路回家。”

“我要当一名水手。”迈克尔说，“这套衣服是弗洛西姑妈送我过生日的。”

“那好，你需要我尾巴上那颗星星给你指路。我一直在那里。”

“我有玛丽阿姨的指南针就没事了。我可以带着它周游世界。她可以待在这儿给我看我的孩子。”

“谢谢你，迈克尔·班克斯，我看准没错。如果我没有比这更好的事可做的话，”她像给冒犯了似的很响地哼了一声，“我要为自己感到抱歉的。”

“来参加晚会吧，那是更好的事——我戴着我美丽的‘狐狸手套’，你穿着你新的粉红色衣服。”狐狸用后腿跳着舞，伸出它戴着“狐狸手套”的爪子，“漂亮的狐狸先生和玛丽·波平斯小姐手挽着手！”

“行为漂亮才是漂亮。”玛丽阿姨把头一甩，谢绝了邀请。

"'狐狸手套'是有毒的。"迈克尔脱口而出，"玛丽阿姨在我们会舔指头的时候，就不让我们戴了，会生病的。"

"狐狸不舔爪子，不会这么不雅。"狐狸说，"它们只是在晚上的露水里洗爪子。"

"欧芹。"那片欧芹地里有一个被呛得咳嗽的声音说。

猎户从他的大理石椅子上跳起来。

"小心，天兔，别吃它！不管是什么，把它吐出来。啊，那样就好。那才是好兔子！"他在卷曲的叶子中间搜寻，捡起一个闪亮的圆东西，"一个半克朗银币，真幸运！兔子差点儿把它吞下去了。"

四个孩子围过来，贪心地看着那个银币。

"你怎么花它呢？"简问道。

"我怎么能花掉它呢？没有东西可买。天上

没有人推车卖冰淇淋，没有人卖薄荷糖、气球，甚至……”他看着科里太太，“甚至没有星星姜饼。”

“那么，上面有什么呢？什么都没有？”迈克尔觉得很难相信。

“就是白茫茫一片。”猎户耸耸他的肩，“不过说白茫茫一片里什么也没有，这也不确切。”

“地方很大，”双子哥俩说道，“飞马到处飞跑，我们两个轮流骑它。”

迈克尔觉得有点妒忌。他也希望骑马在天上飞。

“地方很大？谁需要地方很大？”猎户嘟囔说，“你们这里地方一点儿不大。每样东西互相紧紧靠着。房子挨着房子。树木灌木挤在一块儿。一便士和半便士硬币都塞在衣袋里叮叮当当响。朋友和邻居就在身边，这个说话那个听到。唉，”他叹

了口气，“各有各的命。”

他把银币抛向空中。

“反面朝上，它归你们。”他向简和迈克尔点点头，“正面朝上，我自己把它收藏起来。”

银币落到他伸出的手掌上。“正面朝上。万岁！”他叫道，“我花不掉它，至少可以带在身边。我喜欢一个小装饰品。”

他把这半克朗银币按在他的腰带上，和那上面本来已经有的三颗东西并排在一起：“它看上去怎么样？不太轻浮吧？不太庸俗吧？”

“噢，它太好看了！”四个孩子叫道。

“很整齐，”玛丽阿姨说，“你要经常擦亮它。”

“我说像张姜饼。”科里太太咯咯笑，“一件可以回忆起我们的纪念品。”

“纪念品！”猎户嘟哝说，“好像我还需要提

醒似的。”

“他说得对，他不需要提醒。”双子哥俩说，“他一年到头就怀念着仲夏前夜——这是我们有魔法的一夜……还有公园、樱桃和音乐。”

“你们上面没有音乐吗？”简问道。

“这个嘛，”猎户说，“晨星当然一起歌唱。一天一天都是单调的老歌。没有你们那种快活的、亲切的歌，像鼹鼠什么歌那样的。听！他们在下面湖边唱起来了。不要告诉我，我这就说出来。啊，对了……《灯芯草，青又青》。”他又哼了一句这首歌的歌词。

“他唱得不合调，”双子哥俩悄悄地说，“可是他不知道，我们不告诉他。”

“还有众星球的音乐，一种不断的嗡嗡声，很像今天我看见你们拿着的那个旋转的东西。”

“我的响簧陀螺！我去把它拿来。”简说。

她跑到儿童车那里，它像个挤满了的鸟窝，约翰、巴巴拉和安娜贝儿互相靠在肩膀上睡着了。

简把她的手伸进去，在他们之间找。

“不在这里。噢，我把我的陀螺给弄丢了！”

“不，你没有弄丢它。”一个阴沉的声音说，这时一个瘦男人和一个胖女人手拉着手走进芳草园，“它落在林荫长道上，我们走过的时候找到了它。”

“这是特维先生和太太！”迈克尔冲过去迎接他们时叫道。

“可能是可能不是。什么你也没法说准。今天不行，办不到。你以为你是这个，却会发现你是那个。你要赶紧，却像只蜗牛那样在慢慢爬。”那瘦男人发出一声悲伤的叹息。

“噢，阿瑟表哥，”玛丽阿姨反对说，“这不是你的第二个星期一，不是你颠倒的日子！”

“我怕是的，玛丽，我亲爱的。今夜是一切夜晚中最特别的。我要去找我自己真正的心上人，就跟每个其他人一样。”

“可你已经找到她了呀，阿瑟！”特维太太提醒他。

“是你这么说的，托普西。我也很想相信。可是在第二个星期一，没有一件事是说得准的。”

“明天你就说得准了。明天是星期二。”

“可万一明天永远不来呢？就像它离开了似的。”特维先生不服，“好了，这是你的陀螺，希望它让你更快活。”他转过脸去擦眼睛，这时候简把那彩色陀螺放在小路上。

“还不要，还不要！”猎户一下子用手捂住耳朵叫道。

从周围树木之间传来一只小鸟很快的叽叽喳喳的询问声，接下来是一阵短促音符，不像是歌而像

是一连串的接吻声。

“一只夜莺来了。噢，好啊！”猎户的脸高兴得亮起来。

“它属于特威格利先生，”迈克尔说，“在公园里它是唯一的一只。”

“有人就是享尽一切福气。有一只夜莺！想一想吧！来吧，来吧，我可爱的孩子！旋转你那旧响簧陀螺吧，简！它会胜过夜莺，没错。”

四个孩子向发音的陀螺扑上去，互相用肩膀把别人顶开，争来争去。

“我来让它转动！不，不是你，它是我的！我来！我来！我来！”他们全在嚷嚷。

“这是芳草园还是狗熊洞？”玛丽阿姨问道。

“当然不是狗熊洞。狗熊要文静多了。”熊说。

“不过玛丽阿姨，这是不公平的！”双子哥俩反对，“我们在上面没有陀螺。他们可以给我们一个机会玩玩嘛。”

“可我们没有飞马！”简和迈克尔同样板起脸。

玛丽阿姨抱起双臂，用她的蓝色眼睛很凶地看看他们。

“你们都是小坏蛋！”她说，“你们没有这个，你们没有那个。陀螺或者飞马——给你们什么你们就玩什么吧。没有人能样样都有。”

尽管如此，或许正是由于她同样凶地对待他们每一个人，他们的怒气全消了。

双子哥俩重新蹲下来。“连你玛丽阿姨也不能够样样都有吗？”他们逗她说，“你怎么就能有你的粉红色新衣服和你的雏菊帽子？”

“还有你的毯子手提包！还有你的鹦鹉头雨伞！”简和迈克尔加进来。

她听了这些赞美的话感到得意了一点儿，照老

样子哼了一声。“这有可能，”她回答说，“可这跟你们没关系。我要亲自让这陀螺转动！”

她弯腰抓住陀螺把手，轻快地上下一拉一揿。

陀螺慢慢地开始旋转，旋转起来嗡嗡地响——先是很轻，后来转快了，渐渐变成一个很长的深沉的声音，它像蜜蜂的嗡嗡声和鼓声那样充满了芳草园。

“一个圆圈！围成一个圆圈！”双子哥俩叫道，“大家来围成一个大圈圈！”

一下子所有的人围成了一个圈，像地球绕着太阳转那样围着陀螺转。右手拉右手，左手拉左手——熊把它的棒糖放在嘴里，狐狸衣冠楚楚地戴着它的“狐狸手套”，野兔啃着一根欧芹。

转啊转，手拉手。玛丽阿姨和班克斯家两个孩子，科里太太和她的两个女儿，还有鸟太太，特维先生拖动他的脚，特维太太跳舞。

转啊转，手拉手。猎户披着他的狮子皮，双子中的北河三兜着他满是芳草的束腰外衣，迈克尔拿着他装满款冬的网线袋，晃到了双子中北河二的脖子上。

转啊转，手拉手。大鸟飞在他们的头顶上。陀螺旋转，圆圈围着陀螺旋转，公园围着圆圈旋转，地球围着公园旋转，黑下来的天空围着地球旋转。

现在黑夜来临了，夜莺唱到它那支歌的最高音。喳，喳，喳，哧溜！这歌声响了又响，从接骨木树传出来，盖过了陀螺的嗡嗡声。这歌声似乎永远不会停，陀螺似乎要永远旋转下去。人和星座的圆圈似乎要永远这么转啊转。

可是忽然之间夜莺不响了，陀螺和最后的乐声一起慢下来，倒向一边。

乓！铁皮陀螺倒在石板上。

公园管理员一惊，坐了起来。

他像是从睡梦中醒来，擦着他的眼睛。他在什么地方？刚才出什么事了？他已经躲过那消失的白天和他所有受不了的问题。现在白天已经不见了。它已经过完漫长的暮色时光，变成了黑夜。

但还不止这样。他如此熟悉的芳草园如今是另一个花园。这里围成一圈的人他认识，是实实在在的人，他熟悉的玛丽·波平斯和她照管的孩子，科里太太和她两个大块头女儿，他那披着条破旧围巾的母亲。可是还有些人物是谁？那些透明的人，那些像是光构成的动物——两个和有血有肉的孩子手拉手的非物质的光的男孩；一个披着狮子皮、和太阳一样亮、向玛丽·波平斯弯下腰的大个子男人；双双都闪亮的一头熊和一只野兔；一只举起光构成的翅膀的大鸟；一只爪子握着花的闪闪发光的狐狸。

忽然之间，公园管理员像一个昏迷过去又清醒

过来的人那样，全明白了。当他还是个小孩子的时候，他知道这些人物。许多许多年已经过去了，他早已忘记他本来认识的这些人物，否定了它们，把它们当作零，当作可以嗤笑的东西！他举起双手捂住眼睛，不让人看到他涌出来的泪水。

玛丽阿姨弯腰捡起那陀螺。

“时候到了。”她静静地说，“白天过去了，别的地方正需要你们。北河二，把你的花环戴正。还有你，北河三，把你的衣领拉好。记住你们是谁！”

“那么你是谁呢，玛丽·波平斯！”双子哥俩逗她，“你老是‘立时三刻，走吧！’好像我们会忘记似的！”他们收拾他们采来的那些绿色芳草。

“明年见，简和迈克尔，”他们叫道，“我们会来采更多的款冬的！”

他们说话时举起发亮的双手，接着像白天那样

消失了。

“会来取另一副手套的！”狐狸说。

“会来要更多的大麦棒糖的！”熊嗡嗡地说。

“还有欧芹！”这话是野兔说的。

它们也不见了。

咕咕，咕咕，
这个送给你！

大鸟向玛丽阿姨飞下来，在她的帽子上插上一根翅膀上的羽毛，然后变成了一点儿星光。

玛丽阿姨把这根发光的羽毛扶直，抬头看猎户。

“不要耽搁了！”她关照他说。

多待一会儿，

多待一会儿，

我多想多待一会儿，

看看你。

猎户没腔没调地唱着，依依不舍地看她。

“不用着急，我会像那家伙所说，到我所属的地方去的。不过……好吧，就离开这一切吧！”他伸出双臂，像是要拥抱整个公园，“噢，算了，规则是规则！不过遵守它也真不容易。”他吃掉他剩下的樱桃，把樱桃核吐在黄春菊地里，捧起玛丽阿姨的手亲它。

“再见，我的仙女。”他沙哑地说。接着他像蜡烛火焰给吹熄一样，不见了。

“明年见！”简和迈克尔向那如今空了的原来猎户待过的地方尖叫道。

这时候公园管理员跳起来。

“不，现在！”他叫道，“现在他们可以拿去……他们所要的一切，而且多拿些。”

他发疯似的从一个花坛跑到另一个花坛，把各种芳草的绿枝拔出来，扔到空中去：“把它们拿去吧！规则我也不管了！把迷迭香拿去当纪念吧，朋友。把所有的饲料拿去喂马吧，孩子们！‘狐狸手套’给狐狸！香薄荷给那些野兽和那只鸟！”

他发疯地把芳草朝天上乱扔。让简和迈克尔感到惊奇的是，没有一片叶子、没有一根树枝再回到地面上来——只除了一小枝什么东西，玛丽阿姨把它接住，插到她的腰带里。

“请原谅我，朋友们！我没有认出你们来！”公园管理员朝天叫道，“我也没有认出我自己。我忘记了我小时候所认识的东西，需要黑暗来把它们展露出来。可我现在知道你们是谁了，一个个都知道。我也知道我是谁了，猎户先生！不管有黄瓜没黄瓜，我是公园管理员，戴帽子或者不戴帽子的公园管理员！”

他在芳草之间跑来跑去，一边叫它们的名字一边拔，拔了就往空中扔。

“金丝桃！万寿菊！芫荽！矢车菊！蒲公英！墨角兰！芸香……”他边拔边扔边叫。

“说实在的，史密斯，你应该更小心点！你差点把我的眼珠子也撞出来了。”班克斯先生走进芳草园，把圆顶高帽边上一根墨角兰小枝子拿下来，“你当然是公园管理员！谁说你不是呢？”

公园管理员全不理他。他继续发疯地又拔又扔又叫：“亨利藜！风铃草！鼠尾草！香根芹！芝麻菜！罗勒草……”

叶子和花飞向空中，全都没有回到地面上来。

班克斯先生在他后面看着。

“他在干什么，把芳草都拔出来？一位公园管理员自己破坏规则！这可怜家伙一定是丧失理智了！”班克斯先生不解地说。

“或者是找回理智了！”鸟太太温柔地说。

“啊哈！你在这里！”班克斯先生转过身来，摘下帽子，“我走到圣保罗教堂旁边没看到你。你那些鸟在可怕地吵闹。它们难道从不停止吃东西吗？没有人在那里收我的两便士，因此，它们这时候当然饿坏了。再说，你们全都在这里干什么？”

他向他两个孩子伸出双手：“我猜是仲夏前夜的野餐。你们也许给我留下了一个香肠卷吧？”他捡起一块扔掉的饼，饿得要命地往嘴里塞。

“你是在找你自己真正的心上人吗？”简抱住他的手臂问道。

“当然不是。我知道她在哪里。我正一路上她那里去。你好吗，玛丽·波平斯？”他看着推儿童车的身材笔直的高个子问道，“你今天晚上看上去

十分精神，一枝勿忘我插在你的腰带上，戴着樱桃耳环，星期日的最好帽子。那根羽毛一定要花很多钱！”

“谢谢，我想是的。”她抬抬头，露出她沾沾自喜的微笑。她太爱听好话了，总是平静地接受它们。

他沉思着迷惑不解地看着她。“你从来不老，对吗，玛丽·波平斯？秘密在哪里呢？告诉我吧！”他逗她说。

“那是因为她吃了蕨草籽！”乌太太狡猾地看看他。

“蕨草籽？胡说！无稽之谈。‘吃蕨草籽能长生不老’，我小时候他们对我说。我常到这个花园来找它。”

“我想象不出你小时候的样子。”简在他西装背心的纽扣那儿量她的身高。

“我想不出你为什么不能。”班克斯先生觉得给冒犯了，“我当时可是个十分迷人的男孩，跟你现在差不多高……穿棕色的棉绒衣服，白衣领，黑色长袜，扣扣子的靴子。‘蕨草籽，蕨草籽，你在哪里？’我会说。可当然，我始终没有找到。我甚至说不准它是不是存在。”班克斯先生看上去很怀疑。

“更糟糕的是，我丢掉了一样东西——我得到的第一个半克朗银币。噢，我梦想又梦想了多久的半克朗银币啊！我要用它去买回整个世界。可它一定是从我口袋的一个窟窿里漏走了。”

“一定是猎户找到的那个。他把它拿走了，”迈克尔说，“就在你来之前。”

“列夫？我想他是史密斯的朋友吧！运气都让这些爱尔兰人得到了。他大概这会儿在花它了，这坏蛋！如果我早来一步，我就可以向他讨回来了。

我舍不得丢掉钱，更别说是半个克朗了。”

玛丽阿姨睿智地看着他。“你失去，他得到，失去的东西总在一个地方。”[1]她告诉他。

班克斯先生也看着她。他听了似乎困惑了一会儿，接着他的脸一下子明亮了。他仰起头来大笑。

“当然！为什么我没有想到这个道理呢？它不可能离开这个宇宙，对吗？每一样东西一定得在一个地方，不是在这里就是在那里。不过尽管如此，”他叹气说，“它可能是很有用的。好了，牛奶也洒了，哭也没有用，我得走了。我已经晚了。”

母鸡叫似的尖叫声划破空气。“你总是这样！”一个尖锐的声音说，“早晨晚了！晚上晚了！如果你不小心，你去参加你的葬礼也会晚的！”

[1] 这句话跟我们中国《庄子》里说的‘人失之，人得之’是一个意思。

班克斯先生吃了一惊，在暮色中寻找，看到树旁边半隐藏着一位小个子老太太，穿着黑长裙，那上面——这可能吗——满是三便士硬币。在她旁边是两个块头大得不像样子的人形，那可能是，也可能不是两位年轻小姐。

这话是真的。他不得不承认。他一般总是赶不上时间。可这位老太太怎么会知道呢？她，一位完全陌生的人，有什么权利搅和到他的事情里来呢？

“这个嘛，”他给冒犯了似的说起来，“请你明白，我是一个大忙人。挣钱养家糊口，在办公室里经常忙到很晚，早上很难醒过来……”

“早睡早起，让人健康、富有、聪明。我对迟钝王埃塞尔雷德二世[1]说过。不过当然，他不听。”

“迟钝王埃塞尔雷德二世！”班克斯先生很吃

[1] 埃塞尔雷德二世（968—1016），英格兰国王。

惊，“可他活在一千多年以前啊！”他心里想：她是位疯疯癫癫的可怜老太太，我必须跟她幽默点。“那么阿尔弗烈德大王[1]呢？”他问道，“他也是你的朋友吗？”

“哈！他比埃塞尔雷德二世还要糟。他答应帮我看好火烤饼。‘不要动它们，’我对他说，‘让火不要灭掉。看着就行了！’可他怎么样呢？把木柴堆起来，接着就忘了。他就坐在那里动他王国的脑筋，可我那些星星姜饼全烤煳了。”

“星星姜饼！”接下来还会说什么？说真的，班克斯先生心里想，玛丽·波平斯真有本领交古怪的朋友！

“好了，别放在心上，”他安慰她说，“你还是有真的星星，对吗？它们不会烤煳，或者离开它们原来的位置。”

[1] 阿尔弗烈德大王（849—899），英格兰西南部韦塞克斯王国国王。

他不管她的嘲笑，抬头看着天空。

“啊，第一颗星星出来了！对它提出希望吧，孩子们。又一颗出来了！它们出现得越来越多，越来越快。天哪，今天晚上它们是那么亮！”他的声音温柔，带点着迷的样子。

“星星光，星星亮！”他咕噜说，“天上好像在开晚会似的。北极星！天狼星！双子星座！还有它在哪里……啊，有了，它在那里！我一看到它的腰带，那三颗并排的大星星，我就能认出它来。天哪！”他吃了一惊，“并排的星星是四颗，要不然是我的眼力差了。简！迈克尔！你们看到它了吗？三颗星星旁边怎么多出来一颗星星？”

他们的眼睛顺着他指的方向看去。一点儿不错，是有颗东西，朦朦胧胧的，小小的，也许不能称之为星星……然而，然而，是有颗东西！

他们眨巴着眼睛，简直有点不敢相信，可是不

管怎么说，他们还是有点儿相信。

“我想我看见它了。”他们两个都悄悄地说，却不敢肯定。

班克斯先生把帽子抛向半空。他高兴得忘乎所以。

“一颗新的星星！你们鼓掌吧，全世界的人！是我，乔治·班克斯，住在樱桃树胡同17号的，第一个发现了它。不过先让我冷静下来，没错，就是要冷静下来……让我冷静下来，沉着、镇静。”

可他说的他一点儿也没有做到，完全相反，他激动万分。“我得马上去向海军上将借他那架望远镜用一用。证实它。然后通知皇家天文学家。你能自己找到路回去，对吗，玛丽·波平斯？你明白，这件事极重要。再见，晚安，史密斯先生！”他向鸟太太鞠躬，“也祝你晚安，哦……嗯……太太。”他想不起说什么太太。

“科里。”科里太太咧开嘴笑。

班克斯先生已经走远，走着走着，忽然听到有人喊：“乔治，你在哪里？”这喊声让他猛地呆呆地站住。

他什么时候听到过这个名字？他看着面前这位老太太，接着由于什么原因，转向玛丽阿姨。

两个女人严肃地盯住他看，不说话，一动不动，像书里的插图人物朝书页外望那样。

忽然之间，班克斯先生感到他是在别的什么地方，同时，他觉得他不是现在的自己。

他围着白领子，穿一身棉绒衣服，踮起扣扣子的靴子，鼻子刚够到一个玻璃面柜台顶，正把一枚宝贵的三便士硬币递上去给柜台上面一个他看不清楚的什么人。这地方有浓浓的姜饼香味。一位老太太狡猾地问他：“那裹姜饼的金纸你要用来干什么？”一个像他自己的声音说：“我把它们保存在我的枕头底下。”“一个聪明的孩子。”那老太太沙哑地说着，跟他后面的一个什么人互相点着头，后面那个人戴一顶草帽，帽子上插着一两朵花。

“乔治，你在哪里？”另一个年轻点的声音叫他的名字，“乔治！乔治！”

魔法一下子解除。

班克斯吓了一跳，回到了芳草园和所有熟悉的事物之中。没事儿，他心里说，只是一时走神，心不在焉。

“不可能！”他看到玛丽阿姨的目光时，紧张地笑。

“一切事情都是可能的。”她严肃地说。

他的眉毛抬起。她是在嘲讽他吗？

“连不可能的事也是可能的？”他回敬了她一句嘲讽的话。

“连不可能的事也是可能的。”她向他断定。

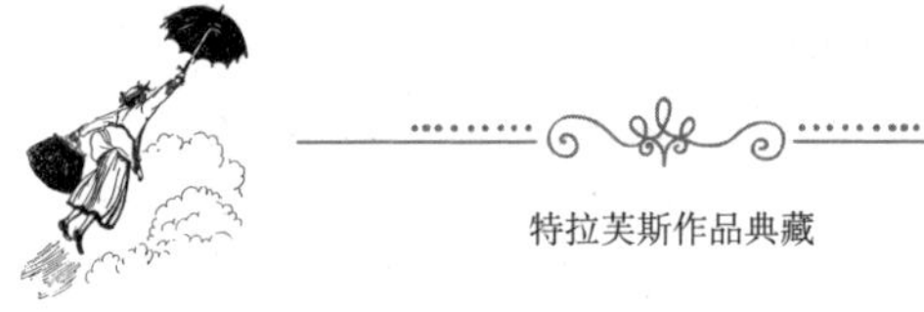

“乔治！”那叫唤声有一种惊慌的口气。

“我在这里，”他回答说，“太平无事！”他离开这迷茫的时刻，这昏睡状态，这梦，这不管是什么。

“到底是仲夏前夜，”他想，“一个人会被魔法迷住的。”

“噢，乔治，”班克斯太太绞着双手叫道，“孩子们晚饭时出来野餐了。我找不到他们。我怕他们迷路了！”

他穿过草地向迎面飘过来的影子大踏步走过去。

“他们怎么会迷路呢？他们和玛丽·波平斯在一起。我们可以信任她会把他们带回家。你和我一起回去吧，我真正的心上人。有惊人的消息！猜猜看是什么？我想我发现了一颗新的星星，我要用望远镜看看它。如果是真的，我要被封为观星主任，你将是五朔节女王[1]了。”

“别犯傻了，乔治，”她咯咯地笑，“你和你的那些星星！你一直要拿我开玩笑。”不过她不在乎他那么傻傻的，她喜欢被他叫作真正的心上人。

“海军上将！海军上将！等等我们！我们要借你的望远镜看样东西！”

班克斯的声音，一个轻下去的回声，传回了芳草园。在这时候，湖边的合唱已经唱到了歌曲的尾声。

两是两，两个天真无邪的男孩，
穿着一身绿，
一是一，一个人孤零零的，
还要这样下去不成？

[1] 五朔节是欧洲在 5 月 1 日庆祝春天到来的传统节日，节日期间会选出女王。

“还要……”鸟太太抬头朝天上看，咕噜了一声，“好了，我得走了。我有一盘洋葱土豆煨羊肉在炉子搁架上，他到家的时候准饿坏了。”

她朝公园管理员那边点点头。他还在那里把树枝往上抛，一边抛一边朝空中叫它们的名字：“亨利藜！槲寄生植物！拉维纪草！都是你们要的，先生们女士们！”

它们全没有回到地面上来。

“来吧，亚瑟，”特维太太说，“我们也该回家了。”

“如果我们有家的话。”特维先生咕噜说，情绪依然低落，“万一火灾和地震了呢，托普西？什么事情都是可能发生的。”

“没有任何事情发生——你会看到的。星期四来喝茶，玛丽。到那时事情就好多了。”特维太太带她的丈夫走过阴影，把他带走了。

“等等我，史密斯太太，我亲爱的！”科里太太发出一声鸟那样的尖叫。她裙子上的三便士硬币闪闪烁烁，衣服领子上熊碰过的地方如今像个发光扣子一样闪亮。“我得让我的美人儿睡觉，要不然迷人的王子会怎么说呢？嘻嘻！”她对她两个大块头女儿露出牙齿笑着说。

“动动你们的大块头吧，芳妮，安妮，”她说，“回家在你们的枕头底下塞点芳草——这个把戏仙客来和酶浆草也许可以成功……那么我说不定就可以把你们两个脱手了。漂亮的丈夫，一年进账一万。动动你的腿，你这笨手笨脚的长颈鹿！把你的袜子拉上去！”

她向玛丽阿姨屈膝行了个礼，玛丽阿姨很优雅地鞠躬还礼。接着她在两个走得很慢的女儿之间，蹬着她那双松紧式靴子跳着走了。鸟太太像一艘全帆装备的船那样飘着走在她们旁边的草地上。

刚才还充满光和活力的芳草园，如今寂静无声，一片黑暗。

“简，拿着你的陀螺，”玛丽阿姨说，“我们也该回家了。”

刚才嗡嗡响并那么和谐地旋转的五彩陀螺，如今和野餐的东西放在一起，悄没声儿，一动不动。简把装着这些东西的篮子拎在手上晃来晃去。

迈克尔四处找他的网线袋，忽然想了起来。

“我没有东西可以带走，玛丽阿姨。”他抱怨说。

“带走你自己吧。”她尖刻地对他说着，向儿童车转过身去，狠狠地一推，“请走吧，最好的脚走在前面。”

“哪一只是最好的脚啊，玛丽阿姨？”

“当然是前面的一只！”

“不过在前面的有时候是左脚，有时候是右

脚。不能两只都是最好的。”他反驳说。

“迈克尔·班克斯！”她狠狠地瞪了他一下，“如果你决定争论的话，你可以在这里留下来自己去争论个够。我们可要回家了。”

他的确想要争论一番，尽可能占她的上风，不过他知道，最后赢的总是她。跟空气争论却毫无乐趣可言，因为空气不会回答。

他终于决定把自己带走。不过他很想知道，一个人怎么把自己带走呢？他想，手里拿着东西，这就容易得多。因此他抓住儿童车的把手，同时惊奇地成为一个把自己带走的孩子。

简来到另一边，因此，玛丽阿姨在当中，三个人一起推车。他们两个一下子觉得很高兴，在这不熟悉的一大片黑暗当中，感到她是那么亲近，就在身边。

因为这不再是他们白天的公园，不再是他们熟

悉的平日的游戏场。他们以前从来没有这么晚到这里来过，也不知道黑夜会这样改变世界，把熟悉的东西变成不熟悉的。在光天化日之下，树木只是树木——给你挡太阳，或者在公园管理员不注意时让你荡秋千，可它们现在成了陌生的东西，有它们自己的生命，充满从未被发现的秘密，在你走过的时候屏住了它们的呼吸。

山茶花、杜鹃花、丁香花，白天它们是绿丛，可现在是不知名的危险动物，趴在那里等着，随时会跳起来。

黑夜本身是一个新天地，地图没有标出，未被开发，在这里，唯一不容置疑的东西是在他们两人之间不停地走着的这个人——棉布衣服底下有肉有骨头的人，她的胳膊肘上晃动着旧手提袋和鹦鹉头雨伞。他们与其说是看见她不如说是感觉到她，因为他们不敢抬起他们的眼睛。他们在这茫茫黑暗

中，也不能确定他们原先看到的光亮是真的。他们真看见了它吗？他们不会是梦见了它吧？

他们左边一棵矮树动了。它叽里咕噜自言自语。它要扑过来了吗？

他们更紧地贴着那棉布衣服。

“它一定在什么地方，”那棵矮树在说，“我记得，为了找到那封信，我必须把它脱下来。”

两个孩子拼了命才把他们的头抬起来，紧张地朝黑暗中看去。他们看到，他们已经来到了玫瑰园。而徐徐向前移动，好像就要跳起来的那棵矮树却像变魔法一样变成了一个人。他仪表堂堂，戴一顶大礼帽，穿一件黑上装和一条条纹长裤，却手脚并用地在地上爬，显然是在找什么东西。

“我丢了我的板球帽，”他告诉他们，“在这个喷泉旁边，或者在玫瑰下面。我想你们都不会见过它吧？”

“它在芳草园。”玛丽阿姨说。

首相一下子坐在他的脚后跟上。“在芳草园！可那是在公园的另一头啊！它怎么会到那里去了呢？板球帽可不会飞。也许……”他提心吊胆地朝四下里看，“在这样一个夜里，也许它们能够飞。你知道，仲夏前夜会出怪事。”他爬了起来。

“还好，我还有时间，”他看看他的手表，“可以去把它捡回来再到王宫去。”他举起他那顶大礼帽向玛丽阿姨致意，然后跌跌撞撞地走到黑暗里去，砰地撞到了一丛偷偷地朝他移动过来的矮树。

“说真格的！”首相连忙跳到一边叫起来，“你不该这样爬——像在追踪老虎什么的。吓了我一大跳。”

“嘘——”矮树嘶嘶地说，“公园管理员在哪里？”

“我亲爱的朋友，这我怎么会知道？我又没把公园管理员装在我的口袋里。今天夜里没有一样东西在它们应该在的地方。他可能在任何地方。你为什么找他？”

那丛矮树一瘸一拐地靠近一些，竟是市长大人，后面还有他的两位高级市政官。他们的袍子卷起来束在腰部，他们光着的腿在黑暗中白晃晃的。

“我最好别让他看见。我们要太太平平地离开公园，不让他看到我们这个样子。”市长大人把袍子拉开一点，露出了一个大果酱瓶。

“一果酱瓶小鱼！如果他发现你，你可就要挨骂了！市长大人破坏自己的规则！去问问那边那位小姐吧。”首相朝玛丽阿姨那边点点头，“是她告诉我上哪儿去找我的板球帽。我必须去捡回它了。晚安！”

市长大人转过身来：“怎么，是你？波平斯小

姐。多么幸运啊！”他朝四周看看，然后踮起脚走过草地。

“我正想知道，”他对着她的耳朵悄悄地说，“你是不是碰巧遇上……”

“公园管理员？”玛丽阿姨问道。

“嘘！别那么响。他会听到你的话的。”

“不，他不会听到的。”她用斯芬克斯般的眼光看看他，“他远远地在公园的另一头。”

不管是不是醋栗树，她也不打算讲出公园管理员不管规则的事，哪怕只是今天一夜。

“太好了！”市长大人把两个市政官叫过来，“我们可以顺着胡同一溜烟跑回家，同时……”他对他们眨眨眼睛，“路上吃一两个樱桃！”

“我想你们会发现，它们全部给摘光了。”玛丽阿姨告诉他们。

“什么……全部？”三个人都很生气，“强抢

硬夺！我们必须禀报国王。世界会变成什么样子啊？”他们用恼怒的口气互相悄悄说着话，带着那个果酱瓶急急忙忙地走掉了。

儿童车吱吱嘎嘎地一路推。一些阴森森的高大东西在它前面赫然出现，走近了一看，竟是秋千架。一个很沉的黑影打着喷嚏经过，原来是埃伦，她裹着警察的外衣，被伴送回家。另一团黑影从树木间出来，变成了实实在在的人，一个是拉克小姐，一个是教授，两只狗挤在他们身边，好像怕别人看见它们似的。

“诸位晚上好！”拉克小姐一见这小队人马，就叽叽喳喳地说，“一个多么好的夜啊！”她向天空挥了挥手，“你看见过这样的闪光吗，教授？”

教授仰起头：“天哪！好像有人在放烟火。这会是十一月五号[1]吗？”

[1]1605年11月5日，英国天主教徒福克斯等企图炸毁国会并炸死国王，结果失败，这就是“火药阴谋”案件。这一天后被定为公众感恩日，又叫“福克斯日”，至今仍在这一天大放烟火。

“晚上好！”简和迈克尔很尖地叫了一声，第一次抬起头朝天上看。他们太专注于周围的黑暗和黑夜在大地上所造成的变化，已经把天空给忘了。可是头顶上是灿烂光辉，那么亮那么近的群星的光辉，群星们的晚会显然正处在最热闹的时候，同样也是黑夜的杰作。不错，黑夜造出了那些吓人的形状，后来像是要补偿，又把它们变成熟悉的人和物。除了黑夜，还有什么正在让他们随着儿童车轮子的一转一转，随着每一只最好的脚（左脚或者右脚）的一步一步，把他们带回到出发的地方呢？

在他们前面在一排樱桃树那边，灯光开始出现了——没有天上那些星光亮，不过还是够亮的。看上去好像胡同里的房子相互挨得那么近，每座房子从邻居那里照亮自己。地下天上都有星座，大地和天空是隔壁邻居。

“现在，不要再做白日梦了，教授。我们要去吃我们的晚餐。狗也要吃东西了。”拉克小姐抓住她朋友的手臂，而她这位教授朋友还在着迷地凝望着黑暗。

“我亲爱的鹪鹩小姐，我不是在做白日梦。我在看一颗流星。瞧！那里，在那位小姐的帽子上。”他拿下他头上的报纸，向玛丽阿姨鞠躬。

拉克小姐举起她的长柄眼镜看。

“胡说什么，教授！流星一闪就没有了，它们从来不会落到地面上。那只是一根普通的鸽子羽毛——涂上发亮的颜料什么的。魔术师就用这类东西变戏法。”

她急忙把他带进了胡同门。

“是你吗，教授？”班克斯先生一面叫，一面在胡同里全速飞奔，后面紧跟着班克斯太太。

教授看上去吃不准：“我想是的。大家这么告诉我。我自己从来说不大准。”

“我有个特大消息。我发现了一颗新的星星！”

“你是说在帽子上的一颗？我看见它了。”

“不，不！在腰带上，我亲爱的朋友。原先只有三颗—— 一排三颗星星。可今天夜里我清清楚楚地看到了第四颗。”

“山鹑小姐说那只是发光的颜料。”

“颜料？荒唐！你不能把颜料弄到天上去，伙计！它确确实实在那里——是实实在在的星星。我已经证实它了。布姆海军上将也证实了。我们透过他的望远镜看到了它。山鹑小姐是谁，请问？”

“我是拉克！”拉克小姐说，“你记好了，教授！”

“山雀？不，不，是云雀！他说得对。他用望远镜看到了，望远镜不骗人。”

“它们当然不骗人。它们发现事实。因此，我

们这就去天文馆。这消息必须传播到海外。”

“不过，乔治，孩子们呢！”班克斯太太插进来。

“不要担心，我告诉你，他们没事的，你去戴上帽子，我去换领带。”班克斯先生兴奋得直喘气，“也许他们会用我的名字命名它。想想看吧！荣誉终于来了！一个天体用班克斯这个名字！”

这位幸福的天文学家拉住班克斯太太的手，飞奔到他自己家的门口。

“我真想知道，为什么是班克斯？我一直以为他叫库珀，而且我可以赌咒，那是帽子而不是腰带。不过我的记性已经不如从前好了，说实在的，过去是好的。”教授茫然、困惑，不过还是抱着希望，转头去找他那颗流星。

可是拉克小姐不再听他胡说。她牢牢抓住她朋友的手臂，急急忙忙拉他去吃晚餐。

不过教授用不着担心。他的记忆还是跟他原先一样。他那颗流星直到这时候还在一路朝胡同门走来。那根羽毛在雏菊之间放光，它的光反照在她帽边底下挂着的两对樱桃上。

简和迈克尔抬头朝羽毛看，再从羽毛看到天空。他们几乎被灿烂的光耀花眼睛，在那里寻找并找到了他们想找的东西。啊，在那里！他们用不着望远镜来告诉他们。

在天上的群星中，猎户座的腰带在它看不见的配戴者身上闪耀——三颗大星斜斜地连成一条线，可在它们旁边有一颗小小的、不太显眼、跟萤火虫一样亮的小东西。

他们离开家出来的时候，那根羽毛和这多出来的一颗星星都没有。他们的奇遇的确是真的，至少他们能够相信是这样。当他们和玛丽阿姨的眼睛相遇时，他们知道她知道他们所知道的。的确，一切

都是可能的——天空的光在地上一顶帽子的边上，地上的光在天空中的一根腰带上。

他们在她身边走的时候，伸长了脖子望着炫目的星光。他们很想知道晚会开得怎样了。有谁在腰带上嵌着那块新找到的银币神气地走来走去吗？有谁在吹嘘它精美的手套吗？有谁在炫耀它们找来的宝贝吗？上面有谁甩甩头提醒大家，行为漂亮才是漂亮吗？没有！因为只有这样一个人会这样做，而这个她正在他们两人之间走着。

在他们后面，特威格利先生的鸟又歌唱起来了。在他们前面是胡同门。当儿童车吱吱嘎嘎向它推去的时候，他们看见樱桃树那边像项链似的一连串亮着的窗子。17号的前门被他们兴奋的爸爸妈妈开了没关上，在花园小路上投下一道长长的光，像是在欢迎他们。

“玛丽阿姨，”当他们走到最后一段路的时

候，简说，“你要把你的耳环怎么办呢？”

“吃了它们，”玛丽阿姨马上说，“跟一杯浓茶和一块牛油吐司一起吃。”真的，樱桃除了吃，还能干什么呢？

“那么我的网线袋呢？”迈克尔摇晃着她的袖子。

“谢谢你不要在我的手臂上荡来荡去。我不是花园门啊，迈克尔！”

“可它在哪儿？请告诉我！”他问道。直到现在他还想知道，那飞马是不是在吃款冬。

她的肩膀照她的老样子耸了耸。

“网线袋……呸！它们一便士两个。丢了一个可以再买一个。”

“啊！万一它没有丢呢？”他斜眼看了看她，“当你急急忙忙走的时候，玛丽阿姨，你也不会丢失东西的。”

她受了冒犯似的昂首挺胸："我要请你注意一下态度，迈克尔·班克斯。我不是个惯于急急忙忙走掉的人。"

"噢，是的，你是的，玛丽阿姨。"简说。

"今天还在这里，第二天走掉了，也不打个招呼。"迈克尔说。

"可即使这样，她也不是不在某一个什么地方。我的网线袋也不是不在某一个什么地方，"迈克尔说，"可你在什么地方呢？在什么地方啊，玛丽阿姨？""任何地方。""可得说出个地名啊！我们怎么能知道该去哪儿找你呢？"迈克尔补充道。

他们屏住呼吸等候回答。她看了他们半天，蓝色的眼睛闪闪发亮。他们可以看到答案已经到她的舌头尖上了，只待说出来。然而接下来——它跳走了。不管这秘密是什么，她保守着。

"啊！"她说，她微笑。

“啊！啊！啊！啊！”夜莺在树枝上重复。

在头顶上，从天空的四面八方传来“啊啊啊”的回音。整个世界想着这个谜。可是没有任何东西、任何人回答。

他们可能已经知道了！她不会告诉他们的。如果她以前从来不做解释，那么，她现在干吗要这样做呢？

代替这个，她傲慢地看看他们。

“我可知道你们两个现在该在什么地方。那就是在床上，立时三刻！”

他们哈哈大笑。这句口头禅让他们觉得温暖和安心。即使没有说出个答案，其实已经有个回答了。天和地跟邻居们隔着篱笆说话一样，已经交换了那同一个字眼。没有什么是遥远的。一切都很近。床，他们现在理解了，正是他们要去的地方，世界上最安全的地方。

这时候迈克尔有了一个发现。

“对了，床就是一个什么地方！”他叫起来，同时对他自己的聪明感到吃惊。就是普普通通的床，它正是“一个什么地方”。以前他从来没有想到过这一点！每一样东西都得在一个什么什么地方。

“你也一样，玛丽阿姨，总是带着你的毯制手提袋、鹦鹉头雨伞，总是鼻子哼哼和神气十足！”他淘气地、带有疑问地看她，怕她否认。

“还有你有良好教养并受人尊敬！”简在他的话以外再加上她逗弄的话。

“没有规矩！”

她挥动她的手提袋去打他们，可是没打中。

因为他们已经朝正在等着他们的东西奔去了。

不管她在什么地方，她都不会不见了的。这个回答已经足够了。

“一个什么地方！一个什么地方！一个什么地方！”他们叫道。

于是他们把黑暗的公园丢在身后，哈哈笑着跑过胡同，跑进院子门，跑过花园小路，跑进亮着灯的屋子……

随风而来的玛丽阿姨
——走进孩童日常生活的精灵

彭　懿

是谁写了这本书

帕·林·特拉芙斯（1899—1996），出生于澳大利亚。父亲是爱尔兰血统，母亲是苏格兰血统，她在一个甘蔗种植园中长大。受父亲影响，她童年时代就对爱尔兰神话及传说感兴趣，热爱读童话。她八岁时，父亲突然去世。十三岁，她进了悉尼一

家寄宿学校，在学校时曾经出演过莎士比亚的《仲夏夜之梦》。她后来当过演员，还写诗投稿，人生的志向渐渐地从演员转向了作家。二十五岁时，她怀抱着成为一名作家的梦想，独自一人到了英国。她给文艺杂志写稿，与爱尔兰诗人兼编辑的乔治·威廉·拉塞尔成为好友，并在诗人、“爱尔兰文艺复兴运动”领袖叶芝的指导下，对爱尔兰文学及古代凯尔特神话产生了新的认识。

1964年，她的《随风而来的玛丽阿姨》被美国迪士尼公司改编成歌舞片《欢乐满人间》。真人与动画的巧妙搭配，再加上穿插其间的十几首悦耳动听的歌曲，使这部电影获得了五项奥斯卡大奖。

她一生未婚，以九十七岁的高龄去世。

先来认识一下书中的主要出场人物

班克斯先生

樱桃树胡同17号的男主人，在银行上班，整天

就是坐在一张大桌子后面忙着数钞票和硬币。

班克斯太太

樱桃树胡同17号的女主人。

简

班克斯夫妇的大女儿。

迈克尔

班克斯夫妇的儿子，简的弟弟。

约翰和巴巴拉

班克斯夫妇的一对双胞胎，还是睡在婴儿床上的婴儿。

玛丽·波平斯阿姨

被风吹进班克斯家的保姆。她头发黑亮，人很瘦，大手大脚，有一双直盯着人看的蓝色小眼睛，孩子们说她“像个荷兰木偶”。她出门时，胳肢窝下总是夹着一把伞柄上有个鹦鹉头的伞。她从来不跟大家多说话。

在故事的尾声，当玛丽阿姨乘西风归去时，小主人公之一的迈克尔推开自己的妈妈，扑倒在地，伤心地大喊大叫："天底下我就要玛丽阿姨！"是的，玛丽·波平斯阿姨可能是天底下每一个孩子都梦寐以求的一位保姆了。即使是在今天，英国人登报纸寻找保姆时，第一句话很多时候也是："诚征玛丽·波平斯！"

玛丽·波平斯，一个长得像"荷兰木偶"、出门总是戴着手套、胳肢窝里夹着鹦鹉头伞柄的伞、不停吸鼻子的年轻女子，到底是凭什么俘获了孩子们的心呢?

难道她不是一个凡人?

她是一个凡人，甚至可以说，她"凡"得都不能再"凡"了——古怪，爱发脾气，自大而又高傲，一点都不和蔼可亲。你看，她相貌平平，"很瘦，大手大脚，有一双直盯着人看的蓝色小眼

睛”，却极度自恋，总以为自己是一个美人，“爱时髦，要给人看到她最漂亮的样子”。只要有镜子，不管是车窗还是橱窗，她一定要搔首弄姿地照上一番，因为“她觉得自己看来这么可爱”，“她觉得从未见过有人这么漂亮”。照完了，还会忘情地赞美自己一句：“瞧你多美！”可是对孩子们，她却连一点点耐心都没有，严厉不说，还整天一副气呼呼的样子，不苟言笑，回答问题不是爱搭不理，就是一顿冷嘲热讽：“我怎么知道？我又不是百科全书！”

可她又不是一个凡人。你看，她不请自来那天，简和迈克尔这两个孩子就发现事情有些蹊跷了（大人是看不见的）——先是东风狂吹，胡同里的樱桃树前后左右地摇晃，像发了疯，想连根从地上蹦起来似的。然后，一个女人的身影被风吹到了门口，她着地时，整座房子都摇动了。“多滑稽！这

种事情我从没见过。”一个孩子说。接下来发生的事情更加让人匪夷所思，她竟两只手拿着手提袋，很利索地一下子坐上楼梯扶手滑上楼来。两个孩子傻掉了：“这种事从来没有过。滑下去的事常有，他们自己就常干，可滑上来的这种事从来没有过！”更让孩子吃惊的是，她从那个空空的、被她称为毯子（让人联想起神话中的魔毯）的手提袋里，像变魔术似的，拿出来一块肥皂、一把牙刷、一张折叠行军床……难怪两个孩子会觉得：这个玛丽·波平斯阿姨是一个怪人，樱桃树胡同17号出了了不得的大怪事。

家里突然出现了这样一个魔法人物一般的保姆，孩子们又怎么能不激动，不被她迷住呢？所以他们忍不住要问她：“玛丽阿姨，你永远不再离开我们了吧？”

而我们要问的是，作者帕·林·特拉芙斯是怎

样创造出玛丽·波平斯这个儿童文学中独一无二的形象来的呢？说独一无二，是因为在过去的童书中，虽然魔法人物不胜枚举，但还没有出现过这样一个走进现代孩子的日常生活之中、既是凡人又不是凡人的人物形象。贝蒂纳·贺里曼在《欧洲童书三百年》里没有说错：玛丽·波平斯虽然拥有魔法，但她身上却没有民间故事里的人物所具备的那种属性。关于玛丽·波平斯，特拉芙斯曾经在《自传素描》的结尾说过这样一句话："如果你要寻找自传的事实，玛丽·波平斯就是我自己生活的故事。"这话有点玄，但借用《随风而来的玛丽阿姨》里的一句话来说，就是"不管碰到的事怎么古怪，还是不要跟她争论好"。不过有一点是可以肯定的，当她还是一个孩子的时候，玛丽·波平斯这个人物就在她的脑海中闪现了，"像窗帘忽开忽合一样，萦绕我一生"。玛丽·波平斯不是她凭空幻想出来的，有原型，她童年时就有这样一位保姆，外出时总是带着一把鹦鹉头伞柄的伞，一回到家里，就会把一天的所见所闻讲给孩子们听，可一旦说到重要的地方，便会以接下来的话不适合孩子听为由，突然把话题中断。

对于小读者来说，玛丽·波平斯阿姨最大的吸引力还不是她的魔法，而是她的神秘。

她是会魔法——她可以从一个空无一物的手提袋里往外掏东西，可以让孩子飘浮在空中喝下午茶，可以跟狗说话，可以用一个指南针把孩子送到北极，可以往天上贴星星……可是这样的人物并不稀奇，童书里多的是。稀奇的是，她身上有太多的谜团，就像她自己总是拒绝回答孩子们的问题一样，作者从不交代，只是留下一个开放的文本任由我们来猜测。

比如，第一个疑问是玛丽阿姨从哪里来，又回到哪里去了。在《随风而来的玛丽阿姨》里只是说她乘东风而来，乘西风归去："她一个劲地飞呀飞，飞到云间，最后飘过山头，孩子们除了看见树木在猛烈的西风中弯曲哀鸣以外，什么也看不见了。"而在系列的第二部《玛丽阿姨回来了》里，她是拉着一根风筝线从天而降，最后坐着旋转木马回到了天上，变成了一颗新的星星……这么说，她应该"曾离开天空下来，如今又回到天上去了"。可是，她似乎又没离开过地面，你看，她那一大群怪里怪气的亲戚和朋友不就住在我们的身边嘛：走进画里的画家、充满笑气悬在半空中的叔叔贾透法、卖姜饼的科里太太、表哥眼镜蛇……这就牵扯到了第二个疑问，她是谁？智者、动物之王眼镜蛇给出了一个非常抽象的答案，它说她就是孩子们，就是它自己，它的原话是这样说的："鸟、兽、石头和星星……我们全都是一体，全都是一体……”“孩子和蛇，星星和石头全都是一体。”到了系列的第三部《玛丽阿姨打开虚幻的门》里，她又被说成“是变成真实的童话”。是不是越说越解释不清了？对，她从头到尾都是一个未解之谜。

作者根本就不想解释。换句话说，作者是故意把玛丽·波平斯写成一个迷雾重重的人物的。当然，她有她的追求，小峰和子在《大人英国儿童文学读本》中说特拉芙斯这样写，是因为“特拉芙斯从自己的童年经验中知道，越是不解释，反而越是能在神话带来的惊奇中培养想象力”。

如果我们一定要追问玛丽·波平斯到底是谁，马杰丽·费希尔或许说得再好不过了：“她就是一个精灵。”当然，她不是出没于另一个世界的精灵，而是一个走进现代孩童日常生活的精灵。内斯比特是这类被称为“日常魔法”式幻想小说的鼻祖，她的《五个孩子和一个怪物》里也有这样一个

精灵，就是那个来自远古，被现代的孩子们从沙坑里挖出来的沙妖。不过，它与玛丽·波平斯相比，就显得太小儿科了，变出来的魔法一到日落就消失不说，规模也小得多，还缺乏神秘感。玛丽·波平斯的魔法世界则要大多了，大到花鸟鱼虫，大到海底，大到壮阔的星空和浩瀚的宇宙。特拉芙斯曾以《只要连接》为题发表过一篇讲演，她说只要连接“已经与未知”“过去和现在”，就能把玛丽·波平斯呼唤出来。

孩子们喜欢玛丽·波平斯阿姨，是因为她改变了他们的生活，把他们引入了一个幻想的世界，带领他们去冒险。希拉·A.伊格在《故事之力：从中世纪到现代的幻想小说》一书中说：玛丽·波平斯虽然声称“各人有各人的童话世界”，但她的任务，就是推开那扇“虚幻的门”，把只拥有平凡想象力的普通的孩子送进门去。而且这种冒险是有限

制的，就是绝对不允许自己擅自去冒险，冒险一结束，就要立刻回到井然有序的日常生活。书里的两个小主人公不可能擅自去冒险，因为他们找不到路，故事里没有类似魔法衣橱那样的通往另外一个世界的通道。实际上，这恰恰就是“玛丽·波平斯”系列最明显的叙事特征。你看，玛丽·波平斯阿姨明明带着他们走进了一座普通的公寓，人浮在空中的奇迹就发生了；明明走在大街上，就来到了一家从未见过的古怪铺子门前……幻想世界与现实世界的边界被彻底地模糊掉了，所以《纽约时报》的一篇书评才会说：“当玛丽·波平斯出现在附近的时候，她身上的那股魔力，总是让读者分辨不出真实的世界在哪里渐渐地变成了幻想的世界。”

其实，如果你读完了故事，你就会发现玛丽·波平斯阿姨也不是整天气呼呼的，她爱孩子，还挺幽默。举个例子，每次发生了什么事情之后，

她绝不承认，总是要掩盖一切，不是装糊涂问你："你这话是什么意思？"就是瞪你一眼，"亏你想得出！"可那回从动物园回来，尽管她矢口否认，眼尖的孩子们还是发现了她腰间束着一根金蛇皮做的皮带，上面还写着"动物园敬赠"。这个小小破绽，显然是她故意和孩子们开的一个小小玩笑。

对于"玛丽·波平斯"系列，批评家们也有不少争议。反对的一派认为故事不连贯，玛丽阿姨运用起魔法来也有点随心所欲。支持的一派则认为，玛丽·波平斯成功的秘密，或许就在于这种魔法的随意性。而且从表面上看，一个个故事是独立的，但其实每一章都有各自的特征，如《随风而来的玛丽阿姨》的第二章"休假"像童话，第三章"笑气"像荒诞闹剧，第五章"跳舞的牛"像鹅妈妈童谣，第十一章"买东西过圣诞节"像神话……德博拉·科根·撒克与琼·韦布更是在《儿童文学导

论：从浪漫主义到后现代主义》中指出：特拉芙斯的作品是一次现代主义的写作，尽管排斥直线叙述，这似乎缺乏连结，但文本并不是一连串的特别事件。文本有一个模式，使读者能在玛丽·波平斯的神秘世界里得到领悟。

这个系列，特拉芙斯一共写了八本。有一个十六岁的年轻人评论这些书“只能是一个疯子写的”，她把这句话当作赞美。她说，一个作家就是需要发狂，因为这就是她创作玛丽·波平斯时的状态：“不是我创造了玛丽·波平斯，而是玛丽·波平斯创造了我。”

在这个系列的最后一本《玛丽阿姨和隔壁房子》里，当孩子们听到玛丽阿姨说“还是家最好”时，孩子们大胆地问她：“那么你呢，玛丽阿姨？你的家在哪里——东还是西？你不在这里的时候，你上什么地方去呢？”她那双蓝色眼睛闪了一下，

那个老样子的熟悉的神秘微笑对着他们急切的脸：“不管在什么地方，那儿就是我的家！”

这个“什么地方”，至少有一个我们是可以找到的，它就是“特拉芙斯作品典藏”系列这套书。只要你一翻开它，一个气呼呼地吸鼻子的声音就会大声地责问我们道：“请问，你这话是什么意思？”

（作者为儿童文学博士、儿童文学作家及研究者）